REVOLUÇÃO

HUGO GONÇALVES

Revolução

Companhia Das Letras

A editora manteve a grafia vigente em Portugal, observando as regras do Acordo Ortográfico da Língua Portuguesa de 1990.

Capa e ilustração
Tereza Bettinardi

Revisão
Jane Pessoa
Nestor Turano Jr.

Dados Internacionais de Catalogação na Publicação (CIP)
(Câmara Brasileira do Livro, SP, Brasil)

Gonçalves, Hugo
Revolução / Hugo Gonçalves. — 1ª ed. — São Paulo : Companhia das Letras, 2025.

ISBN 978-85-359-4224-8

1. Ficção portuguesa I. Título.

25-269136 CDD-869.3

Índice para catálogo sistemático:
1. Ficção : Literatura portuguesa 869.3

Cibele Maria Dias – Bibliotecária – CRB-8/9427

EDITORA SCHWARCZ S.A.
Rua Bandeira Paulista, 702, cj. 32
04532-002 — São Paulo — SP
Telefone: (11) 3707-3500
www.companhiadasletras.com.br
www.blogdacompanhia.com.br
facebook.com/companhiadasletras
instagram.com/companhiadasletras
x.com/cialetras

REVOLUÇÃO

Quando estou?

Na floresta, a meio da noite, a mulher perde-se no tempo.

Quando estou?

Sabe ainda como se chama, reconhece o hotel lá ao fundo, mas continua à deriva pelos anos. Vê as luzes rotativas de um carro militar, em 1975, a neve a cair na serra, décadas antes, e um cortejo fúnebre num dia de novembro.

Quando estou?

Uma neta senta-se no baloiço pendurado no ramo de um carvalho.

Quando estou?

O marido chega tarde a casa. Não, o marido pega-lhe ao colo depois do casamento.

Quando estou?

Ouve novamente o tiro de uma arma, a única coisa que une o passado, o presente e o futuro.

Por fim, sabe quando está.

Tinha três filhos e, na noite do disparo, perdeu um deles.

EU SOU SPARTACUS

1970

Numa manhã de temporal e maus agoiros, Maria Luísa deixou a filha de três anos numa casa fechada à chave. Não era por acaso que os seus camaradas usavam o verbo *mergulhar* quando passavam à clandestinidade. Naquela vida, a imersão sem reservas implicava que o Partido tivesse precedência sobre qualquer relacionamento que pusesse em risco a lealdade dos funcionários. Nos últimos anos, Maria Luísa passara fome, sede, frio, sono, fadiga extrema, dormira ao relento, caminhara centenas de quilómetros, cortara todo o contacto com a família, abdicara da sua identidade ao ponto de quase esquecer quem era. Na última vez que estivera num consultório médico, na hora de preencher a ficha, não conseguira lembrar-se do seu nome de batismo, nem sequer do falso, que mudava sempre que trocavam de morada.

Começou a descer a rua. Uma cúpula de nuvens baixas oprimia as ruas estreitas de Évora, havia séculos garroteadas pelas muralhas. Maria Luísa concentrou-se nos obstáculos do percurso. Quanto mais sofresse e abdicasse pela causa, maior seria a premência de um triunfo do comunismo. Nas piores adversidades, reforçava-se a fé doutrinária. Seria um absurdo desistir após tudo o que já tinha sofrido. Havia que converter as perdas na certeza que originava os epitáfios dos mártires e os bordões dos guerrilheiros:

Liberdade ou morte

Derrota após derrota até à vitória final
Prefiro morrer de pé a viver de joelhos

Dobrou a primeira esquina, e uma bota resvalou nas pedras da calçada. Concentrou-se na dor da queda, nos dedos esfolados, no cotovelo a inchar. O vento e a chuva açoitavam-lhe a cara. A roupa pesava-lhe no corpo magro. Cada entrave era uma medalha futura. De novo em pé, cerrou maxilares e punhos, para atravessar a borrasca e executar o plano. Em cada rua que transpunha, a fisicalidade do desafio lembrava-lhe o mérito do propósito. Ela deixava a filha sozinha, sim, mas por causa do garoto mascarrado, só pele e esqueleto, que puxava um burro encosta acima, enquanto os filhos dos grandes proprietários esperavam, na cama quente, que as criadas lhes fizessem o pequeno-almoço. Ela deixava a filha sozinha, sim, mas por causa dos homens que todas as madrugadas, nas Portas do Raimundo, rogavam ser escolhidos para os campos, subindo para as camionetas com o servilismo grato de quem se mata a trabalhar para não morrer de fome. Ela deixava a filha sozinha, sim, mas por causa da Luta de Classes, do Materialismo Dialético, da Ditadura do Proletariado.

Depois de quatro anos na clandestinidade, lendo panfletos, jornais e livros do Partido, Maria Luísa classificava tudo com o jargão da teoria. Decorara parágrafos das obras do secretário-geral, exilado em Paris, recitando-os enquanto fazia a lida da casa: "Toda a ação do Governo fascista tem sido intensificar a exploração da classe operária, para permitir à burguesia mais lucros e a mais rápida acumulação de capital. Para isso, o Governo põe todo o aparelho do Estado, todo o aparelho repressivo, as armas, as leis, os tribunais, ao serviço do grande capital".

Naquela cidade do interior, a Pide tinha substituído a Inquisição, mas preservara o costume das delações. Quando Maria Luísa para ali se mudara, o companheiro Alfredo oferecera-lhe o romance de um professor que ensinara no liceu local, e ela tinha sublinhado algumas frases:

> *Évora mortuária, encruzilhada de raças, ossuário dos séculos e dos sonhos dos homens.*
>
> e
>
> *Em Évora, não se podia ter mais do que a quarta classe, nem menos de trezentos porcos.*

Ali, havia clubes exclusivos para homens, mansões com muros altos e senhoras que mal saíam de casa, pedintes nas portas das incontáveis igrejas, o contraste entre as bebedeiras desgraçadas dos pobres, caídos numa valeta, e o alcoolismo festivo dos herdeiros varões, como aqueles que abrandaram a carrinha ao lado de Maria Luísa, quando ela já cruzara as Portas de Aviz numa manhã de tempestade.

"Queres boleia?", perguntou-lhe o que ia no lugar do pendura. Levava a espingarda de caça entre as pernas. Tinha feições que, em criança, extasiavam as senhoras, mas cuja inocência fora desfigurada pelos copos e noitadas nas casas de putas em Espanha.

"Não, obrigada", disse ela, sem o olhar, apertando mais, sobre o peito, o xaile que lhe cobria a cabeça.

"Estás toda molhadinha", disse o que conduzia, mais velho e mais gordo, talvez o pai ou o tio do outro. Soltou o fumo do cigarro pelas narinas, rindo da própria piada. "Não sabes que é má educação não olhar para as pessoas quando falam contigo?" Os perdigueiros, na caixa aberta da carrinha, romperam num escarcéu de latidos. O motorista aproximou mais o veículo de Maria Luísa. "Para a canzoada ficar neste estado, é porque a fêmea deve estar com o cio."

Ela afastou-se para a berma, entrou pelo campo adentro, ainda ouviu: "Estás com falta de peso em cima, ó mal fodida do caralho, se fosse Natal, oferecia-te uma cartucheira de piças." Maria Luísa não olhou para trás, o apagamento era crucial para a fachada da clandestinidade. Levava o cabelo preto sempre apanhado e coberto, a mulher modesta que tinha de passar despercebida. Vestia-se como uma dona de casa da província, de tal maneira calada e cabisbaixa, quando entrava na mercearia, que as calhandreiras da rua julgavam ver nela o trauma de um marido que lhe chegava a roupa ao pelo.

Caminhou pelo campo, a cada passo afundando-se mais, a lama a encher-lhe os canos das botas. A certa altura, ficou presa, os pés enterrados na viscosidade. Sentiu-se apanhada numa armadilha. Imaginou os homens na carrinha a atiçar os perdigueiros que a arrastariam com os dentes até aos donos. Seria devorada como uma perdiz, ou uma criada, ou uma amante por conta, no apartamento que eles tinham em Lisboa e a que chamavam picadeiro, porque ali cavalgavam as montarias extraconjugais.

Maria Luísa olhou para trás e, vendo apenas a neblina que tudo escondia, escutou o motor da carrinha a ganhar em distância o que perdia em ruído.

Procurou desenterrar as botas alentejanas, masculinas, dissonantes do disfarce porque lhe endureciam a figura. Cortadas, cosidas e ensebadas pelas mãos de um sapateiro do Partido, Maria Luísa calçava-as como se envergasse a farda de um antepassado do Exército Vermelho. Alfredo, companheiro de vida e de clandestinidade, sabia como aquelas botas apaziguavam o conflito de Maria Luísa. Ela queria ser do povo, estar com os trabalhadores e com tudo o que brotava da terra e do labor físico. Não havia dúvida de que servia os interesses dos operários e dos camponeses, mas os seus gostos — do chá inglês aos filmes americanos — não lhe permitiam ser igual a eles.

Tentou resgatar as botas, caindo na lama uma e outra vez, vencida pela sucção do lamaçal que não lhas queria devolver. Amaldiçoou os donos daquelas terras ao abandono, sentiu-se espoliada, como as mulheres que trabalhavam à jorna ou as crianças que serviam como criadas. Voltou a puxar as botas, desta vez com raiva, já não a ideóloga de um mundo melhor, mas a castigadora daqueles que o espatifavam.

Inicialmente apoiante da corrente do Partido que não defendia a luta armada, esperando antes o levantamento das massas populares para derrubar o regime, Maria Luísa impacientava-se agora com a inconsequência da clandestinidade a distribuir cópias do *Avante!*, quando havia onze anos que a revolução se afirmara em Cuba. Fosse a família imperial russa, executada numa cave, ou o *guardia civil* que a ETA matara no País Basco, não havia movimento de libertação que não eliminasse uns quantos inimigos. Se até na Bíblia, que ela bem conhecia do colégio de freiras, "destruíram tudo o que havia, matando à espada homens e mulheres, novos e velhos", porque não passar também no fio da espada os caçadores que a humilharam, os proprietários do terreno que lhe ficara com as botas, os ministros fascistas instalados no Terreiro do Paço?

Distraída a efabular vinganças, não se deu conta do colosso negro que despontava do nevoeiro. Primeiro, os cornos, depois, o promontório musculado do cachaço, meia tonelada de mitologia. O touro estacou a poucos metros de Maria Luísa. Ela sentiu o tropel do pavor no batimento cardíaco, a penugem eriçou-se nos braços, a boca secou e as pupilas arregalaram-se. Sem dar por Maria Luísa, o touro soltou um esguicho amarelo, ao mesmo tempo que largava uma bosta fumegante. Milhões de soldados tinham morrido a defender a mãe Rússia dos nazis, milhares de jovens combatiam, naquele momento, o imperialismo nas selvas de África e da América Latina, mas Maria Luísa acabaria anónima e descalça, capitulando numa poça de mijo e merda de boi.

O bicho voltou a desaparecer no nevoeiro, mais interessado na erva do que em sabotar revoluções. Maria Luísa deixou as botas, para retomar a missão, e, ao ver ao longe o Convento do Espinheiro — onde o rei dom Sebastião fizera as suas preces antes de liderar a primeira grande catástrofe do império colonial —, começou a contar os paus da cerca de arame até encontrar aquele cuja base ela tinha rodeado com pedras na noite anterior: o sinal combinado, segundo os procedimentos do Partido, para anunciar a Alfredo que o regresso a casa era seguro.

Naquela manhã, contudo, deixara de o ser. Maria Luísa recebera a visita de um homem que se apresentara com salamaleques de vizinho, tentando farejar o interior da casa. Fizera perguntas acerca do marido ausente, que ainda não vira e que estava curioso por conhecer. Em que trabalhava? Gostava de ciclismo? É que reparara numa bicicleta no quintal das traseiras. Quando voltava, afinal, o marido da senhora? Pois bem, se precisasse de ajuda, no que fosse, mudar uma bilha de gás, companhia nos serões solitários, ali o tinha, "um criado ao seu serviço".

Por causa desse homem suspeito, ela deixara a pequena Nádia sozinha em casa e estava encharcada pela chuva, com os pés nus e feridos, removendo as pedras que dispusera na véspera ao redor do pau, agora com o fim de avisar Alfredo de que não voltasse para casa.

No caminho de regresso, imaginou a filha levada pela Pide, entregue num orfanato, revivendo o pânico de quando Nádia se perdera na praia e, em vez de aplicar na busca da criança a mesma frieza com que contrabandeava as maquetes das publicações do Partido, Maria Luísa tivera de implorar ajuda a outras mães para a encontrar.

Os filhos eram o ponto mais fraco dos militantes, e o Partido sugeria que fossem entregues à família ou enviados para uma escola na União Soviética. Maria Luísa, que sempre cumprira os procedimentos dos funcionários clandestinos com uma disciplina irrepreensível, tinha-se julgado capaz de conciliar a maternidade e a causa. Enganara-se. Alfredo bem a avisara: em algum momento, teria de optar entre os ideais e a filha. Se não o fizesse, alguém o faria por ela.

Entrando na casa de três divisões, Maria Luísa procurou Nádia sem a encontrar. Ofegante e sem foco, desabou na sala mínima. Dali tinha uma linha de visão direta para o único quarto. Reparou numa massa escura, debaixo da cama. Uma amálgama de roupas oscilava com uma cadência que, de tantas noites a dormirem juntas, ela reconhecia como a sua própria respiração. Nádia embrulhara-se num xaile da mãe, escondera-se entre as tábuas do chão e as ripas do estrado. A alegria de Maria Luísa, ao descobri-la, tinha um espinho cravado: filha de uma funcionária do Partido, Nádia estava condenada ao secretismo patológico, nunca brincaria na rua com as outras crianças, viveria em casas temporárias, com cortinas fechadas e medo das visitas.

Maria Luísa quis enfiar-se debaixo da cama com a filha, ficar ali aninhada. Mas a fuga era mais urgente do que um abraço. Deixou-a dormir e despejou a papelada do Partido no fogo da salamandra da cozinha. Em cima da bancada, jazia a loiça suja, os ovos, a farinha, o açúcar e a manteiga para os quais havia poupado tanto, espremendo o pequeno salário com o qual deveria governar a penúria do lar. O que horas antes fora um quadro de felicidade matinal, mãe e filha alinhando ingredientes e utensílios de cozinha, preparando-se para receber Alfredo com um bolo, era agora uma natureza-morta de quinta categoria.

No quarto, Maria Luísa pegou em alguma roupa e limpou as feridas dos pés com um pano molhado. Preparava-se para calçar umas meias de lã, quando bateram à porta. Do lado de fora, alguém disse:

"Bom dia, vizinha, sou a esposa do Carlos, que esteve aqui ainda há pouco. Vi o fumo a sair da chaminé e, olhe, já que tem o fogo ateado, pensei trazer-lhe umas castanhas para assar."

Na cozinha, Maria Luísa ouviu o estalido do trinco e a porta a abrir, a voz da mulher invadindo a sala.

"Olá, pequenota, a tua mãe está?"

Maria Luísa saiu da cozinha e viu Nádia com a mão na maçaneta, sorrindo para a mulher. A voz amigável não coincidia com o cenho inquisitorial. De cabelo oleoso, a vizinha tinha o género de magreza que a sabedoria popular atribuía aos maus fígados. Uma mulher acerca de quem se contavam boatos sobre o esfaqueamento das bolas chutadas pelos miúdos para o seu quintal. Os olhos revelavam um desdém pela pobreza da casa: nenhum sofá ou fotografia, nenhum bibelô ou naperom. O nomadismo da clandestinidade tornava-se mais fácil com pouca carga. Em cima da mesa, estava apenas a caixa de madeira, almofadada por dentro e coberta por um vidro, que abafava o martelar da máquina de escrever em que Maria Luísa redigia os seus artigos, uma invenção atribuída ao secretário-geral do Partido, após alguns correligionários terem sido denunciados pelo barulho que faziam a datilografar noite fora.

Num piscar ressentido de olhos, a curiosidade da mulher-cadáver transferiu-se do estranho objeto para a beleza e juventude de Maria Luísa. O tom alterou-se: "Então, és tu que te andas a meter debaixo do meu homem?". Empurrou o alguidar das castanhas contra a barriga de Maria Luísa. "Não tens vergonha, sua mula, com o marido fora e uma criança em casa? Deves achar que és a primeira a quem ele dá a volta."

Não era possível que a Pide instruísse as suas agentes naquele tipo de tática. Só podia tratar-se de uma mulher amargada pelo desamor, em quem as infidelidades do marido tinham desencadeado um caso de paranoia. Maria Luísa sentiu compaixão por ela. Não eram irmãs na mesma guerra? Não tinha o secretário-geral escrito que as portuguesas estavam condenadas "aos tachos, aos filhos e à Igreja"? Que a sociedade se organizara "de forma a fazer da mulher uma escrava do marido"? Que, "na generalidade, o casamento era mais arrumação do que amor"? Não era o próprio Partido um microcosmos desse atraso, sendo grande parte das clandestinas analfabetas e arredadas do trabalho político, em favor de montar uma casa e manter as aparências?

Um violento chapadão na cara estilhaçou a piedade de Maria Luísa. A mulher empurrou-a contra a bancada, fazendo cair os ovos e o pacote de açúcar para o bolo. "Putinha, agora vais ver como elas te mordem." Uma declaração de intenções literal. A vizinha fincou os dentes num braço de Maria Luísa, que, usando a outra mão, apanhou a primeira arma ao seu alcance: o raspador de tigelas que os portugueses tinham batizado com o nome do ditador avarento e inimigo do desperdício. Com o cabo de madeira do salazar, Maria Luísa atingiu a cabeça da mulher uma e outra vez. Rasgou-lhe o couro cabeludo. Fraturou-lhe a cana do nariz. Desalojou-lhe dois dentes.

Durante anos, e apesar da generalizada falta de sentido de humor dos camaradas de luta, ela haveria de contar como Salazar salvara uma comunista em apuros. Mas, naquela manhã, era a violência, não a comédia, que melhor descrevia o que se passava na cozinha. Maria Luísa tinha andado quilómetros descalça, julgando que a Polícia estaria prestes a capturá-la e que Nádia seria levada. Os anos na clandestinidade haviam sido quase sempre o tédio das lides domésticas, a vigilância sem folgas dos captores — ninguém saía ileso de tanta disciplina e renúncia; podia até dizer-se que, atacada por uma criatura ensandecida, ela tinha agido em legítima defesa. Mas a forma como Maria Luísa espancou a mulher diante da filha, deixando-a inconsciente e desfigurada, também era um indício de algo mais do que as suas circunstâncias. Além de salvar a pele, Maria Luísa acreditava aniquilar assim dinastias inteiras de reis, magnatas, latifundiários, e, mesmo assim insatisfeita, só pararia quando algo dentro de si, algo de que não podia livrar-se, fosse destruído também.

Fugiu de Évora para a margem sul do Tejo. Por uma nesga das cortinas, via, no outro lado do rio, a colina lisboeta que tantas vezes tinha subido e descido pela mão dos avós. Era como estar do outro lado do espelho da sua infância. Em criança, quando ainda não fora construída a grande ponte que receberia o nome do ditador-raspador de cozinha, Maria Luísa fantasiava acerca da vida além do Tejo, um território distante e exótico, que ela acreditava ser o Brasil onde o pai desaparecera. E agora, mulher adulta, que ali chegara com Nádia para se refugiar numa casa de apoio do Partido, a Margem Sul nada tinha dos exuberantes trópicos, era apenas um conglomerado de estaleiros, gruas e chaminés industriais que enferrujavam a paisagem campestre. Da janela do quarto-esconderijo, Maria Luísa procurou a menina que tinha sido, lá longe, no início da década de 1950, na casa de Lisboa onde a mãe a deixara para ir trabalhar num hotel em Sintra.

O avô Xavier tentara mitigar a distância entre mãe e filha, abrindo diante de Maria Luísa um atlas de capa dura. E se Lisboa parecia tão perto do Rio de Janeiro, no mapa-múndi, como estava de Sintra, no mapa da Estremadura, talvez o Brasil fosse mesmo no outro lado do Tejo, naquelas encostas que o sol sobrevoava da nascente à foz, debaixo de um céu com as cores quentes dos países da América do Sul no atlas.

O avô Xavier explicava que o céu e o sol eram os mesmos nas duas margens do rio, e que podiam ser vistos de inúmeros lugares, provando que havia sempre mais de um prisma para o mesmo objeto. A neta, porém, achava que o céu e o sol deveriam ser mais bonitos nesses sítios chamados prismas, uma vez que o pai tinha preferido o Brasil e a mãe desandara para Sintra, onde talvez as outras crianças não se rissem de Maria Luísa, como faziam no Bairro Alto, quando ela dizia que o pai se chamava Incógnito. Estava escrito na certidão de nascimento:

Maria Luísa Alegria
Filha de:
Pai Incógnito
& Antónia Alegria

Fechou as cortinas e olhou para Nádia, que dormia num divã. Estavam num refúgio a prazo, a típica casa de apoio, cujos donos, um casal de médicos, antifascistas na sombra, não eram do Partido, mas recebiam militantes doentes ou em trânsito.

"Temos de tirar-te daqui", disse o controleiro do Partido, que ali a escondera e, um dia depois, a fora buscar. Sempre de olho na porta, era um desses homens que, assim que entrava numa casa, começava logo a estudar a trajetória de fuga.

"E o Alfredo?", perguntou ela, voltando a olhar para a filha.

"Junta-se a ti mais tarde."

Detentor de uma indiscernibilidade de feições, o controleiro desaparecia numa pequena multidão enquanto um polícia esfregava um olho. A banalidade tinha-lhe permitido evitar a prisão ao longo de vinte anos.

"Sais agora do país e voltas daqui a uns tempos. Mas não podes levar a garota."

Viajaram durante a noite, o controleiro ao volante do automóvel, Nádia no banco de trás, enrolada numa manta, a cabeça deitada no colo da mãe. Maria Luísa sentia-se parte de um eterno retorno, de um vaivém inescapável: ia fazer com a filha aquilo que a mãe lhe fizera dezanove anos antes.

Por cautela, o controleiro estacionou no mato. Teria de caminhar alguns quilómetros, tardando pelo menos um par de horas antes de regressar com uma resposta. Deixou instruções para que Maria Luísa e Nádia permanecessem dentro do carro. Ela não achou prudente estar parada numa caixa de metal enfiada na vegetação. Temia as consequências dos seus atos, em Évora: tinha confundido um adúltero com um bufo da Pide, impedira Alfredo de voltar e espancara uma mulher civil, expondo a casa clandestina às autoridades. Como poderia o Partido proteger alguém comprometido depois de tamanha incompetência? E se o controleiro não a tivesse levado ali para resolver a custódia de Nádia, mas para eliminar o problema que Maria Luísa criara?

Abriu a porta e ouviu o rumor da serra de Sintra. Pássaros, insetos, água galgando as pedras. Conhecia aquele território como a palma da mão da criança que ali crescera, dias e dias à solta, dona de esconderijos e pontos de vigia, movendo-se por veredas, carreiros de cabras, encostas, cruzando-se com raposas e coelhos, nunca se perdendo no caminho de volta.

Julgando-se mais segura no meio do mato, saiu do automóvel e foi atrás da melodia de um riacho, onde lavou as ramelas dos olhos de Nádia. De joelhos, cercada pelos troncos das árvores, sentiu na nuca a desproteção dos executados com um tiro de pistola à queima-roupa. Olhou para trás, não viu ninguém. O rigor das ações na clandestinidade e o medo da captura haviam feito dela uma pessoa desconfiada, que temia muito mais do que a Pide. Ponderou se as suas características de militante exemplar, que obedecia sem questionamento, não serviriam também o Partido na hora de se livrar dela. Afinal, deixar Nádia em segurança, antes do salto para o estrangeiro, era o melhor pretexto para convencer Maria Luísa a deslocar-se a um lugar ermo, onde seria punida pelo fracasso na defesa da casa de Évora, que pusera em risco a missão do companheiro.

Desconfiar do Partido era, só por si, um crime de traição. Tal como as freiras do colégio lhe tinham ensinado que se podia pecar em pensamento, também com pensamentos se podia trair o Partido.

Tentou afastar as suspeitas, ser fiel como sempre havia sido, aproveitar a harmonia com a Natureza da serra. Encheu a concha da mão com água do riacho para dar de beber à filha, mas não lhe saía da cabeça que Manuel Domingues também fora fuzilado em harmonia com a Natureza, num pinhal em Belas. Lembrou-se dos nomes de Manuel Lopes Vital e de Aurélia Celorico, as outras vítimas da suposta purga iniciada pelo Partido após as delações que tinham originado a terceira prisão de Álvaro Cunhal, o secretário-geral. Lembrou-se de uma rubrica do *Avante!*, intitulada "Traidores à classe operária".

> *José Jubileu, empregado na empresa vidreira da Foutela* (*Figueira da Foz*), *é um autêntico lacaio dos patrões e, portanto, inimigo dos seus colegas de trabalho, a quem tem prejudicado inúmeras vezes.*

Deixando Maria Luísa ali, com a filha, talvez o controleiro estivesse a testar a lealdade dela, averiguando quantos dias esperaria sem pensar em purgas, sem imaginar o seu nome nas páginas do *Avante!*

Maria Luísa Alegria, parte da camarilha salazarista abundantemente auxiliada pelos serviços de espionagem norte-americanos, espalhou a confusão e traiu o povo português.

Se um erro em Évora e uma noite maldormida a deixavam tão insegura, que aconteceria caso a Pide — os verdadeiros inimigos — a largasse num calabouço? Recordou a indefetibilidade do comunista Militão Ribeiro, que morrera esquelético, no anticlímax de uma greve de fome na penitenciária de Caxias. Lembrou-se de Fidel Castro, que, traído por um colaborador ao desembarcar em Cuba, perdera setenta camaradas para o fogo dos aviões inimigos, vivendo dois anos na selva com os onze sobreviventes. Lembrou-se dos habitantes de Leningrado, que aguentaram a selvajaria do cerco nazi durante oitocentos e setenta e dois dias. Como podia ela desrespeitar tais sacrifícios, deixando-se abalar pela propaganda fascista que inventava as purgas no Partido? Tudo mentira, veneno da víbora imperialista americana e dos seus lacaios na Europa. Mesmo que tivessem morrido uns quantos na Cuba de Fidel ou na União Soviética de Stálin, não seriam um pequeno preço a pagar pela grandiosa recompensa da revolução? Lênin tinha sido categórico:

"Nem um só problema da luta de classes foi alguma vez resolvido sem violência."

Maria Luísa pegou em Nádia ao colo e iniciou o caminho de volta ao carro, crente de assim contribuir para o esforço do Partido: fazer o que lhe mandavam, não contestar, assumir que a revolução podia nem sequer acontecer no seu tempo de vida, sem que isso a inibisse de lutar.

Numa das casas clandestinas onde tinham vivido, Alfredo dissera-lhe:

"Se o Partido nos pedir todos os dias para desapertarmos um parafuso de manhã e o voltarmos a enroscar ao cair da noite, é isso que fazemos, entendes? Não temos de saber se o parafuso fará cair uma ponte e evitar a invasão imperialista, ou se apenas prende a dobradiça da porta da casa de banho de uma fábrica onde os nossos camaradas produzem mais parafusos. Lembra-te que a revolução é muito maior do que tu. És uma pequena peça. És um parafuso.

E, sempre que duvidares da utilidade do parafuso, o equívoco é teu, o Partido não se engana."

Maria Luísa entrou no automóvel e bateu com a porta, decidida a ser o parafuso. Não sairia dali até ao regresso do controleiro. Se tivesse comprometido a missão de Alfredo, pagaria por isso. Caso a quisessem além-fronteiras, sem uma pista do que lhe pediriam em seguida, ela assinaria um documento em branco. Se fosse indispensável, como decretara o controleiro, deixar Nádia em Sintra, com a avó materna, que ainda não conhecia a neta, ali estava Maria Luísa pronta a servir a causa.

Para se limpar dos crimes de pensamento, disse baixinho um ato de contrição:

"O Partido não se engana. Quem diz o contrário é fraco e contrarrevolucionário."

Olhou para Nádia e reconheceu-se: as longas pestanas que pareciam asas de corvo a vincar a imensidão dos olhos; o mesmo negrume no cabelo escorrido, que, no colégio de freiras, valera a Maria Luísa a alcunha de *Apache*. Viu-se na tira do retrovisor, a sobrancelha franzida, um radar em permanente auscultação, um pasmo pelo mundo, que os outros confundiam com petulância e pendor para julgamentos precipitados. Naquele reflexo, encontrou ainda as feições da sua mãe e deu-se conta de que tinha os mesmos vinte e quatro anos de Antónia, quando esta a entregara aos avós Alegria, no Bairro Alto. Sentiu pela mãe a afinidade das mulheres que arriscavam uma escolha, em vez do conformismo. Sentiu algo próximo do perdão, mãe e filha encadeadas no tempo, confluindo uma para a outra.

Uma armada de nuvens barrou o passo ao sol, a serra ensombreceu e, minutos mais tarde, o silêncio foi atacado pelo motor de um carro na estrada, portas a bater, interjeições de homens, braços a afastar o mato. Maria Luísa não esperou, como tinha prometido a si e ao Partido. O parafuso, afinal, tinha vontades. Pegou na filha e fugiu.

Liberdade ou morte.

Era difícil correr com uma criança ao colo, ter um segundo coração a pulsar fora do peito, protegê-lo até à morte porque lhe dera a vida. Pensou esconder a filha e seguir adiante, atraindo para si os captores, só que Nádia choramingou, assustada, e Maria Luísa voltou a pecar em pensamento: caso estivesse sozinha, não a apanhariam, os filhos eram uma fragilidade, como avisava o Partido. Nádia pesava-lhe, os braços tremiam, as coxas queimavam, uma pontada de exaustão perfurou-lhe os pulmões. Na mente em debandada, apareceu-lhe um ensinamento do avô Xavier: "Os cavalos estafam, não fazem pausas para descanso, correm até rebentar". Em criança, Maria Luísa ficara perplexa e triste, sem saber se os cavalos eram heroicos ou suicidas. Agora, entendia que a Natureza não era uma escolha. Também ela correria até se estafar.

Derrota após derrota até à vitória final.

Precipitou-se para o muro de uma quinta, com vidros espetados no cimento, um arame farpado improvisado pelos caseiros com as garrafas de vinho bebidas pelos patrões. Pousou a filha e tirou o casaco, dobrando-o de forma a cobrir os cacos laminados. Sentou Nádia no casaco sobre o muro.

"Salta."

Os ombros da filha anunciavam uma vaga de choro, as vozes dos homens perpassavam o mato e, antes que Nádia pudesse virar-se para trás, Maria Luísa empurrou-a para o outro lado.

"Corre", gritou a mãe.

O primeiro tiro foi para o ar e apagou todos os barulhos da serra. Ela não levou as mãos ao alto nem fechou os olhos ou se prostrou.

Prefiro morrer de pé a viver de joelhos.

Empoleirou-se no muro, sentindo os espigões de vidro por baixo do tecido grosso do casaco. Ia saltar, quando a segunda bala lhe rasou a cabeça. Desta vez, tinham disparado de frente, do lado do muro onde a filha corria na direção da pistola. O homem agarrou Nádia ao colo. O gesto não indicava qualquer violência, mas no olhar dele Maria Luísa anteviu aquilo que os braços de um adulto podiam fazer ao corpo de uma menina de três anos. Ela ia dizer algo, o homem também, mas apenas se ouviu o baque de um porrete no crânio de Maria Luísa, atacada pelas costas por um segundo homem.

Nádia viu a mãe tombar do muro, sobre um canteiro de flores, e o sangue que manchava o vestido a tingir as pétalas brancas dos malmequeres. Ao ouvido, o homem da pistola sussurrou-lhe:

"Vai ficar tudo bem, pequena."

Antes do medo primitivo da tortura, havia a antecipação racional do que a esperava. Nesse estado, Maria Luísa ainda conseguia seguir os mandamentos do funcionário comunista em caso de detenção.

Na serra, inconsciente e sem testemunhas além da filha, não tinha podido gritar que a Pide a levava presa, como faziam os camaradas, se apanhados na rua de uma cidade. Já na sede da Polícia, na rua António Maria Cardoso, ao Chiado, tão perto de ilustres butiques, cafés e teatros, enfrentou com insensibilidade o processo de despersonalização do preso — levaram-lhe o velho relógio de pulso e os brincos de pechisbeque; fosse um homem, ter-lhe-iam cortado o cabelo, a barba, o bigode — e mostrou-se desafiante na sessão fotográfica: de frente, de perfil, deixando no cadastro a imagem de uma mulher bonita. Na sobrancelha esquerda, expressara sátira. O semissorriso, no qual alguns veriam altivez, era a promessa dos insubmissos.

O rito de passagem da clandestinidade para a prisão designava-se "estar queimado", na gíria do Partido, porque expunha o militante, despojando-o da invisibilidade, e porque este seria sujeito a todas as provas de fogo de que tinha conhecimento prévio. Maria Luísa ouvira as récitas de Alfredo e de outros camaradas que tinham passado pelas mãos da Pide. Estava a par das tareias a golpe de cavalo-marinho e matracas, dos choques elétricos e das queimaduras de cigarros, da estátua, da tortura do sono, do isolamento na escuridão de minúsculas celas, alcunhadas de gavetas, curros e sarcófagos, onde só cabia um preso deitado. Estudara e debatera com Alfredo, ao ponto de memorizar várias passagens, o manual *Se fores preso, camarada*, escrito pelo secretário-geral, ele próprio detido três vezes sem fazer uma só denúncia, apesar das infindáveis horas de tortura e interrogatórios e dos catorze anos em prisões do Estado Novo.

Na sala onde a sentaram, algemada e sozinha durante várias horas, Maria Luísa tocava a ligadura na cabeça, tingida pelo sangue seco, e recitava, baixinho, o primeiro parágrafo da obra de Álvaro Cunhal.

Se fores preso, camarada, cairá sobre ti uma grande responsabilidade. Terás de continuar defendendo o teu Partido, os teus camaradas, o teu ideal, mas em condições muito diferentes, pois que te encontrarás isolado nas mãos do inimigo, sujeito aos seus insultos e às suas violências. Se fores preso, camarada, encontrar-te-ás em circunstâncias tão duras como nunca talvez tenhas atravessado.

Um agente bem-parecido, camisa e dentes brancos, brilhantina no cabelo na medida certa, abriu a porta e ficou na soleira, revendo uns papéis, permitindo que a água-de-colónia desfizesse o fedor das secreções dos presos ali interrogados antes de Maria Luísa, até que uma mulher passou no corredor com Nádia pela mão. Ele levantou a cabeça.

"Odete, trazes-me um pastel de nata da leitaria?" Fechou a porta e sorriu a Maria Luísa com a simpatia de um médico de família na primeira consulta. "Não se preocupe, elas vão só lanchar." Puxou a cadeira e sentou-se. "A sua menina está bem entregue." Desempenhava o papel de pide bondoso, também conhecido como pide correto. "Sou o inspetor Perdigão. Como está? Vamos apenas rever aqui umas coisinhas, é rápido." Era tão apetecível, aquela trivialidade do homem solícito a resolver um equívoco burocrático. "Só tem de confirmar umas informações que o seu marido nos passou — Alfredo Batista, certo? —, e ainda vai a tempo de jantar em casa com a sua menina."

Maria Luísa repassou o conselho escrito pelo secretário-geral.

É de uma grande importância, o primeiro interrogatório. Muitas vezes, decide do comportamento dos militantes e da sua defesa. É a primeira grande medição de forças entre o comunista preso e a Polícia fascista. Por isso, não confirmes nunca o que a Polícia deseja saber, pois fazer confirmações é entrar no caminho da cedência e da traição.

Sem uma resposta, o Pide Bondoso ofereceu um compreensivo aceno de cabeça, debruçou-se sobre a mesa. "Escute, eu entendo, a senhora faz o que manda o seu marido, tem uma filha para cuidar, não se meteu nesta vida porque quis, mas porque foi arrastada."

Maria Luísa sabia que a Pide podia ser mais leniente com as mulheres dos funcionários do Partido — arrastadas para a ilegalidade por dever conjugal — do que era com as solteiras, clandestinas de livre vontade. Era risível que uma Polícia que estendia as detenções e os interrogatórios até seis meses, sem a presença de um advogado, tivesse como circunstância atenuante a obediência da mulher ao marido, consagrada no Código Civil.

"Diga-me a sua morada, e ficamos arrumados", ofereceu o Pide Bondoso. Procurava descobrir o refúgio clandestino do casal e os documentos que lá estivessem, denunciando assim que ainda não sabia da casa de Évora nem do que ali acontecera.

Mais silêncio na sala pequena, sem janelas, esparsa de mobiliário. Na imundície dos rodapés, na lâmpada presa num fio descarnado, na mancha cor de ferrugem na parede, que tanto podia ser uma infiltração como sangue desbotado, havia um descaso, que não era apenas cénico, para assustar os interrogados. O edifício da Pide entranhara, ao longo dos anos, a rudeza dos agentes e a ruína dos presos.

"Eu quero ajudá-la, também tenho filhos. Dois rapazes." Um berro de dor atravessou os corredores e esgueirou-se pela frincha da porta, enchendo a sala de desespero e ameaça. Maria Luísa não era a única detida naquele piso. "Também me custaria estar afastado dos meus meninos." O Pide Bondoso mostrou uma folha de confissão. "E a verdade é que o seu marido já falou o que tinha a falar, só preciso que confirme o que ele nos disse."

O grito lá longe degenerou num ganido de bicho no matadouro, agudo e sincopado, alguém estava prestes a desistir. Maria Luísa debateu-se com uma veia a latejar na têmpora, tocou a crosta de sangue na ligadura da cabeça.

"Basta dizer-me a sua morada", insistiu o Pide Bondoso. "Se bater certo com aquilo que o seu marido nos disse, pode ir embora."

Maria Luísa queria perguntar onde estava Alfredo, o que lhe tinham feito, se fora capturado por culpa dela.

Alguns camaradas têm caído no gravíssimo erro de fazerem amplas confirmações "do que a Polícia já sabe", quando a realidade é que, muitas vezes, a Polícia finge ter a certeza de coisas que supõe, mas ainda não sabe.

Como Maria Luísa continuasse calada, o Pide Bondoso foi abrir a porta e espreitou para o corredor. "Ó Mendonça, diz lá ao Pacheco que faça menos barulho, há gente a trabalhar." Riu-se. "Passa aqui, porque se calhar preciso de uma mãozinha."

Mendonça, o Pide Bruto, também conhecido como Pide Fera, chegou de mangas arregaçadas e fez cair com estrondo, sobre a mesa, uma pasta de papelão empanturrada de documentos. As sobrancelhas do Pide Bruto pareciam ratazanas despenteadas. A ponta do nariz era gorda, cravejada de pontos negros, e a tinta castanha com que pintava o cabelo amarelara junto das orelhas, fazendo pandã com as falanges que esganavam o cigarro.

"Ora vamos lá ver." Soprou o fumo para cima de Maria Luísa, abriu a pasta, começou a ler: "Alfredo Batista, funcionário do Partido Comunista Português, preso em mil novecentos e sessenta e três, solto em sessenta e cinco". Estalou a língua para corroborar a sua sabedoria sobre a estupidez dos outros: "Este é daqueles que não aprende. Mais tarde ou mais cedo, vinha cá bater com os costados outra vez". Levantou a cabeça, olhou para a detida. "Como é que acha que demos consigo?" Em jeito de conclusão, chupou o cigarro até a brasa atingir o filtro. "Pelo que vejo, quer ficar calada. Mas olhe que o seu amado esposo não merece." Esborrachou a beata no tampo da mesa, a centímetros do braço de Maria Luísa.

Os polícias foram intercalando injúrias e desagravos, usando as técnicas da humilhação e da chantagem, da calúnia e do engodo. O Pide Bondoso defendeu que, depois de anos de solidão e de aperto na clandestinidade, uma mulher com uma filha merecia mais do que um marido delator e ausente.

Sabendo do controlo que o Partido mantinha sobre as relações amorosas e sexuais dos funcionários, separando maridos e mulheres, para os colocar em casas com outros camaradas, o Pide Bruto discorreu sobre as fraquezas de Alfredo, usando-se de um molho de folhas hipoteticamente apreendidas. Eram as autocríticas que os comunistas tinham o dever de apresentar uns aos outros. Essa assunção dos erros, diante de uma audiência, ia mais além de expurgar as culpas e corrigir as falhas. Representava a submissão incondicional ao Partido, feita de autorrecriminações por ofensas compreensíveis (não querer que o marido fosse viver com outra camarada) ou insignificantes (comprar um casaco sem a anuência da Comissão).

"Sabia que o seu marido teve relações sexuais, em pelo menos vinte e três ocasiões, com uma camarada cujo pseudónimo é Laura?", atacou o Pide Bruto.

O Pide Bondoso aproveitou a deixa:

"Basta ver a sua roupa, e como está magra, para perceber que a senhora e a sua filhota passam dificuldades. Há quanto tempo não compra uma saia ou janta num restaurante? O seu marido é um adúltero, e o seu controleiro, que a largou na serra de Sintra, tem garrafas de uísque em boates, gasta tudo o que ganha em marisqueiras. Está a prejudicar a sua filha por estes homens, por quê?"

Passaram um dia e uma noite a inquirir e a intimidar, repetindo perguntas ad nauseam. Numa ida à casa de banho, deixaram que Maria Luísa passasse junto da filha, que dormia no sofá puído de um escritório, enquanto os pides cavaqueavam acerca das tenebrosas condições dos orfanatos.

Porque não havia maneira de Maria Luísa trocar o silêncio pelo medo, apesar do cansaço, o Pide Bruto deu o tiro de partida para o tormento que apenas começava. Pegou-lhe na cabeça ferida e, com delicadeza, tirou-lhe a ligadura. "Isso está feio", disse, avaliando o golpe suturado no couro cabeludo. Com o polegar e o indicador, pinçou os pontos, arrancando-os de supetão. Olhou para os dedos manchados de sangue, que limpou nas bochechas de Maria Luísa.

"Ou falas, minha grande puta, ou a tua filha vai crescer numa cela em Caxias."

Em tempos construído para integrar o grupo de fortalezas que defendiam Lisboa dos invasores estrangeiros, o Forte D. Luís I encerrava agora os opositores internos do regime. Muitos levavam ali meses sem ver um juiz ou receber visitas, anos a cumprir sentenças que, chegadas ao seu término, eram prolongadas a pedido da Polícia, sem necessidade de julgamento. O embuste jurídico das "medidas de segurança", criado pela ditadura, previa "internamento indefinido" para os condenados por subversão e crimes contra a segurança do Estado. Homens e mulheres sujeitos à tortura e ao isolamento por distribuírem panfletos políticos, que denunciavam as trapaças eleitorais e se opunham à Guerra Colonial. Ou, simplesmente, porque eram peões nas táticas da Pide, como Isilda, cuja detenção visava arrancar do seu companheiro, um funcionário do Partido, as delações que a tortura ainda não fora capaz de obter.

Isilda levava quase meio ano presa quando Maria Luísa foi enviada com Nádia para a prisão de Caxias. O carcereiro abriu a porta da cela, e um bebé de oito meses, acinzentado e raquítico, tentou gatinhar para o corredor. "Está sempre a querer fugir daqui", disse Isilda, como se comentasse as diabruras do filho com as visitas de domingo. Pegou-o ao colo e limpou-lhe a baba. Habituada à aberração das suas circunstâncias, enunciou as comodidades da cela: dois catres, para dividir com as crianças, uma sanita e uma pia; a assistência médica era fortuita, nunca a pedido das reclusas, e a palidez do bebé esclarecia-se com o menu limitado e a interdição do recreio onde batia o sol. Isilda era uma mulher dócil e tradicional. Por questões de classe e de estudos, tratava Maria Luísa com deferência. No final da primeira semana, perguntou:

"Será que podia ensinar-me a ler e a escrever melhor? Não cheguei a acabar a segunda classe."

Maria Luísa conhecera outras Isildas no Partido, quase analfabetas, porém, eruditas na santíssima trindade da cama, mesa e roupa lavada para os companheiros e maridos. Sem acesso ao trabalho político, eram tarefeiras do lar, mantendo a fronte de uma família portuguesa, com certeza. "Eu queria aprender, mas o meu homem nunca teve paciência para me falar das coisas da política", contou Isilda, com o bebé pendurado na mama. "Tantas vezes o ouvi dizer que era preciso acabar com o atraso e a exploração. Só do meu atraso e da minha exploração é que ele nunca quis saber."

Maria Luísa pediu um caderno e um lápis aos guardas, para começar as lições. O diretor não autorizou. Na prisão, no país e até no Partido, a mentalidade vigente era a mesma, a assimetria na educação também. Até para Maria Luísa, que integrava um grupúsculo de mulheres comunistas e intelectuais, a clandestinidade fora maioritariamente passada a cuidar da casa ou a datilografar textos de outros, a recortar notícias, a escrever artigos motivacionais para o *Voz das Camaradas Operárias*, relembrando a todas as Isildas que, apesar da solidão e do monótono labor doméstico, na sombra dos companheiros, as mulheres formavam um coletivo, os tais parafusos indispensáveis à máquina da revolução. Na esqualidez da cela em Caxias, a grandiloquência da propaganda do Partido soava a prémio de consolação para essas mulheres.

Nádia padeceu ao frio e à dieta de feijões enlatados, pão e café, adoecendo na segunda semana. Tinha as narinas bloqueadas por um ranho amarelo que solidificava ao longo do dia, e os brônquios silvavam a aflição dos tuberculosos. A mãe não pregava o olho, temendo que, durante o sono, a filha se engasgasse com a expetoração. Gritou com os carcereiros, à semelhança das presas que eram arrastadas para as maratonas de tortura. Conseguiu que levassem ao diretor a sua lista de pedidos — alho, leite e mel para uma mezinha; cobertores para as duas crianças —, recebendo em troca uma lição de moral sobre as consequências das suas ideias políticas na saúde da filha inocente. Nessa noite, por causa de um febrão estarrecedor, os guardas concederam levar Nádia para a enfermaria, embora sem a presença da mãe. Maria Luísa opôs-se, não queria deixá-la sozinha com o inimigo. Ou iam as duas, ou não ia ninguém.

"A menina precisa de um médico", disse-lhe Isilda. "Leite com mel e alho já não chega."

"Não me digas que estás do lado deles."

"O que eu estou é presa, com o meu filho, porque nunca tive escolha. Mas a Maria Luísa pôde escolher, não pôde?", respondeu Isilda, e, como quem devolve um osso deslocado ao lugar certo: "Vai deixar que essa escolha mate a sua filha?".

Nos dias seguintes, com Nádia na enfermaria, Maria Luísa voltou a dormir. Já com maior clareza, matutou naquilo que Isilda lhe dissera. Anos antes, numa noite passada ao relento, entre casas clandestinas, Alfredo confrontara-a com algo parecido:

"Há aqueles que, como eu, são comunistas porque sofreram muito e querem livrar-se da opressão. E há aqueles que, como tu, só começam a sofrer muito e a sentir-se oprimidos assim que se assumem como comunistas."

Devia ser um apontamento de humor acerca dos calvários passados em nome da causa. Maria Luísa, gelada, faminta e com os pés macerados pelos quilómetros percorridos, ouvira uma crítica à sua educação burguesa, a mácula irremovível para os comunistas puritanos, que só nos proletários e nos camponeses reconheciam a legitimidade da luta.

"Sou neta de um serralheiro e de uma dona de casa que costurava para fora, não te chega?" Depois do remoque, afastou-se dos braços de Alfredo.

O companheiro afirmou que o estigma estava apenas na cabeça de alguns camaradas, invejosos da beleza e da inteligência de Maria Luísa, os mesmos que não perdoavam o desplante de, numa sessão de autocrítica, ela ter afirmado que o secretário-geral era filho de uma família mais burguesa do que a sua, com um pai advogado e proprietário de terras.

Alfredo não a julgara por esse deslize, jamais a rotulara segundo um preconceito classista. Essa tinha sido, aliás, uma das razões por que Maria Luísa passara à clandestinidade com ele, um homem de ação e bom senso, que entendia de armas, mecânica, e que ajudara Álvaro Cunhal na fuga da penitenciária de Peniche.

"A liberdade é demasiado importante para se excluir quem por ela quer combater", dissera-lhe Alfredo, puxando-a para o côncavo do seu ombro. Beijou-lhe os cabelos. "Já provaste o teu valor muitas vezes."

Não chegava. O desajuste era antigo: a menina sem pai e deixada pela mãe em casa dos avós; a filha da sopeira para as meninas bem do colégio católico; a rebelde esquerdalha, segundo os amigos do padrasto; porém, a burguesinha caprichosa aos olhos de uns quantos comunistas. Determinada a talhar a sua identidade para que fosse inatacável, Maria Luísa submetia-se convictamente às provações, de forma a estar mais próxima das Isildas, dos Alfredos ou da pobre mulher que, no Alentejo, havia vários anos, ela vira de joelhos, implorando para que o filho não fosse preso.

No entanto, como lhe dissera Isilda, naquela cela bafienta que carcomia os pulmões e a sensatez, essa era uma escolha sua, não podia impor o mesmo sofrimento à Nádia. Maria Luísa concluiu que manter ali a filha seria tão vil como a Pide fazer das crianças moeda de troca. Também sabia que, sem Nádia consigo na prisão, começaria a tortura. De um só golpe, libertaria a filha e, entregando-se nas mãos dos torcionários, cumpriria os augúrios do secretário-geral.

Se fores preso, camarada, terás ocasião de provar, perante o teu Partido, perante os teus camaradas, perante aqueles que em ti confiam, e perante ti próprio, que és na verdade um comunista, capaz de te manteres firme e fiel aos teus ideais nas mais difíceis situações.

Comunicou ao diretor que queria entregar Nádia e repassou os conselhos do *Se fores preso, camarada*. Listou aquilo que a Pide sabia e o que quereria saber. Não valia a pena perder tempo a considerar a possível traição do controleiro ou de Alfredo. Confiando neles, sabia também que, ao longo dos anos, a Pide infiltrara os seus agentes nas células comunistas.

Para se preparar, Maria Luísa imaginou que a única informação importante que conhecia acerca dos planos do Partido estava dentro de uma caixa de chumbo, com a abertura soldada. A caixa era escondida num abrigo nuclear soviético que, por sua vez, se encontrava no lugar mais recôndito do seu cérebro e que ela teria de proteger com a vida.

Preferia ser cadáver a ser delatora.

Na noite antes de irem buscar Nádia, Maria Luísa dormiu com a filha no catre da cela. Cheirou-lhe os cabelos, a um tempo enternecida e assustada como só as mães conseguem. Durante a insónia, pensou no que estava prestes a fazer: a sua contenda era para melhorar o futuro da filha, um tempo em que esta pudesse ser livre e nunca estivesse presa pelas suas ideias ou palavras. Por maior que fosse a nobreza do propósito, Maria Luísa nunca poderia amar ou abraçar um propósito, enlevar-se com a sua respiração durante o sono, como fez toda a noite com a filha. "É para teu bem", segredou-lhe, esperando que, um dia, Nádia a compreendesse e perdoasse como ela ainda não fora capaz de fazer com a sua mãe.

Na manhã seguinte, Maria Luísa foi chamada à sala de visitas. Do outro lado do vidro, encontrou Antónia. Quase cinco anos sem se verem, uma carta que fosse. A mãe continuava grácil e superiormente arranjada, podia ir direta daquela prisão para a ópera sem destoar. Perto de fazer cinquenta anos, passaria por irmã da filha. Estavam tão perto e não se podiam tocar. Era verdade que Antónia nunca tinha desbaratado afetos, justificando a sua inabilidade com o risco que um beijo babado de uma criança representava para o alinho da sua aparência. Porém, separadas pelo vidro, Maria Luísa podia jurar que sentia nela a mesma pulsão com que tinha abraçado Nádia a noite inteira.

"Eu cuido dela. Prometo. Melhor do que cuidei de ti", disse Antónia, dando a ver à filha uma mulher que talvez tivesse existido sempre, mas que vivera escondida no poço onde acaba tudo o que os pais ocultam aos filhos e aquilo que os filhos não querem saber dos pais. Depois de anos de relação conturbada entre a mãe austera e a filha indómita, foi preciso Maria Luísa entregar Nádia, como a mãe fizera com ela dezanove anos antes, para descobrir que os pais e as mães eram pessoas como as outras, homens e mulheres que acumulavam dislates e incongruências, fracos cumpridores de promessas, que se apaixonavam e tinham filhos com a pessoa errada; por vezes, capazes de amar os filhos sem limitações, outras, desastrosos na forma de expressar ou de retrair esse amor.

Maria Luísa só queria abraçar a mãe como abraçara a filha durante a noite.

"Tenho forças para tratar da minha neta", disse Antónia, antes de abandonar a sala de visitas. "Mas não aguento ver-te outra vez nesse estado."

Maria Luísa encontrou-se refletida no vidro. No lugar da comunista apostada em provar a sua têmpera em sessões de tortura, viu uma jovem de rosto encovado e olhos foscos. Percebeu que Antónia não voltaria a visitá-la, não por discordar das suas escolhas, como tantas vezes fizera, mas porque, como Maria Luísa, também conhecia a dor de perder uma filha.

Enquanto estivera na sala de visitas, os guardas tinham levado Nádia. Também Isilda e o bebé tinham desaparecido da cela, agora implacavelmente vazia. Maria Luísa fechou os olhos e começou a recitar o *Se fores preso, camarada*:

"É certo que se és honrado e firme saberás comportar-te dignamente perante o inimigo."

Cinco dias seguidos sem dormir.

O tempo dissipou-se, a manhã não vinha depois da noite, e ser-lhe-ia impossível responder onde estava, o que fazia ali, qual o seu nome, questionar quando tinha começado a tortura, quando terminaria. Princípio e fim eram conceitos que exigiam entendimento, abstração, continuidade, e a sua consciência não passava de uma lâmpada intermitente, acendendo e apagando, um pêndulo que saía das trevas para as alucinações: via a parede forrada como répteis gosmentos, a patinhar como um só bicho de mil pernas; sentia os morcegos voando contra a sua cabeça, asas que batiam com uma estridência metálica, impedindo-a de abrigar-se no magma escuro do sono.

Para impedir que Maria Luísa adormecesse, o Torturador #1 voltou a lançar as moedas no tampo da mesa, fazendo da ressonância um punhal cravado na massa encefálica dos presos. O golpe sonoro desencadeou os espasmos de Maria Luísa, músculos assustados, movimentos descoordenados próprios de uma deficiente motora.

"Está outra vez a enxotar os morcegos, a madame?", gozou o Torturador #2, ao entrar na sala para substituir o colega no final do turno. "Porra, a gaja ainda não está madura?" Procurando aquietar a sua irritação de funcionário contrariado, o Torturador #2 agarrou a cadeira e puxou-a para trás. Sem reflexos, Maria Luísa era um animal ceifado por um automóvel a grande velocidade.

Desesperada por dormir, deixou-se ficar no chão, sem se mexer.

O Torturador #2 agarrou numa das moedas em cima da mesa e começou a bater no vidro inquebrável da pequena janela na porta.

"Foda-se, espera que eu saia", reclamou o Torturador #1, coçando um tímpano. Pegou no jornal aberto na secção desportiva. "Qual é o prato do dia no Cantinho?"

"Iscas com todos, estavam melhores que mijar sentado", disse o Torturador #2. "Também havia pescadinhas de rabo na boca."

"O médico proibiu-me de comer fritos, por causa do coração."

Os compadres fizeram uma pausa na conversa fiada, esperando que um preso parasse de gritar numa das salas. "Por falar nisso, como é que está a tua senhora?", perguntou o Torturador #2.

"Para a semana, começa a radioterapia."

"Que merda. Sinto muito, pá", disse o Torturador #2, honestamente condoído. "Vamos rezar por vocês lá em casa." Deu uma palmada nas costas do colega, que saiu com o jornal debaixo do braço e fechou a porta.

O Torturador #2 pegou num balde, ao canto da sala, imitando o toque de alvorada do Exército, e despejou água fria sobre a reclusa.

"Não", disse Maria Luísa, a boca aberta como um peixe no areal da baixa-mar, a cabeça encharcada, mais uma vez desperta para o abismo sem fundo da confusão, nauseada e com tonturas, voltas e voltas no círculo vicioso das agressões e dos delírios. Tinha visto bichos disformes e escutara os gritos da filha a pedir socorro.

Durante as horas de tortura e interrogatório, só dissera aquela palavra: "Não". Quando permitiam que adormecesse uns segundos, acordando-a com o estrondo de um murro na mesa, elevando à máxima potência a sensação de ser propelida da cama, a meio da noite, e arrastada para a ventania de uma rua chuvosa, a palavra "não" era o seu único escudo.

Para agravar a agonia de ser disputada, aos safanões, pelos torturadores e pelo sono profundo, o Torturador #2 pegou na cadeira e colocou-a em cima da mesa. "Acabou-se o colinho, agora, quero-te de pé", gritou. Porque Maria Luísa se mantinha deitada, ele levantou-a pelos cabelos.

"Não", balbuciou ela, um peso morto.

"Queres que vá buscar o aquecedor outra vez?" Referia-se à tira de couro com que lhe tinha chicoteado as pernas. O processo começara com três dias sem dormir. Um intervalo de seis horas. Mais três dias. Um intervalo de seis horas. Depois, tinham-se seguido cinco dias, com uma pausa de duas horas pelo meio. Despida e agredida por duas agentes assim que ali chegara, ela tinha resistido: mordera uma e pontapeara a outra, sabendo que a sua retaliação, em defesa da honra e da identidade dos comunistas, só lhe garantiria um bónus de pancada. Os homens tinham entrado mais tarde. Quiseram aplicar-lhe o suplício da estátua, mantê-la de pé, os braços erguidos como Cristo na cruz. Ela recusara, sentando-se no chão, coberta de hematomas e com um dente em falta, mas lúcida o bastante para recordar as instruções do Partido. O secretário-geral tinha negado a tortura da estátua, apesar dos espancamentos, quando fora preso pela primeira vez. Maria Luísa recordava-se da autocrítica de um camarada, que se dissera arrependido de resistir cinquenta e oito horas em pé, uma vez que aceitar a estátua era, segundo o Partido, uma forma de obediência à Polícia.

Na semana que levava naquela sala dos horrores, não a deixaram lavar-se, nem quando lhe chegou o período. Com a bexiga cheia, aliviou-se num penico de lata, diante das agentes. Tinha o cabelo oleoso e pedaços ressequidos de vómito na roupa. Degradar a higiene e a aparência fazia parte do manual de desumanização do prisioneiro.

De quando em quando, os torturadores eram visitados pelos inquiridores Perdigão e Mendonça, superiores hierárquicos, que perguntavam:

"Já está madura?"

Não estava, e, ainda assim, repetiam-se as exigências e as perguntas dos inspetores, "Assine este papel", "Só tem de confirmar, pela sua boca, o que já sabemos", "Quando é que entrou para o Partido?", "Qual é o pseudónimo?", uma cadência insane de martelo a perfurar as paredes do crânio, até provocar um esgotamento nervoso. Considerando o parco valor da informação que podiam obter com aquelas questões, todas as técnicas eram exageradas e obsessivas, como se para arrancar um pelo encravado fossem buscar um guindaste e um regimento de cavalaria.

"Isso, de pé, e toca a levantar os braços", disse o Torturador #2.

Maria Luísa tentou apoiar-se na mesa. A falta de sono deixara-lhe os músculos rijos, estava desprovida de coordenação, os objetos apresentavam contornos esborratados, a carne inchada dos pés vertia dos sapatos. Colocou as palmas no tampo, e o Torturador #2 puxou a mesa. Maria Luísa caiu, juntamente com a cadeira que estava em cima do tampo. Ele sacou de uma fita métrica de costura, amarela de um lado, verde do outro. Começou a tirar-lhe as medidas, como um cangalheiro.

"Sabes bem o que a casa gasta, ou falas ou sais daqui direta para a cova e com direito a um sobretudo de madeira."

Maria Luísa sabia que a Pide tinha matado A. Diniz com um disparo no olho; António Almeida, à pancada; Carlos Pato, de ataque cardíaco, após cento e trinta horas de estátua; José Dias Coelho, no meio da rua, com uma bala à queima-roupa; faltava-lhe saber o nome de tantos outros, como aqueles que, oficialmente declarados suicidas, apareciam mortos nas celas ou despenhados num pátio, depois de se "lançarem" de um terceiro andar.

Com Maria Luísa, os torcionários tinham simulado um fuzilamento, encostando-a à parede e disparando um revólver sem balas. Tinham-lhe mostrado uma faca-de-mato, garantindo que a serra havia extirpado os intestinos de muitos pretos em África. Tinham passado gravações de uma criança a chorar, afirmando que era a filha, presa numa outra sala. Pese embora a gravidade das ameaças de morte, as perguntas que lhe faziam teriam respostas tão irrelevantes para a segurança do Estado que seriam passadas à máquina e enterradas num arquivador. Porquê tanta encenação, terror e sofrimento para saber quando Maria Luísa se filiara no Partido?

Ao torturar presos desimportantes, como ela, ao submetê-los a castigos desproporcionais às infrações, humilhando-os e desmoralizando-os até lhes reduzir a identidade a um trapo imundo, o intuito da Pide não era apenas fazer que o preso falasse, mas calar todos aqueles que, lá fora, planeavam levantar a voz contra o regime. Agredia-se preventivamente, para que os relatos acerca das torturas mantivessem na ordem um povo supersticioso, temente a deus e à autoridade, que não questionaria os poderes quase sobrenaturais de uma Polícia que tudo sabia e estava em todo lado, a toda a hora. Em cada esquina, um bufo. Em cada rua, um agente. Em cada casa, um lacaio.

"Eu trairei, amanhã, hoje, não", disse Maria Luísa, alargando pela primeira vez, desde que ali chegara, o seu vocabulário além da firmeza do "não".

"Amanhã o quê?" O Torturador #2 pegou-lhe num braço, fê-la rodar. No rosto túmido e encardido, com uma mecha de cabelo colada à bochecha pelo sangue, resistia um sorriso alienado.

"Eu trairei, amanhã, hoje, não."

"Estás a mangar com a minha cara?"

"Eu trairei, amanhã, hoje, não."

"Trair quem?"

"Eu trairei, amanhã, hoje, não."

O Torturador #2 sacudiu-a como se batesse no flanco de um televisor com má receção. Na cabeça de Maria Luísa nada mudou, as sinapses tinham encravado numa só faixa da memória. Soubesse o Torturador #2 que aquele era o verso de um poema, talvez julgasse tratar-se de um código secreto dos comunistas. Contudo, Maria Luísa não tinha noção do que dizia. "Eu trairei, amanhã, hoje, não" era o aviso que precedia o curto-circuito cerebral, uma despedida, um epitáfio.

Antes de apagar, Maria Luísa voltou a dizer:

"Eu trairei amanhã."

Tratava-se do verso com que Marianne Cohn, presa pela Gestapo, abrira e fechara o seu poema antes de ser assassinada pelos nazis, numa floresta francesa, com bastões e coronhas de espingardas.

1950/1962

Com o pretexto de ter arranjado um emprego num hotel em Sintra, Antónia Alegria entregou a filha, Maria Luísa, ao cuidado dos avós maternos, no Bairro Alto, em Lisboa. Entre os cinco e os sete anos, com a franja cortada a régua e esquadro, olhos desmesurados e lábios que formavam um amorável biquinho, Maria Luísa foi a mascote dos empregados e dos espectadores do Cinema São Jorge, onde o avô Xavier trabalhava como projecionista. A neta adorava as fitas de aventuras, passadas em terras e tempos longínquos, anunciadas nas apresentações como:

O maior filme do nosso tempo.

O drama colossal do maior colosso que já alguma vez viveu.

Nunca antes o ecrã combinou tanto talento e arte.

Maria Luísa preferia finais em que os vilões eram castigados sem remissão: a morte de Nero, em *Quo Vadis*, ou dos filisteus, em *Sansão e Dalila*. Os filmes em cores, mais garridos do que a realidade, corrigiam as imprecisões do mundo fora da sala. Por isso, quando Xavier a levou a ver uma reposição, em vez de uma estreia, na pequena sala do cineclube de que era sócio, o preto e branco da película pareceu-lhe vetusto, muito aquém dos sonhos de uma criança. O ator principal tinha cara de indigente. Em vez dos músculos oleados do Tarzan, era dono do olhar de quem sobreviveu a uma guerra sem ficar deveras vivo. Quando a palavra FIM apareceu na tela, Maria Luísa fitou Xavier. Certamente havia um engano, onde estava a justiça? Como é que o avô podia deixar que aquilo acontecesse?

O filme chamava-se *Ladrões de bicicletas* e contava a história de Antonio, na Roma escaqueirada do pós-guerra. Depois de anos sem trabalho, Antonio consegue um biscate a colar cartazes. No primeiro dia, roubam-lhe a bicicleta, sem a qual perderá o novo emprego. Com ajuda do filho pequeno, palmilha a cidade, tentando encontrá-la, como um Ulisses cuja odisseia fosse o sustento da família. Ignorado pela Polícia e humilhado diante do filho, Antonio chega ao fim da linha sem encontrar a bicicleta. Nesse desterro da alma, manda o rapaz embora, para que não testemunhe a indignidade do pai, e rouba uma bicicleta. Mas é apanhado em flagrante e agredido pela turba. O filho, com a idade de Maria Luísa quando ela viu o filme, implora que libertem o pai, e os dois caminham lado a lado, chorosos, rumo a um horizonte sem vencedores.

Após o final, as luzes acenderam-se e o avô Xavier perguntou:

"Gostaste?"

"Não", respondeu a neta.

"Por quê?"

"Porque queria que ele ficasse com a bicicleta."

"Mas a bicicleta não lhe pertencia, era roubada."

Com seis anos, sem conhecer nada acerca da apropriação dos meios produtivos pela classe operária, Maria Luísa mostrava já uma apetência para levar a eito tudo aquilo que obstruísse a sua ideia de justiça:

"Ladrão que rouba ladrão tem cem anos de perdão."

O declínio do avô Xavier começou após a morte do presidente Carmona. Durante a emissão radiofónica das cerimónias fúnebres, ele desligou o aparelho, farto da bajulação do locutor, que choramingava: "Mesmo os homens mais fortes, endurecidos pela vida, parecem crianças em pranto. Portugueses que nos escutais, emocionados, ajoelhai e rezai, para que as portas do céu se abram de par em par a alguém que sempre lutou para fazer da terra portuguesa um céu onde todos pudéssemos viver na doce paz do senhor".

Durante o luto oficial, Xavier recusou usar uma gravata preta ou colocar um fumo no braço, recebendo por isso uma reprimenda do gerente do São Jorge.

Semanas mais tarde, um indivíduo magérrimo, com as hastes dos óculos atadas numa guita e um hálito de cadáver embalsamado, procurou Xavier a meio de uma sessão. "Diga-lhe, por favor, que é o Espirra-Canivetes", implorou o homem, na bilheteira do cinema, sendo enxotado pelo porteiro.

Nessa mesma noite, Espirra-Canivetes apareceu no apartamento do Bairro Alto. O avô Xavier recebeu-o com um abraço e um prato de comida, deixou-o lavar-se e fazer a barba. Maria Luísa tomou nota da inquietude da avó Celeste, que puxou o marido por um braço:

"Tu prometeste."

Quando o cineclube do qual Xavier era sócio foi encerrado por mostrar um filme proibido pela censura, Celeste voltou a cobrar-lhe:

"Tu prometeste."

Xavier não resistiu quando a neta quis saber o significado daquelas palavras.

"O que é que prometeste, avô?"

"Que não me metia mais em política."

Maria Luísa não compreendeu a resposta. Política era uma palavra inaudita, como astrofísica, ou interditada, como menstruação. Foi mais fácil perceber quando o avô lhe contou que, anos antes, era serralheiro nos estaleiros de Lisboa e que, exigindo melhores salários e condições de trabalho, participara numa greve que acabara em carga da Polícia. Um golpe de bastão atirara-o para uma cama de hospital, com um traumatismo craniano e danos no ouvido interno. Os problemas de equilíbrio, daí resultantes, a par da breve insurreição, levaram a que perdesse o emprego.

Já Espirra-Canivetes, colega do avô no conserto dos navios e militante do Partido Comunista, fora detido quando tentava incendiar uma carrinha da Polícia. Passara seis anos na colónia penitenciária do Tarrafal, na ilha de Santiago, em Cabo Verde. Neste ponto do relato, o avô Xavier fez uma pausa, olhando para a porta de casa, desafiando uma autoridade invisível — da avó Celeste, da Polícia política, da contenção que se pedia junto de uma criança?

"Bem, já tens idade para saber estas coisas", declarou, não tanto por estar certo de que a neta tinha idade para saber essas coisas, mas porque temia não ter outra oportunidade para lhe contar. "Ao Tarrafal, chamam o Campo da Morte Lenta. Quando o Espirra-Canivetes lá chegou, disseram-lhe, como dizem a todos: 'Julgas que vais sair daqui vivo?'. Só havia uma mesa para os presos. As outras tinham sido usadas para fazer caixões."

Mais do que elucidar a neta acerca do regime, Xavier convencia-se da cobardia do seu silêncio. Se, no Tarrafal, os presos passavam meses encerrados na Frigideira, um cubículo mínimo de cimento, sem teto ou janelas, com temperaturas superiores a cinquenta graus e mosquitos prenhes de paludismo, não devia o projecionista de um cinema, em Lisboa, pelo menos, recusar a gravata do luto ao presidente de uma ditadura? Se os presos apodreciam a trabalhar, sem sequer uma sentença transitada em julgado, não devia ele oferecer uma refeição e uns trocos ao Espirra-Canivetes, que tivera a fortuna de sobreviver ao Campo da Morte? Se um preso fora privado da correspondência, por um guarda que lhe esfregava os envelopes na cara, dizendo "Tu não mereces isto", não devia Xavier projetar, num cineclube de vão de escada, para meia dúzia de cinéfilos inofensivos, um filme de Visconti sobre um pescador que se rebela contra aqueles que o exploram?

Dias mais tarde, Maria Luísa estava na escola, a recitar os nomes dos rios nas colónias africanas, quando a Pide levou o avô para esclarecimentos. Nem sempre os agentes precisavam de levantar a mão ou manter o detido acordado durante dias. Tinham alcançado a medida certa para o terror. Entre outras coisas, a Pide era o olhar de esguelha para o jornal enrolado em cima da mesa, o bastante para que o cão se mijasse pelas pernas abaixo.

O agente era jovem e lia com a proficiência de quem acabara o liceu: "Comissão de censura. Relatório sobre o filme *A terra treme*". Transferiu a atenção da página para a linguagem corporal de Xavier. Regressou ao texto: "Paira neste filme uma atmosfera de revolta contra a sociedade constituída; a índole das personagens foi calculadamente escolhida para servir os propósitos políticos do realizador". O agente bufou e sacou uma caneta do bolso do casaco, para corrigir os erros de ortografia do censor. Prosseguiu a leitura: "Tudo isto marcado com símbolos comunistas estampados nas paredes". Virou a folha ao contrário, espalmou-a contra a mesa, como se empurrasse uma cabeça debaixo de água, e perguntou quem arranjara a bobina do filme.

"Pense na sua neta, sr. Alegria", que era outra forma de dizer: "Tu prometeste".

Antónia foi buscar a filha após saber da detenção de Xavier, quase três anos depois de a ter deixado com os avós. Nessa tarde, exaltou-se em Maria Luísa o otimismo de algo novo, algo maior do que a esperança e a desilusão que sentia quando Antónia a visitava. "Tenho muito trabalho, mas um dia venho buscar-te", costumava dizer-lhe a mãe, apresentando-se cada vez mais chique, uma evolução que a avó Celeste censurava, queixando-se a Xavier do mecenato daquela beleza produzida:

"Pensa que é mais que a gente só porque anda lá metida com o doutor."

Nessas ocasiões, Maria Luísa intuía algo condenável, porque a avó meneava a cabeça como quando as mulheres da vida desciam a rua de braço dado com os marujos.

Na sala do apartamento do Bairro Alto, Antónia mandou Maria Luísa fazer a mala e disse à mãe:

"Eu sei o que é melhor para a minha filha. Sacrifiquei-me para agora lhe dar uma vida melhor."

"Tal como eu e o teu pai", respondeu Celeste.

Xavier chegou da Pide a meio da conversa, trazia o olhar oco, os ombros deprimidos. Saíra de casa sem chapéu e com as bochechas por barbear, um descuido que a neta nunca lhe vira. Vinha acompanhado de um cavalheiro galante, alto e amplo de braços, que apequenava tudo ao seu redor.

"Tu prometeste, pai." Dessa vez, a acusação não foi feita por Celeste, mas pela filha Antónia.

Xavier não se defendeu. Maria Luísa viu no avô a mesma vergonha do protagonista de *Ladrões de bicicletas*. Quis dar-lhe a mão, como vira no filme, mas ele baixou a cabeça e, antes de se retirar, falou para as três mulheres da família:

"Perdão."

Só minutos mais tarde, Maria Luísa perceberia que aquele cavalheiro espadaúdo, que acompanhara o avô, se chamava Gonçalo Storm e que seria o seu padrasto. Só dias mais tarde, Maria Luísa descobriria que Gonçalo Storm tinha recorrido aos amigos influentes para resgatar Xavier da Pide. Só anos mais tarde, Maria Luísa perceberia que as relações familiares eram um labirinto de luz e sombras, crueldade e benevolência. Por exemplo: na tarde em que os avós choravam a sua partida, ela julgou-se a viver um conto de fadas. Não só passaria a morar num palácio, na floresta encantada de Sintra, como tinha uma linda boneca loira com quem brincar. Chamava-se Pureza, tinha seis meses e era sua irmã.

Gonçalo perfilhou Maria Luísa e deu-lhe o apelido Storm. Quatro anos mais tarde, nasceria Frederico, o menino da mãe e das irmãs.

Esses foram os tempos mais felizes da família Storm.

* * *

Em meados do século XIX, um aristocrata com tantos títulos como dívidas vendera a sua mansão ao comerciante inglês Jonathan Storm, que a tinha convertido em estalagem. À beira da estrada que subia para o Palácio da Pena, rodeada pelo bosque da serra, a propriedade ficava perto do centro da vila. Para uma criança de sete anos, ali largada nas férias grandes de 1952, o Hotel Storm's era simultaneamente parque temático e teatro ao qual chegavam todas as semanas novas personagens. O potencial de descoberta e entretenimento parecia inesgotável para Maria Luísa, passageira numa viagem que ia das exóticas paragens da estufa até ao requinte da sala de fumo, onde não podia entrar por causa dos maus hábitos dos cavalheiros e da nudez dos quadros nas paredes, mas que ela visitava com a cumplicidade de alguma criada, na hora das limpezas, vasculhando jornais, fazendo anéis com as cintas dos charutos e imitando os exploradores que atravessavam selvas e cadeias montanhosas para encontrar vestígios de civilizações indecifráveis.

Sendo enteada do patrão e filha da governanta promovida, recentemente, a diretora do hotel, Maria Luísa aprendia as diferenças entre os bastidores e o palco, a forma como coexistiam e se opunham. Via como o copeiro fardado com laço e jaqueta, mudo e discreto na sala de jantar, era um pé-de-vento de palavrões assim que terminava o turno e, em mangas de camisa, despachava cigarro atrás de cigarro na porta de serviço, queixando-se da prepotência dos clientes. Maria Luísa via como a duquesa espanhola, frequentadora da capela do hotel, que viajava sempre na companhia de um novo sobrinho, se tornava a "velha putéfia" e a "porca nojenta" quando a lavadeira esfregava dos lençóis a nódoa de alguma ofensa grave, que Maria Luísa não compreendia.

Com a mãe ocupada a gerir o estabelecimento e o padrasto a fazer de mestre de cerimónias do seu *country club* pessoal, Maria Luísa integrou-se no batalhão das criadas. Descobriu o drama dos namoros entre empregados de mesa e camareiras, aprendeu a passar a gola de uma camisa, a depenar uma galinha e a fazer uma cama. No Hotel Storm's, descobriu que uma coisa tinha sempre o seu oposto e que, na vida, havia que tomar o partido de um dos lados. Os homens e as mulheres, os pais e os filhos, os patrões e os criados, os ricos e os pobres, a libertinagem e a seriedade, a lanzeira e o trabalho, o que se podia dizer e o que se devia calar. Quando, aos treze anos, sentiu uma cãibra na barriga e algo peganhento nas cuecas, recorreu à camareira que ia para os bailaricos nas motorizadas dos rapazes. Luciana foi tão lesta a explicar a higiene da menstruação como a advertir Maria Luísa das suas implicações:

"Agora, que já és mulher, não te deixes emprenhar por um pelintra, faz como a tua mãe e agarra um tanso com carcanhol."

Nas folgas, Luciana visitava uma casa de penhores e vendia os objetos que tirava dos Perdidos & Achados, na cave do hotel, onde ia fumar na companhia de Maria Luísa. "É o nosso segredo", dizia-lhe. "Somos como o Robin dos Bosques, tiramos aos ricos para dar aos pobres."

Quando Luciana foi apanhada com uns brincos de pérolas falsas, sem nenhum valor, esquecidos por uma hóspede, Maria Luísa entrou no escritório da mãe:

"Fui eu, a Luciana não fez nada."

"Cala-te e vai para o teu quarto", respondeu Antónia, passando por cima do martírio da filha.

"Mas já te disse que fui eu."

"Para o teu quarto, e só sais quando eu disser."

Maria Luísa correu para a vivenda dos antigos caseiros, onde morava a família Storm, entrando pela porta da frente, passando pelo quarto partilhado com a irmã e saindo pelas traseiras com uma trouxa de roupa que recolheu à pressa. Emboscou Luciana na estrada para a vila, anunciando que fugiria de casa para acompanhar a amiga.

"Nós não somos amigas", respondeu a criada, sem uma farpa de maldade, antes com a ternura que usaria para informar uma criança que era tempo de saber da inexistência do Pai Natal:

"Tu és a filha da patroa, eu sou a criada."

Em janeiro de 1961, Maria Luísa entrou para o Quadro de Honra do colégio, no mês em que o capitão Henrique Galvão desviou o paquete *Santa Maria*, conseguindo que a imprensa estrangeira se interessasse pela repressão do Estado português na metrópole e nas colónias. O ex-oficial do Exército envergonhava assim, no palco mundial, o ditador-raspador de cozinha.

Maria Luísa leu nos jornais que Jânio Quadros, recém-empossado na presidência do Brasil, oferecera asilo político ao dissidente Galvão. Antes de ser chefe de Estado, Quadros fora hóspede do Hotel Storm's e, como fazia com todos os visitantes estrangeiros, Maria Luísa perguntara-lhe se trazia alguma imprensa do seu país, questionando-o sobre o Brasil, onde, segundo lhe tinham dito, o pai incógnito vivia. Durante a curta estada, Jânio Quadros engraçara com a garota curiosa e, ao saber o seu nome, tinha comentado:

"Maria Luísa Storm é muito longo e muito gringo. Você deveria se chamar Malu Tormenta."

Ninguém suspeitava que o *petit nom* viria a ganhar a propriedade de um título revolucionário para uma nova era.

Maria Luísa procurava tudo o que chegava de fora do hotel e do colégio. Recolhia a imprensa largada pelos hóspedes no bar e na biblioteca, fechava-se no quarto com jornais e revistas, ligava o transístor que recebera de presente no aniversário. Aos sábados e domingos, assistia a uma sessão de cinema atrás de outra, por vezes do mesmo filme. Na televisão que Gonçalo comprara para a sala de convívio do Storm's, tanto via o TV Rural como o João Villaret a declamar o *Mostrengo*.

Malu horrorizou-se com os relatos que chegavam do Norte de Angola, pelos amigos do padrasto: as mulheres brancas violadas por grupos de negros, os bebés lançados contra as paredes, decapitados com catanas; as fazendas e os seus donos incinerados, a destruição de tudo o que era branco — frigoríficos, carros, pacotes de algodão —, como ritual de justiça. Impressionou-a a história de um piloto de avioneta que tinha assistido aos últimos instantes de vida de uma família no terraço de uma casa cercada por negros armados. Nos jornais, o Governo afirmava que os ataques tinham como autores "bandos de assaltantes" e "hordas vindas do exterior", logo perseguidos pelas "massas de nativos e colonos, brancos e pretos que expressaram às autoridades a sua fidelidade".

Ao que lia na imprensa, Malu contrapunha o alerta dos diplomatas amigos de Gonçalo Storm. Tratava-se do início de uma insurgência organizada por movimentos políticos e militares, como já acontecera nas colónias de outros países europeus. "Vem aí uma guerra, que também é um ajuste de contas", disse o padrasto.

Dias mais tarde, a voz do ditador-raspador de cozinha propagava-se por todos os lares com rádios sintonizados na Emissora Nacional, mostrando uma resolução só permitida pelos milhares de quilómetros que o separavam do conflito (nunca ele saíra da Península Ibérica) e por não ter filhos que morressem na guerra:

"Para Angola, rapidamente e em força."

No último dia de julho de 1961, o corpo moreno de Malu Tormenta mergulhava e emergia nas ondas da Praia Grande, para deslumbre dos rapazes, entre os quais se encontrava Rodrigo Castro Souza, rapaz atlético, de cabelo revolto, que sorria como quem faz uma curva a puxar o travão de mão. Rodrigo chegara de Londres uns dias antes, munido de discos estrangeiros, um compêndio de sexo com mulheres fáceis e a certeza de reassumir a liderança dos miúdos que viam nas suas tropelias uma vida destinada a façanhas extraordinárias. Beijou o Cristo de prata, no cordão que trazia ao pescoço, e avançou para a beira-mar. Esperou que Malu saísse da correnteza e, na areia, puxasse o cabelo sobre o ombro direito, inclinando o pescoço, fazendo escorrer uma cascata de água salgada. Estudou-lhe as pernas rijas, a pele molhada, em polvorosa. Sabia que tinha apenas instantes até que a naturalidade daquela beleza, quando uma mulher não se sabe ainda observada, assumisse a desconfiança aprendida com um exército de mães, avós e freiras.

Ele tinha dezanove anos e, de tanto afirmarem que se parecia com o Elvis Presley, assumira o olhar semicerrado de quem cantava uma balada romântica. "Olá", disse. Uma só palavra, para mostrar simpatia, desaninhar defesas, instigar mistério. Um dos cantos da boca fez derrapar os lábios carnudos no tal sorriso que deveria servir para desabotoar a roupa das raparigas.

Ela, aos dezasseis anos, era ingénua na ginástica da sedução. Tinha água salgada nos ouvidos e escutou apenas uma sílaba subaquática, respondendo com um aceno de cabeça. Subiu para a areia seca, intrigada ao ponto de olhar para trás, quando Rodrigo já galopava para um vagalhão, lançando-se no ar e apunhalando o mastodonte com o corpo todo. Depois dessa onda, rebentou outra e outra e outra, sem que ele aparecesse nos borbotões de espuma. O batimento cardíaco de Malu sofreu um solavanco.

Rodrigo reapareceu dezenas de metros a norte, puxado pela corrente. Tomada pelo êxtase que vem depois do susto, ela contemplou-lhe o físico, confirmando uma apetência que a acompanharia para o resto da vida: o gosto pelo risco e pela transgressão, aquilo que uma adolescente descreveria como "emoções fortes", a que um poeta épico chamaria "fogo que arde sem se ver" e que Rodrigo, que preferia agir a falar, resumiria a uma só palavra: "tesão".

Nessa noite, cruzaram-se no largo da igreja de Colares, onde as famílias de veraneantes convergiam após o jantar. Os rapazes e as raparigas esgueiravam-se para as ruelas secundárias, silhuetas morenas contra a brancura das casas — o cheiro a champô cítrico das miúdas, o salitre no cabelo crespo dos miúdos, os segredinhos delas, o vozeirão deles. Eram réplicas dos pais e das mães, ainda sem o peso do desencanto e com a hipérbole das hormonas em erupção. Um olhar, uma crítica, um repto para subir a uma árvore tinham sempre o drama do tudo ou nada.

Sentados lado a lado na frescura da cal do muro, Rodrigo roçou as costas da mão no vestido de Malu, iniciando na pele da coxa dela um rebuliço nunca sentido. Tudo parecia incendiar-se: o ventre, o peito, a boca, a nuvem de mosquitos ao redor de uma lâmpada. A milhares de quilómetros dali, o fogo ardia mesmo, no Forte de São João Batista de Ajudá, na costa ocidental africana, ateado por dois soldados portugueses cercados pelas tropas da República do Benim.

Na senda da célebre frase "orgulhosamente sós", proferida durante a Segunda Guerra Mundial, Salazar inaugurava a estratégia do *Se não podes ser meu, também não serás deles*, ordenando que se incendiasse o forte antes da entrada dos invasores. Um pequeníssimo enclave no antigo reino de Daomé, a fortaleza tinha sido um importante entreposto de tráfico de escravos. A sua perda para uma jovem nação africana, que, um ano antes, era ainda uma colónia francesa, soava a profecia, quando já se travava uma guerra em Angola.

O império entrava em decomposição, mas na Praia Grande havia dias de mar calmo e céu aberto. Mesmo as noites, por norma entaladas entre a maresia atlântica e a humidade das montanhas, conspiravam agora temperaturas de espertina, copos a transbordar de gelo e banhos noturnos de mar. Verificavam-se as condições ideais para um amor de verão. Enfeitiçada por Rodrigo — que já guiava carros e morava no estrangeiro, muito à frente do paroquialismo no calendário lusitano —, Malu fazia parte da tribo da praia, tinha admiradores e amigas, queria experimentar cigarros e beijos na boca.

Na tarde em que Rodrigo pôs a tocar na sala, para os amigos, um single das Shirelles, que trouxera de Inglaterra, Malu não quis perceber que Ticha, a loira de olhos azuis, sempre de cabelo amarrado em lenços da Hermès, cantarolava o refrão para o dono da casa: "*Will you still love me tomorrow*". Também desconsiderou que os amigos de Rodrigo passassem entre si a capa do vinil, com a fotografia das cantoras negras, enquanto davam guinchos e se moviam como chimpanzés: "Em Angola, já abriu a caça ao preto".

Malu só queria estar perto daquele rapaz.

Nessa mesma noite, fugiu de casa e juntou-se aos amigos na rua. Tinham combinado uma excursão ao cinema, em Cascais, para ver *Os canalhas*, descrito nos jornais como "um filme escaldante, para provocar suores". Tendo em conta os lugares-comuns sobre a depravação da cinematografia francesa, os rapazes encontravam-se num estado de devassidão acelerado pela garrafa de gim que alguém roubara em casa. Já as raparigas, sóbrias e preocupadas com as suas reputações, começaram a debandar. Só Malu permaneceu.

Quando a garrafa de gim terminou, era tarde para ir ao cinema. Rodrigo badalou a chave do Alfa Romeo vermelho, descapotável, modelo Giulietta Spider. Malu foi atrás e, respeitando o código da camaradagem, os rapazes afastaram-se, exceto o irmão mais novo de Ticha, que os seguiu até ao carro. Malu não sabia o seu nome, mas já se dera conta de como ele a olhava, sem nunca lhe ter dirigido a palavra. Na praia, no largo da igreja, na casa de um amigo, o rapaz com caixa torácica de nadador e rosto de serafim num fresco de museu tinha no silêncio o seu posto de vigia. Nessa noite, a voz de tenor, demasiado segura para os seus dezassete anos, fez com que Malu virasse a cabeça:

"Não vás, é perigoso, ele não está em condições de guiar."

Rodrigo abriu a porta do passageiro, fez sinal para Malu entrar e olhou para o irmão de Ticha. "Quem é que tu julgas que és, caralho?". Bateu com a porta, para sublinhar o desdém de uma pergunta que dispensava resposta. Muito menos literal.

"Sou o Diogo Maria Vilela Bravo Montalvão."

Rodrigo riu-se e encaminhou-se para o lado do condutor. "Bem diz a tua irmã que és meio mongoloide." Entrou, rodou a chave na ignição, acendeu um cigarro, abriu a janela e viu que Diogo se colocara no meio da estrada. "É melhor saíres daí, que esta merda é feita de ferro." Com a caixa de velocidades em ponto morto, pisou o pedal do acelerador, como se o ponteiro das rotações contasse até três. Sem mais avisos, engatou a primeira e fez-lhe uma razia. No retrovisor, viu crescer a distância e a burrice do adversário. Meteu a mão na nuca de Malu, que lhe viu, enrolado no pulso, um lenço da Hermès.

* * *

De dia, o desabitado Convento dos Capuchos lembrava uma aldeia de duendes no meio da serra, onde apenas se chegava por um caminho secreto: casinhas de pedra escura, tingidas por líquenes, musgo e plantas trepadeiras; o tranquilo rumorejar da água da fonte, gigantes pedras redondas, uma cúpula de galhos e folhas de árvores que, aqui e ali, era trespassada pelos feixes solares. À noite, a escuridão devorava tudo. Nas suas entranhas, borbulhava uma fome animalesca, mandíbulas rangentes e um esgravatar de patas.

"Chupa", disse Rodrigo, em pé, com as calças desabotoadas, passando a mão para cima e para baixo no pénis duro, atestando a qualidade do material que deveria ser chupado. Sentada na laje de uma cela, em tempos habitada por monges, Malu baixou os olhos. Por mais insolente que se julgasse, não escapava à tradição de ficar calada para não ofender o cavalheiro, de navegar no campo minado das insinuações sexuais, de fingir que não ouvia o que lhe diziam, tendo de levar consigo, na retirada, a impressão de que alguém entrara no seu quarto e a despira, durante o sono, fazendo o que bem entendesse com a sua nudez.

Rodrigo enlaçou os cabelos de Malu na mão direita e puxou-lhe a cabeça. "Ou chupas ou deixo-te aqui sozinha." Aquela ordem era a súmula de todos os assobios, piropos, piscares de olho dos homens que a tinham obrigado a acelerar o passo na rua. "Nem penses que me vais deixar neste estado. Não sais daqui enquanto não acabares o que começaste."

Malu tentou a lógica: o que começara ela, afinal, que merecesse a obrigação de meter aquilo na boca? E a lógica naufragou na culpa: tinha fugido de casa, ignorara os avisos das freiras sobre as intenções dos homens, entrara no carro dele sozinha, e não lhe pedira para ir mais devagar na estrada da serra, nem que voltasse quando pararam diante do convento. Se nada fizera para o impedir, então, merecia que Rodrigo estivesse a forçar aquele apêndice contra os seus lábios.

"Olha que se não vai a bem, vai a mal."

Ela não queria chorar, mas as náuseas encheram-lhe os olhos de lágrimas. O cheiro a mofo, nas paredes da cela, foi submerso pelo hálito azedo de Rodrigo, pela pungência do cheirete a mijo, suor e leite estragado no sexo de um homem bêbedo.

"Não te armes em esquisitinha, só tens de chupar, vais na mesma virgem para o casamento."

O caralho, a picha, o piço. Palavras que escandalizavam as raparigas e fortificavam os rapazes. Malu cravou as unhas no caralho, na picha, no piço, e lacerou-lhe as veias gordas. Rodrigo ganiu e dobrou-se para diante, sendo atingido na cara pelo ombro de Malu, que tentava sair da cela. Caíram os dois, ela quis levantar-se, ele foi mais rápido, mais forte. Num só movimento, ficou por cima, apertando-lhe a garganta, enquanto a outra mão se desenvencilhava do vestido de Malu e lhe rebentava o elástico da roupa interior, deixando-a nua da cintura para baixo. Deu-lhe duas bofetadas na cara. A primeira, com a palma, abriu-lhe um lanho no lábio; a segunda, com as costas da mão, apanhou-lhe um olho.

"Agora, já não vais virgem para o casamento."

Afastou-lhe os joelhos, voltou a agarrar no pénis, sentiu um líquido espesso e olhou para a mão. Num timbre esganiçado, gritou: "Sangue". O som da palavra esvaziou-o. Malu sentiu uma folga nos dedos que a prendiam e mordeu-lhe o braço, conseguindo soltar uma perna para lhe atingir o queixo com o calcanhar. Rodrigo cambaleou, às arrecuas, contra uma parede. Maria Luísa levantou-se e correu para a goela do mato na noite escura.

Durante as horas que tardou a encontrar o caminho para casa e a percorrer oito quilómetros, sentiu-se perseguida. A cada estalido da ramagem, indecisão numa encruzilhada ou grito de uma gaivota, crescia a corpulência de um vulto que, durante muito tempo, lhe apareceria atrás das costas numa rua despovoada ou se a janela do quarto batesse com o vento.

Principiava a aurora quando Malu viu a praia. Desceu para o areal e entrou vestida no mar bravo. Seria tão fácil deixar-se ir, apagar a dor no estrondo das ondas, despejando-se da noite má para a noite eterna, sem dar ouvidos ao repto do poeta que alguém recitara nos serões da biblioteca do Hotel Storm's — *Do not go gentle into that good night*. Mas era o dia que chegava, não a noite, erguendo-se acima das gigantescas escarpas, depurando o oceano com o sol nascente. E assim, mergulhada nos elementos essenciais à criação — luz e água —, Malu alcançou que era a vida, não a morte, que a chamava. Saiu do mar, as feridas ardiam-lhe por causa do sal, uma dor limpa justapunha-se à dor suja.

Lembrou-se de uma frase do avô Xavier.

O que arde cura e o que aperta segura.

Na casa da Praia Grande, alugada para o verão, a azáfama de preparar o pequeno-almoço para a família não acalmou a mãe desperta, que aguardava Malu. As torradas estavam prontas e o café prestes a ferver. Antónia não precisou de virar-se para saber que Maria Luísa a observava a partir da soleira.

"Nem te atrevas a abrir a boca." O café entrou em ebulição. "Fugir de casa, Maria Luísa? Chegar a esta hora? O que vão dizer as pessoas? Somos uma família de respeito." A tampa de ferro pulou e a cafeteira cuspiu perdigotos para o fogão. Mantendo-se de costas, Antónia não olhava para Maria Luísa. "Anda uma mãe a criar uma filha, para isto." Rodou o manípulo, a extinção da chama soou como o último suspiro de um moribundo. Baixou a cabeça, os ombros desistiram da raiva, as cordas vocais soçobraram:

"Toda a noite preocupada contigo, com medo que tivesses algum acidente."

Na fragilidade incomum de Antónia, Malu viu a sua. Mãe e filha estabelecendo a mais elementar das alianças: eu sou tua, e tu és minha. Antónia voltou-se e viu Malu, o olho inchado, a protuberância no lábio, as pernas e os braços retalhados pela caminhada na serra, um rasgão no vestido, os cabelos molhados. Malu esperava um abraço, ansiava pelo amparo da mãe, queria unir o que fora separado à nascença.

Antónia não conseguiu abraçar a filha. "Olha para o teu estado", disse, com mágoa. Depois, com azedume: "Olha para o teu estado". Nunca ninguém mostrava dó por ela, muito menos aquela filha, sempre tão empenhada em dececionar a mãe.

Gonçalo Storm entrou na cozinha com as crianças, sem se dar conta do enfrentamento. Pureza e Frederico correram para a mesa. O pai serviu-se de café.

"Já viste o que ela me fez?", perguntou-lhe Antónia.

Estremunhado e com a chávena na mão, Gonçalo era o tolo da aldeia, que, convocado a servir de testemunha de acusação, não entendia como Antónia se queixava do que lhe fizera a filha, se era Maria Luísa que estava ferida.

"Eu não te fiz mal nenhum", disse Malu, querendo dizer "*Foi a mim que me fizeram mal, como é que não vês isso?*". A injustiça impunha uma revolta muda. Expor o que lhe acontecera seria motivo de mais condenação, por isso, havia um regozijo malévolo, uma pequena vitória, em manter a mãe na ignorância.

"O que é que achas que as pessoas vão dizer?", acusou Antónia.

"Eu sei o que é que as pessoas vão dizer, porque já o dizem há muito tempo. Que sou filha de uma criada."

A mão aberta de Antónia despenhou-se na cara da filha com uma velocidade supersónica, a aliança de casamento acertou em cheio no lábio inferior, e o golpe que Rodrigo abrira horas antes voltou a sangrar.

O pequeno Frederico desatou num pranto, contagiando Pureza, e Gonçalo tentou a seriedade possível a um homem de pijama:

"Vamos lá ser civilizados, por favor."

Malu provou o corte no lábio, o travo ferruginoso do sangue. Uma ferida sobre uma ferida. Primeiro, Rodrigo. Agora, a mãe. Naquela cozinha, rodeada pela família, sentiu-se ao abandono, mas não derrotada, porque o ódio, naquela idade, era uma forma de afirmação. Mostrou os dentes vermelhos, o sorriso sanguíneo, e perguntou ao público:

"Já viram o que a minha mãe me fez?"

No dia 10 de novembro de 1961, Malu faltou às aulas de preparação para o Crisma e entrou no cinema para ver *O preço da audácia*, filme anunciado nos cartazes como:

Um caudal violento de sensações fortes em que o amor mais realista estrangula os mais puros sentimentos.

No final da sessão, Malu foi recebida na rua por uma chuva de panfletos. Caçou um papel esvoaçante e leu o evangelho que substituiria todos os outros na sua vida:

FRENTE ANTITOTALITÁRIA

DOS PORTUGUESES LIVRES EXILADOS

HOMENS E MULHERES DE PORTUGAL!

ESTUDANTES, JUVENTUDE SEM RUMO!

MILITARES SAÍDOS DO POVO E QUE AO POVO PERTENCEM!

TRABALHADORES SEM LIBERDADE NEM PÃO!

Portugueses como vós, mas livres, que por vós lutam e que tudo arriscam em países verdadeiramente livres, vimos por este meio exprimir o único voto verdadeiramente livre que a Pide e a censura de Salazar não poderão tiranizar. E só através deste voto as eleições do Estado Novo conhecerão um momento que não será de fraude nem de violência sobre a dignidade de um povo inteiro.

Mais um ano de Salazar, e será o caos. Com o vosso auxílio e a consciência da nossa situação dramática no mundo, poderemos fazer muito mais. É connosco que está o mundo livre, e não com Salazar. Estamos em guerra contra o Estado Novo e o seu verdugo. Ajudai-nos a ganhá-la para vós, só para vós, todos os que sofrem e anseiam por liberdade, saúde, pão, instrução e justiça.

Henrique Galvão, que no início do ano desviara o paquete *Santa Maria*, executava agora a cinematográfica Operação Vagô, organizando o sequestro de um avião da TAP, a partir do qual os seus operacionais lançaram cem mil panfletos sobre o país.

No mês seguinte, um grupo de presos políticos fugiu da prisão de Caxias e cinquenta mil tropas indianas cercaram três milhares de soldados portugueses em Goa, Damão e Diu. Na segurança do palacete de São Bento, Salazar proibiu uma rendição: "Apenas poderá haver soldados vitoriosos ou mortos". Na Índia, o general Vassalo e Silva evitou uma carnificina e entregou as armas. No regresso a Portugal, foi expulso do Exército.

Os últimos dias de 1961 haveriam de levar Malu a crer que tinha um papel na corrosão do Estado Novo. Gonçalo Storm e a família foram convidados a passar o Ano-Novo no Alentejo, numa das herdades dos Bravo Montalvão. Malu não mostrou interesse na complicada linhagem de filhos, netos, primos, genros e noras que dependiam dos humores e da bolsa de dom Manoel, o patriarca-magnata, até que viu chegar Diogo e Ticha, os herdeiros de alta cotação no mercado matrimonial. Conhecendo a virulência de Ticha, Malu consentiu a proteção que Diogo já quisera oferecer-lhe na Praia Grande.

"Gosto da terra, das árvores e dos animais", explicou ele. Falava sem manias, cada palavra tinha a honestidade da terra, das árvores e dos animais.

"Eu e a minha irmã somos muito diferentes." Malu ficou a saber que Diogo achava Ticha frívola como uma conversa de cabeleireiro, e que, para Ticha, o irmão era um arado de bois na era do avião a jato.

Diogo convidara Malu para um passeio a cavalo. Na manhã de inverno, o céu era uma vidraça acabada de lavar, a claridade desimpedia as planícies até ao horizonte. Malu sentia-se livre e a salvo.

"O meu avô quer que eu acabe o curso de direito e vá trabalhar com ele nas empresas", disse Diogo, montado numa égua malhada, que parecia comandar telepaticamente. "Por mim, já estava aqui a cuidar do gado e da lavoura." Os Bravo Montalvão tinham negócios no Brasil e no Ultramar, estaleiros navais e indústrias químicas na metrópole, faziam parte da exclusiva corte financeira do regime. Usando os privilégios da sua educação, Diogo podia procurar a glória ou a ruína com igual facilidade. Mas, com botas de montar e colete de couro, mais parecia um xerife dedicado a conservar a pacatez de uma vila longe da civilização.

Dentro dos limites da herdade — com território bastante para fundar um principado —, os cavalos trotaram junto ao posto da Guarda. O soldado Bexiga apareceu no exterior. De tanto passar fome em pequeno, encalhara num corpo de criança e boiava dentro da farda. "Cumprimentos ao senhor seu avô, que deus o proteja", disse Bexiga. Ali, no país remoto, a GNR não obedecia apenas ao Estado. Tinha um santo patrono em dom Manoel, e os guardas recebiam, da família Bravo Montalvão, cordeiros, porcos e garrafões de vinho, a fim de manterem os jornaleiros na ordem.

"Como está a sua mãe?", perguntou Diogo.

"Ela é rija", garantiu Bexiga, não deixando que a sua debilidade física prejudicasse o prestígio da mãe, que, entre o Dia de Finados e o Natal desse ano, perdera o marido para uma cirrose, se despedira de um filho, destacado para a guerra, e tinha outro procurado pelas autoridades por incitar uma greve na herdade.

"Vou fazer-lhe uma visita", informou Diogo, e apontou os cavalos para a aldeia. Meia hora mais tarde, viram as casinhas brancas e as janelas fechadas, as ruas vazias, todos os habitantes vergados nos campos desde o nascer-do-sol. Desmontaram e, dos alforges da sela, Diogo retirou um pacote de farinha, outro de açúcar e um de café. Malu já o tinha visto a distribuir pão e vinho aos jornaleiros. Homens e mulheres calados, de olhos na terra, miúdos que bebiam, fumavam e trabalhavam como gente grande. Diogo parecera-lhe um general a agraciar as tropas, entre batalhas, procurando ser mais amado do que temido.

Na porta de uma das casas da aldeia, uma silhueta enlutada esticou-se para ver os forasteiros. Com tantas rugas e nenhum dente, o rosto estava prestes a colapsar para dentro da boca. Era uma mulher com mãos de homem, vestia negro da cabeça aos pés. Puxou o xaile dos ombros para cobrir o cabelo apanhado num carrapito.

"Sou eu, Justina", disse Diogo, avançando para a mulher. Em Justina, debatia-se a fome do rafeiro e o medo de quem lhe dava de comer. Ela olhou para dentro de casa, depois para Diogo, que tirou o chapéu e pôs cara de velório:

"Os meus sentimentos, pelo seu marido."

Justina Bexiga encolheu os ombros, desassombrada com a morte de um bêbedo na escala de todas as suas perdas: "Tive quinze filhos. Morreram cinco. E não desmanchei nenhum".

Diogo fez tenção de entrar na casa, ela segurou a porta. "Estou doente, menino, afanada do peito, não se me achegue, que ainda lhe passo o bicho."

Diogo encheu os pulmões, vangloriando a saúde e os anticorpos dos bem nutridos. "A mim, nada se me pega."

"É uma casa modesta, menino." Mais do que uma explicação, era uma súplica.

Diogo acenou com o suborno dos pacotes de comida, passou por Justina e abriu a porta, julgando desobrigá-la da cerimónia que os criados deviam aos patrões. Queria mostrar à progressista Malu que era imune aos preconceitos que fariam as suas tias cobrir o nariz, só de imaginarem o sobrinho a beber água do mesmo púcaro onde aquela gentuça requentava as migas.

Com a porta aberta, um leque de luz varreu a bruma no interior da casa, desvelando um homem sentado diante do fogo. Uma corrente de ar entrou fresca e saiu carregada de cheiros, fazendo Malu pensar em sopa estragada e corpos que dormiam com a roupa do trabalho. O homem parou de comer a fatia de pão com uma sardinha de lata. Pousou o copo do mesmo vinho que esfrangalhara o fígado do seu pai. Levantou-se do banco como lhe ensinaram a fazer com as visitas. "Doutor", disse, curvando a cabeça.

"Não sou doutor." A voz de Diogo crispou-se. "Estás aqui a fazer o quê?"

"Só vim visitar a minha mãezinha. Não quero arranjar mais problemas, prometo. Já estou de partida." Meteu todo o pão na boca, bebeu o vinho de um trago e deu um passo para o clarão de liberdade na porta. Malu percebeu que o homem era, afinal, um rapaz, talvez da idade de Diogo. Nas feições surradas, tinha a mesma magreza e meninice que ela vira meia hora antes, no guarda republicano. Este Bexiga era o tal agitador dos jornaleiros, o filho de Justina, procurado pelas autoridades por exigir uma redução nas horas de trabalho. Diogo cortou-lhe a trajetória, escureceu a casa colocando o corpanzil diante da porta.

"Estou nas suas mãos, doutor", disse o rapaz. "Faça o que entender."

"Já te disse que não sou doutor."

O enfado de Diogo nada tinha a ver com o título que, no primeiro ano da faculdade, sabia não merecer ainda, mas com o dilema que aquele imbecil o obrigava a desarmadilhar diante de Malu. Devia levá-lo à GNR, uma vez que os Bravo Montalvão não confundiam caridade com amnistia. Quando se tratava de explicar o exercício do poder da família, os argumentos do avô patriarca eram ouvidos sem contestação: "Experimentem ir trabalhar para o campo e deixem que sejam os jornaleiros a mandar em vocês. Depois, venham cá contar-me como correu".

O filho de Justina tinha de ser posto no lugar antes que a sublevação se espalhasse pelos outros. E esse lugar era a cadeia, durante uns tempos. Com Malu como espectadora, no entanto, Diogo não queria ser o autor de uma tragédia alentejana escrita em duas linhas:

Guarda republicano prende o seu irmão fugitivo que matava a fome em casa da mãe, viúva e com um filho na guerra.

Diogo tinha mais ganas de espancar o estrupício que lhe escangalhava os planos românticos do que de mandar prender um inimigo do patronato. O imbróglio complicou-se, porque, confirmando a sabedoria do avô patriarca — "os pobres têm vidas muito desinteressantes, é por isso que precisam de melodramas de faca e alguidar" —, Justina caiu de joelhos, desfeita em lágrimas e urros, de mãos unidas:

"Por favor, ele nunca mais se mete noutra, juro pelas alminhas dos meus meninos, que deus os tenha."

Diogo procurou Malu — a contundência do nariz, a largueza da boca, o corpo delineado, os olhos como galáxias fulgurantes no espaço sideral do cabelo negro que se expandia sobre os ombros. Se Ricardo III oferecera o seu reino por um cavalo, porque não podia Diogo renunciar, temporariamente, à lealdade aos princípios da família e ser feliz no amor? Antes de sair porta fora, disse ao rapaz:

"Eu não te vi, e tu não me viste."

Os cavalos sabiam de cor o caminho de regresso, avançavam a passo pelo verde da planície onde as flores selvagens se ofereciam ao sol de inverno, sabendo que não chegariam ao verão. Diogo experimentava a magnanimidade do juiz que deu uma segunda oportunidade ao pequeno criminoso. Já Malu estava enredada numa teia de cogitações e dúvidas. Muitas vezes, havia dado comida aos mendigos que a mãe recebia nas traseiras do Hotel Storm's. Não era estranha ao paternalismo das famílias endinheiradas, com pobres de estimação e empregados mal pagos, famílias que perpetuavam a míngua e a dureza do trabalho com as migalhas das suas benesses.

Justina Bexiga nunca vira o mar, não tinha luz elétrica, água canalizada ou casa de banho; não sabia ler nem escrever, como quase metade dos portugueses; os seus filhos mais pequenos estavam a trabalhar no campo à hora que os irmãos de Malu acordavam para ir à escola. Mas aquilo que Malu acabara de presenciar era diferente. Mais do que a pobreza, era a sujeição de Justina que a desconcertava, a forma como ela tinha implorado e como o filho se entregara a Diogo sem resistência. O regime conseguira que a miséria material fosse também existencial. Criara uma perversão em que os oprimidos eram gratos aos opressores. Qual degeneração genética, essa anemia da alma passava de pais para filhos. Ninguém poderia ser feliz enquanto aquela doença persistisse.

Malu acreditava ter descoberto algo que mais ninguém tinha visto e queria espalhar a sua revelação, procurar uma cura. Despertaria toda a gente do marasmo, a começar pelo herdeiro de uma grande fortuna, que deixara fugir um dissidente procurado pela Guarda. Olhou para Diogo e foi acometida pela ânsia de quem começava uma viagem. O último dia de 1961 seria o primeiro da sua nova existência.

Os cavalos saíram do campo aberto e, ao entrarem no montado, os pássaros calaram-se. Os sobreiros descortiçados exibiam a radiância da lava. Diogo aproximou-se da árvore mais majestosa, acariciou-lhe o tronco em carne viva, cor de saibro. "Este tem catorze metros de altura e quatro de perímetro. Foi plantado em 1783. Chama-se *Assobiador*, por causa dos pássaros que aqui vêm pousar." Levantou os olhos para o emaranhado de galhos e imitou o canto das aves, sorrindo quando lhe responderam.

Ela pressionou os calcanhares nos flancos do cavalo e puxou as rédeas de maneira a ficar de frente para ele, acercando-se devagar, até estarem lado a lado, perna com perna. Infringindo todas as proibições a que as mulheres estavam sujeitas, agarrou-lhe a cara e deu-lhe um beijo com língua. Diogo tinha a boca fria, mas, em menos de nada, o sangue pulsava-lhe nos lábios e no sexo que crescia dentro das calças.

"Sou virgem", desculpou-se ele, com a inocência com que sorrira aos pássaros.

"Eu também", disse ela, com a malícia com que o beijara.

No que sobrava do caminho, Malu ficou menos inquieta, mais sensorial. Era uma rapariga de férias, que montava a cavalo, talvez pudesse viver no já e no agora, ser mais como Diogo, só terra, céu e animais.

O vulto negro não lhe permitiria tal coisa. Em menos de um fósforo, pulverizou o ar com o seu cheiro fétido. Malu encolheu-se.

"Está tudo bem"?, perguntou Diogo, quando chegavam à mansão da família.

Desde a noite no Convento dos Capuchos que Malu se imaginava perseguida pelo vulto negro. Nunca o via, mas sentia-o antes de abrir uma porta ou de acender uma luz num quarto escuro. Até então, o vulto insinuava-se pela ausência, nunca chegando a materializar-se. Só que agora estava ali, a sair do Alfa Romeo vermelho e descapotável, com um porta-fatos ao ombro, uma mala de viagem na mão, piscando o olho a Ticha, que o recebeu com um beijo na boca.

A Operação Ícaro começou a ser pensada no Brasil, onde se exilara Humberto Delgado após a derrota nas eleições fraudulentas de 1958. O general entrara na campanha como um justiceiro do Faroeste, pontapé na porta e dois tiros para o ar. Quando lhe perguntaram o que faria ao ditador-raspador de cozinha, caso fosse eleito chefe de Estado, dissera: "Obviamente, demito-o". O movimento de apoio popular fervilhara nas ruas e assustara o regime, deflagrando uma acendalha de esperança, prontamente apagada pela Pide. Uma vez entronizado o candidato oficial da ditadura, a Polícia do Estado dera caça àqueles que tinham participado nas ações de campanha. O general foi exonerado do Exército e fugiu do país. Se, para a Oposição,

Delgado ganhara a alcunha de *General sem Medo*, na Pide, preferiam apelidá-lo de homem morto.

Para levar adiante a Operação Ícaro, o general teve de deixar o exílio, viajar até Espanha e esperar, perto da fronteira, que os seus homens invadissem o quartel de Beja, onde deveriam montar a base de operações para controlar o Sul. Dominada a cidade, o aeroclube e a emissora de rádio, transmitiriam então uma mensagem do líder, que entraria no país para libertar os portugueses.

Às duas e dez da manhã, quando os revoltosos saltaram o muro e subjugaram os primeiros soldados do regime, roubando-lhes as armas, a orquestra que tocava na festa dos Bravo Montalvão iniciou uma valsa. Rodrigo dançava com Ticha, de tal maneira sintónicos — na estirpe, no estatuto, na fleuma —, que, entre as múltiplas futilidades que emergiam da boca dos bêbedos no salão de baile, a mais comum era: "Fazem um belo casal".

Num banco de mármore do jardim, Diogo despiu o casaco para proteger Malu da neblina. Ela pedira-lhe para apanharem ar lá fora, enjoada com o fumo, a música e o prazer impune de Rodrigo, a rodopiar com Ticha para gáudio da assistência. Era impossível que ele não tivesse reconhecido Malu, embora não tenha dado qualquer sinal disso, ignorando-a com a mesma naturalidade com que desconhecia o nome dos empregados que serviam nessa noite.

"O meu irmão alistou-se para a guerra", disse Diogo, no jardim de sebes, estátuas e repuxos de água. Antes que pudesse continuar o discurso patriótico-emocional, viu Rodrigo passar com Ticha no outro lado das janelas, deixando um rasto de fanfarronice e brilhantina por cima da solenidade com que Diogo falava do irmão. Um rapaz do povo teria cuspido no chão. Ele ajeitou os botões de punho com as suas iniciais. "Bandalho. Matriculou-se numa faculdade em Londres para fugir da guerra, o cobarde, dizem que passa mais tempo nos bares do que nas aulas."

Desinteressada dos concursos de virilidade entre rapazes, Malu falou como se afastasse uma faca encostada à garganta.

"Ele tentou aproveitar-se de mim."

"Mas disseste que eras virgem." Foi a primeira coisa que ocorreu a Diogo. Malu olhou-o, desapontada, e virou a cara, desejando que a faca imaginária estivesse agora na sua mão.

O mais provável era que Diogo se comportasse como os convidados da festa, caso Malu entrasse no salão de baile, mandasse calar a banda e, ignorando o decoro das senhoras e a imunidade dos cavalheiros, não reduzisse um crime a eufemismo — "tentou aproveitar-se de mim" — e acusasse o agressor com as palavras certas — "Quiseste violar-me".

Diriam que estava maluca, que queria atenção, alguma coisa a gaiata devia ter feito para o provocar, e a condenação de Rodrigo seria inversa ao vexame de Malu. Dias mais tarde, ninguém se lembraria do episódio. Mas ela não poderia esquecer a vergonha.

"Pensei que eras uma pessoa simples", disse Malu. "Mas, se calhar, Diogo, és só simplório."

"Hã?"

"Acho que acabaste de esclarecer a minha dúvida."

Malu devolveu-lhe o casaco e começou a afastar-se. Ele correu atrás dela, voltou a cobrir-lhe os ombros.

"Desculpa."

"Não quero que tenhas pena de mim. Quero que ele pague pelo que me fez." Diogo resistiu a perceber a exigência e, como se dava melhor calado, esperou que fosse Malu a falar. "Na Praia Grande, quando disseste para eu não entrar no carro do Rodrigo, foi porque gostavas de mim ou porque não gostavas dele?" Desta vez, a pergunta era direta, e, ainda assim, Diogo nada disse, porque antevia uma cilada. "Diz a verdade", pressionou ela.

"As duas coisas."

"Quanto a gostares de mim, não te preocupes, porque agora somos namorados."

"A sério?", disse ele, julgando que tudo acabaria bem.

"Sim, mas para isso falta fazeres alguma coisa relativamente a não gostares dele."

"O quê?"

"Surpreende-me."

Enquanto isso, no quartel de Beja, os revoltosos encerravam os oficiais do Exército numa sala, esquecendo-se de arrancar o fio do telefone e permitindo, assim, que os presos ligassem para Lisboa a avisar do ataque. O subsecretário de Estado do Exército apressou-se para o local, desfardado e sem escolta. Chegado às imediações do quartel, foi morto pelo disparo de um GNR que, vendo um intruso à paisana, julgou tratar-se de um golpista. Apesar das trapalhadas e do amadorismo, em ambos os lados da refrega, o alarme chegou a Madri, nessa madrugada, e os tanques espanhóis avançaram para Badajoz, com Franco decidido a invadir o Porto, Coimbra e Lisboa, caso Salazar fosse deposto.

O golpe de Humberto Delgado fracassou, acabando em mais de sessenta detenções e muitas horas extras para a Pide, no 1º de janeiro, o que intensificou a bestialidade dos interrogatórios — os pides eram funcionários públicos e, uma vez por outra, também gostavam de acordar tarde num dia feriado.

Na herdade dos Bravo Montalvão, o ano de 1962 amanheceu com os impropérios de Rodrigo e o pranto de Justina. Uma novela inesperada, em que as agruras dos ricos e dos pobres, não se tocando, aconteciam no mesmo lugar. Rodrigo reclamava, entre os automóveis estacionados, pelo desaparecimento do seu descapotável. Justina, no patamar da porta da casa dos patrões, rogava-lhes que a levassem ao hospital, onde o filho estava internado com ferimentos de arma de fogo. Na entrada, juntaram-se os convidados, para assistir ao espetáculo da gritaria, uns de ressaca, outros ainda tocados pelo champanhe da festa, e uns quantos a par do assalto ao quartel de Beja. Entre todos, iniciou-se um inadvertido jogo do Cadáver Esquisito, cuja versão final punha o filho de Justina a roubar o carro de Rodrigo, com o fim de transportar os revoltosos em debandada após a debacle do golpe daquela madrugada.

Malu intuía que a verdade acerca do Alfa Romeo era outra. Regalou Diogo com um beijo na bochecha:

"Muito obrigada."

Ele estava preocupado com o drama de Justina:

"Tivesse eu entregado o Carlitos na Guarda, ontem, e agora a mãe não tinha um filho a morrer no hospital."

"Bem que a podias levar lá", disse Malu.

"Eu vou, mas olha que se alguém descobre o que fiz por ele, ainda vou preso por colaborar com os bandidos."

Malu deu-lhe outro beijo, deixando que os cantos da boca se tocassem. "Fica descansado, vou ver-te à cadeia, se for caso disso." Sorriu, fazendo um voto que também era uma provocação. "E fico virgem até ao final da pena."

O filho de Justina sobreviveu ao ferimento de uma bala no ombro e passaria os anos seguintes na prisão de Peniche. Humberto Delgado permaneceu em Portugal dez dias, disfarçado com óculos e um bigode postiço, saindo para Espanha pela fronteira de Barca d'Alva e regressando depois ao exílio no Brasil. Para a posteridade, ficou a fotografia que fez questão que lhe tirassem, na avenida da Liberdade, em Lisboa, a ler o *Diário de Notícias*, com o fito de ridicularizar a Pide. De tal maneira avessa a gracinhas, a Polícia baixou o pano desta tragicomédia com uma trapaça e vários disparos de pistola. Em fevereiro de 1965, o ex-general viajou do Brasil para Espanha, com passaporte falso. Em Badajoz, combinou encontro com um grupo que julgava ser de militares opositores do regime. Foi recebido por uma brigada da Pide e um tiro na cabeça. Enterraram-no numa vala, debaixo de camadas de cal e ácido sulfúrico, junto de Jayra, a secretária que o acompanhava.

O carro de Rodrigo, encontrado no fundo de uma pedreira, após uma queda de dezenas de metros, chegou à herdade ainda no primeiro dia de 1962, esmagado e sem conserto, no lombo de uma carrinha de caixa aberta. Nesse dia, Malu descobriu — tal como os agentes da Pide que matariam Delgado — que a vingança podia ser tão extasiante como o prazer carnal.

1970

Acordou lentamente. O aroma da gordura de um caldo de galinha sobrepunha-se ao do suor no colchão de palha onde a tinham deitado. Esganada de fome, pegou na malga de plástico e sorveu o líquido quente. Quantas horas tinha dormido? Estaria ainda no edifício da António Maria Cardoso ou de volta a Caxias? De pergunta em pergunta, o bem-estar inicial descambou em pânico: que teria confessado? Os estragos da memória de curta duração, provocados pela tortura do sono, não lhe permitiam reconstruir os últimos dias com acuidade, tão-pouco aceder ao esconderijo onde guardara a informação que não deveria entregar de maneira alguma.

Parou de beber a sopa e respirou. O descanso não lhe devolvera a perspicácia para resolver o grande problema: como saber o que contara, se nem sequer recordava o que não deveria contar?

Durante a tortura, julgara ter superado o maior medo do militante comunista: não a dor física, mas trair os camaradas, *falar*, a rendição torpe, a vergonha de cair de joelhos diante do inimigo. *Falar* era a suprema desonra, a morte em vida. Agora, Maria Luísa não estava segura do seu silêncio. De nada valia argumentar que fora vítima da privação do sono. O secretário-geral tinha sido claro: a superioridade moral dos comunistas começava no indivíduo que, mesmo isolado numa sala com os torturadores, nunca abjurava os valores partilhados com o Partido — a retidão de caráter, a lealdade com os camaradas, a renúncia do interesse próprio em favor de algo mais elevado.

Nenhum verdadeiro comunista deixou de o ser por causa das torturas. Se o camarada preso é um camarada sincero, as torturas não abalam a sua firmeza, não o forçam a fazer qualquer declaração. Enquanto tu, na prisão, lutas em defesa do Partido, lá fora, a luta continua!

Maria Luísa lambeu o interior da tigela e arrotou, tentando avivar na memória as regras oficiais do Partido. Ver-se-ia suspensa da Organização se contasse aquilo que a Polícia já sabia. Na eventualidade de ter confessado algo inédito, seria expulsa. Era também isso que a Pide buscava: cada militante traidor estava liquidado politicamente junto dos seus camaradas, tornando-se mais uma baixa entre os inimigos do regime.

Angustiada pela hipótese de não cumprir um dos requisitos do comunista que passava pela prisão — ser capaz de, sem vergonha ou remorsos, olhar os camaradas nos olhos —, escapava-lhe um problema maior: continuava presa e a tortura não acabara.

Tinha sede. Havia muito que não bebia água, e a sopa estava salgada. Nem por acaso, o inspetor Perdigão, reassumindo o papel de pide bondoso, entrou na sala com um jarro e um copo, que pousou sobre a mesa. Apanhou a cadeira do chão e ofereceu-a a Maria Luísa. Derramou a água no copo, desenhando um arco fresco e límpido.

"Sente-se, por obséquio." Ajudou-a a levantar-se do colchão, amparou-lhe uma vertigem, aconchegou-a na cadeira com o garbo de um pretendente num jantar de gala. O Pide Bondoso tinha tomado banho e vestia roupa saída do estendal, cheirava a manhã de fim de semana, com as janelas abertas para um pomar. Os dedos morenos ofereceram o copo de água que ela engoliu alarvemente, babando-se pelos cantos da boca. O pide serviu-lhe mais água do jarro. Desta vez, Maria Luísa saboreou-a e teve o cuidado de respeitar as maneiras de que a mãe fazia tanta gala, à mesa, com convidados.

De tal forma era inebriante a passagem da agonia da sede para a equanimidade de um copo de água, que Maria Luísa deixou de ouvir na cabeça as exortações do secretário-geral.

E tu, mulher comunista, repele as amabilidades desses homens que torturam os teus camaradas, que amanhã te irão torturar sem piedade.

Maria Luísa procurava, sem se dar conta, uma réstia de humanidade e refinamento, como se estivesse com aquele homem numa esplanada, a beber um Porto e a falar da matiné que acabavam de ver no Cinema Mundial.

"Faz-me muita confusão que a estejam a tratar como uma campónia", disse o Pide Bondoso, entregando a Maria Luísa o lenço que tirara do bolso do casaco. "Uma senhora com as suas relações familiares, ainda por cima estudante universitária, deveria ser abordada de acordo com o seu estatuto." Era verdade que a Pide refletia o oficioso sistema de castas do país. A beligerância da abordagem a mata-cavalo, a um operário fabril, não tinha paralelo no caso de um doutor filho de boas famílias. A menos que fossem funcionários do Partido: nas salas de tortura, os comunistas conseguiam o igualitarismo e o fim da sociedade de classes que não logravam lá fora. Do cantoneiro ao catedrático, todos apanhavam de acordo com as suas necessidades.

Maria Luísa secou a boca no tecido de algodão que cheirava a cama feita de lavado. Devolveu-o, e o Pide Bondoso recusou, o lenço era um presente. "O diretor veio falar comigo, está interessado no seu caso. O marido da senhora sua mãe, o dr. Storm, é uma figura estimada, já intercedeu por si, enviou cartas, pediu audiências. Mas, nos tempos que correm, acabaram-se os tratamentos preferenciais."

Foi a honestidade daquela última frase que despertou Maria Luísa. Nos últimos meses, o regime apertara, de facto, o cerco aos dissidentes, e oferecia violência a torto e a direito. O crescimento da contestação à guerra colonial e as ações da extrema esquerda, com assaltos a bancos e o roubo de armas em quartéis, tinham conturbado a transição do despotismo de Salazar para o ilusório progresso de Marcello Caetano.

Em 1968, o ditador-raspador de cozinha caíra de uma cadeira quando estava a arranjar os pés, batendo com a cabeça providencial numa laje providencialíssima. Desde então, Marcello Caetano e os seus sequazes tiravam tempo da gestão governamental para encenarem Conselhos de Ministros com Salazar, fazendo-o crer que ainda era líder do executivo. Caetano bem podia travestir-se de bondoso educador do povo, no programa televisivo *Conversas em Família*, ou mudar o nome da Censura para Exame Prévio. Mas os presos políticos continuavam a ser torturados nas cadeias e o Estado Novo nunca estivera tão caduco, tremendo cada vez mais o dedo no gatilho.

Maria Luísa pensou na violência de que eram capazes as pessoas que acreditavam estar perto do fim. Lembrou-se dos franceses, que haviam cobrado a independência da Argélia com quase um milhão de mortos. Lembrou-se da mulher de Goebbels, que envenenara os filhos, no bunker de Hitler, nos últimos dias do Terceiro Reich. Lembrou-se de todos os maridos que encontravam no homicídio da mulher adúltera a única maneira de salvar a face.

Que faria o regime português à beira do precipício?

O Pide Bondoso continuou a sua prestação, mas Maria Luísa libertara-se do encanto e voltara a ouvir as palavras de Álvaro Cunhal.

Seria grande ingenuidade se te convencesses um momento sequer que não estás a lidar com verdadeiros bandidos. Aqueles que te falam sorrindo são os mesmos que dentro de uma hora te poderão torturar cruelmente, são os mesmos que torturaram e assassinaram muitos dos nossos melhores camaradas.

Mendonça, o Pide Bruto, entrou na sala desaustinado, de ameaças em riste, cheirando a noite de semana numa boate e com pinta de quem não mudara de roupa. Por um momento, Maria Luísa captou a banalidade daquela dupla de serventes do Estado. Reconheceu em ambos o português comum, o homem de família, vulgaríssimo na ambição de evitar problemas e de querer uma vida melhor para os filhos, herdeiro da melancolia de uma grandeza imperial extinta e dançarino alegre nos bailes dos Santos Populares. Não só de monstros se usavam as tiranias, mas da monstruosidade do funcionalismo cruel — obedecer sem fazer perguntas, porque era mais cómodo ser mandado do que ser oprimido, ser conivente do que ser torturado.

Diante de si, Maria Luísa não via apenas dois homens, polícias ou torturadores. Via o estado pantanoso a que o país tinha chegado. Já não se ia lá só com panfletos e greves e manifestações. O que fazia falta, deveras, estaria já em curso naquele preciso momento. E era isso que Maria Luísa não podia confessar: depois de décadas de oposição pacífica, o Partido Comunista Português ia iniciar a luta armada.

"Estás a rir de quê?", perguntou o Pide Bruto.

Maria Luísa imaginou-o com um tiro na cabeça, a explodir num carro-bomba, ou na cadeira do torturado, naquela mesma sala.

Voltou a sorrir.

"Ri-te, ri-te", disse ele. Dobrou os punhos da camisa, arregaçou as mangas, estalou os dedos. "Daqui a nada, já choras."

Estava oficialmente aberta a terceira sessão de tortura.

Não podia olhar para o céu, rir, cantar, assobiar, receber visitas ou cartas. Não havia hora de recreio ou conversas com outras presas. Nada de livros, jornais, cadernos de apontamentos. Na pequena cela, sem luz natural, não sabia quando era dia ou noite. Estava proibida de se deitar e sentar na cama fora das horas de descanso. Os guardas abriam o postigo na porta e cortavam-lhe o sono. Surpreendiam-na de cócoras, na latrina. Eram os olhos que prolongavam indefinidamente a impressão de ser observada como um animal de laboratório.

Se a tortura do sono dissolvia o tempo, o encarceramento solitário, num espaço exíguo, sem contacto humano, aprisionava o recluso num instante infinito. O silêncio ia subindo de volume até ser um ruído insuportável. Uma vez por outra, escutava-se uma gaivota lá fora, lembrando que a marcha do mundo — pessoas que se beijavam e que ouviam música e que viam o sol — era um navio onde ninguém a bordo se dava conta da náufraga a esbracejar na ilha. Por mais que ela gritasse, seria esquecida.

A festa continuava e ninguém parecia importar-se com aqueles que desapareciam na cadeia. Até os mortos, no cemitério, recebiam visitas.

Privados do toque e da voz humana, os presos ansiavam ser levados para os interrogatórios e conseguir um vislumbre do exterior. Se os guardas se aproximavam da porta, mas iam buscar alguém noutra cela, a expectativa derivava em frustração. Perversamente, o algoz passava a ser o salvador, por ser o único que podia suspender o mais doloroso dos exílios — a solidão, e por isso havia mais camaradas a capitular ao isolamento do que à tortura física.

Álvaro Cunhal começou a aparecer na cela de Maria Luísa quando ela levava três meses incomunicável — o primeiro dos quais com uma luz branca sempre acesa no teto. Parecendo uma alucinação, Cunhal era antes um recurso de Maria Luísa para evitar a loucura.

A partir das páginas escritas pelo punho do secretário-geral, lidas e decoradas durante a clandestinidade, bem como das histórias ouvidas aos camaradas, Maria Luísa construía as conversas que mantinha com o carismático líder. Como nunca o tinha visto, e não se conhecendo dele uma foto publicada, o seu Álvaro Cunhal baseava-se na descrição que Jorge Amado fizera após um encontro de ambos, em 1948:

As mãos nervosas, dessas mãos que falam, mal penteado o cabelo, um homem jovem mas fisicamente sofrido, homem de noites maldormidas, de pouso incerto, de responsabilidades imensas e de trabalho infatigável, eu o vejo, sentado ao outro lado da mesa, diante de mim, falando com a sua voz um pouco rouca, os olhos ardentes no fundo de um longo e sempre vencido cansaço: Álvaro Cunhal, conhecido por Duarte, o revolucionário português.

Maria Luísa recordava o pouco que lhe contara Alfredo do tempo em que ajudara o secretário-geral a fugir da prisão de Peniche. Imaginava Cunhal com ares de Spartacus, a personagem interpretada por Kirk Douglas no filme com o mesmo nome, a que ela assistira no Cinema São Jorge. Havia, por mera coincidência, algumas semelhanças entre Cunhal e Douglas. Nascidos com apenas três anos de diferença, tinham rostos angulosos, mandíbulas sólidas, o cabelo penteado para trás, o olhar de quem sabe muito bem ao que vai e que, pródigo de ideias e sonhos, não deixa de ter os pés assentes na terra, sempre pronto para a ação se o tirarem a meio da noite da cama onde dorme com um revólver debaixo da almofada. A semelhança física era sublinhada pela história de Spartacus, o escravo convertido em gladiador, que liderava uma revolta contra o império romano em decadência. Nas palavras de Jorge Amado, Cunhal tinha uma demanda igualmente heroica:

Sua paixão e sua tarefa: libertar o povo português da humilhação salazarista, libertar Portugal dessa já tão larga noite de desgraça, de silêncios medrosos, de vozes comprimidas, de alastrada e permanente fome do povo, de corvos clericais comendo o estômago do país, de tristes inquisidores saídos dos cantos mal iluminados das sacristias e da História.

Nas conversas, Maria Luísa sussurrava e, na sua cabeça, ouvia Cunhal a contar-lhe sobre os catorze anos que estivera preso, oito na solitária, catorze meses em total incomunicabilidade. Inquebrável e silencioso, recusara confessar qual porta abria a chave que tinha no bolso quando fora capturado. Podia ter evitado uma tareia dos pides, porém, nunca lhes disse que era apenas a chave de sua casa.

"Estava na cela 53, ala C, na Penitenciária de Lisboa", contou Cunhal a Maria Luísa. "Tão mesquinhos eram que se eu queria papel higiénico, tinha de pedir por favor."

"E pedia?"

"Claro que não. Tive um desarranjo nos intestinos e passei três meses sem papel higiénico. Queriam humilhar-me, desumanizar-me." Maria Luísa evitou entrar na intimidade do líder. Cunhal percebeu, mas insistiu. "Não julgue a camarada que a resistência é só hinos gloriosos e mortes antológicas. Somos todos humanos, feitos de carne, osso e excreções."

"Pois, até dizem que o Stálin morreu todo borrado", atreveu-se ela. "Quer dizer, por causa da hemorragia cerebral que o matou. Perdeu o controlo do corpo."

Cunhal pôs as farfalhudas sobrancelhas em sentido:

"Tem medo de morrer aqui dentro, é isso, camarada?"

"O senhor doutor não teve medo, quando se encontrava preso?"

"Trate-me por camarada, camarada."

"Claro, camarada", disse Maria Luísa.

"O medo, a solidão e a dor são condições transitórias, tudo passa", disse Cunhal. "Só a luta é perene. Um comunista preso prefere a tortura ou a morte a fazer quaisquer declarações prejudiciais ao seu partido."

"Eu não lhes disse nada."

"Até agora."

"Duvida de mim?"

"Nas condições em que se encontra, o risco de delação e de loucura é real. Tem feito os exercícios mentais que lhe aconselhei?"

"Recito poemas e passagens de livros que sei de cor. Faço muitas contas de cabeça, recapitulo os filmes que vi no cinema."

"Já lhe falei do xadrez?", perguntou Cunhal.

"Creio que não."

"Na prisão, eu aproveitava o miolo do pão para esculpir as peças do xadrez. Usava a tampa do balde dos dejetos como tabuleiro. Jogava sozinho, claro, o Álvaro contra o Cunhal, o Cunhal contra o Álvaro. Era uma forma de manter a sanidade."

No quarto mês de prisão, Maria Luísa foi transferida para uma cela com outra reclusa. Podia ler o *Diário da Manhã*, jornal porta-voz do regime, e escrever cartas com o máximo de duas páginas. Dos livros acessíveis, estavam excluídos os atlas, os manuais de filosofia, de história e de sociologia. Embora tivesse direito a visitas, quando os irmãos, a mãe e o padrasto apareciam em Caxias, com a pequena Nádia pela mão, havia sempre algum empecilho burocrático que os impedia de atravessar os portões. Criar esperança e desgosto era mais uma tática para abater a resolução dos presos. Os carcereiros explicavam os cancelamentos com um enfastiado: "É a vida".

Era prudente manter a cabeça baixa e a boca fechada. Qualquer ninharia instigava uma punição dos guardas, de forma que a Pide pudesse alegar mau comportamento na hora de adiar a liberdade condicional e prolongar as medidas de segurança que ampliavam as penas. A reclusa cantou, depois de avisada para não o fazer? Mais dois meses. A reclusa não se dirigiu ao diretor pelo título de doutor? Um mês extra. A reclusa escreveu à família, queixando-se do médico, alcunhado "o patife do Ruas"? Quinze dias na solitária.

Sabendo das tensões, neuroses e psicoses provocadas pela partilha do mesmo espaço mínimo, a Pide juntou numa cela Maria Luísa e Leonor, uma militante da extrema esquerda, julgando que a animosidade entre o PCP e os outros movimentos, no exterior, faria da convivência forçada um saco de gatos. Ao invés, as duas mulheres entendiam-se e Maria Luísa, sempre queixosa da falta de humor dos comunistas, divertia-se com Leonor, uma entusiasta do amor livre, que vivera o Maio de 68 em Paris e dizia coisas como:

"Se a Oposição fosse música, vocês, os comunistas, eram os ferrinhos do rancho folclórico, e nós, as guitarras elétricas dos Led Zeppelin."

Nos relatos de Leonor, as rocambolescas ações da Luar pareciam mais empolgantes do que qualquer experiência de Maria Luísa na clandestinidade. Até o nome Luar (Liga de União e Ação Revolucionária) soava a devaneio romântico, além de que alguns dos seus membros tinham participado no sequestro do paquete *Santa Maria* e do avião da TAP de onde haviam lançado os panfletos que, certa tarde, Malu apanhara à saída do cinema.

"Conta-me lá da Operação Mondego", pedia ela, na hora do recreio, levantando a cabeça para as nuvens e atribuindo-lhes formas. Enquanto crocodilos, corações e machados de guerra cruzavam o céu de Caxias, Leonor contava-lhe, pela enésima vez, como os operacionais da Luar, iniciado o assalto a um banco, tiveram de esperar meia hora pela chegada do gerente, atrasado nesse dia, para conseguirem abrir o cofre. Na fuga, o carro não aguentou o peso do dinheiro e viram-se forçados a guardar alguns sacos no pinhal de um lugar chamado (aqui, Maria Luísa ria-se sempre) Alhadas de Cima. Já no aeródromo, o líder do movimento, Palma Inácio, esperou educadamente que a mulher do guarda fosse aquecer o biberão para o filho de colo, antes de os fechar numa sala, e só depois a avioneta levantou voo.

Percebendo o interesse da companheira de cela pelo arrojo da Luar, Leonor terminava todas as histórias da mesma maneira.

"Quando quiseres trocar os ferrinhos pelo rock, é só dizeres, que eu meto uma cunha."

Sem aviso, Maria Luísa foi largada, certa manhã, no exterior do estabelecimento prisional. Não dispunha de um tostão e vestia a roupa que levava no corpo à data da captura, uma saia preta e longa, de fazenda, e uma camisola de malha, castanha. Tinha alcançado o limite de tempo da prisão preventiva. Seis meses. As autoridades não informaram a família, tão-pouco apareceria alguém do Partido para a recolher. Ela desceu até à foz do rio, em busca do mar, aturdida com a luz e a amplitude da liberdade. Caminhou ao longo da Marginal, no sentido de Cascais, presumindo ser sábado ou domingo. Havia muitos carros com famílias e, no seu interior, as crianças debruçavam-se nas costas dos bancos, observando Maria Luísa pelo vidro traseiro, atraídas pela figura magra, maltrapilha e esguedelhada.

Cheirava a maresia e a pinheiros, a alcatrão e a gasolina. A brisa balançava as folhas das palmeiras, enfunava as velas dos barcos, pulverizava a espuma das ondas que rebentavam nas rochas. Ali estava, por fim, o tão desejado *mundo lá fora*, que continuara sem ela, repleto de permanência e novidade, injustiça e beleza, um mundo ao qual Maria Luísa regressava com falta de jeito e muita vontade. A margem sul do Tejo, cravejada pela ponte Salazar, lembrava-lhe o avô e como ele explicara que o céu e o sol eram os mesmos, em ambos lados do rio, ainda que houvesse sempre distintos pontos de vista para o mesmo fenómeno. Enquanto caminhava, entretinha-se a imaginar que os passageiros dos automóveis viam nela uma noiva que ficara louca depois de abandonada no altar, ao passo que os pides poderiam exibi-la como a prova de que os comunistas preferiam a sordidez da marginalidade à bonança da gente de bem. Naquele momento, Maria Luísa era só uma mãe que caminharia até Sintra para reencontrar a filha.

Em Oeiras, voltou a recordar-se do avô: era ali que o Tejo se entregava ao Atlântico. "Onde o rio acaba e o oceano começa", dissera-lhe Xavier. Maria Luísa desceu para o areal. Pensou mergulhar vestida e ressuscitar, como em tempos fizera na Praia Grande, após a noite no Convento dos Capuchos. Molhou os pés e sentiu o convite das ondas, os calcanhares afundando-se na areia, o desejo de boiar, com o sol na cara, e a brandura dos sons subaquáticos. Talvez a liberdade não fosse um conceito elevado, pelo qual valia a pena morrer, mas uma necessidade fisiológica, pela qual valia a pena viver.

Tinha o mar pelos joelhos quando ouviu as palmas compassadas, uma espécie de câmara lenta do escárnio que ridicularizava a sua tentativa de ser livre. O fumo do cigarro anunciou a chegada dos pides, nas suas costas, antes sequer da ordem de prisão por "atividades subversivas na cadeia", como faziam com tantos outros depois de os libertarem no fim da preventiva, garantindo assim mais seis meses de detenção sem culpa formada. Começaria tudo outra vez. Tortura, interrogatórios, incomunicabilidade.

O Pide Bruto, confiante de que estavam prestes a vergá-la, disse:

"Se quiser, podemos batizá-la aqui no rio e purificar os seus pecados. Só tem de se confessar primeiro. Chegou a nós terrorista, mas podemos fazer de si uma santa."

Na segunda passagem pela solitária, em Caxias, Maria Luísa tentava relativizar a sua situação, pensando nas pessoas em piores circunstâncias. Soldados sem pernas em África, mães de filhos com doenças terminais, mulheres escravizadas sexualmente. Forçava-se a valorizar aquilo que ainda tinha (a vida, a lucidez, uma filha lá fora) e imaginava, em seguida, a dor de perder tudo isso.

Já quanto ao endurecimento emocional e físico, sugerido pelo secretário-geral do Partido, para enfrentar os reveses, Maria Luísa começava a fraquejar. Não bastavam os anos na clandestinidade e os meses naquela cela? Se Jesus Cristo, com as costas quentes pelo Pai todo-poderoso, hesitara na vocação durante os quarenta dias que passara no deserto, não podia uma jovem, sem patronos divinos, vacilar na longa militância comunista? Cansada da perseverança, procurava o alívio da distração. Fez uma lista de tudo o que perdera nos últimos anos, em nome da dedicação à causa comunista, e efabulou sobre o que gostaria de ter feito:

Ver dezenas de filmes no cinema. Estar entre a multidão que recebera a seleção de futebol no aeroporto após o Mundial de 1966 e beijar Eusébio. Comprar minissaias na Porfírios e aceitar o convite que, certa tarde, lhe tinham feito numa rua da Baixa, para ser modelo de revista. Assistir ao Zip Zip na televisão e à chegada dos americanos à Lua. Passar as noites a discutir poesia com os surrealistas, no Café Gelo, ou política, com os colegas da faculdade, no Értilas. Continuar o namoro com Diogo, deixando que ele a levasse na sua moto Triumph Roadster às boates da Linha, à piscina do Estoril-Sol e às festas dos milionários estrangeiros, decadentemente luxuosas, onde teria conhecido Salvador Dalí, Audrey Hepburn e Vincente Minnelli.

"Se queria mesmo ter feito tudo isso, como é que veio aqui parar?", perguntou-lhe Álvaro Cunhal. Era a primeira vez que a visitava desde o seu regresso ao isolamento, e aparecia-lhe de novo com a cara de Kirk Douglas e a armadura de Spartacus.

"Não me disse para manter a cabeça ocupada?", respondeu Maria Luísa, compondo os andrajos que lhe serviam de roupa, de maneira a receber condignamente a notável visita do secretário-geral do Partido Comunista Português. A sua impaciência, contudo, era mais forte do que a cerimónia. "Nem toda a gente é capaz de pintar quadros e escrever uma catrefada de livros ou traduzir Shakespeare na prisão, como o senhor."

"Já lhe pedi que me trate por camarada. E lembre-se de que tive catorze anos para fazer tudo isso." Cunhal encostou-se à parede. Sem bolsos no uniforme de couro, cruzou os braços diante dos peitorais musculados. "De qualquer maneira, não respondeu à minha pergunta. Diga-me lá como é que acabou aqui presa."

"Venho de uma família burguesa, tinha um namorado muito rico, que queria alistar-se para a guerra, o que só piorava a minha sensação de ter nascido no lugar errado, no tempo errado. De não fazer parte de nada que importasse. Na Faculdade de Letras, conheci alguns militantes do Partido, comecei a ler livros proibidos. Quando participava nos encontros secretos para falar de política, sentia que o pensamento e a ação eram inseparáveis, que as ideias comunistas precisavam de ser postas em prática. Quando o Partido me propôs passar à clandestinidade, não hesitei. Infelizmente, imaginava fazer trabalho político de fundo e acabei como dona de casa."

Cunhal descruzou os braços e, ao jeito de um professor habituado a palestrar num anfiteatro e que, inesperadamente, se vê num cubículo, começou a passar o peso do corpo de uma perna para a outra:

"Dá-me ideia de que a camarada via o comunismo como quem compra uma telefonia nova. Estava aborrecida com a vida que tinha, e a revolução era o brinquedo que lhe faltava."

"Talvez o camarada ache que as minhas motivações eram superficiais, compreendo isso. Mas não lhe parece que dei o corpo ao manifesto? Não vivi a dureza da clandestinidade? Não estou aqui, nesta cela? Olhe, o que eu queria mesmo era escrever e agora sou a presa número 37."

Cunhal percebeu a zanga de Maria Luísa, parou de balançar-se, colocando os polegares nas grossas tiras de couro que lhe cruzavam o peito.

"Escrever? Sabe o que disse Lênin? Que é mais útil viver a experiência da revolução do que escrever sobre ela."

Maria Luísa começava a exasperar com o paternalismo:

"O camarada que me perdoe, sei que esteve muitos anos preso e que passou fome e as piores torturas, não posso comparar o meu sofrimento com o seu, mas, quando se trata de emoção e aventura, fala de barriga cheia. Esteve na Guerra Civil Espanhola, viveu em Moscou. Organizou com sucesso a mais espetacular fuga das prisões portuguesas, e agora vive em Paris. Já eu passei de estudantezinha de letras a dona de casa e mulher de um homem ausente."

"O camarada Alfredo, que me ajudou na fuga da cadeia de Peniche."

"Esse mesmo."

"Mas gosta dele, tiveram uma filha."

"Prefiro não falar da minha filha."

"Muito bem. Ainda assim, não me explicou porque está aqui", pressionou Cunhal.

"Porque os pides acham que eu sei alguma coisa sobre as atividades do Alfredo. Desta vez, perguntaram-me se eu tinha conhecimento de que ele esteve em Cuba, em 67."

"E tem?"

"Não."

"Então, o que é que sabe?"

"Que o Partido vai começar a luta armada. Foi a única coisa que ele me contou."

"É por isso que está aqui?"

"Imagino que sim."

"Maria Luísa, o regime tem agentes infiltrados há décadas, a Pide já leu todos os meus escritos. Acha mesmo que eles precisam da sua confirmação para saber a nossa estratégia quanto à luta armada?"

"Não estou a perceber."

"Passou os últimos dias a imaginar o que perdeu lá fora, por causa desta vida, mas nem uma vez mencionou a sua família. Sei que não pensar neles é uma forma de preservação. Somos iguais, Maria Luísa, sacrificamos o que temos de mais valioso pela causa, e é por isso que se encontra aqui, hoje, nesta cela, porque está disposta a perder a liberdade para que outros a possam gozar no futuro. Quando o último da nossa estirpe desaparecer, então, eles ganharam. Mas, enquanto houver um comunista, temos a obrigação de propagar a fagulha da resistência."

"Estou um bocado farta de resistir em paz, sabe?", disse Maria Luísa. "Há quem faça as coisas de maneira diferente, assaltam bancos, roubam armas, e nós andamos a distribuir o *Avante!*."

"De nada adianta pôr bombas se não temos o povo do nosso lado, a revolução só se faz com as massas."

"As massas estão a dormir há demasiado tempo."

"O caminho que se oferece ao povo português para derrubar a ditadura fascista é o levantamento nacional."

"Está a citar-se a si próprio?"

"Na verdade, é a camarada que está a citar-me, uma vez que eu sou uma criação sua, ou julga que me visto mesmo como um gladiador de filme de Hollywood?"

A porta da cela foi aberta e um tabuleiro empurrado lá para dentro.

"Hora de almoço", disse Maria Luísa.

"Uma sandes com pão fresco?", surpreendeu-se Cunhal.

"Cortesia do guarda simpático. Nunca o vi, mas traz-me sandes e fruta." Mordeu o pão, faminta, e falou de boca cheia. "Se o apanham a fazer isto, metem-no aqui comigo".

"Vê, o povo não está todo a dormir, há quem esteja do nosso lado. Talvez ele seja simpatizante do Partido."

"Paio e manteiga, nada mau." Maria Luísa sentiu algo estranho na boca e, do miolo mastigado, sacou um papelinho molhado. Desdobrou-o, tentando ler as palavras manchadas de cuspo e gordura:

"O Salazar morreu esta madrugada."

Levantou a cabeça, e Álvaro Cunhal sorria, de punho levantado. "Até à vitória final." Antes de desaparecer, o gladiador comunista ainda gritou, como no filme:

"Eu sou Spartacus!"

Maria Luísa foi solta no final do segundo período de seis meses. Dessa vez, a Pide não permitiu que se aproximasse da costa. Após cruzar os portões da penitenciária, deram-lhe nova ordem de prisão, como quem carimba o milésimo documento do dia. O desinteresse dos agentes, porém, não chegava para suspender o oleado torniquete da repressão. Dias depois, quando o diretor de Caxias a chamou para lhe comunicar que o avô Xavier tinha morrido, oferecendo-lhe a hipótese de escrever uma carta a pedir uma saída para estar presente no enterro, rematou que, sendo sexta-feira, essa requisição apenas seria avaliada após o fim de semana, concluindo-se que Maria Luísa não iria a lado nenhum que não fosse a sua cela.

Pela tentativa de agressão ao diretor, ela foi enviada para a temida casamata, ex-líbris dos maus-tratos em Caxias e, por norma, destinada aos homens. Debaixo de terra, como um abrigo antibombas, o calabouço não tinha janelas. O chão era um charco de água salobra que pingava do teto e escorria pelas paredes, afiando o silêncio como um gume de faca na pedra. Decretado o breu, apenas se acendia a luz para as refeições. O gladiador Cunhal não voltou a aparecer. A solidão de Maria Luísa acercou-se do abismo onde desaparecia o significado da palavra amanhã.

Das três, uma: só sairia dali traidora, fanática ou morta.

Acordou Malu Tormenta, a miúda que crescera naquele mesmo quarto, na casa da família, e que dormia ainda de perna fletida, barriga colada ao colchão, mãos por baixo da almofada. Sentiu a ansiedade de estar atrasada para a escola. Abriu os olhos e sentou-se na cama. Em vez de revistas espalhadas no chão, da escrivaninha com o gira-discos e da montanha de roupa na cadeira, encontrou reproduções de cenas de caça nas paredes, peças de mobiliário descartado do Hotel Storm's, com que a mãe convertera o quarto das filhas em quarto de hóspedes. Voltou a deitar-se e quase se convenceu de que ainda era a Malu de quinze anos, porque, apesar das mudanças na decoração, tudo o resto se mantinha: o calor macio dos lençóis, o piar da coruja na serra, o roçagar das copas das árvores, o espreguiçar mecânico do primeiro comboio a sair da estação.

O comboio que Maria Luísa devia apanhar rumo a Lisboa. Levantou-se, vestiu-se, fez a cama, deixou a carta para a mãe em cima da colcha. Saiu para o corredor e, com cuidado para não fazer barulho, empurrou a porta do quarto onde dormia Nádia. Na penumbra, procurou o vaivém da respiração na cama, a prova de vida que todas as noites, apenas brevemente, sossega o crónico medo das mães de que os filhos morram durante o sono.

Entre as tribulações de regressar a casa dos pais, após quase cinco anos na clandestinidade e um ano e meio na prisão, nenhuma golpeou Maria Luísa como Nádia tratar a avó Antónia por mãe, e a verdadeira mãe pelo nome próprio.

Nos meses que ali tinha passado, Maria Luísa aprendera que o lugar-comum

O amor de uma mãe é incondicional

significava, erradamente e para a maioria das pessoas, a imensidão do amor materno pelos filhos, quando, na verdade, *incondicional* não era uma medida, não quantificava, não representava sequer algo positivo.

Incondicional era Maria Luísa querer abraçar a filha e esta recusar.

Incondicional era contar-lhe episódios de quando viviam juntas sem que Nádia os recordasse.

Incondicional era sair do seu quarto, a meio da noite, para admirar a filha a dormir, sem lhe tocar ou ser tocada, olhando sem ser vista, e admitir que aquela passividade contemplativa gerava a mais tirânica das relações: amar sem ser amada. Tinha estado um ano e meio sem ver a filha, estava prestes a deixá-la novamente, mas tinha a certeza de que, em circunstância alguma, se veria livre desse amor.

Ao sair de casa, viu o baloiço que o padrasto tinha pendurado para Nádia num velho carvalho. Diante do hotel, foi banhada pelo brilho vermelho que se refletia na humidade do asfalto. Numa tentativa de atrair o turismo internacional, em claro crescimento no país, Antónia instalara um néon na fachada.

HOTEL STORM'S

Maria Luísa olhou para trás, achando que aquele arranjo — um palacete do século XIX com um reclame luminoso — representava a mãe na perfeição. Apesar de conservadora, Antónia afirmara-se num negócio que lhe exigia acompanhar a modernidade, ultrapassando as limitações impostas a uma mulher nascida numa família humilde, em Portugal, em 1926. Nunca usava calças, ainda que fizesse o trabalho que o marido não conseguia e não queria, desempenhando um cargo de direção ocupado exclusivamente por homens, num país onde as professoras, proibidas de usar maquilhagem, precisavam de autorização do Governo para casar, um país em que as mulheres só votavam nas eleições locais e não podiam ter passaporte, sair do país, abrir uma conta bancária, criar uma empresa, assinar um contrato ou arrendar uma casa, sem o aval do marido.

A dedicação profissional de Antónia ao hotel valia-lhe a censura das mulheres, o menosprezo dos homens e a incompreensão dos filhos. Essa era, no entanto, a melhor maneira que ela encontrara para manter a família afastada da pobreza e da irrelevância, que bem conhecia. Preocupada em ver os filhos com cursos superiores e bem casados, tinha uma fixação pela aparência e pelo estatuto, sob a qual ocultava o medo de ser desmascarada como impostora. No fundo, Antónia padecia de uma inadequação sem remédio e, pelo menos isso, a filha mais velha podia compreender.

No dia em que Maria Luísa regressara a casa, vinda da prisão, Antónia despira-a, dera-lhe banho e tivera de conter as lágrimas, chocada com a magreza e as cicatrizes, as rugas e os cabelos brancos, a discrepância entre o quebranto físico e o endurecimento do olhar.

"Nunca fizemos isto", dissera Maria Luísa.

"Claro que fizemos. Quem achas que te dava banho quando eras pequena?"

"Não me lembro."

Sentada na borda da banheira, Antónia usava um copo de plástico para enxaguar o cabelo da filha, uma e outra vez.

"Podes dormir comigo esta noite?", perguntara a filha.

Na cama, Malu sentia o peito da mãe junto das costas, como uma maré. Pensara em Nádia, nos carinhos, nos banhos, nos beijos, na pele com pele quando lhe dera de mamar, todas as horas que tinham passado juntas desde que a filha nascera até ser levada pela Pide. Maria Luísa conservava um relicário dessa vida e perguntava-se se também Antónia seria curadora da coleção de momentos de ternura e intimidade que tinha passado consigo, antes de a deixar com os avós.

Incondicional era aceitar que tudo o que se fazia pelos filhos, na memória precária da primeira infância, por eles era esquecido.

Nessa noite, ao cair no sono, abraçada pela mãe, Maria Luísa julgara ter uma compreensão do amor e da perda.

Quando voltara a acordar, a meio da noite, Antónia já lá não estava.

Maria Luísa tocara no espaço vazio da cama, "Mãe?", sentindo que lhe escapava outra vez o entendimento de algo fundamental, que conhecera ao adormecer.

Findo o estado de graça das primeiras semanas, a coabitação naquela casa reabrira embirrações antigas e clivagens sem solução. Para Antónia, a filha voltava a ser a adolescente contrária, por vezes, até mesmo a criança difícil. Já Maria Luísa redescobrira as duas grandes linhas do processo educativo da mãe:

1) as coisas que Antónia não queria que ela fizesse (fumar, ler livros censurados, deitar pensos higiénicos na retrete, comer fora do horário das refeições, usar saias acima do joelho, roer as unhas, andar com más companhias).

2) as coisas que a mãe queria que ela fizesse (arrumar o quarto, andar bem-arranjada, ir à missa ao domingo, ser pontual, encontrar um emprego e mentir, às visitas, sobre as atividades políticas dos últimos anos, dizendo: "Estive a estudar em Paris").

O grande embate acontecera quando Maria Luísa não tinha aparecido na entrevista de trabalho que a irmã lhe arranjara no colégio de freiras, onde ambas tinham estudado. Nessa tarde, na muralha do Castelo dos Mouros, Maria Luísa fumava cigarros, arrancava peles dos dedos até fazer sangue e aproveitava a perspetiva do cume da serra para ver o oceano e imaginar um ponto de fuga. Enquanto isso, um par de agentes da Pide focinhava o seu quarto e a casa dos Storm. Tinham mandado abrir o armário que continha as armas de caça de Gonçalo Storm e exigido todas as licenças. Tinham feito pontaria com as espingardas a um alvo invisível, apertado o gatilho, sabendo dos poderes de sugestão daquele clique sem munições. Insatisfeitos por nada encontrarem que comprometesse Maria Luísa, tinham-se passeado pelo hotel, interrogando empregados e hóspedes, contaminando cada divisão com uma indisfarçável ameaça.

Antónia não os largara um segundo. Friamente cordial, ignorara as provocações dos pides — "Antes ter uma filha na má vida do que comunista" — e mentira-lhes, dizendo que aquele era o dia de folga de Maria Luísa, que a filha trabalhava no hotel, do qual raramente saía, embora desaparecesse dias inteiros, levando consigo livros da biblioteca, regressando empestada em tabaco e alienação, para se enfiar no quarto de Nádia a meio da noite.

Na noite após a visita dos pides, Maria Luísa passara a refeição calada e debicando a comida. Graças a um telefonema da outra filha, Antónia sabia que a primogénita falhara o compromisso no colégio. Gonçalo Storm e Frederico, então com quinze anos, tinham saído com Nádia antes da sobremesa.

"Se queres continuar a viver nesta casa, vais ter de arranjar um trabalho", começara Antónia. Maria Luísa tinha parado de esfarelar uma côdea de pão, arrastara a cadeira para trás, anunciando a retirada de cena.

"Não quero ser contínua numa escola de freiras", respondera Maria Luísa.

"A tua irmã deu a cara por ti, está a ajudar-te, e tu deixaste-a ficar mal com a diretora."

"Claro que isto tinha a ver com a Pureza. A menina da mamã não pode parecer menos do que perfeita."

Antónia tirara o guardanapo de pano do colo e, num exercício de contenção, dobrara-o sobre a mesa. "Passaste o que passaste, e nós estamos cá para te acolher. Mas as decisões foram tuas, e presumo que, a esta altura, já tenhas percebido as consequências. Tudo tem o seu tempo. O tempo para errar, o tempo para os arrependimentos e, agora, o tempo de deixar o passado para trás e seguir adiante, de cabeça levantada."

"Como a mãe fez com o meu pai?"

"O teu pai nunca quis ser teu pai." Antónia encarou a filha. "Se quisesse, estaria aqui, a ter esta conversa contigo."

"Pois, não sei, nunca me falou dele."

"É porque não há nada a dizer. Foi o meu maior engano. Depois, segui em frente e refiz a minha vida. É isso que te cabe agora."

"O que é que entende por refazer a minha vida?"

"Casar, pensar em ter filhos."

"Como a Pureza?"

Antónia desdobrara o guardanapo e, de novo, começara a subjugar o pano aos vincos:

"Hoje esteve cá a Pide. É mau para o negócio e para o nosso bom nome. Não sei o que andas a fazer quando estás fora, mas não quero que esta família volte a passar pelo que passou quando desapareceste. E quando estiveste na prisão."

"Lá está a mãe preocupada com o que as pessoas vão pensar."

"Estou preocupada em proteger a minha neta."

"Foi o que fez no dia em que fui presa?"

"Isso quer dizer o quê?"

"O controleiro do partido veio trazer-lhe a Nádia e, coincidência ou não, foi preso pela Pide no caminho."

"Estás a insinuar que o denunciei?", perguntara Antónia.

"Quem mais sabia que ele aqui estava?"

"Não, Maria Luísa, não o denunciei, até porque a prisão não te serviu de nada. Continuas igual."

Antónia estava mais perto do limite. Talvez, vulgarizando a conversa, a filha conseguisse a resposta que tanto buscava:

"Estava à espera que me curassem na prisão, era? Que me arrancassem o comunismo do corpo à porrada?"

"Tanto sofrimento, e para quê? Diz-me, para quê? O que é que mudou?"

"A mãe não ia entender."

"Também não te vou pedir que me expliques. Isto não é uma conversa sobre política, estamos a falar de família."

"E?"

"E, se quiseres fazer parte desta família, tens de largar a política."

Não era a expulsão de casa que Maria Luísa queria como desculpa para voltar a partir. Mas um ultimato também servia.

Agora, no comboio para Lisboa, com a noite lá fora e as luzes da carruagem acesas, via-se refletida na janela. Embora tivesse evitado os espelhos desde que saíra da prisão, havia duas evidências incontestáveis naquele rosto. Primeira: por mais que quisesse fingir a rebeldia juvenil de Malu Tormenta, a fim de iludir a mãe com as suas convicções ideológicas, aquele já não era o rosto de uma jovem. Segunda: a política não era o único motivo da viagem que acabava de iniciar, mas estava programada havia semanas. Quando se percebera incapaz de cuidar da filha após sair da prisão, restara-lhe deixar Nádia com a avó ou entregá-la ao Partido, que a levaria para a escola de Ivanovo, na União Soviética, onde estudavam, em regime de internato, filhos de comunistas de todo o mundo. Os alunos ganhavam uma educação formal de primeira categoria, mas, em troca, perdiam a relação com os pais. Maria Luísa ouvira relatos dos reencontros familiares, anos após a separação, em que os filhos, esquecidos da língua materna e marcados pelo abandono, renegavam os pais sem um pingo de emoção.

A claridade do amanhecer, no exterior da carruagem, ia apagando o seu rosto espelhado, agora atravessado pelas desoladas urbanizações de prédios em construção ao longo da linha do comboio. Os cartazes, desfocados pela velocidade, prometiam:

Viver na Reboleira é o mesmo que viver em Lisboa.

Toda aquela fealdade e mentira, nos novos subúrbios-dormitórios da capital, lembrava-lhe as falsas promessas de futuro de um regime putrefacto, o que só reforçava a sua decisão de ir embora. Um dia, a filha compreenderia o que ela estava a fazer e, então, seria também mais fácil que a perdoasse.

Maria Luísa saiu do comboio na estação do Rossio. Na praça, com o rei no pedestal, viu o sol a bordejar a colina do castelo e as floristas a montar as bancas. Uma hora depois, viajava para nordeste. O motor da camioneta costurava uma ferida havia demasiado tempo aberta e ela imaginava-se a furar a paisagem como um projétil certo do seu curso. Sentia que aquela viagem mudaria o rumo da sua guerra pessoal, bem como da guerra que os jovens soldados portugueses e os independentistas travavam em África.

Desembarcou na Guarda e apanhou um táxi para São Pedro do Rio Seco, onde chegou já noite cerrada. O vento assobiava nas três enormes cruzes de granito, à entrada da aldeia. O motorista apontou para a torre da igreja:

"Há quem goste de confessar os pecados antes de dar o salto. Cuidado com esse padre. Vai logo avisar a Guarda. Todas as semanas, são presos uns quantos."

Uma ponta de vaidade quase levou Maria Luísa a dizer que não era emigrante ilegal, mas dissidente política, e que lhe cabia lutar pelas centenas de milhares de portugueses que, nos últimos anos, tinham recusado o povoamento das colónias e iniciado o êxodo para a Europa e as Américas, a antiepopeia dos pobres descalços, dos analfabetos sem dentes que dormiam nas eiras com o gado, dos refratários do Exército, que, para evitar as minas pessoais numa picada na Guiné, percorriam as estradas lamacentas do interior de Portugal, tentando chegar ao estrangeiro e fugir dos desígnios que o Império exigia e a Providência abençoava.

Maria Luísa atravessou a fronteira com Espanha e foi juntar-se ao passador e a dezenas de emigrantes que entraram num camião de carga. Cruzaram a meseta ibérica, encavalitados como galinhas de aviário, sem direito a paragens de casa de banho e com uns quantos desmaios por falta de ar. Largados longe das estradas principais, algures no País Basco, avançaram a pé, por veredas e montes. Partilhavam enlatados, temperaturas negativas, o repouso possível nos palheiros e o medo da morte ao escalar os Pireneus. No fundo das ravinas, restos de peças de roupa e bagagens serviam de memorial a todos os que se tinham despenhado no caminho. Os vales abriam-se com uma promessa de paz que não pertencia aos que estavam de passagem. Os picos nevados rangiam ameaças de avalanches. Corria-se atrás do passador, sem o qual todos estariam perdidos. No sobe e desce dos carreiros, Maria Luísa ficou a conhecer os quatro irmãos Cotovia. O mais velho, com dezasseis anos, carregava a mais nova ao colo, com cinco. Tinham sido enviados pelos pais para a casa de uns primos, nos arredores de Paris.

Quando o grupo descansava, ouvia-se a concertina do Chico Murça, que viajava com o instrumento às costas e um par de sapatos esburacados, de onde espreitava a carne esfolada. "Toda a minha vida trabalhei no campo", contou ele, mostrando as mãos disformes. "O patrão pagava-me em comes e bebes, às vezes, umas calças por remendar, um casaquito velho, mas nunca tive um salário." Pegou num odre de pele e fez esguichar o vinho paliativo para a boca. Engoliu, estalou a língua e continuou: "Olhe, menina, estava farto do respeitinho e de beijar a mão do padre. Uns faziam o que queriam, e nós não podíamos fazer nada. Comecei a tocar a concertina em casamentos e batizados, aos fins de semana, e lá consegui juntar o dinheiro para estar aqui". Do bolso, Chico Murça tirou o seu retrato em preto e branco, rasgado ao meio. Fitou-o em silêncio, pensando na pessoa que ficara para trás, com a outra metade, e que receberia pelo correio o pedaço da fotografia que ele tinha na mão como prova do êxito da jornada. Essa era também a licença para que a família saldasse com o passador, no ponto de partida, a prestação em falta.

A viagem de Maria Luísa tinha sido paga por terceiros, e ela não deixara metade do seu retrato com ninguém. Nessa noite, perto de Chico Murça, ao redor da fogueira com os outros emigrantes, convenceu-se de que a sua distância da família confirmava o que lhe dissera o gladiador Cunhal, quando este lhe aparecera na prisão:

"Sacrificamos o que temos de mais valioso pela causa."

Olhou para os irmãos Cotovia e pensou em Pureza e Frederico. Mudara-lhes as fraldas, passara escovinhas de pelo macio nas carecas com penugem. Todos esses rituais se dissipavam à medida que as crianças assumiam vontades próprias, até opiniões. Pureza afirmara-se querendo ser aquilo que a irmã mais velha não era: bem-mandada e coquete, imitadora da mãe, irritantemente feliz se recebia um vestido e perita nas regras de etiqueta sancionadas pelas boas famílias. A polarização entre as irmãs atingira a expressão máxima quando Pureza ficara noiva de Diogo, que Maria Luísa tinha deixado, ao fim de anos de namoro, para entrar na clandestinidade. A festa de casamento, que unira os Storm e os Bravo Montalvão, acontecera um mês antes de Maria Luísa ser libertada de Caxias.

Quando Maria Luísa voltara a viver na casa da família, Frederico era quase um estranho. Vira o irmão pela última vez com nove anos e fora reencontrar um rapaz com voz cava, patilhas e cabelo demasiado comprido para o gosto da mãe. Maria Luísa procurara algo que a ajudasse a ultrapassar o desconforto de uma aproximação. Decidira visitá-lo no quarto, onde as colunas da aparelhagem reverberavam guitarras elétricas e uma voz de fumo repetia *Get up, get on up, get up, get on up*. Frederico dissera-lhe que tinha herdado o seu gira-discos e que a mãe o proibira de estar a sós com a irmã.

"Ela acha que tu me vais converter ao comunismo", contara, baixando o volume no sistema de som. "Mas eu respondi que era difícil, porque na União Soviética não há boa música."

O quarto cheirava a tabaco e a sapatilhas de ginástica. Tirando a coleção de álbuns de vinil, comprados no mercado negro e alinhados num móvel, imperava uma desordem que também caracterizava Maria Luísa. Frederico dissera-lhe que, mesmo sendo pacifista, se via obrigado a ter um favorito na Guerra Fria. Mostrara-lhe a capa do álbum que estava a tocar. Tinha a fotografia de um cantor negro e, a vermelho, as palavras *Sex Machine*.

"Em caso de apocalipse nuclear", explicara ele, "seria muito mais grave perdermos o James Brown do que as matrioscas."

Nessa tarde, Maria Luísa apreciara a atitude descontraída do irmão, o sorriso de bobo da corte, que dizia verdades como se fossem patetices. Fora uma conexão esporádica. O envelhecimento do seu corpo, precipitado pela prisão, a fome e a tortura, tinha-lhe roubado a juventude, a queda para os prazeres sensoriais e para o humor absurdo, negara-lhe para sempre a despreocupação com que Frederico vadiava com os amigos ou se fechava no quarto, viajando para longe no tapete voador da música. Perante a leveza e a vivacidade do irmão mais novo, Maria Luísa tinha ponderado se, mesmo fora de uma cela, ela não continuaria naufragada, enquanto o mundo seguia adiante.

Meses mais tarde, ao relento nos Pirenéus, olhando para os irmãos Cotovia, que já dormiam enroscados uns nos outros, convenceu-se de que os náufragos eram, afinal, a família Storm, todos eles presos num pedaço de privilégio e rodeados de alheamento por todos os lados.

Ao amanhecer, Chico Murça não conseguia caminhar. Descalçou-se, por causa das dores, e a pele das palmas ficou agarrada aos sapatos, deixando-lhe os pés em carne viva. O grupo devia avançar, o camião que os levaria para perto de Paris não podia esperar. Maria Luísa ofereceu-se para ficar com ele. Chico Murça recusou, dizendo que podia aguardar pelo próximo grupo, até lá, talvez se recuperasse. Deixaram-lhe pão duro, atum em lata e um casaco.

"Oxalá não morra praí", disse o passador, liderando o pelotão, quando Chico Murça já não os podia ouvir. "Agora, não é comigo, mas com deus." E olhou para o céu, benzendo-se, entregando aos planos divinos aquilo que um homem como ele não conseguiria salvar.

No final de várias horas na estrada, o segundo camião despejou-os num descampado, as portas abriram-se para a luz parda de um céu com chaminés industriais, no qual o fumo e as nuvens tinham um só tom de tristeza. Os fura-vidas dos câmbios e dos táxis cercaram-nos com ofertas de trocar escudos por francos ou viagens para as *bidonvilles* na cintura de Paris. Os irmãos Cotovia deram tudo o que lhes restava para embarcar num Citroën boca de sapo, rumo a Champigny, o maior bairro de lata da Europa, onde as diferenças entre a miséria do ponto de partida e a miséria do lugar de chegada só seriam discerníveis anos mais tarde, quando os emigrantes conseguissem mudar-se de uma barraca para um apartamento, acreditando que um dia os seus filhos só falariam francês e não seriam tratados como os árabes da Europa.

Maria Luísa ficou para trás, sozinha, buscando alguém que não encontrava. Tardou em reconhecê-lo, com aquela barba negra e o cabelo comprido, o casaco de couro roçado nos cotovelos, as botas com salto, a novidade de uma ligeira barriga contra a camisa justa de golas bicudas. Em França, Alfredo era tudo aquilo que, em Portugal, o Partido proibia aos homens na clandestinidade. Mas Alfredo já não era do Partido.

"E agora?", perguntou-lhe ela, quando soube da deserção, a bordo do carro que acelerava na via rápida para Paris.

"Agora, vamos acabar com o fascismo a ferro e fogo", disse ele, e pôs-lhe uma mão na coxa, mais perto do joelho do que da virilha.

AS OBRAS INACABADAS DE UM RAPAZ ENAMORADO

1.

Numa improvável quarta-feira e quase a fazer dezanove anos, Frederico Storm acreditava estar perto de concretizar os seus maiores sonhos: perder a virgindade e ver Miles Davis tocar ao vivo. Antes, havia que resolver um emaranhado de problemas, a começar pelo equívoco que o pusera entre todos aqueles rapazes nus, na fila da inspeção militar. Pela frente, Frederico tinha a cabeleira piolhosa de um mancebo que tresandava a chulé. Pela retaguarda, chegava-lhe o bafo a vinho do adolescente que mantinha viva a tradição das comezainas e dos foguetes nas povoações, antes de os filhos da terra descerem à capital do distrito para ir "às sortes", onde um médico do Exército culminaria a avaliação física com a pergunta:

"Tens os dois testículos?"

Desde que os caixões haviam começado a chegar às aldeias, despachados da guerra no Ultramar, amainavam as festividades do rito de passagem que, com a palavra

APTO

carimbada num papel, habilitava os rapazes a ser homens.

Meia hora antes de Frederico despir a roupa e entrar na fila para ser examinado, tinham submetido alguns mancebos ao folclore das praxes.

Ele avisara o rapaz piolhoso de que os magalas do quartel não tinham sobre eles qualquer autoridade. Mas, como tantos miúdos ávidos de aceitação e convencidos do prestígio da tropa, o piolhoso consentira aquilo que Frederico tinha recusado: engraxar as botas de um soldado.

"Tens a mania que és mais que os outros?", perguntara-lhe o magala, mortinho para abrir as hostilidades.

(*E se, em vez de me foderes o juízo, fosses antes p'ó caralho?*)

O insulto do narrador interno de Frederico, disfarçado em um sorriso de paz, destoava da amabilidade da proposta que, em voz alta, ele fizera ao soldado:

"Se deixares que te pague uma cerveja, vais ver que não sou má pessoa."

De pé atrás com a simpatia, o soldado trancara o sobrolho.

"Não podemos beber em serviço."

(*Estás aí armado em Tarzan na selva e afinal não passas dum cona de sabão.*)

"E fumar, podes?", indagara Frederico. Sacara o maço de Marlboro de contrabando e oferecera um cigarro. De mancebo, sob intimidação, Frederico tinha passado a centro das atenções. Todos queriam o seu tabaco americano. Com o concierge do Hotel Storm's, ele aprendera que um suborno era mais eficaz do que uma agressão. Nem sempre era fácil, menos ainda quando mergulhado na virilidade inflamável de um quartel em dia de inspeção militar.

Chegada a sua vez na fila, Frederico foi medido, pesado, espreitaram-lhe o interior das orelhas, do nariz e da boca. Numa pausa do médico, para anotar a surpresa de uma dentição completa entre a manada de rapazes com dentes a menos, Frederico expôs o engano de que era vítima:

"Convocaram-me antes de tempo, senhor doutor. Não está aqui mais nenhum dos rapazes do meu ano e da minha freguesia. Gostaria de requisitar…"

"Tens os dois testículos?", interrompeu o médico.

"Tenho, sim, senhor doutor, mas, como lhe dizia…"

"Estás apto. Vá, desampara-me a loja."

(*Para acompanhar esta saída de merda, deixo-vos "It Could Happen to You", tocado pelo Miles Davis Quintet, gravação de 1958.*)

Além de célere nos julgamentos e generoso com os palavrões, o narrador interno era o responsável pela banda sonora da vida de Frederico Storm. O seu gosto musical, com propensão para o jazz e o soul, ainda que aberto a outras sonoridades, era compulsivo, enciclopédico e gastador. A sua coleção de álbuns e de revistas estrangeiras de música, em grande parte conseguidas no contrabando, incluía vários títulos que a censura gostaria de confiscar.

Na viagem de comboio para Sintra, Frederico teve dificuldade em preparar-se para os desafios dessa noite — o jantar de família, o concerto de Miles Davis, o encontro com Violeta. Estava ciente de que as suas capacidades de planeamento, usadas com sucesso na venda de tabaco ilegal, revistas pornográficas e discos proibidos, não tinham sido aplicadas no mais importante: safar-se da mobilização para a guerra. Entre as estações de Rio de Mouro e das Mercês, o narrador interno suspirou três *foda-se*, como se antevisse a sua morte num pântano da Guiné.

(*Caso para escutarmos, senhores ouvintes, Billie Holiday a cantar "I Got It Bad (and That Ain't Good"*.)

Ter chumbado por faltas no último ano do liceu, sabotando assim uma candidatura à universidade, afigurava-se agora mais do que um pretexto para a mãe lhe cortar a mesada e obrigá-lo a conduzir a carrinha do hotel a troco de uma bagatela. Contara com o pai, seu santo patrono, para mexer os cordelinhos junto dos amigos influentes, quando tivesse de evitar a tropa. Só que, por algum acaso de secretaria, o momento antecipara-se.

Frederico punha o prazer adiante das obrigações, mas não era parvo. Tinha amigos a estudar fora de Portugal, e alguns hóspedes do Storm's traziam jornais estrangeiros, contavam como era a vida além-fronteiras e o que lá se dizia sobre o país. Ele fizera parte da cadeia de leitores de uma edição do *Times*, amplamente manuseada, com a notícia do massacre de Wiriyamu, em 1972, no norte de Moçambique. Na sequência da morte de dois capitães portugueses, a bordo de um jipe arrasado por uma mina, a Pide/DGS preparara a Operação Marosca, executada pelos Comandos, durante a qual tinham sido mortos trezentos e oitenta e cinco civis, incluindo mulheres e crianças. Os cadáveres, empilhados e incendiados, as aldeias, calcinadas. A denúncia da chacina partira de vários padres católicos, em missão em Moçambique, entre os quais Adrian Hastings, que testemunhara nas Nações Unidas: "A maioria (das vítimas) foi morta a tiro, uma a uma, algumas foram empurradas para dentro das cubatas, e a estas (os soldados) pegaram fogo ou destruíram-nas com granadas. Crianças foram mortas a pontapé, as cabeças usadas como bolas de futebol, outras, assassinadas com catanas".

O executivo português negara tudo, afirmando tratar-se de uma calúnia, e o governador de Moçambique assegurara aos jornalistas internacionais que os portugueses ficariam para sempre em África. Mas a notícia da matança tinha sido publicada no *Times*, dias antes de uma viagem a Londres do presidente do Conselho, recebido por manifestações de protesto, aos gritos de "*Caetano, we want you dead*".

Frederico saiu do comboio no fim da linha e, para afastar os horrores da guerra, subiu à vila de Sintra a imaginar que fazia sexo oral a Violeta enquanto tocava "Let's Get It On", de Marvin Gaye. Num ápice, ficou duro. Nada como uma ereção para afastar as preocupações.

Debaixo da chuva miudinha, rumou à casa do melhor amigo, depósito de uma família de acumuladores, onde a luz externa não tinha hipóteses contra a alcatifa castanha-corta-me-os-pulsos, os caixotes a abarrotar de trastes e as pilhas de livros que não cabiam nas estantes. Juca abriu-lhe a porta e levou-o para a cozinha de azulejos castanhos, armários castanhos e mobiliário castanho. Lanchavam leite gordo e carcaças com queijo flamengo, quando Juca lhe perguntou:

"É uma questão ética ou estás só cagado de medo?"

"Não quero morrer, não chega?"

"Mas és a favor ou contra a guerra?"

"Acho que aquilo é nosso", disse Frederico. "Mas nunca me ouviste defender a guerra."

"Deixa cá ver se entendo: politicamente és a favor, mas eticamente és contra?"

"Tiraste o dia para me foder o juízo?"

"Se politicamente és a favor, então, tens de dar o corpo ao manifesto", concluiu Juca. "Ou achas que o Toino Jaquim, pastor de cabras em Carrazeda de Ansiães, tem mais obrigação de ir à guerra do que tu?"

Com a boca a abarrotar de pão, Frederico preferiu não responder.

Juca aproveitou:

"Uns querem ser independentes, outros, prolongar o colonialismo. Os dois lados podem apresentar os argumentos que quiserem, mas, no mato, é matar ou morrer." Juca era filho de um professor de história e de uma professora de português. Herói numa biblioteca, tímido num bar, em pânico no seio de uma multidão. Vestia camisolas de gola alta e, aos dezoito anos, fumava cachimbo. O desenvolvimento intelectual precoce faria antever uma virgindade tardia. No entanto, contra as expectativas, perdera-a antes do amigo, com uma namorada mais velha, estudante universitária de filosofia. "Há soldados portugueses a fazer colares com orelhas do inimigo, e aviões a queimar aldeias com napalm. Mas também há pretos rebeldes a violar portuguesas e a lançar bebés contra as paredes." Percebendo a confusão de Frederico, a quem um bigode de leite dava um ar ainda mais perdido, Juca concluiu:

"A guerra é uma barbaridade, não há inocentes. Se fizeres merda quando lá estiveres, olha, a culpa é da guerra."

"Esse é o teu conselho?"

"Se não te serve, faz como eu, que sou objetor de consciência."

Frederico deu uma gargalhada. "Quando fores mobilizado, isso vai valer-te de muito."

"Eu sei, mas soa melhor que refratário ou desertor. Uma coisa é certa, se me chamarem, piro-me para França."

Na segurança da casa de família, onde o risco maior era bater com o mindinho do pé num volume das *Investigações filosóficas*, de Wittgenstein, para Juca, era fácil falar da guerra. Mas, caso faltasse preencher o último lugar num navio para Angola e coubesse a Juca a escolha de embarcar ou de ficar em terra, indo outro rapaz na sua vez, era certo e sabido que seria o Toino Jaquim, de Carrazeda de Ansiães, a bater com as costas no mato africano.

Frederico não quis confrontá-lo. Aquela amizade, longa e sincera, também tinha as características de um casamento de conveniência. O cábula e o marrão complementavam-se. Frederico aturava-lhe o pretensiosismo intelectualoide (compensação para tantas inseguranças). Juca acomodava os delírios passionais do amigo (compensação para tanto vazio). O mais provável era acabarem os dois como refratários, a partilhar um apartamento em Paris e a viver à custa dos pais.

Finalizada a exibição da argúcia de Juca, estava na hora de Frederico cobrar aquilo que o levara ali:

"Vem sair comigo e com o Raposo."

"É dia de semana, amanhã tenho aulas."

"Vamos ver o Miles Davis ao Hot Clube."

"Jazz?"

"E achas que eu gostei de ver o Conjunto Marcos Resende?" Frederico recorria aos créditos que ganhara quando Juca, que odiava estar desacompanhado em lugares com muitos estranhos, lhe pedira escolta no Primeiro Encontro da Canção Portuguesa. O Coliseu dos Recreios rebentava pelas costuras, com cerca de cinco mil espectadores que queriam ver ao vivo alguns dos cantores mais censurados pelo regime. A vigilância dos agentes da Pide/DGS, dentro da sala, e o destacamento da Polícia de Choque, ao redor do Coliseu, despertavam na audiência as emoções contraditórias do medo e da sublevação.

No palco, aludindo à proibição imposta pelo Exame Prévio, os cantores respondiam ao público: "Não posso cantar essa, pá, perdi a letra no caminho". Frederico achava graça ao jogo do gato e do rato, embora tivesse idêntico desinteresse pelos versos e pela contestação.

Mas quando Zeca Afonso entrara em cena para cantar uma letra sobre uma vila alentejana, à capela, acompanhado por milhares de vozes, Frederico arrepiara-se. As palavras *fraternidade*, *povo* ou *igualdade* transcendiam a poesia, prometendo a comunhão e a possibilidade de uma vitória da resistência. No final do espetáculo, passando junto das patrulhas da Polícia de Choque, Juca e Frederico tinham-se sentido invencíveis como quando, em pequenos, combatiam os mouros imaginários da serra de Sintra.

"Já tens bilhetes?", perguntou Juca, na cozinha castanha, rematando o lanche com uma cachimbada de tabaco francês.

"O Pires soube que o Miles está hospedado no Ritz", disse Frederico. "E que pediu na receção para lhe marcarem uma mesa no Hot Clube." Pires, o concierge do Hotel Storm's, era um aficionado do jazz e, anos antes, tinha visto o trompetista americano tocar no Pavilhão dos Desportos.

"Então, não há concerto nenhum, caralho, o gajo só está de férias em Lisboa", disse Juca.

"Sim, mas o Pires já viu *jam sessions* por menos. Olha, esteve na noite em que o Modern Jazz Quartet tocou de improviso com o João Gilberto num estúdio da Renascença."

Juca ouvira aquela história dezenas de vezes. Sabia que, sem aspirações académicas ou profissionais, Frederico andava sempre atrás de experiências únicas. O novo álbum, o concerto secreto, a noite improvisada. Juca chegava a duvidar se o gosto do amigo pelo jazz era sincero ou um truque para se distinguir, quando tudo nele era convencional. E havia ainda Raposo, o terceiro elemento do grupo, com o condão de gerar em Juca, apenas com segundos de entremeio, deslumbramento e repelência.

"Porque é que temos de ir com o Raposo?", perguntou Juca. "Ele gosta tanto de jazz como eu de ver televisão."

Frederico puxou de um Marlboro e martelou com o filtro na unha do polegar. "Sabes como é o Raposo. Não consegue ficar de fora." Levantou-se para apanhar os fósforos de cozinha sobre a bancada. Raspou a cabeça na lixa, e a chama espalhou o odor incendiário que o extasiava. Todos os seus prazeres eram maníacos, de curta duração. E Raposo providenciava-os com frequência. Os charros, as bebedeiras, as tardes a faltar às aulas para jogar *flippers*. Nessa noite, contudo, para levar adiante o plano de perder a virgindade e ver Miles Davis, Frederico precisava de contrapor a intensidade carnívora de Raposo com a moderação filosófica de Juca.

"Eu tenho carro", disse. Uma meia verdade, escondida numa baforada de fumo. Caso conseguisse mesmo arranjar um automóvel, seria para agradar a Violeta, não para satisfazer o comodismo de Juca, que comparava os comboios na linha de Sintra às diligências da mala-posta.

"Quero estar em casa à meia-noite em ponto", decretou Juca, acreditando que o cachimbo lhe emprestava autoridade.

"Fica descansado", garantiu Frederico, que combinara um encontro com Violeta, em Lisboa, precisamente a essa hora.

No regresso a casa, uma clareira de luminosidade abriu-se nas nuvens sobre a serra. Crescia o silêncio entre um pingo e outro nas goteiras dos telhados. Um cheiro mineral e terroso, de alcatrão molhado, desprendia-se da estrada, após a chuva, e as lâmpadas acendiam-se dentro das casas. Frederico pensava em Miles Davis e em Violeta. Com o fechar do dia, começava a antecipação da noite. Lembrou-se da língua de Violeta na sua boca e da pele sardenta marcada pela alça do sutiã. "Para a próxima, tenho uma surpresa para ti", dissera-lhe ela. "Mas precisamos de um carro." Frederico acreditava que o cumprimento da promessa incluía a perda da virgindade e daria origem à mesma força criativa que levara Miles Davis a gravar, de uma assentada, sem ensaios, a banda sonora do filme *Ascensor para o cadafalso*.

A associação que Frederico fazia entre a música e o sexo tinha origem no rescaldo de uma tarde de julho, na Praia Grande, com mergulhos no mar e miúdas em fato de banho. Ao cair da noite, a conjugação da erva fumada e do trompete no gira-discos permitira-lhe sentir que alcançava a magia que tinha galvanizado Miles Davis — um estado de libertação assim resumido pelo músico americano, quando, em Paris, Sartre lhe perguntara porque não se casava com a sua namorada, a atriz Juliette Greco:

"Porque estou apaixonado por ela", respondera Miles Davis.

Na tal mítica noite de julho, Frederico antevira a possibilidade de foder e amar com a beleza de cada nota tocada por Miles no trompete. O seu corpo era feito de música. Tinha descodificado um enigma, conhecia o sentido da vida, inaugurava o Panteão das Primeiras Vezes, ao qual regressaria, como um viciado, para reproduzir o êxtase das coisas inéditas.

Chegado a casa, Frederico atravessou as traseiras do Hotel Storm's e usou a porta de serviço, descendo para a divisão da cave que, em tempos, albergara os Perdidos & Achados. Antónia concedera-lhe aquele recanto para estudar, desconhecendo que era ali que o filho se escondia, muitas vezes, quando faltava às aulas. O refúgio das prevaricações tinha um conveniente tubo de extração de fumo onde antes existira uma caldeira e agora havia uma poltrona. Frederico não tinha erva para fumar, mas era ali que guardava os discos mais valiosos. Era ali, também, o mausoléu das coisas que, começadas com efusividade, eram largadas em pouco tempo: uma guitarra elétrica, uma raquete de ténis, um curso de espanhol em fascículos.

O programa de atividades de Frederico, antes de um duche e do jantar de família:

1) Ouvir "Générique", o primeiro tema do álbum *Ascenseur pour l'échafaud*, esperando convocar resquícios da emoção e do desejo daquela lendária noite de verão.

2) Masturbar-se, de forma a diminuir o risco de uma ejaculação precoce quando perdesse a virgindade com Violeta.

Pôs o disco no prato, baixou a agulha sobre o vinil, e as primeiras notas chocaram de frente com o terror da descoberta. No chão, espalhadas, remexidas, estavam as revistas pornográficas que ele guardava debaixo da poltrona. Nas páginas abertas da *Ficken*, uma mulher fazia um broche a um homem negro, olhando para a câmara como se fosse Frederico, não ela, quem acabara de ser apanhado em flagrante delito.

A sua índole de jogador (herança do pai) dizia-lhe que podia sair ileso daquele jantar de família. Os hóspedes quase lotavam o restaurante do hotel e, além de Pureza, a irmã, e Diogo, o cunhado, estava presente a sobrinha Nádia, o que reduzia o perigo de um escândalo público. O seu instinto de sobrevivência (legado da mãe) armadilhara-lhe a ponta da língua com desculpas. Se confrontado, Frederico diria que um colega o obrigara a guardar as revistas; devia ter recusado, claro, mas os rapazes tinham-lhe chamado maricas e, erradamente, parecera-lhe mais corajoso esconder aquela porcaria do que enfrentar a chacota. Já com lágrimas nos olhos, pediria perdão a toda a família.

Quando se tratava das infrações do filho mais novo, a mãe era propensa ao castigo, e o pai, à comutação da pena. Numa coisa os progenitores concordavam: Frederico era a cria fraca da ninhada, a que precisava de mais proteção, e os seus comportamentos errantes eram motivados por terceiros, um instrutor de ténis embirrento, uma rapariga que queria desencaminhá-lo, o professor que não lhe reconhecia a inteligência. Chegando lá por vias discordantes, pai e mãe viam no seu menino uma vítima da malvadez do mundo.

Embora as probabilidades e as mentiras estivessem a seu favor, Frederico sentou-se à mesa, julgando ouvir, no relógio da sala, o início da contagem para um mau desfecho. Não parava de reconstruir a cena em que Antónia descobria a faceta sórdida do filho pornógrafo e, com a revista *Ficken* nas mãos, rompia para sempre o vínculo da inocência com o seu bebé. Desesperado com o adiamento de uma resolução para aquela agonia, convenceu-se de que confessaria tudo antes da sobremesa (não era verdade, Frederico pertencia ao grupo dos que, na forca e já de corda ao pescoço, acreditariam ainda numa amnistia de último segundo).

Com os digestivos na mesa e Diogo a falar da guerra como se lá estivesse, Frederico foi-se acomodando ao papel do injustiçado. Naquela família, só ele teria de combater na selva. Diogo gostava de contar que interrompera o curso de direito para se alistar como voluntário, mas a verdade é que se safara, antes da incorporação, por causa de um acidente de moto. Não valia mais ser coxo para o resto da vida do que morrer no mato? O pai herdara um hotel, a mãe geria-o, e Pureza, a irmã, casara com o neto de um milionário. Estavam todos a salvo, bem na vida. Que direito tinham de apontar o dedo moralista a um rapaz que só queria ver umas mulheres nuas antes de morrer pela pátria?

(*Morrer pela pátria, é isso, porra, como é que não te lembraste antes?*)

O menino vítima da malvadez do mundo.

"Fui hoje à inspeção militar e fiquei apto", informou Frederico com a afoiteza de um grande mestre de xadrez movendo a primeira peça.

(*Mãe, vou para a guerra, tem pena de mim, não te zangues.*)

"Parabéns", disse Diogo, erguendo o cálice de uísque para um brinde. "Tenho muito orgulho em ti." Em vão, Pureza tentou avisar o marido da inconveniência das celebrações, quando, naquela mesa, estava a mãe de um futuro soldado. "Estás feito um homem", continuou Diogo, e deu-lhe uma palmada nas costas. O pai baixou os olhos para o gelo que derretia na sua bebida. Pureza ia falar, mas reconheceu a ruga na testa da mãe e preferiu calar-se. Frederico aproveitou o impasse:

"Há um concerto do Miles Davis, em Lisboa, daqui a bocado, posso levar a carrinha?"

"Não", disse Antónia. "Amanhã cedo tens de ir buscar os hóspedes americanos ao aeroporto."

"Mãe, mas é o Miles Davis."

"Até podia ser a Nossa Senhora de Fátima e os três pastorinhos." Antónia levantou-se, furibunda com o país, com a guerra, com a estúpida coincidência de ter um filho em idade militar. Nunca chorava em público, aprendera a trocar a tristeza pela raiva. "Tivesses pensado nisso antes de chumbar por faltas." Levantou-se e estendeu a mão para Nádia. "Anda, meu amor, está na hora de dormir."

Pureza, a boa filha, como Frederico lhe chamava, abandonou a mesa e seguiu o rasto das saias da mãe. Mesmo casada, vivia a quinhentos metros do hotel. Gonçalo Storm aproveitou a retirada e, já de pé, apertando o botão do casaco de tweed, seguiu o mote da sua existência: fugir do conflito na direção do ócio.

"Meus senhores, com a vossa licença, retiro-me porque amanhã cedo vou estrear a Pietro Beretta que o Diogo me ofereceu no Natal."

Frederico não partilhava o interesse dos homens da família pela caça, mas sabia que, vendendo a espingarda de coleção que o pai recebera do cunhado, patrocinaria os primeiros meses de uma eventual deserção para o estrangeiro.

"Sorte a sua, azar das perdizes." Se bebia um copo a mais, Diogo, um introvertido com boas maneiras, transfigurava-se num opinador imparável, no chato que repetia várias vezes o final da mesma anedota. Embalado pelo uísque, agarrou o braço do empregado que lhe servia mais uma dose. "Deixa ficar a garrafa, Marques, que aqui o rapaz vai ver o preto a tocar corneta."

Frederico não disse nada. Sabia que o silêncio lhe trazia mais proveito do que a contestação. Deixou as reclamações para o seu narrador interno.

(*Ó coxo do caralho, quem és tu para falar do Miles? Tens a mania que és um herói, mas contentas-te com os restos da irmã que sobrou, porque a outra pôs-te a andar.*)

"Estou a reinar contigo, puto." Diogo sorveu uma pedra de gelo, despedaçou-a nos molares. "Não sou nenhum bota-de-elástico, sei que há pretos americanos muito mais evoluídos que os nossos pretos."

Nos serões em família, diante da televisão, Frederico era um espectador não participante. Quando o *Telejornal* mostrou a Pide a invadir a Associação de Estudantes da Faculdade de Medicina, provocando a fúria de Antónia (com os pides que tinham arruinado a filha mais velha, ou com os alunos oposicionistas que tinham iludido Malu?), Frederico ficou em silêncio. Quando Diogo se levantou do sofá, durante a reportagem do Dia da Raça, para bater continência à ode triunfal do locutor — "Alguns estão presentes apenas em espírito, porque deram a vida pela Pátria, mas a juventude portuguesa tem-se afirmado digna dos seus maiores e consciente das razões pelas quais defendem o Ultramar" —, Frederico também ficou em silêncio. E quando, após a tentativa fracassada de um golpe contra o regime, o pai se deixou convencer pela confusa sintaxe do Mentiroso Caetano — "No entusiasmo com que os meios de informação de tantos países avolumaram um triste episódio militar, que a irreflexão, e talvez a ingenuidade, de alguns oficiais, lamentavelmente, produziu, há poucos dias, nas Caldas, ficou, através desses meios estrangeiros, o mundo mais bem informado do que se passa em Portugal?" —, Frederico também ficou em silêncio.

(*Quem come calado, almoça e janta.*)

E em silêncio ficaria, mesmo que fossem buscá-lo para a guerra. Não seria preso, torturado ou exilado, como a irmã Maria Luísa. Mas também não viveria em conformidade com aquilo que esperavam de si, como a irmã Pureza e os conselhos das suas revistas femininas: "Se o seu marido fuma, não discuta pelo simples facto de deixar cair cinza no tapete. Espalhe cinzeiros por toda a casa".

No restaurante do Hotel Storm's, Diogo podia continuar o seu monólogo sobre a diferença entre o turra do MPLA e o pacifismo articulado de Martin Luther King. Desde que continuasse a servir-lhe uísque e a oferecer-lhe dinheiro pelo aniversário, Frederico ficaria em silêncio. A sua oposição não era política, mas lúdica. Seria praticante da pecaminosa trindade que os puritanos apontavam para a decadência da civilização — a música, a pornografia e as drogas —, porque acreditava que só o terrorismo do prazer mandaria abaixo o regime.

(*E agora John Coltrane toca "My Favorite Things" no saxofone.*)

Diogo tirou uma chave do bolso e empurrou-a sobre a mesa:

"Puto, não te vou deixar apeado, queres ouvir o preto da corneta, então, levas o meu carro."

Mesmo que um dia tivesse de pagar por causa do seu silêncio, naquela noite, pelo menos, Frederico estaria a conduzir uma Mercedes, a ouvir Miles Davis e a descobrir até onde se expandiam as sardas que começavam no peito de Violeta.

Miles Davis não apareceu no Hot Clube, Frederico não conseguiu manter-se sóbrio e Juca não o protegeu da sofreguidão de Raposo, que, ali chegado, estalou os dedos, pedindo uma garrafa de Jack Daniels com um balde de gelo. A bebedeira teve o crédito de resgatar Frederico do desencanto. Podia não ter visto Miles Davis, mas ainda tinha Violeta. Faltava pouco para a meia-noite quando os três amigos deixaram os improvisos infernais de um quarteto de jazz. No ar fresco da praça da Alegria, sucumbiram à indecisão dos bêbedos sobre o destino seguinte. Juca entrou na fase do perdido por cem, perdido por mil, e agarrou-se ao cantil prateado de Raposo, recusando o fim da esbórnia quando, horas antes, queria estar em casa ao bater das doze badaladas. Se flamejado pela bebida, Juca adquiria o furor de um bacanal romano. Com cada gole, o pessimista dava lugar ao depravado.

"Vamos às putas", atiçou Raposo, mestre de cerimónias do deboche. Abriu os braços e apresentou os clubes ao redor da praça. "Temos o Maxime, o Fontória, o Ritz Clube." O resplendor dos néones enfatizava a sua figura mefistofélica, o nariz pontiagudo, os acentos circunflexos das sobrancelhas, as entradas precoces, os saltos das botas que se confundiam com cascos. Dois anos antes, Raposo tinha entrado como repetente para a turma de Frederico e de Juca, transformando em trio um dueto de amigos que se fundara na creche. O pretexto: criar um conjunto musical. Juca aprenderia solfejo e baixo. Frederico pediria aos pais uma guitarra elétrica. Raposo, o vocalista, seria o primeiro a ter um clube de fãs. Nunca chegaram a fazer um ensaio, e Pires, o concierge do hotel, chamava-lhes *The band That Never Was*, aludindo a um antigo disco de jazz.

"Tenho de ir, combinei com a Violeta", disse Frederico. Caso ali ficasse, seria arrastado pelo frenesim dos amigos.

"Traidor, estamos aqui por tua causa, e agora piras-te?", balbuciou Juca. "*Et tu, Fredericus.*"

"Deixa lá o moço perder os três", disse Raposo, sabendo como a virgindade constrangia o amigo.

Se vistos numa fotografia, Juca e Raposo eram peças desconexas. Juca, alto, desengonçado, introspetivo, de óculos e cabeleira aos caracóis — as suas parecenças com o cantor Zeca Afonso não eram apenas um acaso —, deplorava o novo-riquismo de Raposo, filho de um construtor civil que fizera fortuna a escavacar a paisagem suburbana com prédios-mamarrachos e subornos ao poder local. Raposo nunca lera um livro, mas adorava Fórmula 1 e não perdia os filmes de kung fu, por vezes em sessões contínuas, que dominavam a programação dos cinemas lisboetas. Baixote e ágil como Bruce Lee, o seu ídolo, era aquilo a que certas mulheres chamavam um feio-bonito, dotado dessa qualidade indefinível — charme, descaramento, paleio? — que criava estrelas de cinema e vendedores de automóveis.

"Se a Violeta não quiser", disse Raposo, "ele pode sempre juntar-se a nós mais tarde. Tenho todo o gosto em financiar-lhe essa empreitada."

Por norma, Frederico teria ripostado com uma graçola, com certeza um palavrão a abrir, outro a fechar. Quanto maior a estima, mais articulados os insultos. Gozar com os amigos era uma prova de amor fraterno. Mas, entretanto, Frederico conhecera outro género de amor e, como todos os rapazes estonteados por uma mulher mais velha, julgava ter ascendido ao patamar superior da experiência masculina.

(*Para todos os românticos que ainda estão acordados, aqui fica "In the Mood", tema interpretado por Glenn Miller e a sua banda.*)

Frederico despediu-se sem um contra-ataque e caminhou para a Mercedes.

Ligou o motor, abriu a janela, o cotovelo apoiado na porta, a mão do cigarro no volante, a outra na manete das mudanças. Arrancou em alta rotação e os pneus patinaram na calçada. Sentia-se um homem, num carro de homem, com o destino primordial de qualquer homem: uma mulher. Emergiu no Príncipe Real, onde as palmeiras tinham cores tropicais e a cidade lhe aparecia como um filme projetado na tela. Desde que Violeta o abordara, havia pouco mais de um mês, numa festa na Praia Grande, o verão começara mais cedo.

"Billie Holiday ou Nina Simone?", perguntara ela. Frederico, o mais novo dos presentes, ali convocado pela sua coleção de discos, estudava o aparelho de som e preparava-se para abrir a pista de dança.

"Dinah Washington", dissera ele, com a jovialidade que os desconhecidos tomavam por confiança, até sabedoria. O que os desconhecidos não sabiam era do esforço que Frederico punha em ser original e bem-disposto. O título de filho mais novo dos Storm não compensava o último lugar numa competição cuja vitória, desde sempre, fora disputada pelas duas irmãs. Maria Luísa, a morena amazona, afrontara o regime, estivera presa pela Pide e vivia em Paris. Pureza, a loira rainha das debutantes, trabalhava como voluntária no Movimento Nacional Feminino e escrevia aerogramas para os soldados. A ausência de Maria Luísa era um vazio impossível de preencher. A presença de Pureza era um exemplo impossível de seguir. Frederico não tinha a beleza, a inteligência ou a força moral das irmãs. Desenrascava a sua personalidade na sombra, era o manhoso das margens, a fisga de Davi, o puto espertalhão que mitigava a insegurança com histórias mirabolantes e respostas rápidas.

"Dinah Washington?", perguntara Violeta.

Procurando um disco entre dezenas, numa maleta que comprara em Londres, ele dissera:

"A Dinah Washington começou no blues e cantou no 'Three Deuces' com a Billie Holiday." Ao sacar o álbum, tinha olhado para Violeta. "Foi casada oito vezes e morreu cedo, com trinta e nove anos."

"As duas coisas estão relacionadas?", brincara Violeta.

"Grandes artistas, grandes excessos."

"Já ninguém morre de amor."

"O mesmo não se pode dizer do alcoolismo", respondera ele, e entregara-lhe o disco *Drinking Again*.

Violeta sorrira, deixando cair por terra os artifícios com que ali chegara. Não era a primeira vez que uma mulher interesseira abordava Frederico naquelas festas de universitários, fora de estação, em casas de veraneio. Os serviços dele estendiam-se além da música e, por vezes, o esquema de arranjar bebidas e cigarros de contrabando era bonificado com haxixe ou erva. Eram remessas raras, pequenas, difíceis de arranjar, as transações feitas apenas no seio da rede de amigos, mais um favor do que um negócio, dizia ele, que não queria ir preso nem ter fama de traficante. Frederico identificava a coqueteria dessas mulheres como etiqueta negocial (elas faziam a primeira abordagem, mas eram sempre os rapazes que compravam) e sabia que o poder da atração de um charro se limitava ao tempo que esse charro demorava a ser partilhado. Elas provocavam, fumavam e invariavelmente abalavam.

Violeta permanecera após a brasa ter alcançado o filtro. Tinham subido ao sótão para fumar. O último bafo perdia-se na noite e Frederico fechava a janela de escotilha. Então, tudo fora sugado pela distância — o Atlântico, o vento, as vozes no piso térreo —, e os efeitos da erva exacerbaram a proximidade entre Frederico e Violeta. Ele, demasiado consciente da presença dela, esboçara uma retirada, acreditando que, como era habitual, a rapariga já não o queria por perto. Lá em baixo, as colunas de som guinchavam estática e a agulha arranhava o vinil. Frederico olhara para as escadas.

"Não me digas que a minha companhia não vale a afronta de mexerem nos teus discos." Violeta tinha uma voz madura, além dos seus anos. Nos gestos, a impetuosidade modulada de uma bailarina. O resto da noite fora o prelúdio para as semanas que se seguiram. Violeta falava com propriedade e encantamento de tudo o que vivera e lhe faltava viver. A carreira diplomática do pai permitira-lhe crescer em três continentes. Estava no terceiro ano do Conservatório, fazia teatro e trabalhava numa galeria. Havia nela uma exuberância aprumada pela sofisticação. Não era hippie, nem queque, nem nada que Frederico conhecesse ou pudesse catalogar. Num sótão gelado pela maresia e pela nortada, rodeados por boias, chapéus de sol e um sem-fim de relíquias da época balnear em hibernação, Violeta era, no fim do inverno, a certeza de um imemorável amor de verão.

Uma cabeça falante aparecera à altura do soalho, no topo da escada de caracol: "Toca a vergar a mola, vai lá meter um *slow*, para a gente se esfregar nas gajas antes que a noite acabe". Uns degraus mais tarde, a cabeça ascendera a busto. Era o Bigorna, anfitrião da festa. De olhos focados em Violeta, lambera os lábios. "Já me tinham avisado que eras danada para a brincadeira, só não sabia que gostavas deles tão novinhos." Enquanto Frederico sopesava a defesa da honra de Violeta — Bigorna jogava râguebi e ainda não lhe pagara os honorários daquela noite —, ela antecipara-se:

"Ele já te vai ajudar, mas olha que, com essa fronha, nem que os Beatles se juntem outra vez lá em baixo tu te safas esta noite."

Sem compreender a totalidade da humilhação, Bigorna batera em retirada. Nesse momento, Frederico dera-se conta do prolongado silêncio do seu narrador interno, logo ele, sempre preparado para largar uns palavrões, inclemente com os burros, os espertos e até os transeuntes inocentes. Mas, junto de Violeta, como viria a confirmar nas semanas seguintes, havia contenção e até farsa. Quando jantaram fora a primeira vez e ela tinha discorrido acerca do diabólico imperialismo dos Estados Unidos, Frederico omitira a sua reverência por tudo o que era americano. Numa tertúlia, no Botequim, ele tinha apagado a irmã comunista da história da família depois de ouvir Violeta desancar o PCP, que, em vez de apelar à deserção, incentivava os jovens a ir à guerra, para angariar seguidores dentro das Forças Armadas. Frederico mentira na idade, ocultara que não tinha acabado o liceu e nunca falara do trabalho como motorista do hotel. Se, por acaso, expunha os seus falhanços — "Não aprendi a tocar guitarra e a banda nunca arrancou" —, era apenas para destacar as suas ambições — "Quero ser crítico e repórter de música, cobrir as digressões das bandas internacionais, escrever para a *Rolling Stone*."

A Mercedes chegou ao largo do Rato e subiu a Álvares Cabral sem se cruzar com uma só pessoa. A neblina que transbordava do Jardim da Estrela esfriou a noite, a temperatura caiu outro grau centígrado quando o carro entrou no túnel de vento que ascendia do Tejo, pela Infante Santo, para oxidar marquises e espalhar o cheiro da maré baixa. Depois de conhecer Violeta, tudo tinha a relevância do que seria lembrado anos mais tarde. Essa noção de tempo, ele apenas a conhecera na única vez que tinha saído de Portugal. Cada hora que passara em Londres valera por uma década em Sintra. E na curta viagem da Mercedes, entre a praça da Alegria e a Lapa, também cabiam grandes esperanças, a irreversibilidade das noites que mudam tudo. Outros homens tinham conhecido essa metamorfose, ao zarpar num navio para o Novo

Mundo ou quando sobreviviam ao primeiro tiroteio numa guerra. Frederico encontrava-a em Violeta, na pletora e na novidade de tudo o que era Violeta: as botas altas, a pílula contracetiva, a viagem de comboio pela Europa, os amigos professores, músicos e poetas, as costas que aguentaram as cacetadas dos bastões da Polícia numa greve estudantil, as cócegas e as sardas, o espírito contestatário num corpo hedonista, os cigarros de enrolar, o apartamento para serões de haxixe, música e exploração sexual.

"Penetração é sexo burguês", troçava Violeta. "A posição de missionário oprime o operário." Só de T-shirt, roçava-se na perna de Frederico com uma destreza — conseguida a sós e com outros homens — que agigantava o desejo dele. "Há tantas coisas mais obscenas que podemos fazer." Habituado à crueza do sexo-de-linha-de-montagem nas revistas pornográficas, Frederico perdera a cabeça com a forma como ela dissera "obscenas" e com o toque de Violeta, cada vez mais molhada contra a sua coxa.

Beneficiário da exorbitância hormonal dos dezoitos anos, Frederico era um servo das suas ereções: acordavam-no a meio da noite, obrigavam-no a deitar-se de barriga para baixo na praia, a pôr a mochila sobre as pernas no comboio, tinham vontade própria, não precisavam de estímulo, ultrapassavam as limitações físicas do pénis e sequestravam-lhe o cérebro, onde instalavam um regime autoritário.

Violeta, mestra do aprendiz, aproveitava o interesse de Frederico na música e falava-lhe dos andamentos eróticos, "agora mais devagar, *vivace ma non troppo*", ou da importância dos solos, "não precisamos de ter prazer ao mesmo tempo, um de cada vez". De todas essas práticas sem penetração, nenhuma — nem mesmo quando ela o meteu na boca e o olhou de baixo para cima — teve um efeito tão transformador como a tarde em que, depois de fumarem um charro, Violeta interrompeu os beijos na boca, lhe agarrou os cabelos, o empurrou para o baixo-ventre e lhe ordenou que continuasse a beijá-la. Nada seria igual após a imprevisibilidade daquele gesto: os orgasmos sísmicos, as réplicas, os dedos contorcidos, a garganta à morte, o revirar dos olhos, o contorcionismo que várias vezes o levou a pensar que Violeta lhe partiria o pescoço com as pernas. Adorava o sabor, o cheiro, a textura. Levara-a para casa na boca e nos dedos. Mas, dizia-lhe a intuição, não era ele o verdadeiro artífice da enormidade e da frequência dos orgasmos, nem todas as mulheres se vinham daquela maneira. A raridade de Violeta espicaçava-o. Queria mais.

Descendente de uma linhagem de jogadores, alcoólicos e fumadores de ópio, Frederico acrescentava agora o *cunnilingus* ao rol de vícios dos Storm.

Talvez a discrepância de expectativas entre a virgindade masculina (tinha de ser perdida) e a feminina (devia ser conservada) fosse apenas mais uma construção da sociedade patriarcal, machista e retrógrada, como apregoava Violeta; talvez tudo aquilo que eles já tinham feito no apartamento da Lapa fosse muito mais sexual do que a clássica penetração entre marido e mulher; talvez a espera se revelasse o grande potenciador do prazer. Talvez. Mas, ao entrar na rua de Violeta, na Mercedes emprestada, Frederico só pensava em perder a virgindade antes do nascer-do-sol.

Apenas a fé amorosa, também chamada engano, justificava que Frederico ainda ali estivesse, movendo-se contra o vento cortante na margem do Tejo. Carregava as latas de tinta, da bagageira do carro para junto do muro do estaleiro, sob as ordens de um par de gémeos parecidos com o Messias da Bíblia Ilustrada que ele recebera dos padrinhos aquando da Primeira Comunhão. Esbeltos, quase femininos, com cabeleiras e barbas de ouro, olhos claros, os gémeos debatiam com Violeta o que pintar no muro.

Desde que, meia hora antes, ela se apresentara a Frederico, à porta de casa, com um corte à rapazinho, botas de trabalho, calças pretas e um blusão de couro, iniciara-se a noite de todas as desilusões. Passava da uma da manhã e a zona ribeirinha era um sepulcro de gruas e navios em doca seca. Frederico pousou as latas de tinta enquanto um dos gémeos recitava:

"Por essa tarde havemos de vingar-te. Por essa morte havemos de cantar-te. Para nós não há mortos. Só há vivos."

"Até me arrepiei", disse Violeta.

"É do Ary dos Santos."

"Muito poético. Não serve", disse o outro gémeo.

Quando, pela primeira vez, Frederico vira a mesma cara em duplicado, junto da janela da Mercedes — "Abre aí o porta-bagagens para lá meter as latas de tinta, jovem" —, a perplexidade e a bebedeira tinham-no impedido de memorizar os nomes com que Violeta os apresentara. O narrador interno voltara, então, a aparecer:

(*Jesus Maria & Cristo Maria, os empata-fodas.*)

"É uma homenagem ao Ribeiro dos Santos", disse Jesus Maria, arrumando o cabelo atrás das orelhas. "O poema do Ary foi escrito para ele."

"O nosso público são os trabalhadores do estaleiro, precisamos de uma coisa mais proletária", contestou Cristo Maria.

"Estás a dizer-me que os trabalhadores não se interessam por um estudante assassinado pela Pide?", irritou-se Jesus Maria. "Isso é mesmo complexo de superioridade *bourgeoise*."

Para Frederico, uma só palavra estrangeira na boca de Jesus Maria soava a cagança intolerável. Já todos os francesismos de Violeta, no último mês e meio, sublinhavam a irresistível peculiaridade de uma mulher viajada. Tudo nela era apetecível, até o cabelo curto, que o lembrava da noite em que tocava "*The Main in Me*", no apartamento da Lapa, e ela encarnara um Bob Dylan lascivo, que apontara para Frederico e:

"*Take a woman like you to get through...*" — o gesto másculo da mão de Violeta na entreperna — "*to the man in me.*"

Tal como a troca de géneros nessa noite parecera a Frederico uma excentricidade sexual — o escândalo excitava Violeta, a perversão das regras era o seu modo de ser —, também a roupa que ela vestia agora era uma provocação ao domínio dos homens. Só que o blusão de couro e as calças não conseguiam anular o corpo voluptuoso, de ampulheta, com curvas de mulher, nem o rosto mediterrânico que lembrava Sophia Loren.

Cristo Maria tirou uma folha de jornal do bolso, desdobrou-a e leu: "Viva a Grande, Gloriosa e Justa Luta Revolucionária da Libertação Nacional dos Povos Oprimidos das Colónias".

"Muito comprido, não vamos escrever isso", disse Jesus Maria.

Cristo Maria mostrou a folha: "É o que aqui está".

Era a primeira página do jornal clandestino *Luta Popular*. Frederico viu a foice, o martelo, a estrela, a sigla do MRPP, o desenho de um operário com uma picareta e uma metralhadora na mão.

Os estragos causados por Maria Luísa na família Storm tinham levado Frederico a afastar-se da política, embora já tivesse ouvido falar do Movimento Reorganizativo do Partido do Proletariado e dos seus meninos rabinos que pintavam paredes. Violeta nunca mencionara o MRPP, mas não dissimulara a malquerença que sentia pelo comunismo soviético — uma espécie de marido desbragado que traíra a esposa marxista-leninista —, nem a paixão pela pureza ideológica de Mao Tsé-tung. Em vez da revolução internacionalista e da guerra contra o imperialismo, dizia ela, os cobardes soviéticos tinham preferido a coexistência pacífica com os americanos. Violeta chamava-lhes "revisionistas", um insulto que Frederico nunca entendera, mesmo quando ela tinha explicado: "Era como se o Miles Davis largasse o jazz e fosse tocar na banda filarmónica do Ku Klux Klan". Entre as obras proibidas que Violeta lhe tinha emprestado, estava *O livro vermelho*, de Mao Tsé-tung, que Frederico enfiara na base de uma pilha onde só lhe interessava o exemplar de *Novas Cartas Portuguesas*, porque Violeta sublinhara as frases eróticas.

"Jovem, deixaste o motor do carro a trabalhar, como te disse?", perguntou Cristo Maria.

Frederico disse que sim com a cabeça, mas uma sobrancelha indisciplinada traía a obediência.

"Então, abre aí as latas de tinta e fica de vigia lá ao fundo", disse Cristo Maria.

Em vez de questionar a cilada urdida por Violeta, compreendendo o que naquela relação separava o útil (para ela) do agradável (para ele), Frederico preferiu arrancar a página do *Luta Popular* das mãos de Cristo Maria.

"Que merda de boneco é este?" Esbofeteou o desenho. "Onde é que já se viu um gajo andar de picareta ao ombro e metralhadora na mão?" Desconhecedor da semiótica da arte revolucionária, soava a Velho do Restelo com mau vinho. "Faz algum sentido, caralho? Ou vais trabalhar, ou vais combater. Ou vais abrir valas na beira da estrada, ou vais disparar."

Violeta riu-se. Os gémeos não acharam graça.

"Tu és mesmo amigo do Matos?", perguntou Cristo Maria, desconfiado.

"Qual Matos, foda-se?" O Velho do Restelo, além de bêbedo, sofria de amnésia.

"Violeta, tu disseste que ele era amigo do Matos", acusou Jesus Maria.

No olhar persuasivo de Violeta, Frederico encontrou o mérito do seu engano. Se outros homens tinham sido deserdados pela família, dizimado cidades e morrido em duelos por causa das mulheres amadas, ele só tinha de abrir as latas de tinta e ficar de vigia.

"Sim, sou amigo do Matos." O tom monocórdico de Frederico invocava os mea-culpa, em julgamentos populares, que as revoluções comunistas impunham aos inocentes antes de os apagarem num campo de trabalhos forçados.

"Já sei o que vamos escrever", decretou Cristo Maria. "Guerra do Povo à Guerra Colonial Imperialista."

Frederico abriu as latas, enfiou as mãos nos bolsos e partiu para o posto de vigia.

(*Hipócritas do caralho, a pintar paredes, e os outros que se matem na guerra. Assim, também eu faço revoluções, com os trabalhadores a dar o corpo ao manifesto, enquanto os betinhos os desenham nos jornais.*)

Frederico rodou a cabeça para trás. Violeta segurava o cabo de uma trincha e Jesus Maria guiava-lhe a mão para o balde. Frederico sentiu-se solidário com os defensores do império português atacado pelos independentistas africanos. Alistar-se-ia como voluntário, talvez morresse, ficasse sem um braço, receberia uma medalha e uma prótese. Violeta podia preferir os gémeos, mas dentro de muitos anos, já velha e viúva, passaria pelo monumento ao soldado desconhecido e, lembrando-se de Frederico, seria corroída pelo remorso.

(*Dedicamos "My Foolish Heart", tocado pelo trio de Bill Evans, a todos os amantes endrominados.*)

O amor não era apenas *cunnilingus*, a tira de pele que se revelava entre o cós das calças e a T-shirt quando Violeta se espreguiçava, ou sequer a seleção musical que acompanhava as noites no apartamento da Lapa. O amor também era querer que o outro sofresse, em dobro, o que nos fizera sofrer.

O consolo dessa descoberta foi de pouca dura. No estaleiro, o vento assobiava no oco dos cascos dos navios. As gruas paradas, com as cabines vazias, eram mausoléus de uma desolação que lembrava os cemitérios depois de um enterro. Uma chuva peganhenta, carregada de tristeza e desprestígio, colou-se à cara de Frederico e ajudou-o a chorar em segredo.

Por pouco tempo. Como era injusto ser encontrado, a chorar, por aquele vulto de chapéu e farda, que já vinha a brandir o cassetete antes de fazer perguntas. Como era injusto alertar os meninos rabinos e vê-los a entrar na Mercedes, Cristo Maria ao volante, Jesus Maria no lugar do pendura, Violeta no banco traseiro, o carro deixando um rasto de borracha queimada. Como era injusto correr junto ao muro e ver, numa palavra a sangrar tinta vermelha, a confirmação daquilo que o esperava:

GUERRA

Como era injusto ser apanhado com revistas pornográficas pela mãe, não ouvir Miles Davis ao vivo e conceder que Violeta só combinava encontros quando ele tinha erva para fumar. Como era injusto ser obrigado a despistar o guarda-noturno do estaleiro e saltar a linha de comboio, tropeçando nos carris molhados e rasgando as mãos na gravilha, para adentrar a cidade debaixo de chuva como o rapaz mais sozinho de aquém e além-mar. Como era injusto que deus e o diabo o escolhessem para vítima inocente da disputa entre o bem e o mal, que desde sempre tecia o pano do Universo. Como era injusto que, na vida, só a música fizesse sentido, pródiga em amor e graça, tocando a escala dos sentimentos sem pedir nada em troca.

(*Nada está perdido, é só pormos outro disco a tocar. We Can Work It Out, Stevie Wonder.*)

Transpirado e ofegante, Frederico parou de correr, olhou para trás. O guarda-noturno já não o seguia. Tantos infortúnios davam-lhe direito a ter carta branca para encher o vazio. Foi tomado por uma vertigem, quase uma náusea. Voltou a correr.

A fuga já não era *de*, mas *para*.

Os bordéis da praça da Alegria ainda estavam abertos, e uma noite de quarta-feira era tão boa como outra qualquer para se perder a virgindade.

2.

Ao descobrir os tanques militares no Terreiro do Paço, Frederico julgou que as alucinações tinham regressado. Horas antes, avistara o foguetão do Tintin e um dinossauro que, na verdade, eram um pilar da ponte sobre o Tejo e um autocarro verde da Carris, com dois andares. O auge dos efeitos visuais do LSD acontecera no princípio da viagem e havia algum tempo que os três amigos tinham saído da fase alucinógena para entrar na filosófica, partilhando deduções sobre a origem da vida e o sentido da mesma. Daí que, impelido por uma curiosidade metafísica, Frederico se afastasse de Juca e de Raposo para garantir que todos aqueles soldados com metralhadoras não eram miragens.

"Estávamos a entrar em Lisboa e o gajo que vinha ao volante do jipe, na frente da coluna, para num sinal vermelho, porra." Na sombra das arcadas, o soldado falava com os polícias militares destacados para guardar os ministérios. "Foi preciso o capitão dar ordem para ligarmos as rotativas das autometralhadoras, e lá viemos prego a fundo por aí afora." O soldado chupou o filtro do cigarro com o amargor de um filho sovado pelo pai: "Tantos anos desta merda de regime fizeram-nos mansos". Sentenciou o cigarro, rodando a bota sobre a beata, e sorriu, vingado e vaidoso, antes de partilhar o segredo que devia pertencer a todos:

"Não viemos aqui para cumprir o código da estrada, pá, estamos a fazer uma revolução."

Com o sistema nervoso inundado pelo bem-estar do LSD, Frederico sentia afeto por aqueles jovens de farda, mesmo quando o soldado se assustou com a sua proximidade e, de metralhadora G3 encostada ao peito, disse:

"Ó amigo, não ouviu o comunicado do movimento? Vá para casa, não pode estar aqui."

Juca e Raposo esperavam Frederico na margem do Tejo, observando o aglomerado de pessoas entre o Cais das Colunas e o terminal dos cacilheiros. De costas, não se deram conta dos veículos militares que, vindos do Cais do Sodré, avançavam pela Ribeira das Naus. No tempo que demorou a pestanejar, Frederico sentiu o movimento de rotação do planeta ao ralenti. Os seus olhos eram um sistema de alta definição, o foco ia do microscópico ao telescópico em segundos. Com o sol nascente, a manhã era ultravívida. Uma gaivota planava, em voo descendente. Frederico viu e escutou a vibração do vento nas penas das asas, os pingos de água a encherem-se de luz quando as patas permearam o rio.

Na Ribeira das Naus, encontrou os veículos militares parados e um oficial de boina escura que conferenciava com um militar de boné de pano verde. Pela linguagem corporal, depreendia-se que estavam em lados opostos de um conflito. O Boina Escura tirou a pistola do coldre e entregou-a ao Boné de Pano Verde, acompanhando-o com passos de prisioneiro de guerra.

Intrigado, Frederico procurou Juca e Raposo na multidão cada vez mais volumosa. Havia algo de urgente para entender, e ele não sabia o quê. Com os olhos marejados devido à claridade branca que a praça refletia, julgou ouvir o crepitar de um disco de vinil a rodar no prato e o primeiro acorde de "Here, There and Everywhere", e depois a voz de Paul McCartney a cantar:

To lead a better life, I need my love to be here

Frederico sentia um amor único por tudo e por todos, enquanto ouvia os Beatles a tocar na sua cabeça. Horas antes, já sob os efeitos do psicadélico, Juca tinha discorrido acerca da contribuição do LSD para as artes e o pensamento, referindo os livros de Aldous Huxley e o álbum *Revolver*, dos quatro de Liverpool.

Ao ser engolido pela turba, Frederico sentiu que a música dava lugar à estática de um rádio a pilhas e que alguém rodava o botão, entre estações, até sintonizar a boa nova na voz de um locutor:

"Aqui, posto de comando das Forças Armadas. Conforme tem sido transmitido, as Forças Armadas desencadearam, na madrugada de hoje, uma série de ações com vista à libertação do país do regime que há longo tempo o domina."

Querendo encontrar os amigos, Frederico empoleirou-se nas placas que informavam:

ESTORIL SINTRA PONTE

Julgou-se na gávea de um navio intergaláctico a caminho de novos sistemas planetários. Mas também sentia fome. Uma sandes mista e um galão pareciam-lhe tão fundamentais para a vitória dos revoltosos como a rendição das tropas do regime. Avançou junto ao rio, até ao Campo das Cebolas, onde sabia haver alguns cafés. Juca e Raposo tinham pensado o mesmo. Encontrou-os ao balcão de uma pastelaria cheia de homens que se tinham visto impedidos de seguir para o trabalho pelo golpe militar. Falava-se alto e bebia-se bagaço, cerveja pela garrafa, bicas curtas em chávenas escaldadas. As primeiras edições dos matutinos passavam de mão em mão. Advogados de fato, gravata e com escritório na Baixa roçavam ombros com pintores de calças salpicadas de tinta. No ar, conviviam o suor e a água-de-colónia, o fumo de cigarrilhas e de tabaco mata-ratos. Ali estava a sociedade de classes, bem representada pelo primado do chefe de família. Numa pastelaria lisboeta, os machos da nação partilhavam um impasse na História e conferiam ao primeiro ato da revolução a mesma energia de uma final da Taça de Portugal.

Na rua, alguém gritou que uma fragata ia disparar sobre a cidade e que os tanques dos revoltosos se tinham abrigado nas arcadas dos ministérios. Os três amigos correram para a margem do rio para ver o navio de guerra posicionar-se diante do Terreiro do Paço. Entre a multidão, corria o boato de que uma força do Governo sitiara a praça. Um medo com décadas investiu contra a esperança que raiara naquela manhã. Frederico, Juca e Raposo contornaram o Terreiro do Paço e, chegados à rua do Arsenal, juntaram-se aos mirones que um cordão de soldados proibia de avançar.

"Isto não vai dar em nada e ainda me lixam o negócio", disse o dono de uma loja de bacalhau, olhando para os carros militares, a pança cingida pelo avental, uma caneta atrás da orelha, os pelos do peito a espreitar entre os botões da camisa de manga curta.

Sem aviso, a metralhadora de um tanque cuspiu uma rajada que retraçou o ar. Os tiros ecoaram entre os prédios e, como as mandíbulas de um cão raivoso, perseguiram os gritos dos populares em debandada. Os três amigos esgueiraram-se para dentro de uma pensão, galgaram as escadas de madeira até ao último andar, devoluto e com acesso à mansarda, onde as janelas sem vidros davam para o telhado.

Permaneceram mudos, sentados no soalho coberto de penas e cagadelas de pombos. Pela primeira vez nas últimas horas, questionaram a decisão de tomar LSD naquela madrugada. Raposo tinha comprado os selinhos de ácido na comuna de Christiania, numa incursão experimentalista aos países escandinavos, e guardara-os na carteira para tomar no seu aniversário. Mas os acontecimentos iniciados por Juca, no estabelecimento noturno onde as mulheres se despiam, haviam precipitado a odisseia psicadélica.

Quando estavam no bar de alterne, Juca, inflamado por dois ou três copos de uísque a mais, começara a ver, nas prostitutas, Dulcineias em apuros, acreditando que ali dentro havia um só Dom Quixote que as podia salvar. De mesa em mesa, Juca fora interrompendo as negociações entre clientes e prostitutas. Um desses clientes fizera-lhe voar os óculos com um bofetão. Raposo fora em defesa do amigo, e o romance de cavalaria imaginado por Juca dera lugar a um *spaghetti western*, em que não faltara o clássico lançamento dos vencidos pelas portas basculantes do saloon.

Depois da fuga ao guarda-noturno dos estaleiros, Frederico fora dar com eles no banco da praça da Alegria onde os havia deixado. Contara-lhes sobre Violeta e a Mercedes levada pelos gémeos. Ouvira o relato da porrada no bar. Sem ideia do que deviam fazer, ou aonde ir em seguida, Raposo subira a parada e tinha oferecido os selos de LSD:

"Um presente para os meus melhores amigos."

Animado pelo álcool, Juca aceitara sem hesitar:

"Uma oportunidade única de passar as limitações da realidade."

Frederico dissera apenas:

"Dá-me cá essa merda." Exigia uma salvação da noite cataclísmica, um reembolso para tudo o que lhes fora roubado nas últimas horas.

Na fase alucinogénica e do riso, tinham deambulado pela cidade como num parque de diversões. Enquanto caminhavam junto ao rio, começara a disposição filosófica. Haviam discutido se era melhor voar ou ser invisível, se as mulheres tinham mais prazer sexual que os homens e se, dispondo de uma máquina do tempo, recuariam ou avançariam na linha cronológica. Todos tinham respondido:

"Para o futuro."

Mas agora, abrigados num sótão mofino, com uma visão cimeira do campo de batalha onde o passado e o futuro se digladiavam com armas de fogo, a trip de ácido perdia terreno para a realidade. Pela janela, viram um emissário dos revoltosos encaminhar-se para os tanques do regime, onde foi recebido pelos gritos de um velho militar com boina e óculos escuros de aviador. O mensageiro devia ser inferior hierárquico — porque bateu continência e porque levou três socos do velho, que, não satisfeito, deu ordem aos subalternos para dispararem sobre o revoltoso.

"Não quero ver isto", disse Raposo, e afastou-se da janela, não sendo claro se recusava ver a morte de um homem ou da liberdade pela qual esse homem parecia disposto a lutar.

"É horrível", disse Juca, também ele retrocedendo para o centro do sótão.

Frederico compreendeu que os amigos estavam a entrar na etapa confessional da viagem, quando ouviu Juca dizer:

"Sou tímido e tenho as costas cheias de borbulhas."

"Ao menos, não é na cara", consolou Raposo.

"Não quero ir à guerra", pediu Juca, com lágrimas nos olhos.

"O meu pai está-se a marimbar para mim, e a minha mãe mete-se nos copos." Os pais de Raposo estavam separados (só o adultério da mulher e o aborto eram mais ofensivos no Índex da Indecência Lusitana.) Raposo Sénior aparecia apenas de vez em quando, com um presente de aniversário ou um cheque para pagar a sua ausência. "Menti-vos. Não fui para a Escandinávia de férias. Mas para fugir à guerra. Foi ideia do meu pai. Só que não aguentei estar lá sozinho."

Juca começou a chorar:

"Nunca contei isto, mas, antes de mim, os meus pais tiveram um filho, que morreu com dois anos. Deram-me o nome dele. Sempre que vamos ao cemitério, está lá o meu nome, na campa. Às vezes, acho que eles não me veem a mim, mas ao meu irmão. É como se, em vez de eu ter nascido, ele tivesse ressuscitado."

Juca e Raposo abraçaram-se, dançando a balada da piedade. Frederico também lidava com as inseguranças dos rapazes em vias de ser homens. Filho de um pai permissivo, com problemas de jogo, e de uma mãe cuja exigência ninguém conseguia satisfazer, ele não tinha a mais pequena ideia do que fazer na vida, apesar das mentiras sobre uma carreira como jornalista musical.

Frederico sentia-se um objeto lançado no espaço, desligado da força gravitacional do ponto de partida. O LSD tornara isso mais nítido: queria a novidade, em vez da repetição, os prazeres imediatos, no lugar dos problemas de sempre.

"Tenho de sair daqui", informou, e desceu as escadas como se pulasse para um comboio em andamento. Seguiu rente às fachadas, para evitar as tropas do regime, enfiando-se pela travessa do Cotovelo e correndo para o largo do Corpo Santo. Um novo fôlego empurrou-o para a miríade de ruelas do Cais do Sodré. Àquela hora, já não havia putas nem chulos, restavam as sarjetas entupidas, os néones apagados dos bares, o pivete do mijo dos clientes. Virou numa viela acanhada e saiu para o céu aberto, junto da baixa-mar do Tejo. Desceu para a tira de areia e de pedras escuras que separava a cidade do rio. Com o LSD à flor da pele, sentiu-se projetado para os verões antigos da Praia Grande e para aqueles que ainda lhe faltava viver, ouviu o motor de uma avioneta a sobrevoar o areal e sentiu o cheiro do creme Nivea que a mãe lhe passava no corpo moreno.

"Venha você cá!" O grito puxou Frederico de volta para a manhã de Lisboa. Não sabia quantos minutos tinham passado, nem quantos metros andara ao longo da margem. Outra voz respondeu: "Não, não, venha cá o senhor". Frederico olhou para a Ribeira das Naus. Em cima de um blindado, encontrou o velho dos óculos de aviador, com a boina e o blusão de couro. Em lugar dos punhos que usara na rua do Arsenal contra o emissário dos revoltosos, o velho tinha o canhão do tanque apontado ao opositor, o tipo do boné de pano verde que Frederico ali encontrara horas antes. Com o pedantismo de quem trata melhor os cavalos do que os criados, o velho ordenou para dentro do blindado:

"Dispare sobre aquele homem."

O tipo do boné de pano verde não se afastou da mira do tanque.

O que melhor caracterizava aquele duelo não era a diferença no armamento, na patente ou sequer na causa de cada um dos participantes, mas algo intemporal e cíclico, que punha frente a frente pais e filhos, professores e alunos, soberanos e vassalos. O desfecho raramente tinha a ver com o mérito ou a justiça, porque o acaso comandava tudo. E se o acaso comandava tudo, concluía Frederico, o melhor era deixar-se ir.

Os relógios contavam os segundos. Talvez o velho dos óculos escuros sentisse que passavam a correr, enquanto o tipo do boné de pano iniciava a morosa contagem decrescente para a sua execução. Nas décadas seguintes, muito se haveria de falar do heroísmo desse instante, de como, num dramático compasso de espera, se decidiu o destino de um povo.

O alferes, dentro do tanque, recusou as ordens e não disparou sobre o revoltoso do boné de pano. O velho dos óculos escuros mandou a Polícia Militar prender o alferes e repetiu a ordem. "Disparem." De novo, uma rejeição. O velho puxou da pistola e deu dois tiros para o ar, antes de se meter no jipe e desandar. Então, o tipo do boné de pano virou as costas, mordeu o lábio e caminhou de volta para as suas tropas no Terreiro do Paço.

Só anos mais tarde Frederico conheceria os pormenores da cena que testemunhara: o homem do boné de pano verde era um capitão de cavalaria, chamava-se Salgueiro Maia e tinha uma granada no bolso, que faria explodir caso o prendessem.

Numa conversa com o jornalista Fernando Assis Pacheco, o capitão haveria de contar que mordera o lábio para não chorar. Caso Frederico tivesse lido essa entrevista, talvez percebesse que era preciso tanta coragem para assumir uma vulnerabilidade como para não arredar pé da frente de um tanque. O acaso até podia ser a grande força motriz do Universo, como ele acreditava, mas, sem caráter, a vida não valia nada.

Ninguém sabia o que iria acontecer e, ainda assim, em vez do medo e da paralisia que reinaram durante quase meio século de ditadura, as pessoas arriscavam a ação, ocupavam as ruas, gritavam "vitória!", batiam palmas aos soldados que marchavam pela Baixa, rumo ao Rossio. O extraordinário convivia com o prosaico. Nas apertadas ruas do Chiado, os tanques faziam manobras com a ajuda dos populares, "destroce, destroce, 'tá bom, chefe, siga". Os soldados que cercaram o quartel onde se dizia estar a cúpula do regime recebiam sandes e café com leite das mãos de mulheres civis, preocupadas que os rapazes fossem para a revolução de estômago vazio. Com as escolas fechadas, as crianças andavam à solta na rua, apesar de os comunicados do

Movimento das Forças Armadas pedirem aos portugueses que ficassem em casa e, em oito ocasiões, alertarem para o risco de indesejável derramamento de sangue. A mesma população que exigia violência — "Morte à Pide!" — também gritava pela paz: "Abaixo a guerra colonial!". Centenas de civis, entre eles Frederico, subiram para os tanques e avançaram pela rua Augusta acima, na coluna de veículos que acabou por ocupar o largo do Carmo. Durante o percurso, mais festivo do que bélico, um pensamento de Frederico resumia o substrato daquela manhã em que todas as disparidades podiam ser resolvidas: nos canos das metralhadoras que matavam na guerra, havia agora cravos oferecidos à passagem dos soldados.

Os sinos das igrejas tinham dobrado ao meio-dia, quando Frederico detetou Raposo entre os populares empoleirados nas árvores. Também ele trepou para a fonte de pedra sobrelotada, no centro do largo do Carmo. Visto de cima, e condensado naquele retângulo de chão e prédios, o povo era uma tapeçaria onde não cabia nem mais um ponto. Havia gente pendurada nas portas, nas varandas, nos sinais de trânsito, nos candeeiros públicos, até nos carros de combate que apontavam as armas ao quartel onde se encontravam Marcello Caetano e alguns ministros. Sempre que se cantava o hino nacional ou se entoava o réquiem do regime — "fascismo nunca mais" —, a uma voz feita de milhares de vozes, a multidão retesava-se como a couraça de um bicho.

"O Juca?", berrou Frederico, após ter conseguido a atenção de Raposo com vários assobios.

"Encontrou a namorada com uns amigos da faculdade. Foram dar ao serrote", respondeu Raposo, movendo os dedos em concha para a boca aberta, a fim de ilustrar a pausa para o almoço. "Também já morfava qualquer coisa."

Encontraram-se em frente ao Teatro da Trindade e, ao cruzarem para o Bairro Alto, ouviram os tiros e os gritos dos populares em fuga pela rua da Misericórdia. "Os filhos da puta dos pides começaram a disparar das varandas", disse um homem, quase sem fôlego por causa da corrida.

Frederico e Raposo entraram no Bairro Alto, em busca de uma tasca aberta. Não estavam sozinhos. Havia tanques na rua e a Pide tentava balear civis, mas também havia quem suspendesse a revolução para ir almoçar. Frederico notou, de novo, como o mirabolante e o comezinho ocupavam o mesmo espaço. Já no restaurante, essa conclusão fê-lo temer pelo sucesso do golpe. Era tudo tão frágil e transitório. Os jaquinzinhos fritos estavam moles e rançosos, o refrigerante perdera o gás, não sobravam cigarros no maço vazio. A falta de sono e o fim dos efeitos do LSD conspiravam para que Frederico visse no seu desânimo a hecatombe da nação. Mas os cafés aterraram a tempo na toalha de papel, Raposo ainda tinha tabaco e, de volta à rua, as boas abertas haviam sucedido ao céu nublado, o bastante para reanimar Frederico, que não herdara a constância da mãe ou das irmãs. Era mais Storm do que Alegria, precisava de estímulos a toda a hora, a cafeína, a nicotina, a súbita certeza de ter vislumbrado Miles Davis na multidão do largo do Carmo, para logo perder o músico de vista, porque euforia e depressão se revezavam em poucos segundos no mecanismo do seu temperamento.

O reencontro com Juca estabilizou-o. O amigo era uma certeza desde a infância. Vinha acompanhado de Filomena, a namorada, e de um rapaz açoriano que, como ela, estudava filosofia. Chamava-se João Guilherme e comportava-se com a empolgação do melhor aluno na manhã do exame final. Havia meses que acreditava na inevitabilidade da revolução. Enquanto o militar do boné de pano verde negociava a rendição do Governo, no Quartel do Carmo, João Guilherme asseverava o fim da guerra no Ultramar.

Frederico ficou preso no sotaque fechado daquele jovem de cabelo comprido que, sem vergonha ou raiva, falava da pobreza nos Açores, do pai varredor e da mãe que dera à luz treze filhos. Duas irmãs tinham morrido ainda pequenas, outra tinha um problema de saúde que só podia ser tratado nos Estados Unidos. Durante as férias, João Guilherme enchia chouriços numa fábrica, para juntar o dinheiro que pagasse a viagem e a operação. O interesse de Frederico atingiu o ponto mais alto com o episódio da T-shirt. Numa visita aos pais, em São Miguel, João Guilherme aparecera com o rosto de Martin Luther King estampado no peito. Numa ilha onde o mais certo era não haver negros, e num país em guerra com uns quantos milhares deles, a T-shirt constituía motivo de embaraço para a família, que mandara para o continente um aluno de excelência e recebera de volta um exemplar da juventude perdida.

Ao contrário dos meninos rabinos que pintavam paredes, violentos com tudo o que lhes era contrário, João Guilherme sentara-se com a mãe e usara a mesma humildade de Luther King, falando-lhe do líder dos direitos civis, assassinado por defender a justiça, e da condição dos negros na América, que comparara à miséria, à exploração e ao esquecimento dos açorianos, acrescentando que, ao contrário dos negros da América, ninguém no arquipélago era pendurado pelo pescoço numa árvore, como punição por ser açoriano.

Frederico sentia que João Guilherme era mais merecedor da revolução em curso do que ele próprio, confirmando assim a relevância do que estava a acontecer no largo do Carmo. Mas quando João Guilherme começou a teorizar sobre o livro *Portugal e o futuro*, do general Spínola, Frederico aborreceu-se e desligou da conversa, procurando ouvir aquilo que o tipo do boné de pano verde gritava num megafone.

"Atenção, Quartel do Carmo! As conversações estão muito demoradas. Estão muito demoradas." Minutos mais tarde, voltou à carga. "Ó Santos Silva, uma rajada para o alto da varanda do centro."

O trinado das balas espevitou o povo, que, havia horas, esperava a saída dos governantes. Sem resposta do interior do quartel, o homem do boné de pano verde mandou os seus homens subir aos telhados. As manobras não convenceram Frederico, talvez a única pessoa naquele largo entediada com o enredo revolucionário.

"Vou dar uma volta", disse.

"Eu também", respondeu Raposo. "Preciso de andar, os jaquinzinhos fizeram-me azia."

Junto ao miradouro de São Pedro de Alcântara, um homem vendia garrafas de Tuborg nas traseiras de uma carrinha estacionada em segunda fila. Raposo achou que a cerveja morna faria as vezes de uma água com gás. "Fique com o troco, chefe." Carregou a grade de cervejas ao ombro e distribuiu as garrafas pelos soldados que patrulhavam o miradouro. Debruçado no varandim, Frederico reparou que a fragata desaparecera do Tejo. Em cima de um banco, um rádio a pilhas tocava um bolero e um casal de velhos dançava. Ela tinha um cravo vermelho na orelha. Ele vestira a roupa de domingo para receber a liberdade. Os soldados riam das piadas de Raposo, falavam alto, brindavam com as Tuborg. A água corria na fonte, as andorinhas tinham regressado do Norte de África e pouco faltava para os jacarandás florirem. Na repetição de sempre, a primavera conseguia ser toda novidade. Frederico olhou para o casario na colina do castelo e, lá longe, alguém abriu uma janela, o sol chamejou na vidraça, como se deus piscasse o olho a quem o quisesse ver. Então, a honestidade que se apoderara de Juca e de Raposo, horas antes, num sótão da rua do Arsenal, despontou em Frederico com a fulguração de uma experiência religiosa. O seu narrador interno despojou-se da alarvidade e começou a rezar.

(*Senhor deus, sei que raramente falamos, e quase sempre é para eu pedir alguma coisa estúpida e egoísta, como daquela vez dos patins, que depois nunca usei, ou quando o rapaz que me arranjava erva andou desaparecido e eu pedi que o senhor o obrigasse a entregar-me o material que eu já tinha pago. Sei que não sou exemplo para ninguém, que minto e que estou sempre com esquemas. Também sou fraco e não me vou pôr aqui a fazer compromissos que depois não cumpro. Mas aguento um castigo, se for merecido. Não me importo que a minha mãe me dê uma esfrega por causa das revistas pornográficas, nem me rala chegar a casa sem a Mercedes do Diogo. Mas fique do lado dos revolucionários. Juro que não lhe peço isto por mim, mesmo que me dê muito jeito não ir à guerra. Faça-o pelos rapazes que estão agora a combater em África, pelos soldados que hoje arriscaram tudo e que se juntaram ao movimento; por todos os jovens com estudos, mais trabalhadores e generosos do que eu, como o João Guilherme ou o meu amigo Juca. Muito obrigado pela sua atenção. Ámen.*)

Tinha o corpo leve e a mente desobstruída, como acontecia após o choro e a masturbação. Talvez devesse rezar mais vezes. Devia ser aquela harmonia que levava Pureza a comungar na missa e a escrever aerogramas como madrinha de guerra; ou que permitira a Maria Luísa suportar a prisão, em prol da luta por um país sem tirania. Era possível que deus já estivesse a responder às suas preces, porque Frederico sentia-se um homem melhor. Abriu os olhos para ver como as suas boas intenções refinavam a perceção da realidade e

(*Filhos de uma grandessíssima puta.*)

No cimo da rua São Pedro de Alcântara, os gémeos saíam de uma casa apalaçada. Pararam diante dos portões de ferro, olhando em volta, as pernas afastadas, o queixo inclinado para cima, um par de engatatões a avaliar as mulheres na pista de dança depois de lhes prenderem os namorados por traição aos ideais comunistas.

Frederico arrancou pela calçada acima.

(*Não os deixes abrir a boca, parte logo para a violência.*)

Um golpe de adrenalina varou-lhe o peito, mas, em vez de o catapultar para a agressão, puxou-o para fora da zona de conflito.

(*Não sejas caguinchas, agora, caralho. Dá-lhes forte e feio. Mexe-te.*)

Dois passos mais tarde, estava alagado em suor. Ao ver a Mercedes estacionada, com Violeta no banco traseiro, começaram as palpitações e o esmagamento do tórax.

(*Tonturas, agora, a sério? Faz-te um homem, porra.*)

O pânico colou-o ao chão. Era um paspalho em campo aberto.

(*Ao menos, esconde-te atrás de uma árvore, não deixes que ela te veja nessa figura.*)

Dobrou-se para diante, olhou para um pombo esmagado no alcatrão e, antes de perder os sentidos, ainda escutou:

(*Achas que é assim que vais perder a virgindade?*)

Acordou estendido na calçada, a cabeça no regaço de Violeta. Olhando-a de baixo para cima, ela parecia levitar num halo, numa versão pagã das aparições marianas. Embora a confusão do desmaio permitisse a Frederico acreditar no misticismo daquele reencontro, não havia dúvida de que era a beleza da carne, não a candura da alma, aquilo que apressava a sua ressurreição. Com um lenço de pano, Violeta enxugava-lhe o suor na testa e no peito. Sorriu, ao vê-lo abrir as pálpebras, e ele achou-se ainda mais refém da sensualidade daquela boca. Qualquer enfermeira num hospital de campanha confirmaria a quantidade de homens feridos que baralham cuidados médicos e sentimentos românticos. Frederico não precisou da guerra para acreditar que o amor feminino o salvaria de si mesmo. Na sua consciência recém-ligada, transida de sono e hipersensível por causa do LSD, os cinco sentidos começaram a funcionar antes da sensatez.

"Queres ser minha namorada?"

Na imaginação de Frederico (ele ensaiara aquele pedido dezenas de vezes na sua cabeça), o trompete de Miles Davis tocaria o "I Loves You, Porgy", o sol entranharia as cortinas brancas a balançar na brisa e, tomada pela emoção, Violeta ficaria sem palavras antes de responder que sim várias vezes.

"Oh, pobrezinho", disse ela, afastando-lhe da fronte uma madeixa de cabelo empapado. "Olha que namoro é coisa de reacionários." O tom de irmã mais velha, condescendente com o menino febril, arrasaria a virilidade até do Minotauro de Creta. Mas, escravo do desejo sexual, Frederico tinha uma fé cega naquele amor. A mínima retribuição da outra parte provava que esse amor era real. Ali estava Violeta, a ampará-lo na fraqueza, ensinando-lhe as falhas dos relacionamentos da classe opressora. Como podia Frederico, um jovem do século xx, perpetuar as convenções arcaicas depois dos Swinging Sixties, do Summer of Love e da libertação sexual do Maio de 68? A revolução chegava com atraso a Portugal, como tudo o resto, mas Frederico não ficaria de fora da Marcha do Amor Livre. Até ouvira dizer que, além de grande líder da nação chinesa, Mao Tsé-tung também comandava um batalhão de concubinas.

"E amante, queres ser?", emendou ele.

Violeta beijou-o, um beijo sem ontem nem amanhã. No vazio dessa resposta, abria-se uma cratera onde cabia tudo o que Frederico queria que ela fosse. O beijo foi abreviado pela algazarra junto à Mercedes. Os gémeos bloqueavam a passagem para o interior do automóvel e Raposo exigia:

"Dá-me a chave, ou parto-te as ventas."

"Este veículo imperialista foi confiscado pelo Movimento Reorganizativo do Partido do Proletariado para ser usado no esforço da revolução", declarou Jesus Maria. Ou talvez fosse Cristo Maria. Iguais na roupa como na imbecilidade, não era possível distingui-los. Uma criada de uniforme, carregando um cesto de piquenique, saiu dos portões da casa apalaçada e dirigiu-se aos irmãos:

"A mãe dos meninos pediu para lhes preparar um lanchinho."

Raposo atirou-se de cabeça pela janela aberta da Mercedes. O tronco dentro, as pernas de fora, a chave na ignição ao seu alcance. Os gémeos puxaram-no e Raposo esperneou, gritando: "Ó da guarda! Ó da guarda!".

Os soldados das Tuborg cercaram o automóvel e afastaram os irmãos.

"De quem é o carro, afinal?", perguntou um militar.

"É do meu cunhado", esclareceu Frederico, que se levantou, enjoado, de bochechas exangues. Falho de equilíbrio, tentava manter-se de pé, sem entender a vaga de gritos que irrompia na rua e nas varandas dos prédios. No miradouro, um soldado chamou: "Meu sargento". Tinha uma telefonia colada na orelha: "Acabaram de anunciar na rádio a queda oficial do Governo".

Soldados e civis abraçaram-se, havia riso, choro, urros, buzinas, a inefável emoção provocada pelo fim de quarenta e oito anos de ditadura. Como explicar algo tão único? Frederico não poderia. Na primeira vez que abriu a boca, em liberdade, em vez de palavras, saiu-lhe um jorro de vomitado.

"Que merda é esta?", protestou o sargento, com as botas cobertas por uma pasta cor-de-rosa.

Raposo nem precisou de olhar:
"Isso, sargento, são jaquinzinhos com arroz de tomate."

Por causa de Violeta, Frederico desceu para os Restauradores e não testemunhou a saída de Marcello Caetano do Quartel do Carmo, após a rendição, num blindado dos revoltosos, nem imaginou a cara do ditador ao ouvir, lá fora, os gritos de "vitória!" na voz de milhares de portugueses.

Por causa de Violeta, Frederico separou-se de Raposo e juntou-se à manifestação do MRPP, descobrindo que os seus partidários eram mais trauliteiros e destemidos do que faria imaginar a parelha dos gémeos. Ainda a revolução ia no adro, e já o MRPP queria pegar fogo ao andor.

Por causa de Violeta, Frederico ficou a saber o significado da frase de ordem que os militantes gritavam e que já tinham pintado numa parede:

Nem Spínola nem Cunhal, independência nacional

Cunhal, seguidor da linha soviética, representava para eles a traição aos ideais marxistas-leninistas. Spínola, a quem Marcello Caetano acabara de confiar o poder, recusando-se a entregá-lo ao capitão Salgueiro Maia, estava demasiado envolvido com o regime para ir além do reformismo-faz-de-conta da Primavera Marcelista.

"O Spínola esteve com a Divisão Azul, ao lado dos nazis, no cerco a Leningrado. Há fotografias disso", explicou Violeta. "Já dizia o Lampedusa, para que tudo fique na mesma, é preciso que tudo mude."

Por causa de Violeta, Frederico soube que, horas antes, os agentes da Pide tinham disparado sobre os populares que cercavam a sede da Polícia, indo buscá-los mais tarde ao hospital, para os encerrar nos calabouços do Governo Civil.

Subindo o Chiado, no meio da multidão que se juntara aos militantes do MRPP, Frederico fez notar a ironia:

"É preciso ter muito galo, para serem apanhados logo hoje. O Marcello já entregou a chave do palácio, e os infelizes ainda estão a apanhar da Pide."

"Achas que tem graça?", perguntou Violeta.

"Tem alguma graça", disse Frederico.

"E se fosses tu?"

"Mas não sou."

"Exatamente. O que fizeste tu pela liberdade?"

"Estou aqui, não estou?"

"Vamos ver até quando."

Violeta acelerou e Frederico foi atrás. Centenas de pessoas marchavam ao compasso do grito "morte à Pide!", mantendo viva a tradição da justiça popular que fizera cair a Bastilha e que, face à inação dos militares revoltosos, atacaria o bastião mais odioso do regime, onde tantos portugueses, incluindo a irmã mais velha de Frederico, tinham sido torturados. Ao virar para a rua António Maria Cardoso, Frederico encontrou João Guilherme, que lhe deu um abraço e disse:

"O dia de hoje vai ficar para a História, companheiro."

A ser verdade, o sorriso do rapaz açoriano naquele instante, puro e rasgado, teria de integrar o acervo do futuro Museu da Felicidade Revolucionária.

"O dia de hoje vai ficar para a História", repetiu Frederico, ciente de que a palavra "hoje" não consertava o desalinho temporal causado pelo LSD e por uma noite sem dormir. "Por falar nisso, que dia é hoje?"

"Vinte e cinco de abril de 1974", disse João Guilherme, acentuando o sorriso da vitória, segundos antes de ser morto com um tiro na cabeça, disparado por um inspetor da Pide.

O dia dobrou a curvatura da Terra a milhares de quilómetros por hora, alheio aos conceitos de noite e manhã, sem noção da felicidade ou da tristeza que uma nova aurora imprimia a essa espécie de seres vivos, entre os milhões de espécies no planeta, que inventara as vacinas, o gira-discos, a metralhadora, e para quem mais um dia podia definir o horror ou a dádiva da vida, a servidão ou a liberdade.

Na manhã em que a bomba atómica incinerou Hiroshima, noutros lugares do Japão também houve quem ganhasse a lotaria ou colhesse flores ou ouvisse "amo-te".

Em Sintra, a luz do dia perpassou o céu e a serra, esgueirou-se por entre as copas das árvores, iluminando de igual modo, sem favor ou preconceito, as primeiras páginas dos jornais no banco do pendura da Mercedes.

Vinte e quatro de abril, a tinta preta: "Na África do Sul, dezoito milhões de negros e mestiços não votarão hoje".

Vinte e cinco de abril, a tinta vermelha: "O Movimento das Forças Armadas prosseguirá na sua ação libertadora".

No vigésimo sexto dia do mês de abril, a mãe de João Guilherme receberia a notícia da morte do filho, enquanto Antónia ficaria a saber que o seu estava vivo.

O dia foi acordar Frederico no interior da Mercedes, como tinha feito horas antes com milhões na Oceânia, na Ásia, no Médio Oriente, na Europa Central, seguindo depois para as Américas sem olhar para trás. No mato, perto do Hotel Storm's, Frederico ouviu o canto dos pássaros com que amanhecera desde sempre, e, estando tudo na mesma, tudo tinha mudado. Abriu os olhos, reclinado no banco do condutor, não percebendo logo porque ficara na Mercedes, se estava a metros de casa. Tinha a mesma impressão da manhã após o primeiro beijo na boca, quando se dera conta de que algo modificador e inextinguível, para uma só pessoa, podia ser indetetável para todas as outras. O que lhe acontecia não acontecia a mais ninguém.

Aquela não era a manhã após o primeiro beijo.

Pousou as mãos no volante. Numa pinta de sangue seco, alojada na unha do polegar, começou a entender o motivo de ter dormido no carro: as rajadas de metralhadora, o corpo de João Guilherme embatendo no asfalto com o baque de uma peça de caça a cair na bagageira de uma carrinha, o tropel da multidão em fuga, buscando abrigo nos portais dos prédios, os feridos a entrar nas ambulâncias, um homem pesado e inconsciente, que ele ajudara a arrastar pela gabardine, deixando um rasto de sangue na calçada. Depois, o contragolpe dos populares, com a caça aos pides, as perseguições pelas ruas do Chiado, gritos acusatórios, um fugitivo encurralado ao murro e ao pontapé, jurando ser civil, Violeta a puxar-lhe os cabelos, alguém a berrar "porco fascista, agora és tu que vais para a jaula".

Frederico não sabia quanto tempo durara o seu estupor. Na rua, no dia em que tudo mudou, em lugar de reagir, sentira-se manietado pela cobardia e pela repugnância, tão incapaz de sair dali como de participar nas agressões. Em algum momento, Violeta levara-o para o apartamento na Lapa, despertando-o com o jato do chuveiro e beijos na boca. Tinham ido para o quarto, nus, molhados, ela de pé, as costas contra a parede, a garganta à mercê da mão direita de Frederico, os cabelos enlaçados pela sua mão esquerda, a boca lambida, mordida, a violência do desejo contra a violência da morte. Para um rapaz virgem, o grande mistério estava prestes a ser revelado. Todas as horas passadas a imaginá-lo eram um pobre simulacro da verdade. Frederico e Violeta foderam como bichos, depurados até ao mais rudimentar ato físico; foderam como quem respira, foderam para deter a juventude e o tempo, foderam para negar a decadência e a morte, foderam contra tudo e contra todos.

Ascetas buscavam a transcendência havia milénios e, no fim de contas, a libertação do mundo material estava no corpo. A beleza de Violeta já nada tinha a ver com as estrelas de cinema ou o equilíbrio de feições ou o seu conhecimento dos livros e dos filmes. O magnetismo era a animalidade dos gemidos e a cadência das ancas, os tendões retesados, as veias copiosas, o despudor com que lambia o cuspo e o suor de Frederico, juntando a dor e o prazer no fio de uma navalha incandescente.

"Mais fundo", dissera ela, parecendo querer engoli-lo inteiro, reforçando o pedido ao chupar-lhe a boca. "Fode-me, mais fundo." Deitada de costas, na cama de lençóis brancos, apertara-o com as coxas, entrelaçando os pés, puxando-o mais para si.

"Vem-te dentro de mim."

O pedido, quase uma súplica, e a devassidão das palavras, o risco delirante de poder criar uma vida nova, tudo traduzia o descontrolo de Frederico, mestre e servo num só.

"Todo dentro de mim. Vem, vem, vem."

Oh, o abandono, a contagem para o lançamento atómico, o galope dos nervos e dos músculos a todo o gás, o néctar das excreções e das secreções, o fôlego, a ardência do sangue, o superpoder do tesão, o maior tesão de sempre, oh, que magnífico o corpo no seu desempenho mais cabal, que fabulosa a união dos corpos, oh, que deslumbrante...

"Ahhhhuuuhhhmmmm", gemera Frederico, ao vir-se.

Oh, que breve.

Sob o sorriso tonto de Frederico, Violeta deslizara para o outro hemisfério da cama, virando-se de barriga para baixo e empinando um pouco o rabo. Com uma mão apertada entre as pernas, retomara a ascensão que ele não soubera ultimar. O peito arfante de Frederico desacelerava, tinha os olhos fechados, a cabeça no travesseiro. Zonzo, peganhento, desfrutava o apogeu da sua existência, o começo de uma nova era, e, desconhecendo como era periclitante a perfeição pós-orgásmica, quisera saber:

"Foi bom para ti?"

Violeta não respondera, o seu rosto, colado ao lençol, mostrava a compenetração das atividades que prescindem de companhia.

"Hã?", insistira ele.

"Chiu", dissera ela, sem parar de tocar-se.

A bolha do êxtase rebentara, sem dar a mínima hipótese à moleza das conversas de almofada pós-sexo. Qualquer fantasia de futuro dos amantes tinha sido terraplanada. O orgasmo solitário de Violeta recuperava o desarrimo de Frederico após os disparos dos pides no Chiado. Ali estava ele, mais uma vez parado, desconhecedor do que fazer, sem préstimo algum.

Como se acompanhasse um convidado à porta, ela dissera, depois de se vir: "Ah, e não te preocupes, eu tomo a pílula."

Tapara-se com o lençol, procurando a melhor posição para dormir.

Uma gravidez seria calamitosa, Frederico não queria ser pai aos dezoito anos. Mas o desinteresse de Violeta nos seus espermatozoides expunha a grande injustiça da sua vida: no dia em que perdera a virgindade, Frederico vira um rapaz ser assassinado. O sexo, afinal, não era o antídoto para a morte. Os filhos da puta dos pides tinham-lhe estragado uma data gloriosa.

Vestira-se e saíra do apartamento sem se despedir de Violeta. Em tantas outras noites, na viagem de carro para Sintra, Frederico conhecera a satisfação de um dever cumprido. Ligava o rádio, fumava de janela aberta e, na solitude da estrada, imaginava-se o espião de regresso à pacatez da vila onde ninguém conhecia a sua identidade secreta. Então, a banalidade do que o esperava era mais suportável. Ao contrário dos adultos, submersos nas minudências da repetição, Frederico conhecia a essência da vida.

Na manhã de 26 de abril de 1974, quando milhões de portugueses festejavam a liberdade, Frederico olhou para as mãos em cima do volante da Mercedes e, ao ver a pinta de sangue seco na unha do polegar, soube que conhecia também a essência da morte. Dormira no carro porque toda a banalidade que o aguardava em casa era agora insuportável.

Uma mão bateu no vidro do pendura. Era Nádia, a sobrinha. Ele debruçou-se sobre o banco do passageiro e abriu a porta.

"Bom dia. Queres entrar?"

"Não", disse ela. "Quero que me dês cem escudos."

"Por quê?"

"Porque senão conto a toda a gente onde tu escondes as tuas revistas com porcarias."

Entre as tribulações das últimas quarenta e oito horas, a chantagem de uma criança era mais engraçada do que alarmante. Frederico abriu a carteira. "Tenho uma nota de cinquenta. Pago-te o resto depois." Nádia tirou-lhe o dinheiro das mãos, e Frederico saiu da Mercedes, aliviado. Afinal, fora a sobrinha, não a mãe, quem descobrira a sua faceta de pornógrafo.

Ao ver o filho entrar em casa, Antónia agarrou-lhe a cara com ambas as mãos, fazendo do que era óbvio a maior das felicidades: "Estás vivo". Foi repetindo "estás vivo", para acabar com o medo que a atormentara durante as horas de uma revolução em que nada soubera dele. Grata e comovida, dizia "estás vivo" como se o desse à luz uma segunda vez. "Estás vivo", as palavras que a mãe de João Guilherme não voltaria a dizer ao filho. "Estás vivo", ouvia ainda Frederico quando trancou a porta do quarto, desceu a agulha sobre um disco de Miles Davis e, ao som do trompete, abriu a janela para a abundância da serra.

Riscou um fósforo. "Estás vivo", disse, baixinho, sentindo o cheiro do sexo de Violeta nos dedos que espremiam o filtro do cigarro. "Estás vivo", disse, mais alto, e, ao ouvir a vida toda na própria voz, soube que teria de fazer alguma coisa com ela.

3.

Quem ri por último?

Desisti de Portugal numa noite de ditadura. Regresso numa manhã revolucionária, dezassete anos depois. Sou filho de um piloto da RAF, que se despenhou na serra de Sintra, atingido por um caça alemão sobre o Atlântico, e que se apaixonou pela mulher que o socorreu. Sem uma grande guerra, eu não teria nascido. O meu pai era o primeiro a rir-se da ironia: alistou-se para combater os nazis e, por amor, ficou a viver num Estado totalitário.

"Falta-te um parafuso no coração", dizia-lhe a minha mãe, quando o acusava de romantismo exagerado, sem imaginar que seria uma falha cardíaca a dar cabo dele. Estivesse o meu pai vivo no seu próprio funeral, e a referência da minha mãe ao seu coração defeituoso também seria motivo de piada. Ele acreditava que a comédia era um bom expediente para lidar com a dor.

"A comédia é uma forma de chegar à verdade, e a verdade liberta", dizia ele.

Ao fim de alguns dias em Lisboa, visito a campa do meu pai — estava em reportagem, no Vietnã, quando ele morreu —, porque sinto que já recolhi material suficiente sobre esta revolução para o fazer rir. Conto-lhe acerca do veículo militar bem-comportado que, apesar da missão para depor o Governo, parou num semáforo vermelho na madrugada sem trânsito de Lisboa. Recordo-lhe o hábito português de estacionar em todo o lado e conto-lhe como entupiu a rua de uma boate da moda, obrigando uma coluna militar a fazer um desvio e a perder-se, chegando atrasada ao aeroporto, tomado por um revoltoso solitário que, sem poder esperar mais pelos reforços, puxou da pistola e da mentira: "Não se mexam, que isto está tudo cercado lá fora".

Partilho com ele o boato do ministro que borrou as cuecas ao ser levado num carro militar através da multidão e conto-lhe que, na manhã do golpe, um brigadeiro do regime, a quem tinham dado plenos poderes para aniquilar as forças revoltosas, respondeu aos superiores via rádio: "Mas quais plenos poderes, se não tenho homens? Eles passam-se todos para o outro lado".

Felizmente, como diz uma célebre canção portuguesa, "no conforto pobrezinho do meu lar, há fartura de carinho". Daí que a assustadora escassez de munições dos libertadores tivesse sido compensada pelo carinho da população e pela ausência de combates nas ruas.

Os jornais de todo o mundo enaltecem os cravos nas armas dos soldados e o baixo número de vítimas — quatro civis, um polícia da ditadura —, para sublinhar a natureza pacífica e melancólica dos portugueses. Sete palmos debaixo de terra, imagino o meu pai a fazer uma piada sobre o pacifismo melancólico da Inquisição, do tráfico negreiro e da Pide. Ele sempre reconheceu o poder insurreto do humor. Não apenas o depreciativo, dos britânicos, mas o tragicómico, dos portugueses, que, por vezes, nem se dão conta do talento que têm para o riso.

No dia em que bati num colega da escola, em resposta a uma piada que ele fez sobre o meu corte de cabelo, o meu pai sentou-me no sofá e disse: "Alguém sem sentido do ridículo, que não aguenta uma piada, é alguém facilmente convencido pela intolerância".

O meu pai, que execrava o Estado Novo e amava Portugal, não estava cá para ver o fim da ditadura e a promessa de uma democracia. Se fosse vivo, sei que ficaria atento a todos aqueles que agora cavalgavam a revolução sem sentido do ridículo.

É por isso que estou aqui, pai, junto da tua campa, a relatar-te as frases que florescem por estes dias nas paredes de Lisboa: "Abaixo os telhados, a chuva é do povo", ou "Mortos das valas comuns, ocupai os jazigos de família". Dezassete anos após a noite sisuda da minha partida, regresso a esta terra para ouvir de novo a tua gargalhada.

Lisboa, 29 de abril de 1974
Escrito por Ricardo Walker
& traduzido por Frederico Storm

"Está quase lá", disse Ricardo, fazendo a última emenda na quarta versão da crónica traduzida. "Volta a passar a limpo." Entregou a folha datilografada e a caneta a Frederico. Pela janela do carro, olhou para o Boeing 727, da Air

France, que descia sobre a pista. "Deve ser ele." A voz rouca fundia-se no rugido dos motores do avião. Abriu a porta do passageiro, "vamos", e saiu do carro. No parque de estacionamento do aeroporto, havia milhares de pessoas e, por todo o lado, o vermelho e o verde do estandarte nacional, das fardas dos militares, das bandeiras do Partido Comunista.

"Há uma coisa que não percebo", disse Frederico, tentando acompanhar-lhe a passada. Ricardo andava, fumava e falava com a velocidade de quem parecia sempre atrasado no cumprimento da lista de obrigações. "O que é que o seu pai tem a ver com a revolução? E a história do riso? Há mil coisas sérias a passar-se neste país, e o texto não fala de nada disso."

Sem abrandar, Ricardo tirou um cigarro moribundo da boca e com ele acendeu um novo. "Para essas coisas, estão cá as agências noticiosas." Chupou o fumo, olhou sobre o ombro, avaliando os metros de avanço que levava a Frederico. "O que tu traduziste chama-se, na gíria do ofício, uma história pessoal e com interesse humano. Os jornais de língua inglesa pagam-me para escrever como o Ricardo Walker, com os olhos, os sentimentos e as conclusões do Ricardo Walker. Os leitores querem a minha experiência, a minha perspetiva. Mas também há quem me ache um cretino." Fungou um riso. O seu tom desmantelava todas as caganças, floreados e perdas de tempo. Nem sempre era fácil discernir o sarcasmo da honestidade. Ricardo tanto podia maravilhar-se com o voo das andorinhas como perder a compostura — "Que burro me saíste, Mister Walker!" — com um erro de pontuação numa das suas crónicas.

Fez um compasso de espera antes de entrar no aeroporto. Olhou para a multidão e para os veículos militares. "O jornalismo é uma forma de ver e de relatar, não se resume a escrever os factos com a gramática certa. Há lugar para trastes como eu, com queda para contar o que escapa aos outros. Não sou o único, nem sou especial. É apenas um esquema daqueles que não descuidam a verdade e que contam histórias com páthos."

Ricardo entrou no edifício.

"Patos?", perguntou Frederico.

"Páthos, do grego, com tê e agá." Ricardo baixou o centro de gravidade, esticou as mãos como se fossem asas, fez um andar oscilante. "Não patos quá-quá-quá." Parou diante do painel das Chegadas. "Páthos, aquilo que sentes ao ouvir uma música ou a ver um quadro. O arrebatamento emocional ou racional que te saca da monotonia. O tesão pela vida. Tens de escrever com os colhões, o coração e a cabeça, para que te leiam com os colhões, o coração e a cabeça."

Os últimos três dias, passados juntos, rebentavam pelas costuras com histórias sobre os anos de jornalismo de Ricardo e o desmando da revolução, horas e horas de palavras, viagens, encontros, entrevistas. Mal ouvira a notícia do golpe militar, Ricardo apanhara um voo de Londres para Lisboa e, não sabendo guiar um carro, precisara de um motorista. O seu pai, Thomas Walker, trabalhara no Hotel Storm's, e a mãe ainda tomava chá com Antónia de quando em vez.

Frederico tinha sido contratado para conduzir o Mini Morris que Ricardo herdara do pai, colocando também ao serviço do novo patrão os seus conhecimentos na arte de desenrascar coisas e convencer pessoas. Através de um amigo, filho de um capitão, Frederico desencantara uma visita ao quartel-general do MFA e conseguira uma garrafa de Glenfiddich de doze anos, o uísque preferido de Ricardo. Levara-o a uma manifestação de operários na Margem Sul, a uma entrevista com um preso político libertado de Caxias e à chegada de Mário Soares, líder do Partido Socialista, à estação de Santa Apolónia, após anos de exílio em França. Fora do horário de expediente, ainda tivera tempo para o acompanhar numa tertúlia em casa de Natália Correia. A escritora tinha sugerido que Ricardo traduzisse para português as crónicas sobre a revolução que ele escrevia para os jornais de língua inglesa. Ela arranjaria maneira de as publicar num diário nacional. Dizia que um olhar estrangeiro, que também era parte nativo, seria o necessário "ponto imóvel do mundo que gira".

Frederico não percebeu a referência literária. Mas a citação levou Ricardo Walker a falar na língua do pai:

"At the still point of the turning world. Where past and future are gathered."

Com talento para fazer negócios, Frederico oferecera-se para traduzir as crónicas, valendo-se do seu inglês de liceu, dos discos e das revistas estrangeiras de música.

Ricardo e Frederico nunca tinham visto Álvaro Cunhal, mas no interior do aeroporto, entre os partidários, os soldados e os jornalistas, foi fácil identificar o lendário comunista na sua chegada a Portugal, após catorze anos em Moscou e Paris. Cunhal foi enlaçado pela multidão, Mário Soares abraçou-o, uma hidra de mãos queria tocar-lhe. Entre encontrões e cotoveladas, Frederico espreitou as notas em inglês no bloco de Ricardo.

Sobrancelhas negras cabelo branco fato gravata e gabardina// controla a aparência e emoções/ dureza que aguentou tortura prisão & Moscou/ diretor de colégio que encanta viúvas ou chefe de repartição com rancores antigos?

Um jornalista perguntou-lhe o que sentia, e Cunhal disse: "Confiança. Confiança que o povo, em aliança com os militares do Vinte e Cinco de Abril, conduzirão o nosso país pelo caminho da liberdade, da democracia e da paz". Palmas, gritos. Atrás dele estava um soldado jovem, com o olhar distraído, um cigarro na boca e a expressão ingénua que representava a união do povo com os militares.

De volta ao parque de estacionamento, Ricardo escreveu uma nota sobre as centenas de comunistas que, havia poucos dias, viviam na clandestinidade ou nas prisões do regime, e que agora entoavam "PCP!" em liberdade.

Álvaro Cunhal subiu para um blindado do Exército, agitando os braços em sinal de vitória. Começou a discursar para o povo. Com um sorriso reguila, Ricardo escreveu e sublinhou:

Estação Finlândia

"O que foi?", perguntou Frederico.

"Foi por causa disto", Ricardo bateu com a caneta no bloco, depois apontou-a a Cunhal, "que eu escrevi sobre a importância do riso em alturas destas. Quando o Lênin regressou à Rússia, depois de anos no exílio, saiu da estação de comboios e discursou para o povo em cima de um carro militar. O Cunhal sabe isso perfeitamente. As revoluções costumam ser ricas em gestos grandiosos e simbólicos. Mas, por mais bem-intencionadas que sejam, no final, há sempre alguém que se fode. Vai haver muita propaganda, muita manipulação. E o riso é uma forma indispensável de questionamento, percebes?"

Ricardo olhou para o lado, dando-se conta de que estivera a falar para o boneco. Em contracorrente, Frederico tentava perfurar o povo unido, afastando-se das palavras do líder comunista em cima do tanque, colocando-se em bicos de pés para seguir o alvo da sua perseguição. Ao abrir-se uma clareira de pessoas e aproveitando uma pausa no discurso, ele arriscou:

"Mana?"

Maria Luísa tinha a cara mais ossuda, o mesmo desafio no olhar. Inclinou a cabeça na diagonal, ao jeito de quem procura um detalhe num quadro de museu. O sorriso de reconhecimento (o mesmo de quando brincava com o irmão pequeno na Praia Grande) amaciou a rigidez do semblante, que tinha em comum com Cunhal e outros ex-presos. Pousou a mala de viagem e abraçou Frederico. Apesar do sobretudo até aos pés, o irmão sentiu-lhe o corpo seco, a magreza musculada de quem andava muito a pé. O tecido do casaco cheirava a manhãs glaciais e a apartamentos com muitos papéis. O cabelo longo readquirira o negrume que perdera após a prisão, emanando a acidez da tinta e o aroma familiar da irmã. O cheiro levou Frederico a encostar-lhe a bochecha no ombro e a deixar cair o ponto de interrogação com que a chamara. Desta vez, não restavam dúvidas, era ela:

"Mana."

A brigadista

Maria Alegria chega de Paris no mesmo avião que Álvaro Cunhal. Em comum, têm o Partido Comunista, a clandestinidade, a prisão e o exílio. No aeroporto, o líder do PCP discursa, em cima de um tanque, para o povo e para os militares, emulando o regresso de Lênin a São Petersburgo. Maria prefere ignorar a apoteose do seu antigo ídolo: Cunhal é agora um adversário político. Após fugir do país, em 1971, Maria rompeu com o PCP. Já em França, integrou as Brigadas Revolucionárias (BR), organização armada que reivindicou vários atentados contra a ditadura e da qual nasceu o Partido Revolucionário do Proletariado (PRP).

Do aeroporto, Maria vai para o quartel-general do PRP/BR, onde participa em reuniões, discute a criação de um jornal e dá a sua primeira entrevista. O enorme apartamento tem estuques trabalhados e um pé-direito altíssimo, mas o cenário burguês está habitado pelo tumulto ideológico dos barbudos com ganas de guerrilha. Máquinas de escrever martelam comunicados e há uma atmosfera entontecedora de fumo de cigarro, cola para cartazes e fulgor revolucionário. Evoca a descrição de Orwell sobre a Barcelona republicana, nos primeiros meses da Guerra Civil de Espanha.

A nossa conversa tem de ser negociada. Maria Alegria quer aprovar o texto antes que eu o envie para Londres. Digo-lhe que a liberdade que ela tem, por fim, para falar em Portugal é a mesma que eu tenho para escrever. Mas comprometo-me a replicar ipsis verbis as suas respostas. Opto, por isso, pelo formato de entrevista, em vez da habitual crónica, sem prejuízo dos meus comentários e descrições ao longo da mesma.

P: Já alguma vez tinha estado na presença de Álvaro Cunhal?

(*Longa pausa, uma hesitação, chega a abrir a boca e a fechá-la antes de responder.*)

R: Nunca.

P: E o que lhe diria, se conversassem?

R: Que não somos revisionistas stalinistas e que não apagamos a História. O PCP aproximou-se da direita e prefere o eleitoralismo à revolução armada. Nós somos anti-imperialistas e apoiamos todos os movimentos de libertação. Inspiramo-nos nas revoluções comunistas, seja na União Soviética ou na Coreia, mas o modelo português respeita as nossas especificidades.

P: Que são?

R: Uma nova síntese entre a luta política e a luta armada, onde cabem a luta contra a guerra colonial e a luta pela revolução socialista.

P: Para alcançar esses objetivos, pensam mesmo em entregar armas ao povo?

R: Não se faz a revolução socialista nem se acaba com o fascismo, o imperialismo e o capitalismo, sem um exército revolucionário.

P: Não acabou já, o fascismo?

R: A luta de classes não acabou. A luta contra a direita e a burguesia não acabou. Hoje, mais do que antes, é uma luta de vida ou morte. Hoje, mais do que antes, estão reunidas as condições para a ação violenta das massas.

P: As Brigadas Revolucionárias ainda defendem que os movimentos de libertação, em África, deveriam abrir uma quarta frente de guerra em Portugal continental?

R: A guerra não tem sido apenas contra os povos das colónias, mas contra todos os portugueses. Há treze anos que os jovens vão matar e morrer em África. Enquanto isso, o povo foi obrigado a emigrar para não passar fome, os ricos ficaram mais ricos, e continuamos a ser um joguete nas mãos dos países imperialistas. Uma quarta frente de combate, na metrópole, permitiria ao povo lutar contra os seus opressores, aqui, tal como os movimentos de libertação lutam em África.

P: Como será Portugal se a revolução socialista singrar?

R: Um Estado em que o proletariado assegura o domínio das outras classes, impedindo a exploração capitalista, em vez de uma democracia burguesa, em que a única liberdade real é a de explorar os trabalhadores.

P: Uma ditadura do proletariado?

R: Sabemos aquilo que a palavra ditadura representa para os portugueses, mas o Estado é sempre uma forma de poder de uma classe sobre outra. Uma ditadura do proletariado será, no futuro, uma democracia do proletariado. Essa é a forma mais plena de liberdade.

Maria Alegria recusou-se a responder às seguintes perguntas que lhe coloquei:

Os operacionais das BR treinaram com base num manual do Exército suíço, que ensinava técnicas de defesa pessoal e como fabricar bombas com materiais caseiros?

Esteve entre os militantes das BR que receberam formação militar, financiada pelo Governo argelino, em campos no deserto, em África?

Participou em algum dos assaltos a bancos portugueses, designados como "expropriações" e que visavam financiar as BR?

Participou em algum atentado ou ações de sabotagem contra alvos militares portugueses?

(*Num dos assaltos/expropriações das BR, o segundo a acontecer na localidade de Alhos Vedros, os jornais portugueses falaram de "Graça", pseudónimo da brigadista que apareceu na sucursal do banco vestida de minissaia e cuja descrição física tem vários pontos em comum com Maria Alegria, algo que ela recusa. Uma testemunha, entrevistada pelo diário* A Capital, *disse: "Gostei mais deste* (*assalto*) *do que do primeiro. Ao menos, agora, havia uma menina bonita como nos filmes".*

Desde 1971, as BR colocaram engenhos explosivos numa instalação secreta da NATO, na Companhia de Rádio Marconi e numa bateria de canhões do Exército. Destruíram quinze camiões destinados à Guerra Colonial. Largaram, em Lisboa, dois porcos vestidos de almirante Américo Thomaz, com a mensagem "presidente ao quilómetro", aludindo à fama de corta-fitas do chefe de Estado, agora deposto. Roubaram duzentos mapas militares, com o posicionamento das tropas portuguesas em Áfri-

ca, que depois entregaram aos movimentos de libertação. Em outros atentados a vários alvos militares, um general ficou ferido, na Guiné, e morreram dois operacionais das BR durante a colocação de uma bomba, em Lisboa. Um comunicado oficial dizia: "Ernesto e Luís são os nomes de guerra dos militantes operários das Brigadas Revolucionárias que deram a sua vida pela causa dos trabalhadores e do povo português".)

P: Como é que a sua família vê a sua atividade política?

(*A segunda pausa longa. Por um breve momento, Maria abandona a cartilha do partido. Fala com a mesma convicção de sempre, mas a emoção é uma novidade.*)

R: A felicidade não é incompatível com o sofrimento.

Em cima da secretária estava o envelope com o endereço do jornal português para onde Frederico deveria remeter o texto de Walker. Ele leu e releu a última frase. Já a ouvira na boca da irmã, na sede das Brigadas. Tinha-a datilografado na máquina do escritório do hotel. Rodou a pedra do isqueiro e, no sopro do gás azulado, ouviu o canto das sereias, a tentação de queimar a folha, prevenindo, com um pequeno fogo, o incêndio que seria a publicação daquela entrevista. Ateou a ponta do cigarro e levantou o dedo da patilha do isqueiro. A chama extinguiu-se, os dilemas persistiram. Devia sabotar o trabalho de Ricardo Walker e a liberdade de expressão recentemente conquistada, ainda para mais agora, que parecia ter encontrado no jornalismo algo interessante, talvez até um ofício a seguir? Ou tinha a obrigação de proteger a família de ser exposta ao radicalismo de Maria Luísa, em particular a mãe, que já sofrera tanto, e cuja mentira perante amigos e hóspedes — "A minha filha está a estudar em Paris" — seria agora escancarada como encobrimento de uma terrorista que, ao entregar os mapas militares aos inimigos, talvez tivesse responsabilidade na morte de soldados portugueses?

No final da entrevista, sozinhos num corredor com cartazes de propaganda nas paredes, Maria Luísa perguntara-lhe pela filha, que deixara havia três anos, e Frederico tinha achado por bem contar a verdade:

"A Nádia está a viver em casa da Pureza e do Diogo."

"Com um direitolas e uma beata?", questionara ela, a sorrir. A pergunta tinha uma inflexão trocista. Por fim, uma pausa na seriedade de quem acreditava no poder das bombas.

Agora, no escritório do hotel, com a crónica numa mão e o isqueiro na outra, Frederico voltou a ler a última frase.

"A felicidade não é incompatível com o sofrimento."

Pegou na caneta e riscou uma palavra:

"A felicidade ~~não~~ é incompatível com o sofrimento."

A ausência da irmã sempre fora uma presença: na cadeira vazia à mesa de jantar; no quarto que a mãe mantivera durante anos, até o converter em quarto de hóspedes; em todas as ocasiões em que Frederico não fora identificado pelo nome, mas como o irmão mais novo de Malu Tormenta.

Um filho sem pais era um órfão, mas que chamar àquilo que Frederico sentia faltar-lhe? Que dicionário da perda traduzia o desaparecimento de uma irmã? Não era uma morte, nem um esquecimento, talvez um abandono, a esperança de um regresso, um segredo por resolver. Como conciliar a irmã cuidadora da sua infância com a deusa da guerra que enfrentara a Pide e que era recordada, por rapazes e raparigas da sua geração, como um misto de *femme fatale* e Joana d'Arc? Não era fácil amar uma mártir, respeitá-la pela tenacidade e, ao mesmo tempo, recriminá-la pelas convicções.

Um dia após a revolução, ao assistir no *Telejornal* à libertação dos presos políticos de Caxias, Frederico olhara para a mãe, sentada ao seu lado no sofá, e identificara nela o transtorno de uma mulher na campa de um filho. Na televisão, os maridos abraçavam as mulheres, os pais pegavam nas crianças ao colo, lembrando Antónia daquilo que perdera e que julgava que não voltaria a ter.

Dias mais tarde, Frederico encontrara Maria Luísa no aeroporto e, escolhendo contar-lhe onde estava Nádia, em vez de calar-se, tinha posto em prática a frase da irmã que fechava a crónica.

A felicidade de Antónia, ao ver Maria Luísa entrar no hotel após anos de exílio, não era incompatível com o sofrimento que aquela visita desencadearia na família Storm.

"Venho buscar a Nádia. Sei o que é melhor para a minha filha", dissera Maria Luísa, sem se dar conta de que repetia aquilo que tinha ouvido à sua mãe, tantos anos antes, quando Antónia a fora buscar a casa dos avós.

Frederico ponderou se, ao enviar a crónica para o jornal, estaria a castigar Maria Luísa ou o resto da família. Se usava a verdade para, como apregoava Walker, confortar os aflitos e afligir os acomodados, ou se apenas queria receber o dinheiro extra que lhe pagavam pelas traduções.

Antónia sempre lhe dissera: "Não te metas em política".

Maria Luísa, na sede das Brigadas, tinha-o desafiado: "Esta é uma boa altura para fazeres a diferença".

Ricardo Walker queria-o como motorista e tradutor num país em revolução.

João Guilherme já fora enterrado nos Açores.

Frederico estava vivo, mas não queria estar ali. Enfiou a crónica no envelope e foi fazer a mala.

Quando chegou a Souto da Serra, no final de julho de 1974, Frederico Storm queria aparentar a solidez daqueles que acordavam de madrugada para trabalhar no campo, alguém que passasse mais tempo calado do que a falar. Viajara pelo país durante dois meses e meio, conduzindo Ricardo Walker no Mini Morris. Estava cansado de dormir em pensões, de procurar histórias para os jornais, e da parceria alcoólica que todas as noites lhe assegurava uma ressaca na manhã seguinte. Sabia, no entanto, que não queria regressar ao Storm's. O convite de Juca e de Filomena, para integrar as Campanhas de Alfabetização e Educação Sanitária, fora o pretexto certo para continuar longe de casa. Os amigos sonhavam mudar o mundo, ele apenas queria uma folga do som da revolução — das emissões da rádio às conversas de família, das gráficas dos jornais às reuniões nas fábricas, tudo emitia o ruído quezilento da política.

Juca e Filomena foram destacados para o Minho, Frederico para a Beira Alta. Talvez a ideia de um retiro longe da cidade se inspirasse nos filmes de kung fu que ele tinha visto com Raposo, fitas em que os heróis se isolavam para prepararem o físico e o espírito antes do grande combate das suas vidas. Ou talvez Frederico acreditasse mesmo que poderia pacificar a sua natureza, tornar-se ajuizado, introspetivo, senhor das suas pulsões.

O caminho para Souto da Serra foi longo e fatigante, num autocarro de bancos a ferver e curvas de enjoo. Na janela, a paisagem agreste de rochas e vegetação rasteira prometia a severidade desejada por Frederico. As montanhas e o céu tinham a magnitude daquilo que, parecendo não ter princípio nem fim, provava a brevidade e a pequenez da vida humana.

Na primeira reunião com os aldeãos, na escola primária onde os estudantes ficaram instalados, Frederico não mostrou interesse em qualquer atividade programada, o que lhe valeu a tarefa de construir um muro e a afeição de Sónia, uma ruivinha com pulsos delicados, estudante de românicas e vítima do equívoco amoroso que vê mistério onde só há indiferença.

Sem olhar para Sónia uma vez, Frederico recebeu uma marreta e um carrinho de mão. Devia caminhar por um carreiro na serra e partir as lajes que, polidas pelo vento e pela chuva, pareciam discos voadores. No primeiro dia, trucidou o corpo sem conseguir encher o carrinho. O fracasso e as dores facilitaram o voto de silêncio. Nessa noite, comeu o caldo do jantar e saiu da roda dos estudantes antes que a garrafa de aguardente lhe caísse no colo. Recolheu ao saco-cama, no chão da sala de aula, guardando-se no sono, sem ouvir lá fora a música nas violas e nas vozes que cantavam:

No céu cinzento sob o astro mudo
Batendo as asas pela noite calada
Vêm em bandos com pés de veludo
Chupar o sangue fresco da manada
Eles comem tudo, eles comem tudo
Eles comem tudo e não deixam nada

Frederico era o primeiro a adormecer e a acordar. Dia após dia, apurou o engenho de partir pedras e empilhá-las. O trabalho no campo ridicularizava as horas gastas a folhear um dicionário e a traduzir as crónicas de Ricardo Walker. O embate com a Natureza era uma forma de ascensão. Frederico sentia-se a aceder ao uso original do corpo, descobria que as contrariedades a que este se via submetido — calos nas mãos, pernas esfoladas, picadas de insetos, músculos doridos — faziam parte de uma ordem mais simples, na qual a matéria não se questionava, apenas existia. Os penedos e as azinheiras não tinham ideologia. O som da marreta a estraçalhar um calhau espalhava-se pelas fragas, sem protestos ou vaidades. Havia a manhã, a tarde e a noite. Havia o acordar, o comer e o dormir.

Frederico não era indiferente ao atraso a que tinham sido lançadas as gentes da aldeia durante séculos. Três meses depois do Vinte e Cinco de Abril, quando ali chegara, os moradores ainda não sabiam da revolução. Deles recebia água, batatas e toucinho, retribuindo com bolachas Maria e marmelada que levara do hotel. O 'ti Raimundo, que apenas tomava banho em dias de casamento ou de batizado, indicara-lhe um riacho para as abluções. Talvez Frederico fosse tão paternalista como os colegas que atribuíam aos aldeãos o exclusivo papel de vítimas do Estado Novo e da Igreja católica. Só que ele não estava ali para civilizar ninguém. Reconhecia o ensejo de uma mudança para melhor, contudo, as suas interações com os locais eram desinteressadas da criação do homem novo. Ouvira os companheiros a barafustar por causa de um cacique que alugava as máquinas da lavoura a preço de monopólio. Concordou com a greve, mas não participou no protesto. Tanto se mantinha ao largo da bem-intencionada alfabetização como do proselitismo ideológico, uma distância que Sónia encurtava todas as noites, acercando-se do saco-cama de Frederico com o vagar de uma deriva continental.

Ao décimo quinto dia, o cacique, montado num cavalo negro, percorreu a extensão do muro, até chegar ao descamisado Frederico. Manejou a chibata, indicando a geometria dos calhaus:

"Vossemecê está a construir a muralha da China?"

"É só um muro."

"E para que serve?"

Frederico não respondeu e tirou uma pedra do carrinho de mão.

"Todo este trabalho, e não sabe o que anda a fazer?"

"Faço o que me pedem."

"E se lhe pedissem para se atirar a um poço?"

"Parece a minha mãe a falar." O ar do campo era purificador, mas não lhe extirpava o nervo trocista. Frederico largou a pedra no muro e cuspiu nas palmas das mãos. "Vai ficar aí a mandar postas de pescada ou quer dar uma ajudinha?"

"Já me tinham avisado que vossemecê não era igual aos outros vermelhinhos." O cacique deslaçou um odre de couro, preso na sela, e lançou-o a Frederico. "Não quero que se mate a trabalhar sem receber nada em troca. Beba, homem, zangado e sóbrio é que não pode ser." O cacique pulou do cavalo e, como o rapaz não bebesse, recuperou o odre, esguichando o vinho na própria boca.

Chamava-se Teodoro Paino e confessou que persuadira um compadre a solicitar aos moços de Lisboa a construção de um muro para a aldeia, que, na verdade, não tinha serventia alguma.

"Peço desculpa pela velhacaria que lhe fiz, mas beba comigo e prometo compensá-lo."

O Olimpo pastoral de Frederico durara duas semanas. Estava agora manchado pela malícia dos homens. Mas não sentia despeito, porque, na partida que o cacique pregara aos educadores da capital, havia mais comédia do que ruindade. Frederico agarrou no odre e bebeu o vinho.

"Cada um é para o que nasce", congratulou Teodoro, conhecedor das quimeras falhadas e das tentações dos homens. A besta sempre lá estivera, dentro do rapaz, ele apenas abrira a jaula. "Venha daí conhecer a minha casa."

O cacique estava longe de ser o latifundiário que os estudantes demonizavam. Na pequena propriedade, tinha uma debulhadora caquética e um trator à espera de peças. No pasto, havia três cavalos e algumas vacas bravas que seriam largadas nas festas de agosto, como era tradição. Teodoro alugava as máquinas e dava emprego sazonal a uma mão-cheia de trabalhadores. Viúvo, tinha um filho a estudar para solicitador, em Lisboa, que passava o verão a trabalhar num paquete de cruzeiros. Teodoro tirou uma navalha do bolso das calças. Lancetou o chouriço e o pão, sobre a mesa da cozinha, com a destreza com que venceria uma rixa de taberna. Era baixo, moreno, escanhoado e usava chapéu de feltro, tombado sobre os olhos, como era hábito duas décadas antes. Comovia-se a falar do seu cavalo preferido, que tivera de abater por causa de uma perna partida.

"Porque não pediu a outra pessoa que o fizesse?", perguntou Frederico.

"Que raio de homem se escusa ao dever de amar até ao fim?"

Ao abrir a segunda garrafa de tinto, Teodoro disse que precisava de um ajudante.

"Não sou fura-greves", defendeu-se Frederico.

"Nem eu vivo só do que a terra me dá."

Com os jovens da aldeia expedidos para a guerra ou emigrados em França, o principal sustento de Teodoro carecia de braços fortes e de corações temerários. "Para que diacho quero os cavalos? Julga que sou toureiro?" Filho e neto de contrabandistas, tinha uma remessa de café para entregar em Espanha. Na volta, carregaria tabaco. "Vamos num pé, voltamos noutro. Os seus camaradas nem dão pela sua falta. Pago-lhe bem e ainda o levo a comer um bife e a beber uma coca-cola no outro lado da raia."

Frederico já tinha o gosto e o jeito. Em Lisboa, contrabandeava uísque, cigarros, discos, tudo o que lhe pedissem os clientes.

"Prometi que não me metia em mais cegadas", justificou-se, na despedida, resistindo ao tumulto do que era ilícito.

"É como lhe disse, rapaz, cada um nasce para o que nasce."

Contrariando as certezas de Teodoro, Frederico buscou a sombra de um pinheiro-bravo, no caminho de regresso, e apanhou o envelope-amuleto que levava consigo desde que Pureza lhe escrevera. Outros tinham o jejum e as preces para suster os desvios. Frederico relia a carta da irmã.

Querido e amado maninho pequeno,

Espero que te encontres bem, aí pelo Norte. Ao menos, que estejas longe desta praga esquerdista que tomou conta de Lisboa e do Sul do país. Agora, toda a gente é comunista. Uns, por defeito. Outros, por conveniência. Imagina tu que o Teles Freitas, salazarista dos quatro costados, que tanto gostava de se passear na farda da Legião, anda agora a organizar comités de trabalhadores. Um vira-casacas, um oportunista. Portugal está cheio deles.

Desculpa o desabafo. Pareço uma porteira, a cochichar à janela, mas olha que tento resistir à vulgaridade com que a revolução quer acabar com o nosso modo de vida. Perdeu-se o respeito. Os criados do hotel meteram na cabeça que mandam mais que os patrões e começaram a tratar a mãe por tu. De nada nos vale ter uma irmã revolucionária, com o retrato no jornal. Antes pelo contrário, a entrevista à Maria Luísa só causou desgostos. A Mitó Figueiredo deu uma descompostura à mãe, no cabeleireiro, com o salão à pinha. Disse-lhe que, caso a mãe tivesse educado a Maria Luísa como ela educou o filho que morreu na guerra, agora, em vez de passar segredos militares aos pretos, talvez a Maria Luísa estivesse a fazer alguma coisa de jeito pela Pátria.

O pai ainda não aceitou a gravidade de tudo isto. Continua a ir à caça, a jogar brídege e a beber conhaque como se nada fosse. Suspeito que já não é só uma questão de feitio. Antes, calçava uma meia de cada par e não sabia quanto custava um litro de leite, mas recitava-te os reis todos de seguida. Mas agora, mais do que despreocupado e aéreo, como sempre o conhecemos, vejo-o perdido, desmemoriado, em negação. No outro dia, interrompeu um encontro dos trabalhadores do hotel com o sindicato. Disse que precisava de alguém para lhe escovar um casaco. Valeu o carinho que os criados mais velhos têm por ele.

Também nunca mais tivemos notícias da Nádia, desde que a Maria Luísa a levou. Não te quero meter ao barulho, mas família é família, e talvez conseguisses saber junto dela como anda a menina. Basta ler o artigo que traduziste, para perceber que aquilo não é vida para se dar a uma criança. Mas não te apoquentes. Saber é melhor do que esconder. E, agora que passou algum tempo, a mãe reconhece que não fizeste por mal, nem está zangada contigo, aliás, pediu-me para te enviar a nota de mil escudos que junto a esta carta.

Preocupa-me que andes tão longe e durante tanto tempo. Sei que tens uma inclinação para os sarilhos, e a ti, meu maninho pequeno, perdoo-te tudo, mas já não és uma criança. A tua família precisa de ti. Por favor, promete-me que te portas bem e que regressas inteiro.

Da tua irmã, que muito te ama e saudades sente,
Pureza Storm

Frederico chegou à escola ao anoitecer e foi recebido por uma comitiva de más-vindas. Sabiam que passara a tarde com Teodoro Paino e interrogaram-no, acusaram-no, quiseram puni-lo com a expulsão do grupo. O inquisidor-mor era um militante do PCP, o mesmo que manipulava a informação nas sessões de esclarecimento dos voluntários aos aldeãos, de acordo com os mandamentos do partido, e que proibia a leitura de certos jornais, simplificando o complexo cenário político do país ao princípio: "O povo é que vai mandar".

Instigado pelo vinho que bebera com Teodoro, Frederico desvalorizou a coação e, pegando no saco-cama e numa garrafa de aguardente, informou:

"Eu saio pelo meu próprio pé."

Foi sentar-se no muro que construíra para coisa nenhuma, com pena de si mesmo e raiva de tudo o resto. Entalado entre o luzeiro do firmamento e a escuridão na Terra, sentiu-se o homem mais sozinho do planeta, para logo concluir que milhares de pessoas estariam a sentir o mesmo, noutros lugares, naquele instante. Até no desespero Frederico era vulgar. Riu de si mesmo. Todos tinham ideais, missões, um destino a cumprir. E ele? Nada de nada. Para contrariar o erro de deus, que deixara morrer o rapaz errado no dia 25 de abril, Frederico levantou os braços e gritou:

"Estou vivo, foda-se."

Quando Sónia apareceu, ele nem lhe permitiu anunciar ao que vinha. Beijou-a, despiu-a, lançou o saco-cama sobre o muro e sentou-a, dando por fim uso à sua obra-prima da construção. O contrabandista estava certo. Cada um era para o que nascia. E Frederico, na melhor das hipóteses, tinha nascido para, de joelhos e com a cabeça entre as coxas de uma mulher, contrariar a morte com o sexo.

Por trás dos montes, o sol elevou-se e aprumou o mundo. Em breve, as rochas e os insetos estalariam como se lançados ao lume. Mas, entre o frio da noite e o braseiro da tarde, havia um pequeno interlúdio. Então, os bichos saíam das tocas e dos ninhos para beber o orvalho das folhas, a manhã continha a frescura daquilo que era fugaz e logo apodreceria. Frederico não teve conhecimento de nada disso. O seu despertar foi um inventário de dores. A ressaca da aguardente. Uma luxação lombar por dormir sobre uma laje. Levantou-se com a visão turva e a língua ressequida. Lembrava-se de Sónia deitada, com a cabeça no seu peito, os dois a olhar para os astros no céu, ela a falar das constelações, dos horóscopos e de uma anarquista famosa (como se chamava?) que dissera: "Se eu não puder dançar, não quero fazer parte da vossa revolução". Frederico retivera a frase porque Sónia a repetira, mudando uma palavra:

"Se eu não me puder apaixonar, não quero fazer parte da vossa revolução."

Receoso de ficar novamente sozinho, Frederico deixara que ela continuasse a falar da compatibilidade dos signos e do encaixe perfeito dos corpos como prova de que tinham sido feitos um para o outro.

Com o nascer do dia e Sónia a dormir ao seu lado, Frederico conheceu a causalidade entre o sexo dos bêbedos e o arrependimento dos ressacados. Desceu para o ribeiro e mergulhou. Emergiu das águas, ouvindo alguém gritar o seu nome na margem. Era Ricardo Walker, tinha uma mala na mão e uma máquina de escrever debaixo do braço.

Jesus Cristo não é comunista

Na chegada a Souto da Serra, percorri quatrocentos e doze quilómetros, e o calendário recuou cem anos. Nesta pequena aldeia, no Nordeste de Portugal, colada à Espanha, a revolução não passa de um "ardil dos hereges". Quem o diz é o padre Hilário, enfiado na batina suada, negra, poeirenta, que faz dos quarenta graus deste agosto uma prova de fé. "Se os virdes por aí, a tirar fotografias aos cachopos", alerta ele, diante da congregação, "é para depois os roubarem aos pais." Enquanto guardo a câmara fotográfica na sacola, o padre Hilário prossegue a leitura da circular que chegou da Diocese do Porto. "Quando essa gente que veio de Lisboa vos perguntar o nome, não respondais, porque é para vos fazer sócios do Partido Comunista."

O pároco refere-se aos jovens universitários que integram as Campanhas de Alfabetização e Educação Sanitária da Pró-União Nacional dos Estudantes Portugueses. São mais de mil, espalhados pela região norte, onde se diz ser maior o número de cidadãos analfabetos, o atraso económico, o conservadorismo obscurantista e a resistência ao progresso.

Tentando provar um dos preceitos revolucionários — "Os estudantes sempre ao lado do povo" —, estes jovens e alguns técnicos de saúde oferecem cuidados, ajudam no trabalho agrícola e tentam instalar o saneamento e a água canalizada.

Bem cedo, Sónia, aluna do segundo ano de letras, leva as cabras da dona Josefa para o pasto. Ao fim da tarde, ensina a população a ler e a escrever. "A alfabetização é fundamental para que todos participem na vida democrática", diz ela, com a pele escaldada pelo sol, apenas mais uma contrariedade para os forasteiros. Após a primeira visita do padre, que aqui se desloca uma vez por semana, algumas mulheres da aldeia passaram a benzer-se quando se cruzam com Sónia e proibiram os filhos de lhe falar.

Sónia contesta: "A dona Josefa não deixou de me confiar as cabras, e as pessoas continuam a aparecer nas sessões de esclarecimento que organizamos todas as noites. Estamos a viver um momento mágico de transformação, a construir uma nova sociedade".

Mas talvez este seja um projeto demasiado ambicioso para levar a cabo num só verão. "Depois que chegaram cá esses diabos de Lisboa, a minha filha nem come, anda doente, parece outra pessoa", diz dona Umbelina, que pendurou um chifre atrás da porta, para afastar o mau-olhado. Na melhor das hipóteses, em Souto da Serra, a superstição recebe a pedagogia com talismãs. Mas também pode ser com sacholas, varapaus e tiros para o ar, como aconteceu numa aldeia próxima, depois de uma técnica de saúde ter explicado a higiene menstrual às raparigas.

Na despedida, o padre Hilário desvenda as patranhas do inimigo com uma pergunta: "Eles andam para aí a dizer que Jesus Cristo era comunista. Então, porque é têm uma foice e um martelo na bandeira, em vez de uma cruz?". O padre entra no carro que usa para espalhar a palavra do senhor do céu e dos senhores proprietários das terras. Já em andamento, cruza-se com um camião de tropas que chega a Souto da Serra, também eles em digressão doutrinária (por estes dias, encontram-se camiões militares nos sítios mais inesperados). O padre benze os soldados e estes cumprimentam-no tal e qual fazem os paroquianos, tirando os bonés, como desde pequenos lhes ensinaram a fazer quando entram numa igreja ou falam com o patrão.

"Está aqui há um dia e acha que já sabe tudo?", acusou Frederico, numa saleta da escola primária. "Olhe que os comunistas não são melhores que o padre." Arrancou a folha da máquina e entregou-a a Ricardo Walker. "Escreva aí que eles controlam tudo, que só nos deixam ler o *Avante!*, que quiseram expulsar-me só porque fui beber uns copos com o dono do trator."

"O cacique?"

"Se aquilo é um cacique, eu sou o Miles Davis."

Após uma temporada em Londres, Ricardo Walker recebera instruções para regressar a Portugal e cobrir a tentativa de criação de um país-satélite da União Soviética na Europa Ocidental. Era essa a tese que corria nalgumas embaixadas e meios de comunicação internacionais. Ricardo aprendera nos livros de História, e em reportagens que fizera noutras geografias, que as conversões violentas ao comunismo eram em muito semelhantes às evangelizações forçadas do catolicismo. Mas queria ver para crer. E só depois escreveria. Durante os dois meses em que viajara pelo país, com Frederico, logo nos primeiros dias da revolução, percebera que o sonho da democracia portuguesa podia descambar noutra ditadura, fosse de esquerda ou de direita. Era esse conflito que ele queria abordar. Por isso, quando Pureza Storm lhe tinha contado onde andava Frederico, Ricardo seguira o rasto dos estudantes progressistas da capital no conservador território do Norte do país.

"Então, leva-me até ao cacique que não é cacique", disse o repórter. "Ajuda-me a contar o outro lado da história."

O acordo ficou amarrado antes que acabassem a primeira garrafa. Em troca de ajuda para cruzar a fronteira com os cavalos e a mercadoria, Teodoro daria uma entrevista a Ricardo, e este prometia não mencionar nomes ou lugares. Frederico receberia uma parcela dos ganhos do contrabando e um pagamento extra do jornalista. Já em Espanha, os três comeram bifes e beberam coca-cola no restaurante do homem que comprava café a Teodoro e lhe vendia os cigarros.

"Água suja do capitalismo", troçou Ricardo, olhando para o copo. "Não se arranja antes um tinto da casa?"

No regresso, Sónia esperava-os na propriedade de Teodoro Paino com um alerta. Os rumores sobre a presença de agentes americanos que apoiavam a Igreja e financiavam a contrarrevolução no Norte de Portugal tinham levado o militante do PCP a denunciar Ricardo Walker, como agente da CIA, aos militares que pernoitavam em Souto da Serra. Na escola primária, queriam agora montar um tribunal revolucionário, onde julgariam o porco imperialista e o seu lacaio Frederico.

Teodoro Paino acariciou o cano da espingarda que trazia na sela do cavalo.

Ricardo disse: "Uma pessoa tem de reconhecer quando já não é bem-vinda".

Ao despedir-se de Sónia, Frederico compreendeu que amar dava muito trabalho e que a revolução era um drama. Tinha saudades de casa, dos seus discos, da mãe.

Quando entraram de novo em Espanha, o cavalo de Teodoro abria caminho na planície loira. Aqui e ali, o oásis da sombra de uma oliveira. Ricardo e Frederico iam mais atrás, lado a lado, no sentido contrário do pôr-do-sol. Levavam a boca suja e os olhos inflamados pela poeira que as patas do cavalo dianteiro levantava.

"Tens aqui uma bela história, devias começar a escrever sobre isto", incentivou o jornalista. "Eu arranjo maneira de seres publicado."

"Não me parece", respondeu Frederico.

"Por quê?"

"Porque tudo o que começo, nunca chego a acabar."

NO MEIO É QUE ESTÁ A VIRTUDE

1.

Entre cada pai-nosso, Pureza Storm rezava dez ave-marias no banco do pendura. Tinha o rosário na mão direita, e a esquerda defendia o umbigo quando dizia "bendito é o fruto do vosso ventre". Nunca aquelas palavras tinham feito tanto sentido. Carminho, se fosse menina. Manoel, se fosse rapaz, em homenagem ao avô do marido. Mais uma ave-maria, e os pneus da Mercedes a ripar o alcatrão, a noite alarmada pelos quatro piscas de emergência, o chega-para-lá da buzina com que Frederico, ao volante, anunciava uma ultrapassagem. A caminho do hospital, o perigo da velocidade não era nada perto dos tormentos de um novo desmancho, das hemorragias, do estetoscópio sem sinal de um segundo batimento cardíaco, da reação dos médicos: com uma consternação ensaiada, na primeira vez; e a despachar, numa sala com luzes fluorescentes, na segunda. "Não chore, ao menos sabe que pode engravidar." O médico tocara-lhe num joelho com as costas da mão fria. "Agora, abra as pernas."

Frederico reduziu uma mudança na caixa de velocidades e meteu o pé no travão. "Que merda é esta?" A Mercedes parou no último lugar da fila de automóveis imobilizados. "Desculpa, mana." Sabia como os palavrões a incomodavam. Saiu do carro, deixando a porta aberta, e desapareceu na curva mais à frente. Sozinha, Pureza pôde tocar o tecido da roupa interior sem constrangimento. Não havia vestígios de mais sangue. "Bendito é o fruto do vosso ventre." Do carro adiante, saiu um homem de cigarro na boca. Parou na berma, correu o fecho das calças e pôs-se a mijar. Pureza levantou-se para fechar a porta do condutor e trancou-a. Subiu o vidro da sua janela, apesar do calor que vertera do fim do verão para o início do outono. Quando era pequena, uma criada do Hotel Storm's, que lançava cartas e fazia feitiços para amarrações, dizia que o mormaço fora de tempo era sinal de catástrofe. Pureza procurou o friso de madeira na porta da Mercedes e bateu-lhe três vezes com os nós dos dedos. "Jesus, Maria, José." Benzeu-se outras três. Em nome do pai, do filho e do espírito santo. Três, a conta que deus fez. A santíssima trindade. À terceira, é de vez. Hesitou, traída pela numerologia das suas crenças. Afinal, também fora no terceiro mês que perdera os outros filhos. (Sim, filhos, mesmo que por nascer, tinham enxovais e berços e nomes e mãe.)

Nos últimos dias de setembro de 1974, Pureza estava de novo no final do primeiro trimestre.

O homem na berma escarrou para o asfalto e gemeu de prazer antes de se sacudir. A fechar a braguilha, passou diante dos faróis da Mercedes, tentando perceber quem estava lá dentro.

"Ó amigo, isto está para durar, nem o pai janta, nem a gente almoça."

Pureza escudou a barriga com as duas mãos, protegendo o filho da imundície do mundo. Sabia que o caos e a degradação em Portugal não eram o fim dos tempos, apenas um teste de fé. Se Sara, mulher de Abraão, tinha esperado até aos noventa anos para que deus lhe oferecesse um filho, então, Pureza aceitaria aquilo que lhe colocassem no caminho. "Tudo acontece por uma razão", dissera-lhe o marido, quando regressavam da sala branca do hospital. Deus não a carregaria com um peso que ela não pudesse suportar.

Frederico puxou o manípulo, a porta estava trancada. Pureza debruçou-se sobre o banco do condutor, com uma mão no ventre, e levantou o pino. "Não deixam passar ninguém, por causa da manifestação do Spínola", disse ele, ao sentar-se ao volante. A Mercedes entrou na faixa contrária, avançando devagar, junto da fila de veículos parados, atraindo insultos, buzinadelas e sinais de luzes. Frederico agarrou a mão da irmã. "Estão a revistar os carros todos. Não querem que os manifestantes entrem em Lisboa."

Na noite anterior, Diogo arrastara Pureza para a praça do Campo Pequeno. "Queres que o meu filho cresça na União Soviética?", chantageara o marido, antes da corrida de toiros organizada pelos partidos de direita, a fim de propagandear a manifestação da Maioria Silenciosa e exprimir apoio a Spínola, presidente da República desde o Vinte e Cinco de Abril, apesar de não ter participado no golpe.

Pureza embirrava com o general. O monóculo apertado no olho, as luvas de couro, a convicção dos salvadores da pátria, o timbre clerical e a vaidade castrense. Estaria melhor a liderar o Exército prussiano no século XIX. Sobretudo, irritava-a aquele pingalim de equitação, que levava para todo o lado. "Precisa de uma chibata para quê?", perguntara ela ao marido, enquanto se vestia para a corrida de touros. "Tem o cavalo à espera lá fora?"

"Se não for o Spínola, estamos entregues aos bichos", dissera o marido, apertando-lhe o fecho do vestido. Beijou-lhe um ombro e garantiu-lhe que os militares da revolução eram controlados pelo PCP. "O presidente só quer acabar com o desvio comunista da tropa. E há muita gente que pensa como ele, andam é todos de bico calado. Somos uma maioria silenciosa. Temos de abrir a goela e manifestar-nos na rua."

Na praça de touros, lotada por aqueles a que os jornais chamavam "figuras notórias da aristocracia do Estoril e da capital", Pureza encontrara um presidente galvanizado pelos gritos de apoio "viva Spínola" e "viva o Ultramar", muito diferente do Spínola catastrofista, em preto e branco, que ela vira na televisão, após a assinatura do documento da independência da Guiné-Bissau.

No Campo Pequeno, Pureza temera pelo seu bebé, na barriga, por causa dos urros dos homens nas bancadas, do sangue dos animais na arena, da batalha campal entre os manifestantes da esquerda e os apoiantes da direita, assim que acabou a corrida de touros. No dia seguinte, sentira uma hemorragia e pedira ajuda a Frederico, porque Diogo tinha saído com os amigos para colar os cartazes da manifestação da Maioria Silenciosa e não regressara a casa.

Na Mercedes, o medo e a ansiedade boicotavam a respiração de Pureza. O cair da noite era propenso a ataques de asma e, ao avistar a barricada pelo para-brisas, sentiu um constrangimento no peito, o centro do terror da asfixia que conhecia desde criança.

Dezenas de homens escarafunchavam os automóveis parados na fila. Tinham as caras deformadas pelas luzes vermelhas dos faróis traseiros, e, quando cercaram a Mercedes, empunhando paus e ferros, uma descarga de violência eletrizou a noite. Pureza ocultou o terço no sutiã e esfregou o peito, como se pudesse desentupir as vias aéreas inflamadas. Crescera com as limitações da falta de ar e com o pavor de que eventos triviais — uma aula de ginástica, uma casa com gatos — terminassem na sua morte. Para camuflar o impedimento, refugiara-se na obediência em casa e no colégio. Seguia as normas e os tiques das meninas bem, com crisma e baile de debutantes. Buscava uma excelência que a salvasse da desdita dos pobres e dos contestatários. O seu bom comportamento não era apenas um contrapeso à insolência da irmã mais velha, uma identidade por oposição. Pureza queria segurança, porque uma cave com bolor podia matá-la.

"Trouxeste a bomba?", perguntou Frederico, conhecedor da liturgia asmática da irmã.

Pureza não teve tempo de responder. Uma pedra estilhaçou a janela do condutor, e uma matilha de mãos atacou a chapa. Frederico foi arrancado do automóvel, sumindo e reaparecendo na intermitência dos quatro piscas. O foco de uma lanterna, na porta escancarada, levou Pureza a desviar os olhos para a sua janela, contra a qual se espalmavam as caras embrutecidas. "A minha irmã está grávida", gritou Frederico, na berma. "Vamos para o hospital." O feixe luminoso averiguou a barriga de Pureza. "De três meses, é uma urgência", disse Frederico.

A lanterna indicou a porta da Mercedes.

"Queira a senhora sair do veículo, por obséquio."

Lá fora, os tubos de escape empestavam o calor, Pureza sentia o ar empapado, como um lençol febril numa gripe de verão. O esmagamento no peito alastrava e a legião de homens, à volta do carro, ia arrancar-lhe a carne, comer-lhe o bebé.

O dono da lanterna apagou a luz, revelando as feições, o penteado e a camisa engomada de um estudante que tratava a mãe por senhora. Com delicadeza, ajudou-a a sair do carro e só então permitiu aos seus cães de fila que revistassem a Mercedes. Um gaiato de buço e caspa nos ombros tirou a chave da ignição, dirigindo-se à bagageira. Pureza lembrou-se de que, na noite da corrida de touros, Diogo guardara ali os cartazes verdes da manifestação de apoio ao general Spínola. Neles havia um boneco que, em lugar da boca, arreganhava as palavras "Maioria Silenciosa", em letras vermelhas que faziam lembrar a dentadura ensanguentada de um vampiro.

Frederico percebeu que a falta de ar da irmã piorava:

"Trouxeste a bomba?", voltou a perguntar.

Todos se viraram para o porta-bagagens da Mercedes, esperando a deflagração do engenho explosivo.

"A bomba da asma", esclareceu Frederico, provocando na audiência o mesmo sorriso nervoso dos passageiros num avião, após o susto de um poço de ar.

"Camarada, venha aqui espreitar isto", disse o gaiato de buço.

O feixe da lanterna reapareceu no interior do porta-bagagens.

"Onde é que estão as armas?", interrogou o camarada da lanterna. Lançou a bolsa de cabedal contra o peito de Frederico. Lá dentro estavam os documentos das espingardas de Diogo.

"O meu cunhado é caçador. Mas não há armas neste carro."

"Sabe quantas vezes já ouvi isso hoje, para depois ir dar com um arsenal debaixo do banco?" O camarada da lanterna assobiou e os subalternos esventraram os estofos da Mercedes, arrancaram os painéis das portas, mergulharam de cabeça nas reentrâncias do motor.

O gaiato de buço pegou nos documentos e leu: "Diogo Maria Vilela Bravo Montalvão. Isto é nome de burguês, pá". Estudou a pele, os olhos e os cabelos claros de Pureza. "Junta-lhe aqui a madame, a Mercedes, as armas de caça, e sabes que o Diogo é um filho da puta de um fascista." Chocalhou as chaves do carro e apontou o queixo para Frederico. "Esta noite já não vais a lado nenhum."

Não encontraram armas na Mercedes. Ainda assim, o camarada da lanterna encolheu os ombros de burocrata que só cumpria ordens e iniciou os trâmites do acosso. Espalmou uma folha no tejadilho do carro, tirou um lápis pequeno do bolso da camisa, lambeu o bico de carvão e pousou-o no fundo da lista de suspeitos.

"Nome e morada."

Pureza agarrou-lhe o braço. Suspirou o fôlego que lhe restava:

"Maria Luísa Alegria." O nome despertou o interesse do camarada da lanterna. "É o nome da minha irmã. Esteve na clandestinidade. Com o Partido Comunista." Entre cada frase, uma pausa, o chiar de um brinquedo de borracha nas vias respiratórias. "Foi torturada pela Pide. Esteve em Caxias." Olhou para a mão que persistia sobre o bendito ventre. "É com ela que vai ter de falar, caso aconteça alguma coisa ao meu filho."

Minutos mais tarde, a Mercedes entrou em Lisboa com o interior eviscerado e o velocímetro em alta. Frederico ora se focava nas ruas sem trânsito, ora inquiria a gravidade do ataque de asma da irmã. "Estamos quase a chegar." Pelas janelas, corria uma profusão de morte pintada nas paredes.

Morte ao fascismo

Morte ao revisionismo

Fora com os mortos, a terra a quem a trabalha

Naquela noite, houve trocas de tiros, jornais fechados, emissões de rádio cortadas, militares a entrar em casas para fazer rusgas e capturar presumíveis reacionários. Pureza defendia-se com uma mão na barriga e outra a pressionar as contas do terço contra o peito. Mas as suas orações não contemplavam os dramas do país. Ela só pedia a deus pela saúde do filho. Tudo o que importava acontecia dentro do seu corpo. O ar nos pulmões. O pulsar de um segundo coração.

"Bendito é o fruto do vosso ventre", sussurrou.

A Mercedes parou em frente do hospital e Frederico correu para ajudar a irmã, que já saía do carro. Na parede, sobre a cabeça de Pureza, alguém escrevera:

Pato Donald ao poder!

Após receber alta do hospital, Pureza mudou-se para a casa dos pais, junto ao Hotel Storm's. Diogo deu notícias numa curta chamada telefónica, alertando que as linhas se encontravam sob a escuta dos militares. Estava escondido, após o fiasco da manifestação e as detenções dos responsáveis, levados para Caxias, a cadeia onde a ditadura tinha encerrado os seus opositores. Pureza só se interessava pela salvaguarda da gravidez, seguia um regime de repouso, a salvo de qualquer ralação nervosa. O quarto onde descansava era uma caixa-forte contra a balbúrdia das conspirações políticas. Ali, não entrava o ardor noticioso que exaltava e entretinha os portugueses. Havia em Pureza uma obsessão pelos enxovais e os sapatinhos tricotados para o bebé, que a sua mãe procurou descontinuar ao terceiro dia. Em vez de lhe levar a comida num tabuleiro, Antónia apareceu com um vestido pendurado num cabide, um estojo de maquilhagem, uma escova de cabelo, e convidou a filha para um passeio no jardim do hotel.

Pureza desatendeu a proposta, optando por falar do batizado, era importante o bebé estar sacramentado desde cedo, iria vesti-lo com o mesmo fatinho que ela levara quando ungida com água benta, sabia que a mãe o guardara algures, porque não ia procurá-lo enquanto ela fazia a lista de convidados?

O quarto, com Pureza na cama, parecia uma dessas pinturas antigas, com um cirurgião grisalho junto ao leito de um moribundo, daquelas que os médicos tanto gostavam de expor nas salas de espera dos consultórios. Antónia abriu as janelas para limpar a obscuridade e o cheiro do confinamento. "Vamos, está um dia lindo", disse, na esperança de que a luz da manhã despertasse Pureza do engano. Como a filha se mantinha na cama, com as mãos entrelaçadas diante do ventre, alegando os perigos do movimento físico para o feto, Antónia sentou-se ao seu lado:

"Quando tinhas dois anos, engravidei e também perdi o bebé." Havia vagar e compaixão nas suas palavras. Fez uma pausa, esperando uma resposta, a admissão da perda. Mas nada. "Só o teu pai é que soube. Ele, coitado, tentava consolar-me, dizia: 'Ao menos, já temos duas meninas'. Jurava-me que íamos ter um rapaz, era só uma questão de tentar outra vez. Não percebia que, com aquele filho, que nunca chegou a nascer, tinha morrido um pedaço de mim. Nunca me senti tão sozinha". Antónia desenlaçou os dedos com que Pureza protegia o ventre vazio e segurou-os na sua mão fria:

"Mas tu, filha, tens-me a mim."

Pureza continuou a adiar a verdade. Concedeu que a mãe a ajudasse a vestir-se e a escolher um par de brincos. Passeou pelo jardim e atreveu-se a beber um chá no salão do hotel. Quantas daquelas pessoas poderiam pressentir o seu segredo? Quantas tinham passado pelo horror de ouvir alguém de bata branca a explicar a necessidade de remover, através de um procedimento cirúrgico, o que restava de um feto inviável? Quem ali, em vez de dar à luz, tinha dado à morte? Se ficasse calada, se nunca falasse, se continuasse a acreditar, talvez nada daquilo tivesse acontecido. Olhou para a colher de chá, o reflexo disforme do seu rosto era uma prova de que, ao contrário das garantias de Antónia, aquele género de solidão não se curava com companhia, nem mesmo a companhia de uma mãe que passara pelo mesmo — era uma solidão irremediável como a culpa que lhe dera origem. De nada valia fazer conversa de circunstância, debaixo de um lustre de cristal, bebendo tisanas servidas por criados que a tratavam por menina. Naquele cenário de toalhas de pano branquíssimo, a mancha da sua perda alastrava como sangue em algodão.

O derrube de Pureza chegou mais tarde, com um ajudante imprevisto. Na sala de estar, os Storm estavam fixados no oráculo televisivo que transmitia uma comunicação de Spínola ao país. Sem monóculo, farda ou luvas, vestido como um civil, de fato, gravata e óculos de avô na reforma, o general lamentava ser impossível a prática da democracia por causa das forças esquerdistas radicais:

"O meu sentido de lealdade inibe-me de trair o povo a que pertenço e para o qual, sob a bandeira de uma falsa liberdade, estão preparando novas formas de escravidão."

O pranto de Pureza chegou com a frase "renuncio ao cargo de presidente da República". O pai, a mãe e o irmão sabiam que ela chorava outra despedida, mas a súbita confissão da dor, após dias de recusa, era um torvelinho que tudo confundia, como se a perda da gravidez e o fim da presidência estivessem relacionados.

No dia seguinte, Pureza pediu ao irmão que a acompanhasse a casa e, no curto caminho a pé, lhe explicasse o que acontecera no país para que Spínola se demitisse e Diogo continuasse escondido.

"Ninguém sabe muito bem. Os jornais dizem que os apoiantes do Spínola estavam a organizar um golpe fascista e que o povo e o MFA os impediram. Mas há quem acredite que o MFA é controlado pelo PCP e que os comunistas exageraram o perigo da manifestação, para correrem de lá com o Spínola e ganharem o poder nas ruas."

O outono desbotara o céu e começara a desfolhar as árvores. Pureza tinha as pálpebras túmidas, o cabelo como saíra da almofada, a novidade de umas olheiras na pele de alabastro, a habitual elegância aplacada pela magreza lívida, de manequim largado no armazém da loja. Pararam diante do portão de sua casa. Ela agarrou um dos ferros pontiagudos, como se fosse uma lança. "E tu, de que lado estás?", perguntou, com uma brusquidão que Frederico não lhe conhecia. O suposto desalinho de Pureza naquela manhã era, na verdade, a sua versão descarnada pela raiva. Não estava triste, mas fula, muito mais parecida com a irmã Maria Luísa.

"Estou do teu lado, mana", disse Frederico, e deu-lhe um beijo.

O irmão passou a visitá-la todos os dias. Na casa, havia sempre as vozes noticiosas da rádio e da televisão, jornais espalhados, duas malas feitas junto à porta e moedas para a cabine telefónica da vila, de onde ela falava com Diogo e com as mulheres dos fugitivos, sempre numa linguagem críptica, por causa das escutas com que, garantia o marido, o MFA e os comunistas tentavam reproduzir em Portugal o controlo da Stasi na Alemanha de Leste.

"Não te esqueças que há sempre várias versões para a mesma história", dizia Frederico, referindo a desinformação e a propaganda das partes envolvidas, pedindo-lhe que tivesse em conta a ingenuidade e a ignorância política de um povo que passara tanto tempo proibido de pensar e arredado da participação cívica. Embora Frederico papagueasse frases ouvidas a Ricardo Walker, pressentia nelas uma verdade, podia até corroborá-las com a própria experiência. Contou à irmã que, no mesmo grupo de estudantes, em Souto da Serra, encontrara os otimistas bem-intencionados e os sectários da intransigência. Entre os aldeãos, conhecera os curiosos, os indiferentes e os impenetráveis. "Há pessoas para tudo, não podemos é reduzir o país aos que vestem sobretudo verde, e por isso são de direita, e aos que são de esquerda só porque usam samarra."

Pureza cortava legumes na cozinha e a lâmina batia na tábua com uma agressividade crescente. A ponderação de Frederico indispunha-a cada vez mais. Como era conveniente não assumir um lado quando não se tinha nada a perder.

"Tu tens medo do desconhecido, mana, mas há muita gente para quem o desconhecido é uma aventura."

Pureza, a irmã que tantas vezes lhe amparara os golpes e lhe escondera as asneiras, revirou os olhos como fazia Antónia ao ser confrontada com as infantilidades do filho.

"Vai dizer isso à Catarina Albuquerque." Apontou a faca ao irmão. "Estava a cuidar da avó, que tem a bacia partida e não sai da cama, quando a meio da noite lhe entraram em casa os gorilas do Copcon. Interrogaram a senhora, inválida, de quase oitenta anos. E depois arrastaram a Catarina pelos cabelos e apontaram-lhe uma arma à cabeça, para que confessasse onde estava o pai."

"Esse senhor também sempre foi um bocado fascista", disse Frederico, despiciente do infortúnio dos outros e a esticar os dedos para uma rodela de cenoura sobre a bancada. Já a enfiava na boca, quando Pureza lhe espetou um tabefe na mão, forte e castigadora.

"Mana, estava a brincar."

"Para ti, tudo é uma piada. Quando é que cresces?" Apontou para o pedaço de cenoura que caíra ao chão. "Apanha isso." Frederico obedeceu. "O pai da Catarina é fascista porque tem dinheiro? Não trabalhou a vida toda?"

Se Frederico pensou nas vantagens que o sr. Albuquerque herdara da família, e em como estas haviam sido preservadas e se tinham multiplicado graças às desigualdades da ditadura, preferiu calar os contra-argumentos. Nunca vira a irmã enfurecida. Agora, era ela quem lhe dava uma lição sobre o espírito dos tempos, a professora ríspida empunhando uma faca de cozinha, que manejava com azedume e anseios de vingança:

"Tudo é fascismo, somos todos fascistas. Abres a porta a uma senhora, és fascista. O homem do talho não vende iscas, é fascista. O vizinho ouve fado, o pai repreende o filho, a mãe vai arranjar o cabelo? Fascistas, burgueses, opressores da classe operária. Ontem, na televisão, mostraram um comício, já nem me lembro de que partido era, e um seboso qualquer disse: 'Tomar uma atitude anticomunista é fascismo puro'. A quem é que eu já ouvi isto? Olha, aos fascistas a sério, que diziam: 'Quem não está connosco, contra nós está'. Saímos de uma para nos metermos noutra."

Pureza largou a faca, começou a folhear os jornais na pilha em cima da bancada e mostrou os anúncios que pareciam obituários, encabeçados por letras grandes, "Desmentido" ou "Declaração", com fotografias de homens de fato e gravata que juravam inocência.

> Fernando Mesquita, proprietário da ourivesaria Santa Filomena, sita no largo Manuel Emídio, vem por este meio comunicar que nunca pertenceu à Pide/DGS, conforme pode comprovar por declaração da Junta de Salvação Nacional.

Frederico reparou que, em todas as páginas dos jornais, a irmã sublinhara manchetes, parágrafos e legendas de artigos. Círculos de esferográfica bem fundos, arranhões no papel.

saneamento *comissão de trabalhadores*
sabotagem económica *entrega das colónias*
movimentos de libertação *gestores saem do país*
greves *capitalismo imperialista*
traidores do operariado *revolução socialista*

Na visita seguinte, Frederico levou um disco. Pureza, a cuidadora e confidente do irmão pequeno, era a única na família que mostrava interesse quando ele aparecia com a empolgação de uma descoberta musical e dizia: "Tens de ouvir isto". Com o irmão, ela conhecera Ziggy Stardust e Charles Mingus. Na sala, junto do pequeno altar a Nossa Senhora, onde estava o móvel do gira-discos, fora apresentada aos broches da Candy, em "Walk on the Wild Side", de Lou Reed, e ao vício da cocaína, em "Rocket Man", de Elton John. Pureza e Frederico não entendiam por inteiro aquelas letras e as vidas que contavam. Mas, ao partilhar uma canção, sentiam-se a restaurar a proximidade entre irmãos, que começara a perder-se com o final da infância.

Frederico jogou pelo seguro. Nada de *glam rock*, com homens maquilhados que pareciam mulheres na capa do álbum. Levou-lhe temas cantados por um cavalheiro de smoking para uma plateia em traje de gala, no salão de espetáculos de um cassino. *Sinatra at the Sands*, gravado ao vivo em Las Vegas, 1966, com a orquestra de Count Basie. Uma preciosidade que ele nunca emprestara, um presente para a irmã, que tinha escolhido uma canção de Frank Sinatra para dançar com o pai no seu casamento.

Frederico teve de desligar o rádio e a televisão na sala de Pureza, desviar-se dos jornais espalhados no soalho, acreditando que a voz de Sinatra atuaria no sofrimento da irmã como o álcool numa ferida, primeiro a ardência, depois a purificação e o alívio. Presumia que as canções sobre desgostos de amor ajudavam a cicatrizar os corações enlutados, tornando a dor menos egoísta, partilhando-a com aqueles que a escreviam, a cantavam e a ouviam. Como não conhecia músicas sobre abortos espontâneos, Frederico procurara o equilíbrio entre a tristeza e a regeneração. Baixou a agulha na quarta faixa do vinil. Os graves da voz de Sinatra e o calor dos trompetes expandiram-se pela sala.

The shadow of your smile
When you are gone
Will color all my dreams
And light the dawn

Pureza era uma criatura maltratada, em tudo via um ataque ou um descuido. "Lá estás tu com as tuas lamechices." Não entendeu a oferenda, achou a música mais uma leviandade do irmão, um marmanjo que não queria trabalhar e que, como tantos jovens, escondia a preguiça e o diletantismo atrás do projeto da revolução socialista. Eles gritavam progresso, ela ouvia degenerescência. Eles escreviam liberdade, ela lia pouca-vergonha. Pureza arrancou da tomada o fio do gira-discos, porque apertar um botão não continha a violência com que ela desejava calar a música. Procurou alguma coisa entre os jornais, uma folha datilografada, que entregou ao irmão.

"Lê."

"Agora?"

"Sim."

Frederico pegou no papel e começou a ler, em voz alta: "Com data de 22 de maio, recebi uma carta que, embora dirigida à Junta de Salvação Nacional, vinha ao meu cuidado. Escrita por um só português, poderia ter sido escrita por todos os portugueses autênticos. Vale a pena torná-la conhecida". Frederico olhou para a irmã com reconhecimento e desconfiança. Tratava-se da missiva que o general Galvão de Melo — contrarrevolucionário, para uns, herói que ousara quebrar o pensamento único da revolução, para outros — levara à televisão, um mês após a queda da ditadura. O texto fora copiado e circulava, nos meios conservadores de direita, como a magna carta da resistência. Frederico saltou passagens, interessando-se apenas pelas frases que a irmã sublinhara.

> *Começo a perguntar, e não obtenho resposta, se isto será a LIBERDADE que o Povo Português sonhava* [...] *libertarem-se terroristas sem Pátria e transformá-los em heróis nacionais!* [...] *fomentar-se a "caça ao homem", o insulto gratuito, as ofensas corporais, o saque de casas!* [...] *permitir-se a ignóbil transcrição, em jornais que estão ao alcance de qualquer criança, do comunicado das prostitutas e dos homossexuais, numa demonstração de amoralidade*

sem precedentes em qualquer país em que a Família e a Moral existem ainda como valores! [...] *Isto tudo será a liberdade?* [...] *Democracia Carnavalesca* [...] *clima de anarquia que se vive e respira.*

Pureza recebeu a folha de volta e seguiu respeitosamente as marcas que vincavam o papel, dobrando a carta com uma solenidade que incomodou Frederico. Ele embirrava com o gosto da irmã pelas cerimónias protocolares, a reverência aos códigos de classe, a ansiedade de ser convidada para as festas mais exclusivas:

"Sabes o que disse o general Galvão de Melo quando os jornalistas lhe perguntaram o que ia fazer, agora que tinha sido corrido da Junta de Salvação Nacional por causa da manifestação da maioria silenciosa?" Pureza protegeu o peito com a carta, e Frederico continuou: "Disse que ia voltar a montar a cavalo porque já tinha saudades do hipismo".

Ela riu-se:

"Espera, não me digas, montar a cavalo é fascista? Que moral é que tu tens para julgar um homem que serviu a nação, quando andaste a pedinchar ao pai para te safar da tropa?" Pureza mutilava o nervo do orgulho másculo. Divisou o ponto fraco do irmão e já não largou. "Nem o liceu conseguiste acabar, mas achas que ouvir jazz faz de ti um génio."

Quando eram pequenos, Pureza não ia mais longe do que chamar-lhe estúpido ou beliscá-lo. Frederico não acreditava na crueldade a que assistia agora. Queria saber a sua origem:

"O que é que eu te fiz, para me tratares assim?"

"Traíste-me."

"O quê?"

"Mataram o meu bebé e tu estás a defendê-los."

Frederico resistiu a sondar quem eram *eles*. Talvez a irmã falasse dos que tinham montado as barricadas e atrasado a chegada ao hospital; do médico que lhe dera a má notícia ou daqueles que ameaçavam Diogo e o perseguiam, os vermelhos, os guedelhudos, os comunistas que comiam crianças ao pequeno-almoço. Entre a realidade e o exagero, havia um transtorno sem contestação: Pureza perdera mais um filho e, assoberbada por tanta dor, precisava de infligi-la a alguém.

"Desculpa, mana", disse Frederico.

"Deixa-me, por favor. Quero ficar sozinha."

Ele saiu da sala, cruzou o portão da casa e sentou-se de costas para o muro. Só regressou ao Hotel Storm's quando, uma hora mais tarde, ouviu de novo os acordes da orquestra de Count Basie e a inconfundível voz que, na sala de Pureza, cantava como em Las Vegas:

"*Come fly with me, we'll fly, we'll fly away.*"

Pureza saía de casa para rezar na igreja, fora dos horários da missa e durante o *Telejornal*, quando os portugueses saciavam o seu vício de notícias, talvez esperando com elas amainar o medo, justificar o ultraje ou dar largas à esperança. Aproveitando-se das ruas vazias, Pureza entrava na cabine telefónica, no largo da vila, e falava com Diogo no mesmo estilo das cartas que lhe escrevera antes sequer de namorarem. Quando regressas?, fazes-me falta, a vida sem ti é um vazio. Era uma paixão que, desde miúda, ela engrandecera, em sigilo, com o incentivo dos amores impossíveis que encontrava nos livros de Camilo Castelo Branco, espelhando em Teresa e Simão, ou em Marta e José, o drama de querer para si o namorado da irmã mais velha. Ao invés das personagens que a tinham inspirado, Pureza não morrera, nem enlouquecera. Casara com Diogo, julgando ter enganado a tragédia. Mas a tragédia apenas estivera adormecida, alojada no seu ventre.

Na cabine telefónica, ela não tinha coragem para contar a Diogo que perdera o terceiro filho. Temia que, sabendo-a enguiçada, o marido a descartasse. Mas também acreditava que, como nos livros de Camilo, não existia amor majestoso sem grandes adversidades. Talvez, se o seu amor fosse ainda mais soberbo e sem reservas, Diogo nunca pudesse largá-la.

Todas as manhãs, Pureza passou a arranjar-se como se esperasse que o marido a fosse buscar para sair. Escolhia o penteado, as pinturas e as roupas, de maneira a parecer uma mais velha e respeitável mulher casada. Contudo, a veemência das suas emoções — da tristeza ao êxtase — só era possível a alguém com vinte e três anos. Pureza era jovem, bela e loira como uma princesa nórdica num conto tradicional. Os olhos azuis e a tez clara estavam intocados, seria preciso mais tempo e mais fatalidades para extinguir a "faísca de fé que lhe alumiava as trevas", como escrevera Camilo.

Trocou os jornais e a televisão pelas preces e os livros do escritor. Em deus, encontrava o sentido do dever. Nos romances do seu autor preferido, confirmava que a alternância entre a ascensão e a queda, traçada na linha da vida, podia ser uma forma de beleza. Amava o motim da linguagem naqueles livros, amava deus, amava Diogo e os bebés que tinham morrido e os que haveriam de nascer.

Foi assim, febril de devoção, que certa tarde entrou no confessionário. O padre Augusto, mais curioso pela ética kantiana do que pela obsessão de Santo Agostinho pelo pecado original, vestia-se demasiadas vezes à civil, para o gosto das beatas. Só não estudara direito porque o seminário saía mais barato aos pais. Sabendo que Pureza era uma católica moderada, estranhou a ferocidade de monja delirante com que lhe perguntou:

"A alma de um bebé morto pode encarnar no próximo bebé da mesma mãe?"

A experiência como confessor permitia ao padre Augusto intuir o que acontecera, bem como a importância de ouvir Pureza falar sobre a perda:

"O não dito torna-se maldito. Diga o que precisa de dizer."

Seria impossível partilhar com outra pessoa a angústia da morte dos fetos e a crueza do procedimento clínico para os remover do útero. Pureza só queria o perdão celestial para o delito da esterilidade.

Sem quebrar o segredo da confissão, o padre alertou Antónia para o isolamento da filha. Nos quinhentos metros de estrada entre a casa de Pureza e o hotel, cabia a enormidade do seu afastamento. A mãe fez várias viagens, a pé, a fim de apresentar um monólogo para uma só espectadora sem interesse na peça. Goradas as aproximações, foi a vez de Gonçalo Storm visitar a filha. O encontro foi uma reprodução de todas as interações entre Pureza e o pai. O afeto era sempre uma manifestação indireta. Desdenhavam a piroseira de uma festa e elogiavam o requinte de outra. Citavam Camilo, Ortigão e Eça, com preferência pelos *Mistérios da Estrada de Sintra*. Recordavam as sessões de caça, quando Pureza era adolescente e o pai ensinara toda a família a disparar com uma espingarda. Gastas as recordações, um deles dizia: "A ver se caçamos juntos um dia destes". Nunca o faziam.

Pureza era a preferida, Frederico, o protegido, Maria Luísa, a enteada a quem melhor se aplicava o estilo de paternidade de Gonçalo: gostando dos filhos, não tinha por eles grande interesse. Pedir a Gonçalo Storm — crescido entre criadas e com a agenda social de um inconsequente lorde inglês — que aceitasse o papel de educador era tão descabido como esperar que um urso amestrado usasse as habilidades no monociclo para caçar salmões nos rápidos do Alasca. Gonçalo era generoso com o dinheiro e esquecediço com os aniversários. Desatento, não desleixado. Emocionara-se no casamento de Pureza ao entregá-la no altar. Tinha uma lista das pessoas a quem pedir um emprego para Frederico. E, quando Antónia amaldiçoava a militância política de Maria Luísa, ele defendia a coerência da filha adotiva, em vez de capitalizar uma aliança com a mulher.

Na sala de estar de Pureza, o desconforto de Gonçalo expressava-se no ranger do couro do sofá, onde a sua figura esguia não encontrava posição. O pai era alto, nunca desengonçado. Raramente ela o vira em mangas de camisa e jamais lhe escutara um palavrão. Tinha uma ilustre madeixa branca e um queixo viril. Todas as amigas de Pureza o achavam forte e bonito. Mas ela conhecia as debilidades por trás dos fatos de alfaiate e do sobrenome britânico. Atentou nas palmas das mãos suadas, no piscar nervoso dos olhos, na marca de batom impressa na bochecha pelo beijo que ela lhe dera à chegada. O pai era um menino a quem a matriarca mandara fazer um recado para gente grande.

Gonçalo elogiou as flores numa jarra e perguntou como se chamavam; enumerou os inscritos no torneio de brídege do Hotel Storm's e, quando parecia no beco sem saída da conversa fiada, Pureza arrepiou-se com uma corrente de ar. Ele fechou a janela e ela espirrou. "Não quer ir buscar um casaco?", sugeriu o pai. Pureza abanou a cabeça. Ele entregou-lhe um lenço monogramado com as suas iniciais e apontou para uma mancha de humidade num canto do teto.

"Vou mandar cá alguém para tratar daquilo." Pureza lembrou-se de que, após os primeiros ataques de asma da infância, Gonçalo instalara um higrómetro e um desumidificador no quarto da filha, tentando aferir e deter a omnipresente humidade da serra de Sintra. Anos mais tarde, na sala de estar de Pureza, os desmanchos da filha deixavam-no tão assustado como as crises respiratórias que, em criança, a tinham atirado para as urgências. Gonçalo tomou coragem e, como se aparafusasse outra vez um medidor de humidade na parede, disse:

"Não pode continuar sozinha. Está na hora de o Diogo voltar para casa."

Pureza levantou-se e, com ternura, limpou-lhe o batom na cara, aproveitando para tocar-lhe a bochecha escanhoada, no sentido contrário do crescimento dos pelos. Em pequena, aquela resistência era uma prova da robustez do pai, que a carregava em braços para o hospital.

"Isto vai acabar bem para o nosso lado, acaba sempre", disse Gonçalo.

"Claro que sim, pai."

Nos dias seguintes, o otimismo foi levado por uma frente fria de nuvens atlânticas. O vento arrancava os galhos das árvores e fazia estremecer a cabine telefónica onde Pureza escutou que Diogo tinha assuntos a tratar em Espanha, não sabendo quando regressaria a casa. Ela não contou do fim da gravidez, nem implorou que ele voltasse, apesar da solidão. Saiu para o temporal dessa noite com uma firmeza que a sua saúde não acompanhava. Teve de refugiar-se no Hotel Storm's. Comeria uma sopa no restaurante, receberia a mezinha pastosa da mãe, com alho, mel, cenouras e limões, secaria os pés encharcados perto da lareira e beberia um conhaque para dormir melhor.

Encontrou a família a jantar, embora o pai, a mãe e o irmão parecessem meliantes em flagrante delito. Só Nádia celebrou a sua chegada, correndo para abraçá-la, e querendo mostrar que os meses de ausência não tinham apagado as cumplicidades do tempo em que vivera com Pureza, disse "beijinho à esquimó", roçando o nariz no da tia. Antónia ordenou a um empregado que pusesse mais um lugar na mesa. Com igual diligência, disse:

"A tua irmã anda ocupada com as politiquices, pediu para ficarmos com a Nádia uns tempos. Ela vai começar a escola aqui em Sintra."

Na justificação da mãe, que a olhava com pena, Pureza percebeu que não a tinham avisado da chegada da sobrinha por recearem que a proximidade de Nádia desregulasse a convalescença do aborto. Não se enganavam, a brandura do corpo da sobrinha, apertada num abraço, as roupas com lacinhos e rendinhas (obra da avó, nunca de Maria Luísa) lembravam-lhe a injustiça de tudo aquilo que lhe era negado e que outros, menos merecedores, haviam recebido sem custo algum.

Com gentileza, desenlaçou-se do abraço de Nádia e olhou para a mãe, o pai e o irmão:

"Obrigada, já jantei."

"Não vás, tia, fica", disse Nádia, desconhecendo o alcance da chantagem do seu beicinho.

Pureza despediu-se da sobrinha com um beijo rápido, e dos restantes, com um esgar-sorriso, sem lhes tocar. Pais e irmãos tanto salvavam como devastavam. Ela não queria ajuda, comiseração ou julgamentos. Partilhar o serão com as pessoas que melhor conheciam a sua perda seria uma forma de mutilação.

Correu para casa, à chuva, golpeada pela ventania. Desmoronou na cama, encharcada, sem perceber se tinha o peito espatifado pelo choro ou pela asma. Conseguiu despir-se, tiritando com suores frios. Embrulhou-se nos cobertores para se defender da casa vazia. Queria apagar-se, e a mente não lhe dava descanso, era um filme desbobinado, às voltas e voltas, uma película solta do projetor, vazando imagens, ruídos, memórias e arrependimentos.

Na primeira vez que tinha engravidado, precipitara-se a informar as amigas. Mais tarde, tivera de passar pelo suplício de lhes contar o desfecho. O tema do aborto, espontâneo ou programado, era de péssimo gosto, um tabu de classe, como falar de dinheiro e de sexo, dos drunfos que viciavam as mães ou das putas frequentadas pelos pais. Nos telefonemas sucintos das amigas, Pureza sentira o desconforto dos velórios. Diziam-lhe: "És nova, há tempo", "Em menos de nada, voltas a tentar", "Daqui a uns anos, nem te lembras disso, vais ter muitos filhos". Todas elas tinham marido, casa e um guarda-roupa que lhes validava o caché social. Os filhos eram mais uma alínea nos direitos da posse e do status. Julgavam que a ânsia de Pureza resultava de não ter ainda aquilo que queria. Como se os filhos fossem uma televisão em cores. Mas a grande dor de Pureza era perder aquilo em que já se tornara: uma mãe. Podiam relativizar as poucas semanas de gestação, comparar a escolha de um berço a uma ida à manicura, só que Pureza fora três vezes mãe. E três vezes perdera um filho. Tinha imaginado a cara de todos eles, cantara-lhes quando tomava banho e, no final, incumprira a promessa mais importante:

"Vou cuidar sempre de ti."

Na cama de casal, Pureza rodopiava em sonhos circulares. A pele escaldava, os músculos e as articulações doíam-lhe. Já o sol ia alto quando um par de mãos lhe sentiu a temperatura e a arrefeceu na água. Pureza julgou que recebia a extrema-unção para entrar no reino dos céus e juntar-se aos filhos interrompidos.

"Estás a ouvir-me?", perguntava-lhe o anjo com voz de mulher.

"Bendito seja o fruto do vosso ventre", balbuciou ela.

"Abre os olhos."

Era Maria Luísa. Tinha-a mergulhado num banho frio e segurava-a pela nuca, ajoelhada junto à banheira. Uma centelha de lucidez no olhar de Pureza fazia supor uma redução da febre.

"A mãe foi chamar o médico", disse Malu. Secou a irmã e vestiu-lhe uma camisa de noite, mudou-lhe os lençóis, deu-lhe água a beber. Pureza julgou-se no quarto que tinham partilhado na casa dos Storm, quando fingiam que as camas eram cápsulas que viajavam no tempo. O realismo dessas fantasias era suportado pelas visitas que as irmãs faziam aos palácios de Sintra, onde planeavam retirar dom Afonso VI do quarto-cela em que estivera preso, ou viam dom Manuel receber a notícia da chegada ao Brasil.

Muitas vezes, no Hotel Storm's, Maria Luísa tinha usado Pureza como vigia, para poder investigar, nos quartos dos hóspedes, a possibilidade de um espião internacional ou de um informador da Polícia. Quando Gonçalo tinha criado um clube exclusivo para clientes do bar do hotel, entregando às filhas o preenchimento dos cartões de membro, Maria Luísa eliminara todos os títulos profissionais e nobiliárquicos. Nem doutores, nem condes. Sem entender a subtileza daquele vandalismo, Pureza sentira-se mais cúmplice da irmã.

Um dia, perguntara a Malu:

"O que temos de fazer para os homens gostarem de nós?"

"Nada, és o que és, se não gostam, problema deles. Não vás na cantiga da mãe, que acha que temos de ser todas umas bonecas."

Sobre Pureza, a segunda de três filhos, Antónia costumava dizer "no meio é que está a virtude", mas a filha sentia-se vulgar, entalada entre a rebeldia da irmã mais velha e a adorabilidade do irmão mais novo.

Pureza tinha doze anos quando Maria Luísa a levara a uma matiné de cinema, em Lisboa. Pusera-lhe um lenço na cabeça, óculos de sol, e, já no escuro, para adensar a contravenção, dissera que a Pide tinha um agente em todas as salas. Para Pureza, a ilegalidade daquela aventura era mais interessante do que a fita para crescidos no ecrã. Depois, foram lanchar à leitaria Garrett, território dos estudantes de Belas-Artes. Havia os passionais, que queriam atentar contra os bons costumes. Um deles tinha anunciado que pintaria o retrato da mãe com o sangue menstrual da namorada. Havia os lânguidos, sem obra feita e certos da sua genialidade. Um deles garantira que Andy Warhol era a vitória do ridículo. Pureza amaciava o bolo de arroz num copo de leite morno e sentia-se parte de algo interdito. Dessa vez, Maria Luísa não a acompanhava nas viagens ao passado da realeza, mas abria-lhe um portal para uma sociedade secreta, num futuro alternativo.

Enquanto as irmãs eram desenhadas a carvão, numa toalha de papel, por um pintor amigo de Malu, esta passara-lhe um pequeno envelope por baixo da mesa.

Dias mais tarde, Maria Luísa desapareceria sem avisar. Pureza nunca acreditara que a irmã fora estudar para Paris, como dizia a mãe. Sabia que as pessoas mais velhas tinham gavetas trancadas e que desviavam as conversas se ela aparecia. Sabia que o seu pai não era o mesmo de Maria Luísa e, nas noites em que chegava a desoras, não dormia com a mãe, mas num quarto do hotel. Sabia que a irmã estava metida na política e que a política era algo proibido, como tocar na pila de um rapaz ou receber a hóstia na missa sem passar pelo confessionário.

Após o desaparecimento da irmã, se os ramos das árvores se agitavam lá fora, durante a noite, projetando sombras no quarto, Pureza imaginava que a sua cama era uma cápsula do tempo e recuava alguns meses, esperando encontrar Malu a dormir na cama a seu lado.

"Voltaste", disse Pureza, após o febrão, numa tarde de outubro de 1974, como se acordasse de uma anestesia.

Maria Luísa, no lado do colchão que pertencia a Diogo, devolveu *O livro de Cesário Verde* à mesa de cabeceira. Encostou os lábios à testa da irmã. "A febre passou." Não era preciso uma cápsula do tempo. Maria Luísa estava ali.

"Porque é que foste embora?"

Malu não sabia se Pureza estava confusa pelos delírios febris ou se queria, de facto, iniciar aquela conversa após dez anos de afastamento. Manteve-se no presente:

"A mãe está a chegar, foi só ao hotel buscar-te uma canja."

"O que é que estava no envelope?"

"Não fales, o médico disse que precisas de repouso."

"Diz-me. O que estava no envelope?"

"Dever ter sido um sonho, Pureza, tiveste trinta e nove de febre a noite passada."

"Não foi um sonho. Naquela tarde, na leitaria Garrett, antes de ires embora pela primeira vez, deste um envelope ao teu amigo pintor."

"Não devia ser nada de importante."

"Pensei que o que fazias era importante." Como a irmã não reagia, Pureza perguntou: "Mais importante do que a tua família?".

Maria Luísa rodou sobre a cama, ficou de frente para a irmã e compreendeu que ela não diferenciava o antes e o agora, como se o desaparecimento de Malu e os desmanchos de Pureza fossem uma dor só.

"Sinto muito, mana", disse Maria Luísa. Lamentava o presente, não pediria desculpa pelo passado. "Sei o que estás a passar, a mãe contou-me." Puxou-a para si, enlaçou-a com os braços. Tentou distraí-la dos filhos perdidos: "Na leitaria, o envelope tinha as minhas fotografias. O meu amigo era falsificador. Ia fazer-me os documentos para passar à clandestinidade".

"Porque é que me levaste contigo nessa tarde?"

"Queria despedir-me de ti."

Calaram-se. Eram só toque e aconchego, o que restava das irmãs antes da clandestinidade e da prisão e do exílio e do casamento e da revolução e dos abortos.

Pureza caiu no sono. Ao despertar, uma hora mais tarde, julgou ver a irmã, em pé, na contraluz da janela, dizendo-lhe: "Vou aquecer-te a canja, precisas de comer alguma coisa". Mas Malu já não estava, era a mãe que tinha falado.

Depois de comer, Pureza sentiu-se retemperada e quis tomar um duche. Olhou os livros empilhados na mesa de cabeceira. Queria mesmo ser como as mulheres dos romances de Camilo, que, por amor, definhavam, se matavam e ensandeciam?

À noite, na cabine telefónica, confessou por fim a Diogo que perdera o bebé:

"Tens de vir para casa."

Recompôs-se antes de sair da cabine e caminhar para o Storm's com um presente para Maria Luísa: o exemplar d' *O livro de Cesário Verde*, que a irmã tirara da estante para se entreter. Não encontrou ninguém na receção. O hotel parecia abandonado. Um bagageiro passou por ela a correr:

"Estão todos no restaurante, menina Pureza, vou para lá agora."

O luxo fora de moda do salão estava oculto pela massa de gente. Criados e criadas sem farda, para melhor afrontar o patronato. Havia engomadeiras, empregados de mesa das pastelarias da vila, funcionários de outros hotéis. Tinham arredado a mobília, com exceção de uma mesa, que fazia de palco e em cima da qual falava um militar, de megafone em punho:

"Não se esqueçam de que, durante muito tempo, não podíamos estar aqui reunidos. Por isso, não vamos consentir que os fascistas regressem ao poder."

Pureza reconheceu a cena. Era igual a todas as comissões de trabalhadores e comités de operários que apareciam nas reportagens da televisão. Tosses de nicotina, cartazes de apoio às Forças Armadas, punhos fechados a brandir o poder popular. Os patrões, cabisbaixos, fingiam arrependimento, tentando evitar a expropriação do negócio. Pureza encontrou a mãe entalada entre as ajudantes de cozinha, sem brincos ou anéis, de braços cruzados, para conter a discordância. No olhar de Antónia, a filha descodificou o ditado que lhe ouvira tantas vezes: "Não peças a quem pediu, nem sirvas a quem serviu". Um pedaço de sabedoria que nenhum dos filhos ousara contestar, lembrando a matriarca, que, também ela, fora governanta naquele hotel.

O militar aproximava-se do fim do discurso. Se, para Pureza, os políticos do antigo regime soavam todos ao pároco da missa das sete, os soldados revolucionários abusavam da retórica abrutalhada para chegarem ao povo. No restaurante do Storm's, não foi diferente. Megafone e audiência fundiram-se num só brado.

"O povo unido nunca mais será vencido!"

Perto de si, Pureza viu um homem agitar-se como se possuído por demónios. Havia um fervor religioso na sala, o transe das multidões que ela presenciara nos peregrinos de joelhos em sangue, no santuário de Fátima. Quando voltou a olhar para o palco, era Maria Luísa que empunhava o megafone. O povo acalmou para ouvir a camarada.

"O único caminho é a revolução socialista. Queremos um Governo saído da organização dos trabalhadores, de gente como vocês." Malu Tormenta: a torturada pela Pide, a exilada, a dissidente do PCP. Nada a tinha quebrado, cada revés só endurecera mais a guerrilheira. A sua intrepidez era enfeitiçante, a sua pujança comandava o público. Pureza sentiu admiração pela irmã, medo pelo destemperamento dos seus seguidores. Maria Luísa calçava botas da tropa e agarrava o megafone como se fossem as pistolas que aprendera a montar e desmontar num campo de treino paramilitar. "Não é com leis que um operário vai conseguir o socialismo. A burguesia não sai do poder com leis. Para tirá-los de lá, só com a violência das massas. Não a violência do antigamente, dos fascistas, mas a violência das greves e das ocupações."

O discurso de Maria Luísa revolvia o público, uns chegavam-se adiante, outros desapareciam atrás dos aplausos e dos berros. Pureza perdeu a mãe de vista. O fumo dos cigarros queimava-lhe a garganta, o tumulto dos corpos pressionava-lhe a caixa torácica. Era urgente sair dali. Forçou a passagem e, ao bagageiro que a admoestou pela retirada, "Onde é que vai, menina? Isto ainda agora começou", Pureza disse:

"Mete-te na tua vida."

Na rua, para travar a crise respiratória, inalou durante três segundos, susteve o ar nos pulmões durante seis, expirou ao longo de mais meia dúzia. Repetiu várias vezes a técnica, ensinada por uma enfermeira do hospital de Sintra. Nas crises da infância, Maria Luísa repetia com ela o exercício e a contagem. Pureza abriu *O livro de Cesário Verde*. Lá dentro, tinha guardado o desenho que o pintor fizera das irmãs Storm, na leitaria Garrett, em 1965, e que ela preservara todos esses anos. Quisera oferecer o livro e o desenho a Maria Luísa, mas agora estava certa do engano. Olhou para as caras traçadas a carvão: aquelas miúdas não existiam. Eram um artefacto da imaginação, uma mentira, como a cápsula que viajava no tempo.

O oxigénio da serra, limpo e fortificado pela clorofila, aguçou o discernimento de Pureza: a sua irmã era uma fanática e uma fanatizante. Humilhara a mãe e manipulara os empregados do hotel. Punha a política antes da família.

Pureza seria o seu contrário.

Tão cedo não haveria paz no país, e ela tinha de preparar-se para a guerra. Desceu até à vila e entrou na cabine telefónica.

"Não venhas para casa", disse ao marido. "Vamos dar a volta ao mundo."

2.

Diogo entrou em Lisboa antes que fossem erguidas as barricadas que bloqueariam a manifestação da maioria silenciosa. Não foi colar cartazes, como dissera a Pureza, mas juntar-se, na sede do Partido do Progresso, aos groupies descontentes com o fim do conjunto de baile do Estado Novo. Nas ruas da cidade, apoiariam Spínola com barras de ferro e cocktails molotov, granadas e pistolas-metralhadoras. Havia veteranos da guerra colonial, sócios dos grandes escritórios de advocacia, herdeiros dos grupos empresariais que dominavam a economia do país e financiavam o Partido do Progresso.

Apesar da solicitude, Diogo estava na base da estrutura de comando. O acidente de moto, anos antes, despistara-lhe a vida. Não cumprira o serviço militar, ficara a meio do curso de direito e fora preterido nos negócios da família, ocupando um cargo de gestor do meio da tabela numa companhia de seguros. Com trinta anos, Diogo mantinha a largueza de ombros e as mãos-martelo dos tempos do râguebi, embora os músculos existissem sob uma camada de gordura e a alcunha de Coxo abrangesse mais do que a perna mal colada com operações e parafusos.

"Coxo, vai-me buscar o bidão de gasolina", ordenou-lhe um companheiro de partido, mal Diogo entrou na sede.

"O que é que se passa?"

"Faz o que te digo, caralho."

Em cada divisão do apartamento, os militantes destruíam papéis e ensacavam armas. Começaram a queimar documentos na banheira. Diogo abriu as janelas e o colega mandou fechá-las:

"Alguém pode ver o fumo lá fora. Vai antes buscar as máscaras de gás, estão dentro de uma caixa, ao pé das matracas."

Diogo passou junto da janela e espreitou para a rua. Umas centenas de metros mais abaixo, ficava o quartel-general do Movimento das Forças Armadas, que ele acreditava estar dominado pela esquerda e pronto para destronar o presidente Spínola. Os comunistas controlavam as ruas e tinham muitos aliados na tropa, criando um desequilíbrio de forças que nem o suposto apoio da CIA ao Partido do Progresso podia contrabalançar.

"E os americanos?", perguntou Diogo, ao encontrar o seu padrinho de casamento, Jaime Moreno, o único que ali não lhe chamava Coxo.

"Quais americanos, qual carapuça, temos é de ir embora." Jaime Moreno combatera em Angola, ao lado de Vicente, o irmão mais velho de Diogo. Tinham voltado a casa ilesos, e Vicente alistara-se para uma segunda comissão, na Guiné, da qual regressaria aos pedaços, dentro de uma caixa coberta pela bandeira nacional.

"Ainda há muita coisa para queimar", disse Diogo.

"Deixa isso, os gajos já começaram as rusgas", respondeu Jaime. "Tão cedo não posso voltar a casa." Os anos na guerra e a camaradagem de armas ainda tinham préstimo, porque alguém alertara Jaime de que o Comando Operacional do Continente — Copcon —, força de choque do MFA, ia prender os organizadores da manifestação.

Sabendo que Pureza estava grávida e que o Copcon não teria debaixo de olho um colaborador insignificante como Diogo, Jaime Moreno disse:

"Vai ter com a tua mulher."

"Quero ir contigo."

Diogo atribuíra-lhe o posto de mentor, após a morte do irmão mais velho, e a culpa do soldado sobrevivente, que perdera um camarada na guerra, levara Jaime a assumir o encargo como se o tivesse prometido num juramento de sangue.

Os correligionários do Partido do Progresso saíram do prédio e separaram-se. Jaime e Diogo foram para um apartamento vazio, nas avenidas Novas, património de algum banqueiro. Dormiram no chão e comeram enlatados. Diogo parou de fazer a barba, imitando o padrinho, que, comportando-se como um agente infiltrado nas linhas inimigas, usava cabelo comprido e bigode de sindicalista.

Numa chuvosa televisão em preto e branco, acompanharam as reportagens sobre as barricadas, a queda de Spínola e as centenas de prisões feitas pelo Copcon, cujo líder, o capitão de abril Otelo Saraiva de Carvalho, dizia aos microfones:

"O Movimento das Forças Armadas, no cumprimento rigoroso do seu programa e na certeza de interpretar os sentimentos profundos do povo português, de que é parte integrante, tomou as medidas necessárias para neutralizar as manobras reacionárias que visavam derrubar a ordem democrática instaurada em Vinte e Cinco de Abril."

Jaime perdeu as estribeiras com a aparição de Otelo. "Quem te viu e quem te vê. De libertador a traidor, foi um tirinho." O desconcerto cresceu quando Vasco Gonçalves, o primeiro-ministro do Governo provisório, surgiu no ecrã, de fato e gravata, sentado no banco de veludo de algum palácio do Estado. Jaime falava por cima do som do aparelho, como se Vasco Gonçalves pudesse ouvi-lo: "Olha para ti, todo corcunda e desfardado, és uma vergonha para a instituição militar, um fantoche dos comunas". O ultraje viciava e Jaime queria mais. Rodou o botão do volume, ficou à escuta das afrontas do primeiro-ministro:

"Para celebrar a vitória sobre a reação, exortamos o nosso povo: que o próximo domingo seja de trabalho nacional, que o povo vá para as oficinas, para os campos e para as fábricas, como manifestação da alegria e da vitória nacional."

Jaime deu um murro no flanco da televisão e Vasco Gonçalves foi devorado pela estática. "Se nós pedíssemos para se trabalhar ao domingo, era exploração capitalista, mas para estes cubanos de merda é uma vitória."

Jaime era um operacional no terreno, os mandantes apareceram no dia seguinte. Um professor universitário, um fabricante de armas e um toureiro. Traziam ordens superiores, dos exilados em Espanha. Cumprimentaram Diogo como nas festas em que se tinham cruzado antes da revolução. Depressa se esqueceram dele para discutir os planos com Jaime. Enquanto lhes servia café, Diogo ficou a saber que o Partido do Progresso estava prestes a ser ilegalizado, o Copcon invadira a sede e apreendera documentos comprometedores que não tinham sido queimados. Entre eles, uma lista de armamento. Foi também a primeira vez que Diogo ouviu falar do Exército de Libertação de Portugal, cuja sigla, ELP, lhe soava como um pedido de socorro em inglês. Na cozinha, a despejar cinzeiros, conseguiu ouvir que, após a retirada e um período de organização, formar-se-iam milícias para atos de guerrilha e sabotagem. Primeiro, era preciso pôr a riqueza a salvo do confisco do Estado. Havia relatos de apreensões na fronteira portuguesa, automóveis carregados com as pratas de família e malas de dinheiro, senhoras da alta sociedade revistadas porque escondiam as joias na roupa interior.

Jaime seria colocado numa casa, no Minho, para ajudar nas operações de transporte de valores para a Galiza. Nessa noite, tentou dispensar o afilhado outra vez. Diogo repetiu:

"Quero ir contigo."

O padrinho esfregou a cara com as mãos. "Seja, mas, antes de arrancarmos, vais fazer essa barba mal semeada, ninguém leva isso a sério".

Diogo telefonou para o Hotel Storm's e falou com o sogro. Pediu-lhe que avisasse Pureza: em breve, alguém levaria um número para onde ela poderia ligar, sempre de uma cabine. Era improvável que o Copcon tivesse o telefone de casa de Diogo sob escuta, mas a mera suposição oferecia-lhe o prestígio perseguido desde que a moto falhara uma curva e o impedira de combater na guerra.

Na história privada dos Bravo Montalvão, urdida nas conversas de família, em almoços de domingo, a decadência de Diogo começara antes do acidente. Primeiro, não denunciara Carlitos Bexiga, um grevista procurado pela GNR, permitindo que este participasse no golpe de Beja. Depois, começara a namorar com Maria Luísa, filha de uma governanta de hotel.

"Não és o único Bravo Montalvão a quem, nas questões de braguilha, fugiu o pé para o chinelo", dissera-lhe o avô Manoel. O patriarca admitia ter conhecido o gozo de pôr a servi-lo na cama quem o servia à mesa. Contudo, alertava todos os descendentes machos: "É para comer, não é para casar".

Numa família como aquela, haveria sempre quem quisesse esbanjar fortunas e capotar carros. Era preciso um contraponto, como Diogo, embora lhe faltasse malícia e instinto matador. (Ticha, a irmã, tinha tudo isso, mas não seria uma mulher a liderar a família.) Manoel Bravo Montalvão via o neto como alguém fora do seu tempo, dedicado às lides do campo, um defensor da honra e da fidelidade, princípios que podiam ser usados contra si. Nunca o escolheria como sucessor, por isso, apenas se inquietara ao ser informado das ligações políticas de Maria Luísa na faculdade. Mandara chamar o neto e dissera-lhe:

"Quem vê conas, não vê corações. Toma tino, o comunismo matou mais gente do que a sífilis."

De certa maneira, o patriarca não se enganava. O comunismo contribuiria para a perdição de Diogo, ainda que por via da mina antipessoal soviética que esfrangalharia Vicente na Guiné. Após a morte do irmão, Diogo largara o curso de direito para se alistar no Exército, acreditando no poder regenerativo da vingança. O avô voltara a convocá-lo, dizendo que falaria com o ministro da Guerra para anular o disparate:

"Andar aos tiros no meio do mato? Temos quem faça isso por nós. Se achas que matar pretos vai resolver alguma coisa, visita a campa do Vicente e pergunta-lhe."

Diogo não aceitava a perda do irmão, a juventude interrompida era um erro que tinha de ser corrigido, os seus autores, castigados, a previsível ordem da vida, restaurada. Nunca mais visitara a herdade, desinteressara-se da terra, das árvores e dos animais. Oscilava entre a revolta, para se sentir vivo, e as bebedeiras, para não sentir nada. Enquanto aguardava a mobilização militar, entregou-se ao luto do evitamento, combinando fuga e autodestruição. Disparava as armas da família na praia do Guincho, andava de moto à noite, de luzes apagadas. Queria sofrer e ser salvo. Tanto recusava a preocupação dos amigos como lastimava que não compreendessem a medida exata da sua dor. Esperava que lhe dissessem "vai dar cabo daqueles cabrões que mataram o teu irmão", e que logo de seguida lhe implorassem: "Fica, por favor". O álcool confundia-o mais. Com três cervejas, ficava alegre. A excitação do primeiro uísque levantava-lhe a voz e, se estivesse em casa, ligava para os números da sua agenda telefónica, para ter companhia. Ao balcão de um bar, metia conversa com estranhos e pagava-lhes a atenção com mais uma rodada. Seguia-se o bêbedo das piadas inconvenientes, o chato que não queria ficar sozinho, o que ia pela rua em busca de um lugar onde ainda o servissem.

Durante as ressacas, a perda do irmão doía-lhe como o braço-fantasma de um amputado. Não era possível que Vicente não existisse, sentia-o ainda, ouvia-lhe os ralhetes e os conselhos, as graças e os desafios. Diogo tinha de ir à guerra e desforrar-se para honrar a imolação de Vicente. "Faz-te um homem", dizia para consigo, refém das mesmas convicções que tinham matado o irmão.

Cansada de dar-lhe colo nesses dias, Maria Luísa sentira que para si o tempo da consolação terminara, estava na hora de seguir adiante. Encontraram-se no Parque Eduardo VII e sentaram-se na relva que ele esgravatava, com um pauzinho, para vincar o seu desinteresse pelo jardim e pelo dia de sol e pelo cão que corria atrás de uma bola.

"Sabes que sou contra a guerra", dissera Maria Luísa. "Não posso namorar alguém que vai matar pessoas por vontade própria." Ele levantara os olhos, indignado, mas, antes que iniciasse o monólogo sobre o irmão e o dever patriótico, pedindo pena e recusando ajuda, de maneira a convocar ainda mais pena e mais ajuda, Maria Luísa trocara-lhe as voltas:

"Casamos e saímos daqui, fazemos os cursos lá fora, em França ou Inglaterra."

"Um Bravo Montalvão não deserta." Como se a frase, por si só, não validasse a retidão do seu caráter, Diogo pusera-se de pé. Maria Luísa mantivera-se sentada, paciente, sabendo que o absolutismo moral de Diogo era uma artimanha para aplacar o medo.

"Não sou nenhum cobarde, ouviste?", dissera ele, um tanto patético, com o pauzinho nas mãos enormes.

"Eu sei que não. Quando te pedi uma prova de coragem, mandaste um carro para o fundo de uma pedreira. Estou a pedir-te outra vez. É preciso coragem para ser contra a guerra."

"És contra a guerra porque és mulher." Diogo ia desenvolver o argumento, mas inteirara-se de que não fazia sentido. O raciocínio ficara encravado, os olhos ardiam-lhe, a cabeça estalava.

"Não tens de responder agora", disse Maria Luísa. "Mas preciso que te concentres nos próximos dias e tomes uma decisão."

Ela oferecia compreensão, ele ouvia condescendência. Qualquer desculpa servia a Diogo para obrigar aqueles que lhe queriam bem a fazerem-lhe mal. Procurava um culpado, uma dor que calafetasse a dor maior.

"Confusa estás tu, por causa dos teus amigos da faculdade, ou julgas que eu não sei no que andas metida?"

"Nunca te escondi as minhas ideias."

"E porque é que as tuas ideias valem mais do que as minhas?"

"Eu não quero matar ninguém."

"Diz isso ao Stálin."

"Eu não quero matar-me."

Diogo sentira-se desmascarado, acusado da cobardia dos suicidas. Aquela verdade era uma traição. E um homem a sério não perdoava mulheres desleais. Um homem a sério não chorava, muito menos em público, mesmo que o choro fosse de raiva. Diogo virara-lhe as costas e começara a descer, cada vez mais pequeno na escala monumental da estátua do Marquês e da avenida da Liberdade.

Nas semanas seguintes, para castigar-se e castigá-la, Diogo não abrira a carta que Maria Luísa enviara por correio. Quando se dispôs a lê-la, sem conter as lágrimas, porque, afinal, os homens também choravam, saltara para cima da moto e fizera a estrada Lisboa-Sintra a alta velocidade, como se fosse Maria Luísa quem estivesse a ponto de zarpar para a guerra. Pedir-lhe-ia perdão e casariam antes de irem para o estrangeiro, onde ele seria marido fidelíssimo e desertor sem arrependimentos.

Maria Luísa não estava em casa, nem no Hotel Storm's. Gonçalo dissera-lhe que a enteada se tinha mudado para França, onde iria acabar o curso. Diogo nem sequer pedira uma morada ou um número de telefone. Considerando o que lera na carta, sabia que não a encontraria. Quando Diogo montava a moto, Pureza emboscara-o com a gravidade de quem fora ludibriada:

"Ela não está em Paris a estudar."

"Eu sei", dissera Diogo.

"Então, onde está?"

"Isso, já não te consigo dizer."

Diogo tinha dado ao pedal de arranque: o som do motor aos borbotões, o cheiro da gasolina, a vertigem da velocidade. Rodara o punho do acelerador, em ponto morto, e o rugido da Triumph Roadster estremecera as pernas e o peito de Pureza Storm, que, com treze anos, se pusera em bicos de pés e lhe beijara a bochecha. Um ato de caridade, julgara ele, o princípio de um grande amor, esperara ela.

Segundo a GNR, o motorista da carreira que ligava o Cabo da Roca a Cascais vira uma fulguração dourada, no fundo da reta, e julgara tratar-se de um óvni. Tinha desacelerado a camioneta, percebendo tratar-se do depósito da Triumph, tombada na berma da ribanceira, a lampejar ao sol. A estrada era sinuosa, rasgada no flanco da serra, com subidas e descidas, curvas e contracurvas. Lá em baixo, no sopé do desfiladeiro, o mar esgravatava os rochedos.

Os agentes da Guarda, chamados ao local, não tinham encontrado rasto de uma travagem, como se o condutor tivesse abdicado de fazer a curva e sido catapultado para o abismo quando o pneu da moto encontrara a proteção de pedra que ladeava os trechos mais perigosos. Diogo estava enfiado num novelo de silvas, após bater com a perna contra um pedregulho — a colisão salvara-lhe a vida porque o impedira de resvalar encosta abaixo, mas partira-lhe a tíbia e o perónio.

No hospital, onde suportaria meses de intervenções cirúrgicas e fisioterapia, tinha dito que um animal se atravessara na estrada, uma desculpa para apaziguar a família e convencer-se de que o fim do namoro, após o que lera na carta de Maria Luísa, não podia desgovernar um Bravo Montalvão ao ponto de ele perder o tino e desistir de fazer uma curva.

"Foi uma raposa ou um cão vadio, não me lembro bem", explicara Diogo.

"Voltas a fazer uma destas, e sou eu que te mato", respondera o avô Manoel, na sua única visita ao hospital.

A verdade é que Diogo não se lembrava de nada. O beijo de Pureza era a última memória antes do despiste.

No outono de 1974, nove anos depois de ter saído do hospital, apoiado em muletas, Diogo chegou ao Minho, com Jaime Moreno, para vingar o irmão e sobressair entre os seus pares. Combateria os comunas, os socialistas, os militares traidores que ofereciam as províncias ultramarinas aos selvagens, após quinhentos anos a civilizar a África. Começou por ajudar os exilados portugueses em Espanha. Entregou os menos abonados nos conventos fronteiriços de Tui e Verín, onde recebiam cama e comida. Transportou senhoras abastadas às lojas de Vigo e levou os maridos às imobiliárias onde compravam apartamentos na cidade galega. Embora arredado das maquinações políticas e do tráfico de armas, Diogo, o chofer dos simpatizantes do movimento, aprendia muito com as conversas dos seus passageiros.

"Estão a utilizar uma agência de viagens para sacar o dinheiro do país", disse ele a Pureza, ao telefone, na quinta onde se instalara, propriedade de um financiador do Exército de Libertação de Portugal. Era ali que recebia as chamadas que Pureza fazia da cabine telefónica, em Sintra.

"Compram uma volta ao mundo, depois saem no primeiro destino e a agência dá-lhes o reembolso nesse país."

"Eu não quero sair daqui", respondeu ela.

Uns dias mais tarde, na mesma cabine telefónica, o desabafo foi maior. Pela terceira vez, Pureza perdera o bebé:

"Tens de vir para casa."

Diogo já estava a fazer as malas, quando Jaime Moreno o chamou:

"Telefone para ti, a tua senhora outra vez."

Diogo atravessou o corredor da casa fidalga, com tapeçarias nas paredes e armaduras nos cantos. Pegou no aparelho e ouviu:

"Não venhas para casa. Vamos dar a volta ao mundo."

Até ao Natal de 1974, Pureza e Diogo tiveram uma segunda lua de mel em Madri. Viviam num estúdio interior, sem calefação, numa rua secundária do Bairro de Salamanca. Nas manhãs glaciares e secas, atravessavam o Parque del Retiro como estudantes de liceu que faltavam às aulas para namorar às escondidas. Bebiam chocolate quente e liam os jornais no Café Comercial, na Glorieta de Bilbao. Pureza apreciava a falta de chuva, o céu da meseta azulíssimo e infinito numa cidade sem horizonte, o requinte das coquetelarias, as mulheres sempre arranjadas, a monumentalidade dos edifícios, o cortejo de trajes de gala nas noites de ópera no Teatro Real. Havia sempre gente nas ruas, às compras nas lojas, dando vida aos bares. Os madrilenos falavam sem rodeios e tinham uma alegria confiante, aquilo que os portugueses mais complexados classificavam como arrogância e falta de educação. Em Portugal, a burguesia era a execrável inimiga do povo e devia ser aniquilada. Em Espanha, a burguesia ia ao cabeleireiro todas as semanas, aperaltava-se ao final da tarde para tomar cocktails e rir com os amigos.

Diziam-lhe que Espanha era uma ditadura, mas medo e intolerância conhecera ela em Portugal. Pureza não entendia porque os espanhóis organizavam excursões a uma Lisboa decrépita, com paredes rabiscadas e lixo nos passeios, em busca de uma liberdade que não passava da burla dos cinemas com filmes para adultos. Tentava demovê-los, falando dos novos presos políticos, das expropriações de terras e dos trabalhadores que encerravam os patrões nos escritórios das empresas. Mas os espanhóis tinham de ver de perto a experiência da liberdade e do processo revolucionário. Não queriam saber dos estilhaços da implosão da ditadura, da mesma maneira que a novidade de viver no estrangeiro cegava Pureza à repressão com que o franquismo tentava adiar a morte da ditadura em Espanha.

As poupanças com que Pureza comprara a falsa volta ao mundo só dariam para uma excursão de camioneta aos Pireneus. Descontado o voo para Madri, a agência devolvera-lhe o restante do dinheiro, ao qual juntavam o salário que Diogo recebia do movimento. Viviam com as pesetas contadas, mas eram convidados para fins de semana em mansões na serra, privavam com o fundador do ELP e candidato ao trono português. Em Madri, Pureza e Diogo conheciam o charme e a boa vida dos exilados de primeira classe, mestres do ócio e da conspiração. Na cidade imperial, onde em tempos se governara parte do globo, viviam um novo começo. Juntos, engravidariam e reconquistariam Portugal.

Por causa da política, que antes ela tinha desprezado e que tanto danificara a família Storm, Pureza frequentava agora os círculos restritos. Conheceu Spínola, num jantar no Hotel Palace. O general cumprimentou-a com uma vénia, iniciou o gesto de beijar-lhe os dedos, não chegando a tocar-lhe. O detalhe cavalheiresco do ex-presidente da República fizera Pureza sentir-se importante e acreditar nos convidados que consideravam Spínola o único líder com notoriedade para endireitar Portugal.

Em Madri, Diogo tornou-se secretário das diligências operacionais. Contrabandeava divisas, criava apartados postais que serviam de sede para as empresas de fachada dos exilados, ajudava a fazer a primeira triagem dos voluntários do ELP, nos escritórios da Fundação Nossa Senhora de Fátima, nas Torres de Madri. Caso fossem aprovados pela cúpula, os candidatos a combatentes recebiam uma refeição quente por dia e eram instalados num hostal de putas e carteiristas, nas ruas laterais da Puerta del Sol.

Diogo contava a Pureza o que aprendia sobre o movimento. Ela queria saber tudo, ser mais do que uma dona de casa. O exílio e os complôs políticos provocavam no casal a paixão dos adolescentes fugidos de casa dos pais para viverem juntos. O sexo era inspirado pelo exotismo e pela boémia madrilena. Unidos face a um amigo comum, voltavam a viver a atração do namoro clandestino, como quando ela tinha quinze anos e ele, vinte e dois. A maior transgressão, porém, superava a diferença de idades: Pureza fora a segunda irmã a perder a virgindade com Diogo e, apesar disso, sentia-se vitoriosa e desforrada de Maria Luísa. O que nenhum deles reconhecia é que ambos tinham sido abandonados pela mesma mulher.

Em dezembro de 1974, uma vez que Pureza insistia em colaborar com o movimento e que um casal de viajantes despertava menos suspeitas do que um homem só, Diogo levou-a numa operação de resgate de bens. Entrariam em Portugal de comboio e regressariam a Espanha no Jaguar do milionário Justo Vasques. Homem de negócios com ficha na Pide, patrocinara vários artistas opositores do fascismo. O seu império não se construíra sem o aval do Estado Novo, mas Vasques tinha ligações aos movimentos independentistas em Angola e amigos no PCP. O coração das convicções batia-lhe à esquerda, as caçadas com a realeza europeia e o urinol em ouro, que instalara em casa, eram imperdoáveis gostos de direita na era revolucionária. Bem conectado em todo o espectro político, Vasques recebera um telefonema e saíra do país antes que os milicianos armados arrombassem a porta da sua mansão.

Diogo conhecera-o no Hotel Palace, onde Vasques se hospedara em Madri. O movimento procurava capitalizar as injustiças e os descomedimentos da revolução para cortejar financiadores. O milionário via-os apenas como prestadores de serviços. Iam buscar o automóvel e uma mala de dinheiro a troco de uma percentagem. Nesse encontro, Diogo espantara-se com a leveza do empresário. Mais comediante de farsa do que protagonista trágico, Justo Vasques não tinha o amargor de outros exilados.

"Foram à minha casa do Estoril três noites seguidas, a ver se me agrafavam", contara ele, na suíte do Palace. "Eu já tinha dado de frosques, por isso, os homens das metralhadoras entretiveram-se a beber os tintos da minha garrafeira. Senti-me lisonjeado. O meu bom gosto levou-os a cometer um crime contrarrevolucionário: beber vinhos burgueses. Se calhar, era por isso que me queriam prender. Transformo milicianos em epicuristas."

Diogo e Pureza não eram procurados pelas autoridades, mas, nas estradas portuguesas, o Jaguar de Vasques era tão extravagante como o seu proprietário. No regresso a Espanha, para evitar Lisboa e as rotas principais, seguiram pela orla, rumo ao Norte, começando por ladear a serra de Sintra. Passaram pela curva onde Diogo se despistara e pelo elétrico que tantas vezes tinha levado Pureza à Praia Grande. Na berma, viram uma criança montada num burro, mulheres enlutadas a vender hortaliças, painéis de azulejos com a Nossa Senhora em casas que em vez de número tinham nome:

Vivenda Amália

Vivenda João e Joana

Vivenda Primavera

Passaram pela pastelaria de Colares onde Pureza comia travesseiros de gila; pelo consultório do médico do Mucifal que lhe endireitara um pulso partido e não cobrava aos pobres. Cada lugar conhecido era mais um ponto que ela unia no mapa da memória e que deveria levá-la a casa. Contudo, a última carta de Antónia contara que a comissão de trabalhadores, agora afeta ao Partido Revolucionário do Proletariado, por influência de Maria Luísa, queria assumir a gestão do hotel. Seria, pois, uma loucura pararem no Storm's com tanto dinheiro escondido nos estofos de um carro de luxo.

"Quando era pequena, o meu pai vinha aqui comigo e com os meus irmãos", disse ela, apontando para o bosque. "Tínhamos de escolher um pinheiro bebé para fazer de árvore de Natal." Manteve os olhos na janela, não queria encarar Diogo. "Um pinheiro bebé", repetiu, meneando a cabeça. Fungou para vincar a infeliz escolha da palavra bebé e tudo aquilo que evocava. Saíra de Portugal enojada com a pena que sentira de si mesma. Em Madri, voltara a dançar e já não chorava se via uma criança de colo. O regresso era um puxão de forças divergentes: o país que ela amava e onde crescera também a tinha expulsado. O país onde ela queria que os filhos nascessem era o mesmo em que eles tinham morrido.

Pureza largou a história do pinheiro de Natal no fundo do silêncio e, durante centenas de quilómetros em estradas secundárias, derivou para longe daquele carro. Diogo deixou-a ir, porque sabia que ela voltaria. Estava certo de que ficaria impressionada com o banquete da consoada, com o gabarito dos convidados na herdade, com a relevância do que as altas figuras do movimento decidiriam sobre o futuro de Portugal durante aqueles dias festivos nos arredores de Salamanca.

O Jaguar e o dinheiro entraram em Espanha sem percalços. A anfitriã recebeu os hóspedes com primor e simpatia, as toalhas eram perfumadas, os presentes, requintados. Pureza recebeu uma edição ilustrada da Bíblia, com a capa em couro autêntico. As luvas de piloto de corrida, que Diogo encontrou dentro de uma caixa de veludo em cima da cama, eram italianas, cosidas à mão e premiavam o seu trabalho como motorista. Houve tiro aos pratos, brindes a Portugal e reuniões à porta fechada para definir as ações de guerrilha. Não participando em nenhuma, Diogo juntava os nomes que ouvira em Madri às caras que encontrava em Salamanca.

Sem as cautelas dos militares e dos pides ali presentes, os civis, bem comidos e melhor bebidos, desenrolavam a língua, gabavam-se dos seus contributos monetários para o movimento e aludiam ao génio executivo de Pinochet, que convertera, por aqueles tempos, o Estádio Nacional, em Santiago, num campo de concentração, tortura e extermínio para milhares de chilenos.

No final de cada serão, Diogo subia ao quarto com vista para a planície, onde a geada refletia a lua, e contava a Pureza tudo o que aprendera. O Exército de Libertação de Portugal espalhava células pelo país. Havia um núcleo político e outro de informações, composto de agentes da Pide que tinham escapado após a revolução. Na terceira noite, Diogo contou que conhecera o inspetor Rosa Casaco:

"Diz-se que foi ele que matou o general Humberto Delgado."

Pureza estava na cama, deitada de lado, os joelhos fletidos, uma mão debaixo da almofada, de costas para o marido.

"Parece que a cúpula ainda não se entendeu quanto às operações", continuou Diogo. "Uns só querem incentivar os portugueses a não pagar impostos. E fundar um jornal onde se publiquem as moradas dos militares comunistas. Outros querem o caos social e económico. Dizem que é preciso incendiar tudo antes de apagar o fogo." Diogo falava de sequestros e homicídios, de atentados à bomba contra alvos civis e militares. Pureza levantou-se de supetão e, lançando as flores e a água para o soalho, vomitou dentro da jarra em cima da cómoda.

Na manhã seguinte, quis voltar a Madri, mas Diogo adiou a partida, tendo a seu cargo o transporte de convidados para um encontro secreto, no qual se negociaria a compra de metralhadoras com um ex-oficial das SS. Otto Skorzeny escapara à justiça do pós-guerra e trabalhara como guarda-costas de Eva Perón, na Argentina, voltando à Europa, anos mais tarde, para enriquecer com o tráfico de armas.

Sem ter a certeza do motivo das náuseas de Pureza na noite anterior — uma nova gravidez ou a violência anunciada das ações do movimento? —, Diogo escolheu a prudência de ficar calado, ocultando da mulher o encontro com o alemão alcunhado de Scarface, por causa da cicatriz no lado esquerdo do rosto. Otto Skorzeny consubstanciava, nos dois metros de altura e na biografia militar, a ideia de que o herói de uns é o monstro de outros. Se a sua participação na Noite dos Cristais, em 1938, lembrava a monstruosidade dos nazis, a sua liderança na operação que resgatara Mussolini do Hotel Campo Imperatore, onde o ditador italiano estivera detido em 1943, suscitava em Diogo a admiração pela bravura física que faltava a um coxo incumpridor do serviço militar.

Nessa manhã, Pureza saiu do quarto mais tarde, querendo evitar o gangue de falangistas espanhóis e dirigentes da Legião Portuguesa, de oficiais da tropa procurados em Portugal e de mercenários da Baía dos Porcos. Julgando-se segura entre as criadas que arejavam o salão e levantavam a mesa do pequeno-almoço, pediu um chá de camomila e sentou-se num banco do jardim, debaixo do caramanchão. As folhas da trepadeira coavam a luz da manhã, e ela inspirou o ar do campo, aquecendo as mãos na chávena. Os sons das obrigações dos outros — o canto do galo, as limpezas dentro de casa, o trator que rasgava a distância — atestavam a sua paz, o desapego de não querer mais nada. Muito se falava dos homens que saíam para comprar cigarros e desapareciam para sempre. Não haveria também mulheres que saltavam da vida em andamento, sem bagagem e com um bilhete só de ida? Não podia ela trocar o peso de querer alguma coisa — uma família, um filho, um país — por aquela manhã de chá quente e sol de inverno?

Claro que não.

O fumo do cigarro anunciou a chegada do demolidor do sossego.

"Lindo dia, hã?" Pureza ignorou-o. "Dá-me licença?", perguntou ele, desonestamente, uma vez que já se sentava no banco de jardim. "Desde que a vi que ando a partir a cabeça: de onde é que eu a conheço?" Pausa para chupar o cigarro, afinar o catarro. "Tenho muitas caras e nomes arquivados aqui na tola." Bateu com o punho no crânio. "Mais tarde ou mais cedo, abro a gaveta certa." Ela rodou a cabeça e encontrou-lhe a mão estendida para a cumprimentar. Pureza atentou no indicador e no dedo médio, torrados pelo tabaco, apodrecendo como mostarda fora de prazo. "Inspetor Mendonça, gabinete de informações e segurança." Tinha sobrancelhas hirsutas, nariz de batata e, chapada nas ventas, a brutalidade dos pides da velha guarda.

"Pureza Bravo Montalvão", disse ela, mantendo os dedos entrelaçados na chávena.

O agente Mendonça recolheu a mão que ela não quisera tocar e retaliou:

"Pureza Storm."

"Isso é o meu nome de solteira."

Ele abriu as pernas ostensivamente, colocou as palmas em cima dos joelhos para melhor a instruir:

"Quando prendíamos algum comunista, como a sua irmã, tínhamos de investigar a família inteira, por razões de segurança nacional. E duas irmãs bonitas, com um sobrenome como Storm, não se esquecem. Mais ainda porque ela era rija, não quebrava nos interrogatórios. No amor e na guerra, as que dão mais luta são as que recordamos melhor."

Pureza não vira a irmã após Maria Luísa ter saído da prisão, mas a mãe descrevera-lhe a face escaveirada, o olhar de paciente mental num hospício, os terrores noturnos a reviver a tortura. E agora, assediada pelo inspetor Mendonça, intimidante como um piropo obsceno num beco sem luz, Pureza entendia melhor a revolta de Maria Luísa. Pensou que podia queimar aquele torturador com o chá quente ou partir-lhe o nariz com a chávena. Não tanto um ato de justiça, porque ele continuaria impune, a servir os antigos amos, mas a represália possível, uma cicatriz na cara, uma marca da sua ignomínia, visível para todos e ao espelho, a cada manhã. Apesar do impulso, Pureza não era Maria Luísa. O medo de morrer com um ataque de asma ensinara-a que só a calma, não os ímpetos, a podia salvar.

"O que é que o senhor pretende?"

"Que me conte o que a sua irmã anda a fazer."

"Não falo com ela há meses. Vivo em Espanha, ela, em Portugal."

"Então, está na hora de pegar no telefone. Fazer-lhe uma visita. Pôr-se a par das atividades revolucionárias da mana mais velha."

"Não estou a perceber."

"Claro que está." O inspetor Mendonça bateu com as palmas nos joelhos. "Parvas é que as irmãs Storm nunca foram. Falamos em breve." Pondo-se de pé, aliviou os testículos do gancho das calças e, em coerência com os princípios políticos, arrumou-os para o lado direito. No carreiro que o levava de volta à casa, pisou a gravilha como se marchasse sobre um país que já se rendera ao inimigo.

Pureza fechou os olhos e pensou no que distinguia os homens do movimento, como o inspetor Mendonça, dos revolucionários que entravam armados pelas casas, de madrugada, para capturar aqueles que sentenciavam de fascistas. Seria só uma questão de alternância, e, terminado o reinado de uns, chegaria a vez dos outros? Restar-lhe-ia apenas aceitar a proteção do grupo a que pertencia porque nascera num determinado tempo, lugar e família, sem que o tivesse escolhido? Maria Luísa tinha mudado de grupo, e que bem isso lhe trouxera?

Pureza abriu os olhos para estancar os pensamentos desenfreados e tentou restabelecer o equilíbrio da manhã. Mas a paz era sempre efémera e o chá arrefecera. Não estava certa se tremia por causa do frio, do medo, ou por sentir o fluxo menstrual que confirmava, mais uma vez, que não estava grávida.

Madri começara a perder a cor após o primeiro Natal longe da família. Com Diogo ausente durante grande parte do tempo, e um frio na rua que desossava os corpos, o alento de Pureza, no primeiro mês de 1975, espelhava as variações cromáticas das fachadas madrilenas: do bege ao castanho. Tentou a salvação na literatura. Não a encontrou nos poucos romances que levara de Portugal. Conhecia-lhes o desfecho e, enrolada em mantas grossas, fechada num apartamento interior e minúsculo, com todas as lâmpadas acesas, num fim de dia constante, Pureza tinha de evitar que o tédio sucumbisse numa depressão.

Num domingo de manhã, visitou El Rastro para comprar livros e um casaco de inverno. Tudo em segunda mão, a mesada do marido mantinha-se curta, as poupanças, só para emergências. Temera a quantidade de gente na rua, o aperto das barracas de pano a desbordar traquitanas e trastes, a cordilheira de bibelôs, relógios despertadores, faiança riscada, sapatos desirmanados, máquinas de costura e cremalheiras de bicicletas. Mas, chegada ao mercado de rua, sentiu-se num templo onde os destroços se consagravam como relíquias. Cada vendedor era um guardião de genealogias, cada objeto, um vestígio de vidas passadas, um elo de continuidade que arrancou Pureza do isolamento das últimas semanas. Comprou um casaco de pele falsa, uma antologia poética e alguns romances da coleção G.P. Policiaca:

El caso de la pelirroja asustada
Ella no dirá quién fué
Pueden matar las señoras?

Excitada com as compras, entrou numa taberna, pediu um *pintxo* de tortilha, uma tapa de *boquerones* e um copo de tinto. Abriu a compilação de poetas espanhóis, que se desfazia pela lombada e tinha notas manuscritas em várias páginas, começando pela parte interna da capa:

"Este exemplar escapou a uma queima de livros em Madri, após a ocupação, 1939."

O autor do aviso tinha acrescentado informações biográficas sobre quase todos os participantes na compilação. Pio Baroja: "Exilado durante a guerra civil; regressou a Espanha e teve vários livros proibidos pela censura". António Machado: "Com Barcelona prestes a cair, integrou as colunas de milhares de espanhóis que fugiam para França. Morreu poucos dias após cruzar a fronteira". Miguel Unamuno: "A prisão e o fuzilamento de amigos levaram-no a arrepender-se do apoio inicial aos nacionalistas. Ao apelo falangista de 'viva a morte', respondeu: 'Esse necrófilo e insensato grito parece-me o mesmo que dizer "morte à vida"'. Pouco depois, morreu em prisão domiciliária."

Como se não chegasse de morte, o anotador do livro copiara, para a página do colofão, o poema "Explico algunas cosas", de um tal Pablo Neruda, que ela desconhecia e que seguramente estava proibido pela censura franquista. Os primeiros versos eram bonitos, o poeta dizia viver num bairro de Madri com sinos, relógios, árvores, numa casa com gerânios, cães e crianças. Mas a paz, como Pureza já tinha aprendido, era sempre breve.

E numa manhã tudo ardia
e numa manhã fogueiras
brotavam da terra
devorando seres,
e desde então fogo,
pólvora desde então,
e desde então sangue

Pureza abandonou o poema sobre a guerra civil quando os aviões começaram a matar crianças. Tarde demais, *pelas ruas o sangue das crianças/ corria simplesmente como sangue de crianças*. Ela levou a mão ao ventre, procurando o sangue das suas crianças. Na mesa ao lado, uma senhora de idade, bem-posta e acompanhada do marido, reparou na lividez de Pureza:

"Estás bem?"

Ela sorriu dolorosamente que sim e, tremendo os dedos dentro do porta-moedas, tentou pagar a conta.

"Não te preocupes com isso", disse a senhora, percebendo que Pureza tinha de sair dali. "Paco, chama-lhe um táxi." O marido saiu da taberna, em menos de nada regressou, oferecendo o braço a Pureza e abrindo-lhe a porta do automóvel com uma bondade que, tantos anos após a Guerra Civil Espanhola, persistia em negar a vitória àqueles que davam vivas à morte.

Nos primeiros tempos em Madri, quando os exilados lamentavam a falta do mar — um clichê, entre os portugueses, só ultrapassado pelas queixas com o café espanhol —, Pureza respondia:

"Quem tem o prado não precisa de praia."

O trocadilho era pretensioso e insincero: Pureza tinha saudades do mar e nunca visitara o Museu do Prado. Só mais tarde, farta de poemas sangrentos, da penumbra do apartamento e do fumo dos cafés, entrou no museu para se abrigar da chuva durante um passeio. Frente a telas maiores do que o seu quarto, no silêncio das galerias com claraboias pelas quais pingava a brancura do céu, Pureza voltou a encontrar a paz e a cor. Teve de aprender a evitar algumas salas, porque, além dos poetas, também os pintores eram retratistas da morbidez. Ignorou os fuzilamentos de Goya, os incontáveis Cristos crucificados e campos de batalha, o resumo de toda a barbárie que era *O triunfo da morte*, de Bruegel. Sobretudo o quadro de Rubens em que Saturno, nu e desguedelhado, mordia o peito do filho, numa amálgama de barba de velho e carne de bebé.

Pureza gravitava para as paisagens e para as reproduções de uma felicidade que parecia mais autêntica do que a própria vida, como os rapazes pequenos que Sorolla pintara na rebentação do mar de Valência. A sua obra preferida, pintada em 1435, era um abrigo contra o pandemónio que atravessava os séculos e as fronteiras. Em *Anunciação*, retábulo de Fra Angelico, Nossa Senhora, uma rapariga loira, recebia a boa nova da sua gravidez.

Pureza podia justificar a atração pela pintura com a maestria da composição e das cores, mas o milagre da conceção era o verdadeiro motivo do seu fascínio. Só ali Pureza se alheava da crise do petróleo, da inflação em alta, da entrega das colónias aos africanos, da ascensão dos comunistas em Portugal e, sobretudo, de como era contraintuitivo, se não mesmo egoísta, querer um filho no ano da desgraça de 1975.

"Todos os artistas são invertidos ou subversivos."

Pureza reconheceu a voz do inspetor Mendonça pelo catarro e pelo escárnio dos maus vencedores. "Pelo menos, os que tive o prazer de interrogar." Mendonça inclinou-se sobre a legenda informativa da obra na parede do museu. "No caso aqui do frade italiano, aposto que era invertido." Juntou as mãos atrás das costas, fingindo interesse no quadro. "Gosta muito deste, não é? Tenho reparado que vem aqui quase todos os dias." A insinuação de a ter sob vigilância era ainda mais sinistra porque estavam sozinhos na galeria. "Espero que lhe tenha sobrado tempo para falar com a sua irmã."

"Sobre quê?" A dúvida era tão honesta como o mal-estar de ter um pide desempregado a pressioná-la. "Já lhe disse que não falamos."

"Será porque casou com o namorado dela? Mesmo assim, imagino que lhe seja mais fácil conversar com a sua irmã do que seria ao seu marido, não é verdade? Ele é que levou um par de patins. Não deve ter sido fácil, para o dom Diogo Bravo Montalvão, ser trocado por um comunista da classe operária." Como Pureza não o olhava, Mendonça virou-se para ela e enfiou as mãos nos bolsos, abrindo o casaco e ostentando a pança. "Aliás, é precisamente por isso que não pedi ajuda ao seu marido. Não estou a dizer que o expulsassem do movimento se descobrissem. Mas também não precisamos que a malta se ponha a perguntar se o Coxo não sabia que a namorada era comunista, o que faria dele mais estúpido do que parece, ou se, sabendo que ela era comuna, ficou quieto e calado, o que revela que é mais banana do que toda a gente acha."

Uma turma de alunos de liceu, em visita de estudo, entrou na galeria. O inspetor Mendonça olhou-os como o pai a quem os filhos interromperam a sesta. Não podendo sová-los, bateu com a palma da mão num bolso do casaco, depois no outro, serenando-se ao ouvir o celofane do maço de cigarros. "Fuma-se melhor lá fora."

Instalaram-se sob as árvores do Paseo del Prado, com vista para o trânsito que circundava a Fonte de Neptuno. "Daqui a poucos dias, o seu marido vai voltar a Portugal. Quando lá chegarem, quero que visite a sua irmã na sede do PRP. Tente descobrir se há movimentações estranhas, referências a armas, tudo o que lhe pareça secreto." Na anonimidade de uma grande capital estrangeira, Pureza ouvia as instruções do pide que torturara Maria Luísa, e o medo inicial dava lugar ao descrédito. Talvez fosse a roupa coçada do inspetor Mendonça, as papadas ao redor dos olhos, como miudezas de galinha; o desleixo de um homem perseguido na sua terra, que largara a família e vivia sozinho nalguma pensão da Chueca. Mendonça era o palhaço pobre que destoava das promessas feitas por Diogo e pelo ELP, segundo as quais havia planos de invasão do Governo espanhol, em colaboração com a CIA, para exterminar a pandemia comunista em Portugal.

Obrigar uma dona de casa a conseguir informações entre os militantes da esquerda radical parecia a Pureza uma tática amadora, se não mesmo disparatada. Dias mais tarde, confirmaria a suspeita. Diogo entrou em casa e pediu-lhe para fazer as malas:

"Vamos para Portugal, os comunas estão a planear matar-nos a todos."

3.

Meio-dia, o sol a pino, o espelho do Tejo a ofuscar a cidade. O inverno precipitava-se para a primavera e a luz do início da tarde dava cabo dos farrapos da neblina matinal. No casarão do Restelo, Diogo e o avô caminhavam devagar por entre os arcos-íris que os jatos da rega espalhavam pelo jardim. Para melhor apreciar o marido no cartão-postal, Pureza distanciou-se da família Bravo Montalvão, que bebia aperitivos alcoólicos antes do almoço, e saiu da sala para o exterior, com um copo de água. O regresso a Portugal contradissera o fatalismo na partida de Espanha. Estavam ainda todos vivos e Diogo explicara a Pureza o plano para deter a carnificina e recuperar o poder: o Exército de Libertação de Portugal era apenas um regimento num contingente muito maior, liderado pelo general Spínola, um estratega de primeira categoria, com experiência de guerra e o apoio de muitos militares inconformados com o deboche comunista.

Outra boa notícia, no regresso de Espanha: porque Nádia voltara a morar com os avós, Pureza passava muito tempo com a sobrinha, assumindo as funções que Maria Luísa apenas cumpria intermitentemente.

No interior da mansão do Restelo, a prepotência das vozes vincava o menosprezo dos Bravo Montalvão pelos de fora e a rivalidade com os de dentro. Pureza achava que, como os imperadores loucos, todos eles se criam deuses por direito e superiores por natureza. Maltratavam os plebeus, como ela, e rejubilavam com os fracassos dos parentes, em particular daqueles que divergissem da família, como Diogo e a namoradinha comunista, filha de uma sopeira, que lhe dera com os pés. Sem ter aprendido a lição, Diogo casara-se com as sobras da descendência dessa mesma sopeira.

Os tios, os primos e principalmente a irmã faziam troça dos defeitos físicos de Diogo, porque não consideravam sequer a sua dimensão intelectual. Para eles, tratava-se de um coxo de poucas palavras, o tolinho, cada vez mais balofo, que acabara a preencher papéis numa companhia de seguros.

Pureza, a infértil, bebeu um gole de água e olhou para a sala, onde Ticha, a cunhada, grávida do segundo filho, fumava e bebia como a madame de um bordel. Pureza podia não dar continuidade à linhagem dos Bravo Montalvão, ainda assim, considerava-se uma eleita, pois só ela conhecia a inteireza de Diogo. O alegado suicida e a perna manca? O abandono de Maria Luísa e o desdém da família por ter casado com uma mulher fora da casta suprema? Nada o enfraquecia, pelo contrário, todos os reveses o fortaleceram. Diogo pagava o preço de cabeça erguida e continuava inquebrantável.

Se ser snobe era pegar num fragmento de alguém, ignorando tudo o resto, para fabricar juízos absolutos, então, Pureza, que nem se dera ao trabalho de saber os nomes ou as relações de parentesco dos convidados, era uma snobe em legítima defesa. Para ela, os Bravo Montalvão eram uma trupe de alcoólicos funcionais, todos imprestáveis, a receber mesadas dos papás, preocupados com a falta de neve nas pistas de Saint Moritz, enquanto Diogo dava o corpo ao manifesto para os salvar de serem fuzilados.

Pureza voltou-se de novo para o jardim, onde Diogo alertava o avô sobre o perigo da Matança da Páscoa. Havia uma lista com milhares de nomes que os comunistas, em colaboração com o MFA, queriam prender e matar. Seria provável que Manoel Bravo Montalvão estivesse entre os escolhidos, mas o patriarca que não se assustasse, o neto estava a par das manobras que, de um só golpe, desmantelariam a ofensiva e colocariam Spínola de novo à frente do país.

Pureza viu o avô, agradecido, pousar a mão no rosto do neto, e, sugestionada pelo gesto de ternura, reiterou a jura de que, por amor a Diogo, um filho seu receberia o nome de Manoel Bravo Montalvão.

* * *

Manoel Bravo Montalvão apertou-lhe a bochecha, como fazia quando Diogo era criança. O reconhecimento do avô implicava sempre um reparo ou uma nova exigência. "Muito obrigado pelo aviso, mas quem é que achas que lhes paga as contas? Já dei dinheiro a todos, dos socialistas aos teus amigos do ELP, e só não ajudei os comunistas porque eles não pediram. Ainda, ainda. Se apostarmos em todos os cavalos, acabamos sempre vencedores. O nosso lugar é na bancada, não é a correr na pista. Vais ficar quietinho, não te quero metido em embrulhadas." Beliscou-lhe a bochecha com força. Certo de que cruzara o limiar entre o carinho e a dor, afagou a cara do neto. Manoel nascera no último ano do século XIX, a ternura entre os homens, a existir, só armadilhada com violência.

"Desta vez, ficar na bancada, à espera, não chega. Temos de nos defender. O avô corre perigo." Diogo estava tão obstinado em convencer o patriarca do seu valor, como Colombo de alcançar a Índia se virasse à direita.

"Não, Diogo, tu é que corres perigo, porque andaste estes meses todos a brincar aos índios e caubóis. Se a tal lista da Matança da Páscoa existir mesmo, talvez seja por causa das vossas patacoadas. E caso o meu nome lá esteja, entre a gente que é para levar para o matadouro, é porque não posso esconder o que construí nos últimos cinquenta anos. Não fujo do que fiz por este país." Manoel olhou para os salpicos da rega no couro dos sapatos. "Merda." No interior da casa, uma gargalhada, seguida por um coro de risos, recordou-o do compromisso familiar. Verificou o relógio de pulso, depois olhou o rio, como o capitão que requisitou, via rádio, o bombardeamento da Força Aérea sobre as posições inimigas. "Vamos lá despachar isto." Não tinha paciência para aturar os descendentes, mas os almoços eram um espetáculo do seu poder sobre a família. Rijo de mente e de carnes, frugal nos hábitos e com cabelo branco desde que Diogo se lembrava, o avô mandava na família como no império empresarial. Se tivera tanto sucesso nos negócios, como não consentir as suas vontades privadas?

Naquele mesmo jardim, uma década antes, ao ver um navio transatlântico e um iate na foz do Tejo, Manoel dissera ao neto: "Na vida, podes ter um barquinho de recreio e usá-lo umas quantas vezes, para uns passeios junto da costa, quando fizer bom tempo. Ou podes ser dono do cargueiro que dá a volta ao mundo e transporta as matérias-primas para construir casas, pontes, túneis".

Entre os Bravo Montalvão, Diogo considerava-se o menos interessado no espólio, o mais respeitador do patriarca, o que melhor acolhia a sua mundividência. Em alguns momentos, isso já lhe valera o troféu de uma bochecha apertada. Com o avô, tudo era um teste, e, a cada prova transposta, Diogo julgava-se mais perto de terminar a recruta na empresa de seguros.

Manoel agarrou o neto pela dobra do cotovelo, começou a dirigir-se para a casa:

"Vais fazer o que te digo?"

"Sim, avô."

Diogo foi puxado por Manoel para que o jato da rega não os atingisse. Apesar da sua supremacia física, o neto deixou-se arrastar por um velho com menos trinta quilos e vinte centímetros.

"Sabes bem que prefiro aqueles que me obedecem àqueles que me tentam impressionar."

Diogo julgou reconhecer um tom de brincadeira. "Sim, senhor general", arriscou, ao ver a nesga de um sorriso no canto dos lábios do avô.

Mas a boca de Manoel endureceu:

"Então, vai desligar a porra da rega, que está a dar-me cabo dos nervos."

Quase nunca Pureza era convidada para os eventos da família do marido. Os sogros nem sequer tinham ido ao casamento. Moravam em São Paulo, onde o pai de Diogo comandava os negócios brasileiros dos Bravo Montalvão, e tinham justificado a ausência com um périplo anual pelas fazendas e pelas fábricas. "Não sou a noiva, não preciso que o meu pai me leve ao altar", tinha dito Diogo, mal disfarçando a mágoa. Pureza calara-se, em vez de perguntar: "E qual é a desculpa da tua mãe?". Mais do que acusar os sogros, que não conhecia, ela tinha por missão consertar o que eles tinham escavacado no seu marido.

Pureza e Diogo, sozinhos, seriam suficientes, na doença e na saúde, pobres ou ricos, exilados em Madri ou num almoço na mansão do avô. Porém, sentados em pontas opostas da longa mesa, numa sala com antiguidades e um relógio de cuco suíço que daria para pagar a dívida externa de um pequeno país, ela não podia acudir a Diogo com algo simples como tirar-lhe o terceiro copo de vinho da frente. Estavam separados por terrinas da Companhia das Índias, decantadores de vinho, uma mancha difusa de homens de fato e gravata, mulheres sem joias, porque sabiam que o velho impunha modéstia. Diogo, experiente nos jogos romanos que eram aqueles encontros familiares, aguentava o bate-boca contra todos sem precisar do favoritismo do imperador. Tinha ali mais uma via para provar o seu mérito. O coxo, o tanso, o choninhas, atacavam eles, presumindo ser essa a tradição dos clãs que se injuriavam porque se queriam bem.

"Lembram-se de quando ele nos dava grandes secas com o Egas Moniz?", perguntou Ticha.

Pureza viu Diogo servir-se do quarto copo de vinho, marcando a propriedade da garrafa com a mão descomunal, como se segurasse um morteiro.

"Uma vez, até se mascarou no Carnaval." Ticha sabia onde esgravatar. "Com a corda ao pescoço e tudo. Só que ninguém sabia quem era o Egas Moniz."

"Eu continuo sem saber", disse uma das mulheres.

"Era o aio do dom Afonso Henriques", esclareceu Diogo. "Entregou-se ao imperador de Castela porque o dom Afonso Henriques falhou com a palavra dada e pôs em causa a honra do Egas Moniz."

"E apresentou-se ao imperador com uma corda ao pescoço, para os espanhóis não gastarem dinheiro a enforcá-lo", troçou Ticha. "Se o Afonso Henriques tivesse dado ouvidos ao papalvo do Egas Moniz, tu agora falavas espanhol."

"Antes espanhol que comunista", gozou Rodrigo, o marido de Ticha. Apesar do casamento, do emprego-esmola nas empresas da família e do segundo filho a caminho, Rodrigo ainda se achava o adolescente da Praia Grande que comeria todas as mulheres que quisesse.

"Não sejas burro", disse Diogo, com agressividade. Pureza preparou-se para o confronto, o marido parecia sempre a um triz de dar um soco a Rodrigo.

O mordomo entrou na sala e acercou-se de Manoel:

"Lamento interromper, senhor doutor, mas parece que estão novamente a fazer uma revolução."

A família seguiu em comitiva, atrás do patriarca, para a sala onde a televisão passava imagens em direto de um quartel, o RAL 1, no Norte de Lisboa.

No ecrã, o jornalista olhava para a câmara:

"Espero que o meu camarada possa dar imagens dos três soldados que estão junto deste edifício, a cerca de cento e cinquenta metros do RAL 1." O repórter seguiu os militares, encostado a uma parede. "Podes mostrar aqueles soldados que estão acolá, entrincheirados? Há pessoas ali, normalmente, a fumar o seu cigarro."

Pureza reparou num civil de mãos nos bolsos, outro amparado numa bicicleta. Como se no café, a ver o trânsito passar, os homens olhavam para os militares em posição de combate. Havia roupa num estendal do rés do chão e a modorra dos arrabaldes da cidade rasurada pelos aviões que sobrevoavam os prédios e bombardeavam o quartel. Os soldados apontavam as metralhadoras para o rasto dos motores. Uma mulher gorda, de cabelo oleoso, entrelaçou os dedos numa prece aos céus. Longe do microfone, não se ouvia o que ela uivava, embora aquele fosse um carpir comum na porta dos hospitais. O melodrama deu lugar ao burlesco quando o jornalista entrevistou um oficial do Copcon, metade cantor de intervenção, metade intelectual de poltrona. Barbudo, com grandes óculos de massa e lenço ao pescoço, falava com o ultraje do homem que, à espera da camioneta, acabava de ser informado da greve dos transportes:

"Oh, pá, eu, em breves palavras, pá, se quer que lhe diga as origens disto… (pausa, confuso) Não sei. O comandante dos paraquedistas, pá, segundo o gajo me disse, a mim, disse que estava na ginástica e que os meteram em quatro helicópteros e os mandaram para aqui. Os gajos, pá, de repente, pá, aparecem aqui duas companhias, lançadas dos helicópteros, a atacar o RAL (tiros ao longe). Antes disso, fomos bombardeados pela Força Aérea, pá."

Pureza queria rir-se, mas conteve-se ao perceber que os Bravo Montalvão copiavam a seriedade do patriarca. Manoel levantou o som e mandou correr as cortinas, para melhor ver o ecrã.

"Estamos em terreno neutro", dizia o jornalista. "De um lado, os paraquedistas, do outro, as forças do Copcon."

Pureza ouviu a voz de um homem, sussurrada nas suas costas:

"Os do Copcon são os revolucionários. Os paraquedistas devem ser dos nossos."

"Copcon quer dizer o quê?", perguntou uma mulher.

"Comando Operacional do Continente."

Manoel levantou a mão para que se calassem.

Homens de farda convergiam uns para os outros, num lugar feio, terroso, entalado entre prédios suburbanos e um baldio com ervas daninhas. "Não sabemos o que se vai passar aqui", disse o jornalista, expectante, como os portugueses diante da televisão. "As negociações vão iniciar, vamos ouvir."

Pureza tentou identificar os interlocutores. Do lado do Copcon, estava o capitão Diniz de Almeida, aparentemente calmo, sem levantar a voz. Do lado dos paraquedistas, falava alguém que a câmara apenas apanhava de soslaio. Os dois deram um aperto de mão.

Diniz de Almeida: "Então o que é isto?".

Paraquedista: "Ora bem, era o que eu vinha explicar (nervoso). Recebi ordens para ocupar a vossa unidade".

(Um matagal de cabeças, a câmara bamba, o povo a espreitar de longe.)

Diniz de Almeida: "Mas de quem?".

Paraquedista: "Recebi ordens do meu comandante".

Diniz de Almeida (morde o lábio): "Pois, mas, como deve calcular, nós temos ordens do meu comandante para não nos deixarmos ocupar, o brigadeiro Otelo Saraiva de Carvalho".

Paraquedista: "Absolutamente" (demasiado cortês, quase apologético).

Diniz de Almeida: "E do Carlos Fabião, chefe general maior das Forças Armadas" (sorriso breve, insinuando nervosismo).

Paraquedista: "Por isso mesmo, procurei, nesta fase da ocupação, dialogar primeiro, para evitar mortes".

Diniz de Almeida: "Pois, pois".

Paraquedista: "Portanto, eu recebi essas ordens, vocês receberam outras ordens. Para evitarmos, portanto, quanto possível, que haja mortes, tanto da nossa parte como dos civis, haverá uma fase em que, ou vocês se rendem (Diniz de Almeida abana a cabeça negativamente), ou então temos de começar a fazer fogo uns aos outros".

Diniz de Almeida: "Não, não. (Muda a metralhadora de uma mão para a outra.) Temos de saber os motivos. Os seus homens têm de saber o que estão a fazer, se estão a fazer uma traição, se estão a desobedecer às ordens estabelecidas".

Paraquedista: "Devem ter sido distribuídos panfletos desta natureza".

(O paraquedista baixa a cabeça para o panfleto que tem nas mãos, passa-o a Diniz de Almeida, que o lê em silêncio durante quinze segundos.)

Diniz de Almeida: "Então, vocês vêm ocupar uma unidade por causa deste panfleto?".

Paraquedista: "Não, não, não, atrás disto, quer dizer (encolhe os ombros), existe um certo número de altas individualidades que não estão contentes com a maneira como está a ser conduzida a democracia no nosso país".

(Na sala, Diogo sentiu o olhar do avô a desviar-se do ecrã e a procurá-lo.)

Diniz de Almeida: "Portanto, trata-se de um golpe de Estado".

(Manoel abanou a cabeça, reprovador, o gesto de quem tinha razão antes de tempo.)

Paraquedista: "Não é um golpe de Estado".

Diniz de Almeida: "Tipo Chile".

Paraquedista: "Não é um golpe tipo Chile, antes pelo contrário, é para garantir que as próximas eleições se façam na data que está marcada".

Manoel suspirou, impaciente, e disse: "Vou para o escritório antes que isto dê ainda mais para o torto". Os homens seguiram-no, menos Diogo e Rodrigo, os únicos que não trabalhavam na sede com o patriarca.

Na televisão, prosseguia o prelúdio rocambolesco de uma possível guerra civil. Paraquedistas gaguejantes, que não sabiam ao que iam e que tinham bombardeado o quartel dos camaradas de armas, matando um deles e ferindo vários. Enganos, atrapalhações, mal-entendidos. Apesar de parecer uma comédia popular em que só faltava um homem vestido de mulher, poderia começar ali a mortandade com que alguns queriam desatar o equilíbrio de forças entre a revolução e a reação.

No aparelho de televisão, um militar do Copcon exibia a lusitana arte do lamento:

"O que eu sei é que estava na minha secretária, descansadinho, a fazer as escalas de serviço, quando de repente, ao lado da minha janela, rebenta uma bomba, isso é que eu sei, pá."

Pureza riu-se e, na semiobscuridade do salão, os Bravo Montalvão, sinistramente iluminados pelo preto e branco do ecrã, olharam para ela. Pureza percebeu neles o medo inédito que profanava, por fim, a impunidade da família. Saberiam algo que escapava a Pureza? Ou, como as criadas na cozinha e os milhões de portugueses em casa, também os Bravo Montalvão não faziam a mínima ideia do que acontecia, pressentindo, contudo, que o desfecho seria mais favorável às criadas do que aos patrões?

Pureza procurou Diogo na penumbra do salão: encontrou-o desfigurado pela fúria e pelo vinho. No punho, apertava a garrafa vazia, agora adaptada a bastão que tudo consertaria com violência — a mais imediata, descabida e redentora violência.

"Filhos da puta", disse ele, a voz gorgolejante e solta. Respirava como um bicho de grande porte e tinha os músculos retesados do pescoço aos punhos: "Filhos de uma grande puta". Estaria a falar do Copcon ou dos seus correligionários, que tinham avançado sem o avisar? Independentemente do sucesso ou do descalabro do golpe, ele estava de fora, esquecido pelos companheiros de luta, desautorizado pelo avô, motivo das piadas da família.

"Revolução, dois. Reação, zero", disse Rodrigo.

Diogo apontou a garrafa ao peito de Rodrigo: "Vê lá se queres que faça ao teu focinho o que fiz ao teu carro".

"Foste tu, cabrão?" Tantos anos depois, o choque era o mesmo da manhã em que Rodrigo vira o Alfa Romeo amarfanhado como um trapo de mecânico.

"Só tenho pena que não estivesses lá dentro quando o mandei pela pedreira abaixo." Diogo descobria que só a violência equilibraria o saldo das ofensas que ele comera e calara durante anos.

"Estou aqui agora", provocou Rodrigo.

No ecrã, os paraquedistas confessavam ter sido enrolados pelas chefias, negavam ser reacionários, pediam desculpa em direto e abraçavam os camaradas do Copcon a quem, minutos antes, tinham apontado as armas. Tréguas, fraternidade, o povo estava com as Forças Armadas.

Na mansão do Restelo, Diogo renunciou ao espetáculo decadente da paz. O gigante acordara e a porrada era a única forma de se expressar, esplêndida no seu abandono, rápida e satisfatória na execução, como bater uma punheta ou arrombar uma porta com um pontapé.

Fez a garrafa de vinho explodir na parede e, ignorando os gritos das mulheres e a mão de Pureza no seu braço, decidiu fazer ao cunhado aquilo que os paraquedistas não tinham conseguido fazer aos revolucionários.

Pela rádio, Otelo Saraiva de Carvalho, comandante do Copcon, assegurou que a intentona reacionária fora dominada e que, caso fizesse falta, entregaria armas aos populares que já estavam na rua a gritar "morte ao fascismo".

Na televisão, o primeiro-ministro, Vasco Gonçalves, afirmou que a aliança Povo-MFA derrotara uma "minoria de criminosos". Spínola, mandante do golpe e ex-presidente da República, fugiu para Espanha num helicóptero, depois de Salgueiro Maia e Jaime Neves, protagonistas da revolução de abril, lhe terem recusado o pedido para sair dos quartéis. A terceira edição do *Diário de Lisboa*, de 11 de março de 1975, tinha como manchete: "Situação controlada". Nessa noite, Manoel e os administradores do grupo empresarial Bravo Montalvão foram sitiados nos escritórios pelos trabalhadores e denunciados ao Copcon, aguardando a chegada dos soldados que os levariam para a prisão de Caxias. Com uma agenda repleta de mandados de captura, os militares tardaram dezoito horas a chegar. Os administradores — sem acesso a cigarros, telefonemas ou casas de banho — recorreram a um caixote. Manoel permitiu-lhes o desleixo, mas ninguém, muito menos os trabalhadores revoltosos, o obrigariam a mijar em público.

No quarto de sua casa, em Sintra, salpicado de sangue, com as mãos doridas e esfoladas dos socos, Diogo sentia ainda os resquícios da adrenalina a reverberar no sistema nervoso. Apesar das más notícias, a vitória na luta com o cunhado soterrara o fiasco do golpe.

"O que é que se passou, Diogo?" Pureza ajudava-o a despir-se e repetia a pergunta que já fizera na viagem de carro. Continuou sem resposta. "Nós prometemos que não havia segredos neste casamento."

Em vez de lhe contar o que Rodrigo fizera a Maria Luísa no Convento dos Capuchos, anos antes, Diogo agarrou Pureza pela nuca. Os dedos-tentáculos enlaçaram-lhe o pescoço fino. Beijou-a e despiu-a e atirou-a para cima da cama. Dominante, sem ser brusco, entrou nela e puxou-lhe as pernas dobradas contra o peito, iniciando uma cadência que parecia uma marcha, de olhos abertos que não olhavam para coisa nenhuma, um animal impossibilitado de pensamentos abstratos, apenas capaz de uma intenção carnal que, não fossem as suas únicas palavras, Pureza interpretaria como um distúrbio:

"Vou fazer-te um filho."

Não sabia há quanto tempo ali estava, nu, ainda pintalgado de sangue, a cheirar a suor e a sexo. Saiu da banheira sem ter aberto o chuveiro e entrou no quarto.

"Faz as malas, temos de sair esta noite."

Pureza despertou do torpor em que tinha caído após a ejaculação de Diogo, que, ato contínuo, desaparecera na casa de banho, enquanto ela se mantivera na cama, as pernas fletidas e cruzadas para salvaguardar o sémen do marido.

"O quê?", disse Pureza, a pergunta emperrada pelo sono.

"Se ficar, vou preso. E preso não valho nada. O Spínola foi para Espanha. Temos lá os nossos homens. É para lá que vamos."

Pureza sentou-se na cama e cobriu-se com o lençol por vergonha, até receio, do homem que, horas antes, ela vira espancar outro homem até o deixar inconsciente.

"Não vou sair da minha casa outra vez."

"Faz a mala", ordenou ele, e começou a vestir-se.

"O que é que se passa contigo? Desatas a bater no teu cunhado e agora falas-me como se fosse tua criada. Há alguma coisa que não me estás a contar."

"Só precisas de saber que temos de sair desta casa quanto antes."

"Tu não estás bem."

"Pelo contrário." Em tronco nu, apenas de calças, Diogo afivelou o cinto. "Nunca estive tão bem."

"Nesse estado, não vou contigo a lado nenhum."

"És minha mulher, fazes o que eu digo."

"Diogo, não quero ir para Espanha, preciso de estar perto da minha família, mais ainda se ficar grávida."

"Em Espanha também nascem crianças."

"Porque é que me estás a tratar desta maneira? Não sabes o que tenho passado?"

Diogo procurava alguma coisa — os sapatos, a carteira, a chave do carro? —, e a teimosia de Pureza despistava-o da busca, causando-lhe arrelia e desorientação. Como um super-herói exposto ao antídoto dos seus poderes — ademais, acabados de descobrir —, ele sentia-se a perder a contundência da porrada e do sexo, amesquinhado pelo medo da mulher e pelos deveres conjugais. Minutos antes, queria fazer-lhe um filho, em cumprimento de um rasgo animal que nada tinha que ver com a paternidade. Ter um filho parecia-lhe agora um ponto fraco para toda a vida. E já lhe bastava ser coxo. O avô e os homens da família deviam estar a caminho da prisão de Caxias. Restava ele para liderar os Bravo Montalvão.

"Não te armes em vítima", disse, com aversão pela vulnerabilidade de Pureza. Pegou num sapato sobre a alcatifa e observou-o como um macaco que recebesse uma calculadora. Não sabia que fazer com o sapato, a truculência dos pensamentos obstruía-lhe o poder do físico. Por que raio estragava ela a vitória da sua masculinidade? Diogo estava mais acostumado a lidar com os abusos da família do que com a fraqueza da mulher, que, obcecada em ser mãe, o sufocava com as trivialidades da gravidez. Tinha de sair dali antes que ela rebentasse a chorar. Onde estava o outro sapato? Precisava do sapato em falta, para salvar os negócios da família e preparar um contra-ataque a partir de Espanha.

"Vítima?", disse ela. "Por acaso, sabes o que é estar grávida três vezes e perder três filhos?"

Só a crueldade o podia salvar.

"O que eu sei é que estamos fartos de tentar e tu não consegues ter filhos."

O choro de Pureza secou, as feições arrepanharam-se, como se fosse rosnar:

"E quem te disse que sou eu, se calhar, és tu, com esse sangue da tua família todo quilhado."

"Não, não sou eu, podes ter a certeza."

"Isso quer dizer o quê?", questionou ela.

Diogo tinha provado o sangue humano e gostara do sabor. Não havia como detê-lo. Estava ciente da última chance para empregar a sua valentia e a sua juventude a favor da pátria. Como na tarde em que a moto fora em frente na curva, deixou-se ir, só que agora, em vez de se aniquilar, renascia com a aniquilação dos outros:

"Pergunta à tua irmã."

"Como assim?"

"Querias um casamento sem segredos? Ora aí tens."

"Não pode ser", disse Pureza, tão atarantada que, no lugar de cobrir as orelhas para não ouvir o que já intuía, tapou a boca com as mãos.

Era agora ou nunca, a quimera dos aguerridos contra a monotonia dos domesticados. Diogo empunhava as adagas sangrentas que mataram Duncan e, no lugar das palavras assassinas de Macbeth — *I have done the deed* —, sentenciou:

"Claro que pode ser, está escrito na carta que a tua irmã me deixou antes de entrar na clandestinidade."

Pureza não deu pela campainha do telefone, que retinia como um alarme de incêndio.

"Quer dizer que naquele dia, que aqui vieste procurá-la, na moto, e eu te dei um beijo, quer dizer que já sabias?"

Diogo foi atender o telefone, deixando-a em queda livre. Quando voltou, disse:

"Os criados querem ocupar o hotel."

Vestiu a camisa suja com o sangue do cunhado e, como se não tivesse acabado de anunciar que era pai de Nádia, disse:

"Vou lá dar uma mão à tua mãe."

Desarranjada pelo que acabara de saber, Pureza reparou que o marido tinha apenas um sapato calçado. Espreitou debaixo da cama e entregou-lhe o outro. Vestiu-se e saiu atrás dele, desceram a rua, pisando o alcatrão fumegante, coberto da humidade que desfocava as copas ardentes dos postes de iluminação. O piar da coruja, a opulência do cheiro do mato, o trotar dos fios de água que nunca cessavam de descer a serra. Tudo era familiar a Pureza e, no entanto, tudo lhe parecia um sonho mau.

Num muro, alguém pintara:

Democracia sim, falocracia não!

Ao chegarem ao hotel, Diogo estacou no portão e esfregou a testa, como se tivesse esquecido as chaves:

"Não posso ir de mãos a abanar."

Era mais fácil descer a rampa para casa dos Storm do que fazer todo o caminho de volta a casa.

Nádia abriu a porta ao pai, que julgava ser seu tio, e foi sentar-se diante da televisão, o segundo canal passava os desenhos animados de *O Gordo e o Magro*. Diogo dirigiu-se ao armário das armas, carregou a espingarda Pietro Beretta, que oferecera ao sogro no Natal de 1973, e saiu na direção do hotel, deixando a porta aberta. Pureza foi fechá-la e sentou-se no sofá, ao lado de Nádia. Antes que pudesse olhar para ela ou contemplar aquilo que acabara de saber, a sobrinha enroscou-se no seu colo, alheia aos segredos da família, aos homens armados na rua, rindo-se porque o Gordo e o Magro passavam entre si um pau de dinamite prestes a explodir.

Se não tinha ido à guerra, a guerra vinha até si. Levantou o alçapão e desceu para a cave. No escuro, furtivo e com o salvo-conduto da espingarda, Diogo improvisava por falta de tempo e, sobretudo, porque a imprevisibilidade da violência o fazia sentir-se vivo e capaz. Tinha encontrado um chamamento. Não sabia se, ao aparecer de arma em riste no interior do hotel ocupado pelos funcionários, salvaria os inocentes ou castigaria os culpados. Se estaria a vincar as suas ideias para o país ou a contrariar as ideias dos outros. Desconhecia o destino, mas exultava com o caminho. O início da ação, o fim da continência.

Abriu a porta para as escadas de serviço e pressionou o interruptor. Escutou um zunido elétrico, as condutas de ar e os canos de água. Estava no avesso do hotel, dentro do sistema capilar que nutria lustres, máquinas de café e banheiras de imersão. Tudo tinha uma ordem, um lugar, uma hierarquia. Diogo seria o zelador desse mecanismo. Tivesse as duas pernas em igualdade de circunstâncias, pularia os degraus de três em três. Trepou um lanço como podia e, chegado ao patamar, ouviu passos além da porta. Olhou para o cano e para a coronha. Decidiu-se pela coronha, invertendo a espingarda. Partiria um maxilar logo nas apresentações. Quando apontasse a arma, ninguém teria dúvidas de que a dispararia.

Chiaram as dobradiças e rangeu a maçaneta. A porta abriu-se.

Tamanho reencontro merecia mais do que um vão de escadas a cheirar a lixívia.

Mas ali estava ela, na soleira, imediatamente reconhecível, porque nunca fora esquecida: Maria Luísa Alegria Storm, madura, com as primeiras rugas nos olhos e os traços um nada menos voluptuosos. Nada se perdera, apenas se refinara.

"Olá, Malu", disse ele, como se tivessem estado juntos no dia anterior. Falava com a namorada adolescente, que bem conhecia, porque a surpresa tornava impossível supor tudo o que não sabia daquela mulher.

"Estás atrasado", disse ela, como uma menina travessa. "Pelo menos, uns dez anos."

"Pelo menos", concordou ele, e a mão relaxou na coronha da espingarda, cedendo ao magnetismo das histórias mal resolvidas e do que poderia ter sido.

O temporizador da luz das escadas chegou ao fim da contagem e Malu desapareceu, como em 1965. Diogo tateou a parede, buscando no interruptor a restauração do que lhe fora subtraído. Não importava que fosse casado com a irmã dela, que estivessem em lados opostos da luta, que ele empunhasse uma espingarda para libertar um hotel ocupado pelos discípulos da revolução a quem ela entregaria um arsenal de armas sem pestanejar. Que eram dez anos e os caprichos da mocidade — ele e a guerra, ela e o Partido — se, ao acender-se a lâmpada das escadas, aquela mulher de olhos negros, que lhe mordera os lábios e desmantelara tabus apenas com o terrorismo de um incisivo encavalitado, o deixaria por inteiro à sua mercê? Que era a discordância ideológica perante a veemência dos princípios da atração? Diogo execrava o comunismo e a revolução? Claro que sim. Amava Pureza e quisera ser pai dos seus filhos mortos? Sem dúvida alguma. Por isso, podiam chamar-lhe frívolo e inconsequente, mas uma falha maior seria recusar a verdade: os detalhes mais simples de outra mulher, como o tamanho dos olhos ou a posição de um incisivo, eram o que bastava para arrasar um casamento.

Diogo pressionou o interruptor, a lâmpada acendeu-se e, em vez de clarificar o que ficara pendente entre eles durante anos, a luz revelou os acompanhantes de Malu.

"Vinha ajudá-los", disse Diogo, ao ver os sogros.

"Pelo contrário", corrigiu Maria Luísa. "Tu é que precisas de ajuda", e antes que a luz voltasse a apagar, tirou-lhe a espingarda das mãos.

PROCESSO REVOLUCIONÁRIO EM CURSO

1.

No sofá da sala dos Storm, Pureza via a irmã mais velha predicar a toda a família aquilo que o seu marido já escutara nas escadas de serviço do hotel. Os trabalhadores tinham tomado o edifício e exonerado Antónia. Por causa das amizades com dignitários do antigo regime, muitos deles clientes habituais do Storm's, mas sobretudo por ter como genro um membro do infame clã Bravo Montalvão, a qualquer momento, Gonçalo Storm poderia ser apanhado na caça aos reacionários levada a cabo pelas tropas do Copcon. Alfredo, o companheiro de Malu que a família nunca conhecera, entregar-lhes-ia uma carrinha de serviço do hotel, e Frederico deveria conduzi-los dali para fora.

"Para onde?", perguntou Antónia.

"O importante, agora, é saírem desta casa o mais rapidamente possível", disse Maria Luísa. Deu a espingarda a Frederico. "Vai arrumar isto e leva a Nádia para o quarto dela." O irmão, despenteado e com olhos papudos de um sono diurno, saiu da sala, levando a sobrinha numa mão e a Beretta na outra.

"Tens cá uma lata, Maria Luísa." Pureza recostou-se no sofá, para melhor desfrutar a superior integridade da sua pessoa, confortável com a certeza de que não iria a lado algum, muito menos sob ordens da irmã. "Foste tu que fizeste a cabeça aos criados, e agora apareces aqui para nos salvar?"

Gonçalo Storm fez tenção de se levantar, chegou a agarrar os braços da poltrona patriarcal — os mesmos onde esgravatara o tecido, nos últimos meses, a ver as notícias na televisão. "Sempre os tratámos tão bem, não percebo porque estão a fazer-nos isto." Não chegou a erguer-se, ficou a meio caminho, o corpo curvado sob o peso da incompreensão, procurando a mulher. "Quando é que podemos voltar?"

"O hotel agora é dos trabalhadores", explicou Malu ao padrasto meio taralhouco, que Antónia ajudou a sentar-se.

Na apreciação de Pureza, havia na irmã mais velha uma condescendência que não escondia o gáudio daquilo que Maria Luísa levara anos a concretizar: dar cabo dos Storm. Desde sempre, fora uma opositora da família, um agente duplo no seu seio. Começara como a criança obstinada, a rapariga que incumpria tudo o que emanasse da mãe; a estudante que desperdiçara a benesse de uma educação universitária em troca da militância comunista, por idealismo, dizia ela, por amargor e ingratidão a tudo o que os Storm lhe tinham dado, garantia Pureza. Tão solícita a lutar pelas massas desconhecidas e tão displicente com o tormento da família, porque, na verdade, nunca aceitara os Storm como família.

Pureza sentia que as recordações com a irmã naquela casa eram os adereços de uma farsa. A jarra partida durante uma luta de almofadas, que elas haviam colado para ludibriar Antónia. A janela por onde tinham fugido para ver o corso carnavalesco. Os canhotos dos bilhetes de cinema, de quando Maria Luísa a levava às matinés e que Pureza ainda usava como marcadores de livros. Pureza, a ingénua, a perdulária, que escondia dos amigos que elas eram filhas de pais diferentes, porque queria que fossem irmãs de sangue inteiro. E agora, que o hotel fora roubado aos Storm, ela sentia o desarrimo das grandes injustiças — não a injustiça de Nádia ser filha de Diogo; não a injustiça de um país que perseguia os inocentes, como o seu pai; mas a traição desferida por uma irmã que nunca quisera sê-lo.

"Não ter uma família é como estar morta", disse Pureza, de pé. "E eu ainda não morri. Ficamos aqui a lutar pelo que é nosso."

Ninguém respondeu ao grito de guerra.

Maria Luísa procurou na janela a iminente passagem de Alfredo na carrinha que levaria os Storm. Gonçalo inclinou a cabeça, boquiaberto, antes de dizer alguma coisa despropositada, como vinha acontecendo nos últimos meses, nada chocante ou acintoso, antes uma tendência para, na face da incerteza, mencionar o que lhe era conhecido:

"Gostaria de levar um pijama bem engomado. Um cavalheiro não deve comprometer a sua aparência na eventualidade de um contratempo que o obrigue a sair da cama a meio da noite."

"Fica descansado", disse Antónia, acariciando-lhe as costas das mãos com os polegares. "Pureza, vai fazer as malas e mete lá um pijama do teu pai."

"Já disse que não vou a lado nenhum", respondeu a filha, sem se dar conta de como, ao contrariar a mãe, se parecia com a irmã mais velha.

Maria Luísa sabia quando sair de um conflito que não lhe dizia respeito:

"Vou lá fora ver o que se passa."

Antónia esperou que a filha mais velha saísse e aproximou-se de Pureza, baixou a voz, para não transtornar Gonçalo: "Não basta o que me aconteceu? Queres que o teu pai vá para a cadeia, como a tua irmã? Ou que acabe como o teu avô Xavier?".

Para manter os filhos sob a alçada da mãe, a ameaça da política fora mais usada naquela família do que a lenda do Homem do Saco.

"Não acha irónico que a Maria Luísa nos ajude a deixar para trás o que é nosso, quando foi ela que nos meteu neste aperto?", perguntou Pureza.

"Irónico?" Antónia disse a palavra como se, após uma primeira colherada, descobrisse que o caviar sabia a peixe podre. "Lá estás tu com as tuas invenções. Lês muitos romances. Quero lá saber da ironia, faz cá tanta falta como a fome."

Com o tempo, Pureza percebera que, amando os filhos, Antónia não aprovava os adultos em que se tornavam. Rebaixava-lhes os interesses a caprichos — os filmes de Malu, a música de Frederico e os livros de Pureza eram tiques, sobrancerias, luxos que ela lhes proporcionava e que, na sua cabeça, os filhos usavam para menosprezar a falta de escolaridade da mãe. Era uma pescadinha de rabo na boca: a mãe matava-se a trabalhar para que os filhos não passassem pelas mesmas dificuldades que ela e fossem alguém na vida. Mas não passarem por dificuldades fazia dos filhos, aos olhos da mãe, meninos mimados, menos dignos do seu sacrifício. A vida dos filhos só podia estar errada. Havia uma única maneira de evitar que a pescadinha se comesse a si própria: a obediência à mãe. Mais do que um filho, Antónia queria bonecos de ventríloquo, e isso nem Pureza, a mais complacente, estava disposta a ser.

"Não vou deixar a minha casa."

"Vais, sim."

"Por quê?"

Como as autoridades eclesiásticas que recorriam ao mistério da fé para calar as dúvidas entre os fiéis, Antónia seguiu a longa tradição dos progenitores que simplesmente diziam:

"Porque sim."

Maria Luísa saiu de casa e abeirou-se da estrada. A convivência com a família provocava-lhe mais ansiedade do que os assaltos levados a cabo pelas Brigadas Revolucionárias. Sintra, o hotel, a sala de estar dos Storm despontavam em si uma contradição que ela, em vias de construir a ditadura do proletariado, não tinha tempo para resolver. Tudo ali era parte de uma identidade antiga, contrária à presente: cada jarra que partira com a irmã, cada frase feita do vasto repertório da mãe — "Nunca vi um gato triste no funeral de um cão" —, cada sobremesa que ela e os irmãos comiam em dias de aniversário, cada página do menu do serviço de quartos ou da caderneta das notas do colégio.

O conforto dessa identidade afastava-a do dever ideológico.

Tirar os Storm do hotel, ajudando o padrasto e Diogo a escaparem a uma detenção, já era um perigoso relaxamento na coerência revolucionária. Qualquer pieguice por causa da família só agravaria a deslealdade à causa. Na União Soviética, em Cuba, na China, sem o menor remorso, filhos haviam denunciado os pais como reacionários. Só a inflexibilidade levava à vitória. E, no entanto, ali estava ela, prevaricando em sentimentos e ações, dependente de pessoas de quem gostara, mas que — convencia-se Maria Luísa, em abono do cumprimento do seu ideário — eram agora outras pessoas, que ela conhecia mal, que tinham mudado muito, da mesma maneira que na militante presa, torturada, no exílio, assaltante de bancos e bombista, sobravam apenas despojos da Malu com quem eles tinham vivido.

Cruzou a estrada e entrou numa vereda, queria dissolver-se na serra. Não se tinha desabituado ainda dos anos na clandestinidade, conservava os automatismos do anonimato para salvar a pele. Não ser vista, reconhecida e identificada. Nenhuma fotografia, muitos disfarces. Desaparecer ao menor indício de suspeita. Até em Paris os Serviços Secretos franceses vigiavam os portugueses oposicionistas, em cujas fileiras a Pide procurara delatores. No regresso a Portugal, após o Vinte e Cinco de Abril, a liberdade não desativara em Maria Luísa a prudência de mudar de caminho todos os dias ou de estudar as saídas de um café e perscrutar os seus clientes. Conseguia liderar comissões de moradores e gritar para o megafone numa fábrica ocupada pelos operários, mas o esforço esgotava-a e, em seguida, só queria submergir numa banheira cheia, de porta trancada, não falar, desaprender o seu nome, ser ninguém outra vez.

Entrou no mato e percebeu que ressuscitava fantasmas. Mesmo de noite, reconhecia as árvores e os pedregulhos da serra. Era por ali que se aventurava em criança, antes de ser Malu Tormenta ou funcionária de qualquer partido, quando acreditava na magia das criaturas da floresta e havia o cheiro das lareiras a confirmar o regresso a uma casa onde a mãe lhe soprava o ardor dos arranhões nas pernas e a água oxigenada borbulhava uma espuma que tudo curaria.

Maria Luísa parou de andar. A incursão pela serra tinha o efeito contrário ao desejado. Estava mais uma vez a recordar uma família que já não existia, que nada tinha a ver com aquela que a esperava na sala dos Storm. Se pusesse a família acima da revolução, não passaria de uma impostora para os camaradas. Sentiu o pânico de ser denunciada, que alguém a acusasse: "Tu aí, quem és senão uma mão-cheia de nomes falsos?".

Para ser livre e servir à causa, Maria Luísa precisava que os Storm cuidassem de Nádia num lugar seguro. Ela bem tentara ser mãe, no regresso a Portugal, após anos de separação, mas fora um desastre. O trabalho na rua, os comícios, as ocupações e a guerrilha não admitiam crianças. A propaganda até podia invocar muitas vezes os filhos da revolução, mas a revolução não sabia o que era vestir, calçar, vigiar a febre, dar banho ou cortar o bife aos pedacinhos para uma miúda de oito anos.

Salvar Diogo de ser apanhado pelo Copcon tão-pouco era um gesto de consideração a Pureza. Maria Luísa acreditava que, com a ajuda dos Bravo Montalvão, ele teria os meios para albergar os Storm em segurança. Que fosse o pai biológico de Nádia e sempre tivesse tratado bem a filha, sem nunca ter desmanchado o segredo, também entrara nas contas. Depois de lhe tirar a espingarda das mãos, Maria Luísa chamara-o à parte e dissera-lhe:

"Estou a correr grandes riscos para te ajudar a fugir. Preciso que protejas a minha família."

Sendo a manipulação questionável, não eram nobres as intenções? Um dos grandes cismas entre os comunistas residia na dúvida sobre se os fins justificavam os meios. Os que concordavam que sim construíam campos de trabalhos forçados, para lá encerrar os que julgavam que não. Debatendo-se acerca de que lado estaria, Maria Luísa esperava que em Portugal não se chegasse a tanto.

As luzes rotativas infiltraram a vegetação e, na estrada, a passagem de um veículo militar pesado fez estremecer a terra. Maria Luísa supunha que Diogo se adaptaria à cadeia, mas que o padrasto aceleraria a decadência que Antónia já não conseguia suster, mesmo que o tivesse privado do álcool e das notícias do país a toda a hora.

Com trinta anos que valiam pelo dobro, Maria Luísa aceitava que tinha mais em comum com a mãe do que gostaria de admitir. Talvez quisessem coisas desconformes, mas era idêntica a abnegação com que se dedicavam a consegui-las.

No regresso à casa dos Storm, que, em breve, pertenceria aos trabalhadores do hotel, Maria Luísa sabia que o poder não se transferia apenas da classe opressora para a classe oprimida. Naquela madrugada, também uma mãe seria despojada do que sempre quisera, em favor da sua filha mais velha.

Muito antes da indecisão de Frederico, pessoas de superior caráter e inteligência tinham-se deparado com escolhas igualmente decisivas. Sócrates, Jesus, Galileu, qualquer resistente anónimo no gueto de Varsóvia. Frederico lembrou-se até de Charlie Parker, que, em prol da excelência artística, tivera de implorar o divórcio à mulher para, dispensado dos constrangimentos do matrimónio, viajar até Nova York, revolucionar o jazz e pagar o preço da genialidade com o vício da heroína.

Como Jesus ou Parker, Frederico tinha de deslindar o que fazer numa encruzilhada que podia definir o resto da sua vida. Na noite de 11 de março de 1975, o olhar trágico e a espingarda em cima da cama sugeriam um impasse existencial. O objeto da sua hesitação, no entanto, era um prosaico cigarro composto de liamba de Angola, um pedaço de cartão a servir de filtro e uma mortalha selada com cuspo.

Fumar ou não fumar? Eis a questão que se punha logo depois de o país ter sofrido uma tentativa de golpe de Estado que deixara a família Storm na mira dos contragolpistas.

Frederico continuou a meditar sobre aqueles que, ao longo da História, tinham defendido as suas convicções e acabado presos, torturados ou mortos. Rodou o charro à luz do candeeiro que fazia a Beretta refulgir em cima da colcha. Disparar uma espingarda era talvez o único talento em que superava as irmãs, ainda que nunca tivesse encontrado préstimo para a competência da pontaria. Olhou a Beretta de relance e lembrou-se do "princípio da arma de Tchékhov", que Ricardo Walker lhe ensinara: "Não devemos colocar em cena uma espingarda carregada se não vier a ser disparada. É incorreto fazer promessas que não cumpriremos".

Namorando a vertigem, Frederico deslizou a chama do isqueiro ao longo da cola na mortalha.

(*Não devemos colocar em cena um charro se não vier a ser fumado. É incorreto fazer promessas que não cumpriremos.*)

Como qualquer indivíduo propenso aos excessos, o narrador interno de Frederico era um mestre da negociação.

(*Há quanto tempo não fumas? Há quanto tempo não apanhas uma bebedeira? Há quanto tempo andas na linha? Tens um trabalho, as coisas correm bem, mereces um prémio. É a tua primeira folga em duas semanas.*)

Frederico concordava com os argumentos. Graças a uma cunha de Walker, trabalhava agora num jornal. Iniciara-se nas tarefas menores, alinhando as "farmácias de serviço" e a "programação da rádio e da televisão", mas aproveitara-se do desequilíbrio entre a escassez de jornalistas e a demasia de coisas a acontecer no país. Já escrevia notícias breves e pesquisava informações no arquivo para os artigos de maior fôlego, escritos pelos craques do jornal. Longe ainda do repórter das artes, que dizia ser às estrangeiras que faziam turismo revolucionário em Lisboa, usava o traquejo de pequeno contrabandista para ir montando uma rede de informadores nas esquadras, nos sindicatos e nos quartéis. Saía tarde da redação, nunca ia logo para casa, seguindo o rali das tascas, como faziam os colegas mais velhos, perdão, camaradas, porque quem dissesse colegas numa redação logo era corrigido, "colegas são as putas", sem desprimor para as mesmas, tantas vezes frequentadas por eles, jornalistas de dia, clientes de noite. Do Procópio ao Botequim, Frederico ia conhecendo fadistas, atrizes, romancistas e pensadores. Era um miúdo espevitado, com bons modos, providenciador de charutos e livros internacionais. Ouvia mais do que falava, sabia guardar confissões fora de hora, várias vezes ajudou camaradas trêbados a encontrar o caminho de casa e o buraco da fechadura. O apreço dos mais velhos reforçava-lhe a vocação. Todas aquelas conversas, lugares e protagonistas, a que a maioria dos portugueses não tinha acesso, aligeiravam a certeza de que a sua personalidade era mediana, perigosamente a resvalar para a mediocridade. Pela primeira vez, Frederico gostava de ser crescido.

E agora Malu entrara-lhe em casa, como uma deusa da destruição, exigindo-lhe que acompanhasse os pais numa viagem que ele não queria fazer.

(*Caga para a tua irmã, és dono de ti, fuma isso e vais sentir-te melhor, todos os problemas vão desaparecer.*)

A tentativa de golpe militar apanhara-o numa folga em que dormira o dia inteiro. O que ouvira na rádio, ao acordar, confirmava a urgência de correr para o jornal e participar na cobertura dos acontecimentos.

(*Dá-lhe fogo, vais ver que fica tudo mais fácil. Por acaso, fazes parte do patronato, oprimiste os empregados, tens culpa do sobrenome do teu cunhado? Ele que guie a merda da carrinha.*)

Mas havia o pai, cada vez mais desamarrado dos encargos terrenos, pronto a seguir uma borboleta porta afora ou a convidar os soldados do Copcon para um cálice de uísque velho. Frederico nunca vira a mãe tão derrotada, nem mesmo quando o marido desaparecia nas maratonas de jogo. Sem resistir, Antónia acabara de entregar o hotel, a *magnum opus* da sua vida, conformando-se com o plano de Maria Luísa, como uma prisioneira a quem só resta confiar no captor. Era demasiado cedo para que Frederico passasse pela derradeira prova de maturidade que põe os filhos a tomar conta dos pais.

(*Não é a tua hora, as tuas irmãs que se cheguem à frente. Uma viveu em Paris, a outra em Madri, e tu? Estiveste uma semana em Londres, e foi um pau. Nunca mais vais ter esta idade. Nunca mais vais viver uma revolução. O teu tempo é agora. Acende essa porra, enche os pulmões, liberta-te, começa a viagem, entra no Panteão das Primeiras Vezes.*)

Se não servisse como remédio para os nervos, serviria como entretenimento. O desafio de desempenhar tarefas corriqueiras com a consciência alterada pela droga — ir ao mercado ou guiar um automóvel — salvava Frederico do tédio do cotidiano e largava-o no meio de um filme sem desfecho previsível. O expoente dessas experiências acontecera com o LSD, na manhã da revolução, e imprimira-lhe uma emoção única, como aquela que ele conhecera, no fim de uma tarde de calor e erva, ao ouvir o trompete de Miles Davis.

Precisava mesmo da ganza para animar a noite? Não era suficientemente empolgante a tentativa de golpe de Estado e a família em fuga?

(*Foda-se, és um homem ou és um rato?*)

Que faria Miles Davis naquela situação?

(*O gajo compôs* Birth of the Cool, *o que é que achas que ia fazer?*)

Frederico apagou a luz, abriu a janela, acendeu o isqueiro, e o halo da labareda expandiu-se, revelando Maria Luísa do lado de fora da casa.

"Foda-se." Num sobressalto, Frederico escondeu a ganza por acender na concha da mão.

"Vim chamar-te", disse ela, emoldurada pelo caixilho. "Temos de ir."

"Que tal bater à porta?" O tom de enfado camuflava o flagrante. Sorrateiro, Frederico abriu o maço de tabaco e meteu o charro por acender na brecha que se abriu após sacar um cigarro. Teria a irmã percebido? Que achavam os comunas sobre as drogas? Tanto o stalinismo como o maoismo tinham o afinco controlador dos moralistas, impunham interesses coletivos e proibiam gostos pessoais, uma revista ou um disco bastavam para identificar um traidor. Eram comuns as delações entre membros da mesma família. Na China, os Guardas Vermelhos, por vezes adolescentes, acusavam miúdos de doze anos de serem intelectuais burgueses e arrancavam-nos de casa, metiam-nos a trabalhar no campo.

(*E se ela viu o charrinho? Qual é o problema? Vai levar-te ao tribunal popular? Fazer queixinhas à mãe? Diz-lhe mas é que não vais a lado nenhum.*)

"Deixa-me só fumar um cigarro", pediu Frederico. Podia discordar das ideias de Maria Luísa, mas admirava a perseverança da irmã nos anos mais duros, e como ela se tornara uma estrela da revolução. Queria dizer-lhe que arranjara um trabalho de que gostava, no jornal, e que estava ao serviço dos outros, dos leitores, da sociedade, contrariando a imagem que ela teria do puto mandrião. Não conseguia. Para provar que não era um inútil e que, como ela, defenderia as suas convicções apesar das consequências, teria de dizer-lhe, cara a cara, que não transportaria a família em apuros, o que só confirmaria o seu egoísmo e falta de valor numa altura de crise.

(*Preso por ter cão e preso por não ter? Vá, sem medos, dá-lhe.*)

"Não." A voz de Frederico tremelicou como o fogo do isqueiro na corrente de ar.

"Não, o quê?"

"Não contes comigo." Acendeu o cigarro, inalou, baixou os olhos e expeliu o fumo para o chão. "O meu trabalho e a minha vida estão aqui, não vou largar tudo."

(*Isso, rapaz, até que enfim.*)

"Não é altura para birras." Maria Luísa fez uma pausa, indecisa entre ser paciente ou imperativa. Saiu-lhe a supremacia da irmã mais velha:

"Eu já sabia que não podia contar contigo."

"Tu tens deveres mais altos, mas comigo são birras?", retaliou Frederico. "Onde é que estiveste estes anos todos?"

Maria Luísa acercou-se do parapeito, tirou-lhe o cigarro da boca e deu uma passa.

"Não sabia que fumavas", disse ele, desarmado com a banalidade do gesto da irmã.

"Não sabes muitas coisas sobre mim", disse ela. "Confio em ti para os levares daqui para fora. És o filho preferido e eles precisam de ti."

"Passam a vida a dizer que sou o protegido dos papás, e agora criticam-me porque quero ser independente."

"Tens muito tempo para ser independente."

"Foi isso que te disseram quando desapareceste de casa e foste para a clandestinidade?"

"Não é a mesma coisa."

Os maus argumentos e a vulgaridade do cigarro enfraqueciam a mística da irmã. Nem ela era um ícone desenhado em folha de ouro, nem ele era uma causa perdida.

(*Se calhar, em vez de matares o pai e foderes a mãe, como aquele grego das tragédias e o maluco da psicanálise, só tens de contrariar a tua irmã para te tornares um homem.*)

"Queres o quê, para os levares daqui?", perguntou Maria Luísa.

"Ah, um suborno, claro, sou o vendido."

"Não sejas infantil."

"Quero ser livre."

"Há uma diferença entre a liberdade e o egoísmo." Devolveu-lhe o cigarro. "Mas, a sério, não temos tempo para discussões filosóficas." Com um impulso de mãos, Maria Luísa sentou-se no peitoril. Passou uma perna para o lado de dentro da janela, depois outra. Saltou para dentro do quarto. À meia-luz, fiscalizou os pósteres de bandas e de concertos. Havia roupa espalhada, a cheirar a bar e a redação de jornal. Cuecas no soalho, camisolas e calças numa cadeira. Em cima da cama, jazia a espingarda. O que sobrava, naquele quarto, da criança pequena de quem Maria Luísa tomara conta? Ia buscá-lo à escola, ajudava-o com os trabalhos de casa, ensinara-lhe a dizer os erres do nome próprio, que ele pronunciava "Fedeíco". Lembrava-se o irmão de como Malu passara horas a jogar futebol com ele no jardim, dois pinheiros a servir de baliza, umas luvas de lã como equipamento de guarda-redes? Lembrava-se o irmão de como as criadas lhe perguntavam "quem é a tua namorada?", para se divertirem com a resposta: "A mana g'ande"?

Onde ficara esse amor? Que fazer, agora que o bebé da família era um latagão, estragado pela indulgência dos pais e pelo facilitismo da classe, um idólatra da música imperialista, intoxicado pela testosterona e praticante da má vida? Teria salvação? Estaria perdido? Incerta sobre se, para fazer o que lhe era pedido, Frederico precisava de ternura ou de uma voz de comando, Maria Luísa disse:

"Não te pedi para guardares a espingarda?" Pegou na Beretta e apontou-a ao irmão.

Ele recuou um passo e disse: "Bang Bang (My Baby Shoot Me Down)". Lançou a beata pela janela. "Música escrita por Sonny Bonno para o álbum *The Sonny Side of Chér*."

Maria Luísa sorriu sem baixar a arma:

"A mim não me enganas. Tu tens medo, não tens é vergonha."

"Agora parecias a mãe. Ela é que está sempre a dizer isso."

Malu pousou a espingarda. Encenou a severidade de Antónia:

"Não podes ser a noiva em todos os casamentos."

Frederico entrou no jogo da imitação da mãe:

"Devia ter mandado ler a sina antes de ter filhos."

Antónia educara-os com uma antologia de frases feitas, que, de tão repetidas, gastavam a verdade que professavam.

"O dinheiro não cresce nas árvores", recomeçou Maria Luísa.

"Quem tem filhos tem cadilhos."

"Há dias em que uma pessoa não devia sair da cama."

"Depois da batalha é que me aparecem os valentes."

"Manda quem pode, obedece quem deve."

Como bons irmãos, riam-se às custas da mãe, unidos por uma cumplicidade que a distância da última década lhes tinha negado. No gozo, também havia carinho por Antónia, o reconhecimento oferecido pela passagem do tempo, quando os filhos entendem, por fim, que as boas intenções dos pais se encontram limitadas pela forma como também eles foram filhos.

"A mãe não teve uma vida fácil", disse Maria Luísa.

"Porque dizes isso?"

"Já imaginaste o que é ser mãe solteira, com uma filha pequena, e vir para aqui, começar uma família nova, numa vila onde todos a olhavam de lado? Tens ideia do que as pessoas diziam dela?" Frederico encolheu os ombros, preferia não saber. Maria Luísa continuou: "Diziam que era uma parola, uma sopeira, uma vigarista que só se tinha casado por dinheiro e que o teu pai a tinha conhecido num bordel".

"Isso é mentira."

"Claro que é mentira. Matou-se a trabalhar toda a vida. Se não fosse ela, o teu pai já tinha perdido o hotel. E olha que a mãe gosta dele como, se calhar, nunca gostou de nós." Maria Luísa reparou na tristeza de Frederico, os dentes a morder o interior do lábio. "Não estou a dizer que ela não gosta dos filhos. Sei que sim. Mesmo que não o saiba mostrar. Uma coisa é certa, seja por causa dela, ou por oposição a ela, devo-lhe muito do que sou. E foi por isso que a tirei do hotel esta noite e não vou deixar que lhe prendam o marido." Maria Luísa fez uma pausa. O puto estava no ponto.

"Mano, podes ajudar a mãe e conduzir a carrinha?"

Ele acenou que sim com a cabeça. Malu deu-lhe um beijo na bochecha e olhou para a espingarda em cima da cama:

"*Leave the gun, take the cannoli.*" Avançou para a porta. "Do filme *O poderoso chefão*, realizado por Francis Ford Coppola." Olhou para trás e sorriu: "Ou achas que és o mais culto da família?".

"Não sabia que ainda gostavas dos filmes dos porcos imperialistas americanos", disse Frederico.

"Já te disse que não sabes tudo sobre mim."

Maria Luísa saiu do quarto e deixou a porta aberta.

(*Não quero estragar um momento tão bonito entre irmãos, mas na cena do filme de que ela falou... Há um gajo executado com um tiro na nuca.*)

Antes de seguir a irmã pelo corredor, Frederico pegou no maço de cigarros.

(*Se és homem para salvar a tua família, então, também és homem para fumar esse charro.*)

Nunca mais voltariam a estar todos juntos.

Mesmo que houvesse uma câmara para tirar um retrato da família, o luar mal transpunha o domo da floresta, era mais bruma do que claridade. Os Storm estavam escondidos no meio da serra, unidos pela urgência do tempo, aquele seria um marco na sua história, mas não ficaria registado em celuloide como o casamento de Gonçalo e Antónia, o primeiro dia de escola de Frederico, o crisma de Pureza ou as fotografias da detenção de Maria Luísa nos arquivos da Pide. Sendo pouco mais do que vultos, sabiam de cor os perfis de cada um. Conheciam-se tanto como se estranhavam. Gonçalo tinha o odor dos charutos por acender, o alfinete de ouro na gravata era o único ponto de luz no seu corpo. Numa tirada de lucidez, disse, com a habitual entoação de quem recitava a passagem de um livro: "Tantos milhões de anos de evolução da espécie para chegarmos à Lua, e basta uma noite como esta para sermos outra vez bichos da Terra. A civilização nunca se afasta muito da barbárie".

No tempo que ali levavam, foi a expressão mais elevada de uma ideia. Até então, nas conversas sucintas e murmuradas, haviam tratado das preocupações de uma família em viagem — "devia ter trazido sapatos mais confortáveis" ou "assim que pararmos nalgum lado, temos de comprar um xarope para essa tosse" —, atestando o talento humano para seguir adiante quando tudo ameaçava ruir: o soldado que remendava as meias na trincheira, o marido que escrevia o testamento ao saber do tumor maligno, a mãe que catava os piolhos da filha a caminho da câmara de gás. Na execução das pequenas tarefas, a vida recuperava a dignidade que o medo roubara.

Frederico continuava em negociações. Podia muito bem conduzir durante alguns quilómetros e deixar os pais em segurança. Depois, voltaria a Lisboa.

(*Ou então dizes que vais mijar e não voltas, tomas um duche em casa, fumas o charro e disparas para o jornal a tempo da segunda ou terceira edição. Em dias assim, há sempre mais de uma tiragem.*)

Como se aborrecido com o silêncio da espera, Diogo encetou um questionário a Maria Luísa sobre os planos do Partido Revolucionário do Proletariado. As perguntas e as respostas abordavam o fim da propriedade privada ou a criação de um exército popular, sem que nunca a conversa ficasse hostil. Esperava-se de Maria Luísa que quisesse a prisão de Diogo e dos seus companheiros golpistas. As divergências ideológicas partiam Portugal em pedaços. Mas, no subtexto daquele debate, Pureza julgava ouvir os galanteios dos antigos namorados.

"Será que é hoje que vamos conhecer o teu pai?", falou para a sobrinha Nádia, sentada a seu lado num tronco caído, embora se dirigisse ao marido e à irmã.

"O Alfredo já não deve demorar", respondeu Maria Luísa. Alargou a distância para Diogo e olhou na direção da estrada encoberta pela noite e pelo bosque.

"Será que esse Alfredo existe mesmo? Nunca o vimos. Se calhar, a Nádia é filha do espírito santo."

"Pureza Maria", recriminou Antónia. A lei da enunciação dos dois nomes próprios bastaria a qualquer mãe portuguesa para calar uma filha bem-comportada. Só que Pureza Maria Alegria Storm apresentava-se ali como cobradora de contas pendentes.

"Quem é que nos garante que ele não nos trai? Que não chega aqui com um bando de gandulos e nos mete na carrinha para nos entregar ao Copcon?

"Olha a miúda", tentou Diogo.

"Tu, cala-te", disse Pureza. "Se não fosse por ti, não estávamos nesta situação."

Os passos que Maria Luísa deu, escuridão adentro, para alcançar a irmã, quebrando os galhos com as botas, reverberavam com a mesma violência das perseguições da infância, quando as duas se pegavam, na casa da família, com portas a bater e um grito de ajuda: "Mãe!".

Pureza preparou-se para o embate, mas Malu falou baixinho, o seu cabelo roçando nas bochechas da irmã:

"Por favor, preciso de falar contigo." Deu-lhe a mão e apartaram-se da clareira onde os Storm faziam o ensaio geral para a última ceia.

(*É a tua deixa para dar de frosques, puto.*)

Frederico avançou para o lado oposto das irmãs:

"Tenho de fazer chichi, volto já."

Antónia viu os milhões de pontos de luz flutuantes da chuva miudinha. Sentia a ameaça da desistência, a fadiga dos novos começos. Com dezoito anos, escapara de casa dos pais com um homem mais velho, que se supunha ser ator, vigarista certificado pela Polícia e por todas as raparigas a quem confiscara o hímen e o salário. O pai incógnito de Maria Luísa nunca partira em busca de trabalho no Brasil, talvez até ainda vivesse por Lisboa, caso as suas burlas não tivessem criado, entre tantas vítimas, quem se dispusesse a fazer justiça pelas próprias mãos. Antónia inventara o Brasil por causa da distância. Teria preferido dizer a Maria Luísa que, em vez de incógnito, o pai era defunto. Depois do nascimento da filha, ela trabalhara em casas, restaurantes, hotéis, tudo na sua vida era temporário, especialmente o interesse dos homens, já que se tratava de uma mãe solteira. Conhecera Gonçalo enquanto servia como governanta no Storm's, engravidara, casara-se, engravidara outra vez, mulher fiel e mãe esforçada, chegara a diretora do hotel. Trinta anos desde que fizera a mala pela primeira vez, e agora, com outra mala a seus pés, sentia o mesmo desabrigo da noite em que dissera "estou atrasada duas semanas", e o futuro pai incógnito nem precisara de perguntar de que género de atraso se tratava, para não voltar a aparecer naquele quarto de pensão.

Prestes a fazer cinquenta anos, Antónia aceitara que a vida era uma infindável lista de incumbências, fazer as compras no mercado esta tarde, uma infiltração na casa de banho ao anoitecer, a consulta médica de uma filha amanhã, o marido procurado por agiotas do cassino no dia seguinte. Insónias, pés inchados, olheiras, a primeira a acordar, a última a ir para a cama após apagar as luzes e tapar as crianças. Era uma malabarista com mil pratos a rodar sobre espigões, trancava-se no escritório, fechava os olhos para conseguir um minuto de descanso, e logo alguém batia à porta com mais um prato. Se o incessante cotidiano de uma mulher com filhos e emprego era uma prova de amor maior, então, por que motivo os homens nas altas esferas (eram sempre homens) tinham de invadir países, fazer revoluções, impingir golpes e contragolpes sem a menor consideração pelo amor e o esforço daquelas que, nas baixas esferas, tinham uma família para criar e um trabalho para fazer?

Procurou Maria Luísa, Pureza e Frederico na serra, em busca de uma explicação. Não encontrou nenhum deles. Se os filhos a desertavam, por que raio os políticos e os militares haveriam de preocupar-se com Antónia Alegria Storm? Ela nunca os tinha amparado após um aborto ou um ano e meio de prisão, nunca lhes tinha segurado o rosto e dito "estás vivo".

Na escuridão, pairava uma chuva-poalha que o luar embranquecia e que, por ilusão de óptica ou saudade, Antónia julgou ser o nevão caído muitos anos antes, quando a rareza desse fenómeno atmosférico e a felicidade dos filhos pequenos, que nunca tinham visto neve, haviam cristalizado, num vulgar dia de dezembro, o deslumbre de um Natal antes de tempo. Nunca mais nevara em Sintra e esse dia mantivera-se a salvo de tudo o que desconjuntava as famílias, estação após estação. Antónia revivia essa memória de um tempo em que os filhos queriam estar perto de si, eram seus, todos seus, dependiam da mãe para o que fosse, gostavam de colo e de ser beijados, não iam a lado nenhum sem ela. Para Antónia, o nevão fora um dia de pausa na desdita de ser quem era, livre de folhas de pagamento por preencher ou de roupa para lavar. Como era belo o riso dos miúdos e a brancura dos flocos que tudo purificavam. Uma felicidade que ela julgava indestrutível, até que uma rajada de metralhadora vandalizou a santidade da recordação.

"Vêm buscar-nos", disse ela, puxando para si a neta.

Como o estampido das balas, também o medo era supersónico e apanhou Frederico a tentar acender o charro com a desdentada carteira de fósforos de um bar lisboeta. Os estouros da arma arremessaram-no para o instante em que as balas da Pide mataram João Guilherme. Não muito longe, Pureza levou as mãos ao maldito ventre. Diante de si, Maria Luísa encolheu-se como o animal que tinha sido, em Caxias, a cada punhado de moedas que o torturador disparava contra a mesa.

As luzes de um veículo militar derreteram a neve dos sonhos de Antónia.

"Estás a chorar, avó?", perguntou Nádia.

Não estava, a chuva esborratara-lhe a maquilhagem, o rímel e a sombra escorriam como lágrimas negras. Antónia escutou os corpos contra o mato e pediu a deus que fossem os filhos.

2.

No Processo Revolucionário em Curso, Maria Luísa viveu a impetuosidade de uma profecia que se cumpria finalmente. O país tinha mudado, era um laboratório de vanguarda onde se encontraria a cura para qualquer enfermidade. Tudo era novo e possível e arrebatado. Numa das nações mais apodrecidas do Velho Mundo, havia agora a oportunidade de criar uma sociedade de raiz, uma perfeição tentada, mas jamais atingida, em ensaios anteriores por todo o planeta.

Mergulhado num coma durante meio século, Portugal acordava no futuro. Onde antes nada se passava, os dias transbordavam agora de acontecimentos decisivos, que não cabiam numa volta completa dos ponteiros do relógio. Era um tempo fora do tempo. O resto da Humanidade seguia agrilhoado aos preceitos que lhe tinham sido impostos, enquanto os portugueses haviam descoberto a porta secreta para um universo alternativo, que haveria de ser o definitivo.

Também Malu tinha mudado. Mais Alegria e menos Tormenta. Vivia a juventude perdida na clandestinidade e na prisão. Experimentava a leveza das paixões em estado de graça. Sofrera o bastante para aceitar as recompensas. Já não tinha de fazer as escolhas dos mártires da causa.

Liberdade ou morte

Prefiro morrer de pé a viver de joelhos

Estava viva, de pé, e era livre. Depois do sofrimento para extinguir a ditadura, conhecia a felicidade de participar na revolução. Podia ser a favor, não tinha de dedicar-se em exclusivo a ser do contra. Trocara a espera pelo movimento. Passava dias e noites na rua, em manifestações, em comités de operários, em reuniões de moradores, em ocupações de fábricas, escolas e prédios de habitação. Discutia política nos cafés, organizava o alinhamento do jornal *Revolução*, partilhava refeições e teto com os camaradas na sede do PRP. Vivia-se em exaltação, numa realidade que, parecendo alucinada, era deveras a realidade. Um povo sem sono, dizia-se, e mesmo Maria Luísa, que conhecera a privação do sono como a pior das torturas, não se demorava muito no colchão do quartinho no quartel-general do partido. Dormir implicava abdicar de vivências extraordinárias, da comunhão daquilo que era irrepetível e transformador. Dormir era prescindir de ser parte da História, quando se estava tão próximo da estação final da utopia.

Como um tabagista que sai da cama a meio da noite para fumar, Maria Luísa programava o despertador a fim de ouvir as notícias de madrugada, porque tudo mudava de uma hora para a outra.

O Processo Revolucionário progredia com uma rapidez e uma intensidade nunca vistas, saía dos manuais para as mãos dos trabalhadores. Enquanto militante comunista e clandestina, Maria Luísa estivera cativa da lida da casa e do medo da Pide. Em Paris, o trabalho de consciencialização política, junto dos emigrantes, encontrava-se minado pelos sortilégios do capitalismo — fugidos com sucesso da miséria de uma aldeia atrás do sol-posto, porque haveriam os portugueses de querer uma sociedade sem classes, em que cada um recebesse de acordo com as suas necessidades, se a França consumista prometia saciar-lhes a gula de necessidades antes desconhecidas? Mesmo a emoção que Maria Luísa conhecera ao regressar temporariamente a Portugal, para confiscar aos bancos o financiamento das Brigadas, implicara o risco de ser presa por assalto à mão armada.

Só com a revolução a todo o vapor ela se tornara livre.

Era livre porque, no período que passara com a filha após o regresso do exílio, nos primeiros meses da revolução, com Nádia a adormecer debruçada em secretárias durante as reuniões do partido, ou abrigando-se de pedradas debaixo de um automóvel, em confrontos de rua, Maria Luísa aceitara, finalmente, a incompatibilidade entre o Processo Revolucionário e o compromisso de ser mãe. Em vez de lanches, brincadeiras e ajuda nos deveres escolares, ela exerceria a maternidade construindo um país comunista para Nádia e para as crianças portuguesas. Se a importância da missão a eximia de culpas, a ausência da filha concedia-lhe a ligeireza para acompanhar a voracidade do Processo Revolucionário.

Na construção do futuro, a ocupação preferida era a criação de escolas em espaços anteriormente ocupados pelo poder. Numa ala do Palácio de Queluz, onde tinha havido uma camarata da Guarda Nacional Republicana, Maria Luísa ajudou a instalar uma creche-cooperativa. Menos líricas eram as ocupações das fábricas ou das propriedades agrícolas, ainda que lhe dessem a satisfação da presa que, subvertendo a lógica da caça, abocanha o seu predador. Os latifundiários esclavagistas, os magnatas financeiros, os caciques leais ao Estado Novo, os bispos da repressão moral — todos os mandantes do velho poder eram, afinal, destronáveis e responderiam pelos seus crimes.

"Os cães grandes", dizia Alfredo, "estão todos borradinhos com o povo."

Numa fábrica têxtil, Maria Luísa viu os trabalhadores escorraçarem o proprietário para fora do escritório, aos gritos de "rua!". Fecharam-lhe o portão na cara, disseram-lhe: "Agora já não há patrão, o patrão somos todos nós". Numa produtora de leite, ouviu um empregado dizer: "Eu berro, sim, mas com voz de trabalhador, já o senhor, sempre berrou com voz de fascista". O patrão procurou nos militares presentes a defesa do que era seu, tardando em perceber que a tropa estava ali para garantir o fim da propriedade privada.

Nas paredes e nas gargantas, repetiam-se as frases de ordem:

A terra a quem a trabalha, os patrões que comam palha

Fora a canalha, o poder a quem trabalha

De vez em quando, a unanimidade popular era quebrada. Numa oficina de camiões, o decano dos mecânicos, militante de longa data do Partido Comunista, sugeriu que fechar o negócio, como queriam os colegas, prejudicaria todos os trabalhadores. Não passou despercebida a Maria Luísa a dor da injustiça num velho que combatera a ditadura, quando o acusaram de ser "facho". Ou a indignação da empregada de limpeza, na creche do Palácio de Queluz, assim que as mães, clamando "meninos para as salas, móveis para a rua", exigiram que os filhos fossem para a luxuosa ala onde antes se hospedavam os altos dignitários dos Governos estrangeiros.

"Deram-lhes tudo e elas querem mais? Ingratas, lambonas", disse a mulher, de bata ao xadrez e esfregona em punho. "Se isto é o comunismo, então, vou ali e já venho."

Maria Luísa tomava nota, sem dizer nada. Os moderados eram parentes dos reacionários e, numa revolução, o comedimento podia ser um boicote, até mesmo uma traição. Num comício na praça de touros do Campo Pequeno, as posições do Partido Revolucionário do Proletariado tinham ficado bem claras: "Todas as transformações parciais do sistema não resolvem nada porque a linha capitalista mantém-se. Não acreditamos no socialismo a cinquenta por cento".

Na fogosidade do tudo ou nada, Maria Luísa começava a identificar exageros, a que preferia chamar reparações. Viu os populares entrarem nas casas daqueles que tinham fugido após o golpe falhado e, em vez de as converterem em morada para gente sem teto, tinham saído carregando televisões em cores, tapeçarias, montes de roupa de cama, levando a cabo pilhagens em que nem os álbuns de fotografias eram poupados. Ela queria acreditar que, por trás da profanação da intimidade, o saque dos retratos de outra família era um gesto simbólico, o povo aos saltos na cama do monarca. Mas, com o passar do tempo, crescia nela uma suspeita: ao invés de acabar com as classes opressoras, havia quem desejasse ser como elas, e a cada confisco de um casaco de peles ou de um faqueiro de prata, celebrava-se a ganância pequeno-burguesa que se queria extinta.

A novidade do socialismo opunha-se à prática humana da compensação: após décadas de míngua, o povo queria fartura. Ter comida, casa e trabalho não bastava. Eram precisos carros, pastores-alemães e mariscadas. Maria Luísa tinha noção de que em todas as revoluções havia que fazer ajustes. Em breve, os escrupulosos destacar-se-iam dos ímpios. Até lá, os desvios não chegavam para estragar a grande festa das ocupações. Pessoas sem nada, durante uma vida inteira, tinham agora casas para viver, terras para trabalhar e, mais que tudo, uma voz que era ouvida.

"Então, porque é que não queres que eles votem?", perguntou-lhe Frederico. Desciam para os Restauradores no elevador da Glória, quase vazio, que rangia colina abaixo. Desde aquela noite na serra de Sintra, após o golpe, encontravam-se uma vez por semana, iam ao cinema, jantavam depois, conversavam sobre política.

"Não é com eleições que se resolvem os problemas fundamentais das classes trabalhadoras", disse Maria Luísa.

"É com quê?"

"Com a insurreição armada dos trabalhadores."

Era a primeira vez que estavam juntos desde o início da campanha para as eleições em que se escolheriam os deputados da assembleia mandatada para redigir a nova Constituição. Frederico fazia a cobertura dos comícios e das arruadas para o jornal *República*, tinha o dedo no pulso dos portugueses, outro na jugular da irmã:

"Depois de treze anos de guerra colonial, achas mesmo que queremos continuar aos tiros?"

"Sabes o que disse o Jean-Paul Sartre quando cá esteve de visita?"

"Que a vida é uma merda e que vamos todos morrer?", gracejou Frederico.

"Que o sufrágio universal, como forma de expressão do povo, está ultrapassado."

"Quer dizer que não vais votar?"

"Claro que não."

"Por quê?"

"Só acredito numa democracia popular em que o poder é tomado pelo povo. Além disso, desde que os americanos falharam o golpe, no 11 de março, é de esperar que manipulem os resultados das eleições."

"Os americanos?"

"Achas mesmo que o Spínola se metia naquilo sozinho? Teve o apoio da CIA e dos Serviços Secretos espanhóis. Os franquistas não querem um vizinho comunista."

Os irmãos saltaram do funicular e iniciaram a subida da avenida da Liberdade. Havia lixo e carros mal estacionados nos passeios. Numa caixa de eletricidade, alguém escrevera:

Mais vale uma na mão que duas no soutien

Um táxi em alta rotação desprendeu uma trança de fumaça negra que faria tossir uma floresta inteira.

"Sabes alguma coisa sobre os fuzilamentos?" Frederico referia-se à assembleia do MFA, apelidada de selvagem pelos oficiais participantes, onde se decidira a criação de um tribunal revolucionário e a captura de centenas de golpistas. Os militares da extrema esquerda teriam preferido executar os insurgentes, segundo adiantavam alguns jornais. Essa solução fora recusada pelos outros militares na assembleia, mas o rumor de uma purga espalhara-se de Norte a Sul.

"Está descansado, ninguém te vai fazer mal", disse ela, e puxou o irmão pelo braço, evitando que pisasse numa merda de cão. "Aquilo foi um desabafo a quente, os ânimos estavam exaltados." Maria Luísa tinha acesso direto ao MFA, vários militares do movimento eram apoiantes do PRP.

"Não vês a contradição?" Frederico acelerou o passo, para acompanhar a irmã. "Evitam a suposta Matança da Páscoa e, logo de seguida, propõem outra matança?"

"Os reaças fugiram ou estão presos. Já passou mais de um mês, e ninguém foi fuzilado."

"É uma questão de princípio, não podemos fundar um novo regime com o mesmo ódio e violência daquele que mandámos abaixo. Se queremos uma democracia, temos de agir de forma justa."

"Queremos uma democracia?" Maria Luísa parou na beira da estrada e deixou passar o trânsito. O sorriso desqualificava Frederico. "Uma democracia como a americana, que invade países e apoia golpes de Estado?" Cruzou a rua e usou o estatuto de irmã mais velha, a quem o novo interesse do irmão pequeno pela política não convencera ainda da regeneração do rapazola que nem o liceu acabara. "Com tantas opiniões, quando é que te dão uma coluna lá no jornal?" Fez um compasso de espera diante das escadas do Cinema São Jorge. De golpe, a expressão trocista deu lugar a uma perplexidade melancólica. Fitou a fachada como um espelho onde, nas rugas da mulher adulta, procurava vestígios da menina pequena.

"O avô Xavier trabalhava aqui. Passei muitas tardes nestas salas."

Para Frederico, era mais fácil discutir fuzilamentos de golpistas do que lutos de família. Custava-lhe entender a dualidade da irmã, nostálgica de um tempo e de um país a que quisera pôr fim. De maneira que desconversou:

"Que filme vamos ver?"

"*Os cavalos também se abatem*", respondeu ela, distante, ainda na sala de projeção de uma matiné, algures na década de 1950, vendo o avô mudar as bobinas.

"Não é um filme americano?", perguntou Frederico.

"Sim, é americano, sobre a Grande Depressão e o descalabro do capitalismo", disse ela. Subiu os primeiros degraus, fez o gesto de aspas imaginárias, colocou a voz no timbre das citações:

"Um autêntico libelo contra uma sociedade que faz da competição desenfreada o seu bezerro de ouro."

"Onde é que leste isso?", perguntou o irmão, seguindo-a escada acima.

"No teu jornal, maninho."

3.

Lisboa despertou numa calmaria pós-apocalíptica. À falta de chuvas que lavassem o tumulto das multidões, nos dias anteriores, uma brisa do Atlântico tinha desobstruído as ruas durante a noite. O ar era fresco e nas janelas fosforejava a manhã do primeiro domingo primaveril. Dois dias antes, sexta-feira, 25 de abril de 1975, a estreia dos portugueses em eleições livres, com sufrágio universal e direto, coincidira com os festejos do primeiro aniversário da revolução. No sábado, após os votos contados e sabendo-se da participação de noventa e um por cento dos eleitores, Frederico celebrara a apoteose com Ida, uma dinamarquesa, elemento do contingente de centenas de jornalistas internacionais destacados para apurar se Portugal seria um enclave soviético na periferia da Europa, uma inédita experiência revolucionária de longa duração ou uma democracia parlamentar ao género ocidental. E agora, que Frederico saía do hotel para o silêncio das oito da manhã, levando consigo o frémito do sexo e a beleza da nudez de Ida, sentia que a emancipação daquela mulher, doze anos mais velha, que tivera a iniciativa de o beijar, auspiciava um futuro de progresso, caso Portugal seguisse o modelo escandinavo.

No último mês cabiam cem anos e, na classificação das drogas do povo, as anfetaminas da política tinham ultrapassado o ópio da religião. Também Frederico ficara viciado nas eleições, escrevendo para o *República* sobre uma campanha em que tudo era novo: os comícios, os tempos de antena na televisão, a guerra da colagem de cartazes travada no território das paredes das igrejas e dos flancos dos elétricos.

Feita pelos militares e vivida nas ruas ao longo de um ano, a revolução dirigira-se, civicamente, para as mesas de voto, numa expressão coletiva dos portugueses, que, podendo desconhecer a origem da palavra democracia, clamavam o poder para o povo.

No último ano, como tantos outros jovens, Frederico sentira-se compelido a participar de algo maior, que não sabia definir, zonzo que andava pela balbúrdia de ideias e pelo excedente de partidos, fações, grupúsculos, que ora se aliavam, ora se odiavam de morte. Havia quem quisesse a liberdade para construir um mundo melhor. Ou para destruir o pior do mundo. Havia quem procurasse a liberdade artística, política, de expressão. E ele, para que queria a liberdade?

O emprego no *República* confirmara aquilo que descobrira em Souto da Serra: havia mais vida além das festas na Praia Grande e dos concertos no Hot Clube. Se a redação do jornal era, por si só, um ecossistema independente, assim que Frederico saltara da secretária para a rua, contribuindo para a secção de crime e de notícias locais, conhecera o infinito cosmos da experiência humana. Fez amizade com os polícias de giro e as velhas nas torres de vigia das janelas. Sabia o nome de mendigos, a morada de carteiristas, escrevera cartas a pedido de prostitutas analfabetas. No jornal, não tinha ainda estatuto para assinar os seus textos breves, mas a saga de Urbino Tremoceiro granjeara-lhe uma citação no *Libération* e algumas rodadas de cerveja, cortesia dos camaradas repórteres que preferiam pequenas histórias de bairro a conferências de imprensa de líderes partidários.

Depois de servir a nação numa guerra que, da noite para o dia, passara de patriótica a maldita, Urbino Tremoceiro desembarcara na metrópole sem um tostão. Não conseguia encontrar emprego, nem, atraiçoando a dignidade dos pais defuntos, pedir esmola. Com frio, desvairado pela fome, passou por uma dessas janelas de restaurante lisboeta, enfeitadas com marisco e nacos de carne. Um grupo de clientes saiu do estabelecimento, e Urbino, com a porta aberta, sentiu o aconchego da sala aquecida, das conversas de quem desconhecia o que era jantar sozinho, dos aromas do prato do dia a voar nas mãos do empregado que contava as melhores anedotas.

Na hora seguinte, Urbino Tremoceiro tirou a barriga de misérias. Começou no pão com manteiga e, cruzando todo o menu, só parou nos digestivos. Sopa, peixe, carne, sobremesa, café, bagaço. Na hora da conta, esticou as mãos para ser algemado: "Chamem a Polícia. Estou melhor na prisão do que na rua". Calhou-lhe a sorte de ter entrado num restaurante marxista. O dono, militante da União Democrática Popular e ex-combatente em Angola, ao saber da má sorte do soldado sem família, decidiu-se pelo indulto da despesa. E ainda ofereceu:

"Tenho um trabalho para ti na cozinha, passa aqui amanhã."

O correspondente do *Libération* usara o episódio de Urbino Tremoceiro, escrito por Frederico no *República*, para explicar o espírito dos tempos em Portugal. Os filhos do Estado Novo tinham saído para a guerra, jovens e inteiros, e regressavam a um país que desconheciam, esvaídos e aos pedaços. Eram órfãos da ditadura e bastardos da revolução. Deambulavam na terra-de-ninguém, pobres e com a quarta classe por fazer, sem compreenderem as nacionalizações da banca ou o crescimento da inflação. Se Urbino Tremoceiro representava os esquecidos pela transição de regime, ao dono do restaurante cabia o papel de redentor.

Sem inclinação para teses, Frederico apenas achava que tinha escrito uma história engraçada, com um final feliz, e aceitou sem falsas modéstias as benesses que, num país provinciano, se podiam retirar de tudo o que era apadrinhado pelo estrangeiro. O reconhecimento das chefias do *República*, após a referência no *Libération*, bem como a falta de jornalistas para acompanhar tantos partidos, atirou Frederico para a cobertura da campanha eleitoral. Tinha um salário, fazia o que gostava e, mesmo que o chamassem para a tropa, já não havia guerra. Estava longe da vigilância dos pais, a casa de Sintra fora ocupada, a par do hotel, o que para ele não chegava a ser uma catástrofe, porque morava no apartamento do amigo Raposo, em Lisboa, sem horários para cumprir ou satisfações a dar.

Frederico sentira a comoção de votar em liberdade, testemunhara a alegria das mulheres que nunca o tinham feito, cruzara-se com os velhos que, com lágrimas nos olhos e após tantos plebiscitos manipulados pela ditadura, largavam o boletim na urna. À meia-noite, milhares de pessoas tinham-se juntado nas ruas, celebrando um ano de revolução a cantar o hino nacional.

Tudo corria pelo melhor na manhã do primeiro domingo de primavera. Com o cheiro da pele de Ida na sua pele, sem mais deveres do que dormir até ao meio da tarde, Frederico levitava de regresso a casa. Tinha o corpo rarefeito pelo sexo, no gira-discos do narrador interno tocava "Feeling Good", de Nina Simone, e desabituado de ver as ruas vazias, Frederico julgou-se o único homem desperto num país de ressaca. Confiante na singularidade do que sentia, pôde entender a natureza da sua felicidade: era um homem livre. Uma liberdade primitiva, sem elaborações intelectuais ou tratados filosóficos, uma liberdade pessoal, intransmissível, a salvo das agendas políticas.

A liberdade de ser livre.

O êxtase deixara-o sem sono. Queria mais, afinal, era desejado por estrangeiras trintonas, o seu trabalho, citado por jornalistas franceses. Decidiu passar pelo *República* antes de ir para casa. Manhã cedo de um domingo, o jornal encontrava-se deserto. Nem o tagarelar das máquinas de escrever, nem as campainhas dos telefones, nem o tricô dos telexes a decifrar as notícias planetárias, nem o chiar metálico das gavetas dos arquivos — tudo calado. A redação, sem vivalma (mais uma experiência para o Panteão das Primeiras Vezes), acomodava a solidão do guerreiro.

Se os jornais parassem de escrever sobre o mundo, o mundo daria conta de que ninguém contava a sua história?

Frederico piscou o olho à pagela de são Francisco de Sales, padroeiro dos jornalistas, pregada com um pionés na barba de Che Guevara num póster. Ouviu os ponteiros do grande relógio de parede, nenhum cigarro ardia nos cinzeiros, cheirava a jornais antigos, empilhados nos cantos. Lá fora, um elétrico faiscou nos cabos enquanto escalava a rua da Misericórdia.

A liberdade para ser livre.

Frederico sentou-se e retirou da gaveta uma página rasgada do *República*. Desdobrou-a e recostou-se na cadeira, os pés em cima da secretária, preparando-se para ler, pela enésima vez, aquilo que escrevera sobre Urbino Tremoceiro. Ouviu o tossicar de um motor de arranque, o ranger do soalho sob um corpo excessivamente acelerado para o seu sobrepeso. Ricardo Walker trazia no peito de nadador olímpico a bomba-relógio de um ataque cardíaco. Nem a falta de fôlego, após subir as escadas, lhe tirava o pio. Entrou na redação como num cabaré onde tivesse mesa reservada, seguido por dois redatores do jornal. Estava ali para prolongar uma noite em branco e, lançado num monólogo sobre as eleições, fez um parêntese para contrariar o seu desapreço pelo silêncio e pela sobriedade:

"Correia, liga aí o rádio. Lucas, não disseste que aqui podíamos beber à vontade?"

Regressado de Londres para cobrir o ato eleitoral, Walker era próximo da Direção do *República*, que lhe oferecera uma mesa de trabalho e publicava alguns dos seus textos escritos para os jornais de língua inglesa.

"Os gajos já estão a desvalorizar os resultados. Não viram o outro a dizer que as eleições eram feitas em liberdade, mas que não eram livres?" Walker estava no meio da redação, debitando ideias que entrosaria mais tarde numa crónica. "Eles bem que quiseram adiar as eleições. Como não conseguiram, nem tiveram a maioria, agora vêm dizer que o povo não tem cultura política."

Refundido no seu canto, Frederico percebeu que Walker aludia à derrota dos comunistas e da ala esquerdista do MFA. O Partido Socialista era o vencedor. Os sociais-democratas, do PPD, tinham ficado em segundo. Juntos, alcançavam sessenta e cinco por cento dos votos, confirmando a preferência dos portugueses pelo centro político. Os doze por cento do PCP revelavam o desfasamento entre a vontade popular e o poder dos comunistas nas autarquias, nas forças armadas, nos sindicatos e na comunicação social.

Correia sintonizou a telefonia, Lucas desencantou uma garrafa de Porto de um arquivador e passou-a a Walker, que deu um gole. "Vocês viram a cobertura da televisão? Só faltava terem um crachá do PCP. Estavam doidinhos para exibir o despreparo do povo. O que eu me ri quando insistiram com uma velhota, a ver se ela sabia o que era a Assembleia Constituinte, e a sacana da velha, cheia de pelo na venta, pergunta ao repórter: 'Vossemecê, porventura, sabe o que é um almude?'". Walker bebeu mais Porto, puxou de um cigarro e acendeu-o. "O Vasco Gonçalves, que por acaso não foi eleito primeiro-ministro, mas nomeado pelos militares, já avisou: 'Não podemos perder, por via eleitoral, aquilo que tanto tem custado a ganhar ao povo português'. E o Otelo foi mais longe. 'As pessoas não vão votar conscientemente'. Preparem-se, rapazes, porque isto não fica por aqui."

Frederico continuava a impressionar-se com a capacidade de Walker para, mesmo bêbedo e sem ir à cama, reproduzir, ipsis verbis, citações de livros, conversas com entrevistados, frases que ouvira apenas uma vez. Estava-lhe grato pelo emprego no jornal e admirava-lhe a coragem. Nos comícios de direita atacados por forças de esquerda, ou em manifestações de esquerda emboscadas por trauliteiros de direita, Ricardo Walker, sem nunca arredar pé, recebera empurrões, socos, escarros, insultos de porco fascista ou de comunista filho da puta. Por causa da equidistância e do desinteresse pelo poder para uso pessoal, Frederico tinha-o como referência, algo que o próprio Walker escarnecia sempre que bebia demais. Sóbrio, era senhor de uma mordacidade bem-intencionada. Com os copos, o seu cinismo passava ao ataque e, fanático como os religiosos e os políticos que criticava, Walker declarava para breve o fim da civilização. Tudo era uma merda. Nada valia a pena. Os melhores estavam mortos. Entre os vivos, não se aproveitava ninguém. Esse pessimismo incomodava Frederico, sem refrear no aprendiz a necessidade de aprovação do mestre.

"E o ministro da Comunicação Social exigiu aos trabalhadores dos jornais que obedeçam ao centralismo burocrático", lançou Frederico, só lhe faltando pôr o braço no ar e dizer "senhor professor".

Walker olhou para ele sem surpresa, parecendo saber da sua presença desde que ali entrara. "Então, prepara-te, porque o *República* é o próximo."

Menos estupefactos com a aparição de Frederico do que com o presságio de Walker, Correia e Lucas quiseram saber acerca do futuro do jornal, que, ao contrário da maior parte dos diários, havia escapado às nacionalizações. Walker ofereceu a garrafa de Porto a Frederico.

"Ainda não tomei o pequeno-almoço", desculpou-se o rapaz, hesitante entre aprazer ao mentor ou desequilibrar a perfeição da manhã de domingo com um copo em jejum.

"Que belo conas me saíste. Nem fodes, nem sais de cima." Walker entregou a garrafa a Correia, começando a explicar que o Partido Comunista já tinha o controlo dos trabalhadores gráficos do jornal e que seria uma questão de dias até que estes tomassem conta do *República*.

Frederico saiu da sala sem que Walker se desse conta. Mais do que a crueldade do seu ídolo, o jovem repórter sofria a humilhação de não fazer falta alguma.

(*Bom dia, senhores ouvintes, deixo-vos com "Shame, shame, shame", cantado por Linda Fields e os seus Funky Boys.*)

No regresso a casa, Frederico fracassou na tentativa de resgatar a plenitude que sentira ao sair do hotel de Ida. Em vez da liberdade para ser livre, sentia-se comprimido por aquilo que os outros pensavam dele. Ou que não pensavam de todo. Havia agora mais gente nas ruas, os dejetos da campanha e das manifestações adicionavam uma camada extra de sujidade a Lisboa, e, ao passar pelo mural das Brigadas da Vigilância Popular, que colaboravam com o MFA na captura dos alegados reacionários, Frederico julgou ver o nome dos pais. Enfrentou o paredão e começou a ler as denúncias.

Última hora
Datsun 1220 Branco
EC-89-91
Na estrada para Coimbra escapou-se ao controlo das Forças Armadas
A reação não passará

No concelho de Vila Franca de Xira e limítrofes, a Vigilância Popular funcionou em pleno com a montagem de barricadas. As grandes fábricas fizeram, de acordo com as suas condições geográficas, controlos que funcionaram na perfeição.

Beja
Prisão dos seguintes reacionários deste distrito.
Engenheiro Leal de Oliveira.
Dr. Fernando Nunes Pereira.

Havia centenas de nomes, e os nervos desconcertavam Frederico. Teve de parar algumas vezes, dando por si a pensar na estupidez da manutenção dos títulos de doutor e de engenheiro naquelas listas, uma vez que a revolução renegava todos os formalismos do antigo regime — exceto o mecanismo da delação, claro, uma vez que os bufos da Pide eram substituídos pelas Brigadas de Vigilância. Frederico desistiu de encontrar os pais no inventário de nomes e foi para casa, convencendo-se de que, caso tivessem sido apanhados, ele já saberia.

Na rua onde morava, alguém escrevera na fachada de um prédio:
Abaixo os organismos de cúpula, viva os orgasmos da cópula
Raposo não estava no apartamento. O pandemónio de beatas no lava-loiça, garrafas na alcatifa e mijo ressequido no aro da retrete indicavam uma festa

na noite anterior. Frederico fechou-se no quarto. Na gaveta da mesa de cabeceira, onde arrumava as cuecas e as meias, estava o charro que não chegara a fumar na noite em que tinha visto os pais pela última vez.

(*Liberdade para ser livre, que se foda o resto.*
Ser livre para seres o que quiseres.
Ser livre para seres o que não quiseres.
Ser livre para não seres o que os outros querem que sejas.
Ser livre, porra.)

O narrador interno não precisou de dizer mais nada. Frederico acendeu a ganza-talismã. Com o fumo doce subindo dos pulmões à cabeça, procurou um disco novo. A música brasileira entrara recentemente para o Panteão das Primeiras Vezes. Frederico fechou os olhos e ouviu um violão, um berimbau, a voz de Cartola:

A sorrir eu pretendo levar a vida
Pois chorando eu vi a mocidade
Perdida

Num tempo em que as utopias pareciam possíveis, Frederico queria sentir-se outra vez com a vida toda por diante. O seu processo revolucionário, decidiu naquele momento, teria o prazer como bem supremo. Então, pôde vagar livremente pelas memórias da boca, do pescoço, das mamas e do ventre de Ida, recordando como ela o tinha olhado antes e depois de o beijar pela primeira vez.

4.

Nos dias em que as mulheres paravam na quinta, em trânsito para o estrangeiro, Pureza Storm era irrepreensível como anfitriã e esposa da causa. Ninguém percebia nela a inveja dessas mulheres a caminho de Madri, Londres ou Paris, a repulsa que tinha pela frivolidade dos perfumes e da maquilhagem, as vezes que lhe apeteceu desgrenhá-las, pô-las de joelhos a lavar roupa no rio, ou de cócoras sobre um penico a meio de uma noite gelada. Quanto mais velhas, mais parecidas ficavam umas com as outras, o timbre nasalado, os nomes reduzidos a abreviações — Pipa, Tucha, Biba, Nonô —, como se fossem crianças com deficiência na fala. E, no entanto, naqueles meses de chuva e isolamento no sopé do Gerês, só elas a faziam rir.

"Sabem que agora, se encontramos alguém na rua, já não perguntamos 'como está, os seus, todos bem?'", explicou a mulher de um banqueiro preso em Caxias, que chegara ao Minho com um Monet na bagagem e molhos de notas escondidos na cinta. "Como as coisas andam, faz mais sentido dizer 'como está, os bens, todos seus?'"

O público feminino gargalhou, entornando a cinza dos cigarros nos tapetes do salão, chocalhando as pulseiras que haviam escapado ao confisco do Estado. Sendo elas semelhantes e estando sempre de passagem, Pureza desistira de memorizar-lhes os nomes, achando mais propositado identificá-las pela profissão dos homens da família de que tanto falavam. À mesa, bebendo chá, encontravam-se a Banqueira, a Industrial e a Tesoureira, assim alinhadas de acordo com o estatuto.

Uma vez que estava por dias a libertação do marido da Banqueira, após a intervenção, junto do Governo português, do seu amigo e presidente de França, Giscard d'Estaing, ela terminaria aquela viagem no lago de Zurique, onde a família tinha uma casa.

"Antes de sair de Cascais, liguei para o restaurante do João Padeiro a pedir que continuem a entregar a açorda de gambas em Caxias, até ele ser solto", gabou-se a Banqueira.

A Industrial deixou uma boca de batom na fímbria da chávena:

"Sempre que ia visitar o meu marido, ele estava um primor, de barba feita e a roupa num brinco. Mesmo naquelas condições. O diretor, os guardas, os gatunos, todos o respeitavam. A nobreza nasce connosco, não se compra, nem se rouba." Para sair do país em segurança, a Industrial recebera um salvo-conduto, assinado por um militar do Conselho da Revolução, que Pureza tinha ouvido na rádio a dizer:

"As iniciativas populares que contrariem o socialismo têm de ser reprimidas."

Como não rir da falta de noção daquelas mulheres e de um processo revolucionário que prendia a eito, com mandados de captura em branco, e depois transigia os luxos gastronómicos dos reclusos que, mais tarde ou mais cedo, aproveitavam a rede de influências estabelecida na ditadura para saírem da cadeia, como já acontecera com Manoel Bravo Montalvão? Da esquerda à direita das barricadas, a comédia era parte do espetáculo. O cunhado da Banqueira, capturado quando fugia para Espanha no seu iate, participava depois nos campeonatos de batalha naval organizados na prisão. Por causa das nacionalizações da banca, todos os portugueses com o apelido Espírito Santo, mesmo aqueles que nada tinham a ver com a conhecida família da alta finança, viram as suas contas congeladas. Dizia-se que os presos em Caxias eram guardados por militantes com bandas do PCP no braço. Surgiam rumores de que drogavam os reclusos com liamba e recebiam malas de dinheiro em troca de libertações que nunca chegavam a acontecer. Entre a propaganda e os mexericos, era difícil distinguir o facto da anedota. Verdade e mentira eram igualmente rocambolescas. Mas, se os jornais estrangeiros tivessem razão, havia agora mais detidos sem acusações formais, na cadeia de Caxias, do que presos políticos à data da revolução: reacionários, responsáveis por sabotagens económicas, traficantes de capital para as forças fascistas em ação a partir do estrangeiro. Pelo meio, homens sem atividade política eram apanhados na malha apenas porque trabalhavam para este ou eram amigos daquele, como sucedera ao pai da Tesoureira.

"Quando o fui ver, estava cadavérico, coberto de piolhos." A Tesoureira não fumava ociosamente, como as outras mulheres. Mastigava os cigarros. Contou que o pai fora cercado pelos trabalhadores, ferido com as pontas dos guarda-chuvas, antes de ser detido por militares à paisana, tudo isto enquanto a *Internacional* tocava nos altifalantes da fábrica. "Levei-lhe cobertores, porque a janela da cela tinha os vidros partidos e ele morria de frio todas as noites." Depois de uma pneumonia, o pai da Tesoureira fora libertado e aceitara a oferta do marido da Industrial, para quem trabalhara durante anos: uma passagem de avião para o Brasil, onde a filha se encontraria com ele em breve. "Fosse a minha mãe viva, e aquilo seria a morte dela", disse a Tesoureira. "Quando o levei ao aeroporto, o meu pai mal se aguentava nas pernas, os olhos feitos num oito, nem o número do assento conseguia ler no bilhete."

Também Pureza se despedira de um pai enfermiço, a caminho de um Novo Mundo que só acelerava o envelhecimento daqueles que, lá chegados, já não tinham idade para mudar de vida. Também Pureza sentira a angústia das mulheres daqueles que, culpados ou inocentes, eram perseguidos pela participação no golpe de 11 de março. Também Pureza conhecera a falta de dinheiro, o vexame, a indefinição. Mas isso não chegava para que ela formasse uma irmandade com aquelas mulheres cujos infortúnios, mesmo se graves, eram interpretados com a displicência de quem partia um salto no regresso a casa depois da ópera.

"Heróis do mar, uma ova, agora, os portugueses são os heróis do medo", disse a Banqueira, ao entrar no carro em que Diogo levaria as três mulheres ao outro lado da fronteira. Pureza acenou um adeus de protocolo. Deixou-se ficar, esperando que o silêncio cicatrizasse o rasgão aberto pelo automóvel na paz do campo.

Quando ali chegara, após uma noite e uma manhã de viagem na carrinha do Hotel Storm's, Pureza tinha somatizado o ressentimento em mudez. O ressentimento por Frederico, que os tinha desertado na serra. O ressentimento pela mãe, que a obrigara a deixar a casa de Sintra. O ressentimento por Maria Luísa, que, confessando-se inapta para a maternidade, lhe pedira para levar Nádia, abandonando a filha pela terceira vez — três vezes Pedro negara Cristo, três vezes Pureza abortara. Três, a conta que o diabo fez. O ressentimento pelo marido, que, depois de anos a esconder a paternidade de Nádia, e incapaz de lidar com o fracasso das brincadeiras golpistas, descarregara o segredo em cima dela. O ressentimento pelos militares do Copcon, que, naquela noite em Sintra, tinham disparado uma rajada contra os cães do homem que iam prender. O ressentimento por um país onde os destratos, o medo e as injustiças se propagavam com a leviandade de uma moda. O ressentimento por si mesma, porque não conseguia olhar para Nádia, quanto mais receber o seu carinho ou assumir o encargo da sua educação. Pureza tinha lido, em algum romance, que o ressentimento era como alguém beber um copo de veneno e esperar que fossem os outros a morrer. Talvez por isso ela tivesse sofrido uma exaustão de morte ao chegar ao Minho. Se todos naquela família podiam satisfazer as suas vontades, então, ela também podia fechar-se no quarto, não ver ninguém, tirar uma folga do posto de filha cumpridora e mãe substituta.

A longa jornada a conduzir a carrinha, entre Sintra e o Gerês, ajudara Diogo a arrefecer os desvarios de macho e a ajustar as expectativas de justiceiro dos Bravo Montalvão. O silêncio de Pureza fizera o resto. No quarto de onde ela não saía, o marido rogara-lhe perdão:

"Quando te pedi em namoro, não sabia sequer se a Maria Luísa estava mesmo grávida, tinha-me escrito aquela carta e depois desapareceu, podia ter, sei lá..." Calou-se antes de dizer "perdido o bebé" ou "feito um desmancho". Pigarreou antes de corrigir o deslize: "Quando ela voltou a aparecer, anos mais tarde, eu e tu estávamos de casamento marcado. Não te queria perder". Colocou um joelho no chão, como se renovasse o ritual do noivado. "Por favor, vamos para o Brasil, ter com o meu avô, e começamos de novo."

Uma cena tirada das fotonovelas lidas pelas donas de casa, decidira Pureza, porque censurar a pieguice do marido era um desagravo para a sua própria humilhação. Contudo, naquele gesto sentimentaloide, ela reconhecia a bondade do rapaz por quem se apaixonara. Diogo era coxo, existia no limite entre o solícito — que as pessoas apreciavam — e o papalvo de quem as pessoas tiravam vantagem. Faltava-lhe malícia, para desfeita do avô e benefício de Pureza, que, aproveitando tê-lo de joelhos, dissera:

"Já nos expulsaram de casa, vais deixar que nos expulsem também do país?"

Diogo cumprira o seu ato de contrição, levando os sogros e Nádia até Madri, onde estes apanharam um avião para o Brasil, destino de muitos portugueses em fuga do processo revolucionário. Nessa mesma manhã, Pureza saíra do quarto, grata por se encontrar a sós. Explorara a casa senhorial, satisfeita com a arrumação e o sossego. Não havia jornais, a telefonia estava desligada da ficha e o granito das paredes oferecia-lhe proteção contra a inconsistência dos outros. Saíra para o jardim, vira o lago de pedra, o labirinto de sebes, a vinha estendendo-se pelo vale de incontáveis verdes, o rio que corria na base dos penedos. Ao voltar ao quarto, tinha a cama feita de lavado e havia uma jarra com flores. Na mesa de cabeceira, junto da xícara de chá e dos biscoitos, alguém deixara um bilhetinho, em papel-manteiga, com letra de mulher velha que escrevia como a criança que tinha largado a escola para servir naquela casa:

Beivinda sinhora

Pureza tinha-se desmoronado e reconstruído. Dentro dela e no país, ainda havia enclaves de gentileza que o ressentimento não alcançava. Conhecera os autores daquele cuidado, Ermelinda e Armindo, os caseiros sexagenários da quinta, que, mais por carinho do que por deferência, a tratavam por menina e a convidavam para junto do lume da cozinha, onde falavam dos filhos emigrados e do ciclo das estações. O fumeiro, a vindima, os nevões, as madressilvas, a consoada, as festas de agosto. Para tudo havia um tempo, o calendário era antigo, tal como o respeito pela tradição e pelos antepassados. Numa época de incerteza e massacrada pela desordem, Pureza abrigou-se na simplicidade campestre. Gente boa, ar puro, comida com sabor, o melhor lugar para o restauro da inocência.

Diogo tardara duas semanas a regressar de Madri, chegando com más notícias e conspirações sobre o golpe de 11 de março. Segundo ele, a KGB tinha usado um agente duplo para alertar os Serviços Secretos franquistas da Matança da Páscoa. Os espanhóis, crédulos, tinham avisado Spínola, e o general, avançando heroicamente em auxílio dos compatriotas, caíra na esparrela dos comunistas portugueses, que, feitos com os espiões soviéticos, já tinham as tropas preparadas e os militantes na rua.

"Deram corda para o Spínola se enforcar", concluíra Diogo, antes de vociferar contra a conferência de imprensa, transmitida na televisão, em que se acusara o Exército de Libertação de Portugal de querer "espalhar o sangue e o luto no seio do povo português". Vários operacionais e financiadores do ELP tinham sido presos. O Governo nacionalizara os transportes, as indústrias básicas e grande parte da imprensa. Estátuas de figuras do antigo regime eram tombadas, os escritórios dos partidos de direita, atacados.

"Ou fugimos para o Brasil, ou ficamos para lutar", explicara Diogo.

"Faz o que tens a fazer, já te disse que não saio daqui."

Pureza sabia haver um limite para castigar o marido. Era mulher, casada pela Igreja, sem emprego, dependia dele financeiramente, os irmãos desleais viviam no antro da capital, e o resto da família, espoliada do negócio, estava noutro hemisfério do planeta.

"Então, ficamos para lutar", dissera ele.

A quinta no Gerês era propriedade de um financiador do ELP e, além de plataforma para tirar pessoas e valores do país, servira de refúgio a Diogo após a debacle da manifestação da maioria silenciosa. Tinha passado pouco mais de meio ano desde que, naquela mesma casa senhorial, ele recebera as chamadas que Pureza fazia de uma cabine telefónica. Meio ano em que, tendo perdido tudo, ainda se tinham um ao outro.

Pureza aceitara o compromisso e começara a receber os visitantes com a hospitalidade de uma morgada do século XIX. Mas jamais conseguira atender o telefone através do qual, meio ano antes, o marido ouvira a sua voz durante uma tempestade:

"Perdi o bebé. Tens de vir para casa."

Na primavera do Gerês, Pureza via o retorno das aves migratórias, aprendia a fazer pão e tomava banho no rio. Aquela era a sua casa-forte, o Shangri-La que não aparecia no mapa noticioso dos jornais. Ela evitava saber que o resto do país avançava em sentido contrário ao daquele renascimento. Chegavam-lhe retalhos das conversas de Diogo com o caseiro, a primeira página de um diário esquecido pela casa, as histórias dos viajantes que ali paravam antes de atravessar para Espanha. Segundo o marido, o índex dos traidores à pátria dilatava todos os dias. O crítico de televisão que escrevera: "Os trabalhadores têm de ser nacionalizados". O primeiro-ministro, descontente com o desenlace das eleições livres, que dissera: "É preciso que a vontade do povo coincida com os interesses do povo. O povo tem de saber distinguir as suas verdadeiras opções: revolução ou reação". Os jornalistas que acusavam o ELP de ser "planificado nos laboratórios da CIA" e de querer "impor um regime de terror fascista". Os trabalhadores que haviam decidido mudar o nome das lojas Pão de Açúcar para Supermercados do Povo.

Maio era o mês de Maria e dos milagres. No Rio de Janeiro, nascia o Movimento Democrático de Libertação de Portugal — MDLP —, liderado pelo general Spínola e financiado pelos homens de negócios que tinham encontrado refúgio nas ditaduras brasileira e espanhola. Segundo o panfleto que chegara às mãos de Diogo, iam começar as ações de guerrilha, a partir do Norte e do interior de Portugal, para retomar o país e impedir o cancro da escravidão comunista. Chamavam-lhe "Cruzada Branca contra a Opressão Vermelha".

Enquanto o general Spínola não regressava do Brasil, os seus admiradores iam desobstruindo o caminho. Depois de entregar a Banqueira em Espanha, Diogo juntou-se à primeira operação do ELP: o assalto, a destruição e o incêndio da sede de um partido de esquerda em Bragança.

Sem nada saber, Pureza esperava-o no mesmo lugar onde se despedira dias antes. Conhecia o som do motor, e antes que a carrinha entrasse na quinta, ela costumava sair de casa para receber os viajantes com a cerimónia da mulher de um embaixador. Desta vez, ele estava sozinho e saltou do automóvel com vontade de abrir uma garrafa de vinho para celebrar o início da nova reconquista cristã.

Pureza trocou-lhe a ordem das comemorações. Falou-lhe de outros começos:

"Estou grávida."

5.

Frederico descansava pouco, vivia muito, o tempo ardia a toda a mecha. Portugal era o mesmo de sempre. Portugal era algo nunca visto. Os jornais escreviam sobre os peregrinos em Fátima. Os jornais escreviam acerca dos filmes para maiores de dezoito anos. Numa manifestação de rua, o Movimento de Libertação das Mulheres, sem ter queimado um sutiã sequer, foi perseguido com insultos e apalpões por dezenas de homens aos gritos: "Dispam-nas!". Apesar do fim da comissão de censura, uma associação de tipógrafos apreendeu o livro de um militar por considerá-lo fascista. Em vez de "criada", passou a dizer-se "empregada doméstica", ainda que a maioria das empregadas domésticas continuasse a ser criada de servir. A orquestra da Gulbenkian tocava Beethoven, em mangas de camisa, para os trabalhadores de uma fábrica de contraplacados. Um complexo turístico da Margem Sul era batizado de Comuna Che Guevara. Os alunos do Pedro Nunes chamavam "Nova Pide" aos militares que dirigiam o liceu e, na escola que tinha formado os agentes da Pide original, criava-se um infantário. Os comunistas, de Álvaro Cunhal, impediam aos socialistas, de Mário Soares, a participação nas celebrações do Dia do Trabalhador. Nacionalizou-se a Tabaqueira e sugeriu-se o mesmo para todo o teatro. Na ilharga de um prédio, no Príncipe Real, alguém pintou:

Pedimos desculpas por esta democracia. A ditadura segue dentro de momentos

Na estação de metro da avenida, alguém escreveu:

Luta pelo filet mignon

Na fachada de uma igreja, em São Sebastião, alguém pincelou:

Se deus existe, o problema é dele

Os portugueses eram mais livres. Os portugueses não eram livres. A pílula contracetiva e o confessionário antes da hóstia. Os comícios políticos a abarrotar. As igrejas lotadas. Os lugares cimeiros dos "livros mais vendidos" eram disputados por *Sexus*, de Henry Miller, e *A empresa na União Soviética*, de Erick Egnell. Um crítico de cinema escreveu sobre *Emanuelle*, o lascivo êxito de bilheteira: "Película mais reacionária do que parece". A publicação da *Gina*, a primeira revista pornográfica nacional, com fotografias de fornicadores alemães e legendas de portugueses espirituosos, esgotava nos quiosques. O jornal *República* reproduzia um documento interno da televisão do Estado:

"Funcionários da RTP a sanear
(lista provisória):
Frustrado homossexual, eventualmente
não ativo.
Amante de... (já saneado.)
Nenhum passado antifascista.
É sogro do doutor...
Quase de certeza corrupto.
Beato fascizante e cunhado de...
Atrasado mental."

No turbilhão de acontecimentos e discordâncias, poucos se importavam que o império desse à costa na metrópole, contorcendo-se sobre si mesmo, de regresso ao ponto de partida. Em vez das tatuagens nos bíceps dos soldados no Ultramar – *Amor de Mãe Angola 68* –, o que mais se via era os nomes dos colonos nos caixotes em pilhas num cais de Lisboa, despachados de África em navios, e os donos dos caixotes, outrora homens brancos patrões dos pretos, agora despromovidos a refugiados, a africanistas, a desalojados no chão do aeroporto de Lisboa, respondendo às perguntas de três gatos-pingados da imprensa. A caneta de Frederico esperava apontar as peripécias de uma grande epopeia no bloco de notas, e eles nem heróis nem vilões, apenas donas de casa, gerentes de mercearias, cabeleireiras, mecânicos arrastados pela corrente dos descobrimentos às arrecuas.

"Vim com o que tinha no corpo."

"Deixámos lá tudo, para não termos de lá ficar também."

"Preciso de roupa para a garota."

No lugar das caravelas com ouro, voos lotados, só de volta, e o inventário das coisas perdidas, casas, negócios, contentores no cais, o casaquinho de malha para a garota, porque, mesmo na primavera, as noites na metrópole arrefeciam muito. Habituado à discussão dos grandes temas no Portugal convulsionário, Frederico demorou a entender a obsessão daquelas pessoas pela propriedade. Que importava um automóvel perdido nas ruas de Luanda, se a escravatura e o colonialismo? E se, daqui a nada, a independência de Angola?

Frederico movia-se por entre as famílias que, sem alojamento na metrópole, tinham acampado no aeroporto, um bairro de malas, caixas e mantas, um aparelho de som a fazer de parede, um cesto de vime a servir de almofada, sandes de caridade e copos de água ao pequeno-almoço. Miúdos brancos e pretos brincavam aos polícias e ladrões com pistolas de plástico, desconhecendo que estava para breve o fim da discriminação segundo a cor da pele. Como podia aquela gente queixar-se, se terminavam séculos de imperialismo, treze anos de guerra e uns quantos meses de indefinição?

Frederico acreditava que vinha aí o tempo da paz e da irmandade dos povos, mas depois as crianças brancas e as crianças pretas puseram-se a chorar, os adultos comentavam as notícias dos confrontos armados entre os movimentos de libertação em Angola. No aeroporto de Luanda, havia uma lista de espera com trinta mil pessoas a querer voar para Lisboa, e, de súbito, toda aquela gente, acabada de chegar, os Zés e as Marias de lá, com os mesmos bigodes e penteados que os Zés e as Marias de cá, falando uma língua que se entendia, carregando sacos de couro do Sporting Clube de Portugal, levando ao colo bebés com as orelhas furadas e pulseirinhas com o nome gravado, como nas festas da aldeia, de Viana do Castelo a Vila Real de Santo António. Os de lá, vai-se a ver, eram como os de cá.

Nas paredes do aeroporto, os cartazes procuravam parentes e amigos ultramarinos. "Aqui não tenho família nenhuma." As palavras da mulher eram copiadas para o bloco de notas de Frederico. "Não tenho aonde ir nem aonde regressar", continuou ela, "o meu pai nasceu lá e eu nunca tinha estado em Lisboa, mas já me disseram que, de noite, mesmo na primavera, arrefece muito, faz-me falta um agasalho para a minha neta."

Talvez um casaco de malha e um caixote perdido não fossem apenas tralhas, antes a vida inteira, e aquela mulher já não uma escravocrata, uma colona, a queixinhas que dizia "com uma mão à frente e outra atrás", aquela mulher cada vez mais parecida com a mãe de Frederico, também ela uma refugiada no Brasil, longe das suas tralhas e da sua vida inteira, a escrever cartas sobre a estranheza de um lugar que não era o dela, para onde fora empurrada, tal e qual a mulher no aeroporto a dizer:

"Sou só eu, o meu marido e a pequena, os meus filhos ficaram lá."

Frederico entrou na redação certo de ter a manchete da primeira página. Segurava o bloquinho rabiscado como se tivesse descoberto os manuscritos do mar Morto nas grutas de Qumran. O editor tirou a caneta de trás da orelha, sacudiu a caspa dos ombros e, sem tirar os olhos das provas que estava a rever:

"Isto não está famoso, filhinho."

Na outra ponta da sala, o chefe de redação mordia o polegar, como um recluso desgostoso com a última refeição no corredor da morte:

"Se o jornal sair amanhã, já é uma sorte."

No PBX, os tentáculos das telefonistas obedeciam aos pedidos do diretor e dos seus adjuntos, havia um entra-e-sai no gabinete-bunker do chefe, só faltava um mapa militar com miniaturas de tanques. Algo monumental estava para acontecer, mas que poderia ser mais monumental do que a queda do império e a fuga dos seus súbditos?

"Os trabalhadores querem a cabeça da Direção", disse a secretária, fingindo degolar o pescoço com a unha escarlate do polegar. Frederico estudou a sala, o mesmo caos produtivo de sempre, jornalistas concentradíssimos nas máquinas de escrever, apesar do rádio ligado, da estridência dos telefones e dos gritos como pombos-correio a esvoaçar pela redação:

"Ó Neves, quem é que marcou os golos de Inglaterra na final de 66?"

A secretária esclareceu Frederico: "Não são estes trabalhadores, mas os outros, os trabalhadores da comissão". O que ela não disse, porque quem tinha voz tinha medo, foi que o PCP controlava os tais trabalhadores da comissão — em particular, os tipógrafos — e que, considerando a história recente dos jornais portugueses, a porta da rua era a serventia da casa para quem não lhes jurasse fidelidade ideológica.

Depois de um editorial no *Diário de Notícias*, a afirmar que aquele matutino seria uma ferramenta na construção do socialismo, vinte e dois jornalistas tinham sido saneados. No *Século*, criara-se um Comité de Vigilância para prevenir desvios contrarrevolucionários. No *Diário Popular*, uma assembleia geral acabara de eliminar do cabeçalho a divisa "O jornal de maior expressão do mundo português", decretando-a colonialista e aprovando, em seguida, por unanimidade, um manifesto de redação intitulado "Antiparasitagem e saneamento".

Frederico estava habituado a plenários de horas e horas, a noitadas de debate sobre artigos polémicos, às hipérboles de quem se entusiasmava, aos enviesamentos e aos desmentidos, às pressões de políticos e de militares. Comia-se ambiguidade logo pela manhã, voragem ao almoço e uma reviravolta ao jantar. Se Portugal se tornara o centro noticioso do Universo, o jornal era o seu umbigo. Frederico lembrou-se dos ensinamentos de Ricardo Walker — "no dia em que o jornal é a notícia, alguma coisa não está bem" — e voltou ao editor:

"Quero escrever sobre a chegada dos colonos."

"E eu quero umas férias na Toscana, a ver museus e a beber chianti com a Claudia Cardinale." Escarafunchou as reentrâncias da orelha com a ponta ruminada da caneta. "Hoje, ninguém quer saber dos colonos. Dá mas é corda aos sapatos e desce-me ao Rossio, dizem que o ELP anda lá a recrutar malta por dez contos a cabeça."

"Hã?"

"Hã faz o burro pela manhã."

"Isso é mais importante que a chegada dos refugiados de África?"

E o editor, um aficionado de padre Antônio Vieira que reunia expressões de esquina num caderno de capa dura, disse: "Filhinho, a ver se me entendes: dá de frosques, ala que é Cardoso, vai ver se chove, pira-te, pisga-te, põe-te nas putas e, já que fica em caminho, dá corda aos sapatos e uma voltinha ao bilhar grande".

(*Siga a Marinha, que é como quem canta, "Hit the Road Jack", na voz e no piano de Ray Charles.*)

Apesar de o boato não fazer sentido, Frederico procurou os operacionais do ELP que angariavam guerrilheiros no Rossio. Qual das tribos, naquela praça de fachadas poluídas, quereria juntar-se a uma organização armada de extrema direita? Os negros com afros de cantor soul? Os anarquistas, os trotskistas, os maoistas? Os vendedores de ácido e liamba? Os reformados de boina e as suas trupes de pombos amestrados pelas migalhas? Os trapaceiros que ofereciam uma câmara fotográfica a bom preço e depois entregavam uma caixa com um calhau lá dentro? Os pedintes, as putas, as crianças a engraxar sapatos? Ou o imperador-estátua, em cujo pedestal alguém pintara:

Abaixo a exploração sexual da galinha, cada um ponha os ovos de que precisa

Frederico observou a fauna, inquiriu os locais e, sem assinalar nada de significativo sobre o ELP no bloco de notas, sentou-se no café Pic-Nic. Pediu uma cerveja, e outra, fumou cigarro atrás de libertino cigarro, deixando-se excitar pelas burguesinhas radicais, com camisolas justas e botas altas, que falavam de política como as mães de cremes hidratantes. O Rossio era um clube onde as dúvidas e as exorbitâncias da revolução prometiam o abismo dos prazeres mortais. Ali tudo se achava, tudo se vendia. Ou talvez fosse apenas Frederico, sempre atrás do frenesim do mais além. Se Maria Luísa queria mudar o mundo, ele queria tragar o mundo, escrever o mundo, foder o mundo. Tentou tudo isso nas horas seguintes e acordou com a mesma roupa, no chão de uma casa ocupada, rodeado por anarquistas que, à luz da manhã, tinham perdido o interesse da noite anterior.

(*Para a despedida, vamos ouvir "Não vou ficar", do grande Tim Maia.*)

Frederico começava a presumir que a realidade, quando estava sóbrio, era um gosto que talvez levasse uma vida inteira a adquirir.

Nos dias seguintes, a comissão de trabalhadores apropriou-se do *República* e, afastada a Direção, o diário foi publicado à revelia dos jornalistas, com um aviso de primeira página:

"Recusamos desvios partidários; recusamos dizer meias verdades; recusamos ignorar a luta dos trabalhadores."

Os repórteres arregimentaram-se em defesa da liberdade de imprensa, distribuíram comunicados e fortaleceram a multidão que entupiu a rua da Misericórdia aos gritos:

"O *República* é do povo, não é de Moscou."

Camiões do Exército, com militares do Copcon, formaram uma muralha diante do edifício do jornal. Ao cair da noite, a chuva miudinha prateava o sobretudo e o megafone de Mário Soares. Em cima de um carro, o líder do Partido Socialista, que convocara o protesto, denunciou a bota dos comunistas na garganta da imprensa portuguesa. Os manifestantes queriam invadir o jornal, incendiaram-se os exemplares editados pela comissão de trabalhadores, e na rua um ardina apregoava "compre o *República* para queimar". No dia seguinte, restavam as cinzas e a interdição do edifício pelo Copcon. Com mais de seis décadas e os galões da resistência ao fascismo, o *República* fechava as portas.

Desempregado, mas vivaz, Frederico continuou a descansar pouco e a viver muito. Encontrava-se com os camaradas repórteres em bares e apontava no bloco de notas as crónicas de um tempo em combustão.

Todos os dias voavam fagulhas, punhos e calhaus da calçada.

Uma reunião dos trabalhadores têxteis acabou num festival de pontapé e estalo. Em Lisboa, o ELP fez explodir uma granada e dois cocktails molotov. Os funcionários da Rádio Renascença ocuparam a emissora católica e tomaram conta da transmissão. Mais duas explosões em sucursais bancárias e disparos nas ruas da capital. Confrontos, com feridos, na ilha de São Miguel, num liceu do Porto e em Bragança, depois de incendiada a sede de um partido de esquerda. Meia centena de armas automáticas foram roubadas de um quartel. Soldados afetos ao MRPP sequestraram, interrogaram e acusaram um fuzileiro de ser operacional do ELP, levando-o para um quartel, onde um julgamento sumário foi travado pelo comando militar.

Uma manifestação dos trabalhadores da Rádio Renascença enfrentou uma contramanifestação diante do Patriarcado de Lisboa. O Copcon interveio, contaram-se trinta e oito feridos.

Uma manifestação do Secretariado Nacional Pró-Conselhos Revolucionários dos Trabalhadores quase acabou numa invasão do Parlamento, com a multidão a gritar: "Governo revolucionário, já!".

Uma manifestação do MRPP, junto da penitenciária de Caxias, exigindo a libertação dos militantes detidos pelo Copcon após o rapto do fuzileiro, acabou com a tropa a disparar as armas.

Manifestações, protestos, arruadas.

Presente em todas e mais algumas, Frederico desenhava no bloco de notas um labirinto de violência e contrassenso. Na mesma penitenciária, estava detido um ministro do Estado Novo e os maoistas do MRPP. Presos políticos, que tinham sido libertados com a queda da ditadura, voltavam a Caxias, mais uma vez sem acusação judicial, transportados nos carros militares que haviam feito a revolução e que agora invadiam as sedes do MRPP, levando, sem mandados de captura, meia centena de militantes de uma vez.

Da esquerda à direita, ferviam ameaças, propaganda e garantias absolutas.

O MDLP de Spínola garantia: "É urgente desencadearmos, por todo o Portugal, uma cruzada contra o comunismo estrangeiro, usurpador e ateu".

Otelo Saraiva de Carvalho, herói da revolução e comandante do Copcon, garantia: "Chego a pensar, muitas vezes, se teria sido melhor, em abril de 74, encostarmos à parede, ou mandarmos para o Campo Pequeno, umas centenas ou uns milhares de contrarrevolucionários e tê-los eliminado à nascença".

Numa entrevista à jornalista italiana Oriana Fallaci, Álvaro Cunhal garantia: "Prometo-lhe que em Portugal não haverá qualquer Parlamento".

A Secção de Informação e Propaganda do Partido Comunista garantia: "As transcrições dessa entrevista revelam tendenciosa deformação das palavras do nosso camarada Álvaro Cunhal".

A escritora Natália Correia, na sua crónica de jornal, garantia: "Uma revolução não discutida apodrecerá nas mãos dos infalíveis".

O intelectual Prado Coelho, na sua crónica de jornal, garantia: "Ser de esquerda não garante que se seja revolucionário. E a Revolução faz-se com revolucionários".

O correspondente do *France-Soir* garantia: "O Algarve quer a independência".

O Movimento das Forças Armadas garantia: "Uma sociedade sem classes, obtida pela coletivização dos meios de produção, eliminando todas as formas de exploração do Homem pelo Homem".

O Movimento das Forças Armadas também garantia: "O controlo da rádio e da televisão estatais e a sua transformação em órgãos oficiosos que reflitam as posições do MFA".

Maria Luísa Alegria Storm garantia: "Essa gente passou a vida toda a explorar os pretos e agora chegam aqui e querem ser tratados com as mordomias que tinham em África".

Estavam numa mesa do Caprília, onde os jornalistas coexistiam com os operacionais da extrema esquerda no gosto pelas conspirações e pelo cozido à portuguesa. Traficavam-se informações e armas de mão. De lábios franzidos numa palhinha às riscas, o menino Frederico parou de chupar a groselha e esfregou nos olhos a bruma dos cigarros e as noites maldormidas:

"São pessoas como nós, estão ao deus-dará no aeroporto, mães sozinhas com crianças, sem lugar para onde ir."

"Muita sorte têm eles, de os recebermos aqui. Deviam era lá ficar, para responderem pelo que fizeram."

"Só porque viviam no Ultramar?"

"Ultramar, não. Isso é linguagem de facho. Agora, diz-se colónias."

Frederico queria avisar da falta de víveres e dos cadáveres a apodrecer à porta da morgue em Luanda. Queria falar do êxodo de dezenas de milhares de pessoas, no Norte de Angola, por causa dos combates entre os movimentos independentistas, que tinham causado centenas de mortos. Maria Luísa mostrava um desinteresse virulento pela sina dos brancos em África, algo que ele já tinha notado nos brancos da metrópole. Frederico mudou de assunto, trocando a preocupação com outros pelo interesse próprio:

"O que é que sabes do *República*?"

"Não tenhas muitas esperanças, maninho, o teu jornal já não volta para as mãos do maçom."

"Qual maçom?"

"O teu chefe." Maria Luísa não via Frederico tão abismado desde que lhe revelara, de uma só vez, o caráter ficcional da Fada dos Dentes e de Jesus Cristo. "Oh, quer dizer que o grande repórter desconhecia que o diretor do seu jornal usava aventais em cerimónias secretas da maçonaria? Quê, achavas que os socialistas fizeram do *República* o seu cavalo de batalha por causa da liberdade de imprensa? Não sejas tenrinho, trabalhaste no órgão oficial do PS."

"Dizes isso para me foder o juízo."

"Ei, tento na língua, ainda sou a tua irmã mais velha."

"O jornal tem ligações aos socialistas, eu sei, mas nunca senti nenhuma pressão para escrever isto ou deixar de publicar aquilo. Tanto o diretor como o *República* têm provas dadas contra o fascismo."

"O que não falta por aí são antifascistas inimigos da revolução", disse Maria Luísa.

"Mas que revolução? A que fecha jornais e os entrega aos comunistas?"

"Tu sabes o que eu penso do Partido Comunista, mas a minha opinião dos socialistas é pior. Inimigo do meu inimigo, meu amigo é? Nem por isso. Os socialistas e os comunistas que se matem uns aos outros, que é para o lado que eu durmo melhor." Malu tirou um cigarro do maço do irmão, em cima da mesa, e acendeu-o com a ligeireza de quem ocupava a centésima fábrica. A revolução corria-lhe bem. "Tenho de ir. Vê lá se respondes às cartas da mãe, ouviste?" Levantou-se, deu duas passas no cigarro e apagou-o no que restava de arroz branco na travessa: "Não sais da mesa enquanto não comeres tudo o que tens no prato".

No dedo em riste da irmã e na frase batida, Frederico deveria reconhecer uma imitação da mãe, parte paródia e parte homenagem, só que também havia algo de autêntico na forma como, nos últimos tempos, Malu lhe dava ordens. Faltava saber se o fazia com a exigência de uma irmã bem-intencionada ou com a superioridade moral de uma revolucionária prestes a tomar o poder.

Frederico afastou a groselha, traído, idiota, impotente. Sem o emprego no jornal, perdia também o préstimo para a sua divisa de confortar os aflitos e afligir os acomodados. A revolução era um magma de objetivos individuais que levava tudo por diante e onde o de Frederico não tinha lugar. Como podia tanta gente julgar-se dona da razão ao mesmo tempo, sem que uma parte dela estivesse calamitosamente errada? Não eram as certezas incondicionais o truque dos trafulhas, dos demagogos e dos tiranos?

(*Que se fodam todos. O diretor do jornal, os socialistas, a maçonaria, a tua irmã, o Copcon, os comunistas. Aproveita enquanto é tempo, já dizia a nossa querida mãe, não há bem que sempre dure. Mais tarde ou mais cedo, puto charila, vão estragar-nos a festa da liberdade com o sectarismo da política.*)

Frederico pediu um jarro de tinto, para não terminar o almoço sozinho, e, dando ouvidos ao narrador interno, rematou com uma sobremesa de aguardente em cálice.

(*Começamos a tarde com "Blame It on my Youth", versão gravada em 1966 por Carmen McRae.*)

Ao sair do restaurante para a avenida da Liberdade, Frederico deparou-se com mais uma manifestação. Por causa da moleza do álcool e do calor da primavera, deixou-se arrastar pela maré de pessoas, entregou-se ao ritmo da marcha e à cadência dos gritos de protesto ou de apoio, não importava quais, relevante era o mantra da repetição, os braços dados, a partilha e o anonimato das massas, o bicho comunitário em que o indivíduo se diluía e se deixava manipular para ser outra coisa que não ele mesmo. Havia um lado recreacional nas manifestações, que tanto podiam ser piquenique de família como catarse de vândalos a partir vidros e ossos.

Frederico precisava de distrações. Em torno do seu vazio, rodopiavam as crenças dos outros, as frases de ordem, as notícias da rádio e a intermitência dos ecrãs de televisão, os comunicados oficiais, o galope das massas a fugir de uma investida policial, o ar picotado pelas rajadas das metralhadoras dos militares, os cartazes eleitorais descascados como tinta em madeira podre, os apelos, as ameaças, as exigências, os comités, as comissões, os conselhos, as cooperativas, os comícios, a cacofonia de siglas.

PREC

VOTA EM BRANCO

MDP/CDE

ELP

CR

KGB

Contratos já, despejos não!

COPCON

MDLP

Quem não teme o mar não teme os patrões

CIA

PRP/BR

Comité de Luta dos Ocupantes dos Moradores Pobres

Nem Kissinger, nem Brejnev

Cooperativa

MFA

MRPP

Estrela Vermelha

FSP

PCP

PPD

MES

CDS

UDP

Colher

Semear

Repartir

Produzir

A excitação é socialmente reprimida

Basta!

Mas nem a extravagância da revolução lhe bastava, ele precisava de mais — mais informação, mais desejo, mais rua, mais noite, mais paixão, mais transe, mais êxtase, qualquer coisa mais, que, evitando o tédio, exacerbasse o prazer e adiasse a ressaca.

Foi para os copos com Raposo, viraram a noite e regressaram a casa de táxi ao amanhecer. Diante do prédio, o carro do amigo tinha um papel entalado no para-brisas. Havia semanas que o mesmo polícia o multava por estacionar em cima do passeio. "Cabrão do chibo, não me larga." Raposo desdobrou o papel. "Olha, desta vez, deixou-me uma carta de amor." Usou as duas mãos para amarrotar o bilhete e deitou-o ao chão.

"Vai subindo", disse Frederico. "Quero ver se o quiosque já abriu, para comprar os jornais."

A sós na rua, apanhou e leu o bilhete do polícia:

"*Não é assim que construímos a democracia.*"

Frederico olhou em volta, sem conseguir livrar-se da mensagem, como se largá-la na calçada fosse a mais vil das sedições, o abandono de toda a esperança. Levou o papel para casa e guardou-o entre as cartas que a mãe lhe escrevera do Brasil.

6.

Pureza Storm era apenas o invólucro que sustinha o girino. Nada de tricotar afetos ou peúgas, de fazer listas com nomes, de imaginar a cara do bebé ou de cair em qualquer engodo com que o cérebro feminino convencia as mães a cuidar dos embriões. Ela teria morrido três vezes para salvar os três filhos que não chegaram a nascer. Três: a conta que deus e o diabo combinaram para seu entretenimento. Ultrapassado esse número, Pureza tinha transposto a contagem da dor e afiava a sobrevivência na pedra dura do calculismo.

Nem o seu corpo em mutação a convencia de que outro organismo crescia dentro dela. No banho, ensaboava os ombros e deixava a espuma escorrer do peito ao ventre, evitando assim esfregar a barriga. Os espelhos foram desviados das suas trajetórias pela casa, as roupas eram puxadas para baixo e, gradualmente mais justas, incómodas, delatoras da gravidez, iam sendo adaptadas, a golpes de tesoura, sem hipótese de renovação com peças mais novas e mais largas. Os enjoos, o sono, a vontade de fazer chichi a toda a hora? Eram justificados pelo tempero do almoço, por uma noite maldormida, pela água em demasia que bebera no calor do verão.

Os artifícios não chegavam para iludir Pureza das mudanças físicas, e ela escondia-se do corpo com uma mente ocupada. Fazia jardinagem, lia os volumes com capa de couro na biblioteca da quinta — de anuários da nobreza a tratados agrícolas — e tomara para si a gestão da casa senhorial, fingindo não perceber a mudança no perfil dos hóspedes. Em vez de mulheres com maridos presos ou exilados, chegavam agora homens sozinhos, ou em pequenos grupos, que falavam com jargão militar. Traficantes de armas que se vestiam como vedetas de teatro, mercenários da guerra em África, arruaceiros para quem a defesa da pátria era apenas uma oportunidade para exercitar o talento da delinquência e ganhar uns contos de réis extras. Em comparação com o medo do que poderia acontecer no seu útero, nada daquilo intimidava Pureza.

Não contou a ninguém que estava grávida, nem sequer aos pais nas cartas que escrevia para o Brasil. Diogo era o único detentor do segredo que, se mencionado, não soaria a coisa alguma — porque ela não ouvia, não reconhecia, não contemplava falar do assunto, e na única vez que o marido aflorou a possibilidade de um filho, chegando das suas missões com um pequeno camião de madeira comprado nalgum mercado de rua, Pureza afundou o brinquedo num baú, amputando rente ao nervo a intenção de Diogo:

"Não quero sentir que aquilo existe."

Designar o filho com o pronome demonstrativo "aquilo" — acentuando o afastamento — selou o pacto de silêncio entre marido e mulher. Mesmo ao dizer-lhe "marquei uma consulta em Guimarães", Diogo não adiantou o motivo ou a especialidade do médico. Dias mais tarde, à saída do consultório, com uma prescrição de vitaminas, Pureza ordenou-lhe:

"Compra só uma caixa."

Os habituais planos para fazer o ninho com os apetrechos do bebé foram destronados pela preparação de viagens a Roma, esqui em Andorra, uma visita aos pais no Rio de Janeiro, distrações que ela julgava merecidas por tudo o que já perdera e por "aquilo" que ainda podia perder.

Diogo andava ocupado com as operações do ELP. Nos poucos dias que o casal passava junto, na casa do Gerês, ele trazia relatos de um país que, para ela, só existia como ficção. Nos muitos dias de ausência do marido, Pureza via-se livre da única pessoa que conhecia o segredo. O Diogo guerrilheiro inibia o Diogo pai, e o casamento assemelhava-se às relações que ela mantivera como madrinha de guerra, escrevendo aerogramas a soldados que nunca tinha visto nem viria a conhecer, permitindo-se ser útil, até afetiva, porque a lonjura garantia a Pureza o gozo das boas ações sem o risco do envolvimento.

Em todos os regressos, os presentes que Diogo levava para a mulher – nunca para "aquilo" – estabeleciam o itinerário das suas paragens. Uma camisola de lã (porrada com seguidores da UDP na Póvoa de Varzim), uma caixa de cavacas (fogo-posto no carro de um sindicalista em Resende), um aparelho de televisão (roubado da sede espatifada e incendiada do Partido Comunista, em Esposende).

"Quando voltar, trago uma antena e já podes ver o *Telejornal*", prometeu-lhe o marido, ao sair para mais uma comissão, com a confiança de um cruzado rumando a Jerusalém. Diogo via o império a esboroar-se com a independência da Guiné, de Cabo Verde, de São Tomé, de Moçambique, falava-se até dos Açores e do Algarve. Não tardava, estariam reduzidos ao Condado Portucalense. Mas Diogo Bravo Montalvão estaria entre aqueles que iniciaram a Nova Reconquista Cristã.

Saiu do Gerês com Jaime Moreno, seu padrinho de casamento, e apanharam mais uns comparsas em Braga. Desceram para a zona oeste, montando arraial numa quinta isolada que pertencia a Barbieri Cardoso, antigo subdiretor da Pide e mandante das operações do ELP, a partir de Madri.

"O professor passou aqui férias", disse Jaime, apontando para um painel de azulejos com a cara de Salazar.

Os agitadores de Braga, a disputar uma bisca a dinheiro, num estupor de vinho, estavam a borrifar-se para o velho ditador que, cinco anos antes, tinha batido a bota remendada. Por sua vez, Diogo entendia a solenidade do momento, como se visitasse o túmulo do grande líder. Após a derrocada do regime, Salazar era usado para inspirar as hostes dos seus herdeiros políticos. Na impossibilidade de ressuscitar o criador do Estado Novo, estes queriam restaurar a sua criação. Diogo nunca fora um salazarista de primeira linha, por influência do avô. Manoel, que muito tinha troçado da tacanhice campónia de Salazar – o galinheiro na residência oficial, a devoção à mãezinha –, também mantivera com o professor de Coimbra um relacionamento definido como "uma mão lava a outra e as duas metem-me mais dinheiro ao bolso". Mas, para Diogo, ver aquele altar em azulejos antes de uma missão, saber-se no mesmo sítio que Salazar tinha visitado, inspirava nele a excecionalidade dos predestinados.

No fim da tarde, meteram-se nas carrinhas e estacionaram num ponto do mapa identificado, pela letra de Jaime, como Ponderosa.

"O que é isto, Ponderosa?", perguntou Diogo, no banco do pendura.

"É como a malta daqui chama a este cruzamento", respondeu o padrinho, ao volante. "Ponderosa, como o rancho na série da televisão."

"Nunca viste o *Bonanza*?", questionou um galifão de Braga no banco de trás, e começou a assobiar o tema musical do western. Chamava-se Calígula, tinha olhos porcinos e fez do polegar e do indicador uma pistola que apontou a Diogo: "*Pau, pau*". Riu um dente de ouro e a falta de três molares. A arma verdadeira, que ele batizara de "Nossa Senhora dos Aflitos", estava presa no cós das calças. "Não é caubói quem quer, mas quem pode." Mandou-lhe um beijo. "Saíste-me cá um copinho de leite."

Com um revólver Smith & Wesson 32 metido na bota de cano da perna coxa, Diogo virou-se para trás no banco, a fim de tirar satisfações. Mas Jaime deu-lhe uma palmada na perna boa, "aí vêm eles", e o pico de hostilidade foi soterrado por uma avalanche de adrenalina. Os pides em fuga desciam o altíssimo muro da prisão por uma escada improvisada com cordas de plástico e ferros das camas.

"Caralhos me fodam, são mais que as mães, onde é que vamos enfiar esta canalha toda?", perguntou o marmanjo de Braga.

Não enfiaram. Dos oitenta e nove agentes e inspetores da Polícia Interna de Defesa do Estado evadidos da cadeia de Alcoentre, a maioria ficou apeada, desopilando em todas as direções que o cair da noite lhes oferecia. Dezassete foram capturados pelas tropas do Copcon e pelas milícias populares logo nas primeiras horas.

No dia seguinte, depois de rumarem a norte, atestaram os depósitos das carrinhas numa bomba de gasolina em território amigo. Numa papelaria, no outro lado da rua, Diogo comprou os jornais onde vinham publicadas as fotografias de alguns foragidos. Leu também sobre um comício do Partido Comunista, que enchera a praça de touros do Campo Pequeno, e deu-se conta de vários acasos. Álvaro Cunhal, preso pela Pide em três ocasiões, discursara em liberdade à mesma hora que os pides desciam o muro de uma prisão. O comício acontecera no lugar onde Spínola tinha aparecido pela última vez em público antes de cair em desgraça e onde Otelo sugerira fuzilar os contrarrevolucionários. Diogo estabelecia essas conexões, acreditando que não importava ser o mais forte, antes aquele que via o que escapava aos outros. Fechou o jornal e deu com o rufião de Braga a acender um cigarro na bomba de gasolina. Perante aquelas manifestações de estupidez, a perspicácia valia tanto como a pistola que Diogo tinha na bota.

Entregou os pides em Espanha e voltou a casa com uma antena interior, comprada em Vigo, que colocou em cima da televisão. No meio de tanto paleio sobre a fidelidade da tecnologia alemã, o vendedor galego não lhe dissera que, entre paredes de granito e rodeado de floresta, não era de esperar que o recetor transmitisse com clareza as imagens de um país baralhado. Mesmo assim, nos dias seguintes, Diogo procurou perceber a trama por entre a chuva de estática no ecrã, ficando a saber que:

Explodira uma bomba de fraca potência no exterior de uma igreja em Lisboa, durante a missa.

Tinha havido greve na companhia dos telefones.

O Conselho de Ministros nacionalizara as petroquímicas, as indústrias mineiras, as empresas de camionagem e as companhias vidreiras.

O custo da alimentação das famílias aumentara vinte e cinco por cento no último ano.

O *República*, jornal onde trabalhava o cunhado, voltara às bancas, agora escrito e editado pelos operários da tipografia.

O Partido Socialista demitira-se das pastas que tinha no IV Governo Provisório.

Fora suspensa uma sessão da Assembleia Constituinte, por ameaça de bomba.

Recusando-se a cumprir as ordens do Governo, Otelo, líder do Copcon, não pusera fim à ocupação da Rádio Renascença pelos trabalhadores nem devolvera a emissora ao episcopado.

Na casa do Gerês, Diogo movia a antena interior sobre a televisão, erguendo-a acima da cabeça, levando-a até onde o fio deixava, tentando definir as imagens granuladas no ecrã. Numa reportagem sobre a Feira do Livro, um jornalista entrevistava uma vendedora de tremoços.

"A senhora já deu uma vista de olhos pelos livros?"

"Não sei ler."

"Que pena."

"Às vezes, é melhor, a gente não se mói."

Diogo podia ser coxo, mas em terra de tanta escuridão sentia-se um visionário. Sabia que as verdades eram como punhos, e só os punhos podiam esmagar a perfídia dos comunistas. Sentia-se mais do que um funcionário, um motorista, um soldado raso. Recebera a luz de uma vocação e fora escolhido como o desbravador da verdade num matagal de mentiras. O missionário, o guardião, o libertador. Para onde quer que se virasse, os sinais sucediam-se.

Depois de descer até Rio Maior com os matulões de Braga e incitar uma multidão a dar cabo de mais uma sede do PCP, Diogo teve a ideia de assaltar as carrinhas de entrega dos jornais de Lisboa, lançando a desinformação esquerdista ao lume, páginas e páginas de propaganda em chamas na rua, um auto-de-fé que, reduzindo a mentira a fumo negro, iluminaria o sendeiro da verdade. Regressara de Rio Maior com o seu chamamento autenticado pelo fogo e uma antena exterior arrancada do terraço dos comunistas, que pôs ao serviço do bem, instalando-a no telhado da casa do Gerês — um presente mais para a mulher, que agora podia entreter-se com os canais portugueses e espanhóis sem o zumbido efervescente da estática em preto e branco.

Descalça e com as pernas estendidas sobre o sofá de três lugares, Pureza bebericava uma limonada, num quente dia de julho, a sós com o silêncio e os longos ocasos de verão. Esperava a hora de início da série *Joseph Balsamo*, adaptação de um romance de Alexandre Dumas, sobre um mago que pretendia destronar as monarquias absolutistas da Europa e instaurar uma república baseada nos valores da liberdade e da igualdade. Diogo entrou na sala, foi sentar-se, levantando os pés de Pureza e pousando-os no seu colo, um gesto de intimidade para ele, uma perturbação para ela, que se desabituara do toque do marido desde que engravidara.

Sem dar fé do mal-estar de Pureza, ele trocou o *Telejornal* pelo livro que lhe chegara de Madri, *El engaño del 25 de Abril en Portugal*, escrito por um prosélito da causa spinolista exilado em Espanha. Naquela sala do Gerês: uma mulher grávida, o seu marido, uma televisão, um livro, um quadro familiar como tantos outros nos serões portugueses, até que o apresentador informou acerca de uma manifestação em Lisboa e a reportagem mostrou gente de punho no ar, aos berros: "Viva a ditadura do proletariado!". A imagem deteve-se na cara de uma mulher. Talvez o operador de câmara e o editor tivessem o mesmo sentido de beleza, porque a mulher prolongou-se no plano, sem saber que estava a ser filmada e que seria observada nos lares de todo o país.

Pureza não viu apenas a militante do Partido Revolucionário do Proletariado, de fisionomia marcada pela dureza de quem, em tempos proscrita e diminuída, estava agora em posição de vencer a luta. Sobre as camadas geológicas da pele e de tudo o que Pureza não sabia acerca daquela militante, aparecia uma expressão da Maria Luísa com quem ela crescera, algo que só a intimidade de um quarto partilhado durante anos podia reconhecer, a linguagem secreta das irmãs, o código fundacional que a vida adulta não suprimia, porque fora inscrito muito antes da perda da inocência. Maria Luísa olhava para algo fora do plano captado pela câmara, algo de que gostava e que queria perto. Pureza conhecia de cor aquela expressão e duplicou-a, irrefletidamente, na sua cara, como se uma expressão bastasse para unir o que fora arrasado. Tu és minha, eu sou tua. Por que estamos tão longe?

Antes de desaparecer da televisão, Malu levou o polegar e o indicador à boca, como fazia nos verões da Praia Grande. Era a única miúda que assobiava melhor do que os rapazes, estilosa, arisca, cinemática, a irmã que protegia Pureza das alunas mais velhas no colégio e que lhe emprestava roupa, prestígio, uma identidade. Apesar do bom comportamento de uma e das insurreições da outra, dos arrufos e das birras entre irmãs, Pureza idolatrava Maria Luísa, acreditando que se casariam no mesmo dia, na mesma igreja, vivendo felizes para sempre no Hotel Storm's.

Em vez disso, Pureza estava grávida do homem que fizera uma filha a Maria Luísa. Nada era como deveria ter sido, os sonhos degeneravam em desilusões, as crianças em adultos, tudo era inconstância. Havia uns meses, Pureza só queria um filho, e, agora, o ventre rotundo, já não bendito, nem maldito, era ignorado. Para que um filho, se também ele teria de crescer e degenerar-se?

No sofá, Pureza recolheu os pés descalços do colo do marido, apressando-se a mentir quando Diogo interrompeu a leitura e perguntou:

"O que foi?"

"Deu um pontapé", disse ela, com uma mão na barriga, porque inventar que o girino, que "aquilo", que o quarto primeiro filho por nascer existia e se movia era menos doloroso do que confessar a aparição da irmã e o amor que ainda tinha por ela, o amor que se sentia pelos mortos que traíram os vivos sem uma despedida, o amor pelo que não se herdava, mas que valia mais do que as joias de família, o amor das camas-cápsulas onde viajavam juntas no tempo.

"Deu um pontapé." Diogo repetiu as palavras de Pureza para garantir que era verdade — verdades como punhos —, não se atrevendo a acrescentar o que fosse.

Em poucos minutos, provando que nada era para sempre, Pureza voltou a esquecer-se da irmã, do marido, do filho, distraída pelas aventuras de Joseph Balsamo no ecrã. Como em tudo o resto na ficção — a família, o casamento, a maternidade ou o luto —, também as revoluções podiam ser vistas a partir do sofá, cabiam em sete episódios de quarenta e cinco minutos, ou em trezentas páginas de um livro, porque a ficção tinha um princípio e um fim, uma lógica e um sentido, enquanto a realidade, em julho de 1975, num país chamado Portugal, não parecia fazer sentido nenhum.

7.

Maria Luísa avistou-o na multidão e, colocando o indicador e o polegar debaixo da língua, reproduziu a sequência de notas que, muitos anos antes, tinham estabelecido como código de família. O assobio rasgou o coro de vozes — "Viva a ditadura do proletariado!" — e alcançou Frederico. Os irmãos tentaram convergir um para o outro, afastados pelo caudal das pessoas e do pensamento único. Esbarraram em operários de fato-macaco, em repórteres e operadores de câmara, passaram por baixo de pancartas que diziam "Soldados sempre ao lado do povo", foram atravessados pela vibração de milhares de cordas vocais, "contra a reação, contra o capital!", e espremidos entre as delegações da União Democrática Popular, da Liga Comunista Internacionalista, do Comité Marxista-Leninista Português — um degradê de fações e ortodoxia que se tinha unido para exigir a demissão do Governo e da assembleia que preparava a Constituição. Frederico pedia licença com por favores e obrigados, Maria Luísa ganhava terreno aos empurrões. Reuniram-se no momento em que os blindados do Exército se juntaram à manifestação e se cantava a *Internacional*:

"Messias, deus, chefes supremos, nada esperemos de nenhum!"

Seria possível que só Frederico, entre todos aqueles admiradores de Mao ou de Stálin, se desse conta da ironia da letra?

Apesar de Maria Luísa lhe ter dado a mão, como fazia quando ele era criança, Frederico só via a militante do Partido Revolucionário do Proletariado, a fisionomia marcada pela dureza de quem, em tempos proscrita e diminuída, estava agora em posição de vencer a luta. Sobre as camadas geológicas da pele e de tudo o que Frederico não sabia acerca dela, ficava por descobrir uma expressão familiar da irmã.

Maria Luísa era só mais um átomo daquele transe coletivo que Frederico já testemunhara no extremo oposto das crenças, como miúdo da Mocidade Portuguesa, obrigado a participar no Dia da Raça, quando os adultos levavam a mão ao peito e cantavam a *Portuguesa* com lágrimas nos olhos, como agora outros entoavam a *Internacional*. Um transe que permitia aos que antes eram críticos de um Estado policial achar agora aceitável que soldados de farda e carros de combate participassem numa manifestação a pedir a ditadura do proletariado. Um transe de que a irmã fazia parte.

A estranheza que ele atribuía ao comportamento de Maria Luísa existia, em igual medida, na perceção que ela tinha do irmão. Era cada vez mais intenso em Frederico o perfume "Dia Seguinte" — álcool, tabaco, suor, sexo —, bem como a obsessão pelas manifestações de rua, estando presente em todas e mais alguma, sempre de bloquinho de notas e caneta, como se ainda trabalhasse no jornal — aliás, o jornal era outra das suas fixações. Na semana anterior, Frederico aparecera-lhe num comício do PRP, a queixar-se do Conselho da Revolução, que entregara o diário de forma definitiva à comissão de trabalhadores. Alertado pela irmã para a inconveniência daqueles lamentos — o comício do PRP fora convocado, especificamente, para defender o regresso do *República* às bancas, controlado pela comissão de trabalhadores —, Frederico estivera-se nas tintas para o risco de levar uns sopapos dos militantes e pusera-se a ler, no bloco de notas, os fundamentos para a justeza da sua posição. Num acesso maníaco, falara sobre a ameaça governamental de pôr militares nas redações dos jornais e divagara sobre a frase "acabar com a exploração do Homem pelo Homem", um dos lugares-comuns da novilíngua da revolução.

"Mas queriam o quê?", rabujara ele. "A exploração do panda pelo Homem? Ou do Homem pelo lince-ibérico?"

Para que a intempestividade de Frederico não se repetisse, Maria Luísa dera-lhe a mão no primeiro verso da *Internacional*, esperando que o desconforto da intimidade o mantivesse de boca fechada. Diante do Parlamento sitiado por carros militares, soldados e manifestantes, Malu despediu-se do irmão, porque seria uma das oradoras do comício. No palco, sem se distrair da sua prestação, conseguia vê-lo a tirar notas do que ela dizia ao microfone:

"É preciso radicalizar o processo político e ter o Exército como braço armado do povo. Com essa unidade, os politiqueiros e os contrarrevolucionários irão parar ao caixote do lixo da História."

Palmas, vivas e um lugar vazio onde antes estivera Frederico.

Melhor assim. Ela não entregara a filha para depois fazer de ama-seca do irmão. A luta não permitia dispersões, a revolução estava por um fio, não podiam falhar, fazer uma pausa. Os socialistas tinham abandonado o Governo, e o PPD ia pelo mesmo caminho, com certeza iam lançar um golpe, valendo-se de serem os partidos mais votados, como se o sufrágio fosse a única manifestação da vontade popular. Era urgente deter as forças da burguesia capitalista, lideradas por um Mário Soares que já tinha prometido mobilizar todo o país.

Nos dias seguintes, o PRP de Maria Luísa juntou-se a outras organizações de esquerda, para exercer a vigilância popular e, ao lado dos soldados do Copcon, bloquear a entrada dos reacionários nas cidades com comícios do Partido Socialista. A parceria fez manchete no *Diário de Notícias*:

"Povo e militares nas barricadas em defesa da revolução."

O novo *República* alertou na primeira página:

"A reação quer marchar sobre Lisboa como Mussolini sobre Roma."

O Partido Comunista mobilizou os militantes para a formação de uma muralha de aço ao redor da capital.

E Mário Soares contra-atacou:

"Não queremos que o país se transforme num grande campo de concentração."

Houve confrontos em Porto de Mós e em Rio Tinto. Incendiou-se uma barraca de propaganda do Partido Comunista no Porto. Impediu-se a distribuição dos jornais alinhados à esquerda na Batalha. Uma discussão política acabou com um morto, à facada, nas Caldas da Rainha.

Em Lisboa, num grande comício na Fonte Luminosa, Mário Soares pediu um Governo de salvação nacional. Maria Luísa posicionou-se no topo contrário da Alameda, a fim de estudar as numerosas fileiras do inimigo. Nessa mesma noite, transmitiu aos camaradas do PRP o que tinha visto: aquela enchente de milhares e milhares de pessoas era o principiar de um movimento impercetível nas fotografias dos jornais, era mais do que a contagem de cabeças ou os gritos a pedir a demissão do primeiro-ministro: "Fora Vasco!".

"De manifestações está o país cheio", disse-lhe um camarada, e Maria Luísa insistiu ter presenciado, no bater de asas da multidão, o possível epicentro da derrocada do processo revolucionário. Portugal estava a ferro, fogo, pedradas, pauladas, tiros e cocktails molotov, era preciso ver além do barulho das luzes e do cheiro a vidros partidos, acordar do canto da sereia propagandística e ganhar o país, rua a rua, casa a casa, antes de soprar as trompetas da vitória.

"Pois sim, camarada", disse um dirigente do PRP, da velha guarda antifascista, veterano das prisões da Pide, que, embora andasse sempre armado, falava com a serenidade de um pacificador. "Mas, para já, peço-te que faças as malas, porque vais com o Otelo a Cuba."

"Se posso fazer a revolução aqui, porque hei de vê-la num museu lá fora?"

"Porque queremos o Otelo connosco. E o PC já anda a namorá-lo."

Otelo Saraiva de Carvalho, capitão e estratega do fim da ditadura, agora general e líder do Copcon, era simpatizante da esquerda popular e tinha um regimento armado às suas ordens. Elogiara o PRP e os seus Conselhos Revolucionários, equiparando-os aos sovietes na Rússia do princípio do século XX. Também protestara contra esses Conselhos Revolucionários, dizendo que se aproveitavam do poder que tinham junto das massas trabalhadoras. Seria ambivalente ou manipulador? Uma maria-vai-com-as-outras ou um mestre da prudência que não se comprometia com ninguém? Simpático, bem-humorado, confessara em entrevistas que gostaria de ter sido ator. Influenciável nas ideias e impulsivo nas escolhas, especulavam uns. O exemplo vivo das boas intenções que sobrelotavam o inferno, concluíam outros, como aliás provava a sua tirada mais conhecida, sobre os fuzilamentos na praça de touros do Campo Pequeno. Na altura, parecera a Maria Luísa algo dito da boca para fora, da mesma maneira que um pai prometia parar o carro e usar o cinto das calças se os filhos não se calassem no banco de trás. Depois, o desabafo ascendera a ameaça a ter em conta, de tantas vezes repetido pelos detratores e pelos fãs. Maria Luísa já não sabia se Otelo ladrava, mas não fuzilava, ou se, entre o pelotão e o muro, seria sempre melhor estar do seu lado à ordem de fogo.

"Nunca tive jeito para recrutar ninguém", disse Maria Luísa, na reunião do partido. "Sou boa na rua, e é na rua que vamos precisar de gente nos próximos dias."

"O Partido quer-te em Cuba, com o Otelo", disse o dirigente. "Tens educação, inteligência, sabes ouvir e falar, ele gosta disso."

"Só falta dizeres que vou ter de dormir com o Otelo."

Uma voz masculina atirou: "Estás aí a espingardar, mas sempre gostaste deles mais velhos". Risos na plateia, onde Maria Luísa não conseguiu identificar a origem do comentário. O dirigente ignorou a interrupção:

"O general é bem casado e, entre aquilo que o pode comprometer, não consta a infidelidade. Queremos que lhe abras a cabeça, não a braguilha."

Mais tarde, no pequeno quarto onde dormiam, Alfredo repetiu a Maria Luísa a lição do parafuso: "Lembra-te que a revolução é muito maior do que tu. És uma pequena peça. És um parafuso". Tinham vivido juntos na clandestinidade e no exílio. Ele conhecia, como ninguém, o mal-estar da companheira com a autoridade. Ainda assim, com mais doze anos do que Maria Luísa, não percebeu a verdadeira causa da insónia dessa noite.

Sempre gostaste deles mais velhos.

Enquanto fazia a mala, a caminho do aeroporto, durante o voo para Cuba, no quarto do hotel em Havana, aquelas cinco palavras reapareceram com a inclemência de um vexame antigo, como uma dessas memórias de escola primária que, tantos anos depois, continuam a replicar o horror do instante em que aconteceram.

Maria Luísa viajou na comitiva dos repórteres. O seu cartãozinho artesanal da *Revolução*, jornal do PRP, valia tanto como os pesos cubanos. Cedo deduziu que não teria acesso a Otelo. O general foi monopolizado pelos dirigentes locais e, nas poucas vezes que Maria Luísa conviveu com os jornalistas no bar do hotel, ficou a saber que a viagem era uma ação de charme do Partido Comunista Português. Se os especuladores da City e de Wall Street aliciavam os investidores com noites de copos e putas, os comunistas seduziriam Otelo com honras de chefe de Estado e Fidel Castro como mestre de cerimónias.

Ela apenas viu Otelo ao longe, nas celebrações do Dia da Rebeldia Nacional, que assinalava o assalto ao quartel Moncada. O general com ganas de ator chegou num descapotável conduzido por Fidel Castro, mais interessado em aparecer junto do líder guerrilheiro da serra Maestra do que em escutar lições sobre os modelos comunistas de produção. Por vaidade ou deslumbramento, Otelo largara Portugal numa fase de distúrbios e, como uma estrela do rock and roll, subiu ao palco para falar a meio milhão de cubanos. Maria Luísa cuidou que talvez o general não saísse daquela ilha convertido ao comunismo pró-soviético, mas, sendo tarde para uma carreira como galã de cinema, sobrava-lhe ainda o papel de protagonista num processo revolucionário à portuguesa.

Os nove dias que Malu passou em Cuba em nada se compararam com a viagem paradisíaca de Otelo. Viu-se afligida pela paranoia dos tempos da clandestinidade, certa de ser vigiada pelos Serviços Secretos cubanos, a apóstata do PCP, em vias de ser castigada por traição e presa por espionagem. Teve pesadelos com as purgas do partido durante o Estado Novo e acordava empapada em suor tropical. Nas vezes que se aventurou a sair do hotel, enjoou com o omnipresente cheiro a gasolina, os pulmões ameaçando gripar com tanta humidade. Pairava num estado delirante, adivinhando-se sequestrada, metida no banco de trás de um Chrysler, despachada para a União Soviética. No país da revolução em marcha havia dezasseis anos, Maria Luísa não conseguiu ver mais do que bandeiras, murais, frases pintadas:

Patria o muerte

Libertad o muerte

Prefiero vivir de pie que morir de rodillas

Regressava ao hotel pouco depois de ter saído, pegajosa de calor caribenho e morte glorificada. Fechava-se no quarto e tomava banhos frios, metia-se debaixo da ventoinha do teto, para apaziguar outra revolução, interna, com uma só frase de ordem:

Sempre gostaste deles mais velhos.

Fantasiou descobrir que camarada dissera aquilo e extorquir-lhe, ao murro e ao pontapé, o significado escondido das palavras que a faziam sentir-se, tantos anos depois, abandonada pelo pai incógnito, violentada por Rodrigo no Convento dos Capuchos, desertada por Diogo no Parque Eduardo VII. Voltou a duvidar se teria sido Alfredo que a entregara aos pides, em 1970, mesmo que o companheiro tivesse depois tratado da viagem a salto para França e a recebesse em Paris, vivendo com ela, desde então, sem nunca lhe cobrar a castidade imposta. Depois da prisão e da tortura, o corpo de Malu não suportava o sexo.

Tal como a ventoinha no teto do quarto, Maria Luísa girava dentro da sua cabeça e começava tudo de novo.

Sempre gostaste deles mais velhos.

Sentia dó pela menina que nunca conhecera o pai. Sentia medo, como a adolescente esbofeteada no meio da serra.

Ou chupas ou deixo-te aqui sozinha.

Revivia o desamparo de saber-se grávida de um rapaz de boas famílias que a deixara para se alistar na guerra. E depois voltava a desconfiar de Alfredo, mas não, claro que não, Alfredo era um protetor, mais companheiro do que amante, porque, mesmo na clandestinidade, eles quase nunca, em Paris, então, nem um beijo na boca. Depois da tortura, ela não conseguia olhar-se nua ao espelho, como estava agora, no chão do quarto de hotel, desfeita em febre e vómitos, porque a água cubana lhe desarranjara os intestinos, ou talvez os Serviços Secretos a tivessem envenenado, deixando-a às voltas com os homens da sua vida, perguntando-se porque gostava deles mais velhos, quando, verdade seja dita, se calhar, não gostava deles mais velhos nem mais novos, uma vez que os homens, ora com orgulho, ora com indiferença, ora como cumprimento de uma natureza qualquer, tinham sido sempre os seus carrascos.

No dia de regressar a Lisboa, Maria Luísa perdera peso, cor e beleza, mas reaprendera aquilo que a aparição de Álvaro Cunhal — os homens mais velhos, sempre os homens mais velhos — lhe ensinara na cadeia: uma mente sem uma missão era a oficina do diabo, algumas pessoas eram como certas espécies de tubarões — caso parassem de mover-se, morreriam asfixiadas.

Maria Luísa voltou a ver Otelo antes da partida. O general encaminhava-se para um avião soviético, ao serviço do Estado cubano, e os jornalistas portugueses comentavam que o aparelho ia a abarrotar de presentes. Na chegada ao aeroporto de Lisboa, Otelo, na sua farda de gala, foi recebido por um festim de populares e repórteres, empoleirou-se no carro que o transportaria para uma reunião do Copcon, e disse:

"Por tudo o que vi em Cuba, concluo que vale a pena construir o socialismo."

Que merda de revolucionário era aquele?, perguntava-se Maria Luísa. Um vendido às mordomias pequeno-burguesas, aos salamaleques do poder, ao materialismo capitalista, armado em dom Sebastião salvador da pátria, enquanto, nas suas férias caribenhas, Portugal se partia ainda mais ao meio. O MFA dividia-se entre moderados e revolucionários, a extrema direita rebentava bombas, ardiam sedes do PCP, o presidente da República, Costa Gomes, puxava o travão de um lado:

"A marcha da revolução tomou uma aceleração que o povo não tem capacidade de absorver."

E o primeiro-ministro Vasco Gonçalves dava-lhe gás do outro:

"O ritmo não pode deixar de ser este, as revoluções não se fazem com ensaios gerais."

Entre todas as baboseiras com que Otelo estonteava os microfones, as câmaras e os admiradores, salvava-se uma frase de jeito:

"Vai-se tornando impossível fazer uma revolução socialista na totalidade pacífica."

Era preciso radicalizar, pegar nas armas, tomar as ruas.

Faltava saber se Otelo tinha os ovários no sítio, para, como Malu e os tubarões, trocar a inação pelo movimento.

"Recolha de fundos, não", diria ela, aos camaradas, dias mais tarde, dentro de uma carrinha roubada, antes de cobrir a cara com uma máscara de esqui e entrar no banco de pistola em punho para esclarecer toda a gente:

"Isto é um assalto."

8.

Um mês a viajar pelo país, longe do turbilhão da capital, e Frederico soltava-se da gula informativa, deixando de sentir a voragem de estar em todo o lado e tudo saber. Também ultrapassava a despromoção de repórter, para voltar a ser motorista de um jornalista internacional com manias de detetive noir e hábitos de enfarte do miocárdio. Ricardo Walker bebia até dormir e comia até fartar, a sua peitaça exalava tanto fumo como a caldeira de um transatlântico. Mas os textos que saíam da sua cabeça para a máquina de escrever assemelhavam-se ao desempenho de um atleta medalhado — músculo, estética e precisão. Walker via mais além, mostrando aquilo que, de outra maneira, ficaria para sempre perdido nos ângulos mortos de cada um. Se tinha uma audiência e uma garrafa de uísque nas veias, podia ser abusivo com as mentes medíocres e chato com as mulheres bonitas. Sóbrio e no mano a mano com Frederico, nas longuíssimas viagens de carro pelas remotas estradas de Portugal, era como um tio emigrado, regressado a casa para ensinar o sobrinho a pensar e a sentir, contando-lhe vitórias e descontentamentos, lembrando que Caravaggio era um génio e um assassino, comparando a brevidade da vida com o duradouro bater do mar nas escarpas, avisando que um dia também os oceanos, as rochas, a Terra inteira deixariam de existir, e, por isso, felizes daqueles que, aceitando o fim de tudo, tinham conhecido a beleza, o amor, a arte, uma paixão de juventude a quem tinham recitado e.e. cummings:

i like my body when it is with your
body.

A precisar de dinheiro e de uma nova aventura, Frederico tinha concordado guiar outra vez o Mini Morris de Ricardo Walker, que, em licença sabática do jornalismo, regressara a Portugal para escrever o clássico livro do explorador do Norte em terras do Sul. "Um guia biográfico de viagens", propusera o editor londrino, convencido do sucesso de vendas, com base na fórmula: país onde os ingleses passam férias + interesse na revolução + autor que é filho de uma portuguesa e de um piloto da RAF abatido durante a Segunda Guerra.

A viagem começou aí mesmo, no lugar onde a mãe tinha resgatado o pai do avião, na serra de Sintra, a faísca inicial da provocadora existência de Ricardo Walker. "Ao contrário de milhões de pessoas, devo a minha vida aos nazis. Não fosse um piloto da Luftwaffe, com boa pontaria, e eu não estaria aqui", disse ele, em cima de um pedregulho e mirando o Atlântico, como se escrevesse o livro na gávea de uma caravela. Depois, deu ordem de partida e, com Frederico ao volante, rumaram além do Tejo, a ponte como rampa de lançamento, o automóvel a sobrevoar estaleiros, guindastes, chaminés de fábricas e postes com ninhos de cegonhas, aterrando, por fim, na planura torrada dos pastos com sobreiros a sangrar contra um céu de guache. Passaram por casas em ruínas, restaurantes para camionistas, cães de beira de estrada com costelas que pareciam gaiolas ao abandono. Havia o rumor a jato do vento que entrava pelas janelas, sem arrefecer um grau que fosse dos quarenta marcados no mercúrio do termómetro colado ao tabliê. Havia o rodar do botão do rádio, em busca de uma banda sonora, e a ilusão de óptica do asfalto a derreter num ponto de fuga. Havia a velocidade de cruzeiro numa estrada sem destino, mesmo que as placas dissessem Algarve, as chaminés árabes rendilhassem os telhados, as luzes dos bares perto da praia colorissem os vestidos das turistas e o mar impedisse o Mini de seguir até à linha do equador.

Amanheceram num areal da Ria Formosa, com o sapateado dos caranguejos da maré baixa. Feriram as mãos a abrir ostras, beberam aguardente de medronho da garrafa e água fresca de uma cisterna na serra. Cheiraram as estevas e os pinheiros nas falésias rubras do fim do dia. Comeram figos maduros, frango assado e peixe no carvão sem usar talheres. Dançaram noite dentro com duas divorciadas de Bristol, Frederico despiu uma na praia, Walker adormeceu vestido no quarto de hotel da outra.

Arrancaram novamente para o norte, furando a paisagem do interior alentejano, num silêncio a perder de vista, o movimento do carro favorecendo um estado meditativo, sem pressa, apenas uma largueza de tempo e de perspetiva. O país, afinal, não se resumia a uma revolução. Era feito de cordilheiras e de rios e de aves de rapina. Frederico sentia-se a cruzar o universo da criação, desde o primeiro ser unicelular aos arranhões brancos dos aviões na troposfera. De quando em quando, via uma casa perdida, uma pedreira escavada até ao tutano, uma estatueta de santa e flores secas numa curva da morte, um velho numa carroça, e ao invés de transigir a melancolia de tudo o que deixaria de ser, ele celebrava a dádiva dos viajantes em busca de novas descobertas, "o tesão pela vida", como dizia Walker, criador do mandamento "escrever com os colhões, o coração e a cabeça, para que te leiam com os colhões, o coração e a cabeça".

Pararam para almoçar, Walker deu cabo de um cação frito e alambazou-se com umas bochechas de porco estufadas em vinho tinto. "Quando saí de Portugal, aos vinte anos, era para estudar direito, mas senti que só a vagabundear chegaria a algum lado." Uma garrafa de tinto durante a refeição. Uma sericaia com ameixa de Elvas e um bagaço depois. "Fui moço de recados em Bruxelas, lava-pratos em Rotterdam, ajudante de cozinha num navio de carga que zarpou de Southampton. Sobrevivi da mão para a boca, viajei sozinho e com namoradas, aceitei a bondade dos estranhos e fui maltratado por conhecidos. O importante era experimentar: corpos, lugares, ideias. Tinha uma vocação para tudo o que era transitório, atraíam-me os lugares de passagem e de encontro, uma estação de metro, uma sala de embarque num aeroporto, um bar no cais. Nunca quis perder completamente o juízo, ser gandulo ou mandrião, sabia que, mais tarde ou mais cedo, publicaria aquilo que já começava a escrever."

Continuaram para o norte, castelos e antenas de televisão, arados e tratores, a quietude da lezíria, as contracurvas da serra, aldeias como Purgatório, Vales Mortos, Degolados, Venda das Raparigas, Picha, Alçaperna, Catraia do

Buraco e Pedaço Mau. Os latifúndios sem fronteiras davam lugar à terra retalhada por muros de pedra. E o calor, sempre o calor daquele verão em chamas, torres de fumo que esborratavam a linha do horizonte, árvores e animais calcinados, labaredas que cortavam a estrada e obrigavam o Mini Morris a dar meia-volta.

O rádio do carro jurava que os fogos florestais e os incêndios nas sedes dos partidos de esquerda eram ateados pelos mesmos pirómanos. O locutor mapeava os confrontos, os tiroteios, os artefactos explosivos, uma rota de mortos e feridos que ia de Vila Nova de Famalicão a Luanda.

"A Revolução dos Cravos passou a revolução dos cardos", disse Walker. Insatisfeito com o trocadilho, torceu a boca a si mesmo no retrovisor. Fechou a janela do automóvel e desligou o rádio. "Gabaram-se demasiado cedo do pacifismo lusitano. Mais por ingenuidade do que por arrogância, digo eu." Mostrou a mão aberta e fechou-a com força. "Demasiados anos de repressão, de tortura, de guerra. Muitas vontades recalcadas, muitos gritos engolidos, muitos ajustes de contas por saldar. Isso não desaparece de um dia para o outro." Descerrou o punho como se soltasse meio século de opróbrios. Frederico lembrou-se de João Guilherme, dos tiros de metralhadora diante da sede da Pide, do sangue na unha do polegar. Manteve os olhos na estrada, para segurar a debandada do coração.

"Já vi isto antes", continuou Walker. "Um dos maiores enganos é julgar que uma revolução pode reparar o passado de uma só penada, quando, tantas vezes, as atrocidades do passado são repetidas por gente com demasiada pressa de chegar ao futuro. Claro que tudo isto podia ser mais fatídico. Menos cómico. Em vez de valas comuns, temos a moca de Rio Maior." De tal maneira encantado com a arma de madeira, Walker escrevera uma crónica para Inglaterra sobre o famoso porrete revestido de pionés metálicos e usado pelas milícias anticomunistas, que tinham em Rio Maior a primeira muralha contra a depravação do Sul do país. "Mas não lancemos já os foguetes, que estamos longe de um final feliz", disse Walker, alongando-se depois sobre o Governo provisório, acabado de tomar posse, e sobre a resposta dos moderados do MFA, num manifesto conhecido como Documento dos Nove, sem perceber que Frederico já não ouvia nada.

(*Nem João Guilherme, nem mortos na rádio. Pensa que isto são umas férias grandes e aproveita enquanto podes.*)

Pelo canto do olho, Frederico espreitou Walker a meio da sua palestra.

(Esquece lá isso, puto. Este não é o gajo que está sempre a gabar-se de ter tesão pela vida? Olha que não há tesão que aguente quando ele se põe com estes monólogos. Para apanhar secas assim, tinhas ido para a faculdade.)

O carro fez uma curva, entrou numa reta, e uma lâmina de sol pousou no braço esquerdo de Frederico, sulcou-lhe o ombro e riscou-lhe a cara, lembrando-lhe que era verão e que estava em viagem.

(Agora, tem mesmo de ser um clássico. "Summer Time", dos irmãos Gershwin, interpretado por Ella Fitzgerald e Louis Armstrong.)

Frederico estendeu o braço para fora da janela e abriu a mão, sentindo a resistência do ar quente, como fazia em pequeno no automóvel do pai. O gesto juntava memória e novidade. Nunca havia estado naquela estrada, cada instante mais era um instante inédito, e, no entanto, retornava também aos verões da sua infância na Praia Grande, quando correr na areia e mergulhar nas ondas chegava para satisfazer a ânsia de velocidade. Depois lembrou-se dos pais, no Brasil, e, ao entrar numa curva, não virou o volante a tempo de evitar um animal ressequido no alcatrão, as rodas passaram sobre a carcaça sem vida, apenas um ténue solavanco.

"*Memento mori*", disse Walker, referindo-se ao cadáver.

"O quê?", perguntou Frederico.

"Lembra-te que vamos morrer. Em latim."

(O que é que eu te disse? Assim, não há tesão que aguente.)

Contra a morte, como assegurava Walker, ao menos havia a beleza, o amor, a arte, uma paixão de juventude a quem recitar poemas de amor (e de tesão), tudo aquilo que Frederico encontraria, dias mais tarde, na miúda esguia, de caracóis dourados, pele morena e olhos verde-água, em cima do contentor-palco onde Zeca Afonso e Sérgio Godinho tocavam no porto de Leixões, a convite da comissão de trabalhadores. Por causa das pernas altas, da cintura fina e do cabelo em frenesim, Walker reconheceu na rapariga a exuberância das palmeiras-imperiais. Aos olhos de Frederico, ela movia-se melodicamente entre os músicos e, filmando o concerto com uma câmara de oito milímetros, subvertia a ordem natural do cinema: as estrelas deviam estar diante da lente, não atrás. Sérgio Godinho cantava "Romance de um dia na estrada" e Frederico decidiu que o título era um sinal do destino.

Na plateia, os trabalhadores dividiam-se entre os aplausos e os apupos. Uns mostravam-se gratos ao sindicato pelo interlúdio musical. Outros estavam azedados com as cantorias daqueles cabeludos, certamente missionários da evangelização esquerdista. Todos, sem exceção, desfaziam-se em suor sob o telhado de zinco e, atacando as cervejas para arrefecer as gargantas, inflamavam os maus fígados. Entre músicas, Zeca Afonso contou que alguns capitães de abril tinham escolhido "Grândola" para contrassenha da revolução, após terem ouvido a música no Coliseu dos Recreios, semanas antes do golpe. Frederico gabava-se a Walker de ter estado nesse espetáculo, quando começaram os empurrões. Uma garrafa foi lançada para a boca do palco, outra estoirou nos pratos da bateria, os instrumentos calaram-se, o retorno de um microfone guinchou nas colunas. Estavam abertas as hostilidades entre os estivadores do porto de Leixões.

Frederico olhou para a miúda-palmeira no palco, e Walker incentivou-o a ser herói: "Talento é uma questão de sorte. O mesmo não se pode dizer da coragem". Como o rapaz não agia, Walker teve de ser mais claro. "Eu vou contigo."

Chamava-se Graça e, já a salvo da escaramuça, agradeceu a escolta de Frederico. Protegia a câmara como se fosse um filho resgatado ao mar. Fugira de casa por divergências artísticas. Ela queria documentar a revolução, o pai dizia-lhe "só pensas em galderice", de maneira que Graça fez-se à vida com uma mala e uma Super-8, depositando na câmara a fé que a mãe punha em santa Catarina, protetora das costureiras. Quando o baterista que lhe dava guarida recebeu um telefonema para tocar em Leixões com as estrelas da música de intervenção, Graça gastou todo o dinheiro que tinha em rolos de película.

Para Frederico, um armazém e um contentor-palco estavam uns furos abaixo do glamour da sombra verde com que ela realçava a cor dos olhos. Graça estava mais para musa da banda do que documentarista, uma estrela à espera de ser descoberta, sem noção da sensualidade dos seus pequenos gestos, da força desencaminhadora dos seus lábios molhados a despegar-se de um copo. Gostava de poesia e, usando palavras como "crepúsculo", declarava o seu amor ao sol. Frederico deixou-se levar pelos passos lentos e as confissões rápidas, junto ao mar e sob a luz do néon da pensão onde — mais um sinal do destino — estavam hospedados no mesmo piso. À falta de um beijo na despedida, nessa noite, Frederico escreveu-lhe um poema.

"Não faças isso", disse Walker, na manhã seguinte, na sala de refeições, devolvendo-lhe a folha com as rimas.

"É assim tão mau?"

Walker levantou a chávena de café e olhou para o outro lado da sala, onde Graça tomava o pequeno-almoço com a banda. "O namorado é capaz de não gostar."

"Ela tem namorado?"

"E posso dizer-te, por experiência própria, que é escusado competir com um baterista."

"Não pode ser, ela ontem parecia interessada. Disse-me que eu era muito intenso."

"Não estou certo de que fosse um elogio."

"Como assim?"

"Não vais levar para a cama todas as mulheres que te fizerem olhinhos."

"Posso tentar."

"Pior do que um romântico inveterado, só um romântico invertebrado."

"Vá-se foder mais os seus trocadilhos." Frederico pegou na folha com o poema e dirigiu-se a Graça.

Walker já tinha identificado no rapaz a revolta dos mimados e o desespero dos carentes. O primeiro impulso foi castigá-lo — como podia alguém ser tão mendicante da aprovação dos outros? Depois, ao ver o maravilhamento de Frederico na presença da rapariga, sentiu-se nostálgico, sabendo que o melhor das paixões estava reservado aos muito jovens. Em tempos, também ele fora imprudente com os afetos e intempestivo com o corpo. Na sala de pequeno-almoço, Walker compreendeu que, além do rapaz que tinha sido, Frederico também o lembrava de tudo aquilo que ele já não podia voltar a ser. "*Memento mori*", sussurrou, porque o luto de si mesmo se expressava melhor numa língua morta.

"Ela despachou-me", disse Frederico, ao regressar à mesa.

Walker arrancou-lhe a folha da mão.

"A escrever poesia, estavas à espera de quê?"

9.

Calígula entrou no café Ding-Dong com o capacete posto. Os empregados e os clientes conheciam bem o chinfrim da moto e as aparições espalhafatosas do seu proprietário. Na semana anterior, fizera-se acompanhar por um mastim amarrado numa corrente e sentara-o à mesa, de guardanapo branco ao pescoço, "dois bifes do lombo", implicando de seguida com o empregado que não pusera talheres ao cão, "mas somos animais ou quê?". Fora mais um dos seus espetáculos de comédia e de terrorismo, daqueles que, na escola, tinham levado a professora a dar-lhe a alcunha do imperador que se apresentava como Hércules e obrigava os familiares a suicidar-se.

À imagem dos westerns que via no cineteatro S. Geraldo, o Calígula da cidade de Braga entrou no Ding-Dong com um safanão nas portas e deixou instalar-se o silêncio prévio aos tiroteios. Levantou a viseira do capacete, olhou à sua volta:

"Se está aqui algum comunista, é melhor que eu não lhe ponha os olhos em cima."

Na ausência de inimigos à vista, caminhou para uma mesa onde homens feitos e pais de filhos se tinham abrigado da homilia de domingo. Calcou o tampo de madeira com os nós dos dedos, inclinando-se sobre o indivíduo mais alto: "Não sabes o que disse o arcebispo?". Toda a gente sabia o que dissera o arcebispo. "Deus está com o povo lá fora, e tu aqui, a gastar o ordenado em vinho." Um apontamento de humor, só podia, uma vez que a reprimenda provinha do líder de uma quadrilha de assaltantes que traficava armas e que passara pela prisão com penas várias, por furto, atentado ao pudor e violação. "Toca a marchar lá para fora, como o resto da gente de bem", ordenou Calígula. O homem alto procurou nos amigos, e depois no resto da sala, um respaldo para manter a honra. Todos lhe viraram a cara.

Calígula endireitou-se e enganchou o cinto de couro com os polegares. "Queres sair pela porta ou pela janela?" Talvez o medo e a humilhação tivessem baralhado o homem alto, porque, parecendo considerar a segunda hipótese, olhou através do vidro. Nas ruas de Braga, marchavam milhares de portugueses, famílias citadinas com roupas de domingo e camponeses desembarcados na cidade, em dezenas de autocarros, para responder ao apelo do arcebispo contra a ocupação da emissora católica pelos trabalhadores da extrema esquerda.

Desde a mesa do canto, Diogo Bravo Montalvão viu o homem alto levantar-se e escolher a porta, reduzindo-se ao tamanho de um gaiato que mijara as calças na sala de aula. Calígula tirou o capacete e penteou a franja espalmada. Limpou o suor da testa, onde uma cicatriz, feita com um martelo para a carne, assinalava os anos a levar porrada da mãe. Tinha malares de caveira e, embora irrepreensível na higiene pessoal, jamais se livraria do tom de pele desgastado por gerações e gerações a vestir surrobecos, a trabalhar no campo, a viver em barracas, a comer o pão sem nutrientes que o diabo amassou. O cordame dos antebraços, só veias e tendões, terminava num par de mãos com cadastro e habilidade para fazer ligações diretas em carros roubados. Calígula era um delinquente comum promovido a contraterrorista para estancar a hemorragia vermelha em Portugal.

Na semana anterior, criara-se o Tribunal Militar Revolucionário, que julgaria os participantes no golpe de 11 de março. Também tomara posse o novo Governo provisório, apoiado em exclusivo por partidos de esquerda, e Vasco Gonçalves, primeiro-ministro pela quarta vez consecutiva, prometera uma frente política que tornasse "irreversível o processo revolucionário". Para deter essa frente, não chegavam as manifestações católicas, organizadas por todo o país, contra a decadência dos costumes e a conversão das crianças ao comunismo. Diogo, que partilhava uma certa fascinação das classes altas por indivíduos marginais, admitia que a causa precisava de homens como Calígula, que, mesmo desarmados, obrigavam outros homens a portarem-se como crianças sem controlo da bexiga.

No café Ding-Dong, Calígula sentou-se à mesa do canto com os restantes Anjos do Arcebispo. Estavam lá os seus irmãos, mais o Toino Cigano, o Naifa, o Doidivanas, o Tira-Teimas, o Jiboia, o Bastardo e, como artista convidado, julgando-se estratega de operações, mas, na verdade, sendo apenas o intermediário entre os senhores do dinheiro e os homens da porrada, Diogo Bravo Montalvão, a quem os restantes chamavam Copinho de Leite.

O plano era o mesmo que fora aplicado noutras cidades. Esperar o fim da manifestação e a retirada das famílias, para instigar os zelotas e os arruaceiros. Distribuíam-se panfletos sobre as perversões dos comunistas e apelava-se ao dever patriótico de agir contra aqueles que queriam calar a voz de deus. No verão, discutia-se sempre muito, bebia-se mais. O calor raivoso das noites maldormidas mantinha os homens na rua e os cafés abertos até tarde. Dezenas, centenas ou até milhares, como estava a acontecer em Braga, convergiam então para a sede de um partido de esquerda. Naquele final de tarde de agosto, os militantes comunistas, reunidos na varanda do edifício-sede, não esperaram a primeira pedra dos provocadores e iniciaram um bate-boca com a populaça. Contra argumentos, choveram os primeiros calhaus. Os Anjos do Arcebispo enfiaram os capacetes na cabeça e, liderados por Calígula, tentaram arrombar a porta com um sinal de STOP. Lá de cima, os comunistas, armados de um megafone, anunciaram chumbo para quem se atrevesse a entrar. Estavam escaldados com as reportagens da televisão, nas quais homens em tronco nu, por todo o país, lançavam móveis e papelada pelas janelas das sedes partidárias, purgando a peste comuna através do fogo, virando carros de patas para o ar e raspando dos muros a tinta das letras PCP.

Calígula deu ordem de ação a Toino Cigano, que, de capacete e montado num cavalo, arremessou um cocktail molotov pelo buraco de uma janela partida. Bastardo, Jiboia e Tira-Teimas treparam pela fachada e arrancaram a bandeira vermelha da foice e do martelo. Pularam, grunhiram, bateram no peito, e só o manuseamento do fogo com que incendiaram a bandeira os distinguia de um bando de macacos a reclamar território. Nem a Polícia, nem a Guarda, nem os soldados de infantaria do Regimento de Braga desencorajaram a batalha campal. Os bombeiros apareceram para apagar as chamas, e a turba proibiu-os de desenrolar as mangueiras. Começou a falar-se de pegar fogo às lojas e às casas dos comunistas, alguém denunciou um rapaz na rua, um infiltrado, um vermelho, um herege. "Matem-no!", gritou-se, e talvez porque Diogo se sentia acima do povaréu, presumindo um código de honra que o impediria de pontapear alguém caído no chão, deu-se conta de que o plano dos Anjos resultara numa caça às bruxas. Gritou para Calígula e lembrou-lhe que o Arcebispo não queria mortos. Mas os comunistas já não estavam para tréguas e dispararam as caçadeiras. Diogo olhou para os dedos em brasa.

"Toma lá, que já almoçaste", disse-lhe Calígula.

Diogo concentrou-se nos pingos de sangue que rolavam pelas falanges e que faziam um compasso de espera, gordos e escuros, até rebentarem no pavimento. Lívido como uma manhã de análises em jejum, sentiu pena do filho por nascer, que deixaria órfão de pai. Os joelhos fraquejaram, os olhos também, e o sangue, a praça, o fumo, tudo parecia estar debaixo de água.

"Calma, Copinho de Leite, não te ponhas a choramingar, que são só umas chumbadas." Calígula amparou-lhe a queda e ajudou-o a procurar abrigo atrás de um carro. Deu ordem a Bastardo para o levar ao hospital. Diogo já não viu a chegada das tropas do Copcon, as balas de borracha, as rajadas de metralhadora, o gás lacrimogéneo ou os Anjos do Arcebispo a mudar de cenário para arrasarem a sede da Intersindical e o Mercado do Povo. Além dos ferimentos na mão e na perna manca, Diogo levou consigo a danação de Calígula:

"Chumbo comunista é como dentada de vampiro. Ou morres esta noite ou amanhã és um deles."

Diogo regressou ao Gerês com doze pequenos projéteis que o médico achou mais prudente não remover. Sentiu falta de Pureza a esperá-lo na entrada da casa senhorial, como era costume, e seguiu o trilho de pistas: um automóvel estacionado, loiça suja na mesa do caramanchão, fumo de cigarro no corredor, um exemplar da revista *Time* na mesa do telefone. Na capa, apareciam o presidente da República, o primeiro-ministro e Otelo Saraiva de Carvalho, entalados entre a foice e o martelo. O título em inglês dizia:

"Ameaça vermelha em Portugal."

Diogo imaginara-se um ferido de guerra recebido pela esposa amada, e, ao entrar na sala, viu Pureza a beber chá com um homem que preferia uísque. Rosada nas bochechas, sorridente e confortável na presença do estranho, ela reparou na mão enfaixada do marido:

"O que aconteceu?"

"Nada, entalei-me numa porta", disse Diogo, sem tirar os olhos do fumador, que se prestou a levantar-se da poltrona e lhe estendeu a mão.

"Ricardo Walker."

Frederico apareceu na sala, dissipando a suspeita de uma infidelidade conjugal. Relatou a jornada que vinha fazendo com Walker pelo país acima. Ilibado de ser cornudo, Diogo conheceu outro género de alívio: já não era o único a saber da gravidez da mulher. O cunhado apertou-o num abraço de parabéns e Walker ofereceu-lhe uma garrafa de puro malte escocês que tinha guardada para o final da viagem.

Um par de dias de domesticação naquela casa fizeram Diogo obliterar a pieguice que se sucedera aos tiros de caçadeira. Estava convencido de que aquilo que não o matara o faria mais forte, que uma dúzia de chumbos no lombo era um distintivo de mérito. Com Pureza entregue ao irmão e assumindo, por fim, a gravidez — tinha até escrito uma carta aos pais, no Brasil, a dar a notícia —, Diogo largou o marasmo da vida de casado, no meio do nada, para retomar a digressão do fogo-posto com os Anjos do Arcebispo. No regresso, prometeu, traria um brinquedo para o menino.

"Como é que sabes que não é uma menina?", perguntou Pureza, no lado de fora da carrinha.

"É o que tu quiseres", disse ele, rodando a chave na ignição, o código universal para fechar conversas e começar novas etapas.

Ultrapassado o maldito primeiro trimestre da gravidez, uma ecografia, num hospital espanhol, garantira um feto saudável, e, a meio do quinto mês, Pureza aceitava a ascensão do girino a outra coisa — não ainda um bebé, um filho com nome, mas algo que a obrigava a enfrentar a dúvida de todas as mães: quem seria o seu marido quando fosse pai? O sentido do dever de Diogo privilegiaria a família ou a causa política? Veria na relação da mãe com o filho uma ampliação do amor do casal ou um roubo daquilo que era seu? Gritaria por causa do choro do bebé, durante a noite, abanando-o para que se calasse? Bateria com a porta e dormiria fora de casa? Voltaria cada vez mais tarde? Imitaria o avô Manoel, que sobre os descendentes dizia:

"As criadas que tratem deles, tragam-nos para a mesa quando souberem ter uma conversa interessante."

Pureza até preferia que Diogo não fosse um desses pais modernos que mudavam fraldas e preparavam biberões, mas preocupava-a que estivesse a afastar-se cada vez mais e, com isso, os aproximasse de grandes perigos. De idealista que colava cartazes no início da revolução, Diogo passara a vândalo armado de revólver. Ela perguntava-se quando seria a vez de o marido sair da lista de feridos ligeiros, todos os dias anunciada nas notícias, para a secção dos cadáveres por identificar nas gavetas da morgue.

"Estás a esquecer-te de uma terceira hipótese", disse Frederico, durante um passeio pela quinta, após a confissão da irmã, que, ainda assim, escondia mais do que contava sobre Diogo. "E se ele mata alguém?" Frederico apanhou uma pedra do carreiro e lançou-a para longe. "Preferes ser viúva ou ter o marido na cadeia?"

A frontalidade do irmão fê-la arrepender-se da confidência. Controlou a irritação e disse:

"Estou certa que há mais alternativas."

"O divórcio, por exemplo", sugeriu Frederico, o menino que, por ter brincado aos papás e às mamãs, se reconhecia como autoridade nos assuntos do matrimónio.

Pureza recebeu o disparate da proposta com uma gargalhada.

"Estou a falar a sério", disse ele, e atirou mais uma pedra. "Foi aprovada a nova lei do divórcio. Lá porque te casaste pela Igreja, já não tens de gramar com um marido até que a morte vos separe."

O otimismo preocupado do irmão certificava que, apesar de alguns desacertos de caráter, não era mau rapaz. Mas a presunção com que ele falava da nova liberdade atestava a sua inexperiência para compreender que, por mais revoluções que se fizessem, uma mulher divorciada não andava muito longe das amantes do senhor doutor ou das putas do bordel.

Descalço, com a barba por fazer e uma guedelha que não via uma tesoura desde o início da viagem, Frederico vestia uma T-shirt sem mangas. O bronze dos braços sugeria uma liberdade que afrontava a irmã. Nos últimos dias, e após meses de separação, tinham retomado cumplicidades e ignorado desentendimentos. Estendiam as refeições ao ar livre com histórias sobre a infância no Hotel Storm's, porque a comédia do passado longínquo era a melhor maneira de evitar a tragédia do passado recente. "E vê se calças uns sapatos, Frederico, isto não é um acampamento de ciganos", disse Pureza, terminando o estado de graça. Ela queria ter dito:

Para ti, sempre foi tudo tão fácil.

Mas, antes de virar as costas, Pureza disse apenas:

"Vou deixar papel de carta na escrivaninha do teu quarto. Não te vais embora sem escrever aos pais."

Naquela família, como em todas as outras, os filhos tinham papéis diferentes consoante a ordem de nascimento. Pureza crescera entre uma irmã impertinente e o bebé da família, como tal, só podia ser a responsável, a precocemente adulta, a capitã que nunca deixaria o navio, como gostava de imaginar-se. Malu largara a filha e Frederico abandonara os pais na serra – ambos haviam escolhido o egoísmo e chamavam-lhe liberdade. Pureza não se deixava enfeitiçar por idealismos. Era uma mulher grávida, casada pela Igreja, sem emprego ou ajuda da família, dependente do marido e a viver numa quinta isolada de um país em estado de sítio. Tinha de manter os pés na terra e as obrigações em dia. De modo que foi deixar o papel de carta na escrivaninha do irmão e abriu as janelas, fez a cama, estendeu a toalha do banho no parapeito onde batia o sol. Não se dava conta da ironia: ao arrumar o quarto de Frederico e apanhar-lhe a roupa suja do chão, fazia o mesmo que criticava aos pais. No olho da tempestade, a capitã do navio também tinha de zelar pela dobra bem vincada do lençol. Mais do que brio, ela procurava o equilíbrio nos pequenos deveres.

"Desculpa", disse Frederico, na ombreira da porta, apontando para as sandálias nos pés. Desde pequeno que sabia usar as suas fraquezas para manipular os outros – a traquinice, o sentimentalismo, a vitimização –, e Pureza conteve a vontade de criticar-lhe as sandálias cheias de pó dentro de casa. "Porque é que achas que vim visitar-te, maninha? Queria ver-te, tinha saudades, estava preocupado contigo."

No fundo do corredor, calou-se o trepidar da máquina de escrever de Walker. A casa reclamou o sossego de todas as casas no princípio de uma tarde de verão – o claro-escuro, a pele quente num lençol fresco, o silêncio após o último zumbido da mosca a fugir pela fresta da janela, as árvores a projetar as suas sombras nas paredes, se não um rádio ou uma avioneta, pelo menos o ponteiro de um relógio de parede que marcasse o compasso do vagar. Pureza queria ter dito:

Tenho mais que fazer.

Não me venhas com as tuas lamechices.

Deixa de ser pantomineiro.

Mas aquela casa, que era todas as casas no princípio de uma tarde de verão, continha a promessa de salvar os Storm e o hotel, tudo poderia ser como antes. Voltaria a haver Sintra, Praia Grande, um novo bebé na família – a mera ideia de um filho nos braços fê-la querer estar nos braços da mãe, com os olhos rasos de lágrimas, meu deus, o que se passava com ela, já lhe tinham falado da sensibilidade das grávidas, mas aquilo era demais, tinha de controlar-se, vincar a dobra do lençol e, ríspida como Antónia, dizer:

"O que é que queres? Vá, desembucha."

"Quero levar-te daqui para fora", disse Frederico. "O Diogo contou-me coisas que não sabes, está metido com malta da pesada, é mais perigoso do que julgas."

"E?"

"E quis recrutar-me para o Exército de Libertação de Portugal."

"Respondeste o quê?"

"Que não."

"Fizeste muito bem." Pureza apontou para o papel na escrivaninha. "Também tenho envelopes e selos. Podes meter a carta no correio no regresso a Lisboa. Estou muito grata pela visita, mas já começa a ser hora, não é verdade?" Saiu do quarto, caminhou pelo corredor, desceu as escadas, entrou na cozinha e, aproveitando que os caseiros dormiam a sesta, pôs-se a lavar a loiça do almoço. Talvez assim conseguisse calar o silêncio de todas as casas no princípio de uma tarde de verão.

10.

Como foguetes numa festa de aldeia, as fagulhas do rastilho espalhavam beleza e expectativa até ao mar. Então, o fogo deixou de se ouvir e tudo se apagou durante um microssegundo, para logo se abrir uma chaga de luz na escuridão. A onda de choque lacerou a noite com milhares de estilhaços em brasa. O estrondo partiu algumas janelas do palácio, despenteou as palmeiras da baía e estremeceu as carcaças dos automóveis. Frederico sentiu a explosão nos molares chumbados e na descarga de pânico que o fez gritar:

"Vamos embora, caralho."

Os homens que o entalavam no banco de trás do Datsun não fizeram caso. Contemplavam os danos do petardo com a malevolência dos rufias no Carnaval. Ramalho também não tinha pressa, abriu a janela da porta do pendura, cheirou a pólvora e disse:

"Bons sonhos, senhor primeiro-ministro."

Só quando o carro entrou na marginal e os tímpanos cessaram de vibrar como uma chapa de zinco, Frederico se desenvencilhou do aperto, para enfiar a cabeça entre os bancos de Ramalho e do condutor:

"Primeiro-ministro?"

Os homens riram-se e Frederico olhou para o vidro traseiro: Cascais, a enseada, as luzinhas dos barcos de pesca a encolher a grande velocidade, desaparecendo com a primeira curva no Monte Estoril.

"Que palácio era aquele?"

"A messe da Marinha", disse Ramalho.

Frederico voltou a enfrentar a dianteira. Os faróis em sentido contrário prometiam uma colisão frontal. "Quem é que lá estava?" A resposta assustava-o mais do que a condução de rali numa estrada campeã em vítimas mortais.

"O marujo, quem é que havia de ser?", disse Calígula, ao volante, corrigindo a traseira a derrapar na contracurva.

Os homens voltaram a rir. No último mês, Frederico conhecera-lhes o amadorismo e a mitomania, a bravura e a agressividade, a ganância pelo dinheiro e o anticomunismo. Vira-os incendiar sedes do PCP e escritórios de sindicatos, andavam sempre com armas e tinham participado em confrontos com saldo de mortos e feridos. Diziam ter roubado dinamite numa pedreira e ajudado o filho do ex-diretor da Pide a fugir da cadeia. Também faziam cobranças difíceis e vingançazinhas de alcova, uma tareia por causa de uma dívida num negócio de gado, um carro incendiado porque havia um empresário puto da vida com quem lhe andava a papar a amante. Frederico ouvia-os falar do ELP, do MDLP, do Movimento Maria da Fonte, dos Anjos do Arcebispo, sem que lhes visse cartões de sócios ou atas das reuniões. Iam e vinham, nunca eram os mesmos, seria impossível saber a quem respondiam.

Calígula guinou para a esquerda e afastou-se da costa, ignorou as luzes e a campainha da passagem de nível, a cancela riscou a porta de Ramalho, o carro pulou sobre os carris do comboio. Frederico segurou-se ao encosto de cabeça do banco de Ramalho e a estupefação deu-lhe para a cerimónia. Disse o posto e o nome do novo primeiro-ministro, empossado dias antes:

"O almirante Pinheiro de Azevedo?"

"O marujo, como te disse", confirmou Calígula. Depois de um infame discurso em Almada, Vasco Gonçalves fora afastado do cargo de primeiro-ministro. Mas, em vez de pacificar as hostes, as manobras dos moderados do MFA tinham despertado a fúria dos extremos, a quem nada, além da aniquilação total do extremo contrário, parecia agradar. O ELP tinha esperado menos de uma semana para aterrorizar o novo primeiro-ministro.

"Não pode ser." Frederico recusava-se a acreditar que participara num atentado contra o chefe do Governo.

"Então, achavas que arriscávamos vir a Lisboa só para ir às putas?", gozou Calígula.

"Por falar nisso, temos umas horas livres até ao próximo compromisso", disse Ramalho.

Quando pararam num semáforo da avenida 24 de Julho, depois nas ruelas do Cais do Sodré, e até na gentileza com que se deixou ficar para trás e ofereceu passagem aos outros homens, na porta do bar, Frederico imaginou fugas que não tinha valentia para levar adiante. Talvez fosse stresse pós-traumático, porque, ao entrar no Liverpool, as luzes refletidas na bola de espelhos pareciam-lhe as faíscas do petardo. Tentou entorpecer o pânico com um uísque duplo de penálti.

"Isso é que é sede. Estava salgado, o bacalhau?", gozou Calígula.

Frederico voltou a servir-se da garrafa paga com o molho de notas saído do bolso da camisa de Ramalho e arrancou para a casa de banho, acossado pelas piadas de Calígula: "Não te esqueças que sacudi-la mais de três vezes é punheta". Desde pequeno com um estômago fraco para cheiros e contrariedades, Frederico cambaleou pelo campo minado dos perfumes das putas e do amoníaco das limpezas. Queria uma janela por onde respirar e esgueirar-se sem despedidas.

O cubículo não oferecia escapatória, apenas uma retrete sem tampa, um urinol com bolas de naftalina e um trinco na porta onde, esboçadas a esferográfica ou gravadas com chaves, constavam as mais frequentes expressões artísticas da masculinidade: iniciais de nomes e desenhos de pénis. Trancado na casa de banho, Frederico fez a reconstituição do caminho que o levara ali, como se, na impossibilidade de encontrar uma saída de emergência, pudesse retirar-se por onde tinha entrado.

Tudo começara no Gerês, durante um serão com o cunhado. Pureza dormia, Walker escrevia, e Diogo Bravo Montalvão arrastara-o para uma jornada copofónica de gabarolice, confidências e ideias brilhantes que, ao raiar da sobriedade, só espelhariam estupidez. Com a visão de fazer do Norte um novo Condado Portucalense, o MDLP e o ELP colaboravam com o Movimento Maria da Fonte, uma rede de sacerdotes, populares e proprietários agrícolas que disseminavam propaganda pelas aldeias e participavam nas manifestações dos católicos nas cidades. Nessa noite, Diogo lera-lhe uma passagem do suplemento pastoral do *Diário do Minho*:

"Para a seita comunista, o homem é um simples animal. O comunismo favorece os costumes licenciosos, ensina a dissolver a família, a violar as mulheres dos povos não comunistas, a eliminar os religiosos que opõem resistência."

Terminada a leitura, Diogo tinha batido com uma mão no jornal e mostrado os ferimentos de caçadeira na outra:

"Evangelização nas igrejas, guerrilha nas ruas."

Frederico dissera-lhe que o plano tinha semelhanças com o modus operandi da extrema esquerda. Se uns tinham as paróquias, os outros recorriam às comissões de trabalhadores; se uns ameaçavam com o papão comunista, os outros instigavam o medo do fascismo.

"Mas nós temos os espanhóis e a CIA do nosso lado", contestara Diogo, hiperbólico e sem freios na língua por causa do vinho. "Há muita malta que combateu em África e que está disposta a pegar em armas. Ninguém nos vai parar." Ter sobrevivido aos chumbos da caçadeira criara nele um devaneio de infalibilidade. "Para pôr o país na ordem, é preciso criar um clima de guerra. E, antes que entreguem Angola de vez aos pretos, trazemos para cá o general Spínola e fazemos o golpe."

Diogo desafiara Frederico a integrar as fileiras das Novas Cruzadas e, ao perceber as reservas do cunhado, perguntara:

"Preferes ser motorista?"

"Prefiro estar vivo que morto."

Fazia calor e Diogo desabotoara a camisa, o crucifixo do fio chapinhava no suor do peito. Julgando-se intimidante, agarrou na orelha de Frederico, embora os maneirismos, que apanhara de Calígula, lhe assentassem com a autenticidade de um capachinho.

"Não me digas que és maricas."

Frederico dera-lhe um safanão no braço:

"Porque é que não perguntas à tua mãe?"

Diogo sorrira ao ralenti, continuando a falar-lhe dos mercenários e dos milhares de armas escondidas pelo Norte. Na manhã seguinte, voltaria para junto dos Anjos do Arcebispo, sem saber ainda que teria um improvável aliado no seu trabalho de recrutamento.

"Não sejas burro, claro que devias aceitar o convite do teu cunhado", dissera Walker a Frederico, como um instrutor na recruta. O seu entusiasmo antecipava cenários que, no conforto daquela casa senhorial, o rapaz não alcançava ainda.

Tal como milhões de portugueses, Walker e Frederico tinham acabado de assistir, em direto na televisão, ao discurso histriónico de Vasco Gonçalves. Deveria ser apenas mais uma sessão de esclarecimento do MFA, organizada pelos sindicatos numa escola em Almada, mas acabara com o primeiro-ministro, sem casaco nem gravata, lavado em lágrimas, e quinze mil pessoas a cantar: *"Força, força, companheiro Vasco, nós seremos a muralha de aço."*

Dias antes, o primeiro-ministro dissera que talvez fosse preciso enviar umas quantas pessoas para campos de trabalho, e naquela quentíssima noite de agosto em Almada, atrás do púlpito e dos microfones, com milhares a aplaudir e a gritar delirantemente o seu nome durante minutos seguidos, Vasco Gonçalves mais parecia um líder maníaco e messiânico dos anos 1930. Com o indicador espetado nos momentos de improviso e as mãos nas ancas sempre que o pavilhão a abarrotar clamava por si, deixava-se levar pela emoção coletiva, e palavras como "raivosamente", "autos-de-fé fascistas", "derradeira batalha", "a nossa revolução está em perigo de morte", "chegou a hora da verdade", transmitiam um clima de fim de mundo, assustando ainda mais os portugueses que, como Walker, acreditavam estar para breve um conflito armado.

"Sabes quantos jornalistas têm oportunidade de trabalhar como infiltrados, numa altura histórica como esta? Durante uma revolução? À beira de uma guerra civil?" Quando empolgado, Walker fumava um cigarro em meia dúzia de baforadas. "Tens de aceitar o convite."

"Tenho é de convencer a minha irmã a sair daqui. Com o meu cunhado metido nestas cegadas, ela não está em segurança", respondera Frederico.

"Queres mesmo ajudar a tua irmã? Ser o bom da fita? *Save the fucking day*? Passa uma temporada com o teu cunhado, junta material suficiente e expõe os gajos numa grande reportagem. Eu ajudo-te a publicar isso."

"Não estou a ver como é que expor os gajos vai proteger a minha irmã."

"Estás a ser limitado. Pensa em grande. O casamento da tua irmã é entre ela e o marido. Denunciar uma rede de extrema direita, com planos para tomar o poder, é uma coisa maior, do interesse público."

"Hoje, toda a gente tem planos para tomar o poder", gozara Frederico. "Além disso, não fui talhado para herói."

"Quem é que falou em herói? Não és o Gandhi. Nem vais salvar as criancinhas africanas de morrer à fome. Ninguém te pediu isso. Mas há momentos em que nos deparamos com uma escolha que define quem somos. Pode ser um mendigo que te pede comida na rua. Pode ser um filho da puta a dar um ensaio de porrada num cão. Nesses momentos, ficar quieto é ser cúmplice. Cabe-te fazer alguma coisa. Nunca sejas espectador das injustiças que podes impedir."

"Está a comparar oferecer uma sandes a um mendigo a juntar-me a uma pandilha de gajos armados que andam pelo país a queimar prédios e a espancar pessoas?"

"Sabes porque é que não foste à guerra, como milhares foram antes de ti?", perguntara Walker. "Porque houve quem fizesse uma revolução e arriscasse a vida para seres livre."

"Estou-lhes agradecido por isso. Mas esta não é a minha luta."

"Pode ser que mais tarde te arrependas. Já ouviste falar do Serpico?" Walker já ia no quinto cigarro. "Era polícia em NovaYork, fizeram um filme sobre ele, aqui há uns anos. O gajo denunciou a corrupção dos colegas e dos superiores. Era um polícia incomum, leitor, intelectual, tinha barba e cabelo comprido, usava brinco, foi dos primeiros a trabalhar como infiltrado em Manhattan. Fizeram-lhe a vida negra, claro, teve de sair da Polícia. Quando um jornalista lhe perguntou por que é que ele simplesmente não tinha recebido os subornos, como os outros, e ficado caladinho, mesmo que não usasse o dinheiro, sabes o que é que o Serpico respondeu?"

"O quê?"

"Se recebesse aquele dinheiro sujo, depois, que tipo de homem seria quando estivesse a ouvir Beethoven?"

"Não percebo."

Walker suspirara antes de responder:

"Se não percebes, se calhar, estou mesmo a falar com a pessoa errada."

Não querendo desiludir o mentor, Frederico cedera:

"Acho que percebo."

"Esquerda, direita, revoluções, ditaduras? Tudo passa." Walker recuperara o vigor. "As ideologias são como os cortes de cabelo, mudam consoante as modas. Mas há uma coisa que permanece. O caráter. Só o caráter te previne de ser um pulha ou um oportunista em nome de uma ideia."

"E, no entanto, está a pedir-me que minta, que me faça passar pelo que não sou, que traia a confiança do pai do meu futuro sobrinho."

"Digo-te já que absolutismos morais só mesmo na cabeça dos fanáticos."

"Só quero ser honesto. Não acabou de dizer que o caráter era o mais importante?"

"Queres honestidade?" Walker tanto podia pregar-lhe um estalo como dizer o que lhe disse: "Pois bem, se fores um jornalista honesto, tens de assumir que, em algum momento, vais mentir ou, pelo menos, omitir, na tentativa de chegar à verdade. Vais aproveitar a credulidade de alguém, ou a confiança, ou o desejo de protagonismo. É o preço a pagar para informares o público das verdades inconvenientes".

A cada investida de Walker, Frederico recuava:

"Então, definitivamente, o jornalismo não é para mim."

"Mas qual definitivamente? Tudo na vida é pelo sim, pelo não. Nem preto nem branco. O meu pai era um tipo formidável, trabalhador, com piada, ensinou-me a cozinhar e a ser generoso com aqueles que tinham menos que nós. Mas achou por bem corrigir as falhas do meu comportamento com porrada. Havia o pai do amor e o pai dos bofetões na cara. Eram a mesma pessoa. Eu amei um e odiei o outro. Houve alturas em que só o amei, como quando ele ficou doente. E momentos em que só o odiei, como quando ele ficou doente e começou a maltratar a minha mãe. Antes que ele morresse, tentei conciliar o pai do amor com o pai do ódio. Não consegui, nem sequer depois de ele ter morrido."

"Isso quer dizer o quê?"

"Sei lá. Que as coisas não são como tu queres? Que podes arranjar mil desculpas para não fazeres aquilo que devias fazer? Que é melhor ser um pragmático que erra do que um idealista que não mexe uma palha?"

"Podes ser mais claro?"

Walker começava a perder a paciência:

"Vais continuar a ser um puto, quando a vida te pede para seres um homem?"

Trinta e dois dias mais tarde, Frederico concluía que ser homem era fechar-se na casa de banho de um puticlube do Cais do Sodré após um atentado contra o primeiro-ministro.

(*Foi só um petardozito para assustar, ninguém se magoou, o almirante nem deve ter acordado.*)

Ser homem era andar infiltrado com um bando de terroristas de província e chegar tarde demais à verdade — outro jornalista já tinha exposto o plano de desestabilização e reconquista do general Spínola, chegando a entrevistar, em Madri, o seu braço direito, o comandante Alpoim Calvão, que assegurara a presença militar do MDLP em Portugal: "Espero comer as rabanadas de Natal no meu país".

(*Qualquer reportagem que escrevesses não ia mudar nada, os jornais de hoje são o lixo de amanhã.*)

Ser homem era ver, com impotência, o fracasso dos moderados e a galvanização dos radicais. Em poucos dias, a extrema direita do ELP roubara duzentos quilos de explosivos, e a extrema esquerda do PRP recebera mil metralhadoras das mãos de um oficial do Copcon.

(*Não há nada que possas fazer, o que não tem remédio, remediado está, bebe uns copos para esquecer e, com sorte, esta noite não dormes sozinho.*)

Ser homem era a desilusão de acreditar noutros homens.

Naquela noite no Gerês, Walker dissera-lhe: "Antes defender uma causa perdida do que não ter causa nenhuma". E, em seguida, regressara a Londres.

Dias mais tarde, Diogo dissera-lhe: "Estás entregue ao Ramalho", como se largasse um enteado no colégio militar. Depois, Frederico nunca mais soubera dele.

(*Não lhes deves nada, estás por tua conta.*)

O narrador interno foi interrompido pelos socos na porta da casa de banho. Frederico pôs-se de pé, voltou a procurar uma saída onde só havia paredes de azulejos e, aceitando a derrota, correu o trinco.

"Estavas a falar com quem?" Calígula empurrou a porta.

"Com Jesus Nosso Senhor. Mas já desligou a chamada, tinha uma devota em Guimarães a pedir-lhe que matasse a amante do marido." Sem jeito para a porrada, Frederico usava a temeridade do humor para granjear respeito e evitar abusos. Nem sempre resultava. Calígula deu-lhe com a porta no peito.

"Estavas a falar com quem, caralho?"

"Com ninguém", disse Frederico, esmagado contra a parede.

"Eu ouvi-te."

"Falo sozinho, a sério, para organizar as ideias."

Calígula puxou-o pelos colarinhos e rodopiou o seu par na valsa da intimidação. Pressionou-o contra a parede oposta. Tinha os olhos inflamados e, através do fumo do cigarro no canto da boca, bafejou Frederico com os ácidos da azia. "Estou a reinar contigo, morcão." O dente de ouro distraiu Frederico da mão que lhe esbofeteava os testículos. "Só para ver se os tens no sítio." Frederico dobrou-se sobre a dor que explodia no ventre e lhe drenava o oxigénio dos pulmões. "Agora, põe-te nas putas, que tenho de mandar uma carta ao Cunhal."

Frederico saiu para o minúsculo espaço onde estava o lavatório, abriu a torneira, olhou-se no espelho.

Ser homem era não ter sabonete nem onde secar as mãos e ouvir uma saraivada de gases seguida pelos grunhidos de Calígula.

Ser homem era a desesperança de uma casa de banho onde não parava de chegar gente.

"Olha quem ele é." O reflexo de Correia, antigo camarada do *República*, surgiu no espelho. "Nunca mais te vi, pá, onde é que tens andado?"

(*Despacha-o, que se foda a boa educação, não é sítio nem hora, se o gajo se põe a falar, nunca mais o calas e ainda te queimas.*)

"No outro dia, lembrámo-nos de ti, o puto-maravilha, tens de passar lá no jornal, de certeza que se arranja alguma coisa." Diretores e repórteres do antigo *República* tinham acabado de fundar o *Luta*, um novo diário. Correia era um deles. "Está a correr muito bem, a tiragem a aumentar todos os dias, vamos precisar de malta como tu."

(*Sai daqui antes que dê merda.*)

"Viste a manchete que fizemos sobre as armas que o Copcon meteu nas mãos do PRP?"

O orgulho jornalístico de Correia podia ser a sentença de Frederico. Talvez Calígula não tivesse ouvido, a água corria na torneira, os graves da música do bar camuflavam palavras perigosas como jornal, repórteres, Copcon e PRP.

(*Queres mesmo arriscar?*)

"O Walker, sabes alguma coisa dele?"

Calígula puxou o autoclismo e, antes que abrisse a porta, Frederico saiu da casa de banho, decidido a não ser o homem que Walker o tinha desafiado a ser. Queria andar para trás no tempo, acordar tardíssimo e fumar um charro, pôr um disco a tocar e ouvi-lo na cama, com uma miúda a seu lado. Queria andar de carro com Raposo pela cidade, sem destino e com as janelas abertas, cear no Galeto, a altas horas, com as figurinhas do teatro e os figurões da má vida. Não ter outra ambição que não ter ambição alguma. Deixar tudo em aberto e repetir a lassidão do dia anterior no dia seguinte. Comprar mais discos, petiscar em tascas, mudar de namorada assim que esgotada a novidade, e, sem política ou compromissos, ser livre para sempre.

(*Música, maestro, toca aí o "Easy Living", cantado pelo Chet Baker.*)

Com uma prostituta em cada braço, Ramalho barrou a Frederico o caminho do sonho e da porta da rua:

"Vamos celebrar. Hoje, é por minha conta."

(*É como disse aquele escritor maricas que o Walker estava sempre a citar: a única maneira de nos livrarmos de uma tentação é cedermos a ela.*)

Esquecendo que Oscar Wilde provavelmente morrera de sífilis, e que passara os últimos dias num quarto miserável, a gastar em vinho o que não tinha, Frederico também cedeu à tentação.

Calígula voltou da casa de banho para a mesa dos Anjos do Arcebispo. Sentou-se no sofá, entre Frederico e uma loira platinada. Verificou a mentira do cabelo da rapariga e tocou-lhe a penugem negra dos antebraços:

"Se és assim na montra", encaixou-lhe a mão na virilha, "imagina no armazém."

"Imaginar é de graça. Para ver, já tens de pagar", disse ela, desmotivada como um vendedor de enciclopédias na última visita do dia.

"Gosto delas com mais chicha." Calígula largou-lhe a coxa, para servir uísque a Frederico. "Olha lá, rapaz, tu, que andaste a estudar, explica-me uma coisa." Enfiou os dedos no balde metálico — teria lavado as mãos? — e encheu o copo com gelo. "Quem é a Maria da Fonte, para quem a gente faz os servicinhos?"

Calígula sabia bem que Maria da Fonte não estava viva nem era líder da rede contrarrevolucionária, o seu nome apenas fora escolhido para apadrinhar a conspiração. Frederico caiu na esparrela e pôs-se a repetir o que aprendera com Walker acerca da revolta Maria da Fonte, que começara com as mulheres do Minho no século XIX, e a proibição dos enterros nas igrejas.

"Se sabes tantas coisas, como é que andas aqui com a gente, em vez de estares com os cães grandes do dinheiro, lá em Madri?", perguntou Calígula.

"Porque não sou cão grande, nem tenho dinheiro."

"Isso explica que não estejas em Madri, mas não que estejas aqui."

Calígula tirou um canivete do bolso das calças, abriu a lâmina e principiou a limpeza das unhas pela maior de todas, no dedo mínimo. "Nunca te vi pegar num calhau, nem abrir a cabeça a um comunista."

Lutar ou fugir eram opções fora do alcance de Frederico, de maneira que, como o pai lhe ensinara acerca dos cães, o melhor era não mostrar medo — medo de que descobrissem que era jornalista infiltrado e de acabar com um tiro na nuca, medo de ir preso pelo atentado ao primeiro-ministro.

"Sempre no teu cantinho, todo borrado", continuou Calígula. "Ou muito me engano, ou não os tens no sítio."

Perder a vida ou a liberdade eram catástrofes bastantes para que Frederico se mantivesse calado. Mas era mais forte do que ele:

"Tanta mulher à nossa volta, e é a segunda vez esta noite que te preocupas com os meus tomates."

Calígula apunhalou o sofá com o canivete, junto da braguilha de Frederico.

"Morcão do caralho, não me fio em ti nem um pentelho."

(*Mais uma referência púbica, este gajo tem uma obsessão.*)

"Só não sei se és a égua ou o dono."

"Pecuária, a esta hora?", gozou Frederico, encaixando logo uma cotovelada na mandíbula. O crânio estremeceu, as luzes piscaram e, ao engolir, saboreou o sangue nas gengivas. Procurou um aliado. Ramalho saíra do bar com uma rapariga, e os outros três Anjos eram clientes habituais das exibições de Calígula.

"Desde pequeno que queria ter um cavalo. Por causa dos filmes de caubóis, estás a ver?" Calígula ofereceu-lhe um guardanapo para limpar o sangue. "Aqui há uns anos, conheci um espanhol num bar assim como este, em Pontevedra. Conversa puxa conversa, o gajo diz-me que tem cavalos para vender. Tratámos de tudo logo nessa noite. Comprei-lhe uma égua, uma sela, até botas com esporas eu comprei. Uma semana depois, peço ali ao Toino Cigano para me ajudar com os arreios. E o que é que tu me disseste quando chegaste, Toino?"

O Toino Cigano debruçou-se e gritou por cima da música do bar:

"Isso não é uma égua, isso é uma mula."

"Eu não queria uma mula. Queria uma égua. Depois, o Toino Cigano disse..."

"Queres uma égua pra quê?" O Toino Cigano voltou a recostar-se na cadeira.

"Tinha razão", disse Calígula. "Sempre fui mais de motorizadas. Mas levar a mula de volta para Espanha era o cabo dos trabalhos." Apanhou uma mão-cheia de amendoins na mesa e despejou-os na boca. "Como conhecia um pessoal no matadouro, eles trataram da mula e despacharam-na para o talho, ainda ganhei uns cobres e uns bifes do lombo." Parou de mastigar, bochechou com o uísque aguado no fundo do copo. "Resolvido o problema do que fazer com a mula, eu e os rapazes decidimos o que fazer com o antigo dono da bicha. Mas essa parte da história fica para outra altura." Tirou o canivete espetado no sofá. "O que me interessa agora é saber se tu és assim, caguinchas, porque isso te está no sangue e não há maneira de seres outra coisa, tal como a mula não podia ser uma égua." Pousou a ponta do canivete na coxa de Frederico e pressionou-a até atravessar o tecido das calças. "Ou se és um aldrabão e me queres passar a perna, como o gajo que me vendeu a mula."

"Eu sou a mula", disse Frederico.

"Pois, mas as mulas acabam aos pedaços, penduradas no talho." Calígula sinalizou os seus homens com o queixo. "O que nos faz falta é uma égua."

"Eu posso ser uma égua."

"Podes?"

"Posso."

"Então, vamos lá fora."

"Fazer o quê?"

"Ver se és uma égua."

(*Nunca vás lá fora.*)

Lá fora, os Anjos do Arcebispo acompanharam Frederico até ao Datsun, e Calígula ordenou:

"Relincha."

Frederico não obedeceu.

"De gatas e relincha", gritou Calígula. "Vamos todos andar de cavalinho."

"Não", disse Frederico.

Calígula deu-lhe uma bofetada.

"De mão aberta, como se ele fosse uma putinha", disse o Toino Cigano.

"De gatas", repetiu Calígula.

"Não."

"Entra no carro."

(*Nunca entres no carro.*)

Calígula abriu a porta do Datsun.

"Não."

Calígula afastou o blusão de cabedal e mostrou a coronha da Senhora dos Aflitos enfiada nas calças.

(*Nunca entres no carro.*)

E Frederico entrou no carro.

11.

Maria Luísa calcorreava Lisboa a todas as horas do dia e da noite. Subia o Bairro Alto e, em cada porta aberta, uma encenação da sua infância. Havia o cheiro a couro, no sapateiro onde a avó Celeste ia pôr meias-solas, e o cheiro a iscas com todos, na tasca onde o avô Xavier almoçava uma vez por semana. Havia roupas nos estendais, simulacros de famílias inteiras penduradas na corda, sem ninguém lá dentro. "Vão-se os anéis, ficam os dedos", ouvira ela dizer, em pequena, da boca das mulheres que, lavando o chão de joelhos, relativizavam o despedimento dos maridos com a façanha de estarem vivas. "Vão-se os anéis, ficam os dedos." E que fazer quando se iam os dedos? Os avós estavam mortos, a mãe e a filha, no Brasil, os irmãos, cada um para seu lado. Lisboa era uma sucessão de salas num museu pessoalíssimo. Um pingo de manteiga de uma torrada, a alastrar no guardanapo translúcido, continha todas as tardes em que o avô a levara a lanchar numa pastelaria do Chiado.

Havia outras Lisboas, mal costuradas pelos bairros de lata dos pés-descalços e das fossas a céu aberto. A Lisboa dos "não sei ler nem escrever, senhor", dos nados-mortos, dos mendigos a dormir nas arcadas, do trabalho infantil, de todas as doenças hereditárias de uma ditadura para a qual a pobreza era um selo de retidão.

Nas ruas da Baixa, mulheres vendiam bugigangas ao lado de butiques com nomes franceses. Senhoras de bem, que não tiravam as luvas para beber chá no Ritz, eram servidas em suas casas por garotas de farda que tinham no casamento a única alternativa a dormir no quarto da criada para todo o sempre. Umas faziam compras e abortos em Londres, outras desciam às caves septicémicas para escaparem à sina das mães adolescentes. Uma coisa era certa: vivessem à grande, na Estrela, ou na pequenez de uma barraca, na Musgueira, quase todas dependiam de um homem.

Os turistas revolucionários achavam Lisboa pitoresca. Para Maria Luísa, a cidade era a pista de um circo indigente. Com o espírito quebrado e a mão estendida durante décadas, os portugueses continuavam a dar pinotes e a precisar de um domador. Que mansidão era aquela? Como podiam esquecer o que lhes tinham feito? Por que seguiam com medo? Como saíam da opressão do fascismo para a escravatura do capitalismo?

Impaciente com a maneira de ser do povo, ela defendia que a resignação só seria extirpada à força.

Lisboa também era uma cidade de ódios em flor. Maria Luísa conseguia cheirar o gás lacrimogéneo e escutar a cacofonia de uma carga policial. Via os soldados que se recusavam a embarcar para Angola e os colonos que, chegados de África, marchavam com uma bandeira nacional cortada por uma faixa negra. Havia sempre faces opostas, amargores em confronto, militares desavindos, coligações partidárias desfeitas, uma capital-bestiário de todos os rancores e ajustes de contas.

Cada português acantonava-se no seu microcosmos, de onde assistia ao embate entre ídolos e vilões. Tudo era deformado por um viés político, de classe, religioso, um viés fortificado pelos amigos e pelos jornais escolhidos para afirmar certezas e promover desconfianças. Só existia a verdade pessoal. A discórdia apresentava-se como a primeira linha de defesa, o diálogo era um sinal de fragilidade.

Lá atrás, ficara o estado de graça do Vinte e Cinco de Abril, quando tudo era esperança e unidade. Os cartazes das primeiras eleições democráticas desbotavam nas paredes, esfarrapados e inúteis como a burla da democracia parlamentar. Em ano e meio de revolução, as metástases da tirania do Estado Novo tinham infestado os cravos e rebentado as pústulas. Para melindres antigos, novos cismas. O experimentalismo dos filhos era agora o desgosto dos pais. A liberdade da mulher era a desonra do marido. Nas travessias pela cidade, Maria Luísa sentia o fim da revolução benevolente e a iminência da luta armada. Formava-se a tempestade perfeita: explodiam bombas, ardiam prédios, ocupavam-se emissoras de rádio, milhares de armas eram desviadas dos quartéis. Na mata de Monsanto, uma mão-cheia de operacionais do ELP tinha ido pelos ares, quando carregava a bagageira de um Datsun com explosivos. Os cadáveres pulverizados impossibilitavam a identificação, embora se falasse da morte de Calígula, um psicopata a menos nas fileiras do inimigo.

Passara já o tempo da política de bastidores, das greves e das manifestações, do controlo dos jornais e da ocupação das fábricas. Poucas vezes na História se tinha vivido algo como o que acontecia em Portugal. E quase sempre terminava em coisa nenhuma. Maria Luísa podia mudar isso, estava dentro da História para impor a revolução certa entre todas as revoluções erradas.

Que distinguia a miúda que tinha entrado para o Partido Comunista, havia mais de uma década, da guerrilheira que acabara de atacar, com granadas, várias esquadras da Polícia em Lisboa? Tanta coisa tinha mudado e, ainda assim, o que importava era aquilo que se mantivera intacto: "Só cumpre o desígnio quem suporta o processo", dizia ela a si mesma. Quanto mais sofresse e abdicasse, mais obrigada estaria a vencer. Não havia volta atrás. Depois da clandestinidade, da tortura, da prisão, do exílio e da protorrevolução, a luta armada era o zénite do longo processo que acabaria por cumprir o desígnio. Ela estava na antecâmara da santidade, a um triz de prestar provas para o décimo *dan* de mestre das artes revolucionárias.

Na passagem do verão para o outono de 1975, Maria Luísa viu o partido receber, de um oficial do Copcon, um milhar de metralhadoras G3. Quando a transação foi denunciada por um jornal, Otelo Saraiva de Carvalho abençoou a caridade: "Sei, pelo menos, que as armas se encontram à esquerda, e isso é uma satisfação muito grande. Se elas se encontrassem à direita, é que era perigoso".

O PRP conseguira infiltrar-se nas Forças Armadas e ajudara a criar os Soldados Unidos Vencerão. Numa conferência de imprensa, com a cara tapada, e depois em manifestações por todo o país, os SUV, sempre fardados, exigiam a fundação de um braço armado do poder dos trabalhadores — o Exército Popular Revolucionário — e a destruição do Exército burguês, liderado por oficiais burgueses, ao serviço dos interesses burgueses, que só tinham acabado com o fascismo para recuperar privilégios burgueses perdidos durante uma guerra burguesa.

Naquele dia de outono, comissões de trabalhadores e de moradores, oriundas de todo o país, manifestaram-se em Lisboa com os soldados e os marinheiros dos SUV. Dezenas de milhares serpenteavam pelas ruas da capital, exigindo a libertação de dois militares presos por distribuírem panfletos dos SUV num quartel. O cortejo passou pela rua da Misericórdia, diante do *República*, e Maria Luísa pensou em Frederico, de quem não sabia nada havia várias semanas. Depressa se esqueceu, porque os manifestantes apoderaram-se de setenta autocarros da Carris e começaram a rumar à Trafaria, onde estavam detidos os soldados. Maria Luísa atravessou a ponte na caravana e, ao chegar à Margem Sul, sentiu-se na Terra Prometida, onde as pessoas modestas e pobres, habituadas a ser comandadas, tomavam agora o poder que sempre lhes fora proibido. Marinheiros, operários e camponeses cercaram a Casa de Reclusão da Trafaria. Cinco minutos depois das duas da madrugada, os soldados foram soltos e todos cantaram:

"*Venceremos, venceremos, com as armas que temos na mão. Venceremos, venceremos, a batalha da terra e do pão.*"

De volta à sede do partido em Lisboa, horas mais tarde, Maria Luísa foi recebida por Alfredo, que lhe pediu para falarem em privado.

"Que cara é essa, morreu alguém?", perguntou ela.

A resposta estava no telegrama que Alfredo apertava na mão.

12.

Nos meses de ausência de Pureza da sua casa em Sintra, alguém pintara no muro uma só palavra, com maiúsculas de imprensa, a vermelho vivo:

FASCISTA!

Semanas após o seu regresso do Gerês, numa manhã de folhas caídas, decidiu comprar um balde de tinta branca e, antes de descer até à vila, olhou para a hemorragia de letras no muro. Desde que chegara, Pureza tinha vendido móveis, tapetes e quadros, para se sustentar. Em caso de maior aperto, não hesitaria em pôr no prego o anel de noivado e a aliança de casamento. Voltar a Sintra despertara velhos medos e novos fatalismos. Prestava mais atenção à velocidade dos carros e à periclitância de um andaime. Trancava sempre a porta de casa e, antes de dormir, fechava o gás. Estava sozinha, sem marido, sem família, e temia que o seu corpo fosse um habitáculo demasiado quebradiço para proteger o filho. Todos os dias verificava o conteúdo da mala da maternidade. Acrescentava um gorrinho, trocava uma camisa de noite, folheava os exames médicos dentro de uma pasta, ao jeito do diário de bordo de uma viagem que ainda podia acabar em naufrágio. Procurava uma garantia contra a falibilidade do seu sistema reprodutivo e de tudo o que a palavra FASCISTA ainda podia devastar.

Por isso, desceu para a vila, onde compraria um balde de tinta branca. Como nas outras vezes em que passara diante do Hotel Storm's, ocupado e gerido por uma comissão de trabalhadores, viu alguns refugiados das províncias ultramarinas ali hospedados.

"Dão cabo de tudo, são piores que uma praga de gafanhotos", dissera-lhe a dona da papelaria.

"Coitados, também são gente", defendera o farmacêutico, que lhes oferecia medicamentos prestes a perder a validade.

Já o talhante, um artista do cutelo sobre a tábua de corte, era mais contundente:

"Que voltem lá para a terra deles."

E havia aquela nova palavra, contagiosa como uma peste medieval.

RETORNADOS

Quatro sílabas que não conseguiriam explicar séculos de História, nem o drama daqueles que, erradamente, a palavra devia designar — muitos retornavam a coisa nenhuma, tinham nascido em África e não vinham de livre vontade para os campos de refugiados, os hotéis ou os parques de campismo onde o Estado português os alojava.

Retornados: uma palavra poluída com os preconceitos de quem a dizia, uma parente, em segundo grau, de cigano ou escarumba ou monhé.

Na vila, os turistas tomavam o pequeno-almoço na esplanada do Café Paris e uma charrete subia para a serra. As chaminés ciclópicas do palácio distribuíam reflexos de cal pelo ar do outono. Duas palmeiras emprestavam profundidade ao horizonte, compondo a ilusão de Pureza: estando num lugar conhecido, sentia-se de repente num território exuberante. Projetou-se nas mesas do café, com óculos escuros, um lenço colorido na cabeça, a escrever um cartão-postal. Misteriosos eram os interstícios da consciência, porque, assim que pensou no postal, Pureza lembrou-se dos pais no Brasil. Como se não bastasse, três camionetas estacionaram, tapando-lhe o sol, e despejaram uma manada de estudantes de liceu, cabeludos e fumadores. Ela viu-se arrastada de volta para um lugar que conhecia, um tempo que rejeitava. Em todos os edifícios da vila, reacenderam-se as frases pintadas.

No hospital:

Mulheres unidas jamais serão vencidas

No palácio:

Só os parasitas têm medo dos comunistas

Na torre dos Correios:

Cristo foi quem mais lutou pelas liberdades

Pureza passou pela Câmara Municipal, ladeou a estação de comboios e entrou na drogaria quando a sirene dos bombeiros anunciava o meio-dia. Reconheceu o odor da cera para madeiras e do metal oxidado. Mas nem sinal do sr. Faísca, que vendera a fita métrica com que Gonçalo Storm media Pureza e Frederico no princípio de cada ano letivo. Nas gaiolas penduradas na parede — uma novidade —, estourou um motim de penitenciária, dezenas de periquitos golpeavam as grades com os bicos e as asas. Na impossibilidade de alcançar Pureza, os pássaros picavam-se uns aos outros. Atrás do balcão, em vez do sr. Faísca, um papagaio-cinzento, acorrentado ao poleiro, assobiou duas notas ascendentes, seguidas de outras duas descendentes — as mesmas com que as mulheres eram presenteadas ao passar por um estaleiro de obras. Um vulto surgiu das traseiras da loja, tinha um garfo numa mão, uma marmita de metal na outra.

"Desculpe", disse Pureza, autora do delito de estar onde não devia.

"É servida?", ofereceu ele. Tinha o bigode manchado de comida e inclinou o recipiente com arroz de cabidela.

Esbofeteada pelo travo do sangue e do vinagre, Pureza disse:

"Volto depois."

"Eu é que devia ter fechado a porta, estou na hora do almoço. Mas, uma vez que veio até aqui, também não se vai embora de mãos a abanar."

"O sr. Faísca?", perguntou ela.

"Isso, deixámos de vender." Pureza não percebeu a piada. Ele engoliu um resto de arroz colado na gengiva. "O velho Faísca reformou-se, voltou para a terrinha. Vai ter de se aviar comigo."

Pureza manteve-se calada, como se sair dali inteira dependesse do seu bom comportamento.

"Não se lembra de mim, pois não?" O homem pousou a marmita no balcão. Limpou a meia-lua do bigode, das pontas para o meio, acercando o polegar do indicador. Lambeu os dedos. Tinha as mangas da camisa arregaçadas e, no músculo do antebraço, o verdete de uma âncora tosca, picotada com agulha e tinta-da-china. No seu olhar, depreendia-se a impunidade de alguém que fintara a morte ou um mandado de captura. "Mas olhe que eu lembro-me bem de si."

"Desculpe", disse Pureza, com uma tremura nervosa nos cantos dos lábios. Um homem menos sagaz podia achar que se tratava de um sorriso, até de um convite.

"Trabalhei no hotel. O seu pai era uma joia de pessoa, já a sua mãe…" A porta da rua interrompeu-o, mas o cliente nem chegou a entrar. "Estamos fechados", gritou ele. "Volte daqui a uma hora."

Pureza tinha aprendido com Maria Luísa que, se fosse atacada por um homem, deveria gritar "fogo", caso contrário, ninguém iria em seu auxílio.

A porta fechou-se, o cliente desapareceu, os periquitos canibais continuaram a matar-se nas gaiolas.

"Então, o que vai ser?"

"Tinta branca", pediu Pureza.

"Muito bem", disse ele, e afastou-se para a outra ponta do balcão. "Por acaso, eu já sabia que estava de volta." Reapareceu com um balde de cinco litros. "O seu marido é que nunca mais vi por estes lados."

"Quanto é?", disse Pureza, procurando apressar a saída.

"Não se preocupe, paga depois, quando eu lhe deixar a tinta em casa. Se quiser, ainda a ajudo a pintar." O homem não olhou para a barriga de Pureza, concentrava-se nas mamas inchadas de grávida. "Nesse estado, não se vai pôr a carregar pesos."

"Obrigada", disse ela, e começou a andar para a porta.

"Mora ali perto do hotel, certo?"

Pureza saiu para a rua sem olhar para trás, nem gritar "fogo". Talvez estivesse a ser ridícula, nenhum homem cobiçava uma grávida, que parvoíce, e se ele estivesse apenas a ser simpático, a fazer conversa de circunstância com uma cliente? Não, Pureza sabia, todas as mulheres sabiam dessa disposição comum a lordes e a empregados de drogaria, um direito que eles julgavam consagrado pelo nascimento e que tinha de ser saciado. Por mais que disfarçassem, era algo sinistro, infatigável, como um bando de hienas atrás de uma presa. Quantas vezes um elogio não antecedia um beijo forçado? Quantas vezes a simpatia de uma boleia fora seguida de uma violação? Por mais que ensinassem boas maneiras a uma hiena, ela nunca deixaria de afocinhar as vísceras de um cadáver.

Passando pelo hospital, Pureza voltou a ler:

Mulheres unidas jamais serão vencidas

O feminismo era a inspiração de poemas, de colóquios, da nova lei do divórcio e das palavras de Oriana Fallaci, aquela italiana bonita que fumava em público e que o *Diário de Lisboa* tinha entrevistado: "Os portugueses são capazes de ver as vítimas da exploração na longínqua Angola, mas não são capazes de ver os explorados nas suas casas e nas suas camas: as mulheres".

Muito justo, muito bem-visto. E onde estavam as mulheres unidas quando era preciso? Onde estava Oriana, onde estava Antónia, onde estava Maria Luísa? Sem ajuda de ninguém e impreterivelmente só, talvez Pureza devesse seguir o exemplo de todas as mulheres que tinham estado sozinhas na gravidez e no parto e a educar os filhos. Talvez. Mas não queria. Que se lixasse o feminismo. O que ela queria mesmo era o seu marido ali. Um homem para a defender de outros homens. Queria que o marido retribuísse com pancada o terror que ela vivera na drogaria. Nessa fantasia de violência, Diogo aparecia na Triumph Roadster, com uma T-shirt branca, o cabelo ondulado pela velocidade sem capacete — o Diogo do "até que a morte nos separe", o Diogo de antes da revolução e dos comunistas e do ELP.

Cansada pela subida, Pureza parou no terreiro do palácio e, agarrando a barriga, sentou-se num banquinho de pedra, junto dos canteiros com flores. Rapazes e raparigas de liceu falavam alto, com a excitação de estarem longe de casa. De uma visita de estudo faziam uma viagem de circum-navegação, acendiam cigarros e diziam palavrões, eram irredutíveis nas suas certezas, tinham sonhos inabaláveis, queriam parecer mais velhos, desconhecendo que, num ápice, seriam os velhos que queriam ser mais novos. Gerações nasciam, gerações morriam, gerações construíam palácios, faziam revoluções e, inebriadas consigo mesmas, julgavam-se abençoadas com o dom da razão, eleitas para consertar o mundo de uma vez por todas. Mas o verdadeiro processo revolucionário em curso, descobria Pureza, era a marcha do tempo. Do nascimento à morte. Não dependia de ninguém. Estava dentro de cada um, programado como um código.

O que foi não volta a ser

Se Pureza escrevesse uma frase nas paredes, seria essa.

O Hotel Storm's nunca mais seria o mesmo. O país nunca mais seria o mesmo. O seu casamento com Diogo nunca mais seria o mesmo. Ela nunca mais seria a mesma.

O que foi não volta a ser

Queria a proteção do marido, ainda que imaginá-lo ali fosse tão implausível como Diogo restaurar o modo de vida anterior à revolução. Ele preferia a guerra ao casamento e ao filho. Tinha deixado Pureza na estação de comboios, no Porto, sem oposição, talvez até com alívio, quando ela pedira para voltar a Sintra, a fim de estar perto de um hospital. Quem sabe Diogo ganharia a guerra e juntos celebrariam as bodas de prata com muitos filhos. Quem sabe os comunistas seriam derrotados e todas as palavras em muros, apagadas. Mas nada voltaria a ser como antes. Ela tirou uma caneta da carteira e escreveu na parede do terreiro:

O que foi não volta a ser

Pureza tinha de assumir que estava impreterivelmente só, o que não significava que ficasse indefesamente só. Cruzou o portão do hotel e desceu a rampa que dava para as traseiras do edifício. Pela porta aberta da casa dos Storm, desprendia-se o cheiro de comida ao lume, e as crianças chutavam uma bola no pátio. Ela já ouvira que três famílias de retornados tinham sido ali instaladas. Foi recebida por uma mulher grávida.

"Bom dia, cresci nesta casa, era dos meus pais. Venho buscar uma coisa que me pertence."

"Não quero problemas."

"Eu também não."

A mulher olhou para a barriga de Pureza e convidou-a a entrar.

13.

Era a segunda vez, em poucos meses, que uma irmã lhe apontava uma arma de fogo. Mudava o nome da irmã, repetia-se a espingarda. Frederico identificou a Beretta antes que Pureza o reconhecesse através das grades do portão trancado.

"Sou eu, maninha." O uso do diminutivo infantilizava-o, a caricatura das mãos no ar, como num assalto, confirmava a sua insistência em defletir a seriedade com a patetice.

"Queres morrer ou quê?", disse Pureza.

(*Mal sabe ela que estiveste a uma unha negra de esticar o pernil.*)

"Também tive saudades tuas", disse Frederico. Pureza baixou a Beretta, o irmão lançou-lhe um beijo. "Vais deixar-me aqui fora?"

Na cozinha, assumiram os papéis que lhes pertenciam. Pureza, a cuidadora, batia os ovos com um garfo numa tigela. Frederico, o menino pequeno, roubou uma salsicha da lata aberta junto do fogão. Ela deu-lhe uma palmada na nuca, ele fingiu que doía. Nas noites em que Antónia ficava a trabalhar no hotel e Gonçalo jantava fora, os irmãos Storm faziam ovos mexidos com salsichas. O prato extravasava a simplicidade reconfortante das proteínas gordurosas, ensopadas em pão e empurradas com leite. Era algo só deles, um ponto de encontro aonde podiam regressar.

"Estavas à espera de alguém?", perguntou Frederico, apontando para a Beretta em cima da bancada.

"O que não falta por aí é malandragem." O afinco maternal de Pureza, a cortar as salsichas em rodelas, como o irmão gostava, era a sua melhor máscara. Ela nada diria sobre a palavra FASCISTA, a hiena da drogaria ou a visita à casa de família para recuperar a Beretta.

"Onde é que foste desencantar a espingarda?", perguntou ele.

Os ovos e as salsichas assobiaram na frigideira. Pureza moveu a colher de pau em espiral e disse:

"Tens leite no frigorífico e pão no armário."

O reaparecimento da Beretta na posse da irmã não era um enigma que Frederico quisesse abandonar. Mas Pureza foi mais rápida no contra-ataque:

"Então, já arranjaste emprego?"

Frederico foi buscar o leite e o pão porque mentia melhor com as mãos ocupadas.

"Estou a tratar disso."

(*Deixa-me rir.*)

Serviu o leite num copo. Cortou o pão na tábua. Tudo muito devagar, apertando a língua entre os lábios, uma criança de tal maneira absorvida na execução de uma tarefa, que podia ignorar os adultos.

"E tens feito o quê?", perguntou Pureza.

"Biscates."

(*O vencedor do prémio de pior ator é…*)

Quando, naquela noite em Lisboa, Frederico entrara no Datsun, obrigado por Calígula e por uma pistola entalada nas calças, o narrador interno pusera a tocar "Mercy, Mercy, Mercy", de Cannonball Adderley. Ao virar da esquina, aparecera Ramalho, a abotoar a braguilha, e Calígula tivera de parar o automóvel. Pela janela aberta do condutor, os dois homens haviam iniciado um diálogo conspirativo. Ramalho apontara para o relógio, Calígula assentira e, virando-se para trás, com o braço esticado sobre as costas do banco do pendura, tinha ordenado:

"Salta lá para fora, morcão."

Se Calígula era o invasor bárbaro, Ramalho tinha os anseios do provinciano que se deixava corromper pela capital. Não apreciando roupa, teatro ou tertúlias, as putas eram o seu passatempo. Após quinze minutos num quarto de pensão, com uma labregazinha acabada de sair da parvónia para o bas-fond do Cais do Sodré, Ramalho dera-se conta de que queria mais e melhor, daí que estivesse de regresso ao bar.

"Destas tenho eu com fartura lá em cima", queixara-se ele.

Nessa noite, Frederico aprendera que a perdição de um homem podia ser a salvação de outro. Ramalho requisitara-o como guia — "Quero uma coisa fina, com porteiro e madame" —, mandando Calígula e os Anjos do Arcebispo recolher a carga de explosivos em Monsanto.

Enquanto Ramalho caía na cama e no falso sotaque francês de uma profissional nascida em Odivelas, Frederico largava o trabalho de infiltrado no ELP e Calígula explodia com o Datsun, ascendendo aos céus numa espiral de cinza.

Pureza despejou os ovos com salsichas no prato do irmão. "Quer dizer que estás bem." Continha a conversa com uma afirmação, em vez de ampliá-la com uma pergunta.

(*Para dizer a verdade, estou um bocado fodido da cabeça.*)

Frederico bloqueou o ímpeto confessional com uma garfada, um pedaço de pão e uma só palavra:

"Ótimo."

O abalo de escapar por um triz a uma morte inflamável, com direito a notícia nos jornais, e o pavor de uma represália do ELP haviam levado Frederico a esconder-se no apartamento de Raposo, fumando ganzas sem parar. Tinha Calígula descoberto que Frederico era um infiltrado ou, naquela noite, quisera apenas atormentá-lo, como quem se diverte a arrancar as asas de uma mosca? E, caso soubesse, teria Calígula passado a informação a Ramalho? Não seria o desaparecimento de Frederico, sem qualquer justificação, motivo para levantar suspeitas? Que faria o ELP quando ele publicasse a reportagem?

O medo era real, a comoção, aceitável, e as desculpas para adiar a escrita do artigo acumulavam-se ao ritmo das cervejas e dos charros. Frederico saía da cama tarde e todos os dias prometia começar a escrever. Folheava os blocos de notas, confuso com a sua caligrafia, assoberbado pela necessidade de articular, com clareza e intencionalidade, os gatafunhos que encriptavam semanas de tanta violência. De forma que preferia folhear o jornal, ou fazer uma sandes, ou entreter-se a ouvir as peripécias da vida de Raposo. Tudo para manter-se ao largo de uma simples constatação: se escrevesse a reportagem, teria de a publicar, a isso obrigava a relevância daquilo que ele sabia. Mas, se publicasse a reportagem, a decência impunha que avisasse Pureza. E dizer "escrevi um artigo a denunciar o teu marido, sai amanhã no jornal" era bem mais difícil do que comer ovos mexidos com salsichas.

Frederico tinha muitas ideias geniais, como todos os fumadores de erva. A última levara-o a telefonar para o Gerês, e, após os caseiros o terem informado do regresso de Pureza a Sintra, ele saíra da casa de Raposo com a solução na ponta da língua: "Pediram-me um artigo que denunciasse o teu marido, mas, se quiseres, não escrevo nada".

Caso Pureza se opusesse, isentaria Frederico do dever jornalístico. Caso ela aceitasse a publicação da reportagem, desobrigaria o irmão da lealdade familiar. Independentemente da resposta de Pureza, ele teria sempre um problema a menos. Uma vitória a todos os níveis. Que prodígio. Nem o rei Salomão. Só que, como acontecia aos fumadores de erva, as grandes ideias eram amiúde vulgarizadas pela sobriedade, e agora, que ele estava diante da irmã, sentia-se mais pusilânime do que genial.

Frederico poliu o prato com uma côdea, terminou o leite no copo e ponderou com qual das cobardias viveria melhor:

1) despejar sobre a irmã grávida uma escolha que ele não tivera coragem de fazer
2) sair dali como se nada fosse e continuar em casa de Raposo sem escrever uma linha.

Pureza limpou-lhe a boca suja com o polegar:

"Sobremesa?"

Frederico inclinou-se para trás na cadeira, com os dedos cruzados na nuca, o cábula que acabou de saber do adiamento da prova oral. Podia ter perguntado como estava Diogo ou qual o motivo do regresso da irmã, mas Pureza fritou uma banana e salpicou-a com canela. Não falaram dos pais no Brasil, do ELP, ou sequer do esperado bebé. Era mais condigno suprimir do que expor. O choro e o queixume pressupunham uma falta de compostura, na melhor das hipóteses, e uma assunção de fraqueza, na pior. Frederico não percebia se a irmã o recebia com carinho ou sentido de dever, se todos aqueles gestos eram uma tentativa de aproximação ou uma forma de preservar o silêncio. Depois, Pureza pegou num resto de côdea, mordida pelo irmão, deu-lhe um beijo antes de lançá-la no lixo, como a mãe lhes ensinara, e disse:

"Não gosto que conduzas de noite. Fica comigo. Não me apetece estar sozinha aqui em casa."

"Claro", disse ele, compreendendo que nunca escreveria reportagem nenhuma.

"Vou-me deitar", disse ela, e passou-lhe a mão pelo cabelo. "Tens a cama feita de lavado no quarto de hóspedes."

Frederico esperou que a irmã fechasse a porta do quarto e assaltou o bar do cunhado. Saiu para o jardim e fez uma ganza, bebeu e fumou a prego a fundo. O uísque e a erva formavam uma dupla especializada em truques de escapismo. Frederico cruzou o portão e começou a descer a rua. O nevoeiro da serra era uma zibelina enroscada no pescoço das árvores, charcos de luz elétrica flutuavam metros acima da estrada, o asfalto refletia o céu negro e as constelações de prata, permitindo a Frederico voar no chão, desembargado de culpas e de remorsos, longe de si mesmo, numa deriva de sublime esquecimento.

(*Foda-se, onde é que estás? Outro apagão?*)

Quanto tempo levava ele ali, diante do Hotel Storm's, com uma garrafa meio bebida? Tentou lembrar-se do que estava a pensar segundos antes, e só conseguia lembrar-se de que tentava lembrar-se de algo de que não se lembrava.

(*Querias visitar o teu antigo recanto, na cave do hotel, onde ouviste Miles Davis a tocar o* "Générique".)

Frederico quis dar um passo, e a rua girou, ele estava embrulhado numa gelatina de transpiração fria, uma ventosa no interior da cara chupou-lhe todo o sangue da cabeça, sentia a palidez na boca, como leite coalhado.

Conhecia aqueles sintomas. Mais uma quebra de tensão provocada pela droga e pelo álcool. Para quem era tão interessado nas primeiras vezes, andava a repetir-se com frequência. Em breve, chegariam as náuseas.

(*Isso é que não.*)

Enquanto tinha força nas pernas, entrou no mato e seguiu o tilintar de um riacho. Bebeu água, lavou a cara e deitou-se de barriga para cima.

(*Há quanto tempo estás aqui?*)

Abriu os olhos.

(*Mais um apagão. Bem, ao menos, não vomitaste.*)

Havia quem tivesse cruzado continentes ou descoberto a penicilina. A grande façanha de Frederico, um mestre das oportunidades desperdiçadas, era não ter regurgitado os ovos com salsichas.

Queria levantar-se e regressar a casa de Pureza, a irmã pedira-lhe para ficar, já a abandonara naquela serra, meses antes, com os pais.

(*Apagaste outra vez?*)

Estava na berma da estrada, o jato de mijo fumegante embatia no poste, salpicando-lhe os sapatos.

Lá longe, um par de faróis projetou um lampejo de realismo na alucinação. Frederico sabia que estava no planeta Terra e que era um pequeno mamífero. Imaginou que os seus olhos brilhavam como os olhos de um coelho antes de ser atropelado. O automóvel parou, a janela abriu-se, o ELP encontrara-o.

"Frederico", disse a escuridão dentro do carro.

"Não", respondeu ele, levando ao paroxismo a perda de identidade causada pelas drogas.

Acendeu-se uma lâmpada no teto do carro, e uma cabeça assomou pela janela.

"Sou eu, pá, o Juca."

Havia mais de um ano que não se viam. Frederico sabia, por Raposo, que Juca se mantinha um portento da consistência na era da volatilidade. Vivia em casa dos pais, cursava filosofia e ainda usava camisolas de gola alta.

"Lembras-te da Filomena?", disse Juca, e encostou-se ao banco, para desvendar a namorada no lugar do pendura.

(*Claro que me lembro, foi ela que me apresentou ao João Guilherme antes de o matarem com um tiro na cabeça.*)

O aparecimento do amigo de infância só tornava mais insuportável a impostura de Frederico. Que fizera ele com a sua liberdade e os sacrifícios dos outros? Tinha-se safado da guerra, dos tiros da Pide, de explodir no Datsun com Calígula, só para poder mijar na rua, bêbedo e drogado, numa noite em que a irmã lhe pedira para ficar em casa.

"Estás bem?", perguntou Juca.

(*Claro que não, sou um merda, uma vergonha, um fracasso, um cobarde. Se a minha mãe soubesse o filho que tem...*)

O narrador interno foi interrompido por um grito que feriu a noite, lancinante como uma amputação sem anestesia. Juca saiu do automóvel a correr, julgando que o amigo morria ali mesmo.

Quando trabalhara no *República*, Frederico escrevera sobre uma casa, na Calçada de Santana, que exibia uma placa informativa:

"Diz a tradição documental que aqui faleceu, em 10 de junho de 1580, Luís de Camões."

Se Frederico, que não escrevera a reportagem sobre o ELP, quanto mais um poema épico, tivesse direito a uma placa póstuma que ilustrasse o seu *Bildungsroman*, esta diria:

"Aqui, numa noite de 1975, Frederico Storm entalou o pénis flácido no fecho dentado das calças de ganga."

14.

Uma vida em contracorrente devia ter preparado Maria Luísa para sair de um comboio quase vazio, na estação terminal, e enfrentar a multidão que ali principiava a viagem para Lisboa na hora de ponta de uma manhã de semana. Ela chegava a Sintra com um encargo que não esqueceria. Eles partiam para mais uma jornada indistinta de trabalho. Portas abertas e, na plataforma, as caras mal acordadas abalroaram a carruagem, obrigando Maria Luísa a repudiar as massas:

"Deixem sair as pessoas antes de entrarem."

Por mais campanhas de dinamização cultural e ação cívica, o povo ainda não tinha aprendido as regras da convivência. O povo — ao vivo e aos magotes, rameloso e na disputa de um lugar sentado, com o banho por tomar ou uma sobrecarga de perfume — era menos inspirador do que nas estilizadas pinturas de mural com o punho no ar.

Em Lisboa, Maria Luísa tinha parado junto do quiosque, para farejar as primeiras páginas dos jornais. Falta de leite. Spínola apresenta oficialmente o MDLP. O presidente da República parte em visita à União Soviética. Greve nacional dos metalúrgicos. A fotografia de crianças, chegadas de Angola, a dormir no chão de um acampamento.

O estado do país, somado a uma noite sem dormir e ao anticlímax da má notícia dada por Alfredo, após o júbilo da libertação dos soldados na

Trafaria, explicava o mau humor de Maria Luísa. Também confirmava a convicção de que, abandonado a si mesmo, o povo continuaria a caminho do matadouro, porque a democracia era o braço direito do capitalismo, e o voto, um placebo para quem precisava de um transplante de coração. Fazia falta expurgar todos os enganos com a luta armada, só assim o povo seria libertado.

Essa emergência era reforçada pela psicose golpista que atazanava o país. Nas redações dos jornais controlados pelo Partido Comunista, dizia-se que os coronéis tramavam a instauração de um regime de direita. O Partido Socialista espalhava rumores sobre a iminência de um golpe daquela a que chamava "esquerda falsária". Mas se os membros do Governo, por cautela, já não dormiam em suas casas, algo estaria mesmo para acontecer.

Maria Luísa subiu para a vila e, diante da casa de Pureza, espreitou o interior do Mini Morris onde Frederico ressonava, num quadro de enxovalho que preocuparia qualquer mãe. Ela abriu a porta e sentiu o cheiro das garrafas vazias, dos jornais velhos, do cinzeiro atulhado, das exalações corporais num espaço mínimo e com as janelas fechadas. Empurrou o ombro do irmão com vontade de lhe espetar um estalo, mas evitou o reproche, dadas as circunstâncias que a levavam ali.

"Embora, levanta-te, temos de falar."

"Não fiz nada, juro", disse ele, sem perceber onde estava ou quem o chamava.

"Sou eu", disse Maria Luísa.

Frederico contorceu a cara, a luz arrombava-lhe as pupilas. Tapou os olhos com o braço, e a braguilha aberta com um jornal. Disse o que ela gostaria de lhe ter perguntado:

"Estás aqui a fazer o quê?"

Na cozinha de Pureza, o cenário era mais caricato do que lúgubre. A dona da casa, em camisa de noite e bastante grávida, quis ficar em pé, agarrada a uma chávena de chá. Frederico encolheu-se numa cadeira, contrito mesmo antes de acusado. Maria Luísa, tresnoitada e sem a coragem que julgara ter quando ali chegasse, mirou a espingarda Beretta em cima da bancada e pensou no dia em que, em Paris, levara o seu gato doente para um gesto de misericórdia no veterinário. A nobreza de acabar com o sofrimento de um gato diferia muito de ser a mensageira do sofrimento dos irmãos.

Não conseguia falar, remordia as palavras sem dizer nenhuma, esperando encontrar uma sequência menos devastadora. Nesse tempo — segundos em que cabiam todos os infortúnios de uma família —, Maria Luísa adiava o impacto. Encalhou logo na escolha do sujeito da frase. Nunca lhe tinha chamado pai. Dizer padrasto ou "o vosso pai" removia-a da família, um estigma que, podendo ser-lhe imputado, não tinha lugar numa ocasião em que ela se queria próxima. Optou por começar com aquilo que mais os unia:

"A mãe..." Evocar Antónia, sozinha, no hospital de uma cidade estrangeira, obrigou Maria Luísa a pensar na própria filha no Rio de Janeiro. "A mãe enviou-me um telegrama."

"O pai...", adivinhou Pureza, sem exonerar a irmã das agruras do resto da frase.

"Teve um ataque cardíaco", acrescentou Maria Luísa. "Está em coma. O estado é crítico." Dizer as palavras exatas do telegrama, enquanto o apertava no bolso do casaco, era a sua cábula de salvação. Ninguém escrevera ainda o texto definitivo para uma morte anunciada.

Pureza pousou a chávena ao lado da espingarda. Frederico, descoroçoado pela ressaca, começou um soluçar de criança perdida na multidão. Maria Luísa deixou-se agarrar pela cintura, sentiu o calor do choro do irmão, passou-lhe os dedos pelo cabelo, para sossegar o estremecimento, olhou para a irmã em busca de ajuda. Pureza juntou-se ao abraço e ficaram os três colados como siameses, sem se olharem, cada um com noções distintas de quando deveriam desapegar-se.

"Vai tomar um banho, Frederico", disse Pureza. Era preciso cuidar da higiene, tomar o pequeno-almoço, fazer telefonemas. Frederico deixou um espaço vazio no meio das irmãs.

Restabelecida a ordem natural das obrigações que persistiam antes, depois e apesar da morte, Pureza sentou-se:

"Ele sempre foi mais pai, não tem a cepa da mãe, como nós." Tal como Antónia, que maldizia um filho quando queria uma aliança com outro, Pureza removia-se de Frederico, o mais fraco, e acercava-se de Maria Luísa, a mais forte. "Temos de ligar para o Brasil e falar com o hospital, ver quem é que conhecemos no Rio que lhes possa dar uma ajuda."

Pureza queria manter-se ocupada, útil, com um objetivo. Era um jogo de espelhos em que Maria Luísa se reconhecia. Uma ânsia de consertar o futuro, para não sentir o presente:

"Já fiz isso tudo."

Entre ter recebido a notícia e sair para Sintra, Malu tentara falar com a mãe. Ter uma linha telefónica no Rio de Janeiro era tão difícil como ser membro do Country Club em Ipanema, exigia subornos e listas de espera. Maria Luísa contactara uns amigos do padrasto no exílio carioca, mais abonados e com telefone. O casal desconhecia o que se passara com Gonçalo. Então, ela recorrera a um oficial do MFA, apoiante do PRP e com amigos no Ministério dos Negócios Estrangeiros. O embaixador em Brasília conseguira falar com o cardiologista, no hospital, confirmando o prognóstico muito grave.

Ao constatar que Maria Luísa, inimiga da sociedade de classes, tinha recorrido à mui burguesa rede de cunhas em prol da família, Pureza sentiu que também a irmã se chegava a ela.

"Nós a julgar que o pai estava mal da cabeça e, afinal, dá-lhe um ataque de coração."

"Nas cartas que me escreveu", disse Maria Luísa, "a mãe queixava-se que ele andava muito em baixo."

"Desde os romances do Camilo que já ninguém morria de desgosto", disse Pureza.

"Ele não morreu."

"E se morrer?"

Maria Luísa não descortinou se a pergunta era um pedido de ajuda ou uma acusação. Na última vez que haviam estado juntas, na noite do golpe de 11 de março, Pureza fora terminante em acusar a irmã de destroçar a família. Malu não conhecia, contudo, a culpa que consternava Pureza por ter incentivado a ida dos pais e de Nádia para o Brasil, sob a jura, nunca cumprida, de se juntar a eles mais tarde.

"E se não morrer? Pode muito bem recuperar", disse Maria Luísa. O seu otimismo piedoso não enganava a irmã.

"Tu não acreditas em milagres."

"A medicina pode ser milagrosa."

Pureza reparou como Maria Luísa estava magra e tinha os olhos baços pela falta de sono. Levantou-se e foi cortar-lhe o pão do dia anterior. "Como é que soubeste?" Pôs duas fatias na torradeira.

"Por telegrama."

"Porque é que a mãe não o enviou para mim?"

"Para te proteger." Maria Luísa pousou a mão na barriga da irmã. "Por causa dela."

"Ela?"

"É uma intuição, sempre soube que ia ser uma menina quando estava grávida da Nádia. Tu não?"

Partículas olorosas do pão torrado sobrevoaram a cozinha como numa manhã sem escola. Pureza despegou-se dos dedos da irmã, agarrou no bule ainda quente e serviu-lhe chá:

"Os comunistas adivinham o futuro?"

"O comunismo é muito profético", brincou Maria Luísa.

Estavam a ponto de rir. O sarcasmo, entre elas, era um indício de cumplicidade, quase amor. Pureza abriu o frigorífico, alcançou a manteiga, abriu a gaveta dos talheres e o armário dos pratos. Controlar o caos, tarefa a tarefa, barrar a manteiga como quem limpava os botões de lançamento no painel dos mísseis nucleares.

"Foi o Frederico que te disse que eu tinha regressado a Sintra?"

"Foi a mãe." Maria Luísa bebericou o chá. "Não sabia nada dele desde o verão. O miúdo preocupa-me."

"Já é um homem."

"Mais me ajudas."

Pureza colocou o prato com as torradas embebidas em manteiga diante de Maria Luísa. "A pingar, como tu gostas."

O que foi não volta a ser.

E, no entanto, ao preparar comida para os irmãos, Pureza tentava reconstruir uma harmonia que, como em todas as famílias, só existia em retrospetiva.

Malu trincou a torrada — a gordura, o sal e a côdea estaladiça plagiaram o lugar-comum da madeleine proustiana. Sem estofo para milhares de páginas e múltiplos volumes, Maria Luísa restringiu-se a pensar numa frase que ouvira de Pureza, na noite do golpe de 11 de março.

Não ter uma família é como estar morta.

Molhou o pão no chá, e a manteiga oleosa alastrou no líquido. Um hábito que, em miúda, enojava Pureza e que naquele dia despertava nela o contentamento de encontrar algo esquecido no bolso de um casaco que ia para o lixo. Talvez fosse clemência ou a feérica vulnerabilidade dos humanos e as suas contradições na face da morte — o certo é que, naquela cozinha, Maria Luísa e Pureza eram o reverso da hostilidade no país e, contaminadas por um viés positivo que as inoculava temporariamente de todos os outros, podiam reviver uma irmandade desaprendida havia anos.

"E agora, mana?", perguntou Pureza.

"Esperamos notícias do hospital, tentamos ligar para os amigos deles daqui a umas horas. No Rio de Janeiro, ainda é noite."

"Não, e agora, no país, o que vai acontecer?"

"Ninguém sabe."

"Como assim? Abres o jornal, ligas o rádio e a televisão, e toda a gente tem certezas absolutas." Na mordacidade de Pureza também havia desassossego.

"É uma ilusão", disse Maria Luísa. "Não há nenhum grande plano, é tudo na base do desenrascanço. A sério, ninguém sabe o que se passa nem o que vai acontecer."

"Se tivesses de apostar."

"Ou ganhamos nós, e fazemos uma limpeza, ou acontece como no Chile, e ganha a reação", disse Maria Luísa. "Eles ou nós. Não há revoluções sem purgas."

Quem eram eles? E nós? Direita, esquerda, extremos, centro, uma dispersão de ódios e fanatismos impossíveis de acompanhar. Sem conseguir outro tipo de união, Pureza congregou num montinho as migalhas que tinham caído da torrada da irmã:

"Não há uma versão em que ninguém é fuzilado?"

"Da nossa parte, estamos prontos para a guerra. Eles também."

"E as pessoas comuns? Os moderados? A maioria que quer uma vida normal, uma democracia?"

"Os moderados estiveram quietos, sem piar ou mexer uma palha, durante quase cinquenta anos, e agora querem uma democracia às três pancadas e feita por medida?"

Tendo em conta o currículo de resistência de Maria Luísa durante a ditadura, Pureza concedia-lhe os julgamentos e os laivos de petulância. Sem porfiar, tomou outra direção:

"Há um ano e tal, o país estava em festa. Agora, vejo as pessoas alarmadas. Como é que tanta alegria acabou em pavor?"

"Talvez conheças as pessoas erradas. Há quem ande empolgado. São muitas as possibilidades."

"Não saber o que nos vai acontecer é assustador", disse Pureza.

"Ou excitante, como uma paixão."

"A paixão bate forte, passa depressa, e no fim só fica a cinza."

"O que aconteceu à minha irmã que gostava tanto de livros sobre amores de caixão à cova?", perguntou Maria Luísa.

"Chama-se maturidade. Nada em demasia. Tudo com conta, peso e medida."

"Tinha de haver uma catarse, Pureza. Foram muitos anos de sufoco e de injustiça, de tortura e de guerra. Uma geração inteira obrigada a matar ou morrer. Como é que não havíamos de estar radicalizados? Se estivesses morta de sede, bebias água numa colher de chá ou atiravas-te ao jarro?"

"Não entendo como se corrigem injustiças com mais injustiças", disse Pureza. "Dá-me ideia de que Portugal é um manicómio onde só restam os doentes. É tudo tão exagerado, que chega a ser grotesco."

"O país rejuvenesceu, tiraram-lhe décadas de cima, soltou-se."

"E os que envelheceram, como o meu pai? Há muita gente para quem é demasiado tarde para começar de novo."

Maria Luísa deixou escapar uma nota de tensão:

"Talvez porque acreditam nas ideias erradas. Ou preferias como era antes?"

Pureza protegeu-se, levantando a loiça da mesa:

"Se preferisse, Maria Luísa, seria um desperdício. Não sou burra. O que foi não volta a ser." Passou o prato e a chávena por água, uma pausa para desarmar o confronto. "No outro dia, a rádio transmitiu uma sessão das comissões de trabalhadores do Norte. Fartaram-se de falar do social-fascismo russo e da classe operária e do social-capitalismo americano. Lá para o final, quando já não se aguentava mais politiquês, deram a palavra a um trabalhador dos estaleiros de Viana do Castelo." Pureza enxugava a loiça com um pano. "Nunca hei de esquecer o que ele disse: 'Portugal, um país tão pequeno, está cheio de professores de política. Mas quando é que falamos dos nossos problemas? Da saúde, da alimentação, da segurança social, da habitação?'". Pureza colocou a loiça no escorredor. "Um jornalista ainda lhe perguntou: 'Qual é o seu partido?'. E sabes o que ele respondeu? 'Sou pela Humanidade'".

Maria Luísa lembrou-se de que, por trás da irmã conservadora, estava uma miúda sagaz. Queria dar-lhe os parabéns. Disse apenas:

"Tudo é política, isso que acabaste de fazer é política."

"E a decência, não importa?"

"No final, fazemos as contas", disse Maria Luísa, convicta de que o resultado lhe daria razão.

Pureza voltou a sentar-se:

"Não tens medo?"

"Tenho."

"De quê?", perguntou Pureza.

Pausa de Maria Luísa. Relutância confessional. Uma inesperada assunção de fragilidade:

"Que a mãe fique sozinha, no Brasil, com a Nádia."

Pausa de Pureza. Ímpeto confessional. Um aguardado desabafo de afirmação:

"Eu sei que a Nádia é filha do Diogo."

Para espanto de Pureza, uma réstia de inocência tinha escapado ao radicalismo da irmã. Maria Luísa corou com um fulgor infantil, o vermelho-vergonha alastrava-se do peito para a garganta, pulsava numa veia do pescoço, cobria-lhe a cara.

"Desculpa."

Para espanto de Pureza, a irmã era capaz de pedir desculpa. Mas bastava de melodrama. Havia que repor o decoro. "Essa culpa não te pertence." Verdade, embora Pureza fosse usar-se dela. "Quero mostrar-te uma coisa." Saiu da cozinha e, no regresso, trazia o *Livro de Cesário Verde*, de onde tirou o desenho a carvão das irmãs Storm, feito na leitaria Garrett, na véspera de Maria Luísa entrar para a clandestinidade. Entregou-lhe o papel. "Se vocês ganharem, o Diogo não vai estar aqui." Puxou a mão da irmã para a sua barriga, segurou-lhe o pulso com firmeza. "Se vocês ganharem, promete-me que não deixas que nada nos aconteça."

Se a família não era mais importante do que a política, então, que a política ajudasse a família.

"Prometo."

Lá fora, tocou a sineta do portão.

"Deixa-te estar." Malu levantou-se e saiu para o jardim.

Na cozinha, Pureza ouviu o fogo do esquentador e, por um instante, o consolo de ter os dois irmãos em sua casa apagou a possibilidade de ficar sem pai. Continuou a juntar as migalhas do pão como quem recolhesse o entulho do destino.

Na volta da rua, Maria Luísa trazia um balde de tinta branca.

"Tinha-me esquecido disso", contou Pureza, perturbada. Falou-lhe do muro com a palavra FASCISTA!, do homem da drogaria, da visita a casa dos pais, onde fora pedir a espingarda de volta e, após uma desconfiança inicial, se deparara com a amabilidade de uma mulher grávida, recém-chegada de Angola, que, contrariando a má fama dos retornados, não tinha vendido os móveis nem feito uma fogueira na sala.

"Quanto ao tipo da drogaria, não estavas enganada, bastou pôr-lhe a vista em cima para perceber que é um porco de primeira. Se soubesse, tinha-lhe pregado um cagaço." Passou o dedo pela Beretta. "Quanto aos retornados, não te deixes endrominar. Manter uma casa em condições não chega para os redimir do colonialismo. Se fosses preta, estavas a contar-me outra história."

Frederico entrou na cozinha e cortou a indignação de Maria Luísa com um alívio cómico. Tinha vestidas as roupas do cunhado, três números acima, e tentara corrigir-se passando um pente no cabelo e uma lâmina na barba.

Elas riram-se.

"Pareces um pinto-calçudo", disse Pureza.

"Vês, mana, é assim, nesta figura, que acabam os moderados", disse Maria Luísa.

Voltaram a rir. Frederico sentiu-se o alvo fácil das piadas das irmãs mais velhas, como acontecia em criança. Durou pouco. Com o tempo, ele aprendera a incluir-se na contenda.

"Malu, não te via rir desde a crise dos mísseis cubanos. O partido deu-te autorização ou vais pagar por esta heresia num campo de trabalhos na Sibéria?" Virou-se para Pureza: "Não és tu que compras a roupa ao teu marido, como se fosses mãezinha dele?". Pinçou o pulôver com a ponta dos dedos e deu uma volta sobre si mesmo. "O que seria do amarelo se não fosse o mau gosto?"

Quem, uns minutos mais tarde, passasse diante da casa e visse Pureza sentada numa cadeira, ao ar livre, observando os irmãos a trabalhar, haveria de concluir que todas as famílias são felizes a pintar muros.

"Só o FASCISTA, ou damos conta do resto?", perguntou Frederico.

Sabendo que voltaria à clandestinidade muito em breve, e porque queria passar mais tempo com os irmãos naquela manhã, Malu disse:

"Pintamos o muro todo."

15.

O agravamento do quadro clínico de Gonçalo Storm coincidiu com a degradação do estado mental do país. Do Rio de Janeiro, chegavam poucas notícias, caridade de algum português exilado que permitia uma chamada intercontinental. Em Sintra, Pureza e Frederico queriam estar perto do telefone. Ela, cada vez mais grávida e menos móvel. Ele, instalado em casa da irmã porque não queria estar sozinho e tinha medo do ELP. O silêncio da campainha telefónica era preenchido pelo manancial dramático transmitido pelos emissores de rádio e de televisão.

Frederico intensificou o vício de tomar notas nos seus bloquinhos, acumulando números que comunicava à irmã como probabilidades a considerar numa aposta de corridas de cavalos:

"Bombas e outros engenhos explosivos: em Braga, na entrada da residência do arcebispo; na Madeira, junto da sede da Frente Eleitoral dos Comunistas Marxistas-Leninistas. No Comando Naval dos Açores. Mais sete em Lisboa, seis delas atribuídas ao ELP. Feridos em confrontos: sessenta, no Porto, entre partidários da esquerda e apoiantes do PPD; cinquenta, quatro deles em estado grave, também no Porto, entre militantes do PS e da UDP. Mortos: um, militante do MRPP, em Lisboa, por afogamento, atirado ao rio pelos apoiantes da UDP."

Frederico entrava em espiral, um monge em transe repetitivo:

"Governos provisórios: seis, em dezanove meses. O mais longo durou cento e trinta e cinco dias. O mais breve, trinta e cinco."

Pureza tinha de pedir-lhe que fosse fumar um cigarro ao jardim, trocando uma compulsão por outra.

Em direto, na RTP, os irmãos viram a conferência de imprensa em que as Brigadas Revolucionárias anunciavam o regresso à clandestinidade com o intuito de treinar e armar os trabalhadores. Entre os encapuzados, Pureza identificou o porte altivo e a graciosidade das mãos de Maria Luísa. Nessa noite, o telefone tocou e, como sempre, houve um prenúncio de morte. Pureza atendeu. Em vez da telefonista que informava das chamadas transatlânticas, ouviu um conhecido oficial do MFA. Sem mencionar Maria Luísa, ele garantiu a proteção que a irmã tinha prometido a Pureza.

No dia seguinte, o *Diário de Lisboa* titulava na primeira página:

"Direita prepara golpe militar. Spínola acumula apoios. Duzentos mercenários terão desembarcado em Espanha."

Os Soldados Unidos Vencerão, da extrema esquerda, saíram à rua, exigindo o poder popular. O Copcon montava uma megaoperação para barrar as ações terroristas da extrema direita. Os jornais controlados pelo Partido Comunista juravam, a pés juntos, que se preparava um golpe fascista. Outros contestavam que a ameaça era falsa e que servia apenas para justificar um golpe da extrema esquerda.

Talvez por isso, Diogo não desse notícias, nem enviasse dinheiro. Sob as ordens da irmã, Frederico vendeu a Mercedes, para ajudar a mãe a saldar as despesas do hospital no Rio de Janeiro.

O telefone tocou no dia da independência de Angola. O império morria e Gonçalo Storm estava preso à vida por um fio, tinha sofrido um derrame cerebral.

Para distrair a irmã e enganar a espera, Frederico interpretava em voz alta as citações que colecionava nos bloquinhos de notas. Durante um debate televisivo, entre Álvaro Cunhal e Mário Soares, ele apontara um momento que haveria de ficar para a História, pelo que dizia sobre o país. Durante dias seguidos, Frederico imitou a desfaçatez sorridente de Cunhal, quando Soares acusara o Partido Comunista de querer uma ditadura:

"Olhe que não, olhe que não."

As melhores rábulas tinham como protagonista o primeiro-ministro, Pinheiro de Azevedo, e a comicidade do seu estilo bonacheirão, sem paninhos quentes. Frederico punha uma almofada por baixo do robe, a fazer de barriga, e imitava o chefe do Governo na sequência dos cercos ao Parlamento, primeiro por deficientes das Forças Armadas, depois, por trabalhadores da construção civil:

"Fui sequestrado, já duas vezes. Já chega. Não gosto de ser sequestrado. É uma coisa que me chateia."

Todos os dias havia mais um capítulo da novela lusitana. O primeiro-ministro informou o presidente de que o Governo entrava em greve, alegando falta de condições para trabalhar. Inquirido por um jornalista com o costumeiro "E agora?", Pinheiro de Azevedo deu a mais portuguesa das respostas:

"Eh, pá, agora vou almoçar."

O telefone tocou a meio da imitação de Frederico. Um sismo abriu o fundo do Atlântico e, engolindo tudo à velocidade da luz, preparou-se para tragar uma casa na serra de Sintra. Pureza pôs-se de pé e afastou-se da ilha solitária da poltrona. Mesmo que quisesse correr para o telefone — não queria, quanto mais demorasse a lá chegar, maior a chance de deus mudar de ideias —, encontrava-se limitada pelo seu vagar de grávida-cargueiro a entrar na barra. Sentiu um pé a pressionar-lhe o interior da barriga. Um pé mínimo, com todos os dedos, cheio de vida. Pureza levantou o auscultador, ouviu o crepitar da estática, um amigo do pai, no Rio de Janeiro, disse o nome dela, cumprindo em seguida a obrigatória pausa solene e, escusando-se a dizer qualquer um dos verbos que não permitiria ambiguidades sobre o motivo daquela chamada — morrer, falecer, finar —, disse apenas:

"Sinto muito."

Pureza pensou que o seu pai nunca conheceria o seu filho. Depois, pensou que o neto só veria o avô em retratos. Os dois pensamentos descreviam a mesma impossibilidade: Gonçalo Storm tinha morrido, não existia, nunca mais, para sempre, um facto tão inconcebível que ela deixou de ouvir a voz no telefone a explicar-lhe as diligências para a transladação do corpo. Pureza esqueceu as obrigações, a mãe, o irmão, a sobrinha. O ponteiro dos segundos ficou encalhado no relógio da sala e Frederico, ao fundo do corredor, andava para trás e para a frente, caricatural como as suas imitações:

"Não me despedi do papá, não me despedi do papá, não me despedi do papá."

Como podia o irrealismo ser tão verdadeiro?

Tudo aquilo era inadmissível. Tudo aquilo acontecia.

Frederico e Pureza desconheciam que o luto, sendo universal, se manifestava em cada hospedeiro de forma a parecer único. Ele experimentava o desespero dos viciados, tocando uma marcha funerária e solipsista de uma só nota. Ela ofendia-se porque a revolução matara o pai e os sinos de todas as igrejas não estavam a tocar a repique. Como é que as pessoas ouviam notícias na rádio e se discutia política nos cafés, quando só um evento era digno de consideração?

A dor de Frederico virava-o para dentro.

A dor de Pureza revoltava-a para fora.

Nada mais definitivo do que a morte. E, ainda assim, aquela morte só parava o morto, porque a vida seguia adiante, sem contemplações com órfãos de pai em Sintra ou viúvas no Rio de Janeiro. Enquanto os Storm pediam dinheiro emprestado para os bilhetes de avião e o enterro, ocupando-se das burocracias fúnebres e do obituário para o jornal, os líderes dos partidos mais votados, Soares e Sá Carneiro, transferiam as direções do PS e do PPD para o Porto. No Gerês, um comandante de Spínola garantia que o MDLP tinha milhares de homens dispostos a lutar. Na outra ponta do espectro político, expressando um paradoxo que ninguém parecia contestar, o PRP apelava à insurreição armada, para evitar uma guerra civil.

Quando Antónia descolou do Brasil, ao lado de Nádia e acima do porão onde viajava o cadáver do marido, chegava a Portugal o último contingente de soldados vindos de Angola, pondo fim a séculos da presença militar portuguesa em África.

Horas mais tarde, o voo noturno Rio de Janeiro-Lisboa aproximava-se da placa continental europeia e os paraquedistas da metrópole tomavam três bases aéreas. Os seus aliados, no Exército, ocupavam a televisão e fechavam os acessos à capital.

Na manhã em que Antónia Alegria Storm regressou a Portugal, ninguém a esperava, nem sequer o carro da agência funerária que haveria de levar o caixão. Um polícia explicou-lhe que não se podia entrar nem sair do aeroporto. Nas chegadas, os taxistas discutiam quem estaria por trás do golpe. Nádia começou a chorar de sono, cansaço e fome.

"Só quero enterrar o meu marido", implorou Antónia aos soldados que controlavam o aeroporto.

"Sentidos pêsames, minha senhora, mas vai ter de esperar."

"O que é que se passa, avó?", perguntou Nádia.

"Não sei."

Muitos anos depois, participantes das operações militares nesse dia, maniqueístas do combate demagógico e até conceituados académicos haveriam de discordar sobre a resposta que Antónia deveria ter dado à neta. O que se passou, afinal, a 25 de novembro de 1975? Um golpe da extrema esquerda impedido pelos moderados? Ou foi a extrema esquerda que mordeu o isco dos moderados e avançou precipitadamente? O fim do sonho revolucionário? Ou o fracasso das aspirações totalitárias dos extremos? A subjugação ao capitalismo? Ou o princípio da democracia? O regresso ao conformismo salazarista? Ou o apaziguamento dos portugueses?

Para melhor arquivar tantos meses de turbulência, convencionou-se que o Processo Revolucionário em Curso tinha começado a 11 de março de 1975 e que terminava a 25 de novembro, como se as datas fossem estanques e a ditadura não persistisse, durante décadas, naqueles que a sofreram e que a impuseram, no professor que esbofeteava o aluno e no filho que fazia frente ao pai, no patrão que humilhava o empregado e na mulher que servia veneno ao marido que lhe batia; como se a revolução fosse cancelada por decreto e os seus devotos mais radicais entregassem o pensamento e as armas num dia certo.

Mas os traumas, as vinganças, os ressentimentos, os valores, as fotografias, a mitologia familiar eram uma cascata transgeracional, sem princípio nem fim, passando de pais para filhos, desaparecendo e voltando a aparecer anos mais tarde, indiferente a datas e a manuais de História.

Na madrugada em que Pureza deveria ir buscar a mãe ao aeroporto, entrava no hospital de urgência, semanas antes do termo da gravidez.

Nada é mais indiferente à morte do que o ciclo da vida.

Vinte e cinco de novembro de 1975, o dia em que o avô não conheceu a neta.

JANTAR DE FAMÍLIA

1.

“Um trabalho para duas pessoas, um carro, um par de pistolas”, disse o mais velho.

“Quem é?”, perguntou o mais novo.

“Sabes amanhã”, respondeu o mais velho, e alertou para a possibilidade de resistência. “O pacote é perigoso, pode estar armado.”

“E se o pacote desatar aos tiros?”

“Limpamos-lhe o sebo.”

2.

Despertou no seu lado da cama.

Não precisou de estender o braço e tocar o vazio — como tinha feito nos primeiros anos a dormir sozinha — para saber que estava dentro das esperadas normas do tempo e do espaço, certa de que eram seis e meia da manhã e de que, em nenhuma ocasião, durante a noite, transpusera a fronteira cavada na cama pela morte do marido. Antónia não saberia dizer se, mesmo a dormir, obedecia a um hábito do casamento ou a uma rotina da viuvez. Tinham partilhado o leito matrimonial durante vinte e quatro anos, cada um na sua parte do colchão, e, embora aquela fosse outra cama, comprada após a saída dos retornados e a devolução da casa, o quarto era o mesmo de sempre e ela usava a aliança de Gonçalo junto da sua — uma tradição das mulheres com maridos defuntos, a que Antónia acrescentara outras que tais: falar com os retratos, cheirar as peças de roupa, limpar a campa ao jeito de quem engomava uma camisa. O casamento não tinha acabado com a morte. Ela era viúva, como já fora namorada e noiva e mulher, e continuava a ser a mãe dos filhos do homem que primeiro lhe aparecia no pensamento ao acordar.

Raríssimas vezes sucedia algo que, fora das esperadas normas do tempo e do espaço, lhe atrasava a lembrança de Gonçalo Storm. Podia ser a obrigação de deslocar-se além de Sintra, de onde preferia não sair, para tratar de alguma burocracia, como a assinatura do contrato de arrendamento do hotel a uma empresa que já começara as obras de restauro. Ou podia ser, como naquele dia de julho de 1984, o aniversário da neta, que a avó se comprometera a organizar porque Nádia fazia dezoito anos e, em oposição ao Natal, que Antónia passara sozinha, a casa receberia naquela noite o que sobrava da família Storm.

Levantou-se, tomou banho, secou o cabelo — curto e por pintar, uma vez que o luto não tinha dissuadido alguns pretendentes e porque também havia que contrariar os fornecedores de conselhos não solicitados, nos quais se incluía Pureza: "Ainda é nova, tem todo o direito de refazer a sua vida". Que obsessão casamenteira era aquela, como se o amor fosse um eletrodoméstico que precisava de ser substituído por um modelo com novas funcionalidades? Talvez, aos sessenta anos, fosse mais do que a tempo de viver outro romance. Mas para quê, se já tinha o seu?

Vestiu-se no quarto, não de negro integral, como fizera no primeiro ano — sempre com a graciosidade de uma primeira-dama, jamais com a desesperança de uma carpideira —, agora apenas uma ou duas peças, um lenço ao pescoço, as convencionais meias pretas que, naquela manhã, não a recordaram do marido. Tão-pouco a cafeteira de ferro, presente de casamento, queimada pelos anos e com a pega meio derretida. Se guardava outros artefactos do casal, usados apenas uma vez — o vestido de noiva, os bilhetes do paquete para a lua de mel no Funchal —, porque haveria de desfazer-se da cafeteira que Gonçalo utilizara todos os dias, que levara para as férias na Praia Grande e da qual tinha procurado uma réplica, sem sucesso, no Rio de Janeiro, ao ponto de se perder nos bazares do Centro?

Naquela manhã, Gonçalo tardava em aparecer-lhe porque Antónia revia o rol de tarefas para a festa de Nádia, enquanto preparava o pequeno-almoço, silenciosa nos gestos e frugal nas escolhas, uma tendência que surgira tanto por ajuste de temperamento como por carestia. Primeiro, a revolução, o Prec e a temporada no Brasil tinham-lhe reduzido a galhardia e as poupanças. Depois, fora a viuvez e o hotel na falência, abandonado pela comissão de trabalhadores, até que o último hóspede-retornado lá deixara o edifício. Mas, por então, o país já tinha pedido um resgate financeiro internacional, havia racionamento de bens, a inflação trepara além dos vinte por cento e ela começara a fazer comida para fora, sobremesas que vendia em restaurantes, salgadinhos que lhe compravam para festas. Quanto mais cozinhava, menos vontade tinha de comer, ficando-se por meia chávena de café e uma fatia de pão ao desjejum — sem dúvida um exemplo de temperança para o FMI, que viera pôr ordem nas contas dos portugueses pela segunda vez em meia dúzia de anos, ainda que sobre esse assunto Antónia pouco soubesse, porque o silêncio e a frugalidade do pequeno-almoço também se aplicavam ao conhecimento do que acontecia no país e era contado nos jornais.

Um melro pousou no bebedouro que Nádia tinha pendurado lá fora. Pela janela da cozinha, Antónia viu a primeira luz a abrir uma gradação de negros nas penas do pássaro, o bico laranja picando a água, o círculo amarelo em redor dos olhos pretos e pejados de vida que tudo olhavam com uma curiosidade que ela admirava e já não conseguiria reproduzir. Antónia era o fiel da balança, nem viúva alegre, nem mulher que se atirasse sobre o caixão quando o morto descia à cova. Seguindo a ordem natural das grandes perdas, tinha circunscrito as esperanças e as necessidades. Fazia o que podia, com o que tinha, onde estava. De manhã, abastecia-se na vila, para despachar as encomendas que preparava na cozinha de casa. Da parte da tarde, dava passeios pela serra ou sentava-se na igreja vazia, fora do horário das missas, esperando que aquela meia hora de paz fizesse pela sua disposição o que, em tempos, uma ida ao cabeleireiro tinha feito pela sua aparência. Jantava uma sopa e via a telenovela brasileira, a pedalar na máquina de costura, com Nádia estendida no sofá. Em breve, a neta iria para a faculdade e, apesar da mesada que Diogo insistia em dar à miúda, fazer bainhas e arranjar vestidos sempre acrescentava alguns escudos ao orçamento com que avó e neta se sustentavam desde que tinham chegado do Brasil.

No regresso a Sintra, Antónia não tivera casa, trabalho ou marido. O sentimento de injustiça fora mitigado pelo instinto de sobrevivência. E por isso cozinhava, e por isso cosia, e por isso não via as notícias, constringindo ao mínimo o território da sua microfamília, evitando prover a cólera que fazia outros gritarem com a televisão durante o *Telejornal*, por causa de um passado recente de expropriações, descolonização e famílias separadas. A grande maioria dos portugueses parecia-lhe contente com a democracia e, apesar dos apertos, havia um vislumbre de modernidade e de bonança. Mas, para uma parte menor, as ofensas da revolução tinham multiplicado os rancores, a bílis passava de pais para filhos e, décadas mais tarde, haveria ainda de carburar nos netos, que, tendo nascido livres, diziam-se saudosos da ditadura.

Antónia tinha noção de que havia quem tivesse perdido mais do que ela. Os portugueses em fuga das províncias ultramarinas, por exemplo, obrigados a deixar tudo para trás, a viver num lugar que lhes tinham dito ser a pátria mãe, mas onde eram vistos como bastardos a disputar os despojos da família com os filhos legítimos. Relativizar a sua má sorte nem sempre isentava Antónia do amargor dos vencidos ou da repugnância que lhe despertavam figuras como Mário Soares, Álvaro Cunhal e Otelo Saraiva de Carvalho. Não estabelecia as devidas diferenças, enfiando todos no mesmo saco, porque um traidor é um traidor é um traidor. Odiar vilões era mais fácil do que aceitar a complexidade do inadiável fim do império, as dores de recuperar um país tiranizado e inculto, o despreparo dos bem-intencionados que os arrivistas e os fanáticos tinham sabido usar para seu proveito.

Se ela evitava o ódio, era por razões de saúde e de preservação, em coerência com aquilo que pedira aos filhos a vida inteira: "Não se metam em política". Com a morte de Gonçalo, no desterro brasileiro, teriam eles percebido, por fim, o aviso da mãe?

Sem Nádia por perto, nos últimos anos, talvez o pragmatismo de Antónia não tivesse chegado para navegar na nova década de um país onde os rapazes usavam brinco na orelha e as raparigas se deixavam beijar na boca em público. Já tinha ido a um centro comercial e numa excursão a Badajoz com a neta. Vira os excêntricos passos de dança de António Variações na televisão e aprendera a palavra "fixe" com a mesma curiosidade hesitante com que, havia muitos anos, tinha bebido champanhe pela primeira vez com o marido. Nádia chamava-lhe mãe desde que Antónia a fora buscar à prisão de Caxias. Só as duas sabiam o que era viver num quarto e sala em Copacabana e regressar com um morto no avião. Antónia acreditava que a democracia daria a Nádia uma vida que a avó não teria conseguido sequer imaginar aos seus dezoito anos e que agora, aos sessenta, não precisava de entender. Tão-só queria que tudo aquilo que perdera, na ditadura e no Prec, fosse pago à neta, em triplicado, ao longo de uma vida em liberdade. Nádia dava sentido aos sacrifícios da avó e, ao contrário dos três filhos, a neta era-lhe reconhecida, fazia-lhe companhia ao serão, pendurava bebedouros onde os pássaros da serra se refrescavam num dia quente de julho.

Antónia abriu a janela da cozinha e lançou pedacitos de um papo-seco para o jardim. O melro fez um voo curto, debicou as migalhas e, burlesco como uma estrela do cinema mudo, deu vários pulinhos, rodando a cabeça para um lado, para o outro, aferindo o mamífero bípede na esquadria da janela. Ela amassou o miolo na ponta dos dedos, alinhando as bolinhas no parapeito de mármore. O pássaro abriu as asas e aterrou junto da comida. Belo, vivaz, olhava-a com intencionalidade, a sua existência era simples, não fazia planos nem estava inscrito na associação dos melros contra os postes de alta tensão.

O pássaro ofereceu as asas ao voo, e um murmúrio sedoso, de lençol ao vento, dissipou-se rapidamente, deixando na cozinha o mesmo vazio que se abria no outro lado da cama ao despertar. Num canto, Antónia viu o caixote que os homens das obras, a trabalhar no hotel, lhe tinham entregado na semana anterior. Um mero cubo de cartão, com a palavra FRÁGIL numa das faces. Ainda por abrir, tanto podia oferecer os detritos do escritório de Antónia — envelopes, um furador, guias de encomenda — como acrescentar preciosidades ao relicário da sua vida em casal — a conta de um restaurante com a marca de um copo, um alfinete de gravata, um pincel da barba.

Eram sete horas e onze minutos quando, pela primeira vez nessa manhã, ela pensou em Gonçalo. Suspirou o longuíssimo "ai" com que as viúvas precediam o sinal da cruz e o nome do marido repetido três vezes. Mas Antónia preferia dizer-lhe bom dia, prendê-lo ao mundo dos vivos, para não o seguir até ao vale dos mortos. A falta de Gonçalo era por vezes uma supressão física, um oco dentro de si e a toda a volta, os sulcos do esgravatar dos dedos dele nos braços da poltrona, o côncavo do colchão, o sabonete sem pelos, nenhum uísque a balancear no cálice, os bolsos mil vezes rebuscados nos blazers de tweed, e, nessas mil vezes, nem um bilhetinho, uma carteira de fósforos, muito menos a mão do marido que a agarrava e a aquecia dentro desses bolsos, se fazia frio e ela se esquecera das luvas. A falta era mais lacerante em certas datas. O Natal adulterado pela novidade dos pinheiros de plástico. O almoço de Páscoa, mais tétrico do que pretexto para uma reunião familiar. As bodas de prata do matrimónio, o aniversário de nascimento de Gonçalo, a data na certidão de óbito, todas as cruzes traçadas no calendário do fim. Nesses dias, apenas nesses dias, a viuvez fazia dela uma casa encerrada, com os móveis tapados e três voltas no trinco da porta. Na manhã seguinte, Antónia abria as janelas e voltava a viver.

Quase uma década transcorrida desde que perdera o marido, era a vida, não a morte, que preenchia os graves da sua voz quando ela lhe disse "bom dia, meu amor", falando-lhe do melro e dizendo que talvez estivesse na hora de comprarem outra cafeteira. Sabia como a passagem do tempo enviesava favoravelmente a recordação dos mortos. Mas o seu amor não era cegueira. A sua viuvez não era amnésia seletiva. A sua gratidão não era branqueamento. "Obrigada", disse-lhe. "Sem ti, o que teria sido de mim?"

Gonçalo podia tê-la despedido do hotel depois de dormirem juntos, mandá-la fazer um aborto quando ela ficara grávida de Pureza, usar sobre aquela mulher a autoridade a que tinha direito sendo homem e seu patrão. Mas pedira-a em casamento, ignorando a censura dos amigos, numa época em que a virgindade da mulher luzia na reputação do marido e uma mãe solteira estava a um boato de ser uma galdéria. Gonçalo adotara a filha que ela tivera com outro homem e oferecera a Maria Luísa o apelido Storm, fazendo desaparecer o "pai incógnito" de todos os documentos. Tinha respondido sempre a quem ofendia Antónia, pelas costas ou na sua cara, mostrando que as acusações diziam mais sobre a falta de caráter de quem as fazia. Para a geração das netas de Antónia, havia algo de medieval em depender de um marido para a defesa da honra e seria desqualificador pensar no casamento como uma promoção social. Mas a avó crescera num tempo em que, na impossibilidade de ser tratada como igual aos homens, a maior conquista era ser respeitada por um só.

"Salva-me", implorara Gonçalo, certa manhã, confiando-lhe a impotência da sua adicção, depois de gastar o dinheiro dos salários dos empregados do hotel numa noite de cassino. No dia seguinte, ele entregara-lhe a gerência do negócio e das contas bancárias. Mais do que a mulher, a mãe, a diretora do hotel, ela seria a salvação. Por isso, Antónia aceitara as recaídas do marido, as dívidas aos agiotas, o gene da dependência que se manifestava cada vez mais forte em Frederico.

Os filhos tinham-na trocado pelos discos, pelos livros, pelo cinema, pela política. Só Gonçalo a acompanhara do princípio ao fim. Do Hotel Storm's para um estúdio em Copacabana, onde ele parecia um pequeníssimo animal de cativeiro, largado ao calor cardíaco, sem outro modo de subsistência que a mendicância junto dos portugueses endinheirados. Gonçalo tentara dirimir a humilhação com a formalidade do fato e da gravata, o que só evidenciara o seu deslocamento. Incapaz de preservar a sua mulher das madames exiladas, para quem Antónia começara a fazer trabalhos de limpeza, ele conhecera um género de inutilidade que nada tinha a ver com o ócio em Sintra. Para muitos, começar de novo, noutro continente, seria uma oportunidade. Para Gonçalo Storm, aos sessenta e três anos, tinha sido uma doença terminal. Primeiro no peito, depois na cabeça, o Rio de Janeiro acelerara a decadência que principiara com os imbróglios da revolução. Havia pelo menos dois géneros de exilados. Aqueles que, muito ricos ou muito jovens, viviam a exuberância de um interregno passageiro, num país tropical, e aqueles para quem o Brasil era o cemitério de elefantes onde iam morrer.

"Bom dia, mãe", disse Nádia, ao entrar na cozinha, onde Antónia bebia o café e olhava para o caixote de papelão:

"Já a pé, tão cedo?"

"Vim ajudar-te."

Nádia era a mais legítima sucessora de Gonçalo. Não tendo o mesmo sangue, recebera o sobrenome da família e, chegada aos dezoito anos na casa dos Storm, também herdara dele a lealdade a Antónia.

"Parabéns", disse a avó.

Nádia abraçou-a como os três filhos nunca tinham feito — ou ela preferia achar que não tinham. Passaram a manhã juntas, a preparar o jantar de aniversário. Nádia era a correção dos modelos passados, a variante mais apurada dos descendentes, a recompensa de uma vida de trabalho e das privações da avó. Nádia era o melro na janela, o que restava de vida a uma mulher viúva.

Perto do meio-dia, a neta despediu-se e foi almoçar com as amigas. Antónia olhou para o jardim, à procura de companhia. O bebedouro balançava na aragem, nenhum pássaro de visita. Nessa noite, dois lugares estariam desocupados na mesa de jantar. "Fazes-me tanta falta, Gonçalo", suspirou ela, pensando na primeira cadeira sem ninguém. Sobre a outra ausência, ocorreu-lhe uma verdade por dizer: o género de revolução que Maria Luísa quisera, embora tentada, havia falhado sem apelo nem agravo. Tudo o que a filha sacrificara de si, ou arruinara nos outros, fora em vão. A perda maior de Maria Luísa tinha sido Nádia, educada pela avó, agora uma mulher feita, em vias de entrar para universidade, a prova viva do sucesso democrático e daquilo que Antónia nunca tivera oportunidade de dizer a Maria Luísa:

"Estavas errada, eu é que tinha razão."

Olhou para o cubo de papelão que dizia FRÁGIL. Não era dia para desencaixotar o passado. A neta fazia anos, tinha a vida toda pela frente.

3.

Horas antes de entrar na clandestinidade pela segunda vez, no outono de 1975, Maria Luísa comprou um bilhete no Cinema São Jorge para ver *O último golpe*, um filme americano sobre assaltantes de bancos, com Clint Eastwood e Jeff Bridges. Passaria quase uma década até que voltasse a entrar numa grande sala.

A primeira vez que Maria Luísa vivera fora da lei, com nomes falsos e militância no Partido Comunista, o seu objetivo era a queda de um regime autocrático, com práticas de violência e de supressão da liberdade. Já esta nova incursão na clandestinidade, ao serviço das Brigadas Revolucionárias — a estrutura militarizada do PRP —, tinha o fito de treinar os trabalhadores para a luta armada. Outro motivo, mais imediato e secreto, era conservar os arsenais escondidos por todo o país, onde se incluíam as mil metralhadoras desviadas por um oficial do Copcon e que o Governo fazia questão de reaver para o Exército. Havia também fé de que a extrema direita preparava um golpe, e, se o armamento não servisse para a revolução do proletariado, seria pelo menos usado contra o regresso do fascismo.

A 25 de novembro de 1975, enquanto Antónia e Nádia estavam retidas no aeroporto com o caixão de Gonçalo Storm, Maria Luísa acompanhou, impotente, pela rádio, a vitória das forças do capitalismo burguês e parlamentar, também conhecidas como moderadas, democráticas ou Grupo dos Nove.

Por mais premente que fosse a luta das Brigadas após o retrocesso nas aspirações revolucionárias, a clandestinidade seria sempre um suplício de monotonia, em casas feias, gélidas, com pouca luz natural e partilhadas num regime de proximidade ininterrupta com outros camaradas, o que tanto podia originar paixões neuróticas como psicoses homicidas. Quanto mais Maria Luísa desesperava pela sublevação das massas, mais as massas se afundavam no conformismo balofo da democracia ou, nas palavras de Alfredo:

"É como ver um porco a oferecer-se ao talhante, na esperança de receber um chouriço."

O ano de 1976 foi um descalabro: aprovada a Constituição, o Partido Socialista venceu as eleições legislativas, e o general Ramalho Eanes, coqueluche dos moderados após o comando das operações no 25 de novembro, foi eleito presidente da República. Enquanto o país se tresmalhava, as Brigadas mantiveram em andamento o processo revolucionário com pilhagens a bancos. Semanas e semanas trancados num apartamento e, em apenas alguns minutos de liberdade, o poder das armas, a voluptuosidade dos sacos de notas, o risco da chegada da Polícia. No longo nada da clandestinidade, os assaltos tinham um efeito narcótico e, por causa da sua frequência crescente, suscitavam em Maria Luísa a impressão de que era mais assaltante e menos guerrilheira. O dinheiro deveria financiar a luta armada do povo e dos trabalhadores, mas, se as Brigadas já tinham as armas e o dinheiro, onde é que acontecia a luta? Nas bombas que faziam explodir os centros da reforma agrária? Na demolição de um busto de Salazar em Santa Comba Dão? E para quê?

Maria Luísa nunca chegou a questionar a estratégia das Brigadas, porque, em 1978, Alfredo e outros camaradas foram presos pela Polícia Judiciária, após a morte de um agente num tiroteio. Nos meses seguintes, Maria Luísa mudou várias vezes de casa e de cor de cabelo, escapando à vaga de detenções que levou a tribunal duas dezenas de operacionais das Brigadas e dirigentes do PRP. Na véspera de testemunhar sobre os assaltos aos bancos, José Plácido, um dissidente das Brigadas que tinha colaborado com a Polícia, foi morto à queima-roupa com três tiros na cabeça.

O extermínio de Plácido acelerou a cisão dentro do movimento. De um lado, os dirigentes que se consideravam presos políticos e diziam recusar a prática de crimes de sangue. Do outro, aqueles que continuavam a assaltar bancos e, inclementes com os bufos traidores, viam a morte de Plácido como uma declaração de intenções, o cerrar de fileiras, o ponto de partida para a escalada da violência que espalharia o medo e derrubaria o sistema.

Alfredo escolheu o grupo dos "pacifistas", assim conhecidos e por isso sacaneados pela fação contrária. Para Maria Luísa, a desistência do companheiro, um veterano da luta, que estivera na origem das Brigadas, era uma traição. Ela passara um ano e meio nas prisões da Pide, suportara o isolamento, a tortura, e saíra disposta a morrer pela causa. Mas uns poucos meses numa cela da democracia, com direito a julgamento, pedidos de recurso e uma campanha favorável na imprensa, tinham domesticado Alfredo como um caniche de colo.

À fraqueza do companheiro, ela só podia contrapor a fortitude dos vingadores. Sozinha com mais uma perda, aliciada pelos camaradas com quem partilhava os reveses e os dogmas, ser-lhe-ia impossível discernir se acelerava numa fuga para a frente, ou se a radicalização era mesmo a única família disposta a acolhê-la. Os "pacifistas" foram afastados e o grupo vencedor, com o respaldo de um braço armado, criou um novo partido político. Mantinham-se os operacionais de confiança, as sedes e as armas do PRP. Mudava-se o nome do movimento e enfatizava-se a luta.

Maria Luísa foi colocada numa célula do Comando de Lisboa com dois camaradas. Recebiam ordens da Direção Político-Militar e sabiam apenas o essencial a cada missão; assim, no caso de serem detidos, não poderiam entregar os dirigentes ou os outros comandos espalhados pelo país. Com uma estrutura inspirada nos bascos da ETA, com quem fazia negócios de armamento, a nova Organização punha em prática a tese do terror como ideologia.

"Vamos continuar com as recuperações de fundos, e é possível que passemos a dedicar-nos aos engarrafamentos", disse o Bibliotecário, comandante da célula, numa sala sem mobília e com as persianas fechadas, num complexo de apartamentos da periferia que desfeava os moradores e fazia o brutalismo da arquitetura soviética parecer o teto da Capela Sistina.

"Hã, patrão?", perguntou Chavalo. Recém-recrutado, tinha metade dos anos, um décimo dos vocábulos e uma milésima parte da experiência do Bibliotecário.

"Não nos chames isso." Dotado de uma retórica de filósofo ateniense, o Bibliotecário praticava a depuração ideológica da linguagem. Falava sempre na primeira pessoa do plural, impondo a causa ao indivíduo, e banira palavras reacionárias como "patrão", "intelectual" ou "nacionalismo". Sem pruridos em recorrer à brutalidade no desempenho das suas funções, era dado a eufemismos como "vamos ajoelhar o fascismo", quando se referia aos tiros nas pernas com que puniam os empresários marcados.

"Recuperações de fundos são assaltos a bancos", esclareceu Maria Luísa. "E os engarrafamentos são sequestros."

"Chavalo, ficas no carro", disse o Bibliotecário. "A Viúva entra primeiro."

Nas células, estavam proibidos os nomes de batismo, usando-se aqueles atribuídos pela Direção. Chavalo fora alcunhado por causa da idade e da falta de tarimba; o Bibliotecário devia o nome de código aos hábitos de leitura e porque, segundo um relato talvez apócrifo — embora em consonância com a sua folha de serviço de ex-combatente condecorado na Guiné —, se tinha livrado de uma operação policial usando como arma o calhamaço *O capital*. Noutra versão, havia arrumado meia dúzia de agentes apenas com recurso ao *Pequeno livro vermelho*, de Mao Tsé-tung. Já Maria Luísa, com mais de vinte anos de resistência, ficha na Pide e dezenas de assaltos a bancos, fora catalogada como Viúva, em função do companheiro, que, capturado, desistira da luta.

O Bibliotecário, o Chavalo e a Viúva mudavam de poiso amiúde, viviam atravancados e sem privacidade. Proibidos de trocar histórias pessoais e envolvimentos íntimos, pouco conseguiam fazer para minimizar o marasmo da espera e as ignomínias da coabitação. Chavalo, um masturbador gutural, parecia em vias de quebrar algum recorde de ejaculações. O Bibliotecário, mártir da rinite alérgica, puxava o ranho para coçar o nariz e, com um canivete suíço, limpava as unhas dos pés à vista de todos. Como retaliação pelo nome de Viúva, Maria Luísa recusava qualquer tarefa doméstica atribuída às mulheres. Feminismo, afiançava ela. Preguiça, protestavam eles. Na pequenez e repetição da vida clandestina, o idealismo da criação do Homem Novo — ou da Mulher, tanto fazia — era achincalhado pela vulgaridade da coexistência.

Nos assaltos, os três suspendiam as diferenças e atuavam com a fineza de um relojoeiro que também fosse campeão de ginástica artística. Contundentes na entrada, desenvoltos na saída, eram bons, talvez os melhores, e por isso continuavam a recolher fundos, enquanto as restantes células punham bombas e baleavam empresários.

Chavalo queixava-se de ficar sempre no carro, queria disparar uma arma, tinha a testosterona enjaulada e a imaginação de quem crescera a disparar pistolas de fulminantes no Carnaval. Orgulhoso do seu talento para roubar automóveis, ensinou Maria Luísa a abrir uma porta trancada e a fazer uma ligação direta. Ela mostrou-lhe como montar e desmontar uma submetralhadora. Desrespeitando as regras da contenção informativa, Chavalo falou-lhe dos quatro irmãos, das miúdas giras nos bailes da sociedade recreativa, da morte do pai. Como outros rapazes arregimentados pela Organização, era filho da classe operária, desempregado e sem estudos. Tinha trocado uma carreira de carteirista por um posto de aspirante a terrorista, pensando tratar-se de uma promoção. Estava longe de compreender que o Exército Revolucionário Popular, que lhe tinham prometido, nunca teria fardas de gala que ele pudesse levar aos bailes da sociedade recreativa para impressionar as miúdas giras. Uns anos antes, estaria a jurar bandeira e a defender a Pátria Mãe contra os turras em África. Agora, estava a conduzir carros roubados, para financiar a destruição do sistema partidário, do patronato e da exploração do povo. Mudavam-se as guerras, mas a carne para canhão vinha sempre do mesmo matadouro.

Para demover investidas sexuais do rapaz que ela apanhara a acariciar um sutiã no estendal, Maria Luísa escolheu o papel de mãe adotiva. Dava-lhe aulas de história, de política, e, ao saber que ele só fora ao cinema uma vez, contava-lhe os filmes que tinha visto. Nunca era tarde para a idade dos porquês. Encorajado por Maria Luísa, Chavalo quis ver de perto as costuras no pano onde lhe tinham dito que se projetava a verdade:

"Se nós somos pelos pobres, porque não lhes damos o dinheiro que roubamos?"

Tinham acabado de assaltar um banco. No apartamento, que cheirava a canos e a restos de arroz de atum, a opulência dos sacos de dinheiro tanto podia ser uma promessa como uma afronta.

"Nós não roubamos, recolhemos. E para ajudar um pobre, não lhe damos dinheiro, mas uma arma que combata o opressor", disse o Bibliotecário, continuando a mudar as notas para as malas de viagem.

"Porque não experimentamos?", propôs Chavalo. "Vamos a um bairro de barracas e perguntamos a uma mãe de família se ela prefere a tua pistola ou um saco de dinheiro."

Desconfiado da sagacidade do rapaz, o Bibliotecário olhou para a Viúva. Que andava ela a fazer nas suas ausências? Fechou a primeira mala. "A cúpula decide, a base executa." Era ele quem recebia as ordens da Direção.

"O que é que custa?", perguntou Chavalo. "Um desses maços de notas chega e sobra para pagar as contas e encher a despensa de quem precisa."

"As esmolas são uma patranha dos capitalistas para perpetuar a desigualdade. Não somos a Santa Casa da Misericórdia. O nosso projeto obriga à radicalização do indivíduo. Temos de enquadrar militarmente as massas trabalhadoras no assalto ao poder da burguesia."

Maria Luísa sabia que, na prática dos combates na Guiné, o Bibliotecário fora um soldado de excelência numa guerra a que se opunha em teoria. Tinha vivido com etarras no País Basco. No tempo das Brigadas Revolucionárias, colaborara com a Frente Polisário, num atentado que matara oito militares na Mauritânia. Na fila para o autocarro, passaria por professor de liceu. Usava óculos de velha, sofria da calvície vulgar dos pais de família, vestia casacos de bombazine com cotoveleiras de napa. Faltava-lhe dinheiro para comprar livros e nunca desviara uma moeda dos fundos recolhidos. Chegara a ficar três dias sem ir à cama, a velar o dinheiro, porque só dormia depois de entregar o quinhão em segurança.

Não eram as contradições do Bibliotecário que espantavam Maria Luísa, mas a impassibilidade com que ele as harmonizava. Poderia esquartejar um cadáver enquanto enunciava os objetivos da Organização:

"O que nos cabe é impulsionar o povo trabalhador a partir da base, na unidade popular indispensável à luta contra o imperialismo."

No Natal, Chavalo aproveitou uma saída e apareceu com um pinheiro, anjinhos, bolas e um presépio de plástico. No topo da árvore, colocou o passa-montanhas que o Bibliotecário usava nos assaltos. Naquele cantinho enfeitado da casa, tentou conciliar as saudades da vida lá fora e os rigores da clandestinidade. Uma brincadeira que o Bibliotecário classificava de falta grave na ortodoxia revolucionária:

"Está-nos vedado o culto dos símbolos da alienação religiosa e do consumismo." Retirou o passa-montanhas do pinheiro e dobrou-o, como se fosse a única coisa sagrada num altar profano. "Quando nos incorporámos no Exército Revolucionário, deixámos de ser cidadãos comuns."

"E comer bacalhau com couves, posso? Ou também é proibido?", provocou Chavalo.

"O país é governado por cobardes ao serviço do grande capital, o desemprego aumenta, os patrões despedem, o FMI manda apertar o cinto, enquanto os fascistas do tempo da velha senhora continuam a chuchar na teta do aparelho do Estado e os pides seguem impunes. Mas a tua preocupação é comer bacalhau com couves?"

"Quando foi o aniversário do Vinte e Cinco de Abril, compraste uma garrafa de vinho."

Enquanto o Bibliotecário removia as decorações da árvore, Chavalo cantava:

"Ó pinheirinho de Natal, de ramos sempre verdes."

"Sabes o que disse a Rosa Luxemburgo?", perguntou o Bibliotecário. "Que o futuro só tem duas vias: o socialismo ou a barbárie."

"E se em vez de lições me desses uma pistola?"

O pinheiro foi para o lixo. O bacalhau estava demasiado caro para entrar na ementa. Mas, uma semana mais tarde, o Bibliotecário pôs os caprichos do rapaz ao serviço da causa. Consequente com a homilia que pregava — "É preciso responder com violência revolucionária à violência repressiva da burguesia" —, substituiu o conformismo do presépio pela disrupção de uma arma de fogo.

"Só podes ser revolucionário se fizeres a revolução", disse ele, e entregou uma submetralhadora a Chavalo. "Desta vez, não ficas no carro."

O plano era ambicioso e requeria a participação de outra célula. Os assaltos deviam ocorrer ao mesmo tempo, em duas sucursais de bancos diferentes, na mesma rua e com um posto da GNR pelo meio.

Com a habitual redundância de quem tinha a cabeça enfiada num passa-montanhas e brandia uma pistola dentro de um banco, o Bibliotecário informou, não fosse alguém ter dúvidas: "Isto é um assalto". Deu um pulo para o outro lado do balcão e a Viúva pastoreou os clientes até um canto, juntando-se depois ao camarada, para esvaziar as caixas. Vigiando a porta, com o nariz espalmado por uma meia de nylon facultada por Maria Luísa, Chavalo transpirava do buço e coçava o formigueiro no couro cabeludo. Levantou o tecido elástico acima da boca, para melhor respirar. No apartamento, queixara-se que a roupa interior feminina não intimidava como os capuzes pretos dos camaradas. A Viúva apontara para a submetralhadora:

"Com esse canhão, até podias aparecer de cuecas."

Um dos clientes do banco discordou e, reparando que Chavalo hesitava entre baixar a meia e travar a entrada de uma mulher vinda da rua, saltou-lhe para as costas, fez-lhe uma gravata com os braços, cravou-lhe os calcanhares nas virilhas, um justiceiro de noventa e sete quilos que queria deglutir o assaltante depois de lhe amaciar os ossos.

"Ajudem-me, caralho." Com voz de falsete e as feições deformadas pela viscosidade do nylon, Chavalo ziguezagueava como um mentecapto que tivesse esbarrado contra um vespeiro. O Bibliotecário saltou para fora do balcão e, demasiado cerebral para apreciar aquele humor físico, aproximou o cano da cabeça do cliente com um novo tipo de redundância, do género que abdicava de avisos prévios e arruinava famílias. O disparo coincidiu com o descer metálico das cortinas de proteção acionadas pelo alarme. O corpo do cliente, sem parte da cabeça, desprendeu-se do hospedeiro, e Chavalo descartou a meia, coberta com fragmentos de crânio e massa encefálica.

Encerrada no outro lado das cortinas de ferro, rodeada pelos funcionários, Maria Luísa era a mulher que, por engano, entrara na sala de espera de um oncologista. O passa-montanhas e a pistola que levava perderam a pátina da coação, em menos de nada seriam as provas A e B apresentadas em tribunal. Nos últimos meses, nas poucas ocasiões em que ela pisava a rua para ir ao mercado ou comprar o jornal, o pânico da captura obrigava-a a regressar ao apartamento, consciente da bizarria da sua paranoia: para não ser encerrada na cela de uma prisão, ela mesma se encerrava na prisão da clandestinidade.

No lado de fora do balcão, a submetralhadora de Chavalo cuspiu uma rajada. Sem conseguir perfurar as cortinas de ferro, as balas troavam como pássaros kamikaze contra a chapa de um camião, assobiando ricochetes num jogo de roleta-russa com os clientes e os assaltantes.

"Chega", gritou o Bibliotecário. "Ainda nos matas a todos." Chavalo tirou o dedo do gatilho. O zumbido das balas deu lugar ao silêncio e, aliviada a audição, o olfato pôde dar-se conta da pólvora no ar e do sangue no chão. Com a palma da mão, o Bibliotecário golpeou o ferro ondulado e gritou: "Afasta-te, vou usar uma granada". Retirou-se para junto da porta, tirou o fruto cardado do bolso do casaco, puxou a cavilha e fez rolar a granada pelo chão alcatifado.

No caos do estrondo e do fumo, Maria Luísa esgueirou-se pelo buraco e tropeçou no morto junto da porta. Levou um joelho ao chão, sujou-se de sangue, viu a aliança de casamento na mão esquerda do homem. O Bibliotecário ajudou-a a levantar-se e os três desembocaram na calçada, onde eram esperados pela comissão de más-vindas. Mirones, convocados dos cafés e das mercearias pelo estardalhaço, não tinham pejo em olhá-los de frente. Tanto podia ser a curiosidade mórbida de quem passava por um acidente na estrada, como o género de desconfiança com os forasteiros que acabava em justiça popular.

O Bibliotecário sentou-se no banco do pendura do Toyota. O Chavalo e a Viúva entraram pelas portas traseiras. Ao volante estava Matraquilho, um camarada emprestado por outra célula do comando, que engatou a primeira e arrancou. No limite da aceleração, com o pé na embraiagem e a manete prestes a encaixar a segunda, Matraquilho foi atingido por um disparo, e o automóvel, em ponto morto, espetou-se num poste de eletricidade.

O atirador solitário, dono de uma pastelaria, apetrechado com uma caçadeira, continuou a disparar sobre o carro. Pelas janelas partidas, viam-se os GNR, ao fundo da rua, tentando correr e desapertar os botões dos coldres ao mesmo tempo. O Bibliotecário despejou meio carregador da sua metralhadora MK4, forçando a populaça e os guardas a desaparecerem no interior das lojas. A Viúva saiu do carro e abriu fogo de supressão, para que os camaradas pudessem fugir a pé. Os danos no Toyota impossibilitaram o Bibliotecário de usar a sua porta, obrigando-o a afastar o cadáver de Matraquilho e a sair pelo lado do condutor.

Uma carrinha Bedford, da célula que acabara de limpar o outro banco, abrandou na berma da estrada e alguém escancarou uma porta, para salvar os camaradas.

Nos primeiros segundos dentro da carrinha em andamento, sob o fogo da Guarda, Maria Luísa manteve a cabeça enfiada entre as pernas, o que limitava a sua perspetiva do falhanço da operação: um único saco de dinheiro, as notas empapadas em sangue. Já fora de perigo, constatou que Chavalo ficara para trás. Nos dias seguintes, Maria Luísa haveria de culpar o povo por destruir aqueles que os tentavam salvar: a chusma tinha apanhado Chavalo, ferido no tiroteio, e acabara com ele ao murro e ao pontapé.

Meses mais tarde, procurada pela Polícia e com a cabeça a prémio dentro da Organização, Maria Luísa entrou no São Jorge e ponderou qual dos filmes em cartaz Chavalo gostaria de ter visto.

Na grande sala, apagaram-se as luzes e, durante mais de uma hora e meia, ela não pensou nos mortos, na clandestinidade, na prisão, ou sequer na viagem que decidira fazer até Sintra, no dia em que a filha celebrava dezoito anos.

4.

Os violoncelos trepidaram sob os arcos. O rumor das cordas brotou da terra e ele olhou para cima, viu os ramos das árvores de encontro ao céu. Os violinos fizeram a sua entrada com uma subtileza que o tirou do chão. Frederico levitava mais um pouco a cada nota da harpa. Deixou a sombra para entrar na alba, elevando-se sobre a mantilha de bosque e de rochas, cada vez mais alto, até alcançar o Castelo dos Mouros e o Palácio da Pena. Flutuando acima da crista da serra, contemplou a encosta verdejante que descia até ao mar. Voava como um projétil sem peso, ao som da composição de Duke Ellington, seguro de ser o único que conhecia aquele arranjo de "Solitude", tocado pela secção de cordas de uma orquestra sinfónica. A música obliterava toda a dor. Nem as drogas o faziam sentir-se assim. Qual Ícaro crescido e farto de morar nos subúrbios, Frederico quis ascender ao sol da sua infância no litoral, quando o pai estava vivo e a família inteira veraneava na Praia Grande. Sobrevoou a orla e sentiu na cara as partículas de espuma que o vento arrancava da grimpa das ondas. Sentiu-se como a água atravessada pela luz. Mas não chegava. Ele queria mais, e, porque queria sempre mais, o estrépito de mil cordas partidas dilacerou a música, um aluvião de nuvens obscureceu tudo, a trovoada condensou a atmosfera, e as ravinas abateram-se sobre o oceano. Frederico perdeu o controlo do voo, foi puxado para cima e para longe da costa, estava fora de pé nas alturas, afogava-se no céu.

Acordou do pesadelo para respirar na superfície da cama. A seu lado, boiava um corpo de mulher e a rádio passava um anúncio das Sapatarias Charles, seguido do sinal horário. Uma fileira de traços, nas persianas, espremia a luz da tarde. Frederico apanhou o maço, acendeu um cigarro e seguiu a brasa através da bruma do quarto. Entrou na casa de banho, meteu-se debaixo do chuveiro e, com a mão fora da cortina, continuou a fumar. O seu inconsciente era tão explícito que até um desses dicionários dos sonhos, escritos como um horóscopo de revista e comprados na Feira da Ladra, acertaria no significado do que acabara de passar-se na sua cabeça enquanto dormia.

Lavou os dentes a olhar para o ralo do lavatório. Nada de espelhos. Tinha um epicentro de podridão nos incisivos superiores e tivera de extrair um molar. Procurou algo para vestir no cesto da roupa suja. Uns calções de desporto, uma T-shirt três tons menos amarela do que os lençóis onde penava as ressacas. Entrou no quarto, e a mulher vasculhava a cama, a roupa, o lixo na alcatifa:

"Não sobrou nada?"

Ele abriu a persiana, depois a porta da varanda, deixando-se ficar na atmosfera da tarde. Ouviu o esbofetear de uma bola de futebol na parede, o ranger ferrugento da roldana de um estendal, o chinelar da família que chegava da praia após um comboio e dois autocarros.

"Estou a falar contigo", refilou ela.

"Não sobrou nada", disse ele, olhando para a rua de prédios encavalitados e automóveis em cima do passeio.

"Temos de arranjar mais."

"Vou jantar a casa da minha mãe, a minha sobrinha faz anos."

"Não me podes deixar assim."

"Estou liso e tenho de lhe comprar um presente."

"Por favor."

"Violeta."

Aquele nome, que já fora paixão, sexo e engano, soava a pedido de clemência. Mas ele era demasiado fraco para resistir. Ela, sôfrega demais para parar. "Junta-se a fome à vontade de comer", diria Antónia, se soubesse onde e com quem o filho vivia. Nalguma página dos blocos em que Frederico deixara de escrever, e dos quais perdera o rasto, encontrava-se uma frase do filme *Oxalá*, de António Pedro Vasconcelos, que tão bem definia o reencontro de Frederico com Violeta:

"Ninguém apaga pela vida fora um desejo bruscamente interrompido."

Violeta continuava atraente, uma beleza de costelas à vista e rímel esborratado. Trocara o jazz pelo punk, o sectarismo da política pelas drogas duras, e uma vida artística pela venda do recheio do duplex na Lapa, o que lhe custara a excomunhão dos pais e a passagem para um quarto e sala na Linha de Sintra. Em Nova York, talvez Violeta fosse uma manequim *heroin chic*. Na Rinchoa, era apenas uma agarrada.

"Jura que trazes alguma coisa", disse ela, de joelhos na cama, dócil porque tinha encontrado (e escondido no elástico das cuecas) um papelote com os restos do pó que fumaria numa prata assim que ficasse sozinha.

"Juro", disse Frederico. Era uma promessa egoísta, também ele precisava de heroína, os períodos de sobriedade, sem dores, eram cada vez mais curtos, e, ao sair para a rua, começou a ouvir o ponteiro do vício. Tentou assobiar "Solitude", ainda intrigado com o arranjo de cordas que ouvira enquanto dormia. Mesmo que o procurasse, não o encontraria na sua extensa coleção de álbuns, porque a vendera, tal como o gira-discos e as revistas de música estrangeira.

Três estações de comboio sem pagar bilhete, a topar o paradeiro do revisor, mais vinte minutos a pé para chegar ao escritório. "Raposo & Filho Lda", dizia a placa da empresa, no painel das campainhas, desde que o pai de Raposo sofrera um ataque de coração e decidira alargar a paternidade a algo mais do que oferecer envelopes com dinheiro. Tornara-se mentor do filho e oferecera-lhe sociedade no negócio. Construíam prédios com marquises nos arrabaldes de Lisboa, terraplanando a paisagem pastoral como contribuição para o sonho lusitano dos anos 1980, no país prestes a entrar na Comunidade Económica Europeia: uma casa, uma família, um carro, um filho na faculdade. Cada um dos Raposo tinha a sua Mercedes, a sua corrente ao pescoço, a sua moradia com sala de jogos, bar, leões de pedra no portão.

Raposo filho acabara de chegar de uma obra e passava uma escova nos mocassins. Vestia camisa às riscas azuis e brancas, calças creme com pregas. No pulso, o relógio picotava segundos dourados. Frederico estava de pé, com a T-shirt e os calções de maratonista, à espera dos primeiros sintomas da abstinência. Raposo incorporava a prosperidade apregoada pela democracia. Frederico era mais um joguete da heroína que devastava a juventude de alto a baixo, agarrando, sem preconceitos, os betinhos da Linha e os pescadores algarvios. Raposo não olhava para trás, era o Homem Novo Possível, considerando as limitações de um pequeno país na sala de espera do futuro. Frederico era o Homem Defeituoso, atormentado pelas velhas assombrações da perda, num Portugal que preferia esquecer o antigamente.

Nem um nem outro eram alheios ao acaso. Um ataque de coração fizera Raposo ganhar um pai. Outro ataque de coração fizera de Frederico um órfão de pai. Seria essa a encruzilhada na qual se tinha separado o destino dos amigos que faltavam juntos às aulas do liceu? Em que momento Raposo acertara o passo e Frederico perdera o norte? Quando é que a amizade passara a pedinchice?

"Sabes bem que não posso dar-te dinheiro", disse Raposo, aludindo ao historial de oportunidades e desperdícios. Tinha-lhe arranjado empregos no escritório e nas obras, esquecera os atrasos, dias inteiros sem aparecer, o roubo de ferramentas e os empréstimos a fundo perdido. "Tens comido?", perguntou. Outra forma de lembrar que abrira uma conta num restaurante onde Frederico podia almoçar e jantar. Raposo escusava-se a dar lições de moral, não tinha a húbris dos patronos. Mas como podia Frederico sentir-se diferente dos mendigos a quem a mãe mandava para a porta de serviço do hotel: "Dinheiro não dou, se quiserem um prato de sopa, esperem lá atrás".

Frederico tremia, apesar do calor que a ventoinha rotativa movia de um lado para o outro do escritório. Um calafrio percorreu-lhe a coluna vertebral e centenas de piquinhos cobriram-lhe a pele dos braços:

"Eu engraxo-te os sapatos."

"És meu amigo, não és meu empregado." Raposo queria preservar-lhe a dignidade. Como? Se as crónicas do esfacelamento pela heroína eram uma pornografia da miséria — filhos que desfalcavam as mães, irmãs que se prostituíam, pais de rosto macilento e personalidade irreconhecível, todos possuídos como zumbis esgrouviados, e nenhum exorcismo, nenhuma cura, nenhuma compreensão conseguia trazê-los de volta.

"Deste-me o primeiro charro a fumar", disse Frederico, escondendo a denúncia num sorriso. Outro sintoma da abstinência era o virtuosismo na manipulação. Quanto maior a necessidade, maior o requinte da chantagem. "Fiquei todo virado, tiveste de tomar conta de mim, e depois comemos uma dúzia de travesseiros da Piriquita." Tinha havido um erro — tremendo, injusto, inexplicável — para que Frederico estivesse ali de mão estendida. Um erro que, desonestamente, ele atribuía ao primeiro charro, de forma a sacar de Raposo uma nota de quinhentos escudos. Não estava a produzir o efeito desejado.

"E quando metemos aquele ácido no Vinte e Cinco de Abril?", pressionou Frederico.

Raposo também fumara charros, apanhara bebedeiras, tomara LSD e andara na corda bamba que separava o tino da perdição. O que os distinguia não era a família, a genética, a inexperiência com a liberdade ou sequer a sorte. Para Raposo, tudo se resumia a isto: ele era forte, Frederico era fraco. Uma explicação simplista, mas que tinha de servir para que Raposo aguentasse as constantes invasões do amigo.

"Tu enfiaste-te de cabeça pela janela do carro do meu cunhado, com os gémeos do MRPP a puxar-te pelas pernas", tentou Frederico, rebuscando lá atrás uma vida comum que unisse a fenda que se abria entre os dois. "Teve de vir a tropa ajudar-te. E eu vomitei os jaquinzinhos com arroz de tomate nas botas do sargento, quando toda a gente festejava a queda do Governo."

"Estava lá a Violeta", disse Raposo, acusatório, descarregando nela a aversão que era devida ao amigo. E mais não disse, sabendo como era infrutífero vilanizar a putinha, a desencaminhadora, a interesseira, a que tinha iniciado Frederico na heroína. Era mais fácil aceitar que o amigo era um caso perdido se houvesse uma má da fita. Violeta: o maior erro de todos.

Frederico percebeu que dali não levaria nada. Restava-lhe uma manobra de distração para roubar alguma coisa no escritório:

"Tenho frio, não me arranjas nada para vestir?"

"Estão quarenta graus aqui dentro." Raposo levantou-se. "Eu acompanho-te lá fora."

"São os anos da minha sobrinha, tenho de lhe comprar alguma coisa, por favor, ajuda-me." Frederico tinha as narinas e os olhos aguados, um sintoma da abstinência que passava bem por choro. Alguém mais influenciável teria aliviado aquele sofrimento com dinheiro para a droga.

Raposo comprou-lhe flores para dar à sobrinha.

Em contagem decrescente e com um ramo de rosas brancas, Frederico voltou a viajar sem bilhete no comboio (espreitava pelas portas abertas, a cada estação, para localizar o revisor), enquanto planeava os lances depois de Raposo ter movido a primeira peça inadvertidamente:

"O Juca está de férias nas Canárias."

Com essa informação e o saco de plástico onde levava as mercearias que o amigo lhe comprara, Frederico foi montando a trama. Tinha o pulso acelerado e as dores da privação no seu encalço.

(*Nem penses em vomitar agora, estamos a meio do plano. Não me estragues o potencial das rosas brancas com uma crise de diarreia.*)

A mãe de Juca abriu a porta. Que surpresa, não se viam havia anos, e rosas brancas? Que gentileza, a que se devia a visita, que entrasse, o sol estava forte. Um ramo de flores fazia maravilhas para convencer a vítima das boas intenções do aldrabão. "O Juca não avisou que ias passar cá, mas não te preocupes, deixa-me só ir buscar a minha carteira." O interior da casa continuava atravancado de tudo e mais alguma coisa, com certeza, aqueles acumuladores não iam dar pela falta de um globo de neve ou dos tomos que ele roubou de uma pilha do corredor, enfiou no saco de plástico e voltou a tirar quando a mãe de Juca já vinha a contar o dinheiro.

"São estes livros que ele me pediu para comprar", disse Frederico.

"Só tenho isto", desculpou-se ela. "Mas amanhã passo no banco e deixo o resto na casa da tua mãe." Sem as rosas pelo meio, ela reparou que a pele de Frederico tinha a consistência de uma vela de igreja. No olhar vítreo, havia algo morto a fingir-se de vivo, como um bicho embalsamado com espasmos musculares.

"Estás bem?"

"Comi uns jaquinzinhos ao almoço que me caíram mal."

(*Jaquinzinhos de abril de 1974.*)

"Queres alguma coisa? Um copo de água, sais de fruta?"

(*Uma gramola de castanha, tem? Desculpe, a senhora é profe de português, eu corrijo já, um grama, masculino, que somos janados, mas não assassinamos a língua.*)

"Muito obrigado, a minha sobrinha faz anos e tenho de ir ver do presente."

(*Este seu globozinho com neve e a casinha do pai Natal que levo aqui no saco.*)

"Quantos anos faz?", perguntou ela.

O esforço de parecer normal. O colete-de-forças do calor. As cãibras, as cólicas, o visco da perspiração, o fedor do sarro da heroína, o peso das mentiras. Havia sempre mais um obstáculo entre ele e a droga, mais uma pessoa a enganar, os doze trabalhos de Hércules eram uma brincadeira de crianças para quem, todos os dias, de manhã à noite, sem outra arma que os expedientes, tinha de desarmar uma bomba-relógio a circular no sangue.

(*Guitarra, bateria, e os Ramones cantam "I Wanna Be Sedated".*)

"Frederico?"

"Sim?"

"Quantos anos faz a tua *sobrinha*?"

"Não me lembro", disse, num acesso de verdade que, mais um bocadinho, ainda acabava em confissão.

(*Põe-te mas é a andar antes que ela desconfie de alguma coisa.*)

A porta fechou-se nas suas costas, Frederico estava sensível ao ruído, o patinhar das sandálias rua abaixo ecoava passos a dobrar, alguém o seguia, várias vezes olhou para trás, a mãe de Juca ia desmascará-lo e, mais grave, tirar-lhe o dinheiro. Viu um homem numa carrinha estacionada, de certeza que era um polícia à paisana. Mais uma cãibra na perna. Tinha sede, tinha de fumar, tinha de arranjar mais dinheiro. As notas peganhentas, que apertava no punho, só compravam uma quarta, e uma quarta cabia na cova de um dente de Violeta.

(*Tiquetaque, tiquetaque, tiquetaque, o tempo aperta e os Sex Pistols tocam "Lonely Boy". Curte-me a pulsação desta bateria. Lá vem a guitarra elétrica.*)

"Põe a tocar uma coisa mais calma."

(*Isto não é o programa dos discos pedidos, puto. Vá, canta comigo: "I need her tender touch, oh, I need it so much".*)

Frederico parou diante da casa da irmã, nenhum automóvel, Pureza e Diogo estavam fora, o portão destrancado, entrou, espreitou pelas janelas. Ao vê-lo, a empregada sobressaltou-se na cozinha. Ele convenceu-a a abrir a porta, já a tinha conhecido ou era nova?

"Sabe quem eu sou?"

"O irmão da senhora", disse ela, ainda que afirmar a relação de parentesco não a sossegasse. "Tenho ordens para não deixar entrar ninguém."

Estava avisada acerca da matreirice de Frederico, ou tratava-se de uma medida de prevenção, decretada por Diogo, após o julgamento dos operacionais do ELP?

"Venho só buscar uma coisa que me esqueci." Foi direto à sala, com a empregada a reboque. Escrutinou o peso, a mobilidade e o valor dos objetos que poderia vender. "Arranjava-me um copo de água, por favor?" Ouviu o disco do telefone girar para a frente e para trás, com a insistência de um motor que arrancava mas não chegava a pegar.

(*Tiquetaque. Tiquetaque. Tiquetaque.*)

"Estou a ligar para o escritório do doutor", avisou a empregada.

Frederico namorou a aparelhagem de som, uma Pioneer, trocava aquilo por meia dúzia de gramas.

(*Tiquetaque. Tiquetaque. Tiquetaque.*)

Viu os álbuns de vinil, começou a passá-los entre os dedos, Julio Iglesias, Roberto Carlos, Joe Dassin.

(*Que gosto de merda tem o teu cunhado.*)

E como todos os malandros têm sorte, lá estava *Sinatra at the Sands*, com a orquestra de Count Basie, que ele oferecera à irmã na convalescença do terceiro aborto. Pureza tinha agora uma filha de oito anos, já não precisava de um crooner de smoking a cantar-lhe ao ouvido sobre amores e desamores, numa preciosa gravação original, de 1966, que talvez valesse um par de saquinhos de heroína.

(*Quem dá e volta a tirar, ao Inferno vai parar.*)

"Cala-te."

A empregada assustou-se, o seu coração ia três pulos adiante do lento toque da chamada que a secretária do senhor doutor, lá nos escritórios em Lisboa, não havia maneira de atender.

"Desculpe, não era consigo." Frederico mostrou-lhe o álbum. "Tinha emprestado isto à minha irmã. É meu. Vou levar."

Na rua, iniciando uma nova etapa na odisseia dos opioides, ele debitou de memória o alinhamento das músicas cantadas no *Sands* e, ao entrar outra vez no comboio, imitou Sinatra ao surgir no palco:

"*How did all these people get in my room?*"

Ouviu as gargalhadas do público no cassino de Las Vegas e a indiferença dos passageiros na carruagem em Sintra. Era só mais um carocho destrambelhado pela praga da droga. Com o comboio em movimento, a brisa serpenteava pelas janelas abertas, roçava-lhe o corpo transpirado, como, em tempos, a mãe lhe soprara no pescoço depois de um jogo de apanhada. Quase não se ouvia o tiquetaquear da bomba-relógio sob o assobio da velocidade. Frederico fechou os olhos e a radiância da tarde tremeluziu no interior das pálpebras. Trauteou o primeiro tema do álbum: "Come Fly with Me". O balanço do comboio era o embalo das ondas da Praia Grande, da automotora que o levara para Souto da Serra, no verão de 1974, do avião em que tinha viajado para Londres, na única vez que saíra da Península Ibérica. Um pedaço de terra rodeado de água por todos os lados, menos por um, que se chama istmo, aprendera ele na escola, sobre as penínsulas. Que istmo ainda o ligava ao continente? Ou era já uma ilha? Se pudesse ver-se pelos olhos dos passageiros, talvez tivesse a resposta. Mas queria manter a módica sensação de bem-estar, abrigar-se naquele recanto intocado pela heroína.

(*Não sejas mentiroso, o que tu queres é o recanto da heroína, só estás melhor porque vais a caminho do dealer, essa felicidade não é mais do que a antecipação do próximo bafo, o teu cérebro guloso a largar os quimicozinhos, na expectativa da papinha que vai comer.*)

"Cala-te."

(*O dealer, o traficante, o teu anjo-da-guarda, o doceiro do reino, o senhor doutor, o gajo, o* pusherman, *como canta Curtis Mayfield, neste tema de 1972, composto para a banda sonora do filme* Superfly.)

"Cala-te."

(*You know me, I'm your friend/ your main boy, thick and thin// I'm your pusherman.*)

"Cala-te, já te disse."

(*Two bags, please/ For a generous fee/ Make your world what you want it to be.*)

"Cala-te, cala-te, cala-te", gritou Frederico, tapando as orelhas com as mãos. O comboio parou e ele abriu os olhos. Os espectadores do seu monólogo psicótico desfitaram-no — com medo, com repulsa, com pena —, fingindo que nada se passava.

Quando pisou a plataforma, caminhando a passo rápido para a casa do *pusherman*, desabou mais um pedaço do istmo, *tiquetaque, tiquetaque, tiquetaque*, a península a soltar-se da placa continental, desmentindo aqueles que, em poemas do século XVII, tinham escrito que nenhum homem era uma ilha.

Na parede da estação, alguém pintara:

Prefiro os perigos da liberdade ao sossego da servidão

Frederico entrou no bairro social, um purgatório urbanístico enjorcado com materiais de terceira e tinta de causar enjoos, como se, em vez de providenciar habitação aos mais desfavorecidos, o Estado quisesse puni-los por serem pobres. Brancos recolocados das barracas. Negros desembarcados das ex-colónias. Brancas e negras das limpezas, mulheres-a-dias, como chamavam às esfregadoras de escadas e de retretes. E os filhos delas nas esquinas, a aviar cavalo aos clientes, o mercado livre a funcionar. Tanto se abastecia o filhinho do papá, no carro topo de gama, como os mortos-vivos que dormiam na rua e preparavam o caldo em colheres caramelizadas de tanto uso. Frederico passou pelos vendedores ambulantes, convencendo-se de que fumar, em vez de injetar, o colocava numa casta acima dos agarrados que partilhavam seringas e algodões. Preferia não comprar na rua — já o tinha feito muitas vezes —, e entrou no prédio da porta estragada, subiu a escadaria sem lâmpadas, que cheirava a mijo de gato, ouviu televisões, um secador de cabelo, o que podia ser sexo ou castigos corporais. Chegou ao 3º H, onde Sandro Ricardo, mais conhecido como Osga, trajando cuecas brancas, pulseira de prata e cigarro na boca, lhe perguntou:

"Quanto é que tens pra gastar?"

Frederico entregou-lhe as notas da mãe de Juca, o saco com as mercearias e o disco de Sinatra, explicando tratar-se de um item de colecionador. Osga contou as notas, espreitou as latas de atum e os pacotes de arroz dentro do saco, avaliou as duas faces do álbum com o spleen queirosiano de quem troca as noites no Teatro São Carlos pelas trips de heroína na cintura-dormitório de Lisboa.

"Com isto, posso desenrascar-te uma grama", disse ele.

(*UM grama. UM grama. UM grama. Burro do caralho.*)

Mesmo em desespero, com tremeliques musculares, as dobradiças dos ossos a ranger de dor e as tripas num aperto, Frederico acreditava ser distinto daquele chiqueiro se dissesse corretamente o género de uma unidade de medida.

"Só *um* grama?", reclamou.

"Não queres?" Osga fez tenção de fechar a porta. "Podes sempre ir lá abaixo e comprar aquele veneno de rato aos pretos."

"Traz-me lá a cena, então." Frederico enfiou a mão no saco de plástico e tirou o globo de neve. "É um presente para a minha sobrinha. Faz dezoito anos."

"E é boa, a gaja?"

"É minha sobrinha."

"Se pesa mais que uma bilha de gás, já marcha." Osga puxou o elástico das cuecas e chicoteou a cintura. "Quanto mais sobrinha, mais se lhe arrima."

Levou o saco de plástico, o dinheiro e o disco, fechou a porta e, um minuto depois, voltou com um papelote.

"Isto é uma quarta", queixou-se Frederico.

"*Ya*."

"Tu disseste *um* grama."

"Estavas a dever-me guito da última vez."

"Uma quarta não dá para nada." Frederico ofereceu-lhe o globo de neve. "E com isto, não se arranja mais nada?"

Osga aproximou-se do vidro convexo, olhou os pinheiros minúsculos, o boneco de neve, a casinha com um telhado branco.

"Tenho cara de Pai Natal, foda-se? A partir de agora, só dinheiro."

Uma cólica maldosa apunhalou Frederico pelas costas, partiu-o ao meio, ele abraçou a barriga, olhou para cima, Osga chuchava no cigarro.

"Posso ao menos usar a tua casa de banho?"

Osga bateu com a porta. No outro lado, ouviu-se:

"E não te atrevas a cagar no prédio."

(*Fumar já a droga ou aliviar a tripa? Mais um dos grandes dilemas de Frederico Storm. Como é que os dramaturgos das tragédias gregas não se lembraram disto?*)

Subiu ao terraço, onde já tinha fumado antes. A cada excruciante degrau, as entranhas rasgavam-se sob o fio de uma lâmina imaginária.

(*Haraquiri, suicídio por estripação, um corte abaixo do umbigo, da esquerda para a direita, a única saída honrosa para quem perdeu tudo.*)

No terraço, espreitou sobre o muro.

(*Cinco andares, com a tua sorte, ainda sobrevives e ficas todo entrevadinho para o resto da vida.*)

No estendal, a roupa filtrava o sol. Frederico baixou as calças, foi agachar-se entre um par de lençóis brancos. Se não tivesse conhecido João Guilherme, nem marchado sobre a sede da Pide no Vinte e Cinco de Abril. Se, em vez de desaparecer na serra, tivesse acompanhado os pais até ao Rio de Janeiro. Se tivesse publicado a reportagem sobre o ELP ou, melhor ainda, se não tivesse andado infiltrado no bando de Calígula e dos outros gandins. Se não tivesse reencontrado Violeta e conhecido a heroína. Se, ao menos, ainda estivesse ao seu alcance a infantil proposta de querer o mundo como devia ter sido. Mas estava.

Claro que estava. Só tinha de fumar aquela heroína, para que o mundo fosse como devia ter sido. Pegou no isqueiro.

(*Fogo à peça, e Milton de Nascimento canta:*
"Tudo o que você queria ser.")

5.

Pureza viu-se livre de toda a roupa, para melhor se oferecer à corrente de ar que perpassava a serra e invadia a casa. Sentiu a pele recompor-se onde os elásticos e as alças a tinham submetido durante horas, meses, anos. Fechou as cortinas e manteve as janelas abertas. A cada passo para o chuveiro, os pés descalços absorviam as rugosidades e o frescor do soalho. Naquelas divisões onde, bem-vestida e com recato, tratava da filha ou dava instruções à empregada, a nudez tinha começado por ser uma transgressão, como andar de moto sem capacete ou beber cerveja pela garrafa. Depois, andar nua passara a ser um direito natural, como se Adão e Eva nunca tivessem sido expulsos do Paraíso e a árvore do conhecimento estivesse acessível, sem a contraindicação do pecado original com que os párocos esconjuravam os órgãos sexuais femininos e que, muito antes da presilha de um sutiã a cravar-se nas costas de Pureza, dera origem aos cintos de castidade.

Ela entrou no duche, rodou a torneira, um arrepio de prazer vergou o calor, a água escorreu-lhe pelo cabelo, pela cara, pelas costas, pelo rabo, pelas coxas. Estava cada vez mais nua, e a boca abriu-se, enchendo-se com as dezenas de fiozinhos cuspidos pelo chuveiro. Os mamilos endureceram e Pureza roçou os pulsos nos bicos cor-de-rosa, pressionou-os para sentir como depois se expandiam. Bocas e mãos acendiam-se e apagavam-se na máquina de slides da sua imaginação, bocas e mãos que ela comandava com aquele chuveiro que lhe tocava como ninguém havia tocado. Tinha trinta e dois anos e apenas dormira com um homem, nunca se sentara em cima dele ou se pusera de gatas, nunca outra boca havia respirado nas suas coxas nem passado a ponta molhada da língua no seu clítoris. Era o chuveiro, eficaz e sem exigências, que melhor a conhecia e extasiava. A masturbação aparecera como um atrevimento recente tornado práxis diária. Na pré-adolescência, punha uma almofada entre as pernas e dizia "estou a fazer cores". Depois disso, tinham sido anos de hibernação, nunca usara os dedos, perdera a virgindade na noite de núpcias, e, desde que tivera a filha, o sexo deixara de fazer parte do casamento. Tinha trinta e dois anos e nela despertava um desejo de exploração, o tempo da colheita, a madurez que a libertava dos constrangimentos de estar nua a pensar noutros corpos. Deixou um fio de saliva enredar o dedo médio e enfiou-o dentro de si, apertou-se contra ele, juntou-lhe o indicador, fez um gancho. Depois levou os dedos à boca e, controlando o chuveiro com a outra mão, veio-se com a novidade de descobrir, aos trinta e dois anos, a que sabia o seu sexo.

Pós-orgásmica e levitante, deitou-se na cama por fazer e espalhou o cabelo molhado no lençol, arredada para fora dos limites da perceção, das obrigações e da noção de si mesma. Dormitou e acordou, numa intercadência que aos poucos lhe devolvia o corpo. Uma comichão obrigou-a a rascar a omoplata com as unhas. Um carro apitou antes da curva-cotovelo, era a empregada que regressava das compras. Pureza ouviu-a bater com a porta, atirar o molho de chaves para cima da bancada, arrastar um banco para alcançar a prateleira mais alta da despensa. Pureza sentou-se na cama, tocou com a ponta dos pés no chão e, ao recapitular a lista de afazeres para o que faltava do dia, os limites da perceção voltaram a sintonizar, com toda a ansiedade, as obrigações e a noção de si mesma.

Emancipada, só mesmo no duche. Desmontar tabus e suspender censuras era um espetáculo a solo. Aquilo que os outros pensavam e diziam ainda contava para aquela mãe de família que, antes de ir buscar a filha à colónia de férias, calçou meias opacas, escolheu um vestido abaixo do joelho e se maquilhou na medida certa para não parecer uma sopeira deslavada nem uma ordinária berrante. Tinha tirado a carta de condução e trabalhava a tempo parcial como administrativa numa clínica. Mas ainda recebia uma semanada do marido e não podia ser vista sozinha a falar com outros homens. De maneira que aqueles minutos, enquanto a filha não saía a correr dos tempos livres, eram mais perigosamente românticos do que os encontros de Madame Bovary com o jovem Léon.

"Estás linda", disse Paulo, baixinho, nas arcadas da colónia de férias. Tinha o cuidado dos amantes platónicos e mostrava o respeito de um homem viúvo, também ele pai de uma miúda de oito anos. Jamais fizera avanços impróprios, ainda assim, naquela tarde de verão, Pureza queria que o elogio — "Estás linda" — fosse uma resposta a algo que ainda pulsava nela após o que acontecera no duche.

Numa festa de aniversário das crianças, Paulo e Pureza tinham roçado os braços enquanto ajudavam a levantar a mesa. Uma vez — e uma vez apenas —, sozinhos na sessão da tarde de um dia de semana, haviam dado as mãos sem tirar os olhos do grande ecrã. Tinham falado ao telefone umas poucas vezes, mas, certa noite, Diogo chegara a casa, desconfiado de que a Polícia Judiciária continuava a investigá-lo após o julgamento da rede bombista da extrema direita, e arrancara o fio da parede. Tinham combinado um encontro num lugar remoto da serra e, a meio caminho, Pureza voltara para trás, porque a serra era como um parente próximo, com poderes mágicos, que tudo sabia e tudo julgava.

Ela imaginava-se a viver com Paulo, as filhas de cada um a crescerem como irmãs. Começar uma nova família, com um viúvo, dono de uma empresa de contabilidade, era o grande sacrilégio (e nem um beijo na boca tinham dado) da mulher egoísta que, para viver um romance, votaria a filha ao opróbrio de ter uma mãe adúltera.

Pureza sabia que qualquer escolha implicaria danos. Ou permanecia casada, vivendo na mentira, ou, para ser livre, teria de enfrentar as consequências da verdade. Era um impasse básico, milenar, universal, que tanto produzia ditaduras e depressões, como deflagrava golpes de Estado e divórcios.

"Quando nos podemos ver?", perguntou Paulo, que tinha aprendido o valor do tempo (já perdera uma mulher para o cancro da mama), mas não esquecia as boas maneiras (cortejava uma mulher casada). Paulo nunca se interessara por política, o seu trabalho era apenas um sustento. Não mataria nem morreria para fazer a escrita de um cliente. Entrava às nove e saía às cinco, tirava um mês de férias no verão, nunca falhara um ciclo de quimioterapia da mulher. Olhava para Pureza com enlevo, o Quasímodo incrédulo a quem a miúda mais gira da rua convidara para uma dança.

Estavam lado a lado, e antes que as outras mães aparecessem na porta da colónia de férias, antes que uma debandada de miúdos espezinhasse a cumplicidade dos adultos, antes que pudesse arrepender-se, Pureza colocou a mão entre as omoplatas de Paulo.

"Em breve", respondeu ela, e pressionou-lhe as costas com os dois dedos que tinham estado dentro de si.

Na cozinha dos Storm, Antónia preparava uma musse de chocolate para o jantar de aniversário e, pela janela, Pureza observava a filha Carminho, no baloiço do jardim, empurrada pela prima Nádia.

"Passei aqui a minha vida inteira e não sei como se chama aquela árvore."

"É um carvalho", disse Antónia. Estava certa de que a filha queria expressar algo mais do que desconhecimento no campo da botânica. Uns anos antes, ter-se-ia escusado a puxar a conversa. Uma mãe criava, uma filha cumpria, amigas eram as coleguinhas de escola. Queria falar de sentimentos? Então, que escrevesse um diário. Mas a morte de Gonçalo tornara-a menos severa. "O teu pai é que pendurou o baloiço no carvalho, quando a Nádia era pequena."

"Temos tantas certezas e, no final de contas, não sabemos nada", disse Pureza, sem o desembaraço para falar de si mesma. "Como é que foi para a mãe, já com uma filha, ir viver com o pai?"

Antónia sabia aonde Pureza queria chegar. Estava disposta a acompanhá-la pelo caminho mais longo:

"A Maria Luísa não veio logo viver comigo. Ficou uns tempos em casa dos teus avós. Só veio para aqui quando tu já eras nascida." Pureza não fazia ideia, nunca lhe tinham dito e, antes que o pasmo desse lugar a cogitações sobre como aquele afastamento marcara Maria Luísa, a mãe cortou-lhe as vazas. "Eu tinha vinte e quatro anos. Na altura, julgava que era uma mulher, hoje, olho para trás e vejo uma catraia. Fiz o que achei melhor."

"Não lhe custou estar longe da Maria Luísa?"

Que género de mãe tinha sido, para que a filha não soubesse a resposta àquela pergunta? Antónia parou de bater as claras em castelo e limpou a testa com as costas da mão. Deixou passar a vontade de um remoque. Pensando bem, a conversa era sobre Pureza, desde o início.

"O que me custava era se a tua irmã não tivesse comida no prato, roupa no corpo, uma boa escola onde estudar. Estava grávida de ti, tinha o hotel para gerir, matava-me a trabalhar de manhã à noite, assim que pude trouxe-a para cá. Na casa dos teus avós, nunca lhe faltou nada. A tua irmã teve muito tempo para perceber que aquilo foi para bem dela."

Pureza queria dizer que uma criança não conseguiria discernir entre o "para bem dela" e o abandono, que naquela situação Maria Luísa se teria sentido rejeitada a favor do padrasto, do hotel, de uma irmã bebé. Queria dizer que, embora a maturidade viesse um dia a permitir a compreensão das intenções e das circunstâncias de Antónia, a identidade de Maria Luísa tinha sido fundada sobre a falha tectónica do distanciamento da mãe e da inexistência do pai. Pureza também reconhecia que a irmã mais velha não teria paciência para aquele género de explicação, até porque, na mitologia da infância, o tempo que Maria Luísa passara com os avós importava-lhe mais do que o tempo que não tinha estado com Antónia.

Pureza sabia ainda que, nas contas nunca resolvidas entre mães e filhas, aquilo que Maria Luísa podia cobrar à mãe já lhe fora devolvido muitas vezes. Bastava olhar para Nádia, que a avó tinha criado.

"Ficar sozinha com uma filha é muito duro. Não quero que passes pelo que eu passei." Antónia deu uma estocada com o cabo do batedor na tigela, soltando a espuma branca das varetas. Parecia adivinhar o que ia na cabeça da filha. "Pensa bem no que vais fazer."

"Está a falar de quê, mãe?"

"Andei contigo nove meses aqui dentro, dei-te de mamar, adormeceste e acordaste ao meu colo. Bolsados, chichis, cocós, noites sem dormir, era tudo meu, o bom e o mau. Não precisas de falar, para eu saber o que se passa, conheço os meus filhos como ninguém."

Talvez a mãe até perscrutasse os planos de Pureza. Haveria indícios de omissão e desassossego. Mas conhecer alguém integralmente, como Antónia sugeria, era a grande falácia da maternidade, uma tentativa de possuir os filhos quando eles se tornavam indecifráveis. Saber muito sobre alguém — mesmo um filho — seria sempre saber muito pouco. Como podia Antónia conhecer o que sentira Malu sob tortura, Frederico ao fumar heroína pela primeira vez e Pureza depois do terceiro aborto? Não, Antónia não conhecia os filhos como achava. Ninguém conhecia ninguém como achava. E, um dia, também Carminho, que acabava de entrar em casa, sem saber que Nádia, além de prima, era sua meia-irmã, seria tão inacessível a Pureza como Pureza era para Antónia.

"Quem é que se oferece para ver se as claras estão prontas?", perguntou a avó. Nádia deixou Carminho submeter-se ao desafio, como ela já fizera tantas vezes. "Se caírem, é porque não estão prontas." Antónia virou o recipiente ao contrário, sobre a cabeça da neta.

"Estão prontas", gritou Carminho, excitada com o risco que corria debaixo da tigela.

Na impossibilidade de conhecer alguém, talvez restasse apenas a segurança dos rituais encenados ano após ano, a persistência com que as mulheres educavam os filhos e batiam as claras dos ovos para conseguir aquela leveza branca, onírica, que lembrava a barriga das nuvens a roçar no pico da serra.

"Vamos, filha, ainda temos de ir a casa tomar banho e vestir-nos", disse Pureza.

"Posso cá dormir hoje, avó?", perguntou Carminho.

"Sempre que quiseres", disse Antónia, a olhar para Pureza, respondendo a tudo o que a filha não conseguira confessar-lhe desde que ali chegara.

O que antes era intimidade era agora o piloto automático da convenção, marido e mulher na linha de montagem do cotidiano, revezando-se diante do espelho da casa de banho, ele a fazer a barba, ela a maquilhar-se, entra um, sai outro, vestir, calçar, a estrita comunicação da funcionalidade. "A que horas é para lá estar?", perguntou ele. "Oito", respondeu ela. "Compraste alguma coisa para eu oferecer à miúda?", disse ele. "Comprei", disse ela, e podia ter dito "não te esqueças que a miúda é uma mulher, não te esqueças que a miúda é a filha que tiveste com a minha irmã mais velha". Também podia ter dito "não te esqueças da aliança", como fazia sempre que ele deixava o anel no lavatório. Mas para que lembrá-lo do que fosse, se, enquanto Pureza desenrolava a toalha e vestia a lingerie das noites em que jantavam fora, nem um olhar de relance Diogo lhe dispensava? Ela a pedir-lhe para correr o fecho do vestido, e ele: "Tenho outra vez os gajos do sindicato a envenenar o pessoa". Ela a endireitar-lhe a gola da camisa, cara a cara, quase boca a boca, e ele a disparatar sobre uma fábrica de pneus, "vamos ter de despedir mais uns quantos, por mim, iam todos corridos, diz-se que há muito desemprego, mas eu não vejo ninguém com vontade de trabalhar. Querem aumentos, querem subsídios, querem tudo, menos vergar a mola".

Pureza pouco fizera para travar a lenta agonia do casamento. Depois de três desmanchos, a chegada de Carminho, ainda para mais prematura, colocara a filha no centro de tudo, e a monomania da maternidade não deixara espaço para mais nada. Se não era a amamentação, eram as camadas de roupa, se não eram umas borbulhinhas nas costas, eram os dentes, havia sempre uma nova etapa, outra inquietação, o exaustivo planeamento para que nada fugisse ao seu controlo de mãe.

Quando Carminho completara dois anos, Diogo tinha acusado a mulher: "Dei-te uma filha, e agora, que tens o que querias, não te interessa mais nada". Se era verdade que, no domínio das obsessões, estavam bem um para o outro, também era claro que o envolvimento do marido em atentados à bomba tinha sido mais prejudicial para a família do que a pulsão de esterilizar biberões.

Diogo passara um mês em prisão preventiva e sentara-se no banco dos réus em dois julgamentos, mas as implicações de fazer parte da rede bombista de extrema direita não se tinham esgotado na dupla absolvição em tribunal. Não sair culpado de um julgamento não era o mesmo que ser inocente.

Proibida pelo marido de assistir às audiências, Pureza soubera pelos jornais que, ao longo do ano de 1976, no rescaldo do Prec e em cima das legislativas, das quais sairia o primeiro Governo eleito democraticamente, um bando de operacionais e os seus mandantes tinham intensificado a cruzada anticomunista, fazendo explodir dezenas de bombas. Mataram um padre, uma estudante, a mulher de um técnico de fiação, dois funcionários da Embaixada cubana e um rapaz que passava junto de uma sede do PCP. Ou, segundo Diogo: o sabujo de um prior marxista e a vadia que ele emprenhou; mais uma desgraçada que pagou pelas tropelias do marido agitador dos operários; dois agentes da KGB ao serviço de Fidel Castro; e um prostituto que atacava na avenida da Liberdade.

Mas o seu nervosismo quanto ao passado era notório e tinha-se agravado quando Ramalho, que Pureza conhecia da temporada no Gerês, fora preso numa operação da Polícia Judiciária. Não bastasse a agenda com os nomes de quem lhe pagava e os esboços dos atentados, Ramalho dera com a língua nos dentes no primeiro interrogatório, crendo que os senhores do dinheiro engendrariam a sua libertação em troca do seu silêncio. No lugar de um resgate, fora ameaçado de morte, e depois de negar em tribunal o que dissera aos polícias, Ramalho tinha apanhado uma sentença de vinte anos, mas fugiria para Espanha antes de cumprir a pena. Os autores morais, entre eles Diogo Bravo Montalvão, tinham sido todos ilibados.

"A criada disse que o teu irmão apareceu aqui hoje." Borrifando-se com uma agoniante chuva de perfume, Diogo falou no mesmo registo com que ditava cartas à secretária. "Já lhe tinha dito para não o deixar entrar se estivermos fora."

"Então, diz-lhe outra vez." Pureza carregava na maquilhagem, na laca, nas joias, acessórios que a envelheciam, ainda que respondesse ao marido com o despeito de uma garota farta das regras do pai.

O prazo de validade de um casamento podia medir-se na proporção dos grandes ódios despoletados pelas pequenas irritações.

Entre o primeiro julgamento e o último recurso, tinham sido anos tensos. Defendido pelos advogados da família Bravo Montalvão, Diogo enjeitara o romantismo do guerrilheiro, desmarcando-se da súcia dos Anjos do Arcebispo para se incluir no grupo dos ilustres homens de negócios falsamente acusados numa cabala comunista. Embora Pureza não conseguisse provar aquilo que a Justiça tão-pouco pusera a limpo, o célere enriquecimento do marido, no final da década de 1970, e a quantidade de empreendimentos em que se envolvera — da importação de barcos à compra de fábricas — faziam adivinhar que a nobreza da causa patriótica servira de cavalo de Troia a negócios mais obscuros. Durante anos, Diogo convivera com pides, mercenários internacionais, ex-combatentes da guerra colonial e criminosos de delito comum a soldo do ELP. Após a execução, a tiros de metralhadora, de um empresário do Norte que ameaçara denunciar os comparsas, Diogo começara a andar armado de manhã à noite, fosse depositar dinheiro ao banco ou comprar o jornal.

"É para proteger a minha família dos comunas que me querem fazer a folha", dizia ele.

Pureza temia pela filha, abominava a pistola do marido e achava abjeto o chefe de segurança das empresas — o inspetor Mendonça, que a acossara em Espanha, chamando banana a Diogo, mas que, instalada a democracia e esquecidos os pides, fora pedir-lhe emprego.

Ser esposa era revogável. Ser mãe era para sempre. Caso Carminho não existisse, talvez a inocência de Diogo fosse mais fácil de tragar. Mas Pureza ouvira na rádio o testemunho de Nélson, o rapaz que sobrevivera a um dos atentados do ELP, quando uma bomba explodira na casa da família. Nélson conseguira arrombar a porta do quarto dos pais, guiando-os por um corredor em chamas, até que o chão desabara e Rosinda, a mãe, ficara para trás, asfixiada pelo fumo.

Pureza tinha crescido com o pânico da falta de ar, conhecera o horror de perder um bebé, e, desde o nascimento de Carminho, o extenso inventário de pavores incluía clássicos como a queda da filha de uma janela ou o engasgamento com um pedaço de comida. A morte de um filho seria sempre o cúmulo da destruição. Mas o comovente relato de Nélson, acerca da tentativa falhada de salvar a mãe do fogo, reforçara em Pureza o medo de morrer nova, com a filha pequena, e deixar Carminho entregue ao pai.

Durante a gravidez solitária, ela tinha passado horas a imaginar como seria a cara do bebé. Após o nascimento, divagava sobre quais seriam as primeiras palavras da filha, e quando Carminho entrara para a escola, Pureza antecipara-lhe várias carreiras de sucesso. Ser mãe era querer que os filhos crescessem e, ao mesmo tempo, conspirar para que não crescessem jamais.

Por causa de uma bomba, Rosinda nunca poderia proteger Nélson de ser, para sempre, o rapaz que não tinha mãe.

Desse medo de Pureza, brotou a coragem que, naquele fim de tarde de julho de 1984, a levou a dizer ao marido:

"Quero o divórcio."

Lá fora, ouviu-se a flauta de um amolador.

Diogo tirou a pistola do cofre e enfiou-a no coldre de couro, por baixo do sovaco. Tirou o blazer azul das costas da cadeira e vestiu-o.

"Estás pronta?", perguntou ele, apertando um botão do casaco, de modo a ocultar a arma.

"Não", disse ela.

E outra vez indiferente às palavras da mulher, Diogo anunciou:

"Então, vamos."

6.

Os últimos momentos na sala escura, com os créditos do filme a servirem de passagem entre a ficção, no ecrã, e a crueza do que era real, lá fora, lembraram Maria Luísa do muito que ela perdera durante quase uma década sem ir ao cinema — a vastidão de enredos, personagens e lugares de outra maneira inacessíveis; a emocionante combinação da banda sonora, da fotografia, da montagem e do movimento de câmara com que a linguagem cinematográfica sublimava a vivência humana. Mas também, acabado o filme, o prazer de atravessar a penumbra da sala para o átrio do São Jorge e depois para a luz da rua, com a impressão de que tudo estava inflamado pela estética e pelas possibilidades do cinema. Tomada por essa magia, Maria Luísa regressou à avenida da Liberdade, naquela tarde de julho de 1984, julgando que podia ser outra pessoa, noutra cidade, numa época incerta.

Desceu até ao Rossio, e a ilusão desvanecia-se à passagem pelos jornais nos quiosques, pelas roupas nas montras, pelos cartazes de publicidade nos autocarros. A cada passo, a Lisboa da sua infância, ou uma Lisboa onde ela não fosse procurada pela Polícia, nem tivesse a cabeça a prémio entre os camaradas da Organização, era, cada vez mais, uma improbabilidade.

Que mais tinha perdido ela, além dos filmes na escuridão de uma sala? Que mais estava disposta a perder se tivesse a audácia de entrar naquele comboio, com destino a Sintra, e pusesse fim a duas décadas de luta, metade da sua vida?

O descalabro no assalto ao banco, que matara Chavalo e Matraquilho, levara a Organização a retaliar contra o dono da pastelaria que tinha disparado a caçadeira. Coubera ao Bibliotecário planear a execução, na qual participariam a Viúva e o novo operacional da célula, Faneca, um pescador e ex-seminarista, expulso da instituição por espancar um padre. Na impossibilidade de reformar a instituição religiosa por dentro, Faneca mudara de culto, trocando a doutrina social da Igreja pela luta armada. No dia da operação, a Viúva tinha alegado cãibras menstruais incapacitantes, nem sair da cama podia. O Bibliotecário decidira avançar apenas com Faneca, o que talvez explicasse que, apesar dos muitos disparos e dos ferimentos graves, o alvo acabara por sobreviver. Para reivindicar o atentado, o Bibliotecário espalhara panfletos da Organização no local do crime.

Na segunda parte da vendeta contra os agentes da GNR que se tinham demitido de proteger Chavalo de um linchamento da populaça na fuga do assalto, a Viúva tivera de substituir as maleitas do ciclo menstrual pela argumentação política:

"Com este tipo de ações, estamos a afastar as pessoas. Precisamos do povo ao nosso lado."

"A cúpula decide, a base executa", dissera o Bibliotecário.

"A cúpula estabeleceu três objetivos", recordara Maria Luísa, tentando usar a seu favor a ortodoxia do Bibliotecário. "Um: impedir um golpe de Estado fascista. Dois: sabotar o desempenho das instituições do Estado. Três: tomar o poder através da insurreição popular armada." Estavam na sala de mais um apartamento húmido. As armas esperavam em cima da mesa. "Nenhum dos pontos menciona a vingança para lá chegarmos."

"A cúpula é que decide como lá chegamos."

"Dá para desligares a cassete oficial?", dissera Maria Luísa.

"É a segunda vez que arranjas desculpas para não cumprir as ordens da Direção."

"Estás a insinuar o quê?"

"Se te recusas a castigar quem matou os teus camaradas, então, o que te separa dos políticos cobardes que estão no poder e se vergam aos interesses imperialistas? Se te negas a pegar nas armas e a dar cabo dos inimigos dos trabalhadores, és assim tão diferente dos patrões que se valem do sistema capitalista para os oprimir?"

"Não tenho de te provar nada", dissera Maria Luísa.

"Num Exército Revolucionário, não é a coragem ou a cobardia que estabelecem a condição social do soldado, pelo contrário, é a condição social do soldado que determina se é corajoso ou cobarde." O Bibliotecário era um puritano da causa. Pregava com a mesma pontaria com que disparava. "Não confundas a tua culpa burguesa com seres parte da classe oprimida. Sabes lá tu o que é trabalhar, ter um emprego, o que se passa numa fábrica. Podes andar nisto há muito tempo, mas para mim não passas da garota para quem ser comunista era a melhor maneira de irritar a família. És um clichê com pernas. O teu militantismo é uma birra de menina mimada, uma forma de teres poder, mas desengana-te, porque não és indispensável no combate pelo fim da exploração."

Nos seus vinte anos de luta, Maria Luísa tivera de lidar muitas vezes com a desconfiança dos dogmáticos. Havia sempre alguém, obcecado pela origem de classe dos militantes, que a acusava de falta de integridade revolucionária por ter crescido numa família burguesa. Se, no início, ela se esfalfara para provar o contrário a si mesma e aos outros, ora apresentando as credenciais de um avô operário, ora mostrando uma bravura e uma lealdade que seriam testadas, e aprovadas com louvor, durante as sessões de tortura da Pide, agora, Maria Luísa não se sentia injustiçada ou em falta com os camaradas. O seu currículo bastava-lhe.

Aquilo de que o Bibliotecário a acusava podia ser usado contra ele próprio, filho da classe média, que nunca tinha trabalhado numa fábrica e estava longe de ser "indispensável no combate pelo fim da exploração". Mas, como já tinha acontecido na União Soviética, na China, em Cuba ou no Camboja, todos os Bibliotecários do mundo acreditavam que, quando matavam, estavam deveras a elevar a vida. Quanto maior o compromisso com um ideal, mais inabalável se tornava o sadismo dos métodos e a arrogância das convicções.

O que diferenciava a violência da Organização da violência do empresário capitalista que explorava o trabalhador? Da violência do latifundiário que maltratava o camponês? Não serviam todas para assegurar o poder? Não eram todas em proveito próprio? Não satisfaziam todas o egocentrismo dos seus executores? Estava plantada a dúvida em Maria Luísa. E os revolucionários da luta armada tinham de ser à prova de qualquer dúvida, imunes ao mal e ao sofrimento provocados pelo avanço da causa, monólitos da vitória a qualquer preço. Do guerrilheiro, esperava-se obediência, não questionamento. Mas a dúvida fazia Maria Luísa sentir-se viva:

"Não entendo porque lês tantos livros se, quando abres a boca, pareces um disco riscado." Insistiu no sarcasmo. "Se calhar, está na hora de darmos todos as mãozinhas e de fazeres uma autocrítica revolucionária." Riu-se. Há quanto tempo que não se ria?

O Bibliotecário até podia ter perdido a aura de líder omnisciente que tudo sabia e tudo podia, mas a sua pistola continuava inabalável. Meteu uma bala na câmara:

"Queres acabar como o Plácido?" Desde que o diretor da Polícia Judiciária admitira nos jornais que os seus agentes investigavam a Organização, o Bibliotecário ficara desaustinado com a hipótese de haver mais um camarada a colaborar com a Polícia, como José Plácido, anos antes. "Podemos dizer-te com detalhe o que acontece aos traidores, estávamos lá quando ele borrou as cuecas e começou a chamar pela mãezinha."

"A cúpula decide, a base executa", dissera Maria Luísa, disfarçando a apreensão de saber que os seus camaradas eram agora os seus carcereiros. Se recusasse participar na vingança, seriam também os seus verdugos.

Mais tarde, ela até poderia alegar que, se não tivesse tido a frieza de seguir as ordens do Bibliotecário nessa missão, entrando no carro com ele para viajar com uma bomba no porta-bagagens, enquanto Faneca os seguia num segundo automóvel; se não tivesse esperado que o Bibliotecário armasse o engenho numa das portas antes de abandonarem o veículo na berma da estrada; se não tivesse ligado de uma cabine telefónica, para o posto da GNR, participando um acidente na estrada; se não tivesse regressado ao apartamento e celebrado com os camaradas, quando as notícias anunciaram a explosão e a morte dos guardas; se não tivesse participado em tudo aquilo, o mais certo é que, além dos dois guardas que tinham aberto a porta armadilhada do carro, também ela estivesse morta.

Escapara do apartamento nessa mesma noite, roubando o dinheiro e os documentos falsos numa casa de recuo da Organização, a fim de sair do país, tentando convencer-se de que não tivera alternativa nem levava sangue nas mãos.

Na fuga, pensara viajar para Paris, cidade que conhecia do exílio, mas tinha escolhido Madri. O vigor da capital espanhola, no pós-ditadura dos prazeres democráticos e libertários, era uma curiosidade irrecusável para quem estivera fechado durante anos em apartamentos e a fugir da Polícia. Nos bares de Malasaña ou no eyeliner dos rapazes que tocavam guitarra na rua, na sexualidade extravasante da juventude ou na poesia garatujada nas portas das casas de banho, havia um criativo romper com o passado, que dispensava as armas de fogo e os juramentos ideológicos. O anonimato numa cidade estrangeira era diferente de ser invisível na clandestinidade. Mais livre do que fora nos primeiros tempos da revolução portuguesa, porque em Madri não tinha outra agenda do que vagar por livrarias, parques e esplanadas, Maria Luísa tentava desprogramar-se, a duras penas e com recuos, dos vinte anos de militância.

No processo, tivera a colaboração de um parceiro conhecido. Álvaro Cunhal voltara a visitar Maria Luísa num quarto da Calle Hortaleza, tal como acontecera muitos anos antes na prisão de Caxias. Já não era um sósia de Kirk Douglas, nos trajes de Spartacus, mas o provecto líder do PCP, com o seu inconfundível *pompadour* de cabelo branco, camisa de manga curta e pochete de couro. De início, recebera-o mal. As altercações na esquerda portuguesa haviam deixado um lastro demasiado pessoal para que Maria Luísa fosse indiferente aos desapontamentos e perdoasse as traições.

"Bem que o senhor roeu a corda no Vinte e Cinco de Novembro", criticara ela, num misto de rancor e admiração, fazendo lembrar uma jovem enganada pelo namorado com uma estrela de cinema. "De uma penada, meteu a extrema esquerda na boca do lobo, saiu a tempo do golpe que vocês mesmos instigaram, salvou o PCP de ser ilegalizado e ainda teve o descaramento de se colar aos vencedores. Bem sei que sempre viu a extrema esquerda como uma ameaça, mas é preciso muita cara-de-pau para escolher a via institucional da democracia burguesa."

"É uma interpretação possível, embora a camarada saiba que há muitas outras versões sobre o que se passou", respondera Cunhal, com a pochete entalada no sovaco, à meia-luz da janela que dava para o vão interior do prédio.

"O que eu sei é que gastei metade da minha vida a lutar, para depois homens como o senhor fazerem os seus acordozinhos, as suas concessõezinhas, e darem o dito por não dito."

"Chama-se realpolitik."

Maria Luísa deixara-se cair em cima da cama:

"Estou farta de realidade e de política."

"E, no entanto, é de política que estamos a falar. Ou não?" Cunhal afastara-se da janela, colocando a voz como se discursasse na Festa do Avante:

"Só cumpre o desígnio quem suporta o processo."

"Está a gozar comigo?"

Cunhal puxara uma cadeira e sentara-se diante de Maria Luísa.

"Nada disso. Mas não foi assim que tudo começou? Só cumpre o desígnio quem suporta o processo? Não queria fazer algo relevante? Não tinha disponibilidade para sofrer por causa disso?"

Maria Luísa recostara-se na cama como num divã de consultório. "Estamos numa sessão de psicanálise, senhor doutor?" Sentara-se, teatralmente séria. "Ou no último estágio da autocrítica revolucionária, excelentíssimo grande líder?"

Cunhal tinha-se levantado e, como era seu hábito, começara a andar de um lado para o outro:

"Lembra-se do que lhe disse o seu avô Xavier, sobre os cavalos, que muito a impressionou?"

"Definitivamente, uma sessão de psicanálise."

"Disse-lhe que os cavalos não param para descansar, que estafam, que correm até o coração rebentar."

"Nem sequer sei se isso é verdade."

"Também quer estafar, camarada? Quer correr de palas nos olhos até que a matem? Quer ser como o Bibliotecário? O que lhe custaria mais, deixar o desígnio ou insistir nele a qualquer preço? O preço da sua vida, da vida dos outros. Matar por uma ideia é só matar alguém, Maria Luísa."

"Eu não matei ninguém."

Uma gargalhada depreciativa. Cunhal usara a pochete como ponteiro de acusação.

"Vai-me dizer agora que achava que a luta armada era só um credo? Um por todos e todos por um? O que faz a Organização, além de acumular armas? O que ganhou a classe operária com os assaltos aos bancos? Que direitos foram conquistados, que leis foram aprovadas? Para onde foi esse dinheiro? Diga-me. Para mais armas? Para os chefes?" Cunhal suspirara, as sobrancelhas doutas, de ancião, eriçadas. "O único fim da Organização é causar danos. A violência pela violência. Podem apresentar-se como libertadores do povo, mas não passam de bandidos."

"O povo não nos compreende, ainda está manso, por causa dos anos de ditadura, e, depois de tanta pobreza, anda enfeitiçado com as promessas falsas do capitalismo. O povo basco, por exemplo, protege e aplaude os guerrilheiros da ETA. Em Portugal, ainda não chegámos a esse nível de esclarecimento." Maria Luísa apontara para a janela, como se os confrontos entre os nacionalistas bascos e a Polícia, no centro histórico de San Sebastián, estivessem ao virar da esquina.

"Então, a culpa é do povo? É o povo que não percebe a diferença entre um herói e um terrorista?"

Maria Luísa levantara-se:

"O medo de ser livre provoca o orgulho de ser escravo."

"Sabe quem disse isso? O seu líder, o Otelo."

"O Otelo não faz parte da Organização."

Cunhal rira-se. "Para ser sincero, estou-me nas tintas para o Otelo e para as suas manias de galã de cinema. O que me incomoda é a recusa da camarada em aceitar que, ao agarrarmos numa metralhadora para assaltar um banco, sabemos o que pode acontecer. Se metemos uma bomba, mesmo que só para assustar, temos de ser muito desonestos para negar que essa bomba pode matar uma criança."

"Eu não matei nenhuma criança", gritou Maria Luísa.

"Em São Manços, um bebé de quatro meses, a dormir no berço."

"Eu já estava em Madri quando isso aconteceu."

"Uma bomba, a meio da noite, numa casa de família, um bebé de quatro meses morto e centenas de panfletos a cair sobre ele." "Retaliação dos trabalhadores contra os bens da família do latifundiário", diziam os papéis. "Mas que bens, diga-me, um bebé?"

"É horrível, mas foi um erro", desculpou-se Maria Luísa. "Também morrem crianças de diarreia, no parto ou porque não têm medicamentos. Os danos colaterais da luta serão compensados quando todas as crianças tiverem as condições que merecem."

Cunhal agarrara-lhe a cara com força. "Esse é o último estertor da guerrilheira? Ou a sério que acredita nisso? Está a ser burra ou custa-lhe assim tanto admitir? Lembra-se do Chavalo, o seu camarada, morto pelo maralhal? Tinha mais ou menos a idade da sua filha Nádia. Também consegue despersonalizá-lo, como faz com as outras vítimas, as que não conheceu, com quem não partilhou casa nem fez amizade? A vida dos dois guardas vale menos do que a vida do Chavalo?"

Maria Luísa livrara-se das mãos de Cunhal, afastando-se para um canto do quarto:

"Chega de perguntas."

Ele tinha ido atrás dela: "Não, não chega de perguntas, Maria Luísa. Durante demasiado tempo, só teve certezas. E, se me convocou aqui, se me inventou, é para questionar essas certezas. Trago-lhe perguntas e mais perguntas e mais perguntas. Sou o enviado da dúvida. O agente do questionamento. Não vou parar. Diga-me, vá, como é que isto começou? Qual era o propósito inicial?".

"Derrubar a ditadura, ser livre, sermos livres."

"E como é que acaba a matar uma criança?"

"Eu não matei criança nenhuma. Nem sequer estava lá, já lhe disse." Maria Luísa tapou a cara com as mãos. "A cúpula manda e a base executa. Sou só um parafuso."

Devagar, Cunhal removeu as mãos de Maria Luísa, destapando-lhe o rosto, e falou baixo:

"Custa-lhe deixar de ser o parafuso? Largar tudo o que tem? Renegar aquilo em que acreditou durante todos estes anos? Eu compreendo, mas essa é a parte fácil. Fugir, toda a gente consegue. O mais importante vem depois."

"O quê?"

"Eu, a consciência, a voz que lhe diz que vai ter de decidir o que é mais meritório, o que é mais corajoso, o que faz de si uma pessoa decente ou uma crápula. Prefere o caráter ou a ideologia? Matar ou largar as armas? Assumir o engano ou continuar a defendê-lo de arma em punho? Estafar como os cavalos ou parar de uma vez por todas?"

"Não sei."

"Claro que sabe, de outra maneira, não estávamos a ter esta conversa."

"Não sei."

"E se, agora, o seu desígnio for o oposto do que seguiu até aqui? Está preparada para suportar o processo?"

"Não sei."

"E se, em vez de 'liberdade ou morte', for 'prisão e vida'? E se, em vez de 'prefiro morrer de pé a viver de joelhos', for 'prefiro viver de pé a morrer de joelhos'?"

"Não sei."

"Tem de saber."

"Não sei."

Semanas mais tarde, regressada a Portugal, Maria Luísa sentia a dúvida metastizar-se. Só lhe restava uma certeza: ver a filha no dia em que Nádia fazia dezoito anos.

Em Sintra, os homens das obras tinham acabado o dia de trabalho. Antes de entrar no hotel, Maria Luísa esperou que embarcassem na carrinha da empresa de construção. Percorreu a carcaça esfolada do edifício, sem papel de parede ou alcatifa. Espreitou os quartos esvaziados de mobília, as recordações da sua infância escavacadas a golpes de marreta, amontoadas em entulho. Numa janela que dava para as traseiras, viu a filha a empurrar uma menina no baloiço. Nádia tinha menos um ano do que Maria Luísa quando esta entrara para a clandestinidade pela primeira vez. Nádia parecia-se com a mãe e com a avó. Nádia, a filha que ela nunca tinha empurrado num baloiço, a filha a quem devia entregar-se antes de ser apanhada pela Polícia ou assassinada pela Organização.

7.

O fumo inalado no terraço de Osga replicou pobremente a primeira vez que Frederico experimentara heroína, lançando-o num novo ciclo de busca. Sabia que o paradoxo não tinha solução e, no entanto, era cada vez mais seu prisioneiro. Quando se drogava, crescia a tolerância à heroína e diminuía o seu efeito. A cada consumo, a perseguição da inigualável euforia da estreia só amplificava o seu afastamento. Com a mente nublada, o corpo entorpecido e um sorriso pateta, comparou-se aos exploradores que procuravam o Monstro do Lago Ness ou o Abominável Homem das Neves. Cada maluco com a sua quimera, pensou, no regresso a casa da mãe, e tão mocado estava que quase foi passado a ferro por um Renault 5 castanho, perto do Hotel Storm's. O condutor travou a fundo e disse qualquer coisa. Frederico mandou-lhe um beijo, fez uma vénia, cruzou a estrada a assobiar *I'm easy like sunday morning*.

O espanto da mãe, ao abrir a porta e vê-lo embrulhado num lençol, desapareceu com demasiada rapidez, perdendo a prioridade para algo mais importante, que ele não conseguia descortinar. Antónia levou-o para o quarto dela, pôs a água a correr no chuveiro, escolheu no armário a roupa do marido:

"Toma um duche, veste isto e espera que eu te venha chamar."

Saiu sem perguntas ou descomposturas, e Frederico, ainda que preferisse não ter de explicar que roubara, num estendal, o lençol que lhe servia de toga romana, depois de inutilizar os calções a limpar o rabo no topo de um edifício, sentira-se privado da atenção que estava habituado a receber de Antónia desde criança, talvez a única vantagem que tivera sobre as irmãs. Aos vinte e nove anos, ainda era tratado como o menino da mamã e, mais que não fosse, esse estatuto ajudava a prolongar a negação de Antónia quanto ao vício do filho, viabilizando a farsa em que ele pedia dinheiro para um disco novo e ela tirava uma nota da carteira para lhe dar.

O beicinho de Frederico desfez-se rapidamente. De banho tomado e vestido como o pai, encontrou a caixa de joias da mãe no fundo do armário e pôs-se a converter o ouro em gramas de pó, antecipando logo a próxima dose. Outra vez o mundo como deveria ter sido, só excitação e descompromisso. Tudo, absolutamente tudo, abandonado em prol da droga, nem deveres, nem valores, nem sentimentos, nem família, apenas o casulo alienado da heroína.

Frederico, que nunca tinha roubado a mãe, começou a enfiar as joias nos bolsos da roupa do pai, planeando fumar ali mesmo o pouco que lhe sobrava no papelote. Depois do jantar de família, voltaria a abastecer-se com Osga, chegando a casa com um carregamento que Violeta receberia como a maior das provas de amor.

"Filho", disse a mãe, segurando um caixote de papelão, com a palavra FRÁGIL, na porta entreaberta. Frederico tinha uma gargantilha pendurada nos dedos, a caixa das joias estava aberta em cima da cama, junto ao globo de neve que ele roubara na casa de Juca. O delito não podia ser mais flagrante, a negação da mãe, mais convicta.

"Podes levar-me isto para o sótão, por favor?", pediu ela, deixando o caixote em cima da cómoda com fotografias do marido e dos três filhos. "Jantamos daqui a meia hora." Fechou a porta, demorando mais do que seria de esperar até se ouvirem os seus passos no corredor.

Em tempos, Frederico ouvira alguém, na redação do *República*, contar como os habitantes das Américas que primeiro contactaram com a frota de Colombo não tinham visto logo as caravelas, porque, apesar de captadas pela retina, as embarcações não correspondiam a nada que eles conhecessem. Possivelmente inautêntico, o episódio fora contado para explicar a cegueira que impedia tantas pessoas de ver mais além daquilo em que acreditavam. Motivado pela política, pela religião, pelo amor ou pelo mero instinto de preservação, esse fenómeno servia para remover verdades dolorosas e acomodar mentiras reconfortantes.

Frederico pôs o globo de neve em cima do caixote de papelão e, antes de seguir para o sótão, passou os olhos pelas fotografias da família, também ele cego como a mãe ou os nativos à chegada dos conquistadores europeus.

(*E toda a gente sabe, até tu, o que aconteceu aos nativos depois da chegada dos conquistadores europeus.*)

8.

"Caralhos me fodam", disse o mais novo. Tinha a perna tensa, o pé a calcar o pedal do travão do Renault 5. Lá fora, um rapaz muito magro, envolto num pano branco, mandou-lhe um beijo e dobrou-se numa vénia. "Cabrão do agarrado", disse o mais novo. Tirou uma chave de pneus de debaixo do banco. "Eu já te digo." Ia abrir a porta, mas o mais velho agarrou-lhe o braço:

"Fica quieto."

"O gajo atirou-se para o meio da estrada, por pouco não o matei."

"Não o mataste com o carro e agora vais matá-lo com uma ferramenta? Que merda de lógica é essa?"

"Se eu mandasse", disse o mais novo, e engatou a primeira, "metia os drogados todos num contentor e largava-os no meio do mar."

"Devias ter crescido na Argentina."

"Por quê?"

"Eles tiveram uma ideia parecida", disse o mais velho.

"Com os drogados?"

"Com os oposicionistas da ditadura, atiravam-nos de aviões para o mar."

"As merdas que tu sabes."

O Renault 5 começou a subir a serra. "Acho que já passámos. Era ali. Dá a volta", disse o mais velho. "Mais devagar. Merda, o pacote já chegou. O carro está lá dentro."

"E agora?"

"Esperamos."

Viram passar um amolador. Empurrava uma bicicleta e tocava flauta de Pã. O mais novo ignorou a tristeza da música e desatou a falar sobre a recente derrota da seleção portuguesa, contra a França, nas meias-finais do Campeonato da Europa, usando o futebol como metáfora da injustiça que grassava no Ocidente.

"É por isso que imitas o Chalana?", perguntou o mais velho.

O mais novo olhou-se no retrovisor, passou a mão no cabelo comprido e no bigode que copiara do jogador. "Eu e todos os portugueses com estilo. O homem é um deus. Sozinho, deu cabo dos franceses. Se não nos tivessem roubado, éramos campeões da Europa. Agora, nem daqui a cinquenta anos."

"Vinha no jornal que o Chalana vai deixar o Benfica para jogar no estrangeiro", disse o mais velho.

"Onde?"

"França."

"Não me fodas", disse o mais novo. "Traidor do caralho. Vendido."

O riso do mais velho foi cortado pela dolência dos gonzos do portão da casa. Olhou pela janela do Renault 5. "Abre a bagageira, vem aí o pacote." Empunhou a arma. "Espera. Não está sozinho."

"Que se foda, vai tudo à frente."

"Vem com uma criança."

"E agora?", perguntou o mais novo.

9.

Mal atravessaram o portão, descendo a rua para a casa da avó, Carminho agarrou as mãos do pai e da mãe, no meio dos dois, tentando amarrar aquilo que, sem saber, ajudara a desunir. As mãos de Pureza eram macias e presentes, lavavam-lhe o cabelo e apertavam-lhe os botões da roupa, apareciam a meio da noite para serenar o choro de um pesadelo. As mãos do pai eram possantes e nem sempre disponíveis, tantas vezes ocupadas com papéis e canetas, ou desaparecidas durante dias, mas, quando estavam, lançavam-na ao ar, faziam-lhe cócegas, abriam as tampas dos frascos de doce que ninguém conseguia desenroscar. O pai era mais forte do que o Tarzan, e Carminho pedia-lhe para fletir os bíceps — "Mostre as batatas" — como vira fazer nos desenhos animados do Popeye. Na perna coxa, ela não supunha uma deficiência, antes outro dos segredos dos homens que, todas as manhãs, saíam para a cidade grande e conheciam lugares enigmáticos como as boates e o estrangeiro.

"Faça o pai-cavalinho", pediu a filha, trocando a mão de Pureza pela força de Diogo. Num movimento único, o pai agarrou-a por baixo dos braços e ergueu-a acima da cabeça, como se ela fosse um troféu, e ele, o capitão da equipa vencedora. Lá no alto, Carminho via a sua casa, um carro castanho com dois homens dentro, e Pureza, uns quantos passos atrás do resto da família.

"Sou mais grande que a mãe."

"Maior", corrigiu o pai, e sentou-a nos seus ombros. Egocêntrico e ufano, como qualquer progenitor que julgasse ver-se reiterado nos filhos, Diogo gostava que Carminho fosse destemida a saltar das pranchas na piscina do Estoril-Sol, que praticasse equitação, e do terror que a ousadia daquela criança suscitava em Pureza, a medrosa de serviço, sempre atrás da garota com um chapéu e um "tem cuidado". Carminho era do pai, não no sentido da propriedade, de alguma coisa com dono, mas porque as pessoas diziam "esta sai ao pai", e era nesse plano físico que ele sabia relacionar-se com a filha. Os saltos, as corridas, as cambalhotas. Sem tempo para ajudar com os deveres da escola ou paciência para lidar com as birras, Diogo revivia em Carminho a inocência de quando achava que a terra, as árvores e os animais lhe chegariam, uma simplicidade que ele revisitava, mas onde não gostaria de voltar a viver.

"A galope, pai, a galope."

Diogo imitou os cascos e o relinchar de um cavalo, não ouvindo a ignição do motor do Renault 5, lá ao fundo, nem o som da borracha dos pneus a pisar as pedrinhas da berma e a deslizar para o alcatrão. Carminho deu uma gargalhada e o pai sentiu um amor incontaminado, primitivo, um amor que só lhe era possível a espaços, como agora, que a carregava nos ombros, no fim de uma tarde de verão, e ela se debruçava para o beijar. Não hesitaria em morrer para lhe dar a vida, mas não lhe passava pela cabeça trocar uma reunião de negócios por um teatro da escola. O sentido de dever, que o fizera alistar-se para a guerra ou explodir carros de comunistas, entrara na meia-idade e convertera o soldado em empresário, o salva-pátrias em chefe de família que pagava as contas e que, sentado à cabeceira da mesa, esperava que a mulher dissesse à filha:

"Se queres levantar-te, tens de pedir licença ao teu pai."

Um mês de prisão preventiva e os dois julgamentos, acusado de pertencer a uma rede bombista, tinham-lhe ensinado que uma pasta cheia de dinheiro e um cartão-de-visita eram mais eficazes do que uma barra de dinamite. Os juízes deviam estar de acordo, porque o absolveram duas vezes como autor dos atentados. Na sala de audiências, Diogo não trocara uma palavra com os operacionais que conhecera num verão em turné terrorista. Entre eles, começara a questionar-se a desigualdade nos vereditos, chegando a circular um panfleto com o título "Acusamos o MDLP!", no qual se garantia que os operacionais se tinham alimentado de fruta apanhada na beira da estrada, para matar a fome, enquanto os mandantes acordavam tarde, nos melhores hotéis de Madri, e passavam o resto do dia em almoçaradas. Onde estavam os fundos angariados junto dos paroquianos, dos industriais e dos proprietários de terras? Por que motivo as malas de dinheiro não eram usadas na defesa da arraia-miúda?

Após uma longa recruta de derrotas, Diogo, o coxo, o neto menos válido, aquele que fora deixado por uma mulher comunista e que falhara a guerra do Ultramar, confirmava a veracidade de dois clichês: os vencedores escreviam a História e era preciso dinheiro para fazer dinheiro. Que se lixassem as condecorações militares e as bandeiras nacionais a esvoaçar no Dia da Raça. Ele tinha os contactos de quem interessava e um arsenal de armas do ELP para vender aos guerrilheiros africanos da UNITA. Começava a desfrutar de um tipo de reconhecimento que não exigia perigo de vida ou provas de coragem. O poder era negociado na informalidade dos almoços, o dinheiro distribuía-se em quartos de hotel, os subornos eram entregues em parques de estacionamento, os conhecimentos sociais eram mais importantes do que o conhecimento académico. Não fazia falta ser um génio ou um herói, ter estudado muito ou subido a pulso. Bastava o arrojo dos jogadores, ter as quotas da impunidade em dia e uma consciência que permitisse um sono tranquilo, todas as noites, para que depois os empregados de mesa o tratassem por senhor doutor e os senhores doutores quisessem sentar-se à sua mesa.

Tudo corria bem para os vencedores, até que Mendonça, ex-pide e chefe de segurança das empresas de Diogo, lhe aparecera no escritório, sem hora marcada, com notícias que não podiam esperar.

"Imposto revolucionário." Mendonça entregara-lhe o bilhete anónimo, escrito com letras de jornal recortadas. "Caso o sotor não pague, eles prometem fazer-lhe a folha."

"Eles quem?"

"Não dizem. Mas tenho a certeza que isto é a canalha da extrema esquerda que anda para aí a aterrorizar o país. Os gajos andam atrás dos empresários. Bombas, tiros nas pernas. O mês passado, mandaram um pelos ares. Morte imediata. Há duas semanas, aqui, em Lisboa, feriram um administrador da Pereira Roldão. Atiraram para matar, mas o cabrão safou-se." Mendonça pedira licença para acender um cigarro. Diogo conhecia-lhe o vício havia mais de vinte anos, antes da revolução, antes do ELP, muito antes dos pelos brancos nas sobrancelhas de ratazana e no bigode ressequido pelo tabaco. Tudo começara com um segredo. E com mais segredos se tinha formado aquela colaboração. O chefe de segurança tinha um ascendente sobre o patrão, sabia demasiadas coisas que o outro preferia esquecidas, o que autorizava aquelas sessões de reminiscência, estupidamente incriminatórias, caso alguém os ouvisse:

"Devíamos era ter posto mais bombas, a ver se agora andava para aí essa escória a exigir impostos revolucionários."

Diogo queria desviar a conversa:

"Não pode ser algum dos nossos? Alguém que se tenha queimado no julgamento?"

"Duvido. Seja como for, nos próximos tempos, o sotor vai andar com guarda-costas."

Querendo provar ao ex-pide uma reserva de autoridade e valentia, Diogo abdicara do poder do dinheiro, que lhe permitia comprar quantos guarda-costas quisesse, e dissera:

"Uma pistola chega-me."

Era na coronha dessa pistola, guardada no coldre, debaixo do blazer azul, que batia agora o calcanhar esquerdo de Carminho, às cavalitas do pai, no fim de uma tarde de verão a descer a serra.

"A galope, pai, a galope."

Diogo sentia o perfume do champô da filha e protegia-lhe os tornozelos nos seus punhos. Ela beijou-lhe a tonsura do cabelo que começava a rarear. Carminho não via um calvo, nem um coxo, nem um bombista. Ele era apenas, e tão completamente, o pai todo-poderoso e perfeito, digno de um amor que tinha o tempo contado, porque, um dia, Carminho iria crescer e, como a sua mãe, veria o calvo, o coxo e o bombista.

Ninguém privaria Diogo de momentos como aquele, de tudo o que lhe custara tanto a ganhar, a filha, os negócios, o casamento, a casa de família. Era tudo seu por direito. Não abriria mão de nada. Jamais consentiria divorciar-se de Pureza. Não havia bilhete a exigir impostos revolucionários que o obrigasse a pagar um tostão.

Pai, mãe e filha entraram pelos portões do Hotel Storm's e desceram para a casa de Antónia. O Renault 5 apareceu na curva, parou no lado da estrada onde não havia postes de iluminação. Faltava pouco para o pôr-do-sol. Depois, a serra seria só breu e bichos do mato.

10.

Antónia apenas queria um jantar de família, mas era preciso ter-se cuidado com aquilo que se desejava. Antónia só queria uma réstia do que deixara de ser e que, a cada ano, seria mais difícil de replicar: a mesa bem posta, começar a refeição a horas, o mínimo de lugares vazios. Passara a última consoada sozinha, naquela casa, depois de recusar a viagem para Paris, com Pureza, o genro e as duas netas — que jeito tinha o Natal num hotel e no estrangeiro? Frederico só aparecera na noite de 25 de dezembro, para pedir dinheiro e levar comida. Ela tinha suportado esses dias a falar com as fotografias do marido. O aniversário de Nádia seria agora um Natal no verão, com uma ementa adaptada à época do ano — lombo de porco e musse de chocolate —, ainda que Antónia fizesse questão de usar a baixela, o faqueiro e a toalha da consoada. Ela só queria um jantar de família, mas Pureza insinuava separar-se do marido, e Maria Luísa estava ali, sentada na sala, nove anos depois de ter desaparecido, de maneira que Antónia continuou a enfiar os guardanapos de pano nas argolas prateadas e fechou um olho para se certificar de que a jarra de flores estava mesmo no centro da mesa.

Maria Luísa não voltara apenas para celebrar o aniversário da filha. A mãe sabia que ela tinha sempre um drama ou um plano. A confirmá-lo, Maria Luísa dirigiu-se a Nádia, sentada no outro lado da mesa:

"Quando entrei para a clandestinidade, tinha mais um ano do que tens agora." Falou do dia em que quisera deixar Nádia na casa da avó, em 1970, e fora apanhada pela Pide na serra de Sintra. Falou da tortura, da prisão, do segundo abandono da filha, quando escolhera juntar-se a Alfredo, em Paris, e iniciar a luta com as Brigadas Revolucionárias. Seguiram-se a crónica do regresso a Portugal, com a revolução, e o terceiro abandono, na noite de 11 de março de 1975, antes de Nádia ser despachada para o Brasil com os avós.

"Na última vez que te vi, eras uma criança, agora és uma mulher."

Antónia acabara de pôr a mesa, num estado de alienação semelhante ao de alguém que sofre uma colisão num automóvel, é cuspido pelo vidro dianteiro e, sem compreender que acabou de sobreviver a um acidente, quer regressar ao volante, para não chegar atrasado. Teria sido mais simples receber Maria Luísa com um abraço? Mãe e filha a chorar, pedindo desculpas, juntas após tantos anos, desatendendo o passado que Maria Luísa teimava em recontar naquela sala onde devia acontecer um encontro de família? Quiçá, se a família fosse outra.

Alguma vez Maria Luísa quisera saber o que era estar no lugar da sua mãe? Fazer uma cama e pensar onde dormiria a filha? Tirar um dia de folga e sabê-la na prisão? Comprar um vestido e lembrar-se das cicatrizes dos cigarros da Pide nos braços da sua menina? Pôr a mesa e, distraída, pegar num prato a mais, devolvendo-o ao armário porque a filha estava sumida havia anos? Tinha Maria Luísa a mínima ideia do que custava manter a normalidade no caos que ela criava na família?

"Vou pôr mais um prato na mesa", disse Antónia, "jantas connosco."

"Não posso ficar."

"Hoje podes."

"Mãe", disse Maria Luísa, surpreendentemente sem um vestígio de autoridade. Era um pedido de ajuda, a palavra "mãe" usada como devia ser por uma filha, a mãe que se respeita, a mãe que nos salva, a mãe aonde regressamos quando tudo falha. Antónia desconfiou. Não podia ser assim tão fácil, chegar ali e dizer "mãe" como se tivesse outra vez cinco anos. Mais tarde ou mais cedo, Maria Luísa largaria as suas bombas incendiárias.

"Se ficasses é que eu achava estranho." Antónia tinha direito ao seu amor zangado. "O que é mais importante do que os anos da tua filha? Os teus irmãos devem estar a chegar. Hoje, jantas cá."

"Mãe, por favor. Ninguém pode saber que estou aqui."

Ó secretismo, ó mortificação, ó umbiguismo, ó megalomania, sempre tão embrenhada na luta pelo povo, no pedestal dos mártires.

"São os anos da tua filha. Faz dezoito. É o dia dela, Maria Luísa."

"Há um mandado de captura em meu nome e, como o mais certo é ir presa, quero explicar-lhe por quê."

Antónia garroteou o polegar com um guardanapo de pano. Lá fora, a flauta de um amolador fez a sua escala ascendente de notas, melancólica como o último animal de uma espécie prestes a extinguir-se. Nádia falou pela primeira vez:

"Por quê?"

Depois de tantas desculpas e pretextos, que reviravolta restava a Maria Luísa?

"Porque faço parte das Forças Populares 25 de Abril." Nunca dissera o nome da Organização em voz alta. Enunciá-la por extenso, no lugar da sigla, mais conhecida, não acrescentava respeitabilidade a quem a dizia, muito menos refreava o choque de quem a escutava.

"Meu deus, essa gente mata pessoas, Maria Luísa", disse Antónia. "Como é que pudeste fazer-me isto?"

"Não lhe fiz nada a si."

"Mas fizeste, fazes sempre", disse Antónia. "Tudo o que fazes afeta cada um de nós, dá cabo das nossas vidas." A zanga era a carapaça de uma mágoa profunda. "Não criei uma filha para ser terrorista."

"Mãe." Dessa vez, a palavra foi dita a duas vozes, ao mesmo tempo, por Maria Luísa e Nádia, um emaranhado de matizes e denotações, um pedido e uma ordem. Quem dizia o que não importava. Sentadas em lados opostos da mesa, olhando Antónia de pé, ambas a reconheciam como mãe. A flauta do amolador reapareceu, agora mais longe, um fio de solidão a pingar uma despedida. Depois, o silêncio comprimiu a memória dos jantares felizes da família Storm naquela sala, quando os lugares ainda estavam todos ocupados. Nos escombros, Antónia via-se como uma sobrevivente.

Só ela conhecia a filha e a neta, só ela as criara, só ela era a mãe. Nádia lembrava-se mal de Maria Luísa, a mulher que a tinha levado a manifestações e ao Cinema São Jorge nos tempos da revolução. E Maria Luísa cristalizara a memória de Nádia na criança que tinha nascido na clandestinidade e que ela trocara pela luta.

Antónia deslaçou o guardanapo do dedo. Apenas queria um jantar de família, a mesa bem posta, começar a refeição a horas, o mínimo de lugares vazios. Mas o golpe da campainha da porta descomprimiu o silêncio, e Maria Luísa disse:

"Ninguém pode saber que estou aqui."

"Ninguém vai saber que estás aqui." Antónia saiu da sala, questionando-se sobre qual teria sido o seu erro como mãe, que ferida teria infligido ou ignorado na filha mais velha, para que nela germinasse a perigosa teimosia — e o incorrigível engano — de achar possível submeter o mundo às suas vontades. Por que não podiam ser como as outras famílias portuguesas que tinham aproveitado o fim da guerra e o princípio da liberdade para dar aos filhos uma vida melhor do que a dos pais?

"O que lhe fiz eu, Gonçalo?", murmurou ela, para uma fotografia do marido no corredor. Não se matara a trabalhar pelos filhos? Não estivera sempre em desvantagem, por ser mulher? Não dera emprego no hotel a miúdas desamparadas? Não lhes pagara abortos quando engravidavam de mais um pai incógnito? Não sofrera os preconceitos de classe dos amigos do marido? Antónia deveria constar nas cadernetas das feministas proletárias do comunismo.

Seria possível que, ao desejar o melhor para os filhos, Antónia tivesse criado uma terrorista? Que absurdo, claro que não, mas como explicar o antagonismo de Maria Luísa logo na adolescência, quando a mãe se tornara a personificação de tudo o que a filha deplorava — a autoridade, a mulher tradicional, a patroa, a opressora, a velha senhora? Tudo porque Antónia a deixara com os avós? E, dois anos mais tarde, a arrancara dos avós e a levara para o hotel? Por que lhe dera um padrasto e dois irmãos, negando-lhe a exclusividade de filha única? Quantas pessoas haviam passado por dificuldades mais atrozes sem terem acabado a pôr bombas? Se ao menos tivesse proibido as más companhias e limitado a liberdade da filha. Se tivesse estado mais presente e não tivesse mentido sobre o pai da miúda. Se, se, se. Uma infinidade de hipóteses e nenhuma conclusão. Como ela própria dizia, recorrendo ao seu catálogo de máximas:

"Com tantos ses, acabas a enfiar um cachalote dentro de uma caixa de fósforos."

Mãe e filha talvez não fossem assim tão diferentes, porque, como Maria Luísa, também Antónia queria respostas definitivas para problemas complexos.

Não. Isso não era verdade. O que ela queria mesmo era um jantar de família, a mesa bem posta, começar a refeição a horas, o mínimo de lugares vazios, só que depois Pureza insinuara um divórcio, Maria Luísa confessara-se terrorista e, ao abrir a porta de casa, Antónia encontrou o sorriso atoleimado de Frederico. Como um fugitivo do manicómio, o filho cheirava a fraldas sujas e estava amarfanhado num lençol.

Havia coisas que era melhor não saber. Levou-o para o seu quarto e abriu o chuveiro. No armário, escolheu a roupa de Gonçalo que não fora capaz de deitar fora:

"Toma um duche, veste isto e espera que eu te venha chamar."

Fechou a porta e murmurou para o marido:

"Fazes-me tanta falta."

Seguiu pelo corredor, deparando-se com o caixote de cartão pousado no chão. Não chegara a levá-lo para o sótão. Pensou abri-lo. Mas que outra recordação lhe explodiria na cara se espreitasse lá para dentro? Ficou ali, bloqueada, a ouvir a água do duche, dialogando com as fotografias do marido, queixando-se dos filhos.

Pegou no caixote e voltou ao quarto:

"Filho."

Frederico tinha tomado banho e vestido a roupa do pai. Por isso, Antónia julgou ver Gonçalo Storm, no primeiro aniversário de casamento, a oferecer-lhe a gargantilha de ouro. Uma ilusão de óptica, um déjà-vu, um sonho lúcido, qualquer desculpa que contradissesse aquilo que os seus olhos viam. "Podes levar-me isto para o sótão, por favor?" Deixou o caixote na cómoda, junto das fotografias dos três filhos pequenos. Saiu do quarto e fechou a porta. Não sabia aonde ir. O que fazer. Tinha idade para conhecer as forças contrárias do amor materno, inigualável na sua plenitude e no seu terror. Logo que nasciam, os filhos eram totalmente seus. Dera-lhes a vida e tivera a medonha responsabilidade de não os deixar morrer, todos os dias da sua vida. Quanto mais os amava, mais eles se aproximavam do ponto em que o amor e a posse se rompiam. Continuar a amá-los da maneira certa, dizia-se, era deixá-los ir, era aceitar que não seriam totalmente seus, que não mais dependeriam dela para sobreviver. Mas como deixar ir embora aquilo que era seu e se tinha formado dentro de si? Como aceitar que os filhos seriam de outras pessoas, com uma entrega que ela não voltaria a conhecer? Que seriam ingratos, esquecidos, interesseiros? Que a iriam magoar, ofender e, ainda assim, ela teria de continuar a amá-los? Como amar aquilo que a feria de morte? O paradoxo do amor materno parecia-lhe uma automutilação. Mas deixara-os partir. E, numa noite de março de 1975, eles tinham regressado. Maria Luísa instruíra-a para sair de casa e entregar o hotel. Frederico abandonara-a na serra. Pureza convencera-a a ir para o Brasil, prometendo que se juntaria mais tarde, sem nenhuma intenção de o fazer. Como era possível preservar o amor pelos filhos pequenos, apesar do desapontamento com os filhos adultos? Como amar as três pessoas que, em algum momento daquele dia de verão de 1984, tinham regressado à casa onde haviam sido totalmente suas, para confirmarem, mais uma vez, que não lhe pertenciam totalmente?

Entrou na sala de jantar, onde a mesa estava posta com a melhor baixela, a toalha da consoada, os guardanapos nas argolas de prata, as flores ao centro, todos os lugares vazios. Maria Luísa voltara a desaparecer e levara Nádia consigo.

11.

No lusco-fusco da serra, junto a um muro de pedra, no lado da estrada sem candeeiros públicos, a chapa castanha do Renault 5 servia de camuflagem aos seus ocupantes. Depois de vários minutos de alvoroço nas copas das árvores, a orquestra desarmónica dos milhares de pássaros calou-se de uma só vez, como se as aves fossem apagadas pelo mesmo interruptor que ligava a escuridão. Nesse interregno de sossego, o mais novo continuou a matraquear sobre o Chalana, sobre a atrocidade de se fazer papa Cerelac com água em vez de leite, sobre os cupões da *TV Guia* que ele preenchia com o nome dos pais e enviava para a televisão, na esperança de que fossem escolhidos como participantes no concurso *Um, dois, três*:

"Só queria que eles ganhassem o carro."

Cansado de ouvir o mais novo, e frustrado com a desaparição do "pacote" num hotel em obras, o mais velho retaliou:

"Esse concurso é só mais uma intrujice do capitalismo. Pôr os pobres a disputar provas, para ver se ganham alguma coisa? É exploração, mas chamam-lhe entretenimento. Não é por acaso que o grande prémio é um automóvel, o maior emblema aspiracional da nova burguesia, o falso ídolo da sociedade de consumo. Desengana-te, Faneca, porque o futebol, a televisão, os automóveis não passam de distrações para manter o povo manso enquanto continua escravizado."

"Sim, senhor doutor camarada Bibliotecário", escarneceu Faneca, confrontando a elaborada análise do parceiro com a simplicidade dos seus desejos. "Só queria que os meus pais não tivessem de apanhar a carreira todos os dias para o trabalho."

"Chega de galhofa, olhos no portão." Era impossível ao Bibliotecário esquecer que estava ali para levar a cabo o primeiro sequestro das FP 25: Diogo Bravo Montalvão, empresário com ligações à extrema direita, acusado de despedimentos coletivos e que se recusara a pagar o imposto exigido pela Organização. O Bibliotecário já tinha ajoelhado o fascismo algumas vezes, baleando as pernas de empresários malditos. Pusera bombas em esquadras, instalações militares, no Consulado do Chile e em residências de patrões que acumulavam meses sem pagar salários. Perdera a conta aos bancos e às carrinhas de valores que tinha assaltado. Até disparara uma bazuca contra o Royal British Club, solidário com os camaradas do Exército Republicano Irlandês. Do dinheiro roubado e das sete mortes reivindicadas pela Organização, ele podia gabar-se de centenas de milhares de contos e de um par de guardas assassinados com uma bomba. Mas um rapto era tecnicamente a operação mais difícil. Exigia sujeitar o pacote, transportá-lo, mantê-lo vivo num buraco, dois metros por dois, tapado por uma debulhadora numa quinta abandonada, pedir um resgaste e embolsá-lo sem ser apanhado pelas autoridades.

Faneca ia dizer alguma coisa, mas duas mulheres apareceram junto ao portão, vindas do interior do hotel. Uma delas deu a última passa no cigarro, atirou a beata para a gravilha e pisou-a. Recuaram para o interior da propriedade e, ao passarem debaixo do poste, uma farpa de luz desvelou-lhes o perfil.

"Foda-se, é a Viúva", disse Faneca. "É a Viúva."

"Deixa-te de merdas, já te disse que não estou para brincadeiras", disse o Bibliotecário.

"Tenho olho de gavião, caralho. Quando andava no mar, topava um cardume de atum a meio quilómetro. 'tou-te a dizer que é a Viúva."

Semanas após a fuga de Maria Luísa para Madri, a Polícia Judiciária desencadeara a Operação Orion. Num só dia, os agentes tinham capturado mais de quarenta pessoas acusadas de pertencer às FP 25, entre elas, o capitão de abril Otelo Saraiva de Carvalho. Meses antes, num conclave da Direção Política Militar, tinham-se definido os protocolos para eliminar documentos e, ainda assim, a Operação Orion confiscara milhares de papéis. De forma a conter os danos causados pela inépcia dos dirigentes na hora de destruir o material comprometedor, o Bibliotecário estava agora decidido a cumprir outra das medidas aprovadas no conclave: a sentença de morte para os traidores, como Maria Luísa.

"Vamos", disse, abrindo a porta do Renault 5 com a pistola encostada na coxa.

"E o pacote?", perguntou Faneca.

"Isto é mais importante." O Bibliotecário não tinha provas de que a Viúva tivesse colaborado com a Polícia na Operação Orion, como acontecera com outros membros das FP 25. Sabia que a investigação estava em andamento muito antes de Maria Luísa ter desaparecido. Mas aquela era uma traição pessoal. Ela tinha-lhe mentido, fugira cobardemente a meio da noite, fizera-o passar um vexame junto dos camaradas, ou, como dizia Faneca: "Bem que a Viúva te comeu por parvo".

Enfiaram os garruços na cabeça, destravaram as pistolas e entraram no hotel. Os bichos da noite já se faziam ouvir. Sapos, grilos, as asas de um morcego a fustigar as trevas como um tambor antes de uma execução.

12.

O golpe da campainha descomprimiu o silêncio, e Maria Luísa voltou a dizer:

"Ninguém pode saber que estou aqui."

"Ninguém vai saber que estás aqui." Antónia saiu da sala para abrir a porta e Nádia levantou-se:

"Preciso de fumar um cigarro."

"Força", disse Maria Luísa.

"Lá fora. A minha mãe não sabe que eu fumo."

Tão habituada a certezas, Maria Luísa tentou processar a contradição de ouvir a filha chamar mãe a outra pessoa e, ao mesmo tempo, sentir-se orgulhosa pela pequena infração dos cigarros em segredo, como se, além dos olhos enormes e do cabelo preto, Nádia tivesse herdado a sua queda para desafiar as forças do poder, a começar por Antónia.

Saíram pela cozinha, atravessaram o jardim e avançaram para as traseiras do hotel. Entraram pela porta de serviço, subiram até ao segundo andar, onde Nádia escolheu um quarto com vista para a estrada da serra.

"Dás-me uma passa?", pediu Maria Luísa.

"Tenho mais cigarros."

"Uma passa chega, senão, fico enjoada." Recebeu o cigarro, e o filtro molhado pela saliva de Nádia concedeu-lhe uma intimidade que ia muito além de fumar um cigarro a meias com a filha, às escondidas, remetendo-a para os primeiros tempos da clandestinidade, quando dormiam juntas, na mesma cama, com a pele de Nádia colada à sua enquanto lhe dava de mamar. Agora, a filha tinha dezoito anos.

"Parabéns." Devolveu o cigarro, a cabeça tonta pela nicotina, a língua e as emoções mais destravadas do que gostaria: "Vim aqui hoje para te contar que vou entregar-me à Polícia". Conteve-se, para não admitir que temia que as FP 25 a matassem. Já não era a miúda que aguentara a tortura da Pide e um ano e meio em Caxias. O terror maior, contudo, era não pertencer a nada, nem a ninguém. Dentro da Organização, era uma traidora. Fora, uma criminosa. Com a Polícia na sua esteira, até podia extraviar-se na América do Sul, mas ser fugitiva não significava que tivesse uma escapatória. Ou assumia que tinha desperdiçado a vida na causa errada ou, insistindo que estava certa, tinha de admitir a derrota. De uma forma ou de outra, essa perda só era equiparável à perda da filha. Restava-lhe apenas aquele momento, num quarto do hotel desmantelado onde ambas haviam crescido:

"Não te deixei para ir matar pessoas."

Nádia exalou o fumo longamente:

"Não estou zangada contigo, nem te vou cobrar nada. Mas não te conheço. A minha mãe é ela." Apontou na direção da casa de Antónia. Falava sem rancor, a sinceridade era desapaixonada e, não obstante, havia algo de ensaiado, como se tivesse pensado centenas de vezes no que dizer no reencontro.

"Eu sei, e estou-lhe muito agradecida por tudo o que fez", disse Maria Luísa.

"Ela não fala muito de ti. Dá para perceber que lhe custa. Na maior parte das vezes, é para te criticar. Também mostra orgulho das tuas notas no colégio, de como eras bonita e trabalhadora, de como cuidavas dos teus irmãos, até da tua luta para acabar com o fascismo. Acho que entendia o que estavas a fazer nessa altura. Até certo ponto. Mas não gosta nada de política. Talvez seja por isso que nunca me falou do que se passou depois da revolução. E também não me interessa. Mas, já que aqui estamos, queria perguntar-te uma coisa. Não te chegava o fim da ditadura e ser livre? Por que é que continuaste?"

"Por causa de ti."

"Não, Maria Luísa. Quando muito, por causa de ti." Na forma como disse o nome da mãe e na rispidez da acusação, confirmava-se que tinha sido criada por Antónia. "Nunca te pedi para assaltares bancos em meu nome."

Um FP 25 com uma pistola não conseguiria submeter Maria Luísa como aquela miúda de dezoito anos.

"O que queria dizer é que, se fiz o que fiz, foi porque acreditava que tu e todas as outras pessoas mereciam mais do que a liberdade."

"Era preciso bombas para isso?"

"Não é assim tão simples."

"Discordo."

"Parece que sim."

"E agora? Vais dar-me um tiro porque discordo?"

Maria Luísa teve de sorrir. Esperta, a garota, ágil de raciocínio, com uma centelha de provocação. A maçã nunca cai muito longe da árvore, diria Antónia.

Lá fora, vozes e passos na estrada, aproximando-se do hotel. Diogo trazia Carminho aos ombros, Pureza vinha uns passos mais atrás. Passaram o portão e desceram para a casa dos Storm.

"Uma das minhas primeiras memórias, se não a primeira, é ver-te a cair de um muro", disse Nádia. "Havia sangue por todo o lado, e flores, acho que eram brancas, flores cobertas pelo teu sangue. E um homem a pegar-me ao colo. Do tempo que passei contigo na prisão, não me lembro de nada."

"Desculpa."

"Por quê?"

"Por tudo."

"Por tudo, não posso desculpar-te. Só pelo que se passou entre nós."

Seria a última vez que Maria Luísa pediria desculpa a alguém pelas consequências dos seus atos terroristas.

"Janta cá", disse Nádia. Percebendo a hesitação da mãe, tirou outro cigarro do maço. "Enquanto pensas, sempre dá para fumar mais um." Saíram do quarto, desceram as escadas, passaram pela receção e atravessaram a porta principal. Na fachada, apagado, ainda estava o néon que dizia Hotel Storm's.

"Então, jantas?" Nádia lançou a beata para a gravilha e pisou-a.

"Sim", disse Maria Luísa, e um morcego cruzou a luz do poste de iluminação, as asas a bater como se fosse uma salva de palmas numa festa de aniversário.

13.

A pequena tempestade de neve começou quando Frederico atirou o globo de vidro para dentro do caixote que levara para o sótão. No interior do cubo de papelão, com a palavra FRÁGIL, ele tinha encontrado fotografias, os seus blocos de notas e as cartas que trocara com Ricardo Walker. O envelope no topo da pilha mostrava a data de outubro de 1978, o último recebido. Depois, Walker viajara para o Irã, a fim de cobrir a revolução islâmica que tinha subjugado o país a uma teocracia. Após escrever algumas reportagens para os jornais de língua inglesa, acompanhadas das infames fotografias dos enforcados em guindastes, pairando nas ruas de Teerã, durantes dias, para servir de exemplo, o jornalista fora preso por espionagem ao serviço da CIA. Era a segunda vez que, durante uma revolução, o tinham acusado de pertencer aos Serviços Secretos norte-americanos. E ainda que a primeira revolução tivesse produzido uma democracia, enquanto a segunda criara uma ditadura religiosa com uma Polícia da moral, Frederico questionara-se se a paranoia das revoluções era transversal, independente do que estava em jogo, ou se, de facto, Walker seria um espião. Ligou o rádio a pilhas no parapeito da pequena janela do sótão. Abriu o envelope e leu a primeira frase:

"O direito à liberdade implica o dever da memória."

Lá estava o estilo axiomático de Walker, logo a abrir. Ficaria bem num livrinho de citações, daria um belo slogan de publicidade, ou até para enfeitar T-Shirts usadas por adolescentes. E com que objetivo? Definhar numa cadeia iraniana? Era para isso que servia o direito à liberdade? Frederico voltou a enfiar a carta no envelope, sem ler o resto, mas ainda se lembrava daquilo que dizia. Após o truísmo da abertura, lá vinha a converseta motivacional do luso-britânico: nunca devias ter deixado o jornalismo, ainda vais a tempo de escrever a reportagem sobre o teu cunhado e os outros pilantras do ELP, não te esqueças de todos aqueles que se sacrificaram para teres liberdade, a obrigação do repórter, blá-blá-blá-blá. Que merda era o dever da memória, senão masoquismo? O que fazia falta era esquecer, e não lembrar. Esquecer o João Guilherme, a morte do pai no Brasil, a mentoria de Ricardo Walker e o inequívoco fracasso do rapaz-traste que roubava as joias da mãe para se drogar.

(*Porra, hoje estás mais cínico do que eu.*)

"Cala a boca." Frederico tirou o papelote com as sobras da heroína.

(*Com a tua mãe lá em baixo?*)

"Já te disse para te calares."

Queimou a prata. Naquele fumo, havia um milésimo da euforia da primeira vez. A maldição da liberdade implicava o escape do esquecimento. Frederico não encaixava nem resistia, ao contrário da mãe e das irmãs, que se agigantavam na face das dificuldades. Ele nunca estivera preparado para as dores de crescimento. Se o pai era demasiado velho para mudar com a revolução, o filho era demasiado novo, um miúdo banal, num tempo extraordinário, desafeto da convenção por temperamento e ultrapassado pelas circunstâncias, sempre aquém do que lhe era pedido. A sua liberdade era escolher a tirania da heroína.

(*Saíste-me cá um filósofo, chefe.*)

"Cala-te, de uma vez por todas, cala-te."

(*Ou quê?*)

"Ou enfio-te um tiro nos cornos."

(*Nem homens, quanto mais tu.*)

Frederico cambaleou na direção da Beretta, meio embrulhada num cobertor, arrumada entre caixotes.

(*O princípio da arma de Tchékhov.*)

"Não devemos colocar em cena uma espingarda carregada se não vier a ser disparada. É incorreto fazer promessas que não cumpriremos."

No rádio a pilhas, o locutor anunciou o regresso da música após os anúncios.

(*Só se for um réquiem.*)

Frederico enfiou o cano da Beretta na boca e esticou o braço para apertar o gatilho.

14.

Antónia tinha o seu jantar de família, a mesa bem posta, a refeição a começar a horas, o lombo assado no ponto, a faca de trinchar afiada, a garrafa de vinho escolhida e o saca-rolhas a postos, as velas e os fósforos, a musse no frigorífico, enriquecida com raspas de casca de laranja — e o desconforto que, em certos jantares, de tantas famílias, é servido como prato principal. Num lado da mesa, o triunvirato do grande segredo: Diogo, o pai, sentado entre as duas filhas, que, sendo primas, não sabiam ser também irmãs. Diante deles, Pureza e Maria Luísa ocupavam os mesmos lugares de quando eram pequenas. Nem a reunião extemporânea, após anos transviadas, ou sequer a evidência, a cerca de um metro, de que tinham filhas do mesmo homem destituíam as irmãs de uma proximidade que só elas podiam partilhar. Apesar das mastites, da cicatriz da cesariana, das infeções urinárias, dos homens com ejaculações precoces, da roupa para lavar e estender, dos desgostos amorosos, das concessões, dos lutos, das dores menstruais, das insónias, do choro, das unhas partidas, das rugas — enfim, da vida a crédito, que, a cada dia, cobrava mais uma prestação —, havia duas cadeiras lado a lado, onde elas podiam ser as irmãs que tinham sido antes de tudo isso. Não se tratava de uma viagem para trás no tempo ou de um fóssil desenterrado e exposto no museu, para contemplação nostálgica, mas algo vivo e presente, uma versão delas próprias, adormecida por longos períodos, a que podiam ainda aceder.

Havia dois lugares vazios na mesa. À cabeceira e junto de Maria Luísa. Tal pai, tal filho. Na ponta contrária, Antónia era a domadora da estranheza. Impunha a liturgia das famílias normais, distribuindo encargos como quem reparte o pão da concórdia. Abre o vinho, Diogo. Acende as velas, Pureza. Corta a carne, Maria Luísa. Vai chamar o teu tio, Nádia.

"Também quero ir", disse Carminho, e a ninguém passaria despercebido que a miúda tinha pela prima-irmã mais velha a fascinação que, em tempos, com a sua idade, Pureza tivera por Maria Luísa. Carminho lançava-se no círculo vicioso das famílias, que, como bem sabiam as pessoas àquela mesa, tanto podia andar à volta da ternura como da destruição.

"Tu ficas", disse Antónia, para quem um lugar vazio, ainda que temporariamente, era um risco enorme, e que sabia como a presença de uma criança, entre adultos desavindos, podia ser um garante de civilidade.

"Pa-iii", disse Carminho, acrescentando uma sílaba à palavra, para manifestar que apenas ele poderia libertá-la.

"Podes ir." Enquanto rodava o saca-rolhas na garrafa, Diogo desautorizou a sogra, irritou a mulher e fez a ex-namorada de juventude arrepender-se de ter aceitado uma última ceia em família. Carminho saiu porta fora, atrás de Nádia, e Diogo puxou a rolha, esvaziando o suspense:

"Viram o que aconteceu hoje?" Embora ele não conhecesse o paradeiro de Maria Luísa nos últimos anos, ela estava segura de que Diogo falaria da greve de fome dos presos das FP 25, noticiada em todos os jornais. Mas não. "Uma vergonha, não havia deputados suficientes no Parlamento para votar uma lei." Começou a servir o vinho. "Não fazem nenhum, querem é poleiro." Conversa de algibeira ou provocação? Era pateta ou insidioso? "Isto não é uma democracia, é uma bandalheira."

"Por favor, já basta o que basta", disse Antónia, uma frase que encerrava décadas de evitamento. "Tudo, menos política."

"Um brinde", disse Diogo. Levantou o copo de vinho. "Tudo, menos política." Ninguém respondeu ao repto. "Já cá não está quem falou."

"Quem me dera", disse Pureza, desavergonhada, e olhou para Maria Luísa, que não conteve o riso.

"Meninas", ralhou a mãe.

"Tenho uma ideia melhor." Pureza pôs-se de pé e levantou o copo. "Um brinde ao fim do meu casamento." Espartilhada durante tantos anos pelo voto de fé na subtileza, como era gratificante, diante da mãe e do marido, ter o descaramento de gozar com aquilo que era mais sagrado. "Um brinde ao divórcio."

Maria Luísa só vira a irmã assim uma vez, no colégio, e tinham sido precisas várias freiras para a arrancarem dos cabelos de uma rapariga mais velha. Não conseguia lembrar-se do que originara o ataque, mas retinha a expressão libertadora na cara de Pureza, a vaidade com que procurara a irmã, entre as outras alunas, mostrando-lhe do que era capaz.

"Senta-te", ordenou Diogo.

"Desta vez ouviste?", disse ela. "É que lá em casa parecia que estavas surdo."

"Tu bebeste?"

"Ainda não." Pureza engoliu o vinho de uma só vez. "Pronto, agora já bebi."

Diogo levantou-se, deu a volta à mesa. "Para casa, imediatamente."

"Vai tu." Pureza serviu-se de mais vinho, voltou a bebê-lo de um trago.

"Pensa na tua filha."

"Pensa tu, porque eu já penso nela de manhã à noite."

"Tu não me gozes."

"Por acaso, estou a falar muito a sério."

"Sou teu marido, não te admito que me faltes ao respeito."

Pureza voltou a servir-se de vinho. "Vais chamar o teu guarda-costas, para me pôr na ordem?" Olhou para a irmã antes de levar o copo aos lábios. "Também tenho uma guarda-costas, não é, mana?" Diogo tentou afastá-la da mesa e Pureza agarrou a toalha da consoada, parte da baixela estatelou-se no soalho, o vinho entornou-se sobre as calças do marido. "Vais precisar da ajuda do inspetor Mendonça."

O inspetor Mendonça, que a tinha perseguido em Salamanca e Madri. O inspetor Mendonça, um dos muitos pides impunes após a revolução, que pertencera ao ELP e era agora chefe de segurança de Diogo. O inspetor Mendonça, que tinha prendido e interrogado Maria Luísa.

"Quero o divórcio."

Diogo respondeu-lhe com um tabefe na cara.

Pureza riu-se, como se aquela bofetada confirmasse quão ridículo era o marido. Falou para Maria Luísa:

"Foi ele que te denunciou à Pide. Estávamos os dois no hotel quando o controleiro do partido pediu para falar com a mãe. O Diogo ouviu e foi ligar da cabine telefónica para a Guarda. Passados uns minutos, estavam aqui. Meia hora depois, chegaram os pides que te apanharam na serra. O Mendonça era um deles."

Maria Luísa olhou para Antónia e, sem esperar a confirmação da mãe — bastava-lhe saber que fora torturada e que passara um ano e meio na prisão —, agarrou a faca de trinchar. Mesmo para quem estava prestes a entregar-se à Polícia, a peregrinação da violência podia ter sempre mais uma etapa.

Diogo sacou o revólver do coldre e apontou-o a Maria Luísa.

"Por favor", implorou Antónia. "Por favor. Parem já com isso."

Mas haveria sempre alguém disposto a ignorar a súplica de uma mãe com um disparo.

15.

Em 1960, a milhares de quilómetros de Sintra, a KGB confiscou o manuscrito de um livro escrito por um judeu ucraniano, Vassili Grossman. Como jornalista, Grossman conhecera a guerra na linha de frente, estivera na Batalha de Stalingrado e fora um dos primeiros a escrever sobre os campos nazis de extermínio. Grossman morreria de cancro, quatro anos depois da apreensão do manuscrito, e o livro só seria publicado em 1980, em França, graças a uma cópia que o autor entregara a um amigo.

Quando se ouviu o tiro na propriedade dos Storm, ninguém na família tinha lido as quase mil páginas de *Vida e destino*, não podendo, como tal, decifrar na cara de Antónia aquilo que Grossman escrevera havia mais de quarenta anos:

"Toda a gente tem culpa para com uma mãe que perdeu um filho na guerra, e é em vão que, durante toda a História da Humanidade, tentam justificar-se perante ela."

16.

No princípio, quando deus criou o céu e a Terra, sem forma nem ordem, tudo era um mar profundo coberto de escuridão. Depois, o Homem descobriu as chamas, inventou a pólvora, criou as armas de fogo, as ideologias, e, num hotel em Sintra, o clarão de um disparo iluminou as trevas. Um milésimo de segundo depois, a escuridão estava de volta. A bala perfurou-lhe o peito, o pulmão esquerdo começava a inundar-se de sangue e as primeiras notas de uma música ouviam-se em segundo plano.

Minutos antes, no sótão, com a Beretta enfiada na boca, Frederico percebera duas coisas. Não conseguia chegar ao gatilho, devido ao tamanho da espingarda, e, mais uma vez seguindo os ensinamentos de Walker, que lhe contara como Hemingway se tinha suicidado com uma caçadeira, apertando o gatilho com o dedo do pé, sentiu-se desiludido pelo mestre, considerando que a manobra lhe parecia impossível, menos ainda para um Hemingway gordo, velho e agastado por mazelas físicas incapacitantes. O facto de a Beretta não estar carregada também teria contribuído para o insucesso do plano, mas isso, Frederico, a viajar na heroína, nem tinha percebido. O que lhe salvara a vida fora a música. No rádio a pilhas, depois dos anúncios, passara uma canção que ele desconhecia. Decidira viver mais uns instantes, esperando que o locutor identificasse o tema e o intérprete. Esse interlúdio permitira-lhe adaptar

O princípio da arma de Tchékhov. Em vez de a disparar, vendê-la-ia e compraria mais droga.

Com a família sentada à mesa, Frederico descera do sótão e saíra de casa para esconder as joias e a espingarda no seu antigo refúgio no hotel — a arrecadação onde tinha ouvido Miles Davis, fumado erva, guardado as revistas pornográficas e criado o Panteão das Primeiras Vezes. No escuro, nem deu pela presença dos dois homens armados que, ao verem a Beretta, dispararam sobre ele e se puseram em fuga num Renault 5.

Frederico sobrevivera às metralhadoras da Pide, que tinham assassinado João Guilherme. Escapara da guerra em África, que matara milhares de portugueses e africanos. Safara-se da bomba que despedaçara Calígula. Sobrevivera à heroína de má qualidade, cortada com químicos perniciosos. E, na tragicomédia em que se tornara a sua existência, ia morrer devido a um equívoco, com uma bala que não lhe era destinada.

Não se esgotava aí a ironia. Apesar das suspeitas da Polícia, as FP 25 nunca chegariam a reivindicar o homicídio — um rapaz inocente só acrescentaria má publicidade ao historial do grupo terrorista —, e ninguém ficaria a saber que a morte de Frederico Storm salvara a vida da irmã e do cunhado. Em vez da redenção merecida, ele seria para sempre o heroinómano encontrado morto com as joias da família.

Diogo estava seguro de ser o alvo do atentado, sem nunca comentar essa certeza com a família Storm. Seguiu adiante com a comenda de ter escapado à tentativa de assassinato por parte de um grupo terrorista de extrema esquerda — a némesis perfeita na criação da sua biografia de futuro político. Também Maria Luísa estava certa de ser a destinatária da bala. E se, no julgamento das FP 25, ou nos anos passados na prisão, ela nunca chegaria a mostrar arrependimento ou a pedir desculpa, ter causado a morte do irmão seria a sua penitência, a única forma de conhecer o que sentiam os familiares das vítimas do terrorismo.

Nos últimos instantes, Frederico não viu uma luz, nem a sua vida em formato *best of*, a passar-lhe diante dos olhos. Mas estava seguro de ter ouvido todo o *Great American Songbook* em apenas segundos. Depois, para a despedida, começou a tocar um fado.

(*Só podem estar a gozar.*)

Frederico queria pedir outra música, custava-lhe falar.

Amália cantava: "*Com que voz chorarei meu triste fado*".

(*Não olhes para mim, achas mesmo que eu escolhia Camões para a despedida?*)

As últimas palavras de Goethe terão sido:

"Mais luz."

As últimas palavras de Groucho Marx terão sido:

"Isto não é maneira de viver."

As últimas palavras de Miles Davis, sete anos após aquela noite de verão em Sintra, haveriam de ser:

"Digam-lhe que peço desculpa."

Nádia foi a primeira a chegar ao corpo. Só ela compreenderia as últimas palavras do tio:

"Pago-te o resto depois."

Frederico referia-se ao dinheiro que lhe devia, desde a manhã de 26 de abril de 1974, quando Nádia lhe exigira cem escudos, para não contar a toda a gente onde ele escondia as revistas pornográficas.

FELIZ NATAL

Quando estou?

Na floresta, a meio da noite, a mulher perde-se no tempo.

Quando estou?

Sabe ainda como se chama, reconhece o hotel lá ao fundo, mas continua à deriva pelos anos. Vê as luzes rotativas de um carro militar, em 1975, a neve a cair na serra, décadas antes, e um cortejo fúnebre num dia de novembro.

Quando estou?

Uma neta senta-se no baloiço pendurado no ramo de um carvalho.

Quando estou?

O marido chega tarde a casa. Não, o marido pega-lhe ao colo depois do casamento.

Quando estou?

Ouve outra vez o tiro de uma arma, a única coisa que une o passado, o presente e o futuro.

Por fim, sabe quando está.

Tinha três filhos e, na noite do disparo, perdeu um deles.

"Mãe." Alguém a chama.

"Maria Luísa?", pergunta Antónia.

"Não, sou a Nádia, a filha da Maria Luísa."

"Quem é essa que está contigo?"
"A minha mulher."
"E o menino?"
"O nosso filho. O teu bisneto."
"Onde está a serra?"
"Lá fora."
"Mas ainda agora estava aqui."
"Estamos em tua casa."
"E o tiro? Eu ouvi o tiro."
"Temos de ir."
"Para onde?"

Os lapsos de Antónia agravaram-se e aquilo que começou com um nome esquecido, ou uma dificuldade em saber o dia da semana, tornou-se um caleidoscópio temporal em que o passado é um presente em constante dissolução. Sem aviso ou possibilidade de controlo, ela salta de ano para ano, de década para década, a memória esboroando-se a cada dia que passa. Só o tiro que matou o filho parece recorrente, a badalada eterna a marcar a perda certa.

Enquanto faz as malas com a roupa de Antónia, a neta encontra no armário um caixote com a palavra FRÁGIL. Lá dentro, estão fotografias da família e joias, dezenas de blocos de notas e envelopes enviados por alguém chamado Ricardo Walker. Nádia encontra ainda um globo de neve, com uma paisagem natalícia.

"É meu", reclama Antónia.

Nádia entrega-lhe o globo e decide levar o caixote de recordações. "Talvez seja bom ela ter coisas que a lembrem de quem foi", diz Nádia à sua mulher.

Chove durante a viagem. O carro detém-se num semáforo. Antónia fixa-se num cartaz de propaganda eleitoral e, apesar de um fugaz reconhecimento, não poderia identificar Diogo Bravo Montalvão, nesse mesmo cartaz, entre os candidatos de um novo partido que promete moralizar a política e restituir o respeito pelos valores tradicionais.

No caixote de papelão, dentro da bagageira, uma das cartas escritas por Ricardo Walker contém sugestões de edição à reportagem que, após meses de dúvida, Frederico acabou por escrever — sem nunca publicar — sobre as semanas que passou com o cunhado e os operacionais do ELP.

Há anos que Maria Luísa se mudou para o Brasil, depois de cumprir parte da pena de prisão e de ser amnistiada pelo crime de organização terrorista, com outros operacionais das FP 25, pelo presidente da República, Mário Soares — o mesmo indulto que permitiu a Ramalho, condenado pelas bombas da extrema direita e fugido em Madri, ver-se livre da sua sentença.

Pureza mudou-se com o segundo marido para o Algarve, e Carminho vive em Londres. Nádia promete a si mesma que tentará fazer visitas semanais à residência sénior aonde vai deixar Antónia. Mas tem a sua família, um trabalho, e sabe que, no que restará da vida da avó, o mais certo é Antónia esquecer-se também dela.

No banco traseiro do carro, Antónia entrega o globo de neve ao bisneto.

"Obrigado", diz ele, a sorrir, fazendo-a sorrir também.

Nádia vê o passado e o futuro pelo retrovisor.

O semáforo abre. Os faróis traseiros dos outros automóveis, coados pela chuva nas janelas, irradiam um vermelho sem contornos, penetram o globo, tingem os flocos brancos que caem sobre a paisagem miniatura dentro da redoma de cristal.

Quando estou?

Num dia de dezembro que, há muitos anos, por causa de um nevão na serra e de um Natal antes de tempo, ainda se mantém a salvo dos apagões do teu cérebro.

Onde estou?

Na sala de estar da tua casa, não foste trabalhar para o hotel, tiraste o dia, o teu marido acaba de entrar, atrás dele vêm a Pureza e a Maria Luísa, foram cortar um pequeno pinheiro na serra, o Frederico gatinha em cima do tapete. Os filhos são teus, todos teus, não vão a lado nenhum. Como é belo o riso dos miúdos e a brancura dos flocos que tudo purificam. Uma felicidade indestrutível, se ficares para sempre neste momento.

Posso?

Sabes que não.

Então, por que me trazes aqui?

Para dizeres adeus.

ESTA OBRA FOI COMPOSTA POR ROGÉRIO SALGADO EM ELECTRA
E IMPRESSA EM OFSETE PELA GRÁFICA BARTIRA SOBRE PAPEL PÓLEN
NATURAL DA SUZANO S.A. PARA A EDITORA SCHWARCZ EM SETEMBRO DE 2025

FSC
www.fsc.org
MISTO
Papel | Apoiando o manejo florestal responsável
FSC® C105484

A marca FSC® é a garantia de que a madeira utilizada na fabricação do papel deste livro provém de florestas que foram gerenciadas de maneira ambientalmente correta, socialmente justa e economicamente viável, além de outras fontes de origem controlada.